Blut fließt auf der Wall Street

ECON **Krimi**

Zum Buch

Als Headhunterin Xenia Smith ihrer besten Freundin und Geschäftspartnerin Leslie Wetzon einen Besuch bei einer Wahrsagerin zum Geburtstag schenkt, ist diese mehr als skeptisch. Aber als die entsetzte Wahrsagerin ihr Blut auf der Straße prophezeit, bekommt Leslie doch Angst, daß dunkle Ereignisse ihren Weg kreuzen könnten. Vier Stunden später wird ein mächtiger Börsenhändler, den Leslie kurz zuvor in eine neue Position vermittelt hat, ermordet im Central Park aufgefunden. Und wieder einmal beginnt für Smith & Wetzon, Amateurdetektivinnen extraordinaires, eine neue Runde.

Die Autorin

Annette Meyers ist Senior-Vizepräsidentin eines Management-Consulting-Büros für Wall-Street-Geschäfte. Die frühere Assistentin des Broadway-Produktionsdirektors Hal Prince arbeitete mit ihm an Projekten wie »Cabaret«, »Follies« und »Fiddler on the Roof«. Nach Abschluß des fünften Smith-&-Wetzon-Krimis schreibt sie zusammen mit ihrem Mann an einer historischen Krimireihe. Sie lebt in Manhattan. Dies ist nach »Wall-Street-Blues«, »Ruhe sanft« und »Tödliche Option« der vierte Smith-&-Wetzon-Krimi bei ECON.

Annette Meyers

Blut fließt auf der Wall Street

Ein Smith & Wetzon-Krimi

Aus dem Amerikanischen
von Wolfdietrich Müller

ECON Taschenbuch Verlag

Ökologisch handeln:
Dieses Buch ist gedruckt auf 100% Recyclingpapier, chlorfrei gebleicht

Deutsche Erstausgabe

First published in the United States of America
Titel des amerikanischen Originals: *Blood On The Street*
Aus dem Amerikanischen übersetzt von Wolfdietrich Müller
Umschlaggestaltung: Molesch/Niedertubbesing, Bielefeld
Titelabbildung: Reiner Tintel
Lektorat: Martina Sahler
Gesetzt aus der Baskerville
Satz: Formsatz GmbH, Diepholz
Druck und Bindearbeiten: Ebner Ulm
Printed in Germany
ISBN 3-612-25020-5

Für Kate Miciak

Mein Dank gilt Donna Aceto, Henry Asher, Carol Bullard, Dolores Bullard, Richard Feldman, Joan Fisher, Kevin Jennings, Myron Kalin, Marcia Lesser, Dr. med. Michael Levy, den Detectives Tom Natale und Ray Pierce von der New Yorker Polizei, Linda Ray, Jane Rocks, Cathi Rosso, Chris Tomasino, der Central Park Conservancy.
Und wie immer Marty.

Wall Street-Witz Nr. 1

Kennst du den von der Frau, die dreimal verheiratet, aber immer noch Jungfrau war?

Ihr erster Mann war Pfarrer, der immerzu predigte, so daß die Ehe nie vollzogen wurde.

Ihr zweiter Mann war Alkoholiker, und der trank nur.

Ihr dritter Mann war Börsenmakler. Er saß immer nur auf der Bettkante und erzählte ihr, wie toll es sein würde.

Wall Street-Witz Nr. 2

Ein Börsenmakler stirbt und kommt vor der Hölle an. Er klopft an. Die Tür geht auf, und er erfährt, daß man sich geirrt hat. Er ist noch nicht an der Reihe. Er hört Discomusik im Hintergrund und bittet, einen Blick auf das Geschehen werfen zu dürfen, bevor er zurückgeht. »Bitte sehr, gern«, sagt der Pförtner und macht die Tür weit auf. Der Börsenmakler sieht spärlich bekleidete Männer und Frauen, die sich bei wilder Discomusik amüsieren.

Fünf Jahre später stirbt er wirklich. Als er zur Hölle kommt, öffnet der Pförtner die Tür, und Flammen schlagen heraus. Keine Discomusik, keine nackten Tanzpaare.

Der Börsenmakler beteuert, es müsse sich um einen Irrtum handeln, und verlangt, den Teufel zu sehen. »Wo ist das, was ich gesehen habe? Warum ist alles anders?«

»Oh«, sagt der Teufel, »damals warst du ein potentieller Kunde, jetzt bist du Kunde.«

Wetzon folgte Smith' ungenauen Angaben und spazierte durch die Barrow Street im West Village, überquerte die Hudson Street und ging in westlicher Richtung weiter auf die Greenwich Street zu. Sie kam an einem eingezäunten Park vorbei und sah nach den Hausnummern. Hier mußte es sein, weil vor einem Feuerhydranten auf der anderen Straßenseite eine schwarze Limousine parkte.

Genau in diesem Moment kam ein kleiner, vierschrötiger Mann mit kurzgeschorenem braunem Haar, in einem marineblauen Nadelstreifenanzug und mit einem Diplomatenkoffer in der Hand zwischen zwei efeubewachsenen Sandsteinhäusern heraus. Er tippelte auf spitzen, glänzenden schwarzen Schuhen über das hundertjährige Kopfsteinpflaster und stieg in die Limousine ein. Die Tür schloß sich mit einem satten Geräusch. Mit summendem Motor entfernte sich der Wagen mit den dunkel getönten Fenstern in Richtung Washington Street auf unbekannte Ziele zu. Es war etwas Unheimliches an ...

Ein braunes Eichhörnchen sprang aus dem Blumenbeet um eine uralte Eiche, und Wetzon erschrak so sehr, daß sie beinahe gestolpert wäre.

»Das machen die hier immer. Warten ab, bis jemand vorbeikommt.« Der Mann trug enge Jeans, ein noch engeres, weit ausgeschnittenes T-Shirt und einen kleinen goldenen Ring am rechten Ohrläppchen; ein Schlüsselring baumelte an seinem Gürtel. Belustigt blickte er dem munteren Eichhörnchen hinterher.

Wetzon lachte. »New Yorker Eichhörnchen.« Zweifellos war sie nervös. Sie sah zu dem putzigen Tier hoch, das frech herunterkeckerte. Die Blätter des Baumes färbten sich schon rötlich golden. Wetzon hatte den Wechsel der Jahreszeiten in New York immer geliebt, aber dieses Mal stimmte das Herannahen des Herbstes sie traurig. Wo war der Mann im Straßenanzug hergekommen? Der Bürgersteig war uneben, wölbte sich leicht, weil eine Baumwurzel so kräftig gewachsen war und Raum unter dem Zement verlangte. Ein echter New Yorker Baum, dachte sie.

»Falls Sie Judith suchen«, sagte der Mann mit dem Ohrring, »es ist hinter dem nächsten Haus. Gehen Sie durch den Durchgang, dann sehen Sie es.«

Erschrocken spürte sie ihr Gesicht heiß werden. Sie hatte den Mann ganz vergessen. »Danke.« Sie wich seinem Blick aus. Es war zu peinlich. Warum hatte sie sich von Smith nur dazu überreden lassen? Da war es. Ein Durchgang, nicht breit genug für ein Auto, mit Platten gepflastert.

Keine Sonne fiel hier ein, außer um die Mittagszeit, und Mittag war inzwischen lange vorbei. Wetzon fröstelte in dem schwarzweiß karierten Kostüm und zog den Seidenschal mit dem Leopardenmuster fester um den Hals. Zum Glück hatte sie ihre Garderobe schon auf Herbst/Winter umgestellt.

In dem Durchgang roch es feucht und moosig. Ihre Absätze klangen besonders laut auf den Steinplatten, als sie über den schmalen Gehweg eilte, dann betrat sie einen freien Platz, der in spätnachmittäglichem Sonnenlicht lag.

Im Hof des Sandsteinhauses stand ein einfaches zweistöckiges Holzhaus im Schatten einer riesigen Ulme. Weiße Farbe blätterte an verwittertem Holz ab. Fensterrahmen und Tür waren einmal grün gewesen. Küchenkräuter wuchsen in kleinen gepflegten Gruppen von Maschendraht geschützt, und die Luft duftete nach Salbei und Thymian.

Als Wetzon das heruntergekommene Gebäude sah, fragte sie sich, ob die Feuerwehr davon wußte. Es mußte bei einem Brand eine richtige Falle sein, da es ganz aus Holz gebaut war. Solche Nebengebäude sollte es angeblich überall in der Stadt geben, aber Wetzon hatte noch nie eines gesehen. Sie erschienen nicht unter Mieteinnahmen oder auf Steuerlisten. Sie existierten offiziell nicht. Und dennoch war sie sicher, daß die Stadtwerke Strom lieferten und die New Yorker Telefongesellschaft für Anschlüsse an ihr Netz sorgte.

Die Haustür wurde von einer kleinen, später angebauten viktorianischen Kuppel geschützt, deren Holzrippen vom Efeu überwuchert waren. Es gab eine moderne Metallklingel mit einer Gegensprechanlage, darüber klebte ein Zettel, auf dem mit Rotstift stand: »Bitte einmal läuten, dann den Namen nennen.«

Sie hielt inne, den Finger über der Klingel. Noch hatte sie Zeit, kehrtzumachen und wegzulaufen. Nein, sie hatte es Smith vor Monaten versprochen und sich immer wieder davor gedrückt. Und es war schließlich ein Geburtstagsgeschenk.

Smith hatte mitkommen wollen, zweifellos um sicher zu sein, daß sie wirklich hinginge. Wetzon hatte ihre ganze Überzeugungskraft aufbieten müssen, um sie sich vom Leib zu halten. Sie hatten verabredet, sich später um sieben Uhr im *Quatorze* in der 14. Street zum Essen zu treffen.

Ach, was soll's, dachte sie und drückte auf die Klingel. Die Sprechanlage knackte. »Leslie Wetzon«, sprach sie forsch hinein. Sie legte die Hand auf den Türgriff und drückte, als sie den Summer hörte. Die Tür ging auf, und Wetzon trat in ein winziges, niedriges Wohnzimmer mit einem gesprungenen und zerkratzten marmornen Kaminsims über einer Feuerstelle. Ein gewaltiger Fernseher auf einem Gestell mit Rollen war der wichtigste Gegenstand im Zimmer, das ansonsten unpassend von *Coran's* eingerichtet war.

Chiliduft wehte von der linken Seite herein, und sie hörte jemanden in der Küche reden. »Einen Augenblick, bitte«, rief eine Männerstimme. Ihr Magen knurrte.

Dann erschien ein Mann in den Dreißigern, der eine Schürze über kurzen Hosen und einem karierten Hemd trug. Sein dunkles, krauses Haar war zu einem Pferdeschwanz zusammengebunden. Er wischte die Hände an der Schürze ab.

»Entschuldigen Sie bitte, Ms. Wetzon, aber Judith meditiert noch.« Er sprach mit dem knappen, Silben verschluckenden New Yorker Straßentonfall. Er sah auf die Uhr. »Möchten Sie nicht Platz nehmen?« Er zeigte in das Fernsehzimmer. »Sie läßt uns wissen, wann sie fertig ist.«

Wie? überlegte Wetzon. *Na klar, mentale Telepathie.* Sie grinste, während sie die schmale Treppe mit dem abgetretenen Teppich betrachtete. Gummileisten waren auf die Teppichfetzen genagelt. Was zum Teufel hatte sie hier überhaupt zu suchen? Okay, sie wollte kein Spielverderber sein. Sie setzte sich auf den Zweisitzer vor dem Fernseher. Der Fußboden des Holzhauses war uneben, so daß auch das Sofa schief stand. Sie stellte die Füße fest auf den Boden und kam sich vor wie in einem jener Märchen, in denen gemeine Hexen auftauchen.

Irgendwo läutete ein Telefon, und sie hörte, wie sich

der Anrufbeantworter einschaltete. Es war ein Panasonic wie ihrer; sie erkannte es an der Folge der leisen Knacktöne. Nein, doch nicht, dieser hier hatte einen hellen Klingelton am Ende der Melodie.

»Ms. Wetzon.«

Sie sah auf.

»Judith empfängt Sie jetzt. Gehen Sie einfach die Treppe hoch. Es ist die Tür rechts.«

Wetzon wußte nicht, was sie erwartet hatte, vielleicht eine Zigeunerin mit bunten Tüchern und Perlen, doch Judith sah aus, als käme sie gerade aus der Sportabteilung von *Bloomingdale's*. Das volle kastanienbraune Haar wurde mit einem schwarzen Band im Nacken zusammengehalten. Sie trug schwarze Leggings und ein weites weinrotes Seidenhemd. Und schwarze Reeboks, die aussahen, als gehörten sie zu einem Raumanzug. Nur die Ohrringe verwiesen auf andere Dimensionen, riesige blaue Metallmonde, die die Schultern streiften. Die Augen waren dunkel hinter einer leicht getönten Brille mit rotem Gestell.

»Schließen Sie die Tür, Leslie Wetzon.« Judith hatte eine heisere Stimme und den gleichen New Yorker Straßenakzent wie ihr Gefährte. Sie saß an einem wackligen Kartentisch, auf dem eine kleine Leinendecke lag. Ein großer achteckiger Spiegel lag flach auf der Tischplatte. »Bitte setzen Sie sich zu mir.« Sie trug einen geschliffenen Ring aus Rauchtopas und Smaragd an der rechten Hand, und am Handgelenk hatte sie so ein albernes Sklavenband von Cartier, das man nur mit einem Schraubenzieher ablegen kann.

»Geben Sie mir Ihre Hand«, sagte Judith.

Wetzon machte es sich auf dem freien Stuhl neben ihr bequem und streckte eine Hand aus. Judiths Hand war trocken und warm, Wetzons dagegen kalt. Judith schloß die Augen.

So was Lächerliches, dachte Wetzon. Warum klopfte dann ihr Herz? Ihre Hand kribbelte vor Wärme.

»Sie haben einen starken Willen, eine lange Lebenslinie«, murmelte Judith. »Sie sind Luft.« Sie schlug die Augen auf. »Wassermann.«

Tolle Leistung, dachte Wetzon. *Smith hat dich mir im Januar geschenkt.*

»In einem Ihrer früheren Leben waren Sie Primaballerina.«

Nicht schlecht geraten bei einer Frau, die ihr Haar in einem Ballerinaknoten oben auf dem Kopf trägt, dachte Wetzon.

»In diesem Leben ... tanzen Sie nicht. Sie sind sehr erfolgreich. Geld. Ich sehe viel Geld. Freunde ...« Sie unterbrach sich.

Ein plötzliches Hungergefühl lenkte Wetzon ab.

»... schwierige Beziehung. Streit ... eine Trennung.«

»Smith und ich streiten uns ständig.«

»Hier geht es um einen Mann.«

Ein Mann? Meinte Sie Silvestri?

»Aah ...« Judiths Hand wurde eiskalt. Ihr Mund zuckte. »Blut!« Judith ließ Wetzons Hand los und rückte mit dem Stuhl vom Tisch weg.

Wetzon betrachtete ihre Hand. »Blut? Wo?« Da war kein Blut.

»Wo?« Judith hörte sich benommen an. Ihre Augenlider schlossen sich. »Es tut ... es tut mir leid. Kommen Sie ein andermal wieder.«

Bescheuert, dachte Wetzon. Das Medium war in eine Art Erstarrung versunken. Wetzon stand auf, rückte den Riemen der Tasche über der Schulter zurecht, hob die Aktentasche vom Boden auf.

»Seien Sie vorsichtig«, murmelte Judith.

Mit der Hand auf dem Türgriff versuchte es Wetzon

noch einmal. »Ich verstehe nicht. Tut mir leid. Wo sehen Sie Blut?«

Judith antwortete nicht.

Wetzon zog die Schultern hoch und ging aus dem Zimmer und die Treppe hinunter. Sie hörte Judith aus dem Zimmer kommen und spürte ihre Gegenwart oben am Ende der Treppe. Wetzon blieb stehen und wandte sich um.

»Auf der Straße«, sagte Judith. »Ich sehe Blut auf der Straße.«

»Und außerdem sagte Cafferty, du hättest ihm schlechte Ware verkauft und er werde nicht mehr mit uns arbeiten.« Sie saßen in ihrem Garten und aßen zu Mittag, aber Smith war so wütend, daß sie auf den Salat im Plastikbehälter einstach.

»*Ich?* Ich dachte, wir wären *Partner*. Wie dumm von mir.« Wetzon leckte den Eiersalat, der aus ihrem Pitasandwich getropft war, von den Fingern ab. »Ich weiß nicht, wovon er redet. Evan war sauber, keine juristischen Probleme, kein freundlicher Eintrag auf seinen SEC-Akten.«

»Cafferty behauptet aber, er sei Alkoholiker. Hättest du das nicht bemerken müssen, als du mit ihm gesprochen hast? Verdammt, ich *hasse* es, heutzutage einen Kunden zu verlieren.« Smith betrachtete ihr Zerstörungswerk und klappte den Salatbehälter zu.

»Nein, ich habe es nicht bemerkt, als ich mit ihm sprach, und du hättest es genauso wenig bemerkt. Ich sprach mit ihm am Telefon. Ich bin ihm nie begegnet. Er lebt in Ohio, um Himmels willen. Hätte ich extra nach Ohio fahren sollen, bloß um einen Hunderttausend-Dollar-Produzenten zu treffen? Und wenn doch, hätte ich nach einem einzigen Treffen feststellen können, daß er ein Säufer ist?« Wetzon ließ den Rest vom Sandwich in das Einwickelpapier fallen. »Sag mir bitte nur eins: Macht er Umsatz?«

»Nein. Ich meine, ja, er macht Umsatz. Was Cafferty stört, ist, daß er durch die Bars in der Stadt zieht, tankt und dann jedem von der wunderbaren Firma erzählt, für die er arbeitet.«

Wie eine Karikatur aus dem *New Yorker.* Wetzon unterdrückte ein Kichern. Sie räusperte sich und versuchte, Smith' Blick auf sich zu ziehen. »Ja und, was ist daran so schlimm, wenn ich fragen darf? Er ist stolz, dort zu sein.« Das Kichern kam wieder hoch. Sie schlug sich mit der Hand auf den Mund.

Smith' Mundwinkel zuckten. »Sie meinen, es sei peinlich für die Firma. Nicht standesgemäß und so. Du kannst darüber lachen, soviel du willst, aber die Kunden sind heutzutage schwer zufriedenzustellen, das weißt du auch.« Sie sah Wetzon mit ihren haselnußbraunen Augen streng an. »Ich bin wirklich empört über dich.«

»Nun mal halblang. Wenn sie mit ihm unzufrieden sind, sollen sie ihn rauswerfen.« Sie schlürfte eisgekühlten koffeinfreien Kaffee durch einen Strohhalm.

Smith verzog das Gesicht. »Würde es dir sehr viel ausmachen, das zu unterlassen? Sie *können* ihn nicht rauswerfen. Das ist gegen das Gesetz.«

»Seit wann?«

»Ich glaube, es hat was mit Bürgerrechten zu tun. Alkoholismus ist eine *Krankheit.*« Smith schüttelte den Kopf. »Ich muß immer hinter dir her sein. In letzter Zeit wird jede verdammte Vermittlung zum Problem.«

»Ach, sei still, Smith.« Wetzon stieß mit der Plastikgabel nach ihrer Partnerin. »Du machst mich wütend, und der Tag ist viel zu schön, um wütend zu sein. Ich schlage dir etwas vor: Wollen wir tauschen? Ich befasse mich mit den Kundenfirmen, und du kannst die Makler übernehmen.«

»Hm.« Smith schraubte die Evianflasche auf und goß den Rest in ihr Glas.

»Und erzähle mir nicht, daß die Leute in dieser Kleinstadt in Ohio nicht wissen, was los ist. Cafferty wollte Evan nicht einmal einstellen, bevor Evan nicht alle in dem Büro kennengelernt hätte – alle fünf. Er meinte, das Büro wäre zu klein, falls der Typ nicht zu den andern paßt. Also verbrachte Evan den Nachmittag dort und aß später mit ihnen zu Abend. Und keiner will gemerkt haben, daß er Alkoholiker ist?«

»Dich mag das kaltlassen, aber sie werden nie wieder mit uns arbeiten.«

»Dann soll sie der Teufel holen. *Sie* verlieren dabei. Sag mir nur, ob sie bezahlen, was sie uns schulden.«

»Ja.« – »Alles andere ist mir schnuppe.«

»Ich hätte es selbst nicht besser ausdrücken können.« Smith gab es ungern zu. »Aber ich meine, du solltest Evan anrufen und ihm eine Heidenangst einjagen. Wir wollen schließlich die nächsten sechs Monate noch bei ihm abkassieren.«

Wetzon stöhnte. »Ich weiß nicht, was es bringen soll, wenn ich mit ihm rede. Wie sagt man diplomatisch, ›Evan, altes Haus, haben Sie ein klitzekleines Alkoholproblem? Wenn ja, würden Sie es freundlicherweise sechs Monate lang abstellen, Sie Schluckspecht?‹«

Smith grinste sie plötzlich an. »Siehst du, ich wußte, du kannst es. Wie dem auch sei, ich arbeite an etwas *wirklich* Großem.« Sie hielt abwehrend eine Hand hoch. »Nein, frag mich nicht. Wenn ich diesen Kunden an Land ziehe, fahren wir im Rolls durch die ganze Rezession.«

»Das will ich hoffen. Die Telefone sind in letzter Zeit so still.« Sie lächelte und lehnte sich auf dem Gartenstuhl zurück, wobei sie das schmiedeeiserne viktorianische Blumenmuster durch die Bluse im Rücken spürte. »Auf der anderen Seite werden die Langfords wohl bei Shields Kaufmann zusagen, und Brian Middleton fängt heute bei Loeb Dawkins an.«

»Wie schön«, murmelte Smith.

Sie wurden von einem sehr brav aussehenden jungen Mann mit Bürstenschnitt unterbrochen. Ihr Assistent B.B., kurz für Bailey Balaban, machte die Tür auf und sagte: »Twoey für dich, Smith.«

»Für Sie ist das Mr. Barnes« fuhr Smith ihn an. »Ein bißchen Respekt, bitte.«

»Aber er hat selbst gesagt, ich soll ihn Twoey nennen.«

Smith' Blick war vernichtend, und er flüchtete ins Büro, als habe er Angst, ihr den Rücken zu kehren.

»Meine Güte, Smith, willst du B.B. auch Tom Keegen in die Arme treiben?«

Tom Keegen, ihr Hauptkonkurrent, hatte ihnen ihren früheren Juniorpartner, Harold Alpert, abspenstig gemacht, und Wetzon war davon überzeugt, daß Harold nicht gegangen wäre, wenn Smith ihn besser behandelt hätte. Smith ging nicht darauf ein und trank einen letzten Schluck Wasser. Sie stand träge auf und fuhr sich mit den Fingern durch die kurzen dunklen Locken. Sie hatte die Figur eines Models, groß und schlank, olivenfarbene Haut und hohe Backenknochen, die die mandelförmigen Augen betonten, dazu einen phantastischen Stoffwechsel, was ein Glücksfall war, da sie nichts von sportlicher Betätigung hielt.

Was Smith und Wetzon taten, war mysteriös, im besten Sinne des Wortes, und deshalb war es zauberhaft. Sie verstanden sich als Detektive, die die besten Kandidaten für die Stellen suchten, die ihre Kunden zu besetzen hatten. So schien es nur angemessen, daß auch die Kurzbiographien, die sie für jeden möglichen Kandidaten ausfüllten, bei ihnen ›Fahndungsbogen‹ hießen.

Wall Street nannte sie und ihre Kollegen Headhunter, und sie hatten nichts dagegen einzuwenden. Abseits von Wall Street wurden diejenigen, die Fachkräfte suchten und vermittelten, als Personalberater bezeichnet, und Headhunter – »Kopfjäger« – galt dort als abfälliger Begriff. Doch Wall Street bewunderte eine gewisse Aggressivität und belohnte Piraterie. Jeder, der »ungestraft davonkommen« konnte, wurde respektiert.

Und ihre Kunden waren keine gewöhnlichen Geschäftsleute; sie waren die treibenden Kräfte und Macher der allmächtigen Finanzgemeinde – der *STREET*.

Smith und Wetzon waren zwar keine richtigen Insider, aber sie standen auch nicht außerhalb.

Sie befanden sich in der hervorragenden Position, jedes Problem objektiv zu sehen und dem Kunden einen Überblick zu verschaffen.

Sie waren wahrhaftig ein seltsames Gespann. Smith war aus einer Personalabteilung gekommen, und Wetzon war Gruppentänzerin am Broadway gewesen. Daß ihre Namen zusammen dem Firmennamen der Büchsenmacher einprägsam ähnlich waren, fanden sie nur lustig, doch sie nutzten sie, um ihre Einzigartigkeit herauszustreichen. Sie waren Frauen in einer Männerwelt.

Sie arbeiteten von einem kleinen Büro aus, das einmal eine Zweizimmerwohnung in einem umgebauten Sandsteinhaus in der 49. Street zwischen Second und First Avenue gewesen war. Es befand sich parterre, und die Hintertür ging auf einen bescheidenen Garten.

Sie waren schon fast acht Jahre zusammen, und es war ungewöhnlich gut gelaufen, durch Hochs und Tiefs an der Wall Street. Smith konzentrierte sich auf Unternehmensausbau – sie tat Kundenfirmen auf –, und Wetzon rekrutierte Börsenmakler, eine Aufgabenverteilung, die hauptsächlich auf Smith zurückging, weil Smith Makler verabscheute. »Abschaum« und »Widerling« waren ihre freundlichsten Bezeichnungen für sie.

Zur Zeit des Crashs auf dem Aktienmarkt im Oktober 1987 und zwei Jahre danach war das Geschäft unglaublich gewesen. Dann machten sich allmählich die wirklichen Auswirkungen des Verlusts der Kleinanleger an der Wall Street bemerkbar, und in der Abwärtsbewegung der Kapitalbasis folgten Konkurse, Fusionen und Aufkäufe. Der Refrain »der Scheck ist unterwegs« war überall zu hören.

Die Form von Smith' und Wetzons Unternehmen hatte sich allmählich verändert. Sie stellten fest, daß ein recht großer Bedarf an Managementberatung bestand, wo die Honorare zum Glück mit etwas größerer Regelmäßigkeit bezahlt wurden als beim Headhunting. Wetzon seufzte und blickte hinaus in ihren Garten. Er war vollkommen neu bepflanzt und gepflastert worden und nach der Explosion, die ihn im vergangenen Sommer zerstört hatte, wie der Phönix aus der Asche in voller Pracht wiedererstanden. Sie sammelte die Reste und den Abfall vom Mittagessen ein und warf alles in den Plastikmüllsack im Bad.

»Selbstverständlich, Abe«, sagte Smith gerade ins Telefon in dem professionellen Tonfall, den sie nur bei den erlesensten Kunden anwandte. »Ich lasse Ihnen unseren Vorschlag bis Ende der Woche zukommen.« Sie zwinkerte Wetzon zu und zeigte mit dem Daumen nach oben.

Bei Abe konnte es sich nur um Abe Bloom handeln, den Vorsitzenden von Cooperman Bloom Securities. War das der große neue Kunde?

Wetzon sah auf die Uhr, dann auf Andy Warhols Bleistiftzeichnung von einer Rolle Dollarnoten, die sie und Smith von ihrem ersten Honorar bezahlt hatten. Sie salutierte davor. Höchste Zeit, um die Dollars zu telefonieren. Sie nahm den Hörer ab und rief Brian Middleton bei Bliss Norderman an.

»Büro Mr. Middleton.«

»Mr. Middleton bitte.«

»Er ist heute nicht im Haus. Kann ich etwas für Sie tun?« Die Stimme der Frau verriet nichts.

»Nein, danke. Ich versuche es morgen.« So weit, so gut, dachte Wetzon. Diese Auskunft bekam man normalerweise, wenn jemand ausgeschieden war. Ein Geschäftsführer gab die Kundenkonten eines aus der Firma ausgeschiedenen Börsenmaklers im allgemeinen an seine bevorzugten Angestellten im Büro und behielt einige für sich. Wenn er also nicht die Wahrheit sagte – daß der Makler nicht mehr bei ihm war –, gewann er Zeit.

Mit dem Radierende des Bleistifts tippte sie die Nummer von Simon Loveman, dem Geschäftsführer des Loeb Dawkins Büros, wo Brian Middleton sich jetzt einrichten würde.

»Büro Simon Loveman.«

»Tag, Joyce, Wetzon hier. Ich wollte nur mal nachfragen, ob mit Brian alles glattgegangen ist.« Die Leitung schien plötzlich tot. »Hallo, Joyce?« Irgend etwas stimmte nicht – Wetzons Verstand schlug Alarm: *Fehler, Fehler, Fehler.*

»Ich stelle zu Simon durch.«

Oje. Wetzons innere Alarmanlage schrillte noch lauter.

»Ja.« Simons Stimme klang kalt und wütend.

»Simon, hier ist Wetzon. Ist etwas mit Brian nicht in Ordnung?«

»Das möchte ich *Sie* fragen.«

Was für eine eigenartige Reaktion. »Okay, verbinden Sie mich mit ihm.«

»Ich glaube nicht, daß das viel nutzt.«

»Warum?« Was war bloß mit allen los?

»Weil Ihre Primadonna ihren Auftritt heute morgen vergessen hat.«

»Das darf doch nicht wahr sein.« Wetzon umklammerte den Hörer.

»Was darf nicht wahr sein?« fragte Smith, ohne sich nach ihr umzudrehen. Sie betrachtete sich in einem Handspiegel. »Verdammt, schon wieder ein graues Haar. Autsch.« Sie riß es aus.

»Brian Middleton. Bliss Norderman sagt, das er heute nicht da ist, und bei Loeb Dawkins ist er überhaupt nicht aufgetaucht.«

Smith ließ den Spiegel auf den Tisch fallen und drehte sich mit ihrem Stuhl um. »Wieviel produziert er?«

»Dreiviertel Million. Er sollte als erstes heute morgen dort aufhören und sofort zu Loeb Dawkins gehen, damit sie heute ins reine kommen.« Wetzon schlug mit der Faust so fest auf den Tisch, daß der Briefbeschwerer in Form eines Marmorpfirsichs, den Laura Dee Day ihr geschenkt hatte, ins Rollen kam. »Verdammt!« Sie fing ihn gerade noch auf, behielt ihn in der Hand und streichelte geistesabwesend über die rauhe Oberfläche. »Er kann nicht woanders hingegangen sein. Ich sprach gestern abend noch mit ihm, und alles war abgemacht.«

»Geraten wir nicht in Panik«, sage Smith mit Panik in

der Stimme. »Es geht um ein großes Honorar, und noch haben wir es nicht verloren. Ruf ihn zu Hause an. Vielleicht ist er krank.«

Wetzon zuckte die Achseln. Das war ziemlich unwahrscheinlich, und das wußte auch Smith. »Okay, was soll's.« Sie tippte die Zahlen ein und lauschte. Beim vierten Läuten schaltete sich der Anrufbeantworter ein, dann hämmerte Musik, die nach *Twin Peaks* klang, gefolgt von Brians Stimme, die um eine Nachricht nach dem Piepton bat und mit dem Vorschlag endete, »an den Frieden zu denken«. Wetzon hätte ihn am liebsten angebrüllt, aber sie ließ es bleiben. Das wäre auf jeden Fall unprofessionell gewesen. Also bemühte sie sich um genau den richtigen Ton kühler Dringlichkeit. »Brian, hier ist Wetzon. Wo stecken Sie? Bitte rufen Sie mich an.« Sie gab ihre Telefonnummer im Büro und zu Hause an und legte auf.

»Der gemeine Dreckskerl ist woanders hingegangen.« Smith näherte sich dem Siedepunkt.

»Mag sein, aber ich kann es mir nicht gut vorstellen. Brian hat soviel Zeit darauf verwendet, diesen Wechsel gründlich vorzubereiten. Verdammt, *ich* habe viel Zeit darauf verwendet, das alles zu regeln.«

»Wie kannst du nur immer noch glauben, die würden sich jemals richtig verhalten! Darf ich dich an Fran Berman erinnern?«

Wetzon hielt abwehrend die Hand hoch. »Bitte nicht.« Fran hatte gekündigt und wollte sich gerade in ihr Auto setzen, um zu Wertenheimer zu fahren, als ihr ein Makler über den Weg lief, mit dem sie früher zusammen gearbeitet hatte und der jetzt bei Dean Witter war. Eine halbe Stunde später war Fran Berman Maklerin bei Dean Witter. Was machte es schon, daß Wertenheimer Geschäftskarten hatte drucken lassen und ein Büro aufgemöbelt hatte? Was machte es schon, daß sie sich per Handschlag mit dem Geschäftsführer geeinigt hatte? Und was das Maß voll machte, war, daß sie sich nicht einmal die Mühe machte, Wetzon oder den Geschäftsführer bei Wertenheimer anzurufen, um ihren Sinneswandel mitzuteilen. Sie hatte sich nicht einmal entschuldigt. Wetzon seufzte. »Als der liebe Gott die Manieren verteilte, muß er wohl eine ganze Menge Börsenmakler ausgelassen haben.«

»Hm.« Smith griff zum Telefon. »Wie ist die Nummer von diesem Miststück bei Bliss Norderman?« Ihre langen Finger tanzten über die Tasten, als Wetzon ihr die Zahlen zurief. »Mr. Middleton bitte.« Pause. »Aha, na schön, dann rufe ich morgen an.« Sie zog eine elegant gebürstete Braue hoch und sah Wetzon an, während sie auflegte. »Er wird morgen dort sein. Ha! Probier es noch mal bei ihm zu Hause.«

Wetzon hörte die Zahlen durchlaufen und wurde diesmal mit einem Besetztzeichen belohnt. »Entweder er ist da, oder es versucht noch jemand, ihn zu erreichen.«

Sie schauten sich an. Smith fragte: »Wo wohnt der verkommene Kerl? Immer noch in dem Reihenhaus an der Upper East Side?«

»Nein, er und Rona haben sich getrennt, weißt du nicht mehr? Sie hat das Reihenhaus, das Baby und das Kindermädchen ...«

»Und er hat das Geschäft?«

Rona Middleton war Börsenmaklerin gewesen und hatte sich einen hübschen Kundenstamm aufgebaut. Er war ein verkorkster Rechtsanwalt. Rona brachte ihren Mann ins Geschäft, sorgte für seine Lizenz, und sie begannen, gemeinsam zu arbeiten. Als Rona mit vierzig zum erstenmal schwanger wurde, konzentrierte sie sich ganz auf die Schwangerschaft, und Brian kümmerte sich um die Konten. Beide planten, zu Rosenkind, Luwisher zu wechseln. Rona wollte zuerst gehen, Brian sollte ihr dann drei Monate später folgen. Ihr Geschäftsführer würde Ronas Konten nicht verteilen, weil Brian sie ja verwaltete. Doch kaum hatte Rona sich bei Rosenkind, Luwisher eingerichtet, kündigte Brian an, er wolle sich scheiden lassen. Er hatte nie beabsichtigt, die Stelle zu wechseln. Nebenbei waren die meisten Kunden Ronas bei Brian geblieben.

»Mir tut sie leid. Sie hat ganz schön zu kämpfen. Er hat eine Wohnung an der West Side. 79. Street nahe Columbus. Letzte Woche traf ich ihn zufällig in der Kaffeeschlange bei *Zabar's.*« Wetzon warf einen Blick auf ihren Terminkalender. Jede Menge Anrufe zu erledigen, aber keine Verabredungen. Sie probierte es noch einmal bei Brian. Immer noch besetzt. Sie schob den Stuhl zurück. »Ich fahre hoch und fange ihn ab. In diesem Fall will ich keinen Verlust einstecken.«

»Ich komme mit.« Smith stand auf und warf einen prüfenden Blick in den großen Spiegel an der Innenseite der Badezimmertür. Sie lächelte ihrem Spiegelbild verführerisch zu.

Danke vielmals, dachte Wetzon, während sie die Jacke überzog. Schärfer als beabsichtigt sagte sie: »Ich brauche keine Begleitung.«

»Ich schütze unsere Investition, Zuckerstück. Außerdem bin ich um halb sechs bei *Enzo* verabredet, das sich, falls du dich erinnerst, in der Central Park South befindet, danach Abendessen mit Twoey ...«

»Verschone mich mit den minuziösen Details deines Terminkalenders.« Normalerweise gelang es ihr, Smith' Überspanntheit zu ignorieren, heute jedoch nicht. Außerdem ärgerte es sie maßlos, wenn sich Smith' schlechte Meinung von Börsenmaklern als richtig erwies. In Wahrheit mochte Wetzon nämlich die meisten Kandidaten, mit denen sie arbeitete, ganz gern. Sie waren talentiert, aufregend, egozentrisch und flatterhaft – genau wie die Leute, mit denen Wetzon am Broadway gearbeitet hatte.

Verärgert packte Wetzon drei ›Fahndungsbogen‹ in die Aktentasche. Sie wollte die Leute später anrufen. Aus Gründen der Vertraulichkeit – es war nahezu unmöglich, in Wall Street etwas geheimzuhalten – ließen sich manche Makler lieber zu Hause anrufen. »Na gut, dann komm mit«, sagte sie versöhnlich zu Smith, indem sie sich bemühte, ihre gute Laune wiederzufinden, »aber gehen wir gleich.«

In dem kleinen Empfangsbereich, der einmal zur ursprünglichen Küche gehört hatte, standen drei Sessel, die Kaffeemaschine auf einem Beistelltisch und ein Schreibtisch. Der Schreibtisch hatte zunächst Harold gehört, ihrem Assistenten, dann hatte B.B. zwei Jahre hier gesessen, während er als Kundenwerber und Assistent arbeitete, und Harold war Teilhaber geworden.

Letztes Jahr, nachdem der doppelzüngige Harold Alpert sie verlassen hatte, hatten sie B.B. in Harolds Kämmerchen gesetzt und begonnen, Ersatz für B.B.s alten Posten zu suchen. Es war ein Fiasko gewesen. Sie stellten Leute ein, die dann nie erschienen, und andere erschienen zwar, blieben aber nie länger als drei oder vier Wochen. Jetzt gehörte der Schreibtisch Max Orchard, einem runden, ziemlich kahlen, sechsundsechzigjährigen ehemaligen Buchhalter, der Schuhe mit Gummisohlen trug. Er arbeitete dienstags, mittwochs und donnerstags, da er keine volle Stelle wünschte.

Smith hatte ihn nicht einstellen wollen, aber sie waren so verzweifelt gewesen, daß sie es schließlich doch mit Max versuchten. Nach vier Monaten mußte auch Smith zugeben, daß er tüchtig und, wichtiger noch, zuverlässig war. Sie zahlten ihm zehn Dollar die Stunde und beteiligten ihn mit fünf Prozent am Honorar, das sie bei Vermittlung eines der von ihm gefundenen möglichen Kandidaten verdienten. Drei solche Vermittlungen hatten in der kurzen Zeit, die er nun bei ihnen war, geklappt.

Doch heute war Freitag, und Max war nicht im Büro. Auf seinem Schreibtisch lag ein dicker blauer Ordner, in dem er ›Fahndungsbogen‹ nach geographischen Gesichtspunkten ablegte. In seiner Schreibunterlage steckte ein Monatskalender mit ausgestrichenen Terminen.

»Schließ ab, B.B., und ein schönes Wochenende«, rief Wetzon. »Sprich eventuelle Katastrophenmeldungen auf meinen Anrufbeantworter.«

An der Second Avenue fanden sie auf Anhieb ein Taxi und fuhren auf der Verbindungsstraße an der 72. Street nach Westen durch den Park. Es war fünf Uhr, als das Taxi sie an der Ecke Columbus und 79. Street absetzte.

Der Himmel zeigte sich in einem makellosen Azurblau, gesprenkelt mit flockigen Wölkchen. Ein unsichtbarer Himmelsschreiber hatte weißen Drachenatem in zwei langsam verwehenden Linien über den Himmel gezeichnet.

»Ich habe nur eine Viertelstunde Zeit«, sagte Smith gereizt. »Wo ist es?«

Es war falsch gewesen, Smith mitkommen zu lassen. Wütend deutete Wetzon auf ein braunes Backsteingebäude, das wahrscheinlich aus den dreißiger Jahren stammte. Brian hatte eine Wohnung »so weit wie möglich von der Hexe entfernt« gemietet, wie er Wetzon erklärte. Sie sah auf dem Zettel nach, auf dem sie die Adresse notiert hatte. Wohnung 8B.

Nur von zwei Wandleuchten in Art deco beleuchtet, war die Halle typisch für Gebäude an der West Side: Marmor, Ledersessel, Holzbänke. Sonnenlicht sickerte durch die wunderschönen Buntglasfenster. Am Ende der Halle und zwei Stufen höher befand sich der Aufzug in einem eleganten, auf Hochglanz polierten Messinggehäuse, ebenfalls in einem Artdeco-Muster.

Gegenüber dem Aufzug stand ein freier Stuhl, auf dem die *Daily News* aufgeschlagen lag. Da kein Portier zu sehen war, handelte es sich vielleicht um eine Gebäude mit einem Aufzugführer.

»Ist das nicht eine tolle Bewachung?« Smith drückte ungeduldig auf den Aufzugknopf. Der Pfeil über der Tür kroch gegen den Uhrzeigersinn auf 1, und die Tür ging auf. Der Aufzug war leer. Die zwei Frauen traten in die Kabine und stiegen im achten Stock aus.

Vor der 8B hing eine große Kuhglocke, doch sie brauchten nicht zu läuten. Die Tür stand sperrangelweit offen.

Eine übergewichtige Erscheinung mit großer Sonnenbrille und weichrandigem Strohhut, in einem grell bedruckten Kleid und knallroten Reeboks und mit einer *Big Brown Bag*-Tasche in der Hand raste aus der Wohnung.

Überrumpelt wich Wetzon zurück und stieß mit Smith zusammen.

»Uff«, machte Smith.

Die Frau ignorierte sie und schloß die Tür der 8B.

»Wer sind Sie?« fragte Smith, indem sie Wetzon stupste.

»Ist das nicht Brian Middletons Wohnung?« Wetzon bemerkte, daß die Frau einen schlanken, glatten Hals hatte. Sie war jünger, als sie wirkte.

»*Por favor,* ich Dienstmädchen«, erklärte die Frau mit breitem spanischem Akzent. »Er nicht *aqui.*« Sie drängte sich an ihnen vorbei und drückte den Abwärts-Knopf des Aufzugs.

»Sind Sie sicher?«

Die dunklen Gläser waren Spiegel, so daß sich Smith und Wetzon wie in einem Film sahen. »Ich sicher.«

»Haben Sie noch Tage frei?« fragte Smith.

Die dicke Frau drehte den Kopf langsam zu Smith und hustete, als sich die Aufzugtür öffnete.

»Smith!« Sie traten nach dem Dienstmädchen in den Aufzug.

»Fahr mich nicht an. Ich brauche ein neues Mädchen. Delilah ist zu ihrer Tochter nach Philadelphia gezogen.« Sie wandte sich an die Frau. »Na, wie sieht es aus?« Die Frau schüttelte nachdrücklich den Kopf. Smith seufzte. »Es ist so schwer, heute eine gute Hilfe zu bekommen.«

Die Frau eilte aus dem Aufzug, die Einkaufstasche fest an sich gedrückt, und verließ das Haus vor ihnen.

»Du hast keinen Stil, Smith.«

»Ich habe dir immer gesagt, daß man die Gelegenheit beim Schopfe packen muß. Du tust das fast nie, und darum ...«

»Genug! Waffenstillstand!« Wetzon hielt die Hand hoch. Sie war nicht in der Stimmung, sich einen Vortrag über ihr Leben anzuhören, schon gar nicht von Smith.

»Was für eine Zeitverschwendung« klagte Smith. Sie sah auf die Uhr. »Ich komme zu spät. Ich weiß nicht, warum ich mich von dir immer zu deinen kleinen Abenteuern überreden lasse.«

Sie lachte unbefangen, als sie Wetzons finsteren Blick bemerkte. »Kommst du?«

»Laß dich von mir nicht aufhalten.«

Eine Tür in der rückwärtigen Wand der Halle ging auf, und eine dunkle Bulldogge von Mensch tauchte auf. Er war halb in Uniform, dunkle Hosen mit einem matten Goldstreifen an jedem Bein, keine Jacke. Eine unsichtbare Knoblauchwolke hüllte ihn ein. Er hob seine *Daily News* auf und pflanzte sich schwerfällig auf den Stuhl gegenüber dem Aufzug. Er sah ohne Neugier zu ihnen herüber, dann vertiefte er sich wieder in die Zeitung.

»Haben Sie Mr. Middleton gesehen?« fragte Wetzon.

Er schüttelte den Kopf. »Heute nicht.« Er erhob sich nicht.

Eine schwangere Frau kam in die Halle, mit einer Hand einen mit Einkaufstüten beladenen Sportwagen schiebend, während ein neben ihr zappelnder Junge von vielleicht drei Jahren versuchte, sich von ihrer anderen Hand loszureißen. Jetzt stand der Portier auf und ließ seine Zeitung auf den Stuhl fallen.

Als Wetzon aus dem Haus trat, sah sie Smith an der Columbus in ein Taxi steigen. Sie lief schneller, doch das Taxi fuhr los. Auch gut, Smith würde es verwinden. Und sie auch.

Verdammt. Falls Brian zu einer anderen Firma gegangen war, würde sie ihn umbringen. Aber solange er nicht irgendwo auftauchte, konnte man nichts unternehmen. Es war sinnlos, voreilige Schlüsse zu ziehen.

Sie sah das Honorar aus den Händen gleiten. Ihre finanzielle Lage war angespannt. Die Umlage für ihre Wohnung war in den vergangenen achtzehn Monaten zweimal erhöht worden, und jetzt lag ein Kostenvoranschlag für den neuen Aufzug vor.

Sie überquerte die Columbus und ging, vorsichtig auf ihren Pfennigabsätzen balancierend, über das Kopfsteinpflaster des Bürgersteigs hinter dem Museum für Naturgeschichte. Ein dünner schwarzer Eisenzaun begrenzte den kleinen Park, der hier Theodore Roosevelt Park hieß und bis zur 81. Street lief, wo er zum Margaret Mead Green wurde, nach der Anthropologin benannt, die ein Büro in dem Museum gehabt hatte.

Auf der linken Seite waren Autos an Parkuhren abgestellt; rechts dehnte sich die Parkfläche. Auf Bänken entlang dem äußeren Zaun saßen Anwohner, Touristen und Obdachlose. Sie wußte mittlerweile, daß es mehrere Kategorien von Obdachlosen in der Stadt gab. Eine davon waren die wirklich Obdachlosen. Leute, deren Haus abgebrannt war oder die mittellos waren, weil sie ihre Arbeit verloren hatten. Dann gab es die Heruntergekommenen: die Gestörten, die Drogenabhängigen. Und schließlich die professionellen Obdachlosen, die das Betteln und Herumtreiben zum Beruf gemacht hatten, die keine Arbeit annahmen, wenn ihnen eine angeboten wurde, da sie das nomadische und oft einträgliche Leben der Straßen vorzogen. Die Parks, Bänke und U-Bahnen waren das Zuhause aller Kategorien geworden.

Sie kam an einer Frau vorbei, dick eingepackt in mehrere Kleiderschichten, die sich mit sieben oder acht zum Bersten vollen Einkaufstüten auf einer ganzen Bank eingerichtet hatte. Sie aß einen Burrito und trank Evianwasser aus der Flasche.

Mächtige Platanen, deren Blätter in Rot, Gold und Rost prunkten, verbargen einen großen Teil der Rückseite des Museums, so daß sie von ihrem Weg aus nur den runden Turm und leere Fenster sehen konnte. Auf der anderen Seite der Columbus Avenue waren hintereinander drei große weiße Caravans geparkt. Wahrscheinlich wurde irgendwo in der Nähe ein Film gedreht.

Als sie zur 81. Street kam, sah sie mehrere Personen ziemlich schnell durch die zwei Steinpfeiler, die den Eingang bezeichneten, in den Park laufen.

»Hilfe!« schrie jemand.

»Holt eine Ambulanz ...«

Wetzon blieb stehen. Im Park versammelten sich Leute und Hunde um einen Baum. Auf der Columbus Avenue floß der Bus- und Autoverkehr stetig Richtung Süden. Sie drehten vermutlich eine Szene um jenen Baum. Wetzon gehörte nicht zu den New Yorkern, die Filmstars anglotzten, sie blieb nie bei Unfällen oder Festnahmen stehen. Sie folgte nie Feuerwehrautos. Genaugenommen wollte sie lieber nichts damit zu tun haben. Warum steuerte sie dann durch den Eingang auf die Menge um den Baum zu?

Der Parkweg teilte sich in drei Wege, von denen einer scharf nach rechts abknickte, auf beiden Seiten von Bänken gesäumt, die jeweils besitzergreifend von einer obdachlosen Person besetzt waren. Zwei Hunde jagten einander, indem sie Kreise auf dem Gras beschrieben. Auf der Gabelung direkt vor ihr stand eine gewaltige knorrige Eiche, deren Blätter im leichten Winde raschelten.

Die Leute drängten sich um einen Mann in Turnhose und T-Shirt, der unter dem Baum saß. Sie sah jemanden mit einem Megaphon. Es mußte sich um einen Film handeln. Der Mann schien krank oder tot zu sein. Wetzon ging langsamer. Eine Frau beugte sich über ihn, schien zu ihm zu sprechen. Irgendwo aus der Ferne kam der pulsierende Klang einer Sirene. Ein Mann in Jeans machte Aufnahmen mit einer tragbaren Kamera.

Ein Schauspieler und eine Schauspielerin in Polizeiuniformen bogen in den Park ein und gingen an ihr vorbei direkt auf den Mann unter dem Baum zu. Die andere Frau trat zurück, als die Polizistin den Mann unterm Baum ansprach, der sich jedoch nicht rührte. Die Polizistin nahm sein Handgelenk und suchte offensichtlich den Puls.

Wetzon kam näher und reckte sich auf Zehenspitzen, um über die Menge zu blicken. Das Gesicht des Mannes war gekonnt geschminkt, marmoriert mit Beulen und Schrammen.

Die Darstellerin der Polizistin ließ das Handgelenk des Mannes fallen, der durch die Bewegung das Gleichgewicht verlor und auf das Gesicht kippte. Ein kollektiver Schreckenslaut kam aus der Menge. Der Hinterkopf des Mannes war zertrümmert wie eine Eierschale.

Wetzon stand wie angewurzelt da. Sie hatte das Gesicht

des Mannes ganz kurz zu sehen bekommen, gerade genug, bevor er umfiel.

Brian Middleton.

Der Körper rollte herum, Gesicht nach oben. »Schon wieder so ein verdammter Hexenschuß«, sagte er.

»Schnitt!« rief jemand.

Sigourney Weaver und Robert de Niro standen beim Eingang zum Margaret Mead Green, die Köpfe geneigt, um die Anweisungen einer kleinen, schlanken Frau in Jeans zu hören, deren Gesicht beinahe in einer Masse roter Locken verschwand.

Was zum Teufel ist nur mit dir los? Es würde noch so weit kommen, daß sie Leichen unter Salatblättern entdeckte. Jeder Idiot hätte sehen können, daß die Leiche unter dem Baum ein Schauspieler war. Wie kam sie überhaupt auf die Idee, Brian sei tot? Es war das verdammte Medium, zu dem Smith sie vor drei Wochen geschickt hatte. Genau, das war es. Judith hatte sie verrückt gemacht. Blut auf der Straße, um Gottes willen.

Genug davon. Sie blieb vor der Buchhandlung *Endicott Booksellers* stehen, um sich die Schaufensterauslage anzusehen, die ein überdimensionales Bild der Kriminalschriftstellerin Sara Paretsky und sämtliche Bücher, gebundene und Taschenbücher, um die hartnäckige Privatdetektivin V. I. Warshawski zeigte. Wetzon hatte sie alle verschlungen. Ein Plakat im Schaufenster kündigte an, daß Paretsky in der ersten Novemberwoche bei Endicott aus ihrem letzten Buch lesen würde. Sie nahm sich vor, es in ihren Kalender zu schreiben.

Eine durchscheinende Kugel zerplatzte auf ihrem Gesicht, und eine andere schwebte vorbei und noch eine, als der Wind drehte und der vor *Penny Whistle Toys* sitzende Bär automatisch Seifenblasen auf die Menschen in der Columbus Avenue blies. Zwei Kinder in Sportwagen reckten Fäustlinge hoch und versuchten, die Blasen zu fangen, als ihre Mütter stehenblieben, um sich zu unterhalten.

Das Tageslicht ließ rasch nach, und die Straßenbeleuchtung schaltete sich ein. Wetzon entfernte sich von der Buchhandlung.

»Miss Wetzon ... Leslie.«

Sie blieb stehen und schaute sich um. Ein breitschultriger Mann im hellgrauen Nadelstreifenanzug war aus der Buchhandlung gekommen. Er rief ihren Namen noch einmal.

Sie mußte ihn kennen ... doch wer war er? Sie lächelte ihn verdutzt an, während sie angestrengt nachdachte, und nahm seine ausgestreckte Hand. Viel graumeliertes dunkles Haar und ironischer Humor in den Augen.

»Sie wissen nicht, wer zum Teufel ich bin.« Er lächelte jetzt und hielt ihre Hand fest.

Er hatte etwas Beruhigendes, eine Bestimmtheit an sich, und Wetzon spürte einen kleinen Adrenalinstoß. »Selbstverständlich weiß ich, wer Sie sind.« Sie dachte angestrengt nach. Er hatte eine einnehmende Art zu lächeln. Nichts Rätselhaftes an ihm. Ah ... ja. Er war jener hochgeachtete Gewerkschaftsführer, den sie und Smith letztes Jahr kennengelernt hatten, als er im Aufsichtsrat von Wertenheimer saß, bevor die Firma mit L. L. Rosenkind fusionierte. Twoeys Freund. »Sie sind Alton Pinkus.« *Was für einen guten Kopf du hast, Wetzon*, gratulierte sie sich. Sie zog ein wenig an ihrer Hand, doch er ließ sie nicht los.

»Sehr gut.« Er hatte eine buchdicke Papiertüte unter den Arm geklemmt. »Wohnen Sie hier in der Gegend?«

»In der 86. Und Sie?«

»81. Im Beresford. Wir sind Nachbarn.« Er betrachtete sie immer noch gründlich mit seinen warmen braunen Augen. Aus irgendeinem Grund fühlte sie sich unter seinem Blick verlegen, wie ein Teenager. »Vielleicht können wir uns einmal auf einen Drink treffen ... oder zum Abendessen«, hörte sie ihn sagen.

»Gern.« *Was sage ich denn da?*

»Ich rufe Sie an. Stehen Sie im Telefonbuch?«

»Nein. Wenn ich meine Hand zurückhaben darf, gebe ich Ihnen meine Karte.« Das schien ihn noch mehr zu amüsieren. Beunruhigt durch einen kurzen Anfall von schlechtem Gewissen kritzelte sie ihre Privatnummer auf die Rückseite der Karte und überreichte sie ihm.

»Was halten Sie von Sonntagabend? Wir können zeitig zu Abend essen ... so um sechs. *Café des Artistes.*«

»Einverstanden«, sagte sie hastig. »Ich treffe Sie dort.« Sie verabschiedete sich mit einem knappen Winken und eilte die Columbus hoch. An der 82. Street mußte sie an der Ampel warten und sah sich verstohlen um. Er stand noch dort und beobachtete sie. Er winkte, und sie grüßte kurz zurück.

Merde, dachte sie. Worauf ließ sie sich da ein? Es war allein Silvestris Schuld. Er nahm an der FBI-Akademie in Quantico, Virginia, an einem Kurs in psychologischer Beurteilung teil. Es war eine Ehre, dafür ausgewählt zu werden, doch der Kurs ging über neun Monate, von September bis Mai, und obwohl es eine Fünftagewoche war, Montag bis Freitag von acht bis fünf, wohnten die Teilnehmer in einem Heim, und viele blieben an den Wochenenden dort. Hatte etwas mit Gemeinschaftsgeist zu tun.

Sie war letzten Samstag mit dem Metroliner hingefahren und im *Watergate Hotel* in D.C. abgestiegen. Sie waren mit einem anderen Paar, beide ebenfalls im Kurs, zum Abendessen ausgegangen; sie hatte sich als Außenseiterin empfunden.

Harry, ihr neuer Portier, stürzte auf die Tür zu, als habe er nach ihr Ausschau gehalten. Er schien aus irgendeinem Grund ganz aus dem Häuschen zu sein. »Guten Abend, Ms. Wetzon.« Er versperrte ihr den Weg. »Ein Polizist ist hier und will Sie besuchen«, flüsterte er. »Er hat mir seine Dienstmarke gezeigt.«

Oh, wie schön, Silvestri wollte sie überraschen. Er war zum Wochenende gekommen. Aber warum war er nicht gleich nach oben gegangen?

Dann trat Harry beiseite, und Wetzon ging in die Halle. Ein Mann, der seinen kräftigen Körper in einen braunen Anzug gezwängt hatte, erhob sich. Er war Ende dreißig, hatte einen ordentlichen schwarzen Schnäuzer und trug ein gelbes Buttondown-Hemd und eine kleingemusterte Krawatte. Sein Haar war dunkel, die Koteletten eine Spur zu lang. Mit Sicherheit nicht Silvestri.

Sie ging verblüfft und ein wenig enttäuscht auf ihn zu. »Ich bin Leslie Wetzon. Sie warten auf mich?«

»Detective Robert Ferrante, Revier Central Park.« Er zückte seinen Ausweis, und sie betrachtete ihn genau.

Harry paßte nun mehr auf sie und ihr Gespräch mit Detective Ferrante auf als auf die anderen Hausbewohner, die nach Hause kamen.

»Worum handelt es sich?« Sie hätte das Gespräch gern in einiger Entfernung von dem neugierigen Harry geführt. »Möchten Sie mit nach oben kommen?« fragte sie, wobei sie wünschte, Ferrante werde nein sagen.

»Entschuldigen Sie.« Ferrante berührte sie leicht am Ellbogen, und sie entkamen dem Portier, indem sie auf die Straße traten. »Wir möchten gern wissen, ob Sie jemand identifizieren können, falls Sie ...« Seine Augen zuckten ganz kurz, und sie drehte sich um und sah einen zweiten Detective, der mit verschränkten Armen an der Tür eines in der zweiten Reihe geparkten Autos lehnte. Er war jung, sein Teint wie matte Holzkohle.

Sie wandte sich wieder an Ferrante. »Ich bin verwirrt. Wohin soll ich mit Ihnen fahren?«

»Zum Büro des ärztlichen Leichenbeschauers.«

Ihr Magen verkrampfte sich. »Wer?« Sie schüttelte den Kopf. »Was für eine dumme Frage. Entschuldigung. Geben Sie mir ein paar Anhaltspunkte.«

»Zwei Schwestern vom Mt. Sinai gingen in ihrer Mittagspause in den Conservatory Garden an der 104. Street und fanden einen Toten auf der Parkbank. Vielleicht einsachtzig, rötliches Haar. Sah wie das Opfer eines Raubüberfalls aus.«

»Wie wurde er getötet? Um wieviel Uhr?«

Er sah sie mit hochgezogener Braue an und trat an die Seite, um eine Frau aus dem privaten Eingang einer Zahnarztpraxis auf die Straße zu lassen.

»Ich bin nicht dumm, Detective. Ein guter Freund von mir ist ebenfalls Detective bei der New Yorker Polizei – Silvestri – er ist beim Siebzehnten. Und ich habe letztes Jahr als Beraterin bei der Polizei gearbeitet. Sie können sich im Büro des Chiefs nach mir erkundigen.«

Ferrante blinzelte nicht einmal. »Wir haben das Opfer auf Eis. Eine Autopsie wird noch durchgeführt, aber vorher wünschen wir eine zuverlässige Identifizierung.«

»Was habe ich damit zu tun? Warum ausgerechnet ich?«

»Ich rief Ihr Büro an und bekam dort Ihre Nummer.«

»Detective Ferrante ...«

»Ms. Wetzon, das Opfer hatte nichts bei sich, keine Brieftasche, keine Papiere, keinen Personalausweis. Nur Ihre Geschäftskarte.«

»Wie war er gekleidet?« fragte Wetzon, doch ihre Gedanken wanderten hierhin und dorthin. *Stell keine Vermutungen an. Es mußte nicht Brian sein. Es konnte sich um jeden x-beliebigen handeln.* In der Hoffnung auf Weiterempfehlung überreichte sie ihre Karte ziemlich wahllos, und sie war damit immer gut gefahren.

Ferrante blickte sie wieder an. Sein kräftiger Arm lag über der Lehne des Autositzes. »Teurer Anzug, weißes Hemd, gelbe, in sich gemusterte Seidenkrawatte, gute Schuhe ... Hosenträger.«

Emile Martens, der schwarze Detective, der den Wagen fuhr, schnaubte verächtlich.

»Wann, glauben Sie, ist es passiert?«

»Er war kalt und steif. Heute morgen irgendwann zwischen fünf und neun vielleicht.«

Es konnte sich nicht um Brian handeln, dachte sie. Er wohnte an der West Side. Sowohl seine alte Firma – Bliss Norderman – als auch die neue, Loeb Dawkins, lagen in Midtown, die eine in der Sixth Avenue, die andere in der Park. Der Conservatory Garden an der 104. Street und Fifth Avenue lag für ihn also kaum am Weg.

Freitag abend und dazu Berufsverkehr bedeuteten, daß die Second Avenue verstopft war. Die Autos krochen auf die Brücke an der 59. Street und auf den Queens Midtown Tunnel zu, um nach Hause nach Long Island oder zum Wochenendhaus in den Hamptons zu kommen. Es war ein herrlicher Nachsommer, und die New Yorker strömten aus ihren Wohnsilos zum Meer. Wie die Lemminge, dachte sie, indem sie die Augen schloß und sich zurücklehnte. Ihr Magen machte abwechselnd plötzliche Sprünge oder verkrampfte sich vor Hunger. Sie hatte genug Leichen gesehen.

Ein dumpfer Schlag auf das Autodach ließ sie die Augen öffnen. Ein kreisendes rotes Licht strahlte von ihrem Auto aus alles um sie herum an. Ein Schleichweg tat sich vor ihnen auf. Eine Sirene heulte auf, und Emile steuerte das Auto durch die Gasse, fädelte sich in Spuren ein und scherte aus, fuhr hinüber auf die First Avenue und hielt schließlich vor einem Steinbau in der 30. Street. Es war das Viertel des University Hospital, und es war normal, daß man hier Medizinalassistenten und Assistenzärzte, Schwestern und Pfleger in Krankenhausweiß oder Chirurgengrün sah, die sich unter die Bewohner mischten. Die meisten New Yorker Krankenhäuser unterhielten einigermaßen preiswerte Wohnungen, womit sie ihren Angestellten eine gute Chance gaben, wenn man dagegenhielt, was den normalen New Yorker das Leben kostete.

Auf dem Metallbaldachin über dem Eingang des Gebäudes war der Name aufgedruckt: ABTEILUNG FÜR FORENSISCHE PATHOLOGIE.

Auf dem Bürgersteig zeigten Ferrante und Martens Ausweise vor und sprachen kurz mit dem Posten, der in ein Walkie-talkie brüllte. Ein paar Minuten später kam ein junger Asiate in Weiß, dessen Namensschild ihn als »Dr. Michael Reyes« auswies, die Treppe herauf und führte sie in den Keller hinunter. Alle bis auf Wetzon. Sie blieb wie angewurzelt stehen. Als sie die Treppe hinunterblickte, graute es sie plötzlich. Es würde jemand sein, den sie kannte, und sie kam auf den irrationalen Gedanken, sie könne es vielleicht aufschieben. Sollten sie nur vorausgehen. Sie würde hier warten.

»Es wird schon gehen, Ms. Wetzon.« Martens war die Treppe heraufgekommen und stand drei Stufen tiefer als sie, so daß ihre Augen auf einer Höhe waren. Er hatte Augen wie schmelzende Schokolade. »Solche Dinge sind nie leicht, aber Sie sind unsere beste Möglichkeit. Er könnte irgendwo eine besorgte Frau oder Kinder haben ... Okay?« Als sie nickte, fügte er kurz und bündig hinzu: »Und atmen Sie durch den Mund. Der Geruch wird Ihnen nicht gefallen.«

Ferrante war unten verschwunden, und als Wetzon Martens widerstrebend nach unten folgte, sah sie Ferrante mit einer bleichen attraktiven Frau reden, die ein cremefarbenes Strickkleid unter einem offenen weißen Labormantel trug. Sie wurde als Dr. Jennie Vose, zweite Leichenbeschauerin, vorgestellt.

In die Wand direkt vor ihr eingebaut war ein Fenster, durch das man in einen Raum blickte, der eingebaute, vom Boden bis zur Decke reichende Stahlschränke mit großen Schubladen enthielt.

Ferrante sagte: »Wir ziehen ihn jetzt einfach heraus, Ms. Wetzon, und decken sein Gesicht auf. Sehen Sie genau hin. Sind Sie bereit?«

»Ja.«

»Gehen Sie, Mike«, wandte sich Ferrante an Dr. Reyes, der mit Dr. Vose den Kühlraum betrat.

Mike zog den Griff an einer Schublade, und sie öffnete sich. Dr. Vose warf einen Blick hinein. Sie schüttelte den Kopf und deutete auf ein anderes Fach.

Du meine Güte, dachte Wetzon, während sie mit kurzen Zügen atmete. Ihr ganzer Körper zitterte, wurde zu Eis. Sie spürte Ferrantes heißen Atem an ihrem Ohr und schloß die Augen.

Als sie sie aufschlug, war die nächste Schublade halb herausgezogen. Sie erkannte die Umrisse eines Gesichts unter dem weißen Laken. Möge es doch niemand sein, den sie kannte.

»Jetzt, Ms. Wetzon.« Mike schlug die Decke vom Gesicht, und Wetzon zwang sich, den Blick zu senken.

Sie sah rötlich-braunes Haar, ein eckiges Kinn, rot und violett gefleckte Haut. Nackte Schultern und krauses rotes Brusthaar. Der Mund zu einem stummen Schrei verzerrt. Ein Auge zerkratzt, das andere – mein Gott – *Bedeckt sein Gesicht. Bedeckt sein Gesicht!,* schrie sie im Geist. Die Hände hochgereckt, um sich zu schützen, hörte sie den eigenen erstickten Schrei, wich zurück und stieß mit Martens zusammen.

»Sie kennen ihn?« wollte Ferrante wissen.

Sie schloß die Augen und atmete, die Anweisungen vergessend, heftig durch die Nase ein. Aasgeruch vermischt mit Antiseptika. Biologisches Labor, der Frosch auf das Sezierbrett gespießt. Sie stöhnte unwillkürlich auf. *Werde erwachsen,* befahl sie. *Werde erwachsen.*

»Wer ist es?« Ferrante hörte sich ungeduldig an.

Wetzon blickte noch einmal auf das Gesicht. Selbst durch ein Fenster war der Anblick eines Toten im Leichenschauhaus entsetzlich. Er war nackt und ausgeliefert. Das linke Auge war weggeschossen. Wo es sein sollte, befand sich ein doppelter Ring aus zwei verschiedenen Schattierungen getrockneten Blutes, Knochensplitter, Schleim und andere Dinge, die sie nicht benennen wollte. Ein schwarzer Faden aus verkrustetem Blut kam aus seinem rechten Ohr.

»Das ist Brian Middleton«, sagte sie.

Brian erschien heute morgen nicht bei seiner neuen Firma«, sagte Wetzon. Sie saß in einer Art Wartezimmer auf einem Plastikstuhl und trank aus einem Styroporbecher Orangensaft, den Jennie Vose aus ihrem privaten Kühlschrank geholt hatte. Ihre Hände zitterten, und ein wenig Orangensaft schwappte über den Rand des Behälters und tropfte durch ihre Finger.

»Was machen Sie eigentlich genau?« Martens schrieb alles in ein kleines schwarzes Notizbuch.

Ihr war, als hätte sie alles schon einmal erlebt. Silvestri hatte ihr die gleiche Frage gestellt, als sie sich vor vier Jahren kennengelernt hatten, nachdem Barry Stark ermordet worden war. »Ich spüre Arbeitskräfte auf, ich bin Headhunterin. Ich überrede Börsenmakler, von einer Firma zu einer anderen zu wechseln.«

»Sie haben ein Arbeitsvermittlungsbüro.«

»Nein. Anders als die Arbeitsvermittlungen brauchen wir keine Lizenz. Wir werden mit einem prozentualen Anteil an der Bruttoprovision des Maklers bezahlt. Brian war einer meiner Vermittelten. Oder wäre es vielmehr gewesen. Er hätte heute bei Loeb Dawkins anfangen sollen.«

Ferrante war weggefahren, um Rona Middleton zu erreichen. Sie war die nächste Verwandte. Sie lebten getrennt, waren jedoch nicht geschieden.

»Er hat sich nicht gemeldet?«

»Nein. Er ist einfach nicht erschienen. Gestern abend so um halb zehn habe ich noch mit ihm gesprochen. Es war alles ganz normal. Ich kann mir nicht vorstellen, was er im Conservatory Garden zu suchen hatte. Besonders an dem Tag, an dem er eine neue Stelle antreten sollte.«

»Hatte er eine Freundin drüben?«

Sie zuckte die Achseln. »Davon wüßte ich sowieso nichts.« Sie trank den Saft aus und warf den Becher in einen braunen Abfallbehälter in der Nähe. Gerade wie das fette Honorar, das sie jetzt nicht bekamen und nie bekommen würden, dachte sie. Smith würde toben.

»Könnten Sie uns nicht die mutmaßliche Todeszeit sagen, Doc?«

Jennie Vose runzelte die Stirn. »Nageln Sie mich nicht darauf fest. Ich würde sagen, vielleicht sieben, halb acht heute morgen.«

»Sehen Sie«, meinte Wetzon, »warum sollte er um diese Uhrzeit in einer abgelegenen Ecke des Central Park spazierengehen?« Sie stand auf und streckte die Beine. Sie wurde langsam steif. »Und in guter Kleidung. Für mich ergibt das keinen Sinn. Brian war nicht dumm ... aber er schleppte immer eine Menge Geld mit sich herum.« Sie erinnerte sich an ein Mittagessen mit ihm und danach den Gang zu *Tiffany's*, wo er ganze Bündel Geld für ein Tennisarmband für Rona hingeblättert hatte. Ganz aus Diamanten. Im Einzelhandel. Spitzenpreis. Und sie hatte damals gedacht, daß weder sie noch einer ihrer Bekannten jemals Schmuck im Einzelhandel kauften. New Yorker machten das einfach nicht ... nicht einmal zum Angeben.

Rona. Rona würde jetzt das Geschäft bekommen. Kunden fühlen sich bei Leuten, die sie kennen, besser aufgehoben. Sie würden alle zu ihr zurückkommen. Rona würde sich in ihrem ersten Jahr bei Rosenkind, Luwisher gut machen, und Smith und Wetzon würden davon profitieren, weil ihre Honorarvereinbarung mit Rosenkind auf Ronas zukünftiger Produktion basierte.

Und wie stehst du dazu, du Krämerseele? fragte sie sich. Sie konnte Smith nicht alles in die Schuhe schieben. Leslie Wetzon verdiente ebenfalls gern. Daran bestand kein Zweifel.

Dr. Vose entschuldigte sich, und Wetzon setzte sich und sah Martens an.

»Möchten Sie Kaffee?« fragte Martens so halbherzig, daß sie lachen mußte.

»Nein, danke.« Der Hunger war zu einem dumpfen Schmerz geworden. In ihrem Kopf hämmerte es. »Ich bin noch nie im Conservatory Garden gewesen«, sagte sie.

»Schönes Fleckchen. Friedlich.« Martens stand auf und begann, auf und ab zu gehen. Er war zapplig, ein langer, eckiger Afroamerikaner, dessen Körperhaltung und Anmut an einen Masai-Krieger in westlicher Tracht erinnerten.

»Ist Martens ein französischer Name?«

»Ja. Ist lange her. Meine Großeltern kamen von Martinique.« Er blieb vor ihr stehen. »Sie sagten, er hätte heute eine neue Stelle antreten sollen?«

»Ja, und er hätte einen großen Vorausscheck über 225 000 Dollar kassiert, sobald er angefangen hätte.«

Martens pfiff durch die Zähne. »War das ein Geheimnis?«

»Nein. Alle Beteiligten wußten davon. Genaugenommen weiß jeder in Wall Street, wie die Vereinbarungen aussehen.«

»Aber er kassierte nicht, weil er nicht anfing.«

»Soviel ich weiß. Ich habe noch von keinem Fall gehört, in dem jemand eine Summe bekam, bevor er anfing.«

Das Zimmer hatte kein Fenster, und Wetzon bekam allmählich Beklemmungen.

Irgendwo ganz in der Nähe, vielleicht im Büro nebenan, läutete ein Telefon. Sie zählte zwanzig, bis endlich jemand abhob.

»Entschuldigen Sie.« Eine junge Frau im Labormantel, das Haar geflochten in einem Krönchen mitten auf dem Kopf, stand in der Tür. Ihre Brille klebte auf der Nasenspitze. »Detective Martens? Ms. Wetzon?«

Martens blieb stehen. »Ja bitte?«

»Sie werden beide unten gewünscht.« Sie nickte ihnen zerstreut zu und verschwand.

Wetzon folgte Martens in die Halle, wo Rona Middleton sie mit einem hysterischen Schrei begrüßte und sich in Wetzons Arme warf, ein höchst schwieriges Kunststück, weil Rona eine kräftige Frau und gut und gern einen Kopf größer war als Wetzon, eher so groß wie Smith. Rona war Sportlerin, eine begeisterte Tennisspielerin und fanatische Joggerin. Wenn sie nicht täglich fünf Meilen um das Reservoir lief, konnte sie sich nicht ausstehen, behauptete sie. Sie trug ihr Haar in einem Herrenschnitt, im Nacken kurz, mit einem Schopf blonder Locken von den Ohren bis zum Scheitel, keine besonders schmeichelhafte Frisur bei dem langen hageren Gesicht.

»Ich kann ohne Sie nicht hinuntergehen.« Rona drückte Wetzons Hand so fest, daß Wetzon zusammenzuckte. »Sie müssen mitkommen.«

Wetzons Magen schlug einen Purzelbaum. Sie konnte nicht.

Ferrantes Blick drückte aus, *Bringen wir's hinter uns.*

Also noch einmal die Treppe runter. Atme durch den Mund. Die Erinnerung an den Geruch genügte, daß es

Wetzon würgte. Sie hielt Ronas eiskalte Hand, während das Tuch noch einmal weggezogen wurde und Brian in seinem langen Schlaf dalag.

»Es ist Brian. Mein Mann Brian Middleton«, sagte Rona ruhig. Sie zog die Hand aus Wetzons Hand. »Der Scheißkerl hat endlich bekommen, was er verdient.«

Rona trug einen weißen Elisse-Jogginganzug und Avias. Kleine goldene Ringe, auf denen Perlen saßen, schmückten ihre Ohrläppchen. Keine Ringe an den Fingern, kein anderer Schmuck. Sie mußte auf dem Weg zu ihrem Fünf-Meilen-Pensum gewesen sein. Dunkle Augenbrauen, dunkle Wimpern, leichte Bräune, eine rote Wunde von Mund. Eine gesteppte Chanel-Umhängetasche – eine echte, keine Imitation – hing an einer zierlichen Gold- und Lederkette von ihrer Schulter. Zierlich war jedoch nicht das passende Wort für die Rona Middleton, die Wetzon vor sich hatte. Da war etwas Hartes und Kompromißloses an ihr, das Wetzon früher nicht wahrgenommen hatte.

Ferrante gab Wetzon einen stummen Befehl, indem er Blickkontakt herstellte und mit dem Kopf zur Tür wies.

»Passen Sie auf, was Sie sagen«, riet Wetzon leise, doch Rona kümmerte sich nicht darum. Sie zeigte Triumph wie ein Banner, als sie sich zum Gehen wandte. *Lieber Gott,* dachte Wetzon. *Hoffentlich hat sie ein Alibi.* Wetzon hatte schon Smith' Stimme im Ohr, falls Rona wegen des Mordes an Brian verhaftet werden sollte und es dann auch auf Ronas Produktion kein Honorar gäbe.

»Laß ihn draußen«, sagte Dr. Vose. »Ich mache es gleich. Vielleicht möchten Sie solange bleiben.«

Um mein Leben nicht, dachte Wetzon, die möglichst schnell weg wollte.

»Drängeln Sie nicht«, bemerkte Rona. »Sie treten mir auf die Hacken.« Sie bückte sich, um die Ferse wieder in den Joggingschuh zu schieben, und Wetzon entdeckte eine dunkelrote Schramme an ihrem Bein zwischen dem weißen Socken und dem Hosenbein.

»Würden Sie eine Vermutung über die Ursache riskieren?« fragte Ferrante Dr. Vose.

Die Ohren spitzend blieb Wetzon wie angewurzelt stehen und ließ Rona weiter die Treppe hinaufgehen.

»Sicher. Ich kann eine Vermutung äußern, aber ich wiederhole, nageln Sie mich nicht fest. Ich würde sagen, er hatte ganz schön Ohrenschmerzen.«

Ohrenschmerzen?

»Ohrenschmerzen?« Ferrante sprach Wetzons Gedanken aus.

»Ja. Verursacht durch eine kleinkalibrige Pistole. Eine zweiunddreißiger, würde ich sagen.«

»Ich dachte, Sie hätten es so eilig, wegzukommen, Wetzon«, rief Rona die Treppe hinunter. »Ich gehe telefonieren.« Sie verschwand aus Wetzons Blick.

Wetzon drückte sich noch einige Minuten unten an der Treppe herum, hörte jedoch nichts mehr. Sie fand Rona in dem kleinen Wartezimmer, das von der Halle abging, im Gespräch mit Detective Martens.

»Es war eine offizielle Trennung. Ich habe während der vergangenen vier Monate nur drei Worte zu ihm gesagt. ›Geh zum Teufel.‹ Wie zuvorkommend von ihm. Megan, meine kleine Tochter, ist acht Monate alt und weiß nicht einmal, daß sie einen Vater hat – *hatte.*« Rona entdeckte Wetzon und machte eine Handbewegung in ihrer Richtung. »Fragen Sie Wetzon. Sie weiß, was ich durchgemacht habe. Der Scheißkerl verweigerte die Unterhaltszahlung für sein einziges Kind.«

Martens hörte höflich zu und machte Notizen in sein Buch. »Wann haben Sie Ihren Mann zum letztenmal gesehen, Mrs. Middleton?«

Rona zog die Schultern hoch.

»Sie ist müde und ein wenig verstört, Detective«, äußerte Wetzon, indem sie versuchte, Rona davon abzuhalten, zuviel zu sagen.

»Ich bin weder das eine noch das andere, Wetzon. Das ist belebend. Wann ich den Scheißkerl zuletzt gesehen habe? Ich weiß es nicht mehr. Ich bin sicher, daß es Monate her ist.«

»Und heute morgen? Wo waren Sie zwischen, sagen wir, zwischen fünf und neun?«

»Sie machen wohl Witze«, fuhr Rona auf.

Wetzon richtete den Blick zum Himmel. *Danke, lieber Gott.*

»Sie meinen, ich hätte es getan? Oh, bitte. Ist das denn zu glauben, Wetzon?«

»Das übliche Verfahren, Rona. Bestätigen Sie einfach, wo Sie waren, und dann können wir gehen. Stimmt's Detective?«

Martens nickte. »Fürs erste.« Er wartete, den Federhalter gezückt, auf Ronas Aussage, wo sie sich aufgehalten hatte.

»Okay, okay, tja, warten Sie. Ich wachte wie immer um fünf auf, duschte, zog mich an. Dann frühstückten Megan, das Kindermädchen und ich zusammen, wie wir es jeden Morgen tun. Ich gehe gewöhnlich ungefähr um sieben weg, und ich bin spätestens um halb acht im Büro ... Ich dachte, es wäre ein Raubüberfall?«

»Das ist eine reine Formsache, Mrs. Middleton. Nach der Autopsie wissen wir mehr.«

»Hm. Ich will nichts mehr davon hören. Haben Sie schon zu Abend gegessen, Wetzon?« Rona nahm ihren Arm.

Ringo trommelte einen Solo in Wetzons Kopf, und sie war am Verhungern. Sie schüttelte langsam den Kopf.

»Gut. Gehen wir irgendwo essen. Ich falle um vor Hunger.« Rona sah an sich hinunter und musterte den Jogginganzug. »Irgendetwas Zwangloses.«

»Ich glaube, ich gehe besser nach Hause«, sagte Wetzon, doch ihr Magen erinnerte sie daran, daß sie außer eingelegten Oliven und einer halben Tomate nichts im Kühlschrank hatte. Da Silvestri nicht da war, dachte sie nie an Lebensmittel in der Wohnung. Jedenfalls hatte sie keine Lust, für sich allein richtig zu kochen. Wenn sie also zu Hause zu Abend aß, war sie mit Bagels und einer Auswahl an Belag restlos zufrieden. Aber sie hatte nicht einmal ein Bagel im Kühlschrank.

»Ich weiß ...« Sie befanden sich auf der Straße, nachdem sie Martens' Angebot, sie zu fahren, abgelehnt hatten. »Gehen wir ins *Carnegie.*«

»Das *Carnegie.*« Wetzon lächelte. Warum nicht? Sie war eine Ewigkeit nicht mehr dort gewesen.

Es gab eine kleine Warteschlange vor dem *Carnegie Deli* an der Seventh Avenue und 55. Street, die bald länger würde, wenn die Theater schlossen. Noch ging es aber schnell voran. An der Theke herrschte hektischer Betrieb. Kellner drängten und riefen, man möge sie durchlassen, während die Kunden, die auf ihre Speisen warteten, ungeduldig wurden. Der restliche Teil des Restaurants war nicht übermäßig voll, doch konnte es sich dem Lärm nach mit einem Fußballstadion messen. Es war ein Tollhaus. Alle riefen durcheinander.

Sie wurden zu einem Tisch ganz hinten geführt.

»Sieh mal, wer da kommt«, sagte der Mann an dem Tisch.

»Menschenskind.« Wetzon stand vor Twoey und Smith. »Es muß ein Ende haben, daß wir uns immer so treffen.«

»Um Gottes willen.« Smith hatte ein gewaltiges Hacksteak zur Hälfte vertilgt.

»Kennt ihr euch? Das ist Smith, meine Partnerin, und dieser charmante Mann ist Goldman Barnes II. Rona Middleton.«

Twoey strahlte Wetzon an und nickte Rona zu. »Wir kennen uns.« Twoey war geschäftsführender Direktor bei Rosenkind, Luwisher, wo Rona als Maklerin arbeitete.

Smith runzelte die Stirn. Während sie Ronas Joggingaufmachung und Wetzons Kostüm musterte, sagte sie: »Hallo, Rona.« Sie kniff die Augen zu schmalen Schlitzen zusammen und legte die Gabel aus der Hand. »Sollte ich etwas wissen?«

Verdammt. Wetzon ahnte, daß das hart würde. Sie sprach schnell und brachte es sofort heraus. »Brian wurde heute morgen im Central Park überfallen und ermordet.«

»Brian? Brian Middleton?« schrie Smith auf, und trotz der lauten Stimmen und des Geschirrgeklappers sahen die Leute zu ihrem Tisch herüber.

»Ihr Mann«, erklärte Wetzon Twoey, der von Smith' Reaktion betroffen wirkte.

»Der Exmann«, berichtigte Rona. Sie setzte sich neben Twoey, griff zur Speisekarte und studierte sie.

»Das tut mir leid.« Twoey hatte einen großen Teller mit Reibekuchen und saurer Sahne vor sich stehen. Er hatte ein wenig angesetzt, seit er mit Smith liiert war, wahrscheinlich weil Smith diesen beneidenswerten Stoffwechsel hatte und nach Herzenslust essen konnte.

»Wetzon ...« murmelte Smith.

»Stimmt«, flüsterte Wetzon. »Kein Honorar für uns, altes Haus.« Sie starrte hungrig auf den gewaltigen Teller mit Pommes frites, den sich Twoey und Smith teilten, dann stibitzte sie eine und aß sie. Sie war köstlich fettig und salzig.

»Verrate mir bitte, wieso du damit zu tun hast, oder ist das eine dumme Frage?«

»Die Polizei erwartete mich zu Hause, nachdem ich dich heute abend verlassen hatte. Das einzige, was Brian bei sich hatte, war meine Geschäftskarte. Sie dachten, ich könnte vielleicht ein Opfer eines Raubüberfalls identifizieren.«

Ein betagter, langsamer Kellner in einem glänzenden schwarzen Anzug, eine weiße Leinenserviette über einem Arm, schien sich in ihre Richtung zu bewegen. Sein Vorankommen war faszinierend; er ging wie ein Zinnsoldat mit rostigen Scharnieren.

»Womit kann ich dienen?« fragte er mit brüchiger Stimme. Er sah aus, als würde er es niemals schaffen, noch einmal den Weg mit ihrem Essen zu machen.

»Ich nehme das gleiche wie sie«, sagte Rona, indem sie auf Smith' Hacksteak deutete, »und ein Cola light.«

»Corned beef-Haschee mit einem pochierten Ei und schwarzen koffeinfreien Kaffee.« Wetzon wußte, daß sie das beste Angebot auf der Speisekarte im *Carnegie* bestellte. Es war wie ein Betriebsgeheimnis, und die ungeheure Auswahl auf der Karte konnte sie nie zu etwas anderem verleiten.

»Das tut mir leid, Rona«, bemerkte Smith bedrückt, doch Wetzon begriff den eigentlichen Sinn. Brian war ein großer Posten, den sie verloren hatten. Früher oder später würde Smith sich ausrechnen, daß Rona eine Chance hatte, Brians Kundenstamm zu bekommen, da er ursprünglich ihr eigener gewesen war.

Wetzon nahm eine Tomate aus der Stahlschüssel auf dem Tisch und biß hinein, wobei sie aus Versehen Smith bespritzte, die sie finster ansah.

»Danke, Smith, aber wir wissen doch alle, was für ein

mieses Stück er war, ergehen wir uns also nicht in Traurigkeit, wenn Sie nichts dagegen haben.« Ronas Hand zog einen Schnitt durch die Luft.

Twoey blinzelte hinter seiner goldenen Brille. Rona hörte sich ziemlich gefühllos an, aber schließlich hätte Twoey daran gewöhnt sein sollen, denn so viel anders war Smith auch nicht.

Smith lächelte plötzlich, und was für ein Strahlen.

Da, sie hatte es sich zusammengereimt.

»Liebe Rona, was für eine Schock für Sie.« Sie nahm die Gabel und stach begeistert in ihr Hacksteak. »Und wie geht es dir, Schatz?« wandte sie sich an Wetzon, doch ihre Augen sprachen, *Wir werden hier doch noch Geld herausholen.*

Wetzon nickte als Antwort auf das, was Smith nicht laut aussprach. »Rona und ich mußten ihn identifizieren.« Sie beobachtete die Ankunft des alten Kellners und ihres Essens, die von potentiellen Katastrophen durch Gäste und andere Kellner bedroht war, doch, o Wunder, er schaffte es, säuberte mit zitternden Händen sorgfältig die Ränder ihrer Teller mit seiner Leinenserviette, stellte die bestellten Gerichte auf den Tisch und legte die Rechnung dazu. Ein Drittel von Wetzons Kaffee befand sich in der Untertasse. Sie goß ihn in die Tasse zurück.

»Wie gräßlich«, bemerkte Smith, die sich damit, nahm Wetzon an, auf die Tatsache bezog, daß sie und Rona die Leiche identifizieren mußten, und nicht auf Wetzons Geschäft mit dem Kaffee. Sicher war sie sich jedoch nicht.

»Ach, ich weiß nicht«, sagte Rona. »Schwarz und blau und tot stand ihm eigentlich gut.« Sie wirkte zufrieden und attackierte das Hacksteak wie besessen, indem sie sich mit der linken Hand fütterte, während sie mit der rechten fast ununterbrochen gestikulierte. »Wo ich jetzt darüber nachdenke, wie starb er überhaupt? Die haben mir nichts gesagt.« Jetzt schien sie sich zu ärgern.

Sie haben nicht gefragt, dachte Wetzon, die sich an die Blutspur aus Brians Ohr und an Dr. Voses Bemerkung über die Zweiunddreißiger erinnerte. Sie trank einen Schluck Kaffee, dann stach sie die Gabel in den Eidotter, zerstörte ihn und beobachtete das gelbe Blut, das in Rinnsalen über das Eiweiß lief und sich mit den Brocken Corned Beef und Kartoffeln mischte. Das Bild war so grotesk, daß sie die Gabel aus der Hand legte.

»Zuckerstück«, schmachtete Smith Rona an, »sagen Sie uns doch bitte, wie Wetzon und ich Ihnen helfen können.« Sie nahm die Rechnung an sich. »Das übernehmen selbstverständlich wir.«

»Sie können mir eine Kopie von Brians Kundenbuch geben.«

»Nein«, erwiderte Wetzon. »Das geht auf keinen Fall. Das hängt von Simon Loveman bei Loeb Dawkins ab. Er hat Brians Kopien der Geschäftsberichte. Ich denke, er wird die Konten an Makler in seinem Büro verteilen.«

»Moment mal ...« Smith deutete mit der Gabel auf Wetzon.

»Nein, Smith. Rona, Sie *kennen* Brians Kundenstamm. Der größte Teil war sowieso zunächst Ihrer. Denken Sie darüber nach, wie Sie sich verhalten wollen, dann gehen Sie auf sie zu, weil totsicher auch Bliss Norderman seine Kundenkonten vergeben wird, sobald Tony erfährt, daß Brian tot ist. Und vergessen Sie nicht, Brians Aktiva liegen immer noch bei Bliss, weil der Transfer erst nach seinem offiziellen Antritt bei Loeb Dawkins vonstatten gehen konnte.«

Rona stieß ihren Stuhl zurück. »Entschuldigen Sie mich eine Sekunde.«

»Wir werden unser Teil kriegen«, erklärte Smith, sowie Rona aus Hörweite war. »Nicht so toll, aber ordentlich.«

»Falls sie an diese Konten herankommt, doch ich

glaube, es wird ihr gelingen. Wir werden von einem Toten profitieren.«

»Nun halt mal die Luft an! Hast du das gehört, Twoey? Miss Heiliger-als-heilig hier? So ist das Geschäft. Was kümmert es uns, ob einer von denen am Leben bleibt oder stirbt? Wichtig ist, daß wir bezahlt werden.«

»Klasse, Smith.«

Smith lächelte gnädig und reichte die Rechnung an Wetzon weiter. »Zahl du bitte. Ich habe keinen Cent Bargeld dabei.«

»Hast du nie.«

Twoey aß seinen letzten Reibekuchen und grinste sie an. »Regt euch ab. Eure Beute kommt zurück.«

Rona setzte sich wieder. Sie hatte die Lippen nachgezogen und sich gekämmt. »Sie sind mir eine große Hilfe gewesen, und ich danke Ihnen.« Sie wandte sich an Wetzon. »Als Sie Aktiva erwähnten, wollte ich mir nur etwas bestätigen lassen, was ich in unserer Trennungsvereinbarung vermutete.« Sie hob ihr Glas Cola light. »Ich möchte auf meinen teuren verstorbenen Exmann trinken. Kommen Sie, trinken Sie mit mir.«

»Ist mir etwas entgangen?« murmelte Smith, indem sie ihr Sodawasser hob.

Rona fuhr fort: »Im Tod hat die Laus endlich das Richtige getan. Unsere schriftliche Trennungsvereinbarung besagt für den Fall, daß Brian stirbt, bevor wir geschieden sind, daß seine sämtlichen Kapitalanlagen, sein Besitz, seine Bankkonten, alles, an mich fallen.«

Ihre Wohnung war dunkel und still. »Licht an«, sagte sie, indem sie den Schalter rechts von ihr berührte, und die blauen und goldenen Kugeln des Schmuckglasleuchters verströmten ihr warmes Licht in der Diele.

Geliebte Dinge: die Steppdecke mit dem Zickzackmuster an der Wand, die weiße Lattenbank aus ihrer Kindheit auf dem Bauernhof, der Fliegenschrank mit der durchlöcherten Blechtür.

Sie schloß die Tür zweimal ab und ließ die Handtasche und die Aktentasche auf dem Boden fallen. Es war ein äußerst anstrengender Abend gewesen.

Im Eßzimmer, das ihr auch als Arbeitszimmer diente, blinkte das Lämpchen am Anrufbeantworter. Zwei Nachrichten. Sie drückte die Rücklauftaste und starrte sich in der Spiegelwand hinter der Barre an. Sie sah ein wenig aufgelöst aus, verschwommen an den Rändern, nicht mehr scharf umrissen.

Hallo, kam Silvestris Stimme vom Band. *Es ist Freitag abend, zehn Uhr. Ich fahre nach Atlanta, du kannst mich also nicht erreichen.* Das war alles. Seine Worte klangen kalt und förmlich.

»Verdammt«, sagte sie laut. »Hätte ebensogut ein Anruf von meinem Bruder sein können, wenn ich einen hätte.«

Der Apparat piepte, noch eine Nachricht. *Les? Ich bin's noch mal. Ich vermisse dich.* Er räusperte sich. *Warum habe ich so ein Gefühl, daß du dich wieder einmal blindlings in etwas stürzt? Was auch immer es ist, halte dich heraus.* Der Anrufbeantworter stellte sich zurück und schaltete ab.

»Leck mich, Silvestri«, sagte sie, indem sie ihm den Vogel zeigte. Was dachte er sich? Sie käme ohne ihn nicht zurecht?

Sie drückte die Taste, die das Band löschte, schnickte die Schuhe ab und krümmte und streckte die Zehen. Sie öffnete ein Fenster und schloß die Jalousien, dann zog sie Rock, Jacke und Bluse aus und legte alles auf den Eßtisch. In Unterwäsche machte sie einige Aufwärmübungen an der Barre. Sie schloß mit einem tiefen Knicks, dankte dem eingebildeten Applaus und nahm imaginäre Blumensträuße entgegen.

Sie erhob sich und schaltete die Lampen in der Diele und im Eßzimmer aus, duschte und legte sich im Dunkeln aufs Bett, auf die nächtlichen Geräusche in ihrem Haus lauschend. Sie hörte die letzte Müllabfuhr, den Aufzug, ihren Nachbarn, der nach Hause kam. Ihren Kühlschrank, den Wind, der an den Holzjalousien am offenen Fenster rüttelte.

Sie war wie eine Walnußschale ohne Kern, weil sie sich an das Zusammensein mit Silvestri gewöhnt hatte. Sie war von ihm abhängig geworden, und es gefiel ihr überhaupt nicht, wie sie sich ohne ihn fühlte. Als fehle etwas, als sei sie unvollständig.

Aber du liebst ihn, Dummerchen, dachte sie, indem sie ein Zwiegespräch mit sich selbst begann.

Ja, aber wenn du jemand liebst, gibst du die Zügel aus der Hand.

Bist du so scharf darauf, die Zügel in der Hand zu haben?

Nein. Ja. Vielleicht taugte alles nichts.

Wie würdest du dich dann fühlen, wenn du verheiratet wärst? Würde es irgend etwas verändern?

Mein Gott. Sie schlüpfte unter die Decken und zog sie über den Kopf. Vor Silvestri war alles so einfach gewesen; jetzt war es so kompliziert.

Sie schloß die Augen. Denk an was anderes. Denk über deine Vorahnung nach, Brian sei tot, sogar ermordet. Jeder, der sich an seinem ersten Tag nicht dort einfindet, wo er 225 Riesen abholen kann, *muß* tot sein.

Sie war hellwach. Das würde also wieder so eine Nacht werden. Sie setzte sich auf und machte Licht. Ihr kleiner digitaler Radiowecker stand auf 0:30. Was soll's, es war Freitag nacht. Sie konnte morgen ausschlafen. Freitag nacht. Besondere Pläne hatte sie nicht. Das einzige auf ihrem Kalender war das Abendessen mit Carlos. Sie hatten sich in einem Tanzkurs kennengelernt, als sie damals nach New York gekommen war, und später tanzten sie in der Gruppe in einem Musical nach dem anderen, bis Wetzon, die sich nicht als alternde Gruppentänzerin vorstellen konnte, einen Schlußstrich zog und sich mit Xenia Smith zusammentat, um Makler für Wall Street aufzuspüren.

Carlos war über Princely Service, seine erfolgreiche Nebentätigkeit im Reinigungsgeschäft, wo er arbeitslose Tänzer beschäftigte, die in der ganzen Stadt Wohnungen putzten, als Choreograph an den Broadway zurückgekehrt. Und ihre Freundschaft hatte sich mit den Jahren nur vertieft.

Sie hatte gerade das dritte Kapitel von Jack Finneys herrlichem Buch *Das andere Ufer der Zeit* zu Ende gelesen, als ein großer nasser Fleck auf der Seite erschien, dann gleich darauf noch einer. Was zum Teufel ...? Sie blickte zur Decke, und ein dicker Wassertropfen landete auf ihrer

Nase. Dann begann immer mehr Wasser durch einen Riß in der Decke und durch den Deckenventilator zu sickern.

Sie sprang auf und schob das Bett hastig und mit solcher Wucht aus dem Weg, daß sie das Nähtischchen auf der anderen Seite umwarf. Und gerade rechtzeitig, denn ein großer Gipsbrocken schlug auf dem Teil des Fußbodens auf, wo das Bett gewesen war und wo sie gelegen hatte.

Schreiend vor Wut schob sie sich an dem Wasserfall vorbei zum Badezimmer. Aus mehreren Stellen der Decke ergoß sich Wasser. Sie schnappte den Bademantel von der Tür und das Make-up-Kästchen und rannte zu ihrer Sprechanlage, wo sie das Plastikkästchen auf den Boden neben die Füße stellte.

Sie drückte den Knopf des Haustelefons schnell zwei oder dreimal. Viermal. Keine Antwort. *Denk nach, denk nach.*

Das ältere Paar über ihr war in Florida, aber es hielt sich jemand in der Wohnung auf. Ein Enkelsohn oder so. Wetzon zog den Frotteemantel an, der auch nicht gerade trocken war, steckte die Füße in die Schuhe, die noch lagen, wo sie sie im Eßzimmer hingeschnickt hatte, und rannte die Hintertreppe hoch.

Hard Rock hämmerte einen gleichförmigen Takt durch die Tür. Sie hörte das Wasser laufen. Sie klingelte. Hörte nichts. Klingelte wieder, wütend, drei, vier, fünf, sechs, sieben – die Rockmusik brach ab. Sie begann, an die Tür zu hämmern. »Drehen Sie das verdammte Wasser zu!«

Hinter ihr ging eine Tür auf, und eine verschlafene Nachbarin streckte den Kopf heraus. »Was ist passiert?«

»Ich habe die Niagarafälle in meiner Wohnung, weil dieser Idiot anscheinend eingeschlafen ist, während die Badewanne überläuft.« Wetzon unterstrich jedes Wort mit einem Schlag gegen die geschlossene Tür.

Dann hörte sie einen Aufschrei und eilige Schritte. Das

Geräusch des fließenden Wassers brach ab. An die Tür wagte er sich nicht.

»Sie können die bis aufs Hemd verklagen«, hörte Wetzon die Nachbarin neidisch sagen, als sie die Hintertreppe wieder hinunterlief.

Ihre Wohnung war eine einzige Schweinerei. Wasser war durch die Decke ins Eßzimmer gedrungen und hatte sogar eine große Ecke der Wohnzimmerdecke gekräuselt, von der nun der Putz wie Schnee abblätterte. Sie warf die Arme in die Luft und heulte auf.

Es klingelte, und sie riß wütend die Tür auf, vor der sie den Schuldigen vermutete. Es dauerte einen Moment, bis sie das zornige Gesicht von Roger Levine erkannte, dem Anwalt und Vorsitzenden des Hausverwaltungsgremiums, der direkt unter ihr wohnte. Er trug Jeans, ein Izodhemd und Weejuns ohne Socken.

»Sagen Sie kein Wort«, warnte sie, als er den Mund aufmachte. »Es ist dieser Idiot da oben. Kommen Sie herein und sehen Sie selbst.«

Ein wenig besänftigt folgte er ihr. Als er das Schlafzimmer sah, ordnete er an: »Ziehen Sie sämtliche Stecker raus, und machen Sie Polaroidfotos von allem. Bei mir kommt Wasser durch die Deckeninstallationen, aber das hier ist ja eine richtige Katastrophe.«

Sie gingen zusammen eine Treppe höher und schlugen gegen die Tür, bekamen jedoch keine Antwort. »Sehen Sie, was ich meine?« Wetzon schniefte in ein zerfetztes Papiertaschentuch.

Levine schlug ein letztes Mal an die Tür. Dann sagte er: »So eine Scheiße. Holen wir Albert herauf.«

Eine Stunde später saß Wetzon in Rogers Wohnung bei seiner Frau Holly, einer Drogenbeauftragten bei Smith Barney. Vor ihr stand eine nicht angerührte Tasse Kaffee. »Das tut mir alles furchtbar leid.«

»Vergessen Sie's, Leslie. Es ist nicht Ihre Schuld«, sagte Holly. Sie war im fünften Monat schwanger, und man bemerkte gerade erst die Schwellung unter dem Bindegürtel ihres Bademantels.

»Ja«, fügte Roger hinzu. »Bei uns ist es nicht so schlimm, aber bei Ihnen sieht es furchtbar aus.«

Tränen liefen über Wetzons Wangen und gruben eine nasse salzige Spur in den Schmutz.

»Oje, Roger«, murmelte Holly.

»Es stimmt aber, Holly. Ich gehe wieder nach oben und bringe die Sachen in Sicherheit. Und packe, was ich brauche, damit ich im Wohnzimmer wohnen kann, bis alles repariert ist.«

»Ich sage es nicht gern, Leslie«, sagte Roger, »aber ich meine, Sie sollten ausziehen, bis alles gerichtet ist. Die Decke könnte Ihnen auf den Kopf fallen. Es ist zu gefährlich.«

»Ach, ich bin sicher, daß ich ...«

»Haben Sie jemand, wo Sie bleiben können?« fragte Holly.

»Ich denke schon.« Sie dachte, *Smith? Carlos?* Er wohnte in Arthurs Wohnung, hatte aber seine Wohnung im Village weitervermietet. Silvestris Wohnung in Chelsea stand vielleicht leer, aber war sie bewohnbar? Sie war nie dort gewesen. Er benutzte sie für seine Pokerabende. Laura Lee? Wetzon mochte gar nicht daran denken, in einer fremden Wohnung unterzukommen. Sie liebte ihre vier Wände.

Sie stieg die eine Treppe zu ihrer Wohnung wieder hinauf. Albert, der Hausmeister, war gerade im Gehen. »Was meinen Sie, Albert? Wann können Sie die Decke richten?«

Er schüttelte den Kopf. »Das ist eine größere Sache, und es muß zuerst einmal austrocknen. Vielleicht drei, vier Wochen mindestens. Sie können nicht hierbleiben.«

»Ich kann mich doch im Wohnzimmer aufhalten.«

Er runzelte die Stirn. »Ich an Ihrer Stelle würde es nicht versuchen. Die Decke im Bad wird nicht halten ... Sie könnten Schaden nehmen.«

Sie fing unwillkürlich an, leise zu jammern. Albert tätschelte ihr linkisch die Schulter, dann ließ er sie allein. Sie schloß die Tür und heulte los.

Reiß dich zusammen, Wetzon. Irgendwo hatte sie Plastikabdeckplanen, die sie gekauft hatte, als sie die Schlafzimmerdecke abgeklopft hatten, um den Ventilator zu installieren.

Sie zog das Bett ab und bedeckte die Matratze mit Plastik, dann richtete sie den alten Nähtisch mit der einzelnen Schublade auf, der auf Silvestris Bettseite stand. Gut, daß Silvestri nicht da war. Der halbe Inhalt lag auf dem Boden. Sie las einen Stapel nasse Papiere auf, Zeitungsausschnitte und ein aufgeweichtes Notizbuch. Zwei Taschenbücher zerfielen in ihren Händen. Eine durchnäßte Schachtel enthielt eine Krawattennadel und einen Schnappschuß von ihnen, aufgenommen im letzten Sommer auf dem Karussell im Central Park. Zwei Taschentücher, säuberlich gefaltet. Sie schniefte in eines.

Ein Lederetui war hinten in die Schublade gezwängt. Sie zog es heraus und öffnete den Reißverschluß. In einer mit schwarzem Samt ausgelegten Vertiefung lag eine kleine Pistole.

Die Nacht verbrachte sie damit, von Zimmer zu Zimmer zu wandern, zusammenzusuchen, was sie brauchen würde oder schützen wollte. Wasser war durch die Decke der Schrankwand im Schlafzimmer gesickert, doch die oberen Fächer, in denen sie zusätzliche Kissen und Decken aufbewahrte, hatten die Feuchtigkeit größtenteils aufgesogen. Ihre guten Kleider steckten in den Plastikhüllen der chemischen Reinigung.

Auf dem Boden in der Diele sitzend las sie die unverständlichen Anleitungen, die aus dem Japanischen über den Umweg des Koreanischen ins Englische übersetzt waren, und baute nach drei Fehlstarts den tragbaren metallenen Kleiderständer zusammen, der sonst in einer Kiste im Flurschrank lag. Sie hatte ihn gekauft, als ihre Schlafzimmerschränke gebaut wurden, und seitdem nicht mehr benutzt.

Als die Kleider sicher an dem Ständer hingen, nahm sie sich die Schuhe vor, die jeweils im eigenen Karton lagen. Fast alle Kartons waren aufgeweicht. Sie stopfte jeden einzelnen Schuh mit Küchenpapier aus und warf die Kartons in einen großen blauen Müllsack, den Albert ihr gebracht hatte.

Um vier Uhr morgens machte sie Pause und betrachtete den Trümmerhaufen. Die kupfernen Suppentöpfe, die sie als Papierkörbe benutzte, waren auf verschiedene Stellen verteilt, wo es noch tropfte. Handtücher bedeckten die Fußböden, um Feuchtigkeit aufzusaugen. Die Decke über der Badewanne war heruntergefallen – in die Wanne.

Wetzon zog weiße Leggings und einen weiten roten Baumwollpullover an und legte sich aufs Sofa unter ihre alte Babydecke mit den Cowboys darauf, die sie in einem Fach im Flurschrank gefunden hatte. Ihre Bücherregale waren in Sicherheit, weil sie an der Wand standen, die vom Bad am weitesten entfernt war. Sie starrte mit Tränen in den Augen auf die vollgestopften Regale, die bis unter die Decke reichten. Wenn sie die Augen schlösse, könnte sie vielleicht alles verschwinden lassen. Es war vielleicht alles ein häßlicher Alptraum gewesen. Sie schloß die Augen.

Wasser spritzte über die geneigte Plattform, und alle hielten im Tanzen inne, einfach so, und sahen einander an. Sie führten *No, No Nanette* an der Jones Beach auf. Eigentlich dürfte kein Wasser auf der Tanzfläche sein. Eine gewaltige Dünung, und der Boden hob sich unter ihnen, und die Plattform kippte und warf sie alle in den Ozean.

»Ich bin zu alt für so etwas«, schrie Wetzon, bekam einen Mund voll Salzwasser und kämpfte gegen die See an.

»Hören Sie auf, sich zu wehren, und lassen Sie sich treiben«, schlug Alton Pinkus mit amüsierter Stimme vor. Er trat Wasser neben ihr. »Es passiert Ihnen nichts Schlimmes.«

»Hör auf ihn, Les«, rief Silvestri von weit her. »Du kannst nicht alles in der Hand haben.«

Oh, doch, das kann ich, dachte sie, aber sie streckte die

Beine aus und ließ sich vom Wasser tragen. Die Sonne schien ihr warm ins Gesicht, und es kam ihr in den Sinn, daß sie immer in dieser Lage bleiben könnte, wenn sie nur einen Sonnenschutz hätte. Keine Verpflichtungen, keine Entscheidungen. Sie drehte den Kopf ein wenig, um Alton zu danken, doch er war nicht da. Ein Körper trieb mit dem Gesicht nach unten neben ihr.

Machte den toten Mann.

Der tote Mann hob den Kopf. Es war Brian Middleton, das Gesicht zu einer Todesfratze verzogen, und aus dem Loch, wo das Auge gewesen war, strömte Wasser. Seine ausgestreckte Hand berührte ihre. Er gab ihr etwas, drückte es ihr in die Hand. Eine Pistole.

»Nein, nein!« Sie warf sie weg, so weit sie konnte, doch die Anstrengung brachte sie aus dem Gleichgewicht, und sie begann zu sinken ... zappelnd ... Ihr dröhnten die Ohren, dröhnten. Was dröhnte da?

Sie öffnete die Augen. Sie lag auf dem Sofa. Es läutete an der Tür. Die Sonne schien durch die Wohnzimmerläden warm auf ihr Gesicht, und von der Wohnzimmerdecke tropfte Wasser auf sie.

»Augenblick, ich komme.« Sie rollte vom Sofa, steckte die Füße in ihre Keds und ließ Albert, Bob, das Mädchen für alles, und Mike DeVota, den Vertreter des Hausverwalters, herein, damit sie den Schaden besichtigten. Albert reichte ihr die *Times* von ihrer Fußmatte.

Die Küche war wunderbarerweise nicht betroffen. Sie stellte Wasser auf und maß Kaffee in einen Filter. Nachdem die Männer gegangen waren, setzte sie sich auf einen Hocker in der Küche und schlug die Zeitung auf, um eine Meldung über Brians Tod zu suchen. Sie fand sie im Lokalteil unter der Überschrift »Börsenmakler ermordet«:

Ein Börsenmakler wurde am Freitag morgen im Conservatory Garden im Central Park erschossen, meldete die Polizei. Brian Middleton, 45 Jahre alt, 100 West 79. Street, Finanzberater bei Bliss Norderman, wurde um 12:30 Uhr auf einer Parkbank sitzend gefunden, etwa drei Meter vom Eingang zum Garten an der Fifth Avenue. Seine Brieftasche sowie Geld und Schmuck wurden nicht gefunden.

Der stellvertretende Chief Garland P. Howitzer, Einsatzleiter der Detectives in Manhattan, erklärte, daß Mr. Middleton anscheinend das Opfer eines Raubüberfalls ist. »Er leistete vermutlich Widerstand«, so Chief Howitzer. Die ermittelnden Beamten sagen, daß sie keine Mordverdächtigen haben und daß keine Waffe am Tatort gefunden wurde.

Mr. Middleton absolvierte sein Studium an der Wesleyan University in Connecticut und an der Fordham Law School. Er war mit Rona, geb. Walsh, ebenfalls Börsenmaklerin, verheiratet und hinterläßt eine acht Monate alte Tochter, Megan.

Chief Howitzer? Die große Kanone. *Sehr witzig, Wetzon,* sagte sie sich. Reiß dich am Riemen, würde ihre Freundin Laura Lee sagen. Sie legte die Zeitung beiseite, goß Orangensaft in ein Glas und nahm ihre C, E, Kalzium und Beta-Karotin. Sie trank ihren Kaffee und konzentrierte sich auf die nächsten Schritte.

Als erstes Carlos anrufen. Nicht Smith. Smith würde darauf bestehen, daß sie auf der Stelle in Marks Zimmer einzöge, aber nach reiflicher Überlegung und instinktiv wußte Wetzon, daß dies nicht die erste Wahl war. Selbst wenn Smith den größten Teil des Wochenendes mit Twoey verbrachte, war sie doch die Woche über in ihrer Wohnung in der 77. Street, und mit Smith zusammen zu wohnen war ein Alptraum, den sie sich nicht antun wollte. Smith war zu chaotisch, zu exzentrisch und zu bestimmend, um jemandes, und ganz besonders Wetzons, Zimmergenosse zu sein.

Sie griff zum Telefon, tippte Arthur Margolies Nummer, hielt den Hörer ans Ohr und hörte nichts. Kein Wählzeichen, kein Knacken. Nichts. Tot. Es mußte Wasser in die Leitung gekommen sein. Es war ohnehin zu früh, um Carlos anzurufen. Er lebte nach Theaterzeit.

Ihr großer Koffer stand ganz hinten im Flurschrank. Er war seit der Tournee mit *Chorus Line* nicht mehr benutzt worden. Sie zog ihn heraus, legte ihn um, zog den Reißverschluß auf und warf den Deckel zurück. Ihr Theater-Make-up in einem blauen metallenen Werkzeugkasten, Wollknäuel und ein halbfertiger Pullover noch auf der Rundstricknadel. Sie hielt ihn an die Brust. Hmm. Nicht schlecht. Verdammt. Was dachte sie sich? Sie ließ den Pullover auf den Boden fallen und zog zwei abgenutzte weiße Gesichtstücher mit längst vergessenen Hotelnamen heraus. Ein altes schwarzes Trikot. Schmutzige, abgetragene, silberne Jazzschuhe. Sie hielt ein Paar schwarze Strumpfhosen mit einem Loch hoch, durch das man eine Faust stecken konnte. Als sie den Make-up-Kasten öffnete, verströmte er Gerüche nach Fettschminke und etwas Ranzigem. Der Topf mit Cold Cream, halb verbraucht, war schlecht geworden. Eine Welle von Nostalgie überschwemmte sie, und sie setzte sich auf die Hacken und wischte mit den Fingerspitzen ein paar Tränen weg. Sie seufzte. *Aber, aber, du dummes Ding.* Was gab es, wonach man sich sehnen konnte? Wunde Muskeln? Shows, die die Premiere nicht überstanden? Lausige Hotels, schlechtes Essen. Verletzungen. Arbeitslosigkeit. Rufe vor den Vorhang. Ja. Und gute Freunde, späte Essen, tolle Kostüme, die Freude, die neuen Schrittfolgen zu begreifen, die intensive Qual der Premierenabende. Die Kameradschaft.

Sie seufzte noch einmal und stopfte alles in den Müllsack. Soviel zu ihrem vergangenen Leben. Sie starrte lange auf den Sack. Nein.

Sie zog die Jazzschuhe heraus und schlüpfte hinein. Im Kopf hörte sie die ersten aufregenden Noten von »Cool«. Mit den Fingern schnipsend, »sachte!«, spielte sie dann, was sie von Anybodys' Rolle noch in Erinnerung hatte, Anybodys, der winzige Spitzbube aus *West Side Story*, der mit den starken Kerlen spielen wollte, indem sie um ihren Kleiderständer und Koffer tanzte.

Wie Anybodys war sie hart im Nehmen. Viel härter als Leslie Wetzon allemal. Anybodys tanzte über die Handtücher direkt in das Durcheinander von Wetzons Schlafzimmer, hinüber zum Nähtischchen, langte in die Schublade, hob die Pistole im Etui hoch, tanzte in die Diele zurück und ließ die Pistole in den Koffer fallen.

Es war wieder Wetzon, die nach unten ging, um Carlos anzurufen.

»Vergisses!« sagte Wetzon zu Smith, die daraufbestand – welche Überraschung –, sie in Marks Zimmer einzuquartieren. Sie hinterließ auf Carlos' Anrufbeantworter die Nachricht, daß sie einen Notfall habe und auf dem Weg zu ihm sei.

»Wir hätten soviel Spaß in der gemeinsamen Wohnung haben können. Gib dir einen Ruck, Zuckerstück.« Smith lechzte nach einer Gelegenheit, in Wetzons Leben einzugreifen.

»Auf keinen Fall.« Wetzon schüttelte entschieden den Kopf zu der mageren Schwarzen in schmutzigem Sweatshirt, zerlumpten Jeans und Gummisandalen an den Füßen hin, die ihr einen Papierbecher entgegenstreckte. Die Frau plapperte etwas durch schiefe Zähne, gab dann auf und kümmerte sich um eine stattliche alte Dame in einem phantastischen schwarzweißen Kostüm und einem schwarzen Hut mit flottem getupftem Band auf dem Kopf. Die Hände in weißen Handschuhen hielten keine Handtasche. Samstag morgen, der jüdische Sabbat, wahrscheinlich ging sie in eine der Synagogen im Viertel.

»Du könntest hierherkommen und den Rest des Wochenendes bei uns verbringen.« Sie rief Smith von einem

Münztelefon an der Ecke per R-Gespräch in ihrem Haus in Connecticut an.

»Geht nicht. Ich habe hier einen Trümmerhaufen wegzuräumen.«

»Hm. Dann essen wir doch morgen abend zusammen. Dick Tracy ist doch noch in Washington?«

»Stimmt. Abendessen wäre schön – hoppla – nein, es paßt nicht ... oh, Mann.« Ihr war gerade die Verabredung mit Alton Pinkus eingefallen. Sie mußte absagen. Nein. Warum eigentlich? Sie wollten sich sowieso im Restaurant treffen.

»Hallo? Wetzon? Bist du noch da?«

»Ich kann nicht, Smith. Ich habe ... äh ... hm ... andere Pläne für abends.« Sie konnte geradezu hören, wie Smith darüber nachgrübelte.

»Du bist verabredet?« Es war eine Anklage.

»Nein!«

»Doch. Ich weiß es. Vor mir kannst du nichts verheimlichen. Das Tarock zeigte einen anderen Mann, einen älteren Mann. Wer ist es?«

»Mein Großvater. Ich muß gehen. Drei Leute drängeln sich vor dem Telefon.«

»Warte einen ...«

Wetzon hängte ein. Niemand wollte das Telefon benutzen. Sie hätte Smith gern von Alton berichtet, aber Smith würde es gleich an die große Glocke hängen.

Sie schlenderte die 86. Street hinunter zum Broadway. Es war ein frischer trockener Herbsttag. An einem solchen Tag konnte man kaum deprimiert sein, nicht einmal, wenn die Wohnung unter Wasser stand und man ausziehen mußte. Viele Jogger waren unterwegs, ebenso junge Mütter mit Kindern in Sportwagen. Der Himmel zeigte sich in einem tiefen wolkenlosen Blau, nirgendwo ein Dunstschleier. Von der Ecke Broadway und 86. Street hatte sie einen klaren Blick auf den Hudson und die Klippen von New Jersey gegenüber.

Arthur Margolies, Esquire, besaß eine Fünfzimmerwohnung in einem eleganten Gebäude an der West End Avenue. Die Zimmer waren riesig, verglichen mit Wetzons, die Fenster breiter und höher, der Stil nobler. Das Haus verfügte über eine volle Besetzung an Portiers und Aufzugführern in Uniformen wie aus komischen Musicals.

»Sie sind eben zurückgekommen«, sagte der Aufzugführer, der sie in den zehnten Stock brachte.

Während sie über den Flur ging, flog die Tür zu Arthurs Wohnung auf. »Häschen!« Und der liebe, wunderbare Carlos zog sie herein. Er trug einen weißen Pullover mit Zopfmuster lässig um die Schultern, die Ärmel vorn locker verknotet, und sah aus, als wäre er einer Modezeitschrift entsprungen. »Was ist passiert?« Er hielt sie auf Armeslänge von sich und musterte ihr Gesicht.

Sie waren gleich groß, beide schlank, doch er war dunkel, schwarzes Haar, schelmische jettschwarze Augen. Der Diamantknopf an seinem linken Ohrläppchen glitzerte auf bronzefarbener Haut.

Sie spürte seinen prüfenden Blick, senkte den Blick und faßte die Tennisschläger ins Auge, die an dem großen Schirmständer aus Eiche lehnten. Sie sah Arthurs besorgtes Gesicht hinter Carlos auftauchen, und sie brachte kein Wort heraus.

»Komm, Kleines, sag Carlos bitte, was passiert ist. Ist jemand gestorben? Deine Partnerin vielleicht?« Er sagte es hoffnungsvoll. Smith und Carlos haßten sich.

Sie knuffte ihn im Spaß und plapperte, halb lachend, halb weinend, ihre Geschichte stückweise zwischen Schluchzern heraus und fand sich bald in der geräumigen Küche bei heißer Schokolade sitzend wieder.

Während Carlos diktierte, grübelte Arthur über einem

gelben Formular. »Erstens«, verkündete Carlos, »schickt Princely Service zwei Mitarbeiter um zwölf in deine Wohnung rüber. Die bringen einen Leihwagen mit. Sie packen deine Sachen zusammen und machen deinen Umzug runter in die 10. Street.«

»10. Street? Zu dir?«

Er nickte. »Mein Untermieter ist letzten Monat an die Westküste gezogen. Er glaubt, er wird der nächste Rock Hudson. Gott schütze uns.« Carlos klapperte mit seinen langen dunklen Wimpern und verdrehte die Augen gen Himmel. »Ich habe sie renovieren lassen und wollte sie gerade wieder anbieten, Häschen, sie gehört also dir, solange du sie brauchst.«

»Oh, Carlos, du bist der Beste.« Sie umarmte ihn.

»Als ob ich das nicht wüßte.«

»Versicherung«, sagte Arthur.

»Ich habe eine Hausratversicherung. Habt ihr einen Fotoapparat? Ich soll Aufnahmen machen.«

»Meine Mitarbeiter übernehmen das. Keine Sorge. Schreib es dazu, Arthur.«

»Das Telefon. Was soll ich damit machen?«

»Wir lassen es reparieren. Fürs erste lassen wir Anrufe an meine Nummer in der 10. Street gehen, und mein Anrufbeantworter dort ist noch angeschlossen.«

Carlos hatte seine Wohnung in einem ehemaligen Speichergeschoß im Village gekauft, als sich Princely Service zu rentieren begann. Es war eine geräumige Zweizimmerwohnung in der von Bäumen gesäumten 10. Street, westlich der Hudson. Sie bestand aus einer großen offenen Küche mit einem langen Ahorntisch auf Böcken, an dem zwanzig Personen Platz fanden, in der Mitte. Das Schlafzimmer war riesig und besaß bequemerweise ein französisches Bett mit einer Fülle von Kissen und von Ralph Lauren entworfenen Bezügen, einen Kleiderschrank für Riesen und einen Doppelschreibtisch, ein Herman-Miller-Modell aus den fünfziger Jahren. Den Boden bedeckte ein Plüschteppich in heller Tonfarbe von Wand zu Wand. Ein geräumiges Ankleidezimmer mit einem Hartholzboden bot Platz für eine Barre, die frei vor einer Spiegelwand stand.

Das Wohnzimmer hatte olympische Maße und war im gemütlichen englischen Stil möbliert: flacher Webteppich, große, dick gepolsterte Sessel mit rötlichen Chintzbezügen und zwei voluminöse granatrote Sofas. Ein schimmernder Stutzflügel war mit einem buntgemusterten Läufer bedeckt. Auf Tischplatten überall befanden sich Carlos' *chotchkas,* wie er sie nannte, Erinnerungen an Shows, Tourneen, Fotografien, Premierengeschenke.

Als sie die Wohnung betrat, hingen ihre Kleider bereits in den Schränken. Der Koffer stand neben dem Bett. Sie würde sich ihn später vornehmen. Sie zog schwarze lederne Hosen und ein rotes Seidenhemd an, steckte die Füße in Schnürstiefel und widmete sich Carlos und Arthur.

Sie führten sie zum Essen zu *John Clancy's* aus und nötigten sie zu Austern auf der halben Schale. Sie saßen in dem tiefgelegenen Speiseraum mitten in dem fröhlichen Lärm zufriedener Gäste, ließen sich den über Mesquitholz gegrillten Schwertfisch schmecken und teilten sich die Schokoladenmoussetorte, die selbst für zwei Personen viel zu üppig war. Und Carlos überreichte ihr einen Satz Hausschlüssel in einem Gucci-Etui.

Auf ihr Drängen hin setzten sie sie nach dem Abendessen mit der Sonntagsnummer der *Times* im Vorraum ihres neuen Zuhauses ab, und sie fuhr in dem Aufzug zum vierten Stock hinauf und schloß die Wohnungstür auf. Licht aus einem kleinen Artdeco-Kronleuchter erfüllte die breite schiefergrau gekachelte Diele. Die Zimmer dufteten nach einem Potpourri aus Zimt und Vanille.

Auf dem Küchentisch lehnten an einer großen Laliqueschale ein Umschlag mit Fotos und eine Notiz von Carlos, der sie dringend bat, sie nicht an diesem Abend noch zu betrachten. Sie nahm den Umschlag in die Hand, doch dann legte sie ihn ungeöffnet zurück. Sie war erschöpft. Sie ließ ihre Sachen im Schlafzimmer auf dem Boden liegen und nahm ein Bad in Carlos' herrschaftlichem, mit schwarzem Marmor und Spiegeln ausgestattetem Badezimmer, um sich vom Jacuzzi die schmerzenden Muskeln lockern zu lassen.

Wie neugeboren fühlte sie sich, als sie, in ein Badetuch gewickelt, herauskam. Sie streckte sich auf dem Bett aus und schaute zur Decke hoch. Ganz oben liefen die Rohre und die ausgedehnte Sprinkleranlage, die den ehemaligen Lagerraum von einer Wohnung unterschieden.

Irgend etwas blitzte am Rand ihres Blickfeldes. Sie wandte den Kopf und sah den Anrufbeantworter auf dem mit gerafftem Stoff umgebenen Tisch neben dem Bett blinken. Anrufe für Carlos, seinen weggezogenen Mieter, vielleicht für sie. Sie setzte sich auf, krabbelte auf die andere Bettseite und drückte auf die Wiedergabetaste.

Liebes, wo bist du? Smith, außer Atem. *Ich versuche den ganzen Tag, dich zu erreichen. Ich muß mit dir reden.*

Piep.

Leslie, hier ist Roger Levine. Rufen Sie mich bitte an, wenn es Ihnen paßt. Er nannte seine Nummer. Sie würde ihn morgen anrufen.

Piep.

Schatz, ich finde das nicht komisch. Ruf mich an. Ich mache mir Sorgen um dich. Die Stimme verklang, doch Wetzon hörte Smith noch sagen, *Das ist so typisch egoistisch von ihr.*

Wetzon stieß die Luft aus. »Dich anrufen? Im Traum nicht, Liebes.«

Piep.

Wetzon, hier ist Rona. Ronas Stimme klang nervös. Eis klirrte gegen Glas. *Rufen Sie mich bitte heute abend an, wenn es möglich ist, sonst morgen. Es hat sich etwas Unerwartetes ergeben.*

Ihre Wahrnehmung beim Aufwachen gehörte einer anderen Dimension an, und während sie noch dalag, empfand sie nichts als Frieden. Die Schlafzimmerfenster (es waren insgesamt sechs) blickten nach Süden und Westen, es war also noch zu früh für direktes Sonnenlicht. Die Landschaft erschien ihr wie ein geheimnisvoller Garten.

Sie lockerte sich an der Barre und duschte ausgiebig. Im Kühlschrank fand sie ein Päckchen Kaffeebohnen, auf dem mit Bleistift ›koffeinfrei‹ stand. Auf einem Bord eine Kaffeemühle, Filtertüten. Carlos hatte eine Kaffeemaschine, und bald tropfte köstlich duftender Kaffee in die dickbauchige Kanne. Wetzon fühlte sich weit weg von allem, was passiert war, beinahe als wohnte sie in einem Hotel. Und es beunruhigte sie nicht einmal, daß sie die *Times* vom Sonntag noch nicht gelesen hatte.

Es war nach zehn, als sie wieder auf den Boden der Wirklichkeit zurückkehrte und ihr einfiel, Rona anzurufen.

»Können Sie mich heute nachmittag auf einen Drink treffen?« Rona hörte sich energisch und kühl an. »Genaugenommen möchte ich Sie beide sehen.«

»Beide? Sie meinen Smith auch?«

»Ja. Ich habe die Übertragungspapiere zur Unterschrift bereit.«

Übertragungspapiere? Wovon redete sie? »Rona, entschuldigen Sie, ich bin ein bißchen durcheinander. Was für Übertragungspapiere?«

»Ich brauche Ihre Unterschrift und die Ihres Mannes, weil es ein gemeinsames Konto ist.« Ronas Stimme klang nervös.

Hm? Wetzon brauchte nur eine Sekunde. »Sie sind nicht allein.«

»Ganz recht.«

Wetzon biß sich auf die Lippe. »Smith ist auf dem Land. Ich weiß nicht, ob sie heute abend oder morgen früh zurückkommt. Und wenn wir es auf morgen verschieben?«

»Nein!« rief Rona entschieden.

»Na gut. Um vier? Ich sehe zu, ob ich Smith herbekommen kann.«

»Prima. Das *Mark.*«

Wetzon tippte Smith' Nummer und machte sich auf eine Tirade gefaßt. Smith enttäuschte sie nicht.

»Du gehst entschieden zu weit, Wetzon. Man sorgt sich wirklich um dich, weißt du? Dir ist das egal. Du denkst nur an dich.«

»Entschuldige. Ich nehme an, es ist *deine* Wohnung, die unter Wasser steht.«

Es herrschte Stille. »Siehst du. So machst du es immer. Du biegst alles so hin, daß es dir in den Kram paßt.«

Wetzon legte einfach auf.

Das Telefon läutete.

»Hallo.«

»Wir wurden unterbrochen, Zuckerstück. Dein Telefon muß vollgelaufen sein.«

»Wir wurden nicht ...« *Ach, Scheiße,* dachte sie. Es war,

als versuchte sie, ein Gespräch mit einer Schüssel Chili zu führen.

»Bist du in deiner Wohnung, Schatz?«

»Nein, Smith. Du kannst es mir glauben. Ich hatte eine größere Überschwemmung. Meine Wohnung ist unbewohnbar.«

»Oh, du armes Kind«, säuselte Smith.

»Nein, laß das, Smith, weil es mich sonst zerreißt, und ich hasse es, mich selbst zu bemitleiden.« Sie fuhr sehr entschieden fort: »Das ist ein kleiner Sprung in einem ansonsten vollkommenen Leben. Ich bin in Carlos' Wohnung im Village. Ich lasse die Anrufe umleiten.«

»Carlos! Du wohnst bei *ihm* anstatt bei mir?«

»Hör bitte damit auf.« Die Fehde zwischen Smith und Carlos war unerbittlich, alle Griffe erlaubt. Er bezeichnete sie als Barrakuda, sie schimpfte ihn degeneriert. Carlos schob Smith die Schuld zu, daß Wetzon dem Theater abtrünnig geworden war, und spürte, daß sich Smith egoistisch und eigennützig verhielt, während Smith Schwule haßte, Wetzons Zuneigung zu Carlos verübelte und ständig versuchte, sie zu untergraben. Was wahrhaftig ein unerfüllbarer Traum war. Doch das hinderte weder Carlos noch Smith daran, gegenseitig Hiebe auszuteilen, während Wetzon sich bemühte, den Frieden zu wahren.

Seit Carlos ein erfolgreicher Choreograph und eine Berühmtheit geworden war, hatte Smith ihre Beschimpfungen ein wenig gemäßigt, wann immer sein Name fiel. Jetzt nannte sie ihn »jene schwule Person«.

Carlos war ebenfalls eitel und ichbezogen, doch zu denen, die er wirklich gern hatte, war er liebevoll, großzügig und aufmerksam. Er war Wetzons bester Freund.

»Ist es Jake Donahue?«

»Wovon redest du, Smith?«

»Deine Verabredung zum Essen heute abend.«

Wetzon stöhnte. »Hörst du wohl auf? Ich rufe an, weil Rona uns heute nachmittag auf einen Drink sehen möchte. Sie drängte, daß wir beide kommen sollten.«

»Rona Middleton? Weshalb?«

»Meinst du nicht, ich würde es dir sagen, wenn ich es wüßte? Ich weiß es aber nicht. Es war jemand bei ihr, deshalb redete sie, als wäre ich eine Kundin. Sie hinterließ mir gestern abend eine Nachricht, es habe sich etwas Wichtiges ergeben.« Als Smith nichts sagte, fuhr Wetzon fort: »Ich habe vier Uhr im *Mark* ausgemacht und ihr gesagt, ich sei nicht sicher, ob ich dich erreichen könnte. Wenn du also nicht möchtest ...«

»Natürlich werde ich da sein.« Smith war mit einem Mal so liebenswürdig, daß Wetzon sich fragte, was los war.

»Ist mit dir und Twoey alles in Ordnung?«

»Bestens.« Sie sagte es schnell, spuckte es geradezu aus. »Nur kommt Janet heute mittag aus Paris zurück, und Twoey muß zum Kennedy rausfahren, um sie abzuholen.« Sie bemühte sich nicht, sich die Verstimmung nicht anmerken zu lassen. »Er ißt heute mit ihr zu Abend.«

Janet Barnes war Twoeys Mutter, eine herrische, immer noch schöne rothaarige Witwe. Letztes Jahr, als sie Twoey kennengelernt hatte, hatte Wetzon Smith gewarnt, daß seine Mutter ihn am Gängelband habe, doch Smith hatte die Warnung vom Tisch gewischt. Sie erklärte, sie könne mit Janet umgehen. Wegen Twoey hatte Smith Jake Donahue den Laufpaß gegeben.

»Ohne dich?«

»Weil ich es so wollte.«

Wetzon war sich nicht so sicher. »Ich kann dich im *Mark* treffen.«

»Ich bin mit dem Wagen hier«, sagte Smith. »Bist du im Village? Ich hole dich ab.«

»Ich fahre zu mir hoch, um zu sehen, ob ich noch etwas retten kann. Du kannst mich dort abholen, wenn du willst.«

»Ich hoffe, diese Sache mit Rona ist nichts, was uns etwas kostet.« Smith hörte sich besorgt an.

»Dich und mich zusammen.«

»Ist es jemand, den ich kenne?«

»Wirst du wohl aufhören?« Wetzon lachte. »Du benimmst dich wie ein kleines Kind.« Smith würde nicht lockerlassen, bis sie von Alton Pinkus wußte, doch Wetzon hatte nicht die Absicht, es ihr zu erzählen. Wenigstens noch nicht.

Sie legte auf und ging mit den Buchbesprechungen in der *Times* und noch einer Tasse Kaffee wieder ins Bett, doch sie kam nicht über die erste Seite hinaus, weil Carlos anrief, um zu hören, ob alles in Ordnung war. Da war es bereits Mittag, und sie durfte keine Zeit mehr vergeuden.

Der große Koffer mußte ausgepackt, ihre Unterwäsche und die Trainingssachen in die leeren Schreibtischschubladen gelegt werden. Als sie unten in den Koffer langte, fand sie das schwarze Lederetui, das die Pistole enthielt. Wetzon setzte sich aufs Bett und starrte es eine Weile an. Dann legte sie es in die Schublade unter die Strumpfhosen. Wie sie Silvestri kannte, war die Pistole nicht geladen. Nichts Beunruhigendes. Außerdem wußte sie sowieso nicht, wie man das nachprüfte.

Sie zog die schwarze lederne Hose und das rote Seidenhemd an, trug ein wenig grauen Lidschatten auf, etwas Rouge auf die Wangen. Einen farblosen Lippenglanz. Bürstete den Zopf auf und drehte ihr Haar zum Ballerinaknoten mitten auf dem Kopf.

Das Telefon läutete. Sollte sie es dem Automaten überlassen? Am besten.

Hallo, kam eine gedehnte Stimme. *Ich muß die falsche Nummer erwischt haben.*

Wetzon griff schnell zum Hörer. »Bleib dran, Laura Lee.«

Ihre Freundin Laura Lee Day war vor einem Jahrzehnt nach New York gekommen, um Konzertgeigerin zu werden, und hatte, da sie selbst für sich sorgen mußte, eine Stelle als Maklerin bei Merrill Lynch angenommen. Wetzon hatte eine Menge Börsenmakler kennengelernt, die Musiker waren oder gewesen waren. Es war eine eigenartige Verbindung: Musik und Finanzen. Als Wetzon als vertrauliche Empfehlung Laura Lees Namen bekam, rief sie auf Verdacht an, und sie wurden miteinander bekannt und schließlich Freundinnen. Wetzon hatte Laura Lee zu Oppenheimer gebracht, wo sie eine Spitzenkraft als Finanzberaterin war. Sie beriet auch Wetzon in Geldsachen.

Durch ihr Faible für klassische Musik empfahl Laura Lee sich erfolgreichen Personen aus dem Kunstbereich und hatte einen breiten, wenn auch anspruchsvollen Kundenstamm aufgebaut. Wie es bei Finanzmanagern häufig vorkam, war sie für viele ihrer Kunden mehr als eine Finanzberaterin geworden. Sie erfüllte die unterschiedlichen Rollen der Mutter, Schwester, Freundin und sogar Therapeutin. Sie war Patin bei Kindern ihrer Kunden und Friedensstifterin zwischen Kunden, die in Scheidung lebten. Das alles ging nicht spurlos an ihr vorüber, doch Laura Lee hatte meistens gute Laune; nur selten ließ sie sich von etwas unterkriegen. Der Börsenkrach von 1987 hatte sie und alle, die mit dem Markt zu tun hatten, so aus der Bahn geworfen, daß es danach, sagte sie, nur noch aufwärts gehen konnte.

»Wer ist der Charmeur auf deinem Anrufbeantworter? Was hast du mir verschwiegen, Schatz?«

»Nichts, nur daß mich letzte Nacht eine Überschwemmung aus meiner Wohnung vertrieben hat und ich solange in Carlos' Dachwohnung im Village wohne«, antwortete Wetzon. »Und sag bitte nicht, ich hätte dich anrufen können.« Sie hörte die Abwehrhaltung aus der eigenen Stimme heraus und hätte sich ohrfeigen mögen. So verhielt sich Smith immer ihr gegenüber.

»Es liegt mir fern, dich zu kritisieren, Schatz, aber du benimmst dich ungewohnt schlecht gelaunt. Demnach muß es wirklich schlimm gewesen sein.«

»Kann man wohl sagen. Der Idiot über mit schlief ein und ließ die Badewanne überlaufen. Ich hatte die Niagarafälle bei mir. Ich muß jemand finden, der einen Kostenvoranschlag macht. Ach, Scheiße, Laura Lee.«

»Reiß dich zusammen, Schatz, das wird schon wieder. Denk an den Spaß, den dir das Wiedereinrichten machen wird, und ich rufe an, um dir mitzuteilen, daß deine Konten dieses Jahr um zweiunddreißig Prozent gewachsen sind, du kannst also Geld ausgeben ...«

»Und wenn schon, Laura Lee? Und wenn schon?«

»Schatz, ich möchte dich was fragen. Bist du bei der Überschwemmung verletzt worden?«

»Nein, aber ...«

»Leidest du an einer lebensgefährlichen Krankheit?«

»Nein.«

»Muß ich noch mehr sagen?«

Wetzon wischte sich über die Augen und seufzte. »Du hast natürlich recht. Du hast recht. Ich habe nur zwei wirklich schlimme Tage hinter mir, die damit begannen, daß mein nächster großer Kandidat sich am selben Morgen, an dem er bei Loeb Dawkins anfangen sollte, ermorden ließ.«

»Du meine Güte, Brian Middleton. Er war bei dir?«

»Du kanntest Brian, Laura Lee?«

»Ich bin ihm einmal begegnet. Vor kurzem erst. Und um die Wahrheit zu sagen, Schatz, ich war nicht gerade beeindruckt. Ich möchte wirklich nicht schlecht von einem Toten sprechen, aber er war ein fieser Typ. Er hat sich hier vorgestellt, durch einen anderen Headhunter. Und du weißt ja, wie gern sie mit mir armem Ding vor diesen Kandidaten angeben. Jedenfalls brachten sie ihn zu mir, um guten Tag zu sagen.«

»Moment mal. Hast du gesagt, er arbeitete mit einem anderen Headhunter? Mit wem?« Warum schockierte sie das immer wieder? *Nimm es, wie es ist,* sagte sie sich. Sie arbeiteten eben mit anderen Headhuntern. Nimm's nicht persönlich. Aber sie schaffte es nicht.

»Wie heißt er noch ... du weißt schon, Harold Soundso. Der für Tom Keegen arbeitet und früher bei euch war.«

Bei Zabar's nahm sie ein paar Schokocroissants und ein Pfund koffeinfreien Kaffee mit. Dann ging sie auf dem kürzesten Weg zu ihrem Haus.

Nachdem sie ihre Post geholt hatte, rief sie über die Sprechanlage in der Halle Roger Levines Wohnung an. »Ich gehe nach oben, um zu retten, was zu retten ist«, sagte sie ihm.

»Passen Sie auf. Die Decke im Schlafzimmer kann jeden Moment abstürzen. Ich komme hoch, um mit Ihnen zu reden. Wie lange werden Sie bleiben?«

»Eine Stunde ungefähr, vielleicht länger.« Sie rechnete sich aus, daß das genügen würde. Sie konnte einige Taschen in Smith' Wohnung unterstellen und sie später abholen, ein Taxi zum Village nehmen, sich zum Abendessen umziehen und mit dem Taxi wieder herauf ins *Café des Artistes* fahren. Mann!

Sie bat Julio, den Sonntagsportier, Smith ohne Anmeldung hinaufzuschicken.

Die *Times* vom Sonntag lag auf der Matte. Sie hob sie auf, schloß die Tür auf und öffnete sie zögernd. Ein Geruch von Ammoniak vermischt mit Schimmel schlug ihr entgegen. Obwohl das Zerstörungswerk organisiert war, von Carlos' Mitarbeitern nämlich, sah es schlimmer aus, als sie es in Erinnerung hatte.

Ihre Teppiche waren fort, so daß der Schaden an den Fußböden offenlag, weiße Flecken und verzogenes Parkett. Im Wohnzimmer waren die Möbel unter der einzigen Stelle zusammengeschoben, wo die Decke keine Blasen geworfen und Risse bekommen hatte. Alles war ordentlich mit Plastik bedeckt.

Auf der Küchentheke fand sie, unter einen Kaffeebecher gesteckt, den Reinigungsauftrag für die Teppiche. Sie setzte Kaffee auf, ehe sie sich weiter vorwagte.

Plastikbahnen verhüllten auch ihre Schlafzimmermöbel, und auch hier hatte sich der Eichenboden geworfen. Die Kosten für einen neuen Fußboden dürften schwindelerregend hoch werden.

Sie zog einen abgeschabten Koffer und eine gewaltige Einkaufstasche aus Segeltuch aus dem Flurschrank, nahm die alten Laken und Decken, die sie darin aufbewahrte, heraus und packte an Kleidung alles ein, was hineinpaßte. Ein halbes Dutzend Paar Schuhe kam in eine *Zabar's*-Tasche zu den Sachen, die auf dem Schreibtisch lagen.

Es läutete an der Tür, und sie patschte über die aufgeweichten Bodendielen durch den Flur, um Roger hereinzulassen. Er schaute sich betrübt um. »Ah ... Leslie ... das Haus ist, wie Sie wissen, versichert, wenn es unsere Schuld ist, aber das ist nicht ...«

»Was soll *das* nun heißen?« Sie stand da, die Hände auf die Hüften gestemmt, und ärgerte sich über die Wendung, die das Gespräch nahm.

»Na ja, das heißt, wir helfen Ihnen klarzukommen, Leslie, aber es ist eine Sache zwischen Ihnen und Mr. und Mrs. Muscat. Und auch zwischen mir und den Muscats. Sie und ich scheinen als einzige betroffen zu sein. Ich habe mit ihnen in Florida gesprochen, und sie haben eingewilligt, die Verantwortung zu übernehmen, das ist also schon etwas. Und sie sind versichert. Ich denke, wir können es zu unserer Zufriedenheit regeln. Ich meine allerdings, daß wir mit der Arbeit anfangen und sie ihnen dann entsprechend in Rechnung stellen sollten.«

Warum reden Anwälte soviel? Irgendwo in diesem ganzen Gerede versteckte sich eine Warnung; dessen war sich Wetzon sicher. »Hören Sie, Roger, möchten Sie darüber reden, was ein neuer Eichenholzboden kostet?«

Er zog die Schultern hoch.

»Muß ich vor Gericht gehen? Sie sind Anwalt. Sagen Sie mir die Wahrheit.«

»Ich weiß es nicht, und das ist die Wahrheit, Leslie.« Es gelang ihm, überall hinzuschauen, nur nicht auf sie. »Schließlich müssen wir hier miteinander auskommen. Wir möchten gute Nachbarn sein.«

»Was für ein Scheiß, Roger, und das wissen Sie auch. Die gute Nachbarschaft hört auf, wenn Ihr Nachbar Ihr Eigentum beschädigt und unbewohnbar gemacht hat. Na gut, ich besorge mir juristischen Rat. Und meine Versicherungsleute sind benachrichtigt. Sie schicken morgen jemand her, um es zu besichtigen.«

»Du lieber Gott!«

Wetzon warf sich herum, und Roger fuhr zusammen. »Du lieber Gott«, kam als Echo von ihm.

Smith stand in einem schwarzen einteiligen Stretchhosenanzug über einer goldenen hochgeschlossenen Seidenbluse in der Tür, groß, sexy und absolut phantastisch. Unter dem Arm hatte sie eine kurze Steppjacke von Calvin.

Levine hatte es die Sprache verschlagen. Sein Mund stand offen.

»Meine Teilhaberin, Xenia Smith«, murmelte Wetzon.

»Ich bin entzückt«, sagte Smith gedehnt wie eine Gestalt aus *Private Lives.* Sie klapperte mit den Lidern und reichte Roger die Hand.

»Sehr erfreut.« Roger schien genauso in *Private Lives* versetzt. Er nahm ihre Hand und hielt sie eine Spur zu lange, dann räusperte er sich und versuchte halbherzig, den Blick von ihr loszureißen.

»Oh, verdammt.« Wetzon verzog sich in die Küche und goß sich eine Tasse Kaffee ein. Während sie die Croissants auf einen Teller legte, hörte sie, daß die Flurtür geschlossen wurde.

Smith kam mit einem »Was für ein reizender Mann« in die Küche geeilt.

»Er ist mit einer Analytikerin bei Smith Barney verheiratet, und sie ist schwanger.« Wetzon holte noch eine Tasse aus dem Schrank, knallte sie hin und goß Smith Kaffee ein. Sie fühlte sich streitlustig und klein. Manchmal dachte sie, wenn sie nur fünf Zentimeter größer wäre, hätte sie alles in der Hand ...

»Wofür hältst du mich?« Smith nahm sich ein Croissant. »Mmm.«

Wetzon trank einen Schluck Kaffee. »Ich lasse die Finger davon.« Sie bedachte Smith mit einem strengen Blick. »Was ist mit dir und Twoey?«

Smith grinste sie an. »Ich muß im Spiel bleiben, an meinen Talenten feilen sozusagen. Man kann nie wissen. Ein kleiner Flirt ab und zu hat außerdem noch keinem geschadet.«

»Ich gebe auf.«

»Was du nie verstehen wirst, Kleines, ist, daß wir Frauen alle Mittel einsetzen müssen, und ich meine *alle,* über die wir verfügen, um in ihrer Welt mitzuhalten.«

»Das ist so deprimierend. Ich möchte zum Theater zurück.«

»Es gibt kein Zurück.«

»Oh, Smith, das klingt so endgültig.« Wetzon schniefte. Smith hatte recht.

»Seien wir realistisch, Liebes. Möchtest du wissen, warum wir bisher so erfolgreich gewesen sind?«

»Irgendwie bin ich sicher, daß du es mir sagen wirst.«

Smith hörte nicht hin. »Weil wir gut sind, aber auch, weil wir Frauen sind und weil wir ein Beweis sind. Sie können uns den Leuten, die sich für die Gleichberechtigung einsetzen, vorzeigen und verkünden, ›Seht her, wie geschlechtsblind wir sind. Wir machen mit einer Firma Geschäfte, die Frauen gehört und von ihnen geleitet wird.‹«

»Jetzt hast du mich gehörig deprimiert. Und übrigens weißt du genau, daß ich diese Anmache nicht ausstehen kann.«

»So?« Smith lachte affektiert. »Deine Wohnung ist deprimierend, aber unsere Lage ist es keineswegs. Wir können auf ihrem Spielfeld nicht gewinnen, wenn wir nach ihren Regeln spielen, also stelle ich meine eigenen auf und zwinge sie, danach zu spielen. Mein Motto lautet: Mach sie mit Sex kirre und dann einen Endspurt zum Ziel. Halte dich an mich.« Sie zwinkerte Wetzon zu und biß in ihr Croissant.

Wetzon goß sich Kaffee nach. Sie war zwar nicht mit Smith' Taktik einverstanden, aber konnte sie behaupten, Smith liege völlig falsch? Frauen in der Wall Street hatten kein Netz von Beziehungen, tauschten keine Vertraulichkeiten an Urinbecken aus und schlossen keine Geschäfte in Clubhäusern und auf Golfplätzen ab. Was blieb dann also?

Sie verstauten Wetzons Taschen im Kofferraum von Smith' Jaguar und fuhren zum *The Mark* rüber, wo Smith fast sofort eine Parklücke an der 77. Street fand. Um zehn vor vier saßen sie an einem Tisch in *Mark's Bar*, Smith bei ihrem Lillet und Wetzon bei Pellegrino.

»Etwas Stärkeres wäre vielleicht angebracht«, bemerkte Smith.

»Ich trinke später ein Bier.«

»Ach ja. Der geheimnisvolle Begleiter zum Abendessen.« Smith langte in ihren Stiefel und zog eine Tarockkarte vor. »Der Pokalkönig.« Sie hielt ihn Wetzon vor die Nase.

»Was zum Teufel bedeutet das angeblich?« brummte Wetzon.

Smith bedachte sie mit einem nachsichtigen Blick. »Dein Abendbegleiter. Ein freundlicher Mann, ein intelligenter Mann, ein Führer von Männern – und Frauen – hochgeachtet.« Sie machte eine Pause und verdrehte die Augen. »Ein *älterer* Mann.«

»Steck diese blöde Karte weg, Smith« Wetzon spürte, daß sie bis über die Ohren rot wurde. »Dort kommt Rona.«

Und in der Tat schritt eine sehr entschlossene Rona Middleton auf sie zu, und sie war nicht allein.

Die Frau, die sich mühte, mit Rona Schritt zu halten, war klein und ein wenig dicklich, ausgesprochen birnenförmig. Rona war eine auffallende Erscheinung, die Frau neben ihr das Gegenteil. Sie war etwa in Ronas Alter, trug jedoch kein Make-up, und ihre Haut war bläßlich; ein winziges Kinn versteckte sich in einem zweiten, fleischigeren. Glattes braunes Haar ohne Fülle und schlecht geschnitten, vielleicht von ihr selbst mit der Nagelschere. Ponyfransen hingen schlaff auf die halbe Stirn über kurzsichtigen braunen Augen hinter einer Brille mit farblosem Rahmen. Brauner Tweedrock, brauner Blazer, weiße Baumwollbluse mit Schulmädchenkragen.

»Das ist Penny Ann Boyd«, sagte Rona mit einem vernichtenden Blick auf ihre triste Begleiterin. Die arme Penny Ann ließ die runden Schultern noch tiefer hängen.

»Penny Ann Brown?« Smith' Lächeln war ungekünstelt.

»Boyd«, korrigierte Wetzon und trat sie unterm Tisch.

»Also, steh nicht herum. Setz dich«, befahl Rona, während sie sich auf den nächsten Stuhl fallen ließ. Sie war zwanglos gekleidet, verwaschene Seidenbluejeans, ein mauvefarbener Rollkragenpullover, Cowboystiefel. Ihre blonden Locken paßten wie ein Topfdeckel auf ihren Kopf, und der Ausdruck auf ihrem hageren Gesicht war verärgert. »Barbie parkt noch den Wagen.«

Aufregend, dachte Wetzon. *Ein Treffen der Damenmannschaft im Basketball.*

»Tjaaa.« Smith' Lächeln war jetzt ölig. »Warum erzählen Sie uns nicht ...«

Rona winkte einem Kellner, der gerade vorbeiging. »Einen Martini – sehr trocken.« Sie zeigte auf Penny Ann. »Das gleiche für sie.«

»Nein, Rona, nein, ich kann nicht ... nicht zu dem Valium ... und überhaupt ...« Penny Anns Stimme war so farblos wie ihre Haut.

»Na gut, bestell irgendwas«, sagte Rona ungeduldig, »damit wir anfangen können.«

»Tee mit Zitrone bitte.« Penny Anns Lippen bebten. Das arme Ding sah aus, als wäre sie in Todesängsten. Vor Rona?

Eine hübsche Frau in einer Bomberjacke aus schwarzem Leder und einem langen schwingenden schwarzen Rock kam auf sie zu. Ihr Haar war eine wilde Kaskade aus roten Locken, und sie hatte den zarten rosigen Teint mancher Rotschöpfe. Sie gab Smith und dann Wetzon einen festen Händedruck. »Ich bin Barbara Gordon.« Blaßgrüne Augen waren von einer feinen weißen Brillenfassung umrahmt. Wildtieraugen, Wolfsaugen. »Cola-Rum«, sagte sie zum Kellner und setzte sich neben Wetzon. Sie verströmte ein schwaches, nach Wald duftendes Parfum.

Als der Kellner ging, sah Rona Penny Ann an. »Erzähl's ihnen.«

Penny Ann wimmerte, bevor sie begann. Es war beunruhigend. »Es ist ... ich meine ... es ist wegen meiner ... Tochter. Tabitha Ann.«

Smith verschluckte sich, hielt die Hand vor den Mund und räusperte sich, indem sie die Geste nutzte, um heimlich zu Wetzon hin die Augen zu verdrehen. »Bitte sprechen Sie weiter«, sagte Smith liebenswürdig. »Meine Allergien ...«

Barbara Gordon kniff die Augen zusammen und starrte Smith an. Sie hatte sie durchschaut.

Um nicht lachen zu müssen, wandte Wetzon ihre Aufmerksamkeit dem Innern ihrer Handtasche zu. Sie preßte die Lippen zusammen und stupste Smith noch einmal unterm Tisch an. Barbara Gordon war nicht auf den Kopf gefallen.

Der Kellner brachte eine Tasse mit Untertasse, ein Teekännchen, einen Teller mit Zitronenscheiben und Ronas Martini, Barbaras Cola-Rum, stellte alles hin und ließ sie allein. Die Gindämpfe verbreiteten sich aufdringlich. Wetzon bekam sofort einen Brechreiz, da sie und Gin sich vor vielen Jahren nach ihrem ersten Cocktail, einer Pink Lady, als unverträglich erwiesen hatten.

»Tabby Ann ist ausgerissen!« Penny Ann war offenbar entsetzt von der Stärke des Ausrufs. Sie sah hilfesuchend von Rona zu Barbara.

Rona angelte die Olive aus dem Glas und nagte daran. Sie schwieg.

Barbara langte hinter Rona vorbei, um Penny Ann auf die Schulter zu tätscheln. »Verlier den Faden nicht, Penny Ann.«

Was zum Kuckuck hatte das mit ihnen zu tun? dachte Wetzon. Und Smith, die ihren Gedankengang erriet, nickte.

»Gott sei uns gnädig, Penny Ann, du bist ein hoffnungsloser Fall.« Rona nahm einen Schluck Martini. »Tabitha Ann ist zufällig mein Patenkind.«

Tränen rollten unter Penny Anns Brille heraus.

»Rona, pack sie nicht so hart an«, sagte Barbara. Sie hatte ihr Cola-Rum unglaublich schnell getrunken.

»Was hat das mit uns zu tun?« Smith sah demonstrativ auf die Uhr.

»Brian hat unser Geld gestohlen«, begann Penny Ann und brach ab, als Rona den Blick zur Decke hob und aufstöhnte. »Nachdem Wilson tot war.« Penny Ann machte plötzlich Schluckgeräusche.

»Auch das noch«, sagte Smith. »Sie hat Hyperventilation.«

Wetzon tätschelte Penny Anns Hand. »Nur ruhig. Sie sind bei Freundinnen.« Smith trat sie unterm Tisch.

»Wilson hatte einen Hirntumor und war innerhalb von sechs Monaten nach der Diagnose tot«, erklärte Barbara.

Als wolle sie ihr Engagement abschwächen, fügte Rona hinzu: »Als Penny Ann ihre Abfindung erhielt, bekam ich gerade Megan ...«

»Ich gab ihm mein Geld, damit er es für uns anlegte. Als Sicherheit. Für Tabby Anns College ...«

»Wieviel war das?« fragte Wetzon. Brian war ein Schlawiner.

»Zweihunderttausend«, antwortete Rona. »Der Gauner hat es in Aktienindex-Optionsscheine gesteckt. Alles, was sie jetzt noch hat, sind fünfzehntausend, und das nach einer zweiten Hypothek auf das Haus.«

»Sie haben ihm eine Vollmacht gegeben?« fragte Wetzon ungläubig. Warum machten die Leute so etwas?

Penny Ann wimmerte. »Ich habe nur die Papiere unterschrieben, die er schickte. Ich kannte mich nicht aus. Ich sagte ihm, er sollte es in etwas Solides stecken. Er war Ronas Mann, und er war Jurist und alles. Ich kannte mich nicht aus.«

»Na ja, du hättest dich erkundigen können«, sagte Rona. Sie blickte Wetzon finster an. »Eine Vollmacht erteilen ist schön und gut. Man muß bloß die Person kennen, der man die Vollmacht gibt.«

Wetzon war anderer Meinung, schwieg jedoch, denn Rona war eine Kundin. So sehr sie Laura Lee mochte und ihr vertraute, würde Wetzon niemals auf die Verantwortung verzichten, ihr Geld selbst zu verwalten. Sie arbeitete zu hart, um es zu verdienen. Doch viele Leute verhielten sich wie Penny Ann. Und nicht nur naive Menschen und Erstanleger. Man las immer wieder von Filmstars und anderen Berühmtheiten, die ihr Geld Beratern ihres Vertrauens übergaben, selbst Verwandten und Ehegatten, um es zu investieren, und die damit baden gingen. Es war wirklich interessant. Die Leute besaßen gern Geld, machten gern Geld, befaßten sich aber nicht gern damit. Als ob es nicht anständig wäre – oder zu schmutzig für die protestantische Moral, die in diesen Vereinigten Staaten von Amerika so tief verwurzelt war.

»Ich habe ihm wirklich vertraut«, jammerte Penny Ann. »Wie konnte ich bloß so dumm sein?«

»Ich habe ihm auch vertraut«, bemerkte Rona nüchtern. Sie signalisierte dem Kellner mit dem Finger, daß sie noch einen Martini wünschte.

»Was wollen Sie unternehmen?« fragte Smith. »Haben Sie eine Beschwerde eingelegt?«

»Das ist gelaufen«, antwortete Rona. »Es kam zu einem Schlichtungsverfahren.«

»Schlichtung«, sagte Penny Ann bitter. »Das bedeutet, daß Freunde von Maklern und Maklerfirmen in einem Gremium sitzen und entscheiden, ob die Beschwerden zulässig sind. Wie fair ist das?«

»Sie können nicht klagen?« fragte Wetzon.

»So einfach ist das nicht.« Barbara winkte dem Kellner mit dem leeren Glas, um es nachfüllen zu lassen.

»Ich habe unter den ganzen Papieren auch einen Schiedsvertrag unterschrieben.« Penny Ann schien sich beinahe verliebt an ihre Selbstdarstellung als Opfer zu klammern. »Ich wußte nicht, daß ich meine Rechte abtrat.«

»Oh, bitte«, stöhnte Rona. »Du bist für dich verantwortlich. Der Oberste Gerichtshof schloß die meisten Verfahren gegen Makler aus, besonders wenn der Schiedsvertrag bei Eröffnung des Kontos unterschrieben wurde.«

»Aber Rona«, flüsterte Penny Ann, »es ist so klein gedruckt, die Formulierung ist so kompliziert. Und Dr. Jerry sagte mir, daß man bei den meisten soliden Maklerfirmen kein Konto eröffnen kann, wenn man diesen Vertrag nicht unterschreibt.«

Wer zum Teufel war Dr. Jerry? Wetzon steckte eine geräucherte Salzmandel in den Mund. Sie war müde, und es fiel ihr schwer, sich zu konzentrieren.

Ein zweites Glas Cola-Rum für Barbara kam zusammen mit Ronas Martini, und die leeren Gläser wurden weggenommen. Sonst wollte niemand nachbestellen.

»Die Schlichtung fällt normalerweise gegen den Makler aus«, fuhr Rona auf.

»Diesmal aber nicht. Brian gewann, und Bliss Norderman gewann. Und ich verlor.«

»Penny Ann«, sagte Rona müde, »Es tut mir leid, aber du hast eine Abfindung bekommen.« Penny Anns Mund verzog sich höhnisch. »Doch.« Rona sah Smith und Wetzon an. »Bliss Norderman sprach ihr und Tabby jeweils Jahreszinsen in Höhe von zehntausend Dollar zu.«

»Das kommt aber nur auf zwanzigtausend Dollar, und inzwischen habe ich eine zweite Hypothek auf meinem Haus, und ich habe kein Geld, kein Einkommen ...« Ihr Stimmchen war wehleidig.

»Sie könnten vielleicht arbeiten gehen«, schlug Smith vor. Wäre sie Raucherin, hätte sie Rauch in Penny Anns Gesicht geblasen.

Zorn blitzte in Penny Anns matten Augen auf und war sofort wieder verschwunden. Dann sagte sie genau das Falsche, und um es noch schlimmer zu machen, sagte sie es besserwisserisch. »Sie wissen nicht, was es bedeutet, eine alleinerziehende Mutter zu sein.«

»Ach, was Sie nicht sagen.« Smith hauchte Eiszapfen.

Penny Ann glotzte Smith an. »Tut mir leid, wenn ich Sie beleidigt habe. Tabby Ann ist sechzehn.«

»Mein Sohn Mark ist auch sechzehn. Er ist am Groton.«

Barbara kaute auf dem Eis in ihrem leeren Glas. Sie hatte das zweite Cola-Rum noch schneller weggeputzt als das erste, doch bis auf zwei kleine rote Flecken auf den Wangen gab es keine Anzeichen von Trunkenheit. Sie ließ die Eissplitter im Mund kreisen und sagte: »Es ist auch nicht gerade einfach, Kinder großzuziehen, wenn beide Eltern vorhanden sind.«

Ich bin die kinderlose Frau am Tisch, dachte Wetzon plötzlich. *Bringt dich das aus der Fassung?* fragte sie sich, indem sie in sich hineinhorchte. Sie wußte keine Antwort. In letzter Zeit brachte sie alles aus der Fassung. Statt dessen sagte sie: »Dieses Geplänkel ist ja sehr reizvoll, aber können wir nicht zum Anlaß dieses Treffens kommen?« Die anderen Frauen sahen sie an. *Verdammt*, dachte sie, *ich höre mich wie eine gereizte alte Jungfer an.*

»Tabby Ann hat psychische Probleme gehabt«, begann Rona, und Penny Ann winselte wieder. »Möchtest du selbst berichten?«

Penny Ann schüttelte den Kopf. Sie preßte eine Zitronenscheibe in die Tasse und goß Tee ein. Vermutlich war er kalt.

»Sie war vernarrt in Brian.«

»Wer?« Smith runzelte die Stirn.

»Tabby Ann«, sagte Penny Ann. »Er hat sie verführt. Ich erfuhr es erst, als ich ihr Tagebuch las.«

»Hatte Brian Middleton etwas mit Ihrer Tochter?« wollte Smith wissen. Ihre Augen blitzten vor Interesse.

»Nein ... ja ... nein ...« stotterte Penny Ann.

Rona seufzte. »Wir wissen es nicht. Sie war ja noch minderjährig, und ich meine, so ein Arschloch kann er doch nicht ...«

»Da sind auch noch die Papiere«, sagte Penny Ann. Wieder sah sie Rona an.

»Was für Papiere, um Himmels willen?« Smith' Geduld war nun vollends erschöpft.

»Meine privaten Papiere über die Schlichtung. Sie sind verschwunden.«

»Hör zu, Penny, du hast sie wahrscheinlich nur verlegt«, sagte Barbara beschwichtigend. »Um Tabitha machen wir uns Sorgen.«

»Sie sagen, sie sei ausgerissen?« Wetzon konnte sich immer noch nicht vorstellen, was das mit ihr und Smith zu tun hatte. Sie warf einen Blick auf Smith, die sich keine Mühe gab, ihr Desinteresse zu verbergen. »Wann haben Sie sie zuletzt gesehen?«

»Hm ... sie ist seit fast einer Woche weg«, sagte Penny Ann.

»Eine Woche!« platzte Smith heraus.

»Es ist nicht so, wie Sie denken. Sie hat es schon öfter getan. Sie bleibt manchmal bei den Maglias. Sie haben eine zehnjährige Tochter, auf die sie gelegentlich aufpaßt.«

»Die Maglias? Tony Maglia, der Geschäftsführer bei Bliss Norderman?« Wie kompliziert im Zusammenhang mit dem Schiedsverfahren und allem. Das ergab alles keinen Sinn.

»Und sie war natürlich gewöhnlich bei Brian.«

Wetzon sah Rona an, die die Achseln zuckte. Dieses Treffen nahm allmählich surreale Züge an.

»Es wurde vorgeschlagen, daß Sie vielleicht ...« Penny Ann hielt inne und blickte Rona an.

»Vorgeschlagen von wem?« fragte Wetzon.

»Dr. Jerry sagte ...«

Schon wieder. »Dr. Jerry?«

»Dr. Jerome Gordon«, erklärte Barbara. »Genaugenommen bin ich heute nachmittag an seiner Stelle hier. Er muß einen Vortrag in New Haven halten. Er ist mein Mann.«

»Und unser Therapeut.« Rona tätschelte Barbies Hand und lächelte.

»Unser? Ihrer und Tabby Anns?«

Wetzon spürte mehr, als daß sie es sah, wie Smith plötzlich putzmunter wurde. »Dr. Jerome Gordon?« Smith kniff die Augen zusammen. »Sie meinen doch nicht den mit der Rundfunksendung in Connecticut, ›Fragen Sie Dr. Jerry‹?«

»Doch. Dr. Jerry deutete an, daß Sie Beziehungen haben. Er las oder hörte von Ihnen. Er sagte, Sie könnten mir vielleicht helfen, Tabby zu finden.«

»Ich fürchte, daß das hier ein Mißverständnis ist«, sagte Wetzon. »Wir sind keine Detektive. Man braucht eine Lizenz, um als Detektiv zu arbeiten.«

»Pst.« Smith hielt eine Hand hoch. »Laß mich nachdenken. Wir sind Berater. Wir haben den Fall Goldie Barnes erledigt. Vermutlich hat Dr. Jerry in diesem Zusammenhang von uns gehört.« Sie ignorierte Wetzons Fußtritt. Sie lächelte gütig. »Sie können uns als Berater engagieren.«

»Ich meine, es wäre besser, Sie würden der Polizei melden, daß Ihre Tochter verschwunden ist. Wir haben keine Erfahrung mit Ausreißern.« Oder Entführung? Wetzon wurde schwindlig.

Davor schien Penny Ann panische Angst zu haben. »Das kann ich nicht, das geht auf keinen Fall. Die Polizei wird glauben, daß Tabby ihn getötet hat.«

»Na, immer mit der Ruhe. Das ist unrealistisch. Es war doch ein Raubüberfall?« Smith warf einen Seitenblick auf Wetzon.

Penny Ann hob ihr kleines Kinn, an dem eine dicke Träne schaukelte. »In Tabby Anns Tagebuch steht, daß sie Brian am Freitag morgen in New York im Conservatory Garden treffen wollte.«

Die Träne klatschte in ihre Tasse.

Unser Beratungshonorar beträgt fünfzehnhundert pro Tag, zuzüglich Unkosten«, erklärte Smith. »Wie stellen Sie sich die Bezahlung vor, wenn Sie kein Vermögen besitzen?«

Penny Ann und Barbara schauten auf Rona.

Rona sagte: »Jerry und die Gruppe. Wir steuern etwas dazu bei. Wir übernehmen die Verantwortung. Aber es ist zu hoch.«

Wetzon probierte es nochmal. »Es ist wirklich ein Fall für die Polizei, meinen Sie nicht auch? Ein vermißtes Kind ...«

Diesmal war es Smith, die Wetzon trat. »Wetzon will damit sagen, daß unsere Sachkenntnis auf dem finanziellen Gebiet liegt. Aber selbstverständlich haben wir unsere Quellen bei der Polizei ...« Smith legte eine Pause ein, um ihre Andeutung wirken zu lassen.

»O ja, nicht wahr?« murmelte Wetzon.

»Tabby Ann arbeitete den ganzen Sommer bei Brian als Praktikantin. Sie sah manches und hörte manches.«

»Wovon redest du, Penny Ann?« wollte Rona wissen.

Penny Ann brach laut heulend in Tränen aus. Die elegante Kundschaft in *Mark's Bar* horchte auf.

»Hören Sie bitte auf«, befahl Smith. Sie drohte Penny

Ann mit dem Finger. »Ich kann mich sonst hier nie mehr blicken lassen.«

Penny Ann sah verblüfft auf, doch sie hörte auf zu weinen, setzte die Brille ab, trocknete sie, tupfte die Augen ab, setzte die Brille wieder auf.

»Wir möchten zwei Tage im voraus, bevor wir anfangen.«

»Dies hier ist etwas anderes als ein Beratungsprojekt für eine große Maklerfirma, Smith.« Rona gab Barbara einen Wink, die ein Scheckformular aus ihrer Tasche zog. »Ich schlage eine kurze, schnelle Nachforschung mit einem kurzen, präzisen Bericht vor. Fünfhundert.«

»Sieben fünfzig.« Smith lächelte. »Weil Sie es sind und wir uns kennen.«

Rona warf einen zynischen Blick auf Smith, dann nickte sie Barbara zu.

»Stellen Sie ihn auf Smith und Wetzon aus«, sagte Smith.

»Damit wir uns richtig verstehen«, sagte Wetzon. »Sie möchten, daß wir Tabby Ann in dieser Stadt von hundert Millionen Menschen finden?«

»Und meine Papiere.« Penny Ann kaute an den Fingernägeln, die schon ganz abgebissen waren. »Dr. Jerry meinte, es wäre für Leute wie Sie leichter, Informationen zu bekommen, als für die Polizei.«

Ja, Leute wie wir, dachte Wetzon, *sind sehr gut im Beschaffen von Informationen.* »Hören Sie, Penny Ann, wir werden Ihr Geld nicht nehmen, wenn wir Ihnen nicht helfen können.« Smith' Finger kniffen sie in den Oberschenkel, und Wetzon gab auf.

»Setzen wir eine Woche dafür an, einverstanden? Und wir werden sehen, was wir herauskriegen.«

Smith strahlte und nahm den Scheck von Barbara entgegen. »Ich setze eine kleine schriftliche Vereinbarung auf. Wer bekommt sie?«

»Ich.« Penny Ann gab ihnen eine Adresse in Redding, Connecticut, die Smith mit Wetzons Federhalter auf eine Cocktailserviette schrieb. »Da sind wir praktisch Nachbarn«, sagte Smith. »Ich wohne in Westport.«

»Haben Sie unsere Karte?« Wetzon reichte Penny Ann eine Geschäftskarte und gab auch Barbara eine, die an ihrer Handtasche herumfummelte. Kurzes Konzentrationsvermögen.

»Ich muß gehen.« Barbara stand abrupt auf, wobei sie an den Tisch stieß. Die Gläser wackelten, und Flüssigkeit schwappte über. »Penny Ann?«

»Einen Moment noch. Wie sieht Ihre Tochter aus? Haben Sie ein Foto?« Wetzon nahm Smith den Federhalter wieder weg und klappte ihr Notizbuch auf, das sie zu einer leeren Seite durchblätterte.

»Sie ist hübsch«, antwortete Penny Ann. Sie kramte in ihrer Handtasche.

»Sie ist dick«, bemerkte Barbara.

»Babyspeck.« Das Foto, das Penny Ann Wetzon reichte, zeigte eine junge Frau mit einem weichen Strohhut, die auf einem Badetuch saß. Sie trug einen sehr knappen Bikini, aus dem das Fleisch bedenklich überschwappte.

»Hu.« Smith hustete, als sie das Foto von Wetzon nahm und von sich weg hielt, als wäre es vergiftet.

Wetzon stupste Smith mit dem Knie. »Was trug sie, als Sie sie zum letztenmal sahen?«

»Ich weiß nicht.«

»Sie wissen es nicht?« Smith dehnte die Worte ungläubig.

»Hm ...« Penny Ann war aufgeregt. »Ihre Reeboks sind nicht da, aber ihre Kleider ... Ich weiß nicht ... Ich könnte sie nicht beschreiben ... sie sind so verrückt.«

»Okay«, sagte Wetzon. »Weiße Reeboks?«

»Rote.«

Smith und Wetzon sahen sich an. *Rote Reeboks.*

»Wie sieht es mit dem Tonfall aus?« fragte Wetzon.

»Tonfall?«

»Los, Penny Ann«, sagte Rona ungeduldig. »Du weißt, daß sie eine gute Schauspielerin ist. Warum fragen Sie?«

»Was ist mit Spanisch?« fragte Smith.

»Hm, ihr Kindermädchen war Spanierin. Sie kann ein bißchen sprechen.«

»Und eine ganze Menge imitieren«, sagte Rona. Sie stand auf und stellte sich neben Barbara, die aussah, als wollte sie jeden Moment losstürmen. Rona gab Penny Ann ein Zeichen. Sie schüttelten reihum Hände. »Sie halten uns auf dem laufenden.«

»Das Tagebuch«, sagte Wetzon. »Ich meine, wir sollten es haben.«

»Guter Gedanke.« Diesmal tätschelte Smith Wetzon auf den Schenkel.

»Mann, ich weiß nicht«, brachte Penny Ann in Leichenzugtempo heraus. »Ich muß mit Dr. Jerry reden. Meinst du nicht, ich sollte es mit ihm besprechen, Barbie? Er wird wissen, was richtig ist.«

Smith verdrehte die Augen. »Sie haben es natürlich gelesen.«

»Na ja ... hm ... ich habe es überflogen.« Sie starrte Smith an und versuchte herauszubekommen, ob das eine Kritik sein sollte, dann sagte sie abwehrend: »Ich bin ihre Mutter.«

»Ich hole das Auto und fahre vorn vor«, sagte Barbie.

»Gehen wir, Penny Ann.« Rona gab ihr einen Stoß. »Wir sehen zu, daß Sie das Tagebuch bekommen.«

»Bitte Eilzustellung ans Büro«, sagte Smith, ohne aufzublicken.

»Fangen Sie bei Maglia an«, sagte Rona. »Sie verstehen, warum wir es nicht können?«

»Nicht ganz, Rona. Wenn sie meine Tochter wäre, würde ich mit jedem reden, den sie kennt.«

»Ich hätte die Polizei alarmiert«, fügte Wetzon hinzu.

»Sie begreifen nicht, wie ekelhaft alles geworden ist. Tony hat getobt, als ich bei Bliss Norderman ging. Er versuchte, meinen Ruf kaputtzumachen. Bei Rosenkind sind sie wirklich nett zu mir gewesen. Brian hat Penny Anns Leben ruiniert, nicht nur weil er sie um ihr Geld brachte, sondern wegen Tabby Ann. Das Schiedsverfahren war scheußlich für sie.«

»Wie schrecklich traurig«, erwiderte Smith dramatisch. »Wir werden unser Bestes tun, um zu helfen. Nicht wahr, Wetzon?«

»Wir versuchen bestimmt ...«

»Vertrauen Sie uns«, unterbrach Smith, womit sie das Gespräch beendete.

»Sie halten mich auf dem laufenden.« Es traf auf taube Ohren. Rona holte Penny Ann am Eingang zur Bar ein.

Als Rona und Penny Ann außer Sicht waren, schüttelten Smith und Wetzon sich die Hände.

»So leicht werden wir unser Geld kein zweites Mal verdienen«, freute sich Smith.

»Wir sind solche Kanonen, hoffentlich haben wir recht.«

»Wer könnte es sonst gewesen sein? Das war kein Dienstmädchen in Brians Wohnung, dessen kannst du sicher sein. Ich *wußte*, daß der Akzent nicht echt war.«

»Du ärgerst dich nur, weil sie nicht für dich arbeiten wollte.«

»Sehr komisch.« Smith wedelte mit den Fingern nach einem vorbeieilenden Kellner. »Zahlen bitte.«

»Ist es möglich, daß sie bei Brian wohnte, Smith? Er wußte, wie alt sie ist. Natürlich braucht es nicht sexuell gewesen zu sein ...«

Smith hob die linke Braue bis zum Haaransatz. »Um Gottes willen.« Sie zog dem Kellner die Rechnung aus der Hand und warf sie Wetzon hin. »Ich hoffe, du führst Buch über deine Unkosten.«

»Die ich für uns beide übernehme.« Wetzon gab dem Kellner die Rechnung zusammen mit der American Express-Karte zurück. Sie sah auf die Uhr. »Gott, es ist nach fünf. Ich muß ins Village runter und mich zum Abendessen umziehen.«

»Ich fahre dich«, sagte Smith, als sie auf die 77. Street traten. »Vielleicht bist du dann so dankbar, daß du mir erzählst, mit wem du zu Abend ißt.«

»Eigentlich sollten wir etwas anderes tun, nämlich Brians Wohnung untersuchen.«

»Hm«, sagte Smith, während sie eine Kurve auf die 10. Street nahm, indem sie ein Taxi schnitt. Bremsen kreischten, und der Taxifahrer, ein drahtiger Pakistani, sprang aus seinem Wagen und schrie unverständliche Beschimpfungen, wobei er die ganze Zeit mit den Armen fuchtelte, während Smith ihm durch das offene Schiebedach ihres schwarzen Jaguars den Vogel zeigte.

»Es wäre mit lieb, du würdest das nicht tun«, sagte Wetzon müde, als sie vor Carlos' Haus hielten. »Irgendwann wird einer eine Waffe ziehen und dich erschießen. Und mich.«

Smith grinste sie an. »Dieses Land ist ingesamt zu offen für die dritte Welt. Sie sollten hingehen, wo sie hergekommen sind.«

»Das mußte jetzt natürlich kommen, du intolerante Person.«

»Warum soll ich dich enttäuschen, Süße?« Sie zog Barbara Gordons Scheck aus der Tasche. »Sieh dir das an. Barbara Orlofsky Gordon.«

»Und?«

»Wenn sie eine von der Spirituosendynastie Orlofsky ist, dann ist sie eine Erbin.«

»Das heißt?«

»Da ist noch eine Menge mehr, wo das hier herkommt.« Smith lachte vergnügt vor sich hin.

Wetzon musterte Smith argwöhnisch. »Und du bist mir insgesamt zu gut gelaunt. Was hast du vor?«

»Hmm, tja, ich dachte, ich könnte einen schnellen Rundgang durch Brians Wohnung machen und sehen, ob ich unser entlaufenes Kätzchen finden kann.«

Wetzon stand an der Parkseite der West 67. Street und sah zu, wie Smith' Jaguar zügig durch den mäßigen Sonntagabendverkehr glitt und das kleine rote Rücklicht verschwand. Smith war völlig aus dem Häuschen vor Begeisterung, dessen war sich Wetzon sicher, weil sie ein bißchen Detektiv spielen durfte.

Und Wetzon wußte jetzt schon, wer den ganzen Ruhm für sich beanspruchen würde, wenn Smith Tabby Ann Boyd präsentierte. Wie die Dinge lagen, hätte sie Smith begleiten sollen. Sie hatte keinen Grund, mit Alton Pinkus essen zu gehen.

Der Central Park hinter ihr roch üppig feucht und moosig; die abgefallenen Blätter vermoderten zu Kompost. Die Glühbirnenschnüre, die zwischen den Bäumen um *Tavern on the Green* gespannt waren, verwandelten die Szene in ein abendliches Märchenland. Jogger liefen an ihr vorbei, einzeln und zu zweit, in den Park hinein, stadtauswärts zur Bahn um das Reservoir.

Wetzon seufzte. Als die Ampel auf Grün umsprang, überquerte sie die Central Park West. Die untergehende Sonne überzog Lincoln Center mit Blattgold vor dem Vorhang eines dunkelblauen Himmels. Der unverwechselbare, fast aromatische Duft von Holzfeuern, von getrockneten Scheiten, die in echten Kaminen brannten, erfüllte die Luft. Ein sicherer Vorbote des Winters.

Ein paar Häuser weiter unten in einem wunderbaren alten Wohnhaus, das als *Hotel des Artistes* bekannt war und jetzt teure Eigentumswohnungen enthielt, befand sich das *Café des Artistes.* Sie war seit Jahren nicht mehr in dem Restaurant gewesen, doch es hatte sich kein bißchen verändert. Dunkle Holzwände schimmerten mit der seidigen Patina des Alters und trugen wie die Bleiglasfenster und die berühmten historistischen Wandmalereien von Howard Chandler Christy dazu bei, daß man sich in eine geschmackvollere, kultivierte Zeit zurückversetzt fühlte. Die schönen nackten Frauen auf den Wandgemälden stellten angeblich alle die Schauspielerin Marion Davies dar, die langjährige Geliebte von William Randolph Hearst.

Es war früh am Abend, und deshalb gab es noch einige leere Tische. Ein älteres Paar wartete am Reservierungspult und plauderte mit einem überschwenglichen jungen Mann. Die Frau in einem marineblauen, weiß abgesetzten Adolpho-Kostüm war winzig, hielt sich aber kerzengerade. Ihre Frisur war tadellos, mit dem Blond gefärbt, das Frauen eines gewissen Alters bevorzugen, und dann unverrückbar festgesprayt. Wetzon befühlte ihren Knoten und versprach sich im Geist, in Würde und ohne Haarspray grau zu werden.

Der Begleiter der Frau war einen halben Kopf kleiner, ein gebrechlicher Mann mit einem durch Osteoporose gekrümmten Rücken und zitternden Händen. Sie mußten Stammgäste sein, weil der Oberkellner sie nach ihren Kindern und Enkelkindern fragte, als er sie in einen anderen holzgetäfelten Raum winkte.

Wetzon trat zum Pult vor. »Mr. Pinkus«, sagte sie. Hinter ihr standen zwei Paare, ältere Männer mit viel jüngeren Frauen. Die Frauen waren modisch in Cashmere und Seide gekleidet, die Rocksäume etwa zehn Zentimeter über schlanken Knien. Ihre Begleiter waren beide groß, weißhaarig und vornehm, der eine tief gebräunt, als wäre er gerade von seiner Yacht an Land gesprungen. War dies ein Lokal, fragte sie sich beklommen, wohin ältere Herren jüngere Frauen ausführten?

»Hier lang, bitte, Ms. Wetzon.« Überrascht drehte sich Wetzon um und sah den Oberkellner auf sie warten.

Sie folgte ihm eine Treppe hinauf in den Barraum, der eindeutig in die zwanziger Jahre gehörte und von attraktiven, geistreichen Typen wie aus einem Roman von F. Scott Fitzgerald bevölkert war. Alton Pinkus saß in einer Nische gleich nach der Bar, im Gespräch mit einem vornehmen Mann mit beginnender Glatze. Er trug einen guten Tweedsakko. Beide erhoben sich, um sie zu begrüßen, und Alton stellte ihr George Lang vor, den Besitzer des *Café des Artistes.* Sie gab Lang die Hand, der gleich darauf vom Oberkellner weggerufen wurde, und ihre Hand wurde schnell von Altons großer warmer Pranke umfangen. Er wartete, bis sie sich gesetzt hatte, dann fragte er: »Was trinken Sie?«

»Amstel Light.« Sie hatte die Worte kaum ausgesprochen, als es auch schon kam.

»Sie haben graue Augen«, bemerkte Alton. »Wieso dachte ich, blaue?«

Er schien eine Antwort zu wünschen, und sie brachte plötzlich keinen Ton heraus. *Verdammt, Silvestri,* dachte sie verwirrt. *Was zum Teufel ist mit dir los, Leslie Wetzon?* fragte sie sich. Im Geiste hörte sie Laura Lee schreien, *Reiß dich zusammen!*

Sie wurde vom Oberkellner gerettet, der mitteilte, ihr Tisch sei bereit, und sie standen auf und gingen die Treppe wieder hinunter in einen großen vollen Raum, an einem erstaunlichen Vorspeisenbüfett und einer überladenen Dessertauslage vorbei. Die Bleiglasfenster waren von Pflanzen fast verdunkelt, Paare saßen vertraulich zusammen, alle ein wenig zynisch von Christys Nackten in ihren ländlichen Szenerien beobachtet.

»Wir hätten oben bleiben können, ich dachte mir aber, dieser Raum würde Ihnen gefallen. Mir gefällt er.«

Sie bekamen Plätze in einer fast privaten Ecke zugewiesen, sie mit dem Rücken zu einem von Grünzeug überwucherten Fenster, Alton gegenüber. Ihr kaum angerührtes Bier war auf wunderbare Weise auf dem Tisch erschienen, zusammen mit Altons Glas, in dem Scotch zu sein schien.

Ein Kellner erschien mit zwei riesigen Speisekarten und fragte Alton, ob er noch einen Drink wünsche. Er schüttelte den Kopf, bestellte eine Flasche Pellegrino und sah Wetzon dabei fragend an. »Mineralwasser ist mir sehr recht«, sagte sie. Sie empfand sich selbst als Fremde, als säße die richtige Wetzon nicht hier, sondern ein Teil von ihr, der sich abgespalten und wie ein Klon selbständig gemacht hatte, während sie einfach beobachtete.

»... Wein zum Essen«, sagte Alton eben. »Sind Sie einverstanden?« Er wartete auf ihre Antwort.

»Wenn er weiß und trocken ist.«

»Dafür werden wir sorgen.« Seine Augen waren hellgrau mit dunkleren Rändern, mit schweren Lidern unter widerspenstigen, grauen Brauen.

Der Kellner rasselte die besonderen Angebote des Tages herunter, dann zog er sich diskret zurück, um sie überlegen zu lassen.

»Hört sich alles wunderbar an«, sagte sie, während sie auf das freundliche Summen der Stimmen um sie herum lauschte. »Ich fühle mich viel wohler, wenn ich nur eine kleinere Auswahl habe.« Sie versteckte ihr Gesicht hinter der gewaltigen Speisekarte. Sie war einschüchternd. Diese ganze Situation war einschüchternd. Offenbar mochte er sie, und sie wußte nicht, wohin mit sich. Warum fiel es ihr so leicht, mit Fremden zu reden, doch sowie es einen Anflug von Intimität zwischen ihr und einem Mann gab, bekam sie den Mund nicht mehr auf? Bei Silvestri fühlte sie sich sicher, aber jetzt war sie hilflos.

Seufzend starrte sie auf die Worte auf der Karte, ohne sie zu sehen, bis Alton ihr freundlich die Speisekarte wegnahm und sie zuklappte.

»Möchten Sie, daß ich für Sie bestelle?«

Sie nickte. »Etwas aus dem Meer.«

Er bestellte die vier Arten Lachs als Vorspeise, danach gegrillten Schwertfisch mit Tomaten-Oliven-Soße und einen 1963er Montrachet. Als der Kellner sie allein ließ, fragte er: »Wie mache ich das?«

»Prima.« *Du bist einsilbig geworden, Wetzon.* Sie machte es sich auf dem Stuhl bequem und brachte sich dazu, ihn anzulächeln. *Sei ganz gelassen.* Der Hunger nagte, und mit einer dummerweise zittrigen Hand zog sie eine Scheibe getoastetes Brot aus dem Korb und brach ein Stück ab, dann beschäftigte sie sich damit, es mit Butter zu bestreichen. Als sie aufblickte, lächelte er sie an, und sie wurde rot. »Tun Sie das nicht«, sagte sie.

»Mache ich Sie nervös?« Er für sein Teil genoß es, sie zu quälen.

»Nervös? Mich? O Mann, nein. Natürlich machen Sie mich nervös.« Sie starrte auf die chinesischen Zeichen in dem sich wiederholenden Muster seiner Krawatte, vermied es jedoch, ihm in die Augen zu sehen.

Der Kellner kam wieder und zeigte die Weinflasche; Alton nickte. Die Flasche wurde schwungvoll geöffnet und ein Spritzer Wein in Altons Glas geschenkt. Nachdem er gekostet und ihn für gut befunden hatte, füllte der Kellner beide Gläser und stellte die Flasche in den Kühler neben dem Tisch.

»Auf den Anfang«, sagte Alton, indem er das Glas hob.

Oh, nein, dachte Wetzon. Sie sagte: »Auf den Weltfrieden und ein langes Leben und renovierte Wohnungen.« Sie grinste ihn an und nahm einen Schluck Wein, indem sie die Augen schloß. Er war köstlich, raffiniert. Und romantisch, wie das Restaurant. »Oh, Mann«, sagte sie, indem sie die Augen aufschlug, und da saß er und lächelte sie wieder an.

»Es ist wirklich schön, ja.« Er trug eine graue Flanelljacke und ein weißes Hemd mit offenem Kragen, und er, oder das Bier oder der Wein, ließ ihr Herz schneller schlagen.

»Wer sind Sie, Alton Pinkus?« fragte sie plötzlich und stellte ihr Glas ab. »Wie komme ich dazu, hier mit Ihnen zu Abend zu essen?«

Er wirkte von ihrem Ausbruch nicht im geringsten überrascht. Genaugenommen schien er sich sogar zu freuen. »Geboren 1936 in New York City«, begann er, indem er die Punkte an den Fingern abzählte. »Columbia, Abschluß 1957. Captain, U.S. Army. Harvard, Juristische Fakultät ...«

»Beeindruckender Lebenslauf, aber ...«

»Heirat mit Tessa 1960«, fuhr er fort. »Drei Kinder, alle erwachsen und selbständig. Tessa starb vor vier Jahren.«

»Das tut mir sehr leid.«

»Auch mir. Sie hätten einander gemocht.«

»Alton, schön, dich zu sehen.« Ein dunkelhaariger Mann in den Vierzigern mit einem dichten Oberlippenbart schlug Alton auf den Rücken. Sein Blick blieb an Wetzon hängen. Er trat beiseite, um den Kellner das Essen servieren zu lassen, ging jedoch nicht weiter.

»Charley, wie geht es dir?«

»Karen«, rief Charley einer graumelierten Brünetten zu, die ihm vorausgegangen war. »Sieh mal, wer da sitzt.«

Wetzon wurde vorgestellt, dann gingen Charley und Karen weiter zu ihrem Tisch.

Das Essen, der Wein, die romantische Stimmung des Restaurants waren bezaubernd, und auf einmal schilderte sie anschaulich den alptraumhaften Anblick der Überschwemmung und den Umzug ins Village, lachend und Alton zum Lachen bringend. Er hatte ein wunderbares Lachen: Er warf den Kopf in den Nacken und gab sich ganz seiner Freude hin.

Sie wurden noch drei weitere Male von Leuten, die sie nicht kannte, unterbrochen, einmal vom Direktor des Metropolitan, den sie dem Namen nach kannte, und schließlich von Ed Koch, einem ehemaligen Bürgermeister der Stadt, der ihnen den Großen Bonaparte als Dessert wärmstens empfahl.

Wetzon glühte. Sie verpaßte Gesprächsfetzen. Der Wein war ihr in den Kopf gestiegen. Der Große Bonaparte, der sich als ein Berg aus Blätterteig, Zitronenquark, Erdbeeren und Schlagsahne entpuppte, wurde mit zwei Suppenlöffeln aufgetragen. Koffeinfreier Espresso für zwei. Alton ließ sie den größten Teil der Kreation essen, und die Vertrautheit zwischen ihnen wuchs.

»Das ist Wahnsinn«, murmelte sie. Der Wein ließ sie lächeln; das Lächeln ging in Gähnen über, und das ganze gute Benehmen war dahin.

»Ich sollte Sie nach Hause bringen«, sagte er, ohne sich zu rühren.

»Ich nehme ein Taxi.« Auch sie rührte sich nicht.

Er winkte nach der Rechnung.

»Was machen Sie eigentlich, Alton? Sie sind zu jung für den Ruhestand.« Sie starrte ihn mit vom Wein trunkenen Augen an. Er sah sehr nett aus, wenn auch ein bißchen verschwommen. Sie spürte wieder den Drang zum Gähnen und hielt eine Hand vor den Mund.

Er unterschrieb die Rechnung auf der Rückseite und gab sie dem Kellner. »Ich halte mich auf Trab. Ich laufe fünf Meilen täglich. Ich schreibe meine Memoiren.« Er lachte. »Ich werde ab und zu immer noch aufgefordert, Reden zu halten. Ich sitze in mehreren Aufsichtsräten ...«

»Ach ja, wie bei Luwisher Brothers, als es die noch gab.«

Er nickte. »Und ich gehöre zu einem Kreis von Personen, die in Schlichtungsausschüsse berufen werden.«

Wetzon blinzelte. Hatte sie richtig gehört? »Sagten Sie Schlichtung?«

»Ja.« Er stand auf und reichte ihr die Hand.

»In welcher Branche?«

»In Ihrer.«

Carlos' Wohnung war kalt und still, doch nicht unfreundlich. Eben nur nicht die eigene. Wetzon schloß die Fenster und stellte den Thermostat höher, um die Kälte zu vertreiben. Wohnungen in den neueren Gebäuden und den aufwendig renovierten hatten eigene Thermostate, ein Luxus besonders um diese Jahreszeit, wenn die Temperaturen nicht ganz so tief fielen, daß sie den Verbrauch des teuren Heizöls rechtfertigten.

Sie hängte ihre Sachen auf und wickelte sich in den weißen Frotteemantel, dann rieb sie sich das Gesicht ab und löste das Haar. Es fiel ihr weit über den Rücken. Laura Lee versuchte sie immer zu überreden, es abschneiden zu lassen. Sie starrte sich im Spiegel an. »Dazu hast du nicht den Mut«, sagte sie laut und flocht es zu einem lockeren Zopf, den sie mit einem Band zusammenhielt. Es war alles Ablenkung, um an diesem Abend nicht an anderes denken zu müssen.

Der Anrufbeantworter zeigte an, daß fünf Nachrichten darauf waren. Fünf. Eine mußte von Silvestri sein, und was würde sie ihm sagen? Glaubte er, sie säße zu Hause und wartete, bis er zurückkäme? Sie fühlte sich bedrängt, verärgert, als habe sie irgendwie irgend etwas falsch gemacht. Aber sie hungerte nach Gesellschaft, nach Gesprächen und, wie sie sich widerstrebend eingestand, nach der körperlichen Gegenwart eines Mannes. *Hör schon auf damit, Wetzon, du vermißt den Sex.*

Sie war in das Essen mit Alton praktisch hineingeschlittert, und es brauchte nicht weiterzugehen. Doch ihr war klar, daß es sehr wohl weitergehen könnte, falls sie sich noch länger so verlassen fühlte. Alton mochte sie, und seine Anerkennung schmeichelte ihr.

Die erste Nachricht war von Carlos, und die Woge der Erleichterung, die sie empfand, blockierte den Weg von den Ohren zum Gehirn, so daß sie sie noch einmal abspielen mußte. *Hallo, Häschen, will nur mal hören. Was hast du so vor, du Rumtreiberin? Du bekommst einen Anruf von Louie Armstrong, damit alles wieder schön für dich gemacht wird.*

Piep.

Smith: *Schlechte Neuigkeiten, Schatz. Das Miezekätzchen spielt woanders.* Wirkungsvolle Pause. Smith machte das Räuber-und-Gendarm-Spiel wirklich Spaß. *Aber sie oder sonst jemand hat die Wohnung gründlichst durchsucht. Ruf mich an, auch wenn es spät wird.* Sie lachte boshaft. *Ich möchte von deinem großen, heißen Rendezvous hören.*

»Klar, auf der Stelle«, sagte Wetzon zum Apparat.

Piep.

Hallo, Les. Tut mir leid, daß ich dich wieder verpaßt habe. Silvestri klang verärgert, und er betonte das *wieder*, als sei es ihr Fehler, daß sie nicht nach seiner Pfeife tanzte. Er gab die Nummer in Virginia an.

Piep.

Ms. Wetzon. Detective Ferrante, Revier Central Park. Würden Sie mich bitte anrufen? Er nannte seine Nummer.

Piep.

Detective Ferrante noch einmal, Ms. Wetzon.

»Oh, laßt mich in Ruhe! Alle zusammen!« Wetzon hörte sich aufheulen. Sie sprang ins Bett, zog die Daunensteppdecke über den Kopf und atmete warme Luft in den dunklen Kokon.

Sie hatte sich heute abend amüsiert, hatte Altons Gesellschaft genossen. Sie war völlig weg gewesen von der Illusion, daß Ruhm abfärben könnte. Alton Pinkus demonstrierte Macht so selbstverständlich. Es war verführerisch. Und wie sie da in der warmen Dunkelheit lag, begriff sie plötzlich die Anziehungskraft dieser Männer auf Smith. Sie mußte daran denken, daß sie Smith deswegen schlechtgemacht hatte – es war ihr so oberflächlich erschienen. Jetzt widerfuhr ihr das gleiche. Kein Wunder, daß sie sich schäbig vorkam.

Als sie aus dem Restaurant kamen, hatte Alton ihren Arm genommen, bei sich untergehakt und gesagt: »Ich fahre Sie nach Hause.«

»Nein, ich meine, es ist nicht nötig. Wirklich. Ich nehme ein Taxi.« Sie hatte gestottert, während sie überlegte, was sie mit ihm machen sollte, falls vor Carlos' Haus ein Parkplatz sein sollte. Würde sie ihn nach oben einladen müssen? Und was würde dann passieren?

»In Ordnung.« Er sah ernst auf sie herab, als sei es wirklich in Ordnung.

Ich mache mich lächerlich, dachte sie.

»Ich möchte das gern wiederholen«, sagte er.

Ein feiner Nebel tanzte in dem Lichtfleck von der Straßenlampe. Er sprenkelte sein Gesicht.

Da hatte sie ihn angesehen. »Es gibt ... ich bin ... ich habe ... ich habe eine feste Beziehung.«

Er schien weder überrascht noch verwirrt. »Aber Sie sind mit mir hier.«

»Er ist nicht in der Stadt«, sagte sie schnell. Das war noch schlimmer. Es hörte sich an, als schleiche sie sich vor Silvestri davon. »Ich meine, er ist für sechs Monate dienstlich in Quantico.« Sie lächelte reumütig. »Und ich mag Ihre Gesellschaft.«

»Beruht auf Gegenseitigkeit.« Er stand eine Weile still und sah sie an, während der feine Nebel auf seinem grauen Haar wie winzige Pailletten funkelte. Dann nahm er ihr Gesicht in beide Hände und küßte sie sanft auf die Lippen. Sie schloß die Augen, und er tat es noch einmal, ein wenig länger. Er ließ die Hände fallen, und als sie die Augen aufschlug, hatte er ein Taxi herbeigewinkt. »Ich fahre nirgendwohin, Leslie«, sagte er. Er setzte sie in das Taxi, und bevor sie protestieren konnte, gab er dem Fahrer ein paar Scheine, und sie wurde entführt.

Sie streckte sich lang aus unter der Steppdecke. Der Wein. Das Essen. Das Dilemma. Sie schob den Kopf unter der Steppdecke vor. Sein Kuß hatte ihr gefallen. Was sollte sie nun tun? Er war so selbstsicher, so zufrieden mit sich. Vielleicht könnte sie ihn als Freund behalten. *Sei realistisch, Wetzon.*

Pfeifen in der Dunkelheit. Wie spät war es überhaupt? Die Uhr auf dem Nachttisch zeigte 21:45. Es war nicht einmal spät, doch ihr kam es wie mitten in der Nacht vor.

Sie krabbelte zum Telefon hinüber und wählte Smith' Nummer, und als Smith sich meldete, sagte sie: »Hallo, ich bin's.«

»Ah, erzähle.«

»Es gibt nichts zu erzählen.« Ihr Seufzer war unabsichtlich hörbar, und natürlich griff Smith ihn auf.

»Er ist verheiratet, ja? Ich wußte es.«

»Falsch!« Wetzon begrub ihr Gesicht im Kissen.

»Ich erzähle dir immer alles, Liebes. Sei fair. Dein Geheimnis ist bei mir sicher.«

»Ha!«

»Wem sollte ich es weitersagen? Ehrenwort. Die Verbindung ist schlecht. Manchmal höre ich dich ganz schwach.«

»Ehrenwort?« Wetzon gab auf. »Schwöre. Und das gilt für Twoey mit.«

Smith war still. Wetzon konnte sie nachdenken hören. Dann sagte Smith langsam: »Ich schwöre.«

»Alton Pinkus.« Sie rollte sich auf den Rücken und sagte es ganz schnell, vielleicht in der Hoffnung, Smith würde sie nicht verstehen, dann umarmte sie das Kissen und bedeckte das Gesicht damit.

Doch sie verstand. »Alton Pinkus? Alton *Pinkus*? Das alte rote Arschloch?«

Wetzon warf das Kissen weg und setzte sich auf. »Wie bitte?«

»Ich dachte wirklich, es wäre jemand *Besonderes*. Also ich weiß nicht, du hast so ein Theater darum gemacht.«

»E-e-entschuldige ...« Sie stotterte.

»Ich habe wirklich gehofft, du hättest Dick Tracy ein für allemal abgeschrieben. Du könntest es soviel besser haben. Aber wirklich, Liebes ...«

Wetzon war empört. »Entschuldige, hast du *rot* gesagt?«

»Unter anderem. Er hat doch diese große Gewerkschaft geleitet, oder?«

»Ja.«

»Na ja, das weiß doch jeder, daß diese Gewerkschafter alle Kommunisten sind.«

»Smith, wenn du noch ein Wort darüber sagst, lege ich auf.« Sie fauchte ins Telefon. Warum brachte Smith es immer fertig, daß sie so heftig reagierte?

»Um Gottes willen. Warum nimmst du immer alles so persönlich? Ich bin nur ehrlich.« Sie hörte sich verdammt selbstgefällig an.

»Weil es persönlich *ist*. Warum verletzt du mich immer unter dem Deckmantel der Ehrlichkeit?«

»Dich verletzen? Ich *liebe* dich. Du bist meine liebste Freundin. Warum sollte ich dich verletzen wollen? Du bist viel zu empfindlich. Ich möchte nur, was gut für dich ist.«

»Hast du dir jemals überlegt, daß das, was *du* für gut für mich hältst, vielleicht nicht dasselbe ist, was ich für gut für mich halte?«

»Wie dem auch sei, möchtest du nichts über Brians Wohnung erfahren?«

»Erzähle mir bitte von Brians Wohnung.«

»Nun, Komplizin, ich kam ohne Mühe hinein. Es war nicht einmal ein Polizeisiegel an der Tür. Der Aufzugführer war so zuvorkommend, mir die Tür zu öffnen. Ich gab mich als Rona aus und sagte, es sei wegen des Unglücks, und dieser Idiot schloß mir auf und ließ mich allein, weil jemand nach ihm läutete.«

Wetzon runzelte die Stirn. Das klang überhaupt nicht danach, wie Smith normalerweise redete. Na klar. Smith spielte Detektiv, also hatte sie ihre Ausdrucksweise auf sachlich umgestellt. »Du hast Tabitha Ann nicht gefunden?«

»Nein, und außerdem war jedes Fitzelchen Papier verschwunden, und ich meine *jedes.* Leere Schreibtischschubladen, herausgerissene Kalenderblätter.«

Wetzon mußte schmunzeln. »Hast du irgendwelche Anhaltspunkte gefunden?«

»Wovon redest du, Liebes?«

»Ich meine, hast du eine Vermutung, wo sie steckt?«

»Ich würde mich nicht wundern, wenn sie bei Tony Maglia und Familie auftauchte, wie ihre dämliche Mutter meinte. Du kannst ihn morgen anrufen ...«

»*Ich* kann? Was ist mit dir?«

»Ich habe Brians Wohnung erledigt. Jetzt bist du dran. Ich kann nicht alles machen.« Es klickte in Smith' Leitung. »Entschuldige, das wird Twoey sein. Bleib dran, Süße.«

Am Apparat zu bleiben machte Wetzon wahnsinnig. »Smith! Denk an dein Versprechen.« Sie redete in den Wind. Verdammte Smith.

Es klickte noch einmal, und Smith war wieder da. »Es ist Twoey. Vielleicht hat er Geld.«

»Wer, Twoey?«

»Nein, nicht Twoey.« Smith hörte sich resignierend an. »Alton Pinkus. Es macht mich traurig, aber ich glaube doch, diesmal ist Dick Tracy im Vorteil.«

»Smith, du machst mich wütend.« Wetzons Stimme war gepreßt. »Alton ist ein Freund. Das ist alles.« *Lügnerin,* dachte sie. *Lügnerin, Lügnerin, Lügnerin.*

»Zu langweilig, Liebes. Denk jedenfalls immer daran, daß nackte alte Männer kein schöner Anblick sind.«

»Woher zum Teufel willst du was wissen?« Wetzon warf den Hörer hin, während die Wut sie wie eine Rakete aus dem Bett jagte. »Das reicht! Ich bringe sie um! Ich bringe sie um!« Wetzon stampfte barfuß durch die Wohnung. *Warum lasse ich mir das von ihr gefallen?* Wie beim Schattenboxen schlug sie Smith mit einem gewaltigen rechten Haken k.o. und verpaßte ihr – vertreten durch ein mit Quasten verziertes Kissen – einen Karatetritt, als sie am Boden lag. Das surrende Geräusch des ausgehängten Telefons im Schlafzimmer hielt Wetzon davon ab, das hilflose Kissen völlig niederzumachen.

Die wunden Zehen schonend, hüpfte sie ins Schlafzimmer und legte den Hörer auf. Sofort begann das Telefon zu läuten. Sie war stocksauer, schnappte den Hörer und schrie hinein: »Moment!« Dann ging sie wieder ins Bett, nahm das Telefon mit und zog die Decke über den Kopf. Sie war wütend auf Smith, wütend auf Silvestri, wütend auf Brian Middleton, der so unverfroren gewesen war, sich umbringen zu lassen, wütend auf Rona und auf Penny Ann Boyd mit ihrem Spatzenhirn, wütend auf ihre

Wohnung, wütend auf Alton Pinkus' Selbstsicherheit und wütend auf sich selbst. Was spielte sich in ihrem Leben ab, daß sie plötzlich die Kontrolle verloren hatte? Ein Faden aufgedröselt – Silvestri –, und ihre Welt war auf den Kopf gestellt. Heiße Tränen brannten in ihren Augen, und sie wischte sie ärgerlich mit der Steppdecke ab.

Sie hielt den Hörer ans Ohr und bellte hinein: »Wer ist da?«

»Wetzon? Es tut mir leid, daß ich Sie so spät belästige. Hier ist Jerome Gordon.« Die Stimme klang herzlich, ausgereifter Bourbon, versetzt mit einem Schuß filterloser Zigarette.

»Jerome Gordon?« Wer zum Kuckuck war Jerome Gordon? Für welche Firma arbeitete er? Merrill vielleicht. Der Name kam ihr irgendwie bekannt vor. Wie hätte er sonst ihre Privatnummer bekommen sollen? »Was kann ich für Sie tun ... Mr. Gordon?«

»Doktor. Bitte nennen Sie mich Dr. Jerry«, sagte er. »Sie fragen sich vermutlich, wer zum Teufel ich bin und wie ich zu Ihrer Telefonnummer komme.«

»Sie vermuten richtig.«

»Ich bin ein Freund von Rona Middleton und Penny Ann Boyd. Ich war auch mit dem armen Brian befreundet. Sie sind in meiner Gruppe.«

»Aha, der Therapeut.«

»Sozusagen.«

»Wieso sozusagen? Bitte kommen Sie zur Sache, Dr. Gordon. Ich erwarte einen Anruf.« Dieser »Beratungs«-Auftrag, den Smith für sie angenommen hatte, zog langsam Kreise.

»Jerry.«

»Jerry.« Sie hatte nicht vor, ihn mit Dr. Jerry anzureden.

»Die Sache ist, Wetzon, daß Rona dankbar wäre, wenn

Sie nicht mit der Polizei sprächen, bevor Sie mit ihr gesprochen haben.«

»Gut. Verbinden Sie mich mit ihr.« Sie verstand nicht, warum Rona diesen Jerry als Vorredner brauchte.

»Anscheinend drücke ich mich nicht klar aus. Verzeihen Sie. Ich rufe für Rona an, weil sie im Moment nicht mit Ihnen sprechen *kann.*«

»Warum?«

»Ich bin hier mit ihr im Polizeirevier Central Park. Die Polizei hat sie wegen des Mordes an Brian herbestellt.«

Was hatte die Polizei um diese Nachtzeit mit Rona vor? Wetzon gähnte, dann langte sie nach der Lampe neben dem Bett und knipste sie aus. *Und was wollen sie von mir?* fragte sie sich, während sie noch einmal gähnte. Was immer es sein mochte, es konnte jedenfalls bis morgen warten.

Sie lag unter der Steppdecke vollkommen entspannt auf dem Rücken und meditierte, während sie spürte, wie die Vorboten des Schlafs über ihre Glieder krochen.

Eine Sirene heulte. Gott, wo war sie? Heulte noch einmal, doch jetzt war der Klang erkennbar. Das Telefon. Es hatte sich wie eine Sirene direkt neben ihrem Kopf angehört. Carlos. Sie war in Carlos' Wohnung, in seinem Bett. Sie setzte sich auf, hellwach; ihre Rückenmuskeln schmerzten. Sie ließ es noch dreimal läuten. Dann meldete sie sich.

»Detective Ferrante, Revier Central Park, Ms. Wetzon. Ist Ihnen die Zeit recht?«

»Ob mir die Zeit recht ist? Sie nehmen mich wohl auf den Arm? Sie reißen mich aus dem ersten tiefen Schlaf, zu dem ich seit Freitag abend komme, Brian ist tot, eine Überschwemmung hat mich aus meiner Wohnung vertrieben, und ich mußte in die Wohnung eines Freundes im Village ziehen.«

»Ich weiß«, sagte Ferrante. »Ihr Portier hat es mir berichtet.«

»Wie hilfsbereit.« Sie versuchte nicht, den Sarkasmus zu unterdrücken. »Was möchten Sie?«

»Polizeikram«, antwortete Ferrante, ohne auf ihren Ton zu reagieren. »Ich würde gern raufkommen.«

»Jetzt? Heute nacht? Kann das nicht warten?«

»Ich habe etwas, das ich Ihnen zeigen möchte, Ms. Wetzon. Es ist wichtig.«

»Na ja, gut.« Warum nicht den ganzen Mist hinter sich bringen? Sie legte auf und stieg aus dem Bett. Sie mußte sich wieder anziehen.

Die Haustürklingel läutete.

Verdammt, was sollte das? Sie schlurfte in die Küche und drückte auf den Knopf der Gegensprechanlage. »Ja?«

»Detectives Ferrante und Martens«, kam knackend Ferrantes Stimme.

»Ach du Scheiße«, sagte Wetzon und machte sich nicht einmal die Mühe, die Hand über die Sprechmuschel zu legen. Er mußte schon unten gewesen sein, als er sie anrief. Sie band den Bademantel fester zu und drückte auf den Knopf, der die Haustür öffnete. Gleich darauf hörte sie den Aufzug ächzend aufsteigen.

Sie goß Wasser in die Kaffeemaschine, maß Kaffee in den Filter und schaltete sie an. Sekunden später läutete es an der Tür, und sie ließ sie ein.

»Entschuldigen Sie die Störung«, sagte Martens, der überhaupt nicht aussah, als täte es ihm leid.

Ferrante ließ seinen Blick über ihren Bademantel zu den nackten Füßen gleiten. Er brummte und sah sich in der Wohnung um. In der Hand hielt er einen Umschlag.

Der Automat gurgelte und erfüllte die Küche mit Kaffeeduft. Martens' Nasenflügel flatterten. Er lehnte sich an die Wand.

Wetzon holte drei Becher vom Bord und stellte sie auf den Tisch. »Setzen Sie sich doch. Was ist so dringend, daß es nicht warten konnte? Und warum nicht am Telefon?«

»Sind Sie allein?« Ferrante warf einen Blick auf Martens, der lässig ins Wohnzimmer und dann weiter ins Schlafzimmer schlenderte. Ferrante zog einen Stuhl vor und setzte sich. Den Umschlag legte er auf den Tisch. Der Polizist musterte sie offen, und sie spürte, er wußte, daß sie unter dem Bademantel nackt war. Sie band den Gürtel noch einmal fest.

»Das hätten Sie fragen sollen, bevor Sie heraufkamen.« Sie goß Kaffee in die Becher. »Bitte sehr, die Herren«, sagte sie zur Decke, »nur zu, sehen Sie sich um.«

Man hörte Martens die Badezimmertür und die Schränke öffnen. Dann hörte sie ihn das Fenster hochschieben, zweifellos, um nachzusehen, ob sich jemand auf der Feuertreppe versteckte. »Sie sollten eine Sperre an dem Fenster anbringen lassen«, rief er.

»Vielen Dank.«

»Besitzen Sie eine Waffe, Ms. Wetzon?«

Ihr Blick ging wieder zu Ferrante. »Ich ... hm ...« Sie dachte an Silvestris Pistole in der Schublade unter der Strumpfhose. »Nein!« Es kam zu überstürzt, zu laut heraus. Er mußte merken, daß sie etwas verheimlichte. Na ja, genaugenommen war es nicht *ihre* Pistole, oder? »Worauf wollen Sie hinaus?« Sie baute sich, die Hände in die Hüften gestemmt, vor Ferrante auf, als Martens zurückkam und wieder den Platz an der Wand einnahm.

Das Telefon auf dem Fleischerhackklotz läutete. Sie schaute hin, dann auf Ferrante, der keine Reaktion zeigte, dann nahm sie ab und meldete sich.

Rona sagte atemlos: »Wetzon. Hat Dr. Jerry Sie erreicht?

Die haben mich zum Verhör kommen lassen. Können Sie das glauben?« Sie hörte sich ängstlich an. Aber warum?

»Ja, und ich möchte auch mit Ihnen darüber sprechen, aber ich habe gerade jemanden hier. Ich rufe Sie an, sobald ich kann.«

»Wetzon ...«

Wetzon legte auf, doch nicht, bevor Ronas Schrei durchs Telefon gekommen war. Er blieb in der Luft zwischen ihr und Ferrante hängen. Sie zuckte die Achseln.

»Diese Mrs. Middleton.« Martens grinste. »Sie ist schon eine Type.«

»Ms. Wetzon«, begann Ferrante.

Schon wieder das Telefon. Sie lächelte eine geheuchelte Entschuldigung und meldete sich. »Grand Central Station.«

»Les? Was ist das für eine Antwort? Wo hast du gesteckt? Ich habe es den ganzen Abend versucht.«

»Oh, Mann, Silvestri, was für ein großartiges Timing.« Sie lachte leicht hysterisch.

»Geht es dir gut?«

»Den Umständen entsprechend, da ein Makler, mit dem ich arbeitete, ermordet und ich durch eine Überschwemmung aus meiner Wohnung vertrieben wurde. Ich bin in Carlos' Dachwohnung in der West 10. Street.«

»Himmel, Les, ich begreife nicht, warum bei dir dauernd was los ist.« Er hörte sich verärgert an, als sei es ihre Schuld, und sie spürte, wie ihre mühsam gewahrte Fassung zusammenbrach.

Sie preßte die Lippen aufeinander. »Hör zu, hier sind zwei Detectives von New Yorks Vornehmstem, und sie fragen mich, ob ich eine Waffe besitze ...«

Er fuhr sie an: »Gib mir einen. *Sofort.*«

Sie zeigte mit dem Hörer auf Ferrante, und als er aufstand und ihn nahm, tupfte sie sich mit einem gebrauchten Taschentuch, das sie aus der Bademanteltasche kramte, die Augen ab. Martens löste sich von der Wand und schob ihr einen Becher Kaffee hin, und sie ließ sich auf einen Stuhl fallen und trank davon, die Ellbogen auf den Tisch gestützt.

Ihr Blick wanderte zu dem Material, das Ferrante aus dem Umschlag genommen hatte. Durchsichtige Beutel. Martens leerte sie vor ihr aus. Eine goldene Rolex. Eine schwarze Brieftasche. Eine Krawattennadel mit einem Diamanten. Ein goldener Federhalter. Eine Goldkette. Ihr Blick ging wieder zu der Krawattennadel. Brian besaß eine Krawattennadel mit einem Diamanten.

Ferrante legte auf und kam zum Tisch zurück. »Er ruft Sie in einer halben Stunde an.«

»Hurra!« Sie reckte den Zeigefinger hoch in die Luft und schwenkte ihn. *Und wenn schon*, dachte sie trübsinnig. Er war nicht da, wenn sie ihn brauchte, also war es sowieso egal. Und wenn er hier wäre, würde er sie anbrüllen und ihr eine Szene machen, als wäre sie absichtlich in diese Situation geraten. Alton, da war sie sicher, würde das niemals tun.

»Sie erkennen diese Sachen, Ms. Wetzon?«

»Die Krawattennadel sieht aus wie eine, die ich an Brian gesehen habe.«

»Ja. Es ist seine Brieftasche mit seinen Kreditkarten. Es ist auch sein Federhalter.«

»Das ging aber ziemlich flott. Wo haben Sie die Sachen gefunden? Im Leihhaus?«

»Nein. In einem Abfallkorb nicht weit vom Tatort.«

»Ein Abfallkorb?« sagte sie langsam, während sie es sich durch den Kopf gehen ließ. »Warum wirft ein Straßenräuber Sachen weg, die er verkaufen könnte? Warum nimmt er sie überhaupt, warum mordet er dafür?« Sie starrte Ferrante an, dann Martens.

»Weil es kein Raubüberfall war«, antwortete Martens, während er Brians Habe wieder in die Beutel packte.

Ferrante betrachtete sie erwartungsvoll. Was sollte sie ihnen sagen? Sie schwieg.

Schließlich sagte er, während er sich erhob: »Ein Zeuge hat sich gemeldet, der früh an diesem Morgen im Conservatory Garden einen Mann mit einer Frau streiten gesehen hat. Wir glauben, daß Middleton seinen Mörder oder seine Mörderin kannte.«

»Wetzon, ich würde ihn gern einstellen, aber ich kann nicht. Er macht zu wenig Umsatz. Ich kann ihm fünfzig Prozent über sechs Monate geben, aber sobald das vorbei ist, gerät er unter unser Limit. Es wäre weder für ihn noch für uns gut. Wir werden also passen.«

»Auf Wiedersehen, Lee.« Sie seufzte und legte auf.

»Was war das?« fragte Smith, die mit einer schmalen Lederaktentasche unter dem Arm hereingeschlendert kam. Es war nach zehn, und sie sah phantastisch aus. Wetzon, die eine weitere schlaflose Nacht hinter sich hatte, war ihr böse.

»Ozzie Haber. Er hat zweitausend Kunden, von denen jeder hundert Aktien auf einen Schlag kauft. Seine Provisionen liegen zwischen fünfundsiebzig und hundert, wenn wir Glück haben, und bei Rivington Ellis müssen sie, damit es sich lohnt, über hundert sein. Er wird am Ende noch für nichts arbeiten.« Sie überflog die erste Seite des Kundenbuchs und blätterte dann um. »Wohin soll ich ihn schicken?«

»Zu unserem neuen Kunden.« Smith plusterte sich geradezu auf, so zufrieden war sie mit sich.

Wetzon horchte auf. »Musik für meine Ohren.«

»Ich sagte doch, daß ich an etwas Großem arbeite.« Smith zog ihren Stuhl vor und setzte sich.

»Oh, ich bin zu kleingläubig ... Erzähle.«

»Ameribank startet ein selbständiges Netz von Maklerfirmen. Sie möchten wenigstens drei Filialen in Manhattan, je eine in White Plains, Garden City und Huntington eröffnen und sich vor dem Ende des Jahrzehnts landesweit etablieren.«

»Toll, was für ein Leckerbissen. Soviel zu Glass-Steagall.«

Smith öffnete die Tür zum Vorzimmer und rief: »Jungs, kommt herein zu einer kleinen Konferenz.«

»Jungs?« Wetzon begann zu lachen. Smith drohte ihr mit dem Finger, als Max Orchard auf dicken quietschenden Gummisohlen ins Zimmer gewackelt kam. Der Hosenbund war von den Hosenträgern bis unter die Brust hochgezogen, wodurch die Hosenbeine über den Knöcheln endeten und braune, sich ringelnde Socken entblößten. Er hatte einen angetrockneten Spritzer Rasierschaum unter dem linken Ohrläppchen.

»Max, mein Lieber«, schwärmte Smith. »Du siehst immer so perfekt aus.«

Wetzon hustete hinter vorgehaltener Hand und trat vors Fenster, das auf den Garten ging. Als sie sich wieder nach Smith umwandte, stand B.B. hinter Max.

»Max, B.B., wir haben einen neuen Kunden, Ameribank, und wir werden qualifizierte Kandidaten ins Feld schicken. Die Aufhebung der Glass-Steagall-Verordnung erlaubt es den Banken jetzt, mit Börsenmaklerfirmen im Privatkundengeschäft zu konkurrieren. Im Idealfall wünschen sie junge Teams, die Kapitalanlagen hereinholen, und die Makler werden für die verwalteten Vermögenswerte mit Basispunkten bezahlt. Einwandfreie U4.«

»U4?« Max schien verwirrt.

»Sie haben uns davon sprechen hören, Max. Die Registrierung als Börsenmakler.«

»Ah, ja, richtig.« Er nickte. »Ich dachte es mir.«

Smith sah Wetzon an und verdrehte die Augen. »Darf ich fortfahren? Danke. Wir suchen Makler, die wie konzessionierte Finanzplaner arbeiten. Sie werden nämlich jeden Makler zum Finanzplaner ausbilden und ihm die Lizenz erteilen.«

»Und das ist ein tolles Mittel für uns«, sagte Wetzon. »Stellt das besonders heraus, wenn ihr mit potentiellen Kandidaten sprecht. Es ist ein teurer Kurs, wenn man ihn selbst bezahlen muß.«

»Sie bieten ein Gehalt von fünfundzwanzigtausend für das erste Jahr gegen eine fünfzigprozentige Auszahlung. Und sie rechnen davon nichts auf die Spesen an. Sie wollen nächste Woche mit den Vorstellungsgesprächen anfangen.«

»Wie werden wir bezahlt?« fragte B.B.

»Um Himmels willen.« Smith warf Wetzon einen Blick zu, der bedeutete, *Sieh mal, wir ziehen uns hier wieder ein Monster heran.*

»Ich meine, die Frage ist berechtigt, Schatz«, sagte Wetzon überfreundlich. »Wie werden wir denn bezahlt?«

»Hm. Banken sind so konservativ, sie wollen keinesfalls etwas Endgültiges über Geld sagen, bevor die Leistung feststeht, deshalb konnte ich leider nichts aushandeln, was auf den laufenden zwölf Monaten beruht.«

Wetzon stöhnte. »Bitte, nicht wieder so ein Kunde, der einen hinhält.«

»Nicht ganz. Ich habe dreitausend vorab und sechs Prozent vom zweiten bis zum dreizehnten Monat für uns herausgeholt.«

»Gefolgt von sechs bis zwölf Monaten ›der Scheck ist unterwegs‹«, ergänzte Wetzon.

B.B. kicherte.

»Lach du nur, B.B.« Smith war wütend. Sie zog die Augenbrauen zusammen. »Wenn wir nicht bezahlt werden, wirst du nicht bezahlt, vergiß das nicht.« An Wetzon gewandt sagte sie: »Was dich betrifft, *Schätzchen*, sie sagten zu, uns innerhalb von dreißig Tagen nach der ersten Rechnung zu bezahlen, oder es kommen zehn Prozent Säumnisgebühr dazu für jeden Monat, in dem keine Zahlung eingeht.«

»Ich bin beeindruckt. Okay, Leute freuen wir uns und ran an die Telefone. Ich möchte bis zum Ende der Woche mindestens zehn gute Kandidaten präsentiert bekommen.« Wetzon scheuchte sie aus dem Büro und schloß die Tür. Sie strahlte Smith an. »Partnerin, du bist erstaunlich.«

»Das solltest du mir öfter sagen, Kleines«, bemerkte Smith trübselig. »Manchmal denke ich, du nimmst das alles für selbstverständlich.« Sie lehnte sich an den Schreibtisch. »Und es wäre mir lieb, wenn du das Personal nicht in unsere Finanzen einbeziehen würdest. Das geht sie nichts an.«

»Ach, hör schon auf, Smith. Sie sollen wissen, wie wir bezahlt werden, damit sie nicht denken, wir hauen sie übers Ohr.«

»Dieses liberale demokratische Denken hat uns Harold gekostet, und jetzt sitzt er bei Tom Keegen und stiehlt unseren Kindern die Brocken vom Mund weg.«

»Komm, Smith, wir wollen uns deswegen doch nicht streiten. Es sind nicht *unsere* Makler, sie gehören allen. Die Listen sind erhältlich. Was zählt, sind die Beziehungen, das und wer als erster da ist. Wir haben das schon hundertmal durchgekaut.«

Smith warf die Hände hoch. »Sie sind alle Huren, aber streiten wir nicht.« Sie lächelte katzenhaft listig . »Das Beste habe ich dir noch gar nicht erzählt. Ich habe uns einen

Exklusivvertrag für ein Jahr besorgt, und sie haben neuntausend hinterlegt, damit wir nicht abspringen.«

»Ich hoffe, wir bekommen das schriftlich«, wandte Wetzon ein.

Smith öffnete die Aktentasche und zog zwei maschinenschriftliche Seiten heraus. »Schon geschehen.«

»Wahrscheinlich nehmen wir uns beide für selbstverständlich«, sagte Wetzon. Sie seufzte. »Tut mir leid. Ich bin in keiner guten Verfassung.« Zu ihrem Entsetzen begann sie zu schluchzen.

Smith war wie der Wind bei ihr und nahm sie in die Arme. »Was ist los, Schatz? Die Wohnung? Das geht in Ordnung, du wirst schon sehen. Sie wird wunderschön werden.«

Wetzon machte sich los und suchte im Schreibtisch nach Taschentüchern. »Es ist nicht nur die Wohnung. Ich komme mir vor, als tanzte ich im falschen Takt.« Sie ließ sich auf den Stuhl sinken, den Rücken Smith zugekehrt.

»Ich führe dich zum Mittagessen aus, und dann erzählst du mir alles.«

»Vielleicht ...«

Das Telefon läutete.

»Hast du Tony Maglia angerufen?« fragte Smith.

»Ja. Ich habe einen Termin für morgen nach Börsenschluß ausgemacht. Er glaubt, wir werden ihn bitten, für ihn zu arbeiten. Ich habe es gespürt. Er war so von sich überzeugt.«

»Was für ein Schwachkopf, was für ein ausgemachter, eingebildeter Schwachkopf. Weiß er denn nicht, daß es leichter ist, einen von Bliss Norderman *wegzuholen*? Ihr Aktienkapital hat sich halbiert, und mit ihrem Kapital rangieren sie weit hinten im dreistelligen Bereich.«

Das Telefon läutete wieder, brach ab, dann läutete die zweite Leitung. Max öffnete die Tür. »R-Gespräch von

Mark auf Leitung zwei für Sie, Smith, und Joan Boley ist auf eins für Sie, Wetzon.«

»Joan Boley? Wann fängt sie an?« Smith riß den Hörer an sich und drückte auf zwei. »Hier ist Mutter, bleib dran, Baby.« Sie schaute Wetzon an.

»Sie sagte Fred, sie wollte morgen abend ihre Bücher rüberbringen, um sie kopieren zu lassen.«

»Gut.« Wieder am Telefon trällerte Smith: »Wie geht es meinem kleinen Liebling?«

»Der kommt schon voran«, murmelte Wetzon. Sie schneuzte sich und tupfte das Gesicht ab. »Hallo, Joan. Was liegt an? Ich dachte, Sie rufen nicht gern während der Börsenstunden an.«

»Wetzon, ich wollte Sie nur wissen lassen, daß ich mich bei Simpson, Milgram und Quinn vorgestellt habe, und ich war beeindruckt.«

Wetzon verschlug es fast die Sprache. »SMQ? Wir arbeiten mit ihnen. Sagten Sie nicht, Sie würden nur als Verkaufsleiterin wechseln? SMQ hat keine leitenden Stellen zu besetzen.« Und selbst wenn sie welche hätten, wußte Wetzon, würden sie dafür niemals eine Frau einstellen.

»Sie haben recht. Es lag an diesem anderen Headhunter. Er war eine solche Nervensäge. Ich sagte ihm, er solle nicht anrufen, aber er rief immer wieder an, praktisch jede Stunde. Ich wurde ihn nicht los, also sagte ich, ich würde mit SMQ reden, nur damit er Ruhe gab.«

»Ich bin so stolz auf dich, Liebling«, sagte Smith in ihr Telefon.

»Ich habe es vermutlich falsch angepackt, Joan. Sie stellten die Regeln auf, ich hielt mich daran, und nun sehen wir, was passiert. Darf ich fragen, wer der andere Headhunter ist? Vielleicht sollte ich ihn anrufen und mir von ihm ein paar Tips in Kundenwerbung geben lassen.«

»Ich hätte es Ihnen nicht gesagt, Wetzon, wenn ich geahnt hätte, daß Sie es so auffassen. Sie sind meine Freundin.«

Smith machte Kußgeräusche ins Telefon.

»Wie soll ich es Ihrer Meinung nach denn auffassen?« fragte Wetzon, indem sie den ganzen Scheiß von Freundin überging. Sie hatte keine Freunde oder Freundinnen in der Branche. Laura Lee ausgenommen.

»Regen Sie sich nicht auf, Wetzon. Ich gehe nicht. Ich dachte nur, ich sollte ehrlich zu Ihnen sein. Sie haben mir ein tolles Angebot vorgelegt.« Sie wollte Wetzon besänftigen, aber es kam bei Wetzon nicht an. »Besser als Freds. Sie boten mir ein garantiertes Gehalt von vierhunderttausend für ein Jahr.«

»Pauschal vorab ist besser, weil das Geld sofort für Sie zu arbeiten beginnt. Außerdem haben Sie bei Fred das zusätzliche Gehalt von vierzehntausend als Verkaufsleiterin.«

»Na, ich denke dennoch, daß SMQ ein tolles Angebot gemacht hat ...«

»Und Sie nehmen es nicht an?«

»Nein. Ich werde zu Fred gehen. Ich möchte wirklich Verkaufsleiterin werden, weil Verkaufsleiter bei den großen Firmen immer das Privileg bekommen, die Konten zu verteilen, und die besten für sich behalten können. Der einzige Haken ist, Wetzon, daß ich mir nicht sicher bin, ob ich so schnell wechseln soll. Ich habe meine Eigentumswohnung in Brooklyn Heights noch nicht verkaufen können, und ich schließe den Vertrag über das Haus in Westchester in zwei Wochen ab. Es ist einfach zuviel Druck auf einmal. Ich denke jetzt so an die letzte Novemberwoche.«

»Ein Umzug oder Stellenwechsel ist immer schwierig, Joan, und ich stimme Ihnen zu, daß man lieber nicht beides gleichzeitig tun sollte, aber schieben Sie es nicht zu lange hinaus. Soviel ich weiß, wollen sie im November die Verträge revidieren. Sicher wollen Sie vorher durch die Tür sein ...«

»Fred versicherte mir, daß ich, selbst wenn sie das wirklich tun, noch nach dem alten Vertrag eingeschleust werde, solange ich vor Ende des Jahres dort bin.«

»Ach, tatsächlich? Fred sagte, er läßt Ihnen bis zum Jahresende Zeit?« Wetzon wiederholte es, damit Smith es auch hörte.

Smith zeigte Fred prompt in absentia den Vogel.

»Mann, ist Fred nicht wunderbar?« sagte Wetzon, aber sie dachte, *Der Teufel soll Fred holen, diesen Fiesling.* Wenn ein Makler die Stelle nicht mit dem ersten Schwung wechselt, tut er es wahrscheinlich später erst recht nicht. Es funktionierte nach dem Prinzip ›nutze den Tag‹. Wenn nicht für den Makler, dann zumindest für den Headhunter.

»Ich setze mich im Laufe der Woche mit Ihnen in Verbindung, Joan. Und wenn Sie beschließen, sich in einer anderen Firma umsehen zu wollen, teilen Sie es mir bitte mit.«

»Wollen Sie nicht wissen, wer der andere Headhunter ist?« fragte Joan.

»Nein«, antwortete Wetzon. Sie legte auf und schwang sich herum. »Hast du es gehört?«

»Genug. Steckt ein anderer Headhunter dahinter?«

»Mhm. Ich möchte nicht wissen, wer. Ich habe so schon genug Ärger.«

»Es ist dieses Ekel Keegen. Der soll mir mal vor die Augen kommen«, zischte Smith. Sie kochte. Wetzon konnte fast Rauch aus ihren Ohren quellen sehen.

Es läutete an ihrer Haustür, dann brachte Max einen Umschlag von Federal Express herein.

»Was ist das?« Smith nahm ihn an und öffnete ihn vorsichtig, um keinen Fingernagel einzureißen. »Ah, sieh mal, was wir hier haben.« Sie zog ein in grell rotes Wildleder gebundenes Buch heraus. Auf dem Einband stand in goldener Schrift »Mein Tagebuch«.

»Tabby spricht«, sagte Wetzon.

»Das geht auf meine Rechnung«, verkündete Smith, als habe sie eine Riesenüberraschung für Wetzon. »Hast du das Tagebuch?«

»Ja. Wohin gehen wir?« Wetzon war verdrießlich gestimmt. Schlaflose Nächte machten sie immer reizbar.

»Reiß mir den Kopf nicht ab. Es ist nicht meine Schuld«, sagte Smith sehr liebenswürdig.

»Was ist nicht deine Schuld? Paß auf, das Auto!« Smith schleppte sie bei Rot über die 49. Street.

»Alles und jedes. Hast du dich mit Dick Tracy gekabbelt? Ist das der Grund?«

»Ich kann es nicht ausstehen, wenn du ihn Dick Tracy nennst. Er hat einen Namen.« Wetzon blieb abrupt stehen.

Smith lächelte süßlich. »Muß ein ganz schöner Streit gewesen sein.« Sie zerrte an Wetzons Arm. »Warum bleiben wir hier stehen?«

»Damit ich mich vor Steve Sondheims Haus verneigen kann.« Was Wetzon mit einer schwungvollen Ballettverbeugung zu den blinden Fenstern des unerschütterlichen Hauses hinauf tat.

Ein Obdachloser mit verfilzten Zöpfen, der Blechdosen aus einer Mülltonne las, hielt mitten in der Bewegung inne. Dann klatschte er Beifall. »Weiter so, Lady!« schrie er.

Von der anderen Straßenseite kläffte sie ein dünnbeiniger Pudel an einer Leine mit hohem Stimmchen an. Seine Besitzerin, eine dünnbeinige Matrone in einem kurzen, weiten Kleid, blieb stehen, um zuzuschauen.

»Um Gottes willen, komm. Gehen wir, bevor er herauskommt und sieht, wie du uns lächerlich machst.«

»Willst du mich auf den Arm nehmen? Er wäre begeistert.« Wenige Schritte weiter tippte Wetzon an eine eingebildete Melone und sagte »Hallo, Kate« zu Kate Hepburns Haus. Es hatte etwas Symbolisches, dachte Wetzon, daß diese zwei bewundernswerten Ikonen des Showbusineß in derselben Straße und nur eine halbe Straßenlänge von Wetzons Büro entfernt wohnten. Für sie bedeutete es eine psychische Verbindung zu ihrem früheren Leben am Theater. Nachdem die Huldigung vollbracht war, sagte Wetzon: »Okay, Smith, du kannst über mich verfügen.«

Als sie die Third Avenue überquerten und Smith dann die Lexington hochging, wußte Wetzon Bescheid. Das *Four Seasons* war ihr Lieblingslokal in der Stadt. Im Bar Room hatten sie über einigen Drinks ihre Firma gegründet. Smith lud Kunden in den Pool Room ein und entwickelte neue Beziehungen im Grill Room. Und Wetzon führte dort Gespräche mit Maklern.

Dennoch sah Wetzon die braune Markise und die Halle zu ebener Erde nie, ohne sich überdeutlich zu erinnern, wie sie vor nun beinahe vier Jahren Barry Starks Leiche in der Telefonzelle entdeckt hatte. Ihr schauderte, und sie ging ein wenig schneller. »Gehen wir durchs Haus hinein.«

Smith blieb stehen und schaute auf sie hinunter. »Du bist doch nicht immer noch ...«

»Laß mich nur.«

»Wie du willst.«

Sie gingen die Treppe hinauf und in die prächtige Halle des Seagram's Building, wandten sich nach rechts und betraten das *Four Seasons* auf der Ebene des Restaurants. An der Wand in dem Verbindungsgang zwischen Pool Room und Grill Room hing Picassos herrlicher Bühnenvorhang aus der Inszenierung von *Der Dreispitz* aus dem Jahr 1919. Dieses Werk begeisterte Smith und Wetzon immer aufs neue, und sie hielten einen Augenblick davor inne.

Es war halb eins, die Zeit der Geschäftsessen im Grill Room, der jeden Tag proppenvoll war von den Menschen, die in New York City etwas bewegten, von Großverlegern und Politikern, Leitern von Künstleragenturen, Vorständen von Gesellschaften, Filmproduzenten, Finanzherren des Universums. Modeschöpfer. Architekten. Schriftsteller. Gewerkschaftsführer. Die Creme auf jedem Gebiet. Wall Street bis Dream Street, Hochfinanz bis Varieté.

Die Ausstattung der Räume wechselte mit der Jahreszeit. Jetzt entsprach sie dem Herbst, und die Dekoration bestand aus rötlichen Blättern an Eichenästen und aus Chrysanthemen. Der Raum war renoviert worden; die alten, mit Quasten versehenen braunen Polsterbezüge aus Kunstleder waren verschwunden und durch dunkelblaues Kammgarn ersetzt, statt des saloppen braun und schwarz karierten Teppichs gab es jetzt einen gemusterten in Dunkelblau und Rost. Die Atmosphäre war jedoch die gleiche: die dynamisch knisternde Energie erfolgreicher Menschen.

Sie wurden mit Namen begrüßt und an einen kleinen Tisch im hinteren Teil nahe den Vorhängen aus Metallperlen geführt. Smith wählte den Stuhl, der zum Raum stand, so daß sie sehen konnte, wer da war, und begann sofort, Wetzon ein Who's who in New York aufzusagen.

»Lillet«, bestellte Smith, als der Kellner in der kürbisfarbenen Uniform der Herbstsaison erschien.

»Perrier«, sagte Wetzon.

»Sie trinkt ein schönes Glas trockenen Weißwein«, erklärte Smith dem Kellner. »Vergessen Sie bitte das Perrier.«

»Ms. Wetzon?«

Sie winkte ab. »In Ordnung. Schön.« Es lohnte nicht, deswegen zu debattierten.

»Reden wir jetzt von deinem Liebesleben.«

»Ich habe kein Liebesleben, und ich möchte nicht darüber sprechen. Wir sollten uns lieber über die Geschichte mit Brian unterhalten. Wenn die Polizei meint, er sei von jemand ermordet worden, der ihn kannte, kennen wir die Person vielleicht auch.«

»Könnte sein, daß Penny Pups mit ihrer Tochter recht hatte. Daß das Kätzchen ein Rendezvous mit ihm im Conservatory Garden hatte.«

»Ja, wo bekommt aber eine Sechzehnjährige eine Pistole her? Und warum würde sie Brian erschießen wollen? Glaubst du, sie hatten ein Verhältnis, und er wollte sie loswerden?«

»Hol das Tagebuch heraus, und sehen wir nach.«

Wetzon griff in ihre Handtasche, zog den Band heraus und schlug ihn gerade auf, als ihre Drinks serviert wurden. »Ich nehme das Tagesmenü«, sagte Wetzon.

»Bringen Sie zwei.«

Die Innenseite des Deckels zeigte eine Zeichnung von durchbohrten Herzen, Friedenssymbole, eine Collage aus Fotografien, darunter ein Bild von Tom Cruise, der seine Muskeln spielen ließ. »Er hat kein einziges Haar auf der Brust«, bemerkte Wetzon.

Smith rümpfte die Nase. »Haare sind abstoßend.« Sie nippte am Lillet.

»Was weißt du schon«, erwiderte Wetzon.

Smith griff zum Tagebuch. »Typische Teenager-Phantasie.« Sie blätterte es stirnrunzelnd durch. »Was für ein Unsinn ist ...«

»Laß mal sehen.« Wetzon zog das Buch zu sich, betrachtete die Seite und lachte. »Geheimsprache.« Sie blätterte ein paar Seiten weiter und mußte noch einmal lachen. »Es ist alles in einer Pennälergeheimsprache geschrieben.«

»Dann kannst du es lesen. Dafür habe ich keine Zeit.«

Wetzon seufzte und verstaute das Tagebuch wieder in der Handtasche. Sie würde es sich später vornehmen. Sie trank einen Schluck Wein und starrte Smith an, die mit aufgerissenen Augen an Wetzon vorbeisah. »Oh Mann«, sagte Smith und lächelte. »Schau jetzt nicht hin, aber *er* ist da.«

»Wer?« Wetzon drehte sich um und blickte in den Raum und direkt in die Augen von Alton Pinkus. Entnervt wandte sie sich an Smith.

»Du hast geguckt. Du bist so unbeholfen. Ich habe gesagt, du sollst nicht hinsehen.« Smith warf einen betörenden Blick über Wetzons Schulter, ein echtes Strahlerlächeln.

»Verschone mich. Können wir, wenn du deinen Charme versprüht hast, dann von Tabby Ann reden?«

Ihr Essen wurde serviert. »Das kann warten. Sag mir noch einmal, was dieser Dr. Jerome Dingsbums erzählt hat.« – »Daß Rona zum Verhör geladen wurde und daß ich nicht mit der Polizei sprechen soll, bevor ich mit ihr geredet habe, aber es war natürlich zu spät.« Wetzon schob die Frikadelle lustlos auf dem Teller hin und her.

»Zu spät?«

»Zwei Detectives waren heraufgekommen und hatten sich in der Wohnung postiert. Genau da rief Rona an, und ich konnte nicht mit ihr reden oder verraten, daß sie am Apparat war. Aber sie haben es gemerkt. Dann zeigten mir die Detectives Brians Sachen, die in einem Abfalleimer gefunden wurden, und teilten mir mit, daß er den Täter oder die Täterin gekannt haben muß, denn er wurde aus nächster Nähe erschossen, und es gab keine Hinweise auf einen Kampf.«

»Warum hast du mir das nicht gleich gesagt? Du kannst einen wirklich nerven mit deiner Geheimniskrämerei.«

»Verdammt, Smith, du bist doch mit deiner Neuigkeit über unseren neuen Kunden hereingeplatzt und damit basta.«

»Na so was, er kommt her. Und sieh mal, wen er dabei hat.«

»Wen?« Sie drehte sich um und sah Alton in Begleitung einer großen, attraktiven jungen Frau mit schulterlangem dunklem Haar auf sie zukommen.

»Das ist Sandra Semple«, flüsterte Smith. Sie streckte die Hand aus.

»Leslie Wetzon, Xenia Smith«, stellte Alton vor, während er beiden die Hand gab. »Meine Tochter, Sandra Semple.«

»Tochter! Sie sehen mir aber nicht alt genug aus, um Sandras Vater zu sein«, sprudelte Smith hervor.

Wetzon stellte ihre Schuhspitze auf Smith' Schuh und drückte fest. Smith zog den Fuß weg.

Alton fühlte sich geschmeichelt.

»Ich muß gehen, Dad«, sagte Sandra. Ihre Stimme war rauh und sexy. »Hat mit gefreut.« Sie trug eine lange, zweireihige schwarze Jacke, unter der etwa zehn Zentimeter eines kürbisfarbenen Seidenrocks vorsahen, eine zum Rock passende Strumpfhose und weiche schwarze Wildlederstiefel. Sie musterte Wetzon gründlich, küßte ihren Vater auf die Wange und verabschiedete sich.

»Setzen Sie sich doch zu uns, Alton«, sagte Smith.

Und er wäre der Aufforderung vielleicht gefolgt, doch zu Wetzons Erleichterung winkte ihm Si Newhouse zu, und er entschuldigte sich. »Ich rufe Sie an, Leslie.« Er nahm ihre Hand, während Smith die beiden anstrahlte.

Als er weg war, begann Smith: »Du hast meinen Segen, Schatz. Er ist ein sehr attraktiver Mann. Warum dachte ich, er sieht wie ein alter Frosch aus? Das stimmt wirklich nicht.«

»Entschuldigen Sie.« Der Kellner stand mit einem Telefon an ihrem Tisch. »Ein Anruf für Sie, Ms. Smith.« Er reichte Smith das Telefon und ging.

Wetzon stöhnte. »Hast du das etwa arrangiert? Mensch, es ist so demütigend.«

Smith sah sie stirnrunzelnd an. »Ja? Hier ist Xenia Smith. Aha? Wann? Hmhm. Danke, Max, Sie sind ein Schatz.« Pause. »Ach, wirklich? Das ist aber schlimm.« Sie legte auf und tippte ein paar Ziffern ein. »Rona?«

Wetzon sperrte den Mund auf.

»Ja. So, hm, tut mir leid, das zu hören. Okay. Wir kommen hin.« Sie legte das Telefon hin.

»Was ist los?« Wetzon hielt inne, als der Kellner kam und das Telefon wegnahm. Sie waren hier wirklich aufmerksam.

»Die Kurse sind fünfzig Punkte gefallen. Kein Umsatz.«

»Woran liegt es dieses Mal?« Der Markt reagierte schon seit Wochen nervös.

»Es gab ein Gerücht, daß George Duckworth Konkurs anmelden muß. Es wurde energisch dementiert.«

»Verdammt, weißt du, was das für die Banken bedeutet?«

Duckworth war ein Immobilienkönig, ebenfalls Stammgast im *Four Seasons*, doch es war allgemein bekannt, daß er sich übernommen hatte und nicht liquide war, daß er

Spitzenpreise für Liegenschaften bezahlt und die Rezession ihn schwer getroffen hatte. Er hatte Probleme mit der Refinanzierung. Auf diese Nachricht mußte Wetzon einen Schluck trinken. »Was wollte Rona?«

»Sie möchte, daß wir morgen um sechs zum *Sussex House* kommen.«

»*Sussex House*? Wie altmodisch.«

Smith lachte. »Genau mein Gedanke. Dr. Jerome Gordons Suite. Vermutlich sieht er wie Max aus und raucht Zigarren. Wer würde sonst im *Sussex House* wohnen?«

»Worum geht es? Hat sie es gesagt?«

»Hm.« Smith aß gierig.

»Hat sie es gesagt?«

Smith nickte, schluckte, trank etwas Wein. »Penny Pups hat gerade den Mord an Brian gestanden.«

Um vier Uhr am Dienstag nachmittag stieg Wetzon im neunundzwanzigsten Stock des Gebäudes 1251 Sixth Avenue, wo Bliss Norderman seine Büros hatte, aus dem Fahrstuhl. Sie kannte das Gebäude gut, weil auch Morgan Stanley und Oppenheimer hier Büros hatten. Sie stieß die Glastür auf und betrat einen kleinen, jedoch feudalen Empfangsbereich, wo ein schwarzes Ledersofa auf Metallbeinen und zwei passende Sessel auf blaßrotem Teppichboden standen. Eine Empfangsdame verschanzte sich in dem fensterlosen Raum an einem großen Mahagonischreibtisch hinter einem aufgeschlagenen Terminkalender. Die Klimaanlage war eingeschaltet und machte den Raum ungemütlich kühl.

»Leslie Wetzon. Ich bin um vier Uhr mit Tony Maglia verabredet.«

»Nehmen Sie bitte Platz, Ms. Wetzon.« Die junge Frau hob den Telefonhörer ab und drückte zwei Tasten, als spielte sie Klavier. »Ms. Wetzon für Mr. Maglia.« Sie dehnte die Silben wie Lily Tomlins Ernestine. Tatsächlich, dachte Wetzon, während sie einen zweiten verstohlenen Blick auf sie warf, trug sie sogar ihr hennarotes Haar im Stil der vierziger Jahre aus dem Gesicht gekämmt und war mit einem von Joan Crawfords alten Kostümen mit gewaltigen Schulterpolstern herausgeputzt. Es sah eigentlich recht gut aus. Wetzon fragte sich müßig, ob sie wohl auch die fersenfreien Joan-Crawford-Schuhe trug.

»Wetzon.« Ein ruppiger Mann in weißen Hemdsärmeln, mit goldenen Manschettenknöpfen, das dicht gelockte Haar so schwarz, daß es gefärbt aussah, streckte die Hand aus. Er trug Hosenträger, auf die Goldmünzen gestickt waren. Überschwenglich schüttelte er ihr die Hand. »Tony Maglia. Willkommen bei Bliss Norderman.«

Er war klein und aufgeblasen. Irgendwie paßte es zusammen. Er führte sie zu seinem Eckbüro, das eine imposante Aussicht auf das untere Manhattan durch eine nicht zu öffnende Glaswand bot. Kein Wunder, daß die Klimaanlage lief.

»Sehr schön«, sagte sie, von dem Panoramablick angezogen. Aber während sie hinausblickte, bekam sie Platzangst und Höhenangst zugleich und wandte sich ein wenig schwindlig ab, um sich vor den Schreibtisch in imitiertem Chippendale zu setzen.

Ein Computer stand schräg auf der rechten Schreibtischseite und gab leise Pieptöne von sich.

Hank Cooperman, ein Makler, den Wetzon seit Jahren kannte, steckte den Kopf durch die offene Tür. »Entschuldigung, würdest du das bitte für mich unterschreiben, Tony?« Er reichte Maglia ein Bündel Papiere. »Jeweils beide.« Während Maglia mit der linken Hand seine Unterschrift kritzelte, zwinkerte Hank Wetzon vielsagend zu. Er durfte seinen Geschäftsführer nicht wissen lassen, daß er Wetzon kannte, wenn er sich nicht so sicher fühlte, daß er Maglia ärgern könnte, ohne daß es sich für ihn als Bumerang erwiese.

Nachdem Cooperman gegangen war, lehnte Maglia sich

auf seinem Sessel zurück. »Ich frage mich schon lange, wann Sie und Ihre schicke Partnerin endlich schlau werden und mit uns zusammenarbeiten. Wir haben die beste Sache in der Stadt laufen.« Sein Lächeln wirkte kämpferisch. Er schenkte ihr seinen öligen Charme; sie überreichte ihm ihre Karte. Sie beugte sich aus dem Sessel vor.

»So gern wir mit Ihnen arbeiten möchten, Tony, deshalb bin ich heute nicht hier.«

»Wirklich?« Ein winziger Funke der Neugier blitzte in seinen Augen auf und mischte sich unter die bereits vorhandene Feindseligkeit. Er legte die Beine auf den Schreibtisch, so daß Wetzon praktisch seine Füße im Gesicht hatte. »Was haben Sie ... auf dem Herzen, Wetzon?«

Schlange, dachte sie. So würde es also laufen. Nichts dagegen. Sie war bereit. Sie sah ihn fest an und sagte: »Brian Middleton.«

»Der arme Brian. Wir werden ihn vermissen.« Er nahm eine Nagelschere aus einer Schublade und begann, seine Nägel zu schneiden. *Knacks. Knacks.* »Was ist mit Brian?« Er schaute nicht einmal auf.

Knacks.

Sie wollte sagen, *Hör zu, du Ekel, du Drecksack, ich brauche mir so etwas von deinesgleichen nicht gefallen zu lassen,* doch sie wollte Auskünfte, und sie konnte sie nur bekommen, wenn sie sich von ihm nicht reizen ließ.

Knacks. Knacks. Knacks.

»Es ist ein Gefallen für eine seiner Kundinnen, Penny Ann Boyd.«

Knacks. Knacks. Er hob nicht den Kopf, doch sie sah, wie sich sein Kinn verkrampfte. »Diese verlogene Hexe. Sie machte Brian und mich verrückt, und es kostete uns einiges. Aber wir haben sie gekriegt. Hat sie Ihnen das erzählt? Die ganze Idee kam von ihr, die Strategie, alles. Dann schiebt sie die Schuld auf Brian. Sie ist viel zu gut weggekommen. Und nur, weil wir die Korrespondenz nie fanden.«

Knacks. Knacks. Ein wenig lauter.

Wetzon beugte sich wieder vor. »Welche Korrespondenz? Davon weiß ich nichts, Tony.«

Knacks. Knacks. »Und Sie wissen auch nichts über mich, Wetzon. Wenn man mich reinlegt, vergesse ich es nie. Ich bin ein guter Freund für meine Freunde. Ich gebe keinen guten Feind ab.« *Knacks. Knacks.*

Ein Nagelsplitter rutschte über den Schreibtisch und landete auf Wetzons Schoß. Smith war mit boshaften Erwiderungen sehr viel schneller bei der Hand. Wetzons Art war es, langsam in Wut zu geraten. Smith hätte diesen Kotzbrocken in die Schranken gewiesen. Und zwar schnell. »Ich kann nicht folgen.« Sie stand auf, und das Stück Fingernagel fiel auf den Teppich.

Knacks. Knacks.

»Ich weiß, daß Sie Rona hier weggeholt haben, und ich weiß, daß Sie für Brian gearbeitet haben.«

»Woher wissen Sie das?«

»Von Brian. Er berichtete mir alles. Ich war sein Berater. Wir hatten eine richtig gut funktionierende Beziehung.«

»Aha, und sagte er Ihnen, daß er letzten Freitag bei Loeb Dawkins anfangen wollte?«

Maglia lachte und legte die Schere weg. »Sagte er Ihnen, daß er seine Meinung geändert hatte und hierbleiben wollte?«

»Nein«, sagte sie. War das die Wahrheit? Vor Schreck setzte sie sich wieder.

Er schwang die Beine auf den Boden, zog eine Schublade auf und warf ihr ein Dokument hin. »Bitte sehr, lesen Sie.«

Sie überflog das Blatt. Es war ein Vertrag in Form einer

schriftlichen Vereinbarung. Brian Middleton wurden für ein Jahr fünfundsechzig Prozent Auszahlung angeboten. Das Blatt war von Brian und Maglia unterschrieben. Das Datum war der vergangene Donnerstag.

Sie las ihn noch einmal und gab ihn Maglia zurück.

»Machen Sie den Mund zu, Wetzon. Ihr Headhunter haltet euch für so verdammt schlau, ihr könnt es nicht vertragen, wenn ihr ausgetrickst werdet.« Er lachte dünn und hinterhältig, wie der Schurke in einem schlechten Film.

Brian hatte also gar nicht vor, zu Loeb Dawkins zu gehen. Er hatte dieses Angebot als Druckmittel benutzt und Simon Loveman und Smith und Wetzon übers Ohr gehauen. »Wer bekommt seine Kunden, Tony? Überraschen Sie mich.«

»Der Geschäftsführer selbstverständlich.«

»Selbstverständlich.«

»Sie können Rona sagen, daß sie nicht damit zu rechnen braucht, hier etwas herauszuschlagen, verdammt noch mal. Ich biete den Kunden provisionsfreie Geschäfte über sechs Monate an.«

»Sie sind große Klasse, Tony.«

»Es ist eine kleine Branche, Wetzon. Eines Tages könnten wir zusammenarbeiten.« Er machte sich über sie lustig.

»Darauf freue ich mich jetzt schon«, sagte sie, hoffend, ihre Worte seien voller Gift. »Sie spielen ein hübsches schmutziges Spiel.«

Maglia lachte höhnisch. »Ihr Mädchen schafft es einfach nicht in dieser Branche. Und werdet es nie schaffen. Wir schalten einfach schneller als ihr.«

Wetzon ballte die Faust. Sie hätte ihm am liebsten in sein unverschämtes Gesicht geschlagen, aber sie hatte die Frage nicht gestellt, wegen der sie gekommen war, und recht hatte er ja. Wenn Wall Street weiter schrumpfte, würde sie eines Tages vielleicht wirklich mit ihm arbeiten, oder Smith würde es tun – über Wetzons Leiche. »Tabitha Ann Boyd wird vermißt. Wissen Sie, wo sie steckt?«

Maglias Augen funkelten sie an. Er wurde plötzlich ernst. »Warum sollte ich Ihnen das mitteilen?«

»Ihre Mutter macht sich Sorgen um sie.«

»Ihre Mutter!« Es war ein Ausbruch. »Was für ein Witz! Die Frau ist Alkoholikerin und mißhandelt ihr Kind. Meine Frau und ich haben Tabby Ann aufgenommen, als ihre Mutter sie hinauswarf.«

»Ihre Mutter warf sie hinaus? Das glaube ich nicht.« Sie konnte auch das mit dem Alkohol und der Kindesmißhandlung nicht glauben.

»Glauben Sie mir, Wetzon. Bei dem Schiedsverfahren sagte Tabby Ann für Brian und gegen ihre Mutter aus.«

Das Sussex House hieß eigentlich gar nicht mehr so. Es war in *Park Royale* umbenannt worden. Fremde und erst kürzlich Zugezogene bezeichneten es mit dem neuen Namen, doch für waschechte New Yorker blieb es das *Sussex House*, genauso wie sie hartnäckig an Sixth Avenue statt der großtuerischen Avenue of the Americas festhielten. Jahrelang hatte das *Sussex House* an der Central Park South gestanden, mit seiner schäbigen Pracht, die wie eine Rückblende auf elegantere Zeiten wirkte.

Nachdem es Mitte der achtziger Jahre von einer japanischen Firma erworben worden war, hatte man es königlich umbenannt, das Äußere mit einem Sandstrahlgebläse bearbeitet, das Innere neu möbliert. Ein Drei-Sterne-Restaurant, das die französische Haute Cuisine pflegte, ersetzte eine mittelmäßige, entfernt europäische Küche.

Viele der alten Eigentümer der Wohnungen in den drei oberen Stockwerken nahmen die attraktiven Angebote der neuen Verwaltung an und verkauften. Die Suiten waren danach renoviert und erneut verkauft worden.

In einer dieser Suiten hatte Dr. Jerry Gordon ein Büro.

Wetzon marschierte vom Eingang an der 58. Street her

flott in die hintere Halle, an einer Reihe von Ledersesseln und Kaffeetischen vorbei. Da sie Smith nicht entdeckte, setzte sie sich auf den letzten freien Sessel, halb hinter einer Säule versteckt. Sie war zu früh, was ganz gut war, weil sie Zeit zum Nachdenken brauchte. Und zum Nachdenken brauchte sie Hirnnahrung. Sie suchte in ihrer Tasche, und heraus kamen die Reste einer Tafel Lindt-Bitterschokolade. Ein Stück biß sie ab, den Rest der Tafel wickelte sie in das Silberpapier und legte ihn wieder in ihre Aktentasche.

Sie ließ die Schokolade im Mund zergehen. Kauen zerstörte das Wunder. Jetzt konnte sie versuchen, die verworrenen Ereignisse seit Brians Ermordung zu durchdringen.

Selbst wenn es stimmte, was Tony Maglia ihr über Penny Ann Boyd und ihre Tochter erzählt hatte, konnte Wetzon trotzdem nicht verstehen, warum sie hilfesuchend zu Smith und Wetzon gekommen waren, und auch nicht, warum Smith und Wetzon tatsächlich halfen. Das war eine Sache zwischen Mutter und Tochter und hatte nichts mit Sachverstand zu tun. Was hatte es also zu bedeuten? Smith' Geldgier hatte sie wieder einmal in etwas hineingezogen. Aber warum gerade sie?

Nun war aus einem zwar tragischen, doch einfachen Totschlag bei einem Raubüberfall ein richtiger Mord geworden, ausgeführt von einer Person, die Brian kannte, und die unscheinbare Penny Ann Boyd steht auf und gesteht, daß sie es getan hat. Einfach so. Hatte Penny Ann, als sie sich kennenlernten, nicht gesagt, sie sei besorgt, ihre Tochter könne damit zu tun haben? Oder sorgte sie sich doch mehr um sich selbst?

Irgendwo fehlte ein Stück.

Wetzon schaute auf die Uhr. Zwanzig vor sechs. Sie zog das Tagebuch aus der Tasche. Als sie es am Abend davor zu lesen versucht hatte, war sie darüber eingeschlafen. Jetzt versuchte sie es wieder, vom ersten Blatt an, indem sie es im Geist übersetzte. Es begann anscheinend gleich nach dem Tod des Vaters und wurde nicht täglich geführt. Wetzon las ungefähr zehn Seiten in winziger, gedrängter Schrift, die so voll nackter Qual und Verwirrung waren, daß Wetzon sich wie ein Voyeur vorkam. Der erste Hinweis auf Penny Anns Alkoholproblem tauchte auf Seite zwölf auf. Auf Seite dreizehn erwähnte Tabby, daß sie mit dem Therapeuten der Familie, den sie als Oktordei Erryjei bezeichnete, darüber gesprochen hatte.

»Oktordei Erryjei«, sagte sie laut.

»Ach, da bist du.« Smith war durch die Drehtür gestürmt und steuerte auf sie zu. Wetzon sah auf die Uhr. Zehn nach sechs. Verspätet, wie gewohnt.

Sie steckte das Tagebuch weg und stand auf, um Smith entgegenzugehen, die, gerötet und schön, alle Blicke auf sich zog. Tja, groß sein, dachte Wetzon neidisch. Nur fünf oder zehn Zentimeter mehr in den Beinen. »In welchen Stock fahren wir?«

»Weiß nicht. Wir fragen an der Rezeption.«

Der Empfangschef sah aus wie Mick Jagger, doch sein Akzent war klangvoll australisch. »Neunzehn E«, sagte er.

»Wie ist es gelaufen?« fragte Smith, als sie auf die privaten Aufzüge zugingen, die für die Wohnungseigentümer reserviert waren. Hotelgäste hatten getrennte öffentliche Fahrstühle.

»Er ist ein Schwein.«

»Die sind alle Schweine.«

»Nein, Maglia macht sogar Schweinen noch einen schlechten Namen. Ich würde sie nicht alle über einen Kamm scheren. Hoffentlich müssen wir nie mit ihm arbeiten. Er schnitt sich die Fingernägel, während ich vor ihm saß.«

»Was?«

Wetzon mimte den Vorgang, indem sie schnipsende Bewegungen mit den Fingern machte.

»Ekelhaft. Hat *er* sie?«

»Ich glaube ja. Er behauptet, Penny Ann sei Trinkerin und mißhandle ihr Kind. Was meinst du?«

»Mich würde nichts überraschen. Passiv aggressiv.« Smith schürzte nachdenklich die Lippen. »Eindeutig.«

»Er sagte mir auch, daß Tabby Ann in dem Schiedsverfahren gegen ihre Mutter aussagte.«

»Hurra!« Smith bewegte die Zungenspitze zwischen den Zähnen. »Das gefällt mir!«

»Und er sagt, sie habe bei der Schlichtung überhaupt nur aus dem einen Grund etwas bekommen, weil der Korrespondenzordner, der Brians Unschuld beweisen würde, verschwunden ist. Er behauptet, alle schlechten Strategien und falschen Entscheidungen gingen auf Penny Ann zurück.«

»Es fällt mir ziemlich schwer, das zu glauben.«

Sie stiegen aus dem Aufzug und gingen über einen Flur, der mit einem Teppich mit goldenen Lilien auf blauem Grund ausgelegt war. Die Wände hatten gestreifte Tapeten in mattem Gold auf Gold.

»Geschmackvoll«, sagte Smith naserümpfend.

»Geraten wir nicht in Verzückung. Hier ist es. Bereit?«

Smith schüttelte ihr Haar auf und öffnete den obersten Knopf ihrer Seidenbluse. Ein Stückchen Spitzenmieder lugte hervor. »Los.«

»Muß das wirklich sein?«

»Du bekommst Auskünfte auf deine Weise, ich bekomme sie auf meine. Man hält uns nicht für besonders schlau, deshalb plaudern sie alles aus. Meine Art und Weise bringt mehr, denn wenn du sie erst einmal beim Wickel hast, wissen sie nicht mehr, was sie tun.«

»Ich will versuchen, mir diese weisen Worte zu merken.

Ich bin sicher, Gloria Steinem würde stolz auf sie sein.« Wetzon drückte auf die Klingel.

Ein großer, blauäugiger, blonder Teddybär in braunem Blazer und hellbraunen Hosen öffnete die Tür. »Willkommen, Wetzon, richtig?« Er sagte es, auf Anhieb eingenommen, zu Smith.

»Nein«, sagte Wetzon. Smith war mit ihrer Art an der richtigen Adresse.

»Xenia Smith, Dr. Gordon.« Smith gab ihm die Hand.

»Oh, sagen Sie doch bitte Dr. Jerry. Wie alle.«

Er war acht oder zehn Zentimeter größer als Smith, also über einsachtzig, und breit und schwerfällig wie ein Bär. Sein krauses Haar hatte genau die richtigen weißen Streifen an den Schläfen, und sein Gesicht war rund und jovial, sein Lächeln von tiefen Grübchen gerahmt. Er verbreitete Wärme, Freundlichkeit und bescheidenen Charme, was zusammengenommen irgendwie zu den Wildlederflicken auf den Ellbogen seines Jacketts paßte.

»Bestimmt hat Ihnen Brian alles über mich erzählt«, sagte Jerome Gordon zu Wetzon.

»Aber auch alles«, antwortete Smith mit einem koketten Zwinkern, bevor Wetzon etwas sagen konnte.

Das Wohnzimmer war ein Wartezimmer, eingerichtet in einer Art Hotel-Louis-quinze. Eine erschöpft aussehende Rona stand mit hochgezogenen Schultern verkrampft am Fenster und nippte an einem Glas Rotwein. Sie trug eine schwarz und rosa karierte Jacke über einem schwarzen Strickkleid, und ihr Gesicht wirkte mürrisch.

Barbara Gordon kam mit einem Käsebrett, auf dem ein Keil Brie und ein Päckchen Kekse lagen, durch die Pendeltür aus der Küche. Sie war wieder in Schwarz, kurzer Faltenrock, undurchsichtige Strumpfhosen und ein langer Pullover mit Pailletten am Kragen und an den Ärmelbündchen. Sie sah aus wie ein entzückendes französisches Dienstmädchen oder wie der Star eines Pornofilms. Sie setzte sich auf die Couch und schlug die Beine über.

»Ich hoffe, wir haben Sie nicht warten lassen«, sagte Wetzon und wurde von Smith, deren Motto ›Entschuldige dich nie‹ lautete, mit einem wütenden Blick bedacht.

Rona sagte zornig: »Dieser Scheißkerl Maglia versprach meinen Kunden – Brians Kunden – sechs Monate Abschlüsse ohne Provision, damit sie bei Bliss Norderman bleiben.«

»Ich habe es gehört«, erklärte Wetzon.

»So? Wer hat es Ihnen gesagt?«

»Er selbst. Er fand sich ganz toll. Ich dachte, Sie und Brian und Tony und seine Frau seien immer noch befreundet.«

Rona schnaubte verächtlich. »In dieser Branche gibt es keine Freundschaft. Hast du Geld vor Augen, greifst du zu. Man müßte verrückt sein, es nicht zu tun.«

»Unbedingt«, pflichtete Smith bei.

O Mann, dachte Wetzon, vor zehn Jahren hätte man diese Meinung von Männern gehört, niemals von Frauen. Der Kampf um die Gleichberechtigung der Frauen war an den falschen Stellen gewonnen worden. Frauen konnten, was Geld betraf, genauso abstoßend sein wie Männer, manchmal noch mehr. Und sie hatte eine Partnerin, die da keine Ausnahme bildete. Wetzon setzte sich auf das blaue Damastsofa und stellte ihre Aktentasche unter einen runden Tisch daneben. Auf dem Tisch standen eine urnenförmige Porzellanlampe und ein halbes Dutzend Fotos in Silberrahmen von Kindern in verschiedenen Altersstufen. Ein Junge und ein Mädchen, beide mit wirren roten Locken, und Barbie, die nicht viel älter als die Kinder aussah. Der Junge hatte die tiefen Grübchen seines Vaters und auch dessen massigen Körperbau.

Smith schlenderte hinüber und nahm eines der Fotos in die Hand. »Eine schöne Familie«, bemerkte sie.

Barbie lächelte, doch es war nicht herzlich. Sie schien Smith nicht zu mögen, was erfrischend war. Die meisten Menschen waren von Smith vollkommen verhext, wenigstens bei der ersten Begegnung.

»Danke. Das meine ich auch«, sagte Dr. Jerry voller Stolz. »Unser Sohn Aaron feiert in einigen Wochen die Bar-Mizwa.«

»Wo ist Penny Ann?« begann Wetzon, um Smith abzulenken, die einen eigenartigen Ausdruck im Gesicht hatte.

»Wir stellen eine Kaution. Sie muß jeden Augenblick hier sein.« Er nahm eine Flasche Rotwein vom Couchtisch. »Ich hole Gläser.«

»Für mich nicht, danke«, sagte Wetzon.

»Ich trinke ein Glas, Schatz«, sagte Barbie verliebt.

Jerry sah sie scharf an. Er schenkte ein Glas für Smith ein und reichte es ihr. »Das ist mir so unangenehm. Ich habe Penny Ann im Stich gelassen.«

»Oh, Jerry, du lieber Himmel.« Rona eilte zu ihm und streichelte sein Gesicht. »Du bist einfach wunderbar zu ihr gewesen, zu uns allen.« Zu Smith und Wetzon sagte sie: »Er hat sogar eine zweite Hypothek auf sein Haus aufgenommen, um ihren Anwalt im Schiedsverfahren zu bezahlen.«

Barbie stand auf und ging in die Küche. Die Tür schwang zischend vor und zurück. Sie kam mit einem Glas Cola, wie es schien, zurück.

Jerry beobachtete seine Frau besorgt aus dem Augenwinkel. »Sch, Rona ...«

»Laß mich reden, Jerry. Er hat alles für sie getan seit Wilsons Tod, und sehen Sie nun, wie sie es ihm heimzahlt.« Sie schenkte sich Wein nach und setzte sich neben Wetzon aufs Sofa.

»Ach, Rona, laß schon. Ihr seid alle meine Freunde gewesen, nicht nur Patienten. Und ich weiß mit Sicherheit, daß sie Brian nicht getötet hat.«

»Wirklich? Woher wollen Sie das wissen, Jerry?« fragte Smith.

»Ich weiß es, vertrauen Sie mir.« Die Aufrichtigkeit in seinem Ton war echt. Vielmehr war es die Wendung, die Wetzon aufhorchen ließ. »Vertrauen Sie mir« stand im Maklerjargon für »Sie können mich mal«. Na schön, was jetzt? Hatte sie Smith gerade gesagt, nicht alle über einen Kamm zu scheren?

»Penny Ann hat gestanden, weil sie glaubt, Tabby Ann sei es gewesen. Ist das Tagebuch angekommen?« Ronas Mascara hatte einen dunklen Ring unter den Augen hinterlassen.

»Ja, heute.« Wetzon klopfte auf die Aktentasche. »Ich habe nur flüchtig hineingeschaut.«

»Was für ein Tagebuch?« fragte Dr. Jerry. Er entkorkte eine weitere Flasche Wein. »Kann ich Ihnen bestimmt nichts anbieten, Wetzon?«

»Nein, danke.«

»Tabby hatte ein Tagebuch, Jerry. Hat Penny Ann Ihnen nichts davon gesagt?«

»Nein. Aber sie hatte soviel um die Ohren ...« Er runzelte die Stirn. Er bekam den Korken nicht heraus. Seine dicken Wurstfinger strengten sich zu sehr an. »Und was halten Sie davon, Wetzon?«

»Ich brauche mehr Zeit. Es ist in einer Geheimsprache geschrieben.«

Dr. Jerry lachte. »Kinder haben soviel Phantasie.«

»Wie Erwachsene auch.« Barbie drohte ihrem Mann mit dem Finger.

»Sie ist sechzehn«, bemerkte Rona.

»Immer noch ein Kind.« Der Korken kam zerbröselt heraus, doch er schmunzelte. »Sie entschuldigen ein wenig Korken?«

»Selbstverständlich«, sagte Smith gnädig, warf jedoch einen vernichtenden Blick auf Wetzon, der besagte: *Kein Stil.*

»Tabby Ann kann Brian nicht getötet haben. Dazu kenne ich sie zu gut«, erklärte Dr. Jerry. »Das Kind ist für Barbie und mich wie eine zweite Tochter, ist es nicht so, Schatz? Sie ist nicht fähig dazu, jemanden das Leben zu nehmen, nicht einmal Brians.«

»Was soll das heißen, ›nicht einmal Brians‹?« fuhr Rona auf. »Tabby berichtete mir, daß Brian sie verführt hat.«

»Brian war mein ältester, engster Freund, Rona. Das weißt du. Ohne Brian hätten wir beide uns nie kennengelernt, stimmt's?« Er hatte eine wohltuende Stimme. Die Grübchen zuckten.

Rona nickte und schmolz dahin, als hätte er sie umarmt, und eigentlich hatte er es auch, mit seiner Stimme. Es wirkte eher väterlich als sinnlich, die Tochter, die zum Vater aufblickt, obwohl sie etwa im gleichen Alter waren.

Barbie nippte an ihrem Drink. Ihre Augen waren geschlossen, und sie schien einzunicken, dann wurde sie wach und setzte sich auf, als sei ihr etwas Wichtiges eingefallen. »Oje.« Sie sah auf die Uhr. »Ich bin spät dran. Ich muß gehen.« Anscheinend war sie deswegen nicht allzu unglücklich. Sie nahm ihre Lederjacke vom Griff der Schranktür und brach fluchtartig auf, ohne sich zu verabschieden.

Alle starrten auf die Tür. Jerry zuckte die Achseln. »Der Babysitter muß nach Hause gehen.« Er wandte seine Aufmerksamkeit wieder Smith und Wetzon zu. »Jetzt will ich den beiden netten Damen berichten, was ich weiß, und sie werden uns helfen, Penny Anns Namen reinzuwaschen. Einverstanden?«

»Warum erklären Sie uns nicht, warum Tabitha beim

Schiedsverfahren gegen ihre Mutter aussagte?« schlug Wetzon vor.

Smith setzte sich in einen Clubsessel und beobachtete die Reaktionen.

Rona sog hörbar die Luft ein.

»Ach, das wissen Sie? Nun, das meine ich ja. Brian benutzte das arme Kind. Er behauptete, daß die Entscheidungen für die Termingeschäfte und Strategien von Penny Ann getroffen wurden, aber dafür gab es natürlich keinen Beweis, nur sein Wort gegen ihres, bis das Kind auftrat.« Dr. Jerry ließ sich auf einer zierlichen Louis-quinze-Bergère nieder. Wetzon hielt den Atem an und wartete darauf, daß sie unter ihm zusammenbräche, doch es passierte nichts. »Sie arbeitete den Sommer über für Brian, machte Besorgungen, erledigte die Post an seine Kunden.«

»Sie nahm Schauspielunterricht«, warf Rona ein.

»Sie ist schon eine richtige kleine Schauspielerin.« Dr. Jerry zwinkerte Smith und Wetzon zu.

»Kann ich mir denken.« Smith schlug ein Bein über und zeigte dabei einen langen, attraktiven Schenkel.

Dr. Jerry war von Smith' Schenkeln bezaubert. »Sie war seit dem Tod ihres Vaters deprimiert. Sie wissen, wie Heranwachsende sind. Sie bildete sich alles mögliche ein, und es wurde Realität. Da war nichts zwischen Tabitha und Brian. Es fiel ihr schwer zu erkennen, was wirklich war und was nicht.«

»Das glaube ich nicht, Jerry. Sie wirkte ziemlich überzeugend.«

»Rona, Sie und ich wissen, daß sie von ihm besessen war. Sie ließ ihn nicht in Ruhe. Sie folgte ihm überallhin. Sie machte ihn wahnsinnig.«

»Wollen sie sagen, Tabitha Ann ist krank?« Smith schlug die Beine in die andere Richtung über.

»Ich hatte beide am Donnerstag abend hier. Ich glaubte, ich könnte ihr helfen, in die Wirklichkeit zu finden.«

»Das arme Ding«, sagte Rona. »Was passierte?«

»Nichts.«

»Nanu, etwas muß doch passiert sein«, meinte Smith. »Was hat sie gesagt?« Sie kniff die Augen zusammen und hielt einen Finger an die Nase.»Haben Sie die Sitzung auf Band aufgenommen?«

Dr. Jerry wurde blaß. »Woher wissen Sie das?«

»Guter Gedanke, Partner«, lobte Wetzon.

»Ich kenne viele Therapeuten, die das tun«, erklärte Smith gelassen. »Wo ist das Band?«

»Ich habe es vernichtet.«

»Sie – nehmen – unsere – Sitzungen – auf, Jerry?« Rona wog jedes Wort sorgfältig ab. Sie hörte sich nicht erfreut an.

»Das wird allgemein so gehandhabt, Rona«, sagte Smith.

»Ich spreche nicht mit Ihnen. Halten Sie sich heraus. Jerry?«

Jerry bekam Grübchen und wirkte verlegen. »Rona, sie hat recht. Das wird allgemein so ...«

Rona schnitt ihm das Wort ab. »Darüber unterhalten wir uns unter vier Augen, wenn Sie nichts dagegen haben.«

»Bleiben wir bei Tabithas Band, bitte«, mischte sich Wetzon ein. »Was sagte sie, das Sie veranlaßte, es zu vernichten? Oder war es etwas, das Brian sagte?«

Der Doktor seufzte. »Was ich Ihnen jetzt sage, ist vertraulich. Kann ich mich darauf verlassen, daß Sie es nicht weitersagen?«

»Selbstverständlich«, gelobte Smith. Irgendwie gelang es ihr, wie Jeanne d'Arc auszusehen, die Handflächen gegeneinander fromm unter dem Kinn.

»Einverstanden.« Wetzon fragte sich, ob Detectives so arbeiteten wie Anwälte oder Beichtväter. Was ein Klient einem sagte, durfte man vor anderen nicht wiederholen. Eines war sicher: Smith kannte solche Bedenken nicht.

Jerry machte einen unglücklichen Eindruck. Er stand auf und das Sesselchen mit ihm; er streifte es ab und stellte es auf den Boden. »Brian sagte Tabby Ann, daß zwischen ihnen nichts sei. Sie nahm es sehr übel auf.«

»Wie reagierte sie darauf?« beharrte Smith.

Widerstrebend antwortete er: »Sie meinte es nicht so.« Seine gütigen Augen blickten kläglich.

»Um Gottes willen!« Smith warf die Hände hoch.

»Sie sagte, ›Dafür bringe ich dich um.‹«

»Unsinn!« rief Rona aus. »Sie hat es nicht so gemeint.«

»Soviel ich weiß«, sagte Wetzon unverblümt, »hat Penny Ann ein Alkoholproblem.«

Rona blitzte Dr. Jerry an.

»Ich habe sie beraten«, räumte Dr. Jerry ein.

»Hat sie ihre Tochter mißhandelt?«

»Wetzon, was soll das heißen?« wollte Rona wissen.

Jerry hielt eine Hand hoch. »Haben Sie Tabby getroffen? Hat *sie* Ihnen das erzählt?«

Wetzon schüttelte den Kopf. »Nein. Ich habe es von Tony Maglia. Ich glaube, sie ist bei den Maglias.«

»Jerry ...« Rona zögerte. »Wir sollten es ihnen mitteilen.«

»Sie haben Geheimnisse vor uns?« sagte Smith mit einem schneidenden Unterton. »Da mühen wir uns für Sie ab und ...«

Es läutete an der Tür.

Erstaunlich elegant für einen so schweren Mann bewegte sich Dr. Jerry Gordon mit langen flinken Schritten. Er öffnete die Tür und breitete die Arme für Penny Ann aus, die sich ihm an die Brust warf. Hinter Penny Ann stand jemand, den Wetzon sofort von Fernsehinterviews, Zeitschriftenfeatures und Zeitungsberichten über seine Prozesse wiedererkannte. Richard Hartmann gehörte zu der Kategorie von Strafrechtlern, die dem Opfer die Schuld geben. Er war der Liebling der Medien, weil seine Klienten normalerweise berüchtigte Drogenhändler, Mafiabosse und außergewöhnliche Mörder waren. Man munkelte, der meisterhafte Darsteller, der er war, habe eine bedeutende PR-Firma auf seiner Gehaltsliste.

»Richard, komm rein. Rona Middleton kennst du, und das sind Xenia Smith und Leslie Wetzon.« Jerry streichelte Penny Anns Kopf, während er sie allmählich ins Zimmer schob. *Wieder der Vater zum Anlehnen,* dachte Wetzon.

»Ich bin Xenia Smith.« Einfache Worte, doch wenn sie von Smith kamen, waren sie eine einzige Verführung.

»Dick Hartmann.« Hartmann schüttelte Smith' Hand, dann Wetzons. »Ms. Wetzon.« Er blickte ihr über die Schulter, doch sie bemerkte, daß es nicht absichtlich war. Mit dem einen Auge war etwas nicht in Ordnung. »Jerry, sie ist in deinen Händen. Ich versprach dem Richter, daß sie die Stadt nicht verläßt.«

»Sie kann hierbleiben. Das Sofa läßt sich ausziehen. Was halten Sie davon, meine Liebe? Mit Hotelservice und allem?«

»Dr. Jerry, Sie sind so gut zu mir«, murmelte Penny Ann weinerlich. »Was würde ich ohne Sie anfangen?« Ihre Brille saß schief, und ihr Haar war ungekämmt. Sie trug vernünftige Pumps, einen kamelhaarfarbenen Twinset, einen braunkarierten Rock und Perlen. Sie schwankte, und Dr. Jerry fing sie auf.

Ihre Brille fiel vor Wetzon auf den Boden, die sie aufhob, hochhielt und durchblickte. Alles verschwommen.

Dr. Jerry trug Penny Ann aus dem Zimmer, über einen kurzen Gang und in ein anderes Zimmer. Wetzon folgte ihnen mit der Brille. Sein Sprechzimmer sah noch mehr nach hotelmäßigem französischem Louis-quinze aus, Schreibtisch, brauner Lederstuhl und Psychiatercouch. An der Wand hinter dem Schreibtisch befand sich ein ganzes Feld voller gerahmter Diplome und Zeugnisse. Jerry bettete Penny Ann behutsam auf die Couch, strich ihre Kleider glatt und zog ihr die Schuhe aus. Sie stöhnte. »Armes Ding«, sagte er.

»Ihre Brille.« Wetzon reichte sie ihm.

Er legte sie auf einen Beistelltisch, wo eine chinesische Porzellanvase ein schwaches rosiges Licht verbreitete. »Vielen Dank, Wetzon. Würden Sie ein paar Minuten bei ihr bleiben? Ich hole ihr eine Tasse Tee.« Er klopfte Wetzon auf die Schulter und ging hinaus, ohne eine Antwort abzuwarten.

Wenn es sein muß, dachte Wetzon. Sie ging zu den Fenstern und blickte hinaus auf das Durcheinander der Bürogebäude. Die Nacht brach schnell herein. Es war nach sieben. Um acht war sie in ihrer ruinierten Wohnung mit Laura Lee verabredet. Carlos' Freund Louie wollte mit Wetzon über die Renovierung sprechen.

Sie schloß die Jalousien und fröstelte. Es lag Kälte in der Luft. Die Gestalt auf der Couch regte sich nicht. Hatte Penny Ann Brian ermordet? Sie hatte ein Motiv, ein doppeltes sogar, wenn man glauben konnte, daß Tabby Ann ein Verhältnis mit ihm hatte. Aber schließlich hatte auch Tabitha ein Motiv, und auch Rona hatte mehr als einen Grund, sich ihren Mann tot zu wünschen.

Konnte Tabitha Ann irgendwie zu einer Pistole kommen, sie auf jemanden richten und ihn erschießen? Wetzon kannte das Mädchen zwar nicht, doch fiel es ihr schwer, sich das vorzustellen.

Penny Anns Gesicht hob sich leichenblaß von dem braunen Leder der Couch ab. *Manche Menschen führten ein so tragisches Leben,* dachte Wetzon. Sie hatte kein Recht, sich über ihre Wohnung oder ihr Liebesleben zu beklagen.

Im Wohnzimmer hörte Wetzon Hartmann große Reden schwingen. Sie stand in der Tür und lauschte. Er erzählte Kriegserlebnisse, mit denen er zweifellos Smith beeindrucken wollte, und sie hörte Smith' falsches helles Lachen. Hol's der Teufel, Smith und sie hatten sich gerade jetzt gut verstanden – richtiges Teamwork. Sie lächelte.

Rona kam über den Flur und ging an ihr vorbei. »Kann man sich so einen Scheißhaufen Testosteron vorstellen? Mein Gott, wie ich die Männer hasse.«

»Werden Sie klarkommen, Rona? Ich meine, mit dem, was Maglia mit den Konten macht.«

Rona lächelte zynisch. »Wetzon, ich bin eine Überlebenskünstlerin. Wissen Sie das nicht?« Sie ging weiter durch den Flur und schloß die Toilettentür hinter sich.

Wetzon schlich ins Sprechzimmer zurück. Was hielt Jerry auf? Sie hörte sein klangvolles Poltern aus dem Wohnzimmer und Smith' Lachen darauf.

Ein sonderbarer Laut kam von der Couch. Penny Ann zitterte heftig. Wetzon schaute sich rasch um. Sie riß eine Tür auf. Ein Schrank voll überquellender Kleidersäcke. Auf einem Brett lag eine zusammengelegte blaue Decke. Wetzon stellte sich auf die Zehenspitzen und zog die blaue Decke herunter. Eine große runde Hutschachtel plumpste verkehrt herum auf den Boden.

Sie ließ die Decke fallen, um die Hutschachtel umzudrehen, und dabei ging der Deckel auf. Es lag kein Hut darin. Sie war mit Papieren und Briefen vollgestopft. Der fröstelnde Laut kam wieder, und sie setzte hastig den Deckel auf die Schachtel und schob sie wieder auf das Brett im Schrank. Sie beugte sich über Penny Ann, deckte sie vom Hals bis zu den Füßen mit der Decke zu.

Penny Ann riß plötzlich die Augen auf und schaute sich

gehetzt im Zimmer um, bis ihr Blick an Wetzon hängenblieb. »Wetzon«, flüsterte sie. Ihre Stimme war so leise, daß Wetzon sich noch tiefer bücken mußte, um sie zu verstehen. »Ich flehte ihn an, Tabby in Ruhe zu lassen.« Sie umklammerte Wetzons Hand durch die Decke. »Ich sagte, ich würde ihn umbringen, und er lachte mich aus. Er sagte, ich sei schon einmal ungestraft mit einem Mord davongekommen. Er wollte die Papiere ...«

Wetzon beugte sich noch tiefer, während ihr Blick zum Schrank schweifte. »Welche Papiere?« Penny Ann ließ Wetzons Hand los.

»Wie geht es ihr?« Dr. Jerry stand in der Tür und hatte eine Teetasse mit Untertasse in der Hand. Dampf stieg aus der Tasse auf.

Wetzon sah wieder zu Penny Ann. Ihre Augen waren geschlossen.

Die einzige Person in der Halle von Wetzons Haus in der West 86. Street außer Harry, dem Portier, war eine Immobilienmaklerin namens Nancy Strohl. Nancy hatte die Wohnung gegenüber von Wetzon gehört, doch sie hatte sie vor zwei Jahren verkauft. Weil sie allgemein beliebt war, gelang es ihr, Vollmachten zum Vermieten oder Verkaufen von Wohnungen in dem Gebäude zu bekommen.

»Tag, Leslie. Ich habe gehört, Sie hatten eine Überschwemmung.« Nancy saß mit übergeschlagenen Beinen auf dem braunen Klubsessel, der mit drei Kameraden nach der Renovierung der Halle im vergangenen Monat aufgetaucht war. Wetzon hatte Nancy nie anders als in maßgeschneiderten Hosen und einer Seidenbluse oder einem fülligen handgestrickten Pullover gesehen. Heute trug sie den fülligen handgestrickten Pullover in einer Hafermehlfarbe.

»Schlechte Nachrichten sprechen sich schnell herum. Wie geht es Ihnen so, Nancy? Wer will verkaufen?«

»Drei B und zehn D. Das Geschäft könnte allerdings besser sein. Ich habe jede Menge Käufer an der Hand, aber die Verkäufer machen sich nicht klar, daß sie mit den Preisen heruntergehen müssen. Wie läuft Ihr Geschäft?«

»Stellenvermittlung mäßig. Beratung gut.« Wetzon sah Harry an. »Hat heute abend jemand nach mir gefragt?«

»Eine Frau. Sie hat gesagt, daß sie noch einmal kommt.«

»Muß Laura Lee sein. Ich gehe hinauf.« Zu Nancy sagte sie: »Ich erwarte einen Bauunternehmer, der mir die schlechte Nachricht mitteilen wird.«

»Hallo, Louie.« Nancy sprach mit jemandem hinter Wetzon.

Wetzon drehte sich um. Louie war eine Frau, älter als Wetzon, doch nicht viel. Größer. Wer war das nicht? Louie trug Jeans, einen roten Pullover und Springerstiefel; eine große Segeltuchtasche hing schwer an ihrer Schulter. Sie hatte einen rötlichen Teint, ihr Haar war ziegelrot und gerade unter ihrem Kinn abgeschnitten. Sommersprossen zierten ihr Gesicht.

»Sie werden doch nicht für Leslie arbeiten? Das ist wunderbar, Leslie, Louie ist einfach toll. Sie macht Nägel mit Köpfen.«

»Das höre ich gern.«

»Sie sind Häschen?« fragte Louie, indem sie ihr fest die Hand drückte.

»Nur für Carlos, der für alle Welt Spitznamen hat, falls Sie das noch nicht bemerkt haben. Nennen Sie mich bitte Leslie oder Wetzon.« Sie stopfte ihr mit einem Gummiring gebündeltes Päckchen Briefe in die Aktentasche. Zu Harry sagte sie: »Ich erwarte Ms. Day. Schicken Sie sie gleich nach oben.«

Im Aufzug fragte Louie: »Carlos sagt, Sie wollen alles gemacht haben?«

»Ich nehme es an. Es ist ziemlich schlimm«, sagte Wetzon. »Ich weiß nicht, ob Carlos Ihnen Genaueres erzählt hat ...«

»Nur Wasser, richtig?« Louie holte eine flache Ledermappe aus der Segeltuchtasche und klappte sie, alles mühelos balancierend, zu einem gelben Notizblock auf.

»Nur?« Sie stiegen im zwölften Stock aus.

Sie grinste Wetzon an. »Ich meine, kein Feuer. Feuer *und* Wasser, das ist das Schlimmste.«

»Richtig, kein Feuer.« Wetzon schloß die Tür auf und stieß sie auf. Schimmelgeruch mischte sich mit etwas anderem. Moder? Fäulnis? »Igitt.« Und es war eisig kalt. Carlos' Mitarbeiter hatten alle Fenster offengelassen, um die Wohnung zu lüften, der Gestank hätte also noch schlimmer sein können. Sie ließ die Tür für Laura Lee angelehnt und schaltete das Licht in der Diele und in der Küche an. »Ich weiß nicht, ob die anderen Lampen intakt sind wegen des Wasserschadens.«

»Geht klar. Ich kann mir einen Überblick verschaffen.« Louie holte eine starke Taschenlampe aus der riesigen Tasche und bückte sich, um den aufgeworfenen Fußboden im Eßzimmer zu untersuchen, dann ließ sie den Lichtstrahl durch das Zimmer wandern, an der Barre vorbei, und richtete ihn schließlich auf die Reste der Decke. »Tänzerin, was?«

»Gewesen. Jetzt bin ich Headhunterin.«

Louie musterte Wetzons Nadelstreifenkostüm. »Sehen wir uns den Rest an.«

Wetzon folgte Louie über den Flur und wartete. »Ziemlich schlimm, was?« Das Schlafzimmer wollte sie gar nicht erst ansehen.

Louie brummte und machte sich Notizen. Anscheinend konnte sie im Dunkeln sehen.

»Das Bad auch.« Der Lichtschein tanzte über die heruntergekommene Decke. Es sah schlimmer aus als in Wetzons Erinnerung, falls das möglich war.

»Tag zusammen«, rief Laura Lee.

»Warte dort, Laura Lee. Es ist ein Hindernislauf.« Wetzon sah Louie an und versuchte, ihren Gesichtsausdruck zu deuten. »Ziemlich schlimm, finden Sie nicht?«

»Ich habe Schlimmeres gesehen.« Während sie etwas auf dem Block notierte, trat Louie aus dem Bad, sicher auf den Beinen wie eine Bergziege mit den Springerstiefeln. Wetzon mit ihren fürs Büro geeigneten Pumps stelzte hinterher.

»Du lieber Gott«, rief Laura Lee aus größerer Nähe.

»Geh nicht weiter, Laura Lee. Es ist zu deprimierend.«

»Ich lasse Ihnen einen schriftlichen Kostenvoranschlag in den nächsten Tagen zukommen.« Louie leuchtete das Wohnzimmer mit der Taschenlampe ab.

»Laura Lee Day, Louie ...?«

»Armstrong. Wo soll ich ihn hinschicken?«

»Louie Armstrong?« Laura Lee kicherte.

Louie lächelte. »Danke. Keiner spricht heute mehr davon. Da kommt man sich richtig alt vor.«

»Benimm dich, Laura Lee.« Wetzon und Louie tauschten ihre Karten. Sie gingen aus der Wohnung und warteten, während Wetzon nachsah, ob alle Lampen aus waren. Wetzon schloß die Tür ab und überreichte Louie die Schlüssel. »Sie können Sie gleich behalten. Ich habe noch einen Satz im Büro.« Sie warf einen Blick auf die Karte in ihrer Hand: LOUISE ARMSTRONG, BAUUNTERNEHMERIN, INNENAUSBAU. Sie hatte dieselbe Adresse wie Carlos – West 10. Street.

»Ach, Sie wohnen in Carlos' Haus. Ich bin zur Zeit in seiner Wohnung.«

»Dann wohne ich direkt unter Ihnen. Gut. Ich kann Sie anrufen und meinen Voranschlag persönlich abgeben. Wenn wir uns einig sind, können wir es etwas schneller vorantreiben.« Sie gaben sich die Hand darauf.

»Machen Sie es möglichst detailliert, weil ich die Genehmigung der Hausverwaltung für die Renovierung brauche.«

In der Halle bat Wetzon Harry, weiter ihre Post zu sammeln. »Ich komme ein paarmal in der Woche vorbei.«

»Armes Kind, du siehst so abgespannt aus«, bemerkte Laura Lee. Sie sah ganz besonders schick aus in dem Faltenrock aus schwarzer Seide, dem roten seidenen T-Shirt und einer ziemlich langen schwarz und rot gemusterten Jacke. »Bestellen wir uns ein Tellergericht bei *EJ's,* und dann erzähle ich dir, was mir heute passiert ist.« Sie hakte sich bei Wetzon unter, und sie gingen hinaus auf die Straße. Die Luft war kalt und schneidend. Oktober.

»Was sagst du, wohin wir gehen?«

»Ein prima Lokal hier an der Amsterdam. *EJ's.* Solides Speiselokal, gut und billig.«

»Und was ist dir heute passiert?«

»Ich ging auf dem Broadway nach Hause, in Gedanken versunken, könnte ich hinzufügen, und da kommt so ein Trunkenbold mit einem Einkaufswagen auf mich zu, als ich an der Ampel warte, und fängt an zu schreien, stell dir vor, ›Alle hersehen, da ist Kim Novak. Ein echter Filmstar.‹«

Wetzon mußte lachen. »Kim Novak?«

»Du hast noch nicht alles gehört, Schatz. Die Leute bleiben stehen, und dieser Irre fängt an, die Menge zu interviewen, ob ich wie Kim Novak aussehe oder nicht. Ich konnte nicht glauben, was da passierte, und wäre beinahe vor einen Bus gelaufen, nur um wegzukommen. Schließlich hatte ein netter Mann in einem Armani-Anzug und mit einem Diplomatenkoffer in der Hand Mitleid mit mir und sagte, ›Ich glaube nicht, daß sie Kim Novak ist, aber sie ist wirklich ganz reizend.‹ Und ich zog den Kopf ein und dachte, ›Du meine Güte, bitte holen Sie mich hier heraus.‹«

»Du hättest sagen sollen, ›In Wirklichkeit bin ich Tippy Hedren.‹«

Laura Lee blieb abrupt stehen, sah Wetzon an, und beide platzten schallend heraus. Die dominikanischen Dominospieler, die auf der Straße redend und trinkend herumhingen, grüßten sie mit erhobenen Bierdosen. Ein Radio plärrte Salsa. Kinder, die längst ins Bett gehörten, spielten, während ihre Mütter auf den Veranden saßen und tratschten. Es war ein rauher Verein, aber nicht bedrohlich. Sie waren die letzten von einer viel größeren lateinamerikanischen Gemeinde, die durch die neuen Gebäude und die Luxussanierungen hinausgedrängt worden war.

Eine koschere Pizzeria und ein Falafelrestaurant hatten an der Ecke der 84. Street aufgemacht, und nun mischten sich Klezmerklänge unter den Salsa.

»Also, Schatz«, begann Laura Lee, als die dampfenden Schalen mit Zwiebelsuppe vor ihnen standen. »Heraus mit der Sprache. Erzähle mir alles, und ich meine *alles.*«

»Ich kann nicht. Ich werde nur jammern, und das kann ich nicht ausstehen.« Wetzon tauchte den Löffel in die Suppe, hob ihn an den Mund und blies leicht darauf.

»Du möchtest mir etwas vorjammern? Da bin ich Expertin. Du solltest die Männer in der Wall Street über den Markt jammern hören. Sie tun wirklich nichts anderes. Gerade heute rief mich John Applegate aus Charleston an und fand kein Ende. Du erinnerst dich an ihn – er ist jetzt bei Shearson. Ich darf dir verraten, daß sein Bild neben ›jammern‹ im Wörterbuch erscheint. Ich hätte am liebsten zu ihm gesagt, ›Nimm meine Nummer aus deinem Speicher, Herzchen.‹ Also leg los, Wetzon, und jammere deiner Freundin was vor. Wozu sind Freundinnen da?« Sie nahm einen Löffel Suppe, und ihr Gesicht hellte sich auf. »Ist dein Typ noch weg?«

Wetzon nickte. »Das gehört auch dazu. Ich kann ihn

nicht einmal telefonisch erreichen. Wir spielen tagelang Nachlaufen am Telefon, und dann haben wir kurze, scheußliche Gespräche.« Sie starrte in die Suppe und stieß mit dem Löffel die geschmolzenen Käseklümpchen an, kostete und legte den Löffel hin. »Das ist himmlisch.«

»Habe ich es nicht gesagt?« Laura Lee strahlte Feuer aus, ein Glühen, Spontaneität. Sie war etwa so groß wie Wetzon, doch hatte sie etwas rundere Konturen und kurzes dunkles Haar, das ihr aufgeplustert ums Gesicht stand. Sie spielte immer noch an zwei Abenden in der Woche ernsthaft Geige in einer Kammermusikgruppe und verwaltete eine Reihe sehr anspruchsvoller Portefeuilles bei Oppenheimer. Das Leben war für Laura Lee ein anhaltendes Abenteuer. Sie warf sich mit einer Energie und Lust hinein, um die Wetzon sie beneidete.

»Wegen Silvestri ... ich bin wohl in festen Händen.«

»Aber klar bist du das.« Laura Lee brach ein Stück Brot ab und wischte die restliche Suppe in der Schale auf. »Was hättest du gesagt, wenn er dich gebeten hätte, ihn zu heiraten, bevor er wegging?«

»Laura Lee, er hatte nicht vor, in den Nahen Osten zu gehen, er ist nur nach Virginia gegangen.« Sie runzelte die Stirn. »Ich weiß nicht, was ich gesagt hätte. Vielleicht ja. Aber ich weiß es nicht. Ich bin ziemlich durcheinander.« Sie beobachtete Laura Lee. »Und nun habe ich einen anderen kennengelernt.«

»Ts, ts.« Laura Lee grinste sie an.

»Er ist älter. Gut situiert.«

»Wie alt?«

»Schau nicht so begeistert. Es macht mich krank. Er ist in den Fünfzigern. Witwer. Erwachsene Kinder. Bekannter Mann in der Stadt.« Die Stimme blieb ihr in der Kehle stecken. »Wie soll ich mich verhalten, Laura Lee? Ich möchte ehrlich sein. Soll ich es Silvestri sagen?«

»Den Teufel wirst du tun, Schatz. Bist du verrückt? Er ist sowieso nicht hier, was sollte er also tun können? Laß der Sache ihren Lauf. Dinge geschehen, weil sie geschehen sollen. Wenn es Silvestri sein soll, glaub mir, dann wird es Silvestri sein. Willst du mir jetzt auch sagen, wer der andere Mann ist?«

»Alton Pinkus.« Wetzon konzentrierte sich auf den großen Menüteller mit fleischlosem Chili, der vor ihr stand.

»Ah. Ein interessanter Mann.«

»Kennst du ihn?«

»Ich kenne seine Tochter. Sie ist eine Kundin.«

»Ich stecke so richtig in der Patsche.«

»Nimm's, wie's kommt. Was hast du sonst noch?«

»Außerdem? Meine Wohnung ist im Eimer. Gott weiß, wann ich wieder einziehen kann. Es wird eine Weile dauern, bis das mit der Versicherung geregelt ist, also werde ich eine Riesensumme vorlegen müssen. Das Geschäft ist nicht gerade berauschend. Und Smith hat uns in die Untersuchung von Brian Middletons Tod hineingezogen.«

»Gegen Geld?«

»Aber sicher, Laura Lee. Wir reden von Smith, oder?«

»Wie konnte ich fragen? Sie ist eine Gewinnerin, deine Teilhaberin.«

»Es scheint jetzt, daß es sich nicht um Raubmord handelt. Man fand seine Brieftasche und seinen Schmuck in einem Mülleimer im Park. Und er wurde aus nächster Nähe erschossen. Sie meinen, es könnte jemand gewesen sein, den er kannte. Rache oder etwas im Zusammenhang mit dem Schiedsverfahren.«

»Was du nicht sagst. Ich habe mich schon gefragt, wann Kunden anfangen würden, ihre Makler abzumurksen. Keine Minute zu früh in manchen Fällen. Wetzon, du machst dir keine Vorstellung von dem Grobzeug, was diese

Firmen voneinander anheuern. Sie machen meinem Beruf einen schlechten Namen. und Brian – tja, ich habe dir gesagt, was ich von ihm halte.«

»Ja, aber er gewann das Schiedsverfahren, abgesehen von den zwei kleinen Rentenbriefen, die der Kundin zugesprochen wurden. Brians Behauptung, die Aktienindex-Optionen und höchst riskanten OTC-Aktien, die er für sie erwarb, seien allein ihre Idee gewesen, konnte bewiesen werden. Angeblich fehlte die zugehörige Korrespondenz in Bliss Nordermans Unterlagen.« Wetzon stutzte bei ihren eigenen Worten. Ihr war plötzlich etwas eingefallen ...

»Ich gehe jede Wette ein, daß Bliss dafür gesorgt hat, daß Brian die Kosten für die Rentenbriefe übernahm und seine Lizenz zurückhielt, so daß er die Stelle nicht wechseln konnte, bevor er gezahlt hatte.«

»Tabitha«, sagte Wetzon.

»Tabitha?« Laura Lee schnalzte mit den Fingern vor Wetzons Gesicht. »Wo bist du, Schatz? Wer ist Tabitha?«

»Sie ist sechzehn Jahre alt und die Tochter der Kundin, die klagte. Letzten Sommer arbeitete sie für Brian. Sie war mit ihrer Mutter verkracht, und Brian bekam sie sogar dazu, im Schiedsverfahren gegen ihre Mutter auszusagen.«

»Was habe ich dir über diesen Brian erzählt? Und wenn man bedenkt, wie lässig Maklerbüros geführt werden ...«

»Moment mal, Laura Lee. Tabitha hatte Zugang. *Sie* könnte die Papiere beiseite geschaffen haben.«

Es war beinahe zehn Uhr, als Wetzon in der 10. Street aus dem Taxi stieg, und sie war wie erschlagen. Als sie die Schlüssel in das Haustürschloß steckte, hörte sie hinter sich eine Autotür zuschlagen. Sie blickte unauffällig über die Schulter und sah die Detectives Ferrante und Martens über die Straße auf sie zukommen. Martens trug einen Anzug mit Krawatte und einen flotten grauen Filzhut.

»O Mann, Sie. Was ist eigentlich los? Ich komme mir vor, als jagten Sie mich.« Sie drückte die Tür mit der Schulter auf, und die Männer folgten ihr zum Aufzug. »Klar, Kumpels«, sagte sie. »Wollen wir nicht raufgehen und eine Tasse Kaffee trinken?«

»Nichts dagegen einzuwenden«, meinte Ferrante.

Die Dachwohnung war warm und wirkte immer weniger fremd. Wetzon setzte den Kaffee auf. »Machen Sie es sich bequem.« Sie ließ Handtasche und Aktentasche auf die Küchentheke fallen. »Ich möchte meine Nachrichten abhören.«

Im Schlafzimmer saß sie eine Weile erschöpft auf der Bettkante, zog die Schuhe aus und bewegte die Zehen. Es waren vier Nachrichten auf dem Gerät.

Carlos: *Ich bin für ein paar Tage im Traumland, Liebes, um am Swimmingpool vom Beverly Hills Hotel zu sitzen und bedeutend auszusehen. Hoffentlich hat es mit Louie geklappt.*

Silvestri: *Ruf mich bitte an.* Kalt, barsch. Kein glücklicher Urlauber. Sie schrieb die Nummer wieder auf, konnte sie einfach nicht behalten. *Freud*, dachte sie.

Smith: *Ruf bitte nicht an. Ich gehe schlafen. Wir reden morgen.*

Twoey: Twoey? Was konnte das sein? »Ich komme sofort zu Ihnen«, rief sie, während sie Twoeys Nummer wählte.

»Hallo.«

»Twoey? Hier Wetzon, Sie haben angerufen?«

»Ja, Wetzon, ich brauche ihre Hilfe.«

Hmm. Probleme zwischen Twoey und Smith. »Stimmt was nicht? Geht es Smith gut?«

»Klar. Warum nicht? Habt ihr beiden Hübschen etwas vor, worüber ich Bescheid wissen sollte?«

Warum hatte sie das Gefühl, daß Twoey sie kein bißchen ernster nahm als andere Männer in Wall Street? »Wir beiden Hübschen«, tonte sie, »haben immer etwas vor, Twoey. Wissen Sie das nicht?«

Er mußte lachen. »Doch, ich weiß. Ich rief an, weil Xenias Geburtstag näherrückt.«

»Am einunddreißigsten, Halloween. Ja.«

»Es ist ein runder. Die große Vier-Null.«

»So ist es.«

»Also ich arrangiere eine Überraschungsparty für sie.«

Wetzon verschluckte sich und hielt den Hörer weg. »Entschuldigung. Tatsächlich?«

»Im Odeon. Ich möchte gern eine Gästeliste mit Ihnen durchgehen.«

»Sind Sie sicher, daß Sie das Richtige tun, Twoey? Nicht die Party, ich meine die Überraschungsgeschichte.«

»Oh, sie wird begeistert sein. Ich kenne sie.«

Tust du nicht, mein Lieber, dachte Wetzon. »Berühmte letzte Worte, Twoey.«

»Lassen Sie nur, Wetzon. Ich sehe schon ihr Gesicht vor mir, wenn alle ihre Freunde und Freundinnen ›Überraschung‹ schreien.«

»O ja, ich auch.« Smith würde unter Garantie wütend werden. Vor aller Welt auszuposaunen, wie alt sie war. Eine schlechte Nachricht. »Wenn Sie wirklich entschlossen sind, können Sie mit mir rechnen, Twoey.«

Sie legte auf. Was für ein Fehler. Das würde nicht gut ausgehen. Es könnte sogar das Grabgeläut für eine schöne Romanze werden.

»Wann immer Sie bereit sind, Ms. Wetzon.«

Sie blickte auf. Martens stand in der Tür. Sie hatte die zwei Detectives in der Küche ganz vergessen. Müde stand sie auf und folgte ihm. Einer von ihnen hatte Kaffee in die Becher eingeschenkt.

»Ich sehe, Sie haben alles gefunden.« Sie fühlte sich zerknittert und dreckig. Eine Haarsträhne rutschte aus dem Knoten langsam auf den Nacken; eine Haarnadel fiel auf den Boden, und sie hob sie auf. Ihr Rücken schmerzte. Sie richtete sich langsam auf. »Was möchten Sie? Ich kann mich vor Müdigkeit kaum noch auf den Beinen halten.«

»Wir können Ihre Hilfe brauchen.« Ferrante trank schlürfend einen Schluck Kaffee. »Der Chef sagt, Sie sind in Ordnung.« Mit der freien Hand zog er ein Taschentuch aus der Hosentasche und schneuzte sich geräuschvoll die Nase.

»Ach, sind Sie zu dem Schluß gekommen, daß ich keine Verdächtige bin?«

»Nein«, sagte Ferrante. »Anthony Maglia zufolge hatte Middleton nicht die Absicht, Bliss Norderman zu verlassen. Das könnte Sie schrecklich unglücklich gemacht haben.«

»Unglücklich ja. Genug, um ihn zu töten? Hören Sie auf. Nur ein Verrückter würde das tun.«

»Oder einer, der Angst hat. Oder wütend ist.«

»Oder wütend. Sie glauben nicht, daß Penny Ann Boyd es getan hat?«

»Das Opfer wurde ins rechte Ohr geschossen, und die Kugel kam zum linken Auge heraus. Wegen des Winkels, in dem das Geschoß eindrang, nimmt der Gerichtsmediziner an, daß der Schütze Linkshänder sein muß.«

»Menschenskind, was die Wissenschaft heutzutage fertigbringt.« Sie strich sich das Haar aus dem Gesicht. »Ist Penny Ann Linkshänderin?«

»Nein«, sagte Martens. »Und Sie, Ms. Wetzon?«

»Muß euch leider enttäuschen, Jungs.« Sie brachte ihre beste Bogart-Imitation. »Trinkt aus. Ich möchte ein Schläfchen machen.«

Martens' Mund zuckte, Ferrante fand sie jedoch nicht komisch. Diese italienischen Bullen waren alle gleich. Kein Sinn für Humor. Sie konnte das aufwallende Lachen nicht zurückhalten.

Ferrante sagte: »Daß Sie Beziehungen zur Polizei haben, Ms. Wetzon, bedeutet noch lange nicht, daß Sie keinen Mord begangen haben.«

Das machte das Maß voll. Sie stand auf. »Hören Sie, ich habe versucht, freundlich zu sein. Ich bin hilfsbereit, aber Sie bringen mich auf die Palme. Raus, bitte.« Sie zeigte auf die Tür, dann marschierte sie hin und machte sie auf. Die Männer wechselten einen Blick, rappelten sich auf und stampften hinaus.

»Der Chief läßt Sie herzlich grüßen.« Ferrante verbarg das Lachen nicht einmal.

»Grüßen Sie ihn wieder«, fuhr Wetzon ihn wütend an und knallte die Tür zu. So eine Frechheit.

Sie duschte und stellte sich vor den Spiegel am

Arzneischränkchen, um das Haar zu fönen. Ihre Augenlider waren geschwollen, darunter schwarze Flecken. Sie flocht das Haar und kroch ins Bett. Licht aus. Süßer Schlaf. Sie rollte auf den Bauch herum und streckte den Arm nach Silvestri aus.

Silvestri. Verdammt. Sie setzte sich auf und machte das Licht an, blinzelte, um sich an die Helligkeit zu gewöhnen, fand die Nummer und tippte sie ein. Dann machte sie das Licht aus, legte sich bequem hin und lauschte, wie es klickte und dann läutete, eins, zwei, drei, vier. Komisch.

»Hallo?« Eine Frauenstimme.

»Ich muß mich verwählt haben.« Sie wollte schon auflegen.

»Wen möchten Sie?«

»Silvestri.«

»Bleiben Sie dran. Silvestri, es ist für dich.«

Wetzon legte auf. Sie war hellwach, und sie kochte vor Wut. Mit einem Satz war sie aus dem Bett und auf den Knien, um den Telefonstecker herauszuziehen. Dann das gleiche in der Küche. Eine solche Unverfrorenheit! Wie konnte er ihr das antun? Und er versuchte nicht einmal, es zu verbergen.

Sie goß sich eine Tasse kalten Kaffee ein und setzte sich an den Küchentisch, den Kopf auf die Hände gestützt. War es falsch, was er tat? Amüsierte sie sich nicht mit Alton Pinkus? Aber das wußte er nicht, dachte sie grollend. Er glaubte, sie säße herum und wartete darauf, daß er nach Hause käme. Ach, zum Teufel damit. Es gab keine Schuld. Sie hatten beide unrecht, weil keiner von beiden sich endgültig festlegen wollte.

Finde dich damit ab, befahl sie sich. Genug Selbstmitleid. Sie schwenkte die Kaffeekanne und die Becher aus und stellte sie in die Spülmaschine. Ihre Handtasche und Aktentasche lagen noch auf der Arbeitsfläche, wo sie sie abgelegt hatte, als sie hereingekommen war.

Das Tagebuch. Sie würde das Tagebuch lesen, bis sie einschliefe. Das Übertragen war anstrengend. Darüber würde sie bestimmt schläfrig werden. Sie sah in die Aktentasche. Es war nicht darin. Sie schüttelte alles auf die Theke. Kein Tagebuch. Ihre Handtasche. Sie hatte es in die Handtasche gesteckt, als Smith sie in der Halle des *Sussex House* getroffen hatte.

Sie sah in der Handtasche nach. Das Tagebuch war verschwunden.

»Hallo, Frank, hier ist ...« Wetzon balancierte den Hörer in der Halsbeuge, während sie die Post aufschlitzte. Drei Anzeigen von Maklern, die sie untergebracht hatte.

»Hey!« Was für Brooklyner eine herzliche Begrüßung war. »Ich würde die Stimme überall erkennen, Wetzon.«

»Danke dafür. Wie geht's?« Ein Makler, den sie nicht vermittelt hatte und nicht einmal kannte, teilte ihr mit, daß er sich verändern wollte. Verflixt. Wie sollte man überall gleichzeitig sein?

»Nicht schlecht, würde ich sagen. Ich lege mich mächtig ins Zeug, und wenn wir einen Einbruch auf dem Markt verhindern können, wird es vielleicht mein bisher bestes Jahr. Dann können Sie mir einen tollen Vertrag aushandeln.«

»Liebend gern. Irgendwas Besonderes in Ihrem Büro?«

»Ich habe einen Tip für Sie, aber nicht hier.« Wetzon hörte aufmerksam zu, machte Notizen, stellte Fragen, dann legte sie auf und wartete, bis Smith ihr Gespräch beendete. Dann fragte sie: »Möchten wir mit Stan Lavell arbeiten?«

»Stan Lavell?« Smith runzelte die Stirn. »Der Manager?«

»Ja. Burlington Kramer in Red Bank. Er wurde gerade wegen sexueller Belästigung rausgeworfen – und wegen eines Griffs in die Kasse. Wobei letzteres natürlich das schwerere Vergehen war.«

»Natürlich.«

»Er sitzt jetzt als Makler in dem Büro.«

»Warum sich mit ihm abgeben? Wir haben keine Managementstellen, und er muß sich erst einen Kundenstamm aufbauen. Warum sollen wir mit so einem widerlichen Kerl arbeiten?«

Wetzon verdrehte die Augen zur Decke und schürzte die Lippen. »Er produziert eine halbe Million.«

Sie sahen sich an. Smith grinste breit. »Tja, selbstverständlich arbeiten wir mit ihm. Ts, ts, der arme Mann. Das sind bloß Vorwürfe, oder? Frauen wollen Gleichberechtigung, dann müssen sie sich auch durchsetzen.«

Wetzon mußte lachen. Smith würde sich immer treu bleiben. »Stimmt. Und gehört es nicht zu seiner Aufgabe als Manager, nach seinen Angestellten zu greifen? Übrigens ist ein Griff in die Kasse viel schlimmer, als heimlich ein bißchen zu grapschen, hab' ich recht?«

»B.B. kann sich darum kümmern. Er ist lang genug hier.« Smith wurde ernst. »Das Geschäft geht so schlecht, daß wir uns nicht leisten können, es uns entgehen zu lassen.« Smith öffnete die Tür und brüllte. »B.B., würdest du bitte herkommen?«

Wetzon seufzte und schrieb Stan Lavell auf einen neuen ›Fahndungsbogen‹, dazu den Namen und die Adresse seiner Firma und Filiale. Links unter ›Anmerkungen‹ schrieb sie ›war Produktionsmanager, entlassen 1. Oktober wegen sexueller Belästigung und Veruntreuung‹. Unter ›Produktion‹ schrieb sie ›500‹. Sie reichte B.B. den Bogen. »Sei verbindlich, laß aber nicht durchblicken, daß du viel darüber weißt. Frage einfach, ob du etwas für ihn tun kannst.«

»Werden auch andere Firmen mit ihm sprechen?« B.B. schien unschlüssig.

»Ist der Papst katholisch?« warf Smith ein.

»Er produziert fünfhunderttausend. Die meisten Firmen, einschließlich unserer lieben Kunden, würden sich gern mit so jemandem befassen. Leider muß ich sagen, daß moralische ...«

»Moral ist nicht unsere Branche«, unterbrach Smith ihn scharf, indem sie ihren Stuhl vorzog und sich setzte.

»Halte dich ran, B.B.« Als er gegangen war, sagte Wetzon: »Ich habe mich verkauft.«

»Wenn du es so empfindest«, meinte Smith, »hättest du es überhaupt nicht erwähnen sollen.«

Wetzon runzelte die Stirn. »Du hast recht.« Warum hatte sie es erwähnt? Sie hätte die Information einfach unter den Tisch fallen lassen können. Vielleicht hatte sie gewollt, daß Smith die schmutzige, geldgierige Entscheidung träfe. Sie rieb sich die Augen, dann starrte sie auf die rosa Nachrichtenzettel, ohne etwas zu sehen. Gott, war sie müde. Sie konnte kaum die Augen offenhalten ...

»Wetzon!«

»Hm? Was?« Wetzon riß die Augen auf. Ihr Kopf lag auf dem Schreibtisch.

Smith grinste sie an. »Wo warst du letzte Nacht? Du siehst aus, als würde dir ein wenig Schlaf guttun. Wie ist er übrigens? Im Bett, meine ich?«

»Wer ist *er*?«

»Alton Pinkus, Schätzchen. Tu nicht so.«

»Smith, ich war gestern abend mit einer Bauunternehmerin in meiner Wohnung oben. Und zu deiner Information, ich habe nur ein einziges Mal mit Alton zu Abend gegessen. Ich habe seitdem nichts von ihm gehört. Ich habe kein, ich wiederhole es, kein Verhältnis mit ihm.«

»Warum nicht, Kleines?« Smith öffnete die Augen weit und setzte ihr naivstes Gesicht auf.

»Können wir dieses Thema jetzt bitte beenden?« Wetzon ärgerte sich mehr, als sie sich anmerken lassen wollte. »Die zwei Detectives warteten schon auf mich, als ich gestern nacht nach Hause kam.«

»So?«

»Sie sagten, daß die Gerichtsmedizin glaubt, Brian wurde von einem Linkser erschossen.«

»Warum sollte ein Kommunist Brian erschießen?«

Wetzon schnalzte mit den Fingern. »Smith, wach auf, der kalte Krieg ist vorbei. Ich meine eine linkshändige Person.«

»Hm.«

»Penny Ann ist anscheinend Rechtshänder.« Sie dachte kurz nach und führte sich Rona vor Augen, wie sie im *Carnegie* ihr Steak attackiert hatte. »Rona ist linkshändig.«

Smith schlug die Hände auf die Ohren. »Kein Wort mehr. Ich will nichts hören. Rona muß einfach ihr Jahr bei Rosenkind durchhalten, sonst sehen wir keinen roten Heller mehr von ihr.«

»Aber wenn sie es getan hat? Sie hatte bestimmt das beste Motiv.«

»Keine Jury, die bei vollem Verstand ist, würde sie für schuldig erklären, aber sie würde ihre Stelle verlieren, ihre Lizenz, und wir wären einen schönen Batzen los.« Smith stöhnte.

Im Geiste sah Wetzon Tony Maglia die Papiere unterschreiben. »Allerdings ist Tony Maglia ebenfalls Linkshänder.«

Ein Klopfen an der Tür unterbrach sie. »Ja?« Smith hörte sich kämpferisch an. Sie schlug das eine lange Bein über das andere und zupfte an einer Scharte im Absatz ihrer neuen schwarzen Lackschuhe. »Immer das gleiche. Diese miserablen Straßen in der Stadt.«

Max steckte den Kopf herein. Er trug ein weißes Hemd und eine große gelbgemusterte Fliege. Er ließ nie Furcht vor Smith erkennen, sondern behandelte sie eher wie eine widerspenstige Tochter. Überraschend daran war, daß es Smith anscheinend gefiel. »Das *Park Royale* für Wetzon.«

»Aha?« sagte Smith.

»Nichts.« Wetzon nahm das Telefon ab. »Leslie Wetzon.«

»Hier ist Rogers, Ms. Wetzon. Leider ist nichts, worauf die Beschreibung paßt, abgegeben worden.«

»Danke fürs Nachschauen.« Sie legte auf und sah Smith an. »Du hast wohl nicht Tabby Anns Tagebuch als unterhaltsame Lektüre aus meiner Handtasche genommen?«

»Warum sollte ich das tun?«

»Dann muß ich dir leider mitteilen, daß Tabithas Tagebuch entwendet wurde.«

»Drück dich bitte verständlich aus. Keine Scherze und Spiele. Willst du damit sagen, daß du es *verloren* hast?«

Wetzon knirschte mit den Zähnen. Sie konnte nichts machen. Smith war bei Schuldzuweisungen immer schnell bei der Hand. »Ich hatte es noch, als ich zu Maglia ging, als ich dich traf, als wir bei Jerry Gordon und Rona waren, von Richard Hartmann ganz zu schweigen. Und ich ließ meine Aktentasche und Handtasche auf der Küchentheke bei Ferrante und Martens, während ich den Anrufbeantworter abhörte. Jeder könnte es genommen haben. Und ich habe erst ungefähr vierzehn Seiten oder so gelesen.«

»Rona kann es nicht an sich genommen haben. Sie war diejenige, die uns darauf gebracht hat.«

»Sie wußte nicht, daß es verschlüsselt geschrieben ist, bevor ich es ihr sagte. Es ist ziemlich weit hergeholt, aber das könnte Rona aus irgendeinem Grund beunruhigt haben. Dennoch ist es sehr seltsam, daß jemand es haben will.«

Smith zuckte die Achseln. »Hat das wirklich etwas zu bedeuten?«

»Vielleicht nicht. Vielleicht sehr viel. Jedenfalls ist es mir sehr unangenehm. Ich war dafür verantwortlich. Wie sollen wir es Penny Ann erklären?«

»Warum sollen wir ihr überhaupt etwas erklären? Vergiß es.«

»Smith, du warst mit Jerry, Rona und diesem krankhaft selbstgefälligen Hartmann im Zimmer. Bist du sicher, daß dir nichts aufgefallen ist?«

»Unbedingt. Hör zu, wenn die Sprache darauf kommt, sagen wir einfach, daß die Polizisten es konfisziert haben.«

»Penny Ann redete gestern abend etwas von Papieren, dann kam Dr. Jerry mit dem Tee herein, und sie machte den Mund zu.«

»Die ist behämmert.«

»Wenn sie so behämmert ist, warum behaupteten Brian und Maglia dann, daß sie die Investmententscheidungen getroffen hat?«

»Ich bitte dich. Bedenke die Quelle. Wenn sie das Schiedsverfahren gewonnen hätte, hätte Tony womöglich das Büro verloren. Bliss Norderman behält doch keinen Manager, der Verluste einfährt. Und wer sagt, daß man gescheit sein muß, um Investmententscheidungen zu treffen? Möchtest du dich über den Schimpansen unterhalten, der bessere Aktien aussucht als jeder deiner Finanzberater?«

»Nein danke. Daran rühre ich nicht.« Genausowenig wollte sie über den Vergleich mit dem Wurfpfeilspiel reden, den jemand vor einigen Jahren während der Baisse von 1990 angestellt hatte. Der zufällige Pfeil hatte besser getroffen als die meisten Finanzberater und Geldverwalter. »Hör mir zu, Smith, ja? Als ich nach einer Decke suchte, um Penny Ann zuzudecken, fiel eine Hutschachtel voller Papiere von der Ablage im Kleiderschrank.«

»Was war es? Hast du nachgesehen?«

»Ich hatte keine Gelegenheit. Dr. Jerry hätte jeden Moment zurückkommen können.«

Smith warf entrüstet die Hände hoch. »Wie kann man nur so ein Angsthase sein.«

Max klopfte wieder. Wetzon brummte etwas in Richtung Smith, stand auf und öffnete die Tür. »Fred Benitos für dich, Wetzon, auf zwei.«

Wetzon drückte auf zwei, während sie langsam wütend wurde, weil Smith sie als Angsthase bezeichnet hatte. »Ja, Fred? War Joan Boley gestern abend bei Ihnen?«

»Ja. Sie ließ ihre sämtlichen Geschäftsbücher kopieren, aber sie hat sie nicht dagelassen, damit ich sie mir vertraulich ansehen konnte.«

»Nein? Das verstehe ich nicht. Sie meinen, sie hat alle mitgenommen?«

»Sie haben es kapiert. Das gefällt mir nicht, Wetzon.«

»Ziehen wir keine voreiligen Schlüsse, Fred. Ich kriege heraus, was das bedeutet.« Sie legte auf und starrte nachdenklich auf das Telefon.

»Neue Probleme?« Smith betrachtete sich in ihrem Klappspiegel. »Es werden immer mehr.«

»Ich muß Joan Boley anrufen. Sie ließ Fred gestern abend ihre Bücher kopieren und verabschiedete sich dann mit den Kopien.« Smith hörte nicht zu. »Was wird immer mehr?«

»Die Falten, Zuckerstück. Vielleicht sollte ich etwas an meinen Augen machen lassen. Was meinst du?«

»Ich habe vor, in Würde alt zu werden. Der Gedanke, daß jemand ein Messer an mein Gesicht setzt – Himmel! Außerdem«, sie konnte sich die Spitze nicht verkneifen, »hast du wunderbar charaktervolle Falten.« Smith blickte verzweifelt, hielt den Spiegel näher ans Gesicht, während sie die Linien um Augen und Mund noch einmal berührte. Mit einem schuldbewußten, heimlichen Grinsen tippte Wetzon Joans Nummer ein und erfuhr von der Verkaufsassistentin, daß Joan mit einem Kunden beschäftigt war und zurückrufen würde. Als sie den Hörer auflegte, sagte sie: »Sollen wir bei Rona vorbeigehen und sehen, wie es steht? Wir werden schließlich bis ans Ende der Woche bezahlt.«

Die Apparate drei und vier läuteten gleichzeitig. Sie sah, daß Max und B.B. auf eins und zwei sprachen. »Nimm vier, Smith, Ja?« Dann begann Leitung eins zu blinken, und Max klopfte. »Alton Pinkus für Wetzon auf drei und Dr. Jerome Gordon für Smith auf vier.«

»Hmmm«, bemerkte Smith. »Dein Anruf ist unendlich viel interessanter.« Sie nahm gähnend ab. »Xenia Smith.«

Wetzon drückte auf drei und stellte fest, daß sie plötzlich einen Kloß in der Kehle hatte. Nerven. »Hallo.«

»Leslie.« Aus seiner Stimme sprach reine Freude. Warum hörte sie das bei Silvestri nie heraus? Beinahe hätte sie überhört, daß Alton ihr sagte, er habe eine späte Vorstandssitzung im Mt. Sinai am Donnerstag nachmittag, und fragte, ob sie anschließend mit ihm essen wollte.

Sie hauchte ein »Ja« ins Telefon und stimmte zu, ihn nach Büroschluß im Mt. Sinai zu treffen. Sie legte mit brennenden Wangen auf und sah Smith an.

»Siebenhundert am Tag plus Auslagen. Selbstverständlich, Dr. Jerry. Wir halten Sie auf dem laufenden.« Smith legte den Hörer mit einer schwungvollen Geste auf.

Wetzon zog fragend die Braue hoch. »Haben wir ihn gerade als Kunden angenommen?«

»Ja. Er bezahlt uns, um den Mord an Brian zu untersuchen und Penny Ann zu entlasten. Ich stimmte zu, daß wir dazuschlagen, was von Ronas Bezahlung übrig bleibt. Er sagt, Tabitha werde schon auftauchen. Und er nimmt mich mit, um heute Richards Schlußplädoyer im Bostwick-Mord zu hören.«

»Was für eine verworrene Situation. Weiß er es nicht? Penny Ann ist bereits entlastet.«

Smith schnitt ein Gesicht. »Aber das werden wir ihm doch nicht verraten, Kleines.«

»Er findet es schnell genug heraus.« Sie schwieg eine Weile. »Du machst den Nachmittag frei, um diesen widerlichen Hartmann auf einem Egotrip zu erleben?«

Smith nickte entschieden. Sie ärgerte sich. »Ich finde ihn überhaupt nicht widerlich. Ich halte ihn für ziemlich attraktiv. Herein, B.B.« Sein Klopfen war leiser als das von Max.

B.B. hielt Stan Lavells ›Fahndungsbogen‹ in der Hand. »Ich habe mit Lavell gesprochen, und er sagt, er sei sehr glücklich und denke nicht daran, zu wechseln ... aber er ist bereit, mit Rivington Elkins und Rosenkind, Luwisher zu reden. Soll ich es arrangieren?«

»Nein, ich übernehme das.« Sie riß ihm den Bogen aus der Hand.

»Simon Loveman ruft zurück, Wetzon«, rief Max durch die offene Tür.

»Hier ist Wetzon.«

»Wen haben Sie für mich?«

»Im Moment keinen, Simon. Ich wollte mich nur nach etwas erkundigen, das ich gestern von Tony Maglia erfuhr.«

»Ja?«

»Er sagte mir, daß Brian Donnerstag abend einen Handel mit ihm gemacht hat, damit er bei Bliss Norderman bleibt. Er zeigte mir einen unterschriebenen Vertrag.«

Simon lachte laut und häßlich auf. »Wetzon, seien Sie nicht so naiv. Brian setzte auf uns. Er war am Donnerstag noch spät hier, sagte mir, er habe gekündigt, und unterschrieb einen Vertrag mit uns. Den kann ich Ihnen zeigen. Wir streckten ihm sogar Geld vor, damit seine

Schulden bei Bliss vom Tisch kämen. Was sagt Ihnen das?«

Sie legte auf und sagte laut: »Daß du ein Idiot bist, daß Brian ein Betrüger war und daß Tony Maglia ein Lügner ist.«

Wer sagte die Wahrheit? fragte sich Wetzon, als sie die Fifth Avenue hinaufging. Maglia oder Loveman? Oder vielleicht beide? Vielleicht hatte sich Brian noch nicht entschieden ... aber nein, er hatte seine persönlichen Sachen ja schon in Simons Büro gebracht. Also mußte Maglia derjenige sein, der log. Wenn nun Maglia Brian erpreßt hatte, damit er bliebe? Konnte Maglia selbst die belastenden Papiere gestohlen haben? Und was war aus dem Geld geworden, das Brian von Simon Loveman bekommen hatte?

Das bedeutete, daß keiner von beiden oder aber beide ein Motiv hatten, Brian zu töten. Zurück nach Feld eins.

Bummelnde Touristen mischten sich mit eiligen, ungeduldigen New Yorkern. Schlange stehende Pendler, die auf ihre Expreßbusse aus der Stadt warteten, bildeten lebende Hindernisse. Es war noch hell um halb sechs. Bald würden die Uhren um eine Stunde auf Eastern Standard Time zurückgestellt werden, bald würde Thanksgiving vor der Tür stehen. Die Stadt würde sich in ein Meer aus Lichtern und Weihnachtsschmuck verwandeln, und das alles schien von Jahr zu Jahr früher zu beginnen.

Der Channel Garden im Rockefeller Center war ein Feld

aus Herbstlaub und Chrysanthemen, violett, weiß und purpurn. Ausländer waren in der Überzahl. Eine Gruppe Japaner, von denen jeder einen Fotoapparat umhängen hatte, knipste Atlas, der vor der Nummer 630 Fifth Avenue die Welt auf seinen Schultern trug.

Buchhändler hatten mit ihren Klapptischen sämtliche Ecken besetzt, da man keine Konzession brauchte, um Bücher anzubieten. Es war ein Privileg aus dem ersten Verfassungszusatz.

Wetzon bog nach Westen in die 57. Street ein, an dem Brezelverkäufer vorbei, wo sie der süßen Verlockung der in Honig gerösteten Erdnüsse zu nur einem Dollar widerstand. *Charivari* zeigte eine Halloween-Parade in Designerkleidern, die Schaufensterpuppen alle mit grotesken Masken.

Als sie sich abwandte, erblickte sie flüchtig ihr ernstes, einsames Selbst und spürte einen so starken, jähen Schmerz, daß sie wankte. Das intensive Gefühl des Verlusts nahm ihr den Atem. Es war, als ob jemand gestorben wäre. Silvestri, dachte sie. Er konnte verschlossen sein, manchmal schroff, vollkommen von seiner Arbeit in Anspruch genommen, doch wie sehr vermißte sie ihn, und der Schmerz schien alles zu überdecken. War es zwischen ihnen vorbei? War es das, was sie empfand – ein Gefühl der Trauer?

Sie entschied sich an diesem Abend für eine Ballettgruppe statt der Jazzgymnastik, weil die Ballettbewegung totale Beherrschung und hundertprozentige Konzentration verlangte. Die Gestalt im Spiegel in dem verblichenen rosa Trikot, den lumpigen Strumpfhosen und den geringelten Legwarmers war immer noch jung und fit. Obwohl sie im Januar achtunddreißig würde, hatte sie sich kaum verändert, seit sie als eifrige junge Tänzerin vor siebzehn Jahren nach New York gekommen war. Ihr Rücken war gerade und lang; der Kopf mit dem Ballerinaknoten hielt sich königlich auf dem schlanken, faltenlosen Hals. Das quietschende und schleifende Geräusch der Ballettschuhe klang ihr so süß in den Ohren, als die Tänzer und Tänzerinnen ihre Sprünge beendeten, sich verneigten und ihrer Lehrerin dankten.

Nachdem sie ihr Haar zu einem Pferdeschwanz gebunden und sich abgetrocknet hatte, zog Wetzon wieder die Uniform an und packte die verschwitzten Ballettsachen in die Aktentasche. In der 57. Street blieb sie vor der Carnegie Hall stehen. Sie war ausgehungert. Sie würde Carlos anrufen. Sie erzählten sich immer alles. Ihre Füße hatten sie den ganzen Weg bis zur Central Park South getragen, ehe sie merkte, daß sie in die falsche Richtung ging. Die Upper West Side war nicht mehr ihr Zuhause. Und Carlos war im La-La-Land.

Eine graue Luxuslimousine, deren Scheinwerfer die einbrechende Dämmerung zerschnitten, fuhr an die Seite, und Michael Jackson, weißes Jackett und schwarze Hose, stieg aus. Sie fragte sich, ob er glaubte, die Sonnenbrille würde ihn unkenntlich machen. Sie tat es nämlich nicht, obwohl New Yorker an Berühmtheiten gewöhnt waren und sie in Ruhe ließen. Jackson und sein riesiges Gefolge marschierten alle in das *Sussex* oder vielmehr das *Park Royale.*

Wetzon schlenderte hinter dem Heer von Gepäckträgern her, die aus einer zweiten Luxuslimousine das Gepäck des Jackson-Trupps ausluden. Vielleicht war Dr. Jerry noch aus. Sie blieb vor den Haustelefonen stehen und bat, sie mit seiner Wohnung zu verbinden, dann hörte sie das Telefon läuten. Es meldete sich niemand. Falls niemand zu Hause war und ihr einfiele, wie sie hineinkäme, könnte sie vielleicht einen Blick auf die Papiere in der Hutschachtel werfen.

Niemand war im neunzehnten Stock zu sehen, als sie

über den Flur schlenderte und vor Dr. Jerrys Tür, 19E, stehenblieb. Sie probierte den Türgriff. Natürlich war abgeschlossen. Was hatte sie erwartet? Sie dachte kurz nach. Drehte eine Runde über den Flur, vom einen Ende zum andern. Am westlichen Ende war eine Tür mit HAUSVERWALTUNG gekennzeichnet, eine andere mit TREPPENHAUS und deutlich angebrachten Verhaltensmaßregeln für den Brandfall.

Nachdem sie gelauscht und nichts gehört hatte, drehte sie am Griff von HAUSVERWALTUNG. Die Tür öffnete sich auf Regale voller Handtücher, Seife, Putzzeug und einen kleinen Schreibtisch. Ein schwarzes Strickkleid in einer großen Größe und ein verfleckter hellbrauner Regenmantel hingen auf Bügeln an einem Garderobenständer. Pumps mit Pfennigabsätzen und abgestoßenen Spitzen standen unter dem Schreibtisch. Ein würziger Moschusduft hing in der Luft. Patschuli.

Los, beeil dich, trieb sie sich an und begann, eine Schublade nach der andern aufzuziehen. Schreibpapier, Umschläge, Postkarten des Hotels. Sie hob sie an und tastete darunter. Ihre Finger fanden einen Schlüsselring mit einem einzigen Schlüssel. Der Hauptschlüssel, hoffte sie. Sollte sie oder sollte sie nicht? Sie sollte. Sie schnappte den Schlüssel und eilte über den Flur. An der Wohnung der Gordons läutete sie kräftig. Dam dä dam dam. Wenn jemand da war, würde sie sich dumm stellen. *Ach, ist Smith nicht hier? Ich könnte schwören, daß sie sagte, ich soll sie hier abholen.* Sie war aufgeregt, trat von einem Fuß auf den anderen, zapplig, ungeduldig. Keine Antwort. Sie blickte den Flur auf und ab, und da sie niemanden sah, steckte sie den Schlüssel ins Schloß. *Bitte, bitte,* betete sie, und als sie den Schlüssel drehte, spürte sie, wie er widerstandslos aufschloß. Sie stieß die Tür auf. Dann steckte sie den Schlüssel in die Tasche, trat ein und schloß die Tür hinter sich.

Sie ging direkt ins Sprechzimmer und riß die Schranktür auf. Die prallen Kleidersäcke standen alle da. Die Hutschachtel befand sich noch auf der Ablage. Sie stellte sich auf die Zehenspitzen, zog sie herunter, stellte sie auf den Fußboden, dann kniete sie hin und hob den Deckel ab. Bündel von Briefen, Quittungen über Maklergeschäfte – Fotokopien. Handschriftliche Notizen von Penny Ann an Brian. Brian und Tony könnten recht gehabt haben. Das sah wirklich danach aus, als habe Penny Ann ihr Konto selbst geführt. Doch halt, da waren auch Briefe von anderen Personen an Brian. Sie blätterte sie auf der Suche nach bekannten Namen durch.

So beschäftigt war sie, daß das Klicken des Schlosses in der Wohnungstür wie ein Schock kam. Sie stand starr, eine Handvoll Papiere an sich gepreßt, während ihr Herz wild klopfte. Sie legte hastig den Deckel auf die Hutschachtel und schob sie auf die Ablage. Verdammt, sie hatte noch ein Bündel Papiere in der Hand ...

Stimmen durchbrachen die Stille, dann kam Dr. Jerrys dröhnender Baß. Sie wartete nicht ab, bis sie mehr gehört hatte. Mit der freien Hand schnappte sie ihre Aktentasche und Handtasche und sprang in den Schrank, wo sie die Kleidersäcke beiseite schob. Dann zog sie die Tür hinter sich zu und versuchte tastend, so weit wie möglich von der Tür wegzurücken. Hielt inne. Warf die Papiere in ihre Aktentasche. Lauschte.

Ihre Nase kitzelte, und sie kniff sich in die Nasenflügel, damit sie nicht niesen mußte. Es befand sich nicht nur eine Person im Wohnzimmer. Jemand redete, andere mischten sich ein. Jemand kam ins Sprechzimmer und schloß die Tür.

Ohne Vorwarnung ging die Schranktür auf, und Wetzon preßte die Hand auf den Mund, um nicht zu schreien. Ein Lichtstrahl drang fast bis zu der Stelle, wo sie kauerte.

Sie schloß die Augen, versuchte, hinter den Säcken zu verschwinden, die ihr ins Gesicht rutschten.

Wieder Dunkelheit. Sie schlug die Augen auf. Konnte nichts sehen. Die Tür war geschlossen. Sie kroch vor und lauschte.

Jerrys Stimme, murmelnd: »... alles, was dort ...«

Ein anderer Mann – Richard Hartmann. »Sie sind ein Idiot. Lassen Sie das verschwinden.«

Jerry wieder: »Aber Sie haben gesagt ...«

»Doch nicht so.«

Eine Frauenstimme rief aus dem anderen Zimmer. Penny Ann. Eine zweite Frau. Smith' falsches, klirrendes Lachen schwebte körperlos.

»Jetzt nicht ...« Wieder Hartmann, sehr gereizt.

»In Ordnung, ich kümmere mich später darum.«

Eine Tür wurde geschlossen. Stille.

Wetzon öffnete die Tür einen Spalt. Sie waren weg. Sie kam auf die Beine, teilte die Säcke und trat aus dem Schrank, doch ihre Aktentasche verhakte sich in den Kleidersäcken. Verdammt. Sie zerrte, hörte etwas reißen, verlor den Halt und ließ die Aktentasche verkehrt herum nahe der Schranktür fallen. Da sie, außer wenn es regnete, nie den Reißverschluß zumachte, fiel alles auf den Boden. Fluchend kroch sie zum Schreibtisch und fand die Lampe. Du lieber Gott, ihr Zeug war auf dem ganzen Boden verstreut.

Sie sammelte das Ringbuch, die Ballettkleidung, ›Fahndungsbogen‹, Federhalter, Notizbuch, das Bündel Papiere aus der Hutschachtel auf und stopfte alles bis auf die Papiere wieder in die Tasche, stellte sie hin, drehte sich nach der Hutschachtel um.

Sie blinzelte und schloß die Augen. Öffnete sie. Auf der Ablage befand sich nichts als die zusammengelegte blaue Decke.

Wetzon starrte mit offenem Mund auf das Brett. Sie machte den Mund zu, reckte sich und tastete die leere Stelle ab, als wolle sie die Hutschachtel wieder herbeizaubern. Das deutliche Klicken eines Schlüssels, der mit dem Riegel in Berührung kam, brach den Bann. *Mist.* Keine Zeit, das Licht auszumachen. Sie hechtete wieder in den Schrank, blieb mit dem Absatz an etwas hängen, hörte etwas reißen und fiel auf den Bauch, wobei sie einen solchen Radau machte, daß sie sicher war, entdeckt zu werden.

Sie zog sich in sitzende Stellung hoch und richtete sich zwischen den Fußangeln aus einzelnen Schuhen und länglichen Schuhschachteln ein, deren Deckel sie eindrückte. Das Herz hämmerte ihr bis in die Ohren. Wie konnte sie so in die Klemme geraten? Sie hörte Silvestris Stimme im Kopf: *Du brauchst einen Aufpasser, Les.*

Brauche ich nicht, dachte sie. *Ich komme da heraus.*

Jemand bewegte sich leise durch die Wohnung. Ein Einbrecher? War Jerry zurückgekommen, um verschwinden zu lassen, was Hartmann ihm aufgetragen hatte? Es mußte die Hutschachtel sein. Handelte Hartmann als Anwalt, oder steckte er mit drin? Sie wagte nicht, die Tür zu öffnen, aber sie konnte darunter einen winzigen hellen Spalt von der Lampe sehen.

Etwas Kaltes und Scharfes schlug gegen ihre Wange. Sie zuckte zurück, und ihre Hand griff nach dem Gegenstand. Eine verzierte Schnalle. Sie spürte die Erhebungen. Sie folgte dem metallischen Material des Gürtels bis zum Kleidersack. Der Sack war aufgerissen. Daher das Geräusch des Reißens. Ihre tastenden Hände fühlten den Inhalt des aufgeplatzten Sackes: Chiffon, Samt, Kostüme. Sie befühlte Pailletten und Perlen. Ein leichtes Zupfen ließ eine Pelzstola auf ihre Knie fallen. Barbara mußte hier ihre modische Kleidung aufbewahren.

Die Nackenhärchen richteten sich auf. Es befand sich jemand im Sprechzimmer. Plötzlich ging die Schranktür auf, und Wetzon, die Knie an die Brust gepreßt, zog den Kopf ein, um sich zu einer kleinen Kugel zu machen. Parfum. Ein Waldgeruch. War es Barbara? Sie sah die Kleider durch, suchte schließlich heraus, was sie wollte, und schloß die Tür. Wetzon hauchte einen stummen Seufzer und kuschelte sich in die Pelzstola. Eine Gefühlserinnerung stieg mit der weichen Wärme auf. Ein Ereignis aus der Kindheit. Sie hatte Angst gehabt, und ihre Mutter hatte sie in einen Cashmereschal gewickelt ...

Musik. Murmelnde Stimmen. Waren zwei Personen da? Sinatra singend: *Saturday night is the loneliest night of the week.* Wem sagst du das, Frankie Baby? Sie legte die Arme um die Knie. Der Schrank war warm. Sie war so müde, daß ihr immer wieder die Augen zufielen. Sie mußte wachbleiben.

Musik füllte ihre Ohren. Das Orchester spielte den Walzer aus der Lustigen Witwe. Alle waren kostümiert, doch die Masken waren grotesk, Freddy Krueger, Norman Bates, das Phantom der Oper. Juwelen glitzerten. Sie war Fred Astaire, der einen Solo tanzte, geschmeidig im schwarzen Cut, steifen weißen Hemd, Fliege mit Flitter, genauso wie

Carlos eine besaß. *Puttin' on my top hat* ... Ein riesiges Skelett fing sie auf, legte einen Arm um ihre Taille, drehte sie, stolperte über ihre Füße.

»Oh, bitte vielmals um Verzeihung«, sagte das Skelett, drehte sie noch einmal, stolperte wieder, trat Wetzon auf die Zehen.

Nach dem dritten Mal sagte Wetzon gereizt: »Hör auf die Musik.«

»Hör du zu. Du bist diejenige, die aus dem Takt ist.« Eine andere Stimme, die unverkennbar zu Smith gehörte, doch das Kostüm war königlich und elisabethanisch.

Über ihr drehte sich eine Kugel aus kleinen Spiegelquadraten, die einen unheimlichen Widerschein auf die Feiernden warfen. Als die Musik mitten im Takt abbrach, balgten sich alle um die Stühle aus rotem Samt und Blattgold, die Lehne an Lehne in einer langen Reihe quer durch den Saal der New Yorker Börse standen.

»Hier, hier, Tempo!« befahl Königin Elisabeth. Aus der Nähe sah sie Smith sehr ähnlich. Sie belegte zwei Stühle mit ihren umfangreichen Röcken, und sie machte Platz, damit Wetzon sich auf einen setzen konnte. »Ich sollte das nicht für dich tun.« Königin Bess deutete auf das riesige Banner aus purpurrotem Wildleder über ihnen: ESTEBEI ÜNSCHEWEI UMZEI IERZIGSTENVEI. »Du hast mich verraten.«

»Ich?« rief Wetzon. Sie war gern Fred Astaire und scherte sich nicht im geringsten darum, was Königin Xenia dazu zu sagen hatte.

»Kopf ab«, kommandierte Königin Elisabeth, indem sie auf Wetzon zeigte. Ein Chor griff den Befehl auf. »Kopf ab ... Kopf ab ...«

Der Henker war in Grau gehüllt; er beugte sich und starrte Wetzon an. »Du hast meinen Platz weggenommen«, krächzte es aus verwesenden Lippen. Brians Totenkopf. Er schüttelte sein Leichentuch ab, was einen starken Wind erzeugte, und warf es über sie, so daß es sie mit seinem kalten, klammen Äther bedeckte. Ihre Glieder waren so schwer. Sie wurde hochgehoben, wehrlos, über eine Schulter geworfen, zu ihrem Grab getragen. Zu ihrem Grab. Die Schlußglocke läutete. Sie sank in das Leichentuch, unfähig, sich zu befreien. Sie wurde in einen Sarg gelegt, dessen Deckel mit dem dumpfen Klang der Tür von Smith' Jaguar zugeschlagen wurde.

Jemand riß das Leichentuch weg, und sie hob den Kopf, zitternd, in Panik. Wo war sie? Du lieber Himmel, sie hockte immer noch auf dem Boden von Jerry Gordons Kleiderschrank. Sie war eingeschlafen. Anscheinend hatte Barbara gerade den Pelz von ihr gezogen, ohne zu bemerken, daß er einen Eindringling bedeckte.

Wetzon gab ihrem Hirn das Signal, die verkrampften Glieder zu lockern. Kein Laut drang aus dem Schlafzimmer oder von woanders. War die Frau ausgegangen? War es das Schließen der Tür, was sie geweckt hatte? Wetzon kroch zur Schranktür und lauschte. Stieß sie einen Spalt auf. Kein Laut. Das Licht tat ihr in den Augen weh. Sie legte die Hand darüber und wartete ab, bis sie sich an die Helligkeit gewöhnten. Die Sprechzimmertür war geschlossen. Die Lampe warf einen grünlichen Schein auf das braune Sofa. Sie mußte verschwinden, bevor Jerry und seine Frau zurückkämen und sie erwischten. Wie spät war es überhaupt?

Sie kroch aus dem Schrank und merkte, daß sie sich nicht aufrichten konnte. Vorgebeugt stützte sie sich auf den Schreibtisch, versuchte es noch einmal, indem sie tief durchatmete. *Verflixt, Wetzon. Bei der Arbeit einzuschlafen und dir dann noch den Rücken zu verrenken.* Auf ihrer Uhr war es zehn nach zehn. Beeil dich, Kleines. Zu allem Unglück mußte sie auch noch auf die Toilette.

Die Aktentasche und Handtasche lagen noch im

Schrank. Wie sollte sie das schaffen? Sie biß die Zähne zusammen, um den Schmerz zu vergessen und ging auf die Knie, kroch noch einmal in den Schrank, fand ihre Sachen, wich zurück. Die Zähne fest auf die Unterlippe gepreßt, kam sie irgendwie auf die Beine. Die Anstrengung war qualvoll. *Geschieht dir recht. Steckst deine Nase in ...*

Das Telefon auf dem Schreibtisch läutete und zerriß die zutiefst persönliche Stille zwischen Wetzon und der leeren Wohnung. Läutete wieder. Und wieder. Verlockend. Sie rieb sich die Augen. Ihr Kopf war wie mit Watte ausgestopft. Auf den Schreibtisch gestützt, streckte sie die Hand aus und nahm den Hörer ab, legte die Hand auf die Sprechmuschel und murmelte »Hm?«

Was machte sie da? Sie wollte gerade wieder auflegen, als sie ein ganz leises Klicken hörte, als werde die Leitung angezapft, dann: »Penny Ann, gut, daß ich dich noch erwische ...»

»Hm«, murmelte Wetzon. Sie setzte sich auf den Stuhl.

»Sei still. Hör nur zu«, fuhr Rona sie an. »Niemand darf davon erfahren.«

»Hm.« Was hatte Rona überhaupt im Sinn? Wetzon nahm ihr Kartenetui vom Schreibtisch und steckte es in die Tasche.

»Hör gut zu. Tabitha rief mich eben an. Du hattest recht. Sie weiß etwas über Brian. Ich treffe sie im Lincoln Center, am Brunnen. Ich möchte, daß du mitkommst.«

»Wann?« Wetzon imitierte Penny Anns weinerlichen Ton so gut, daß Rona es ihr abnahm – oder war Rona nur zu zielstrebig, um den Unterschied zu hören?

Was auch immer zutreffen mochte, Rona sagte: »Sofort.«

An dem blauschwarzen Himmel hing ein abnehmender Mond über dem Central Park. Eine vollschlanke Frau in Abendkleidung stieg vor dem Hotel in ein Taxi, und zwei Personen warteten auf das nächste.

Wetzon war wahnsinnig nervös, hatte Sinnestäuschungen. Sie hatte die Toilette in der Wohnung benutzt und geglaubt, eine Tür zu hören. Beinahe wäre ihr Herz stehengeblieben. Anschließend hatte der Aufzug eine Ewigkeit auf sich warten lassen. Und in der Halle hatten sich Leute gedrängt, die nicht weitergingen oder sie durchließen. Und nun sausten Taxis vorbei, besetzt.

Vielleicht sollte sie zu Fuß gehen. Sieben oder acht Straßen. Das ging schneller, als auf ein Taxi zu warten. Sie ging auf die Parkseite hinüber und schritt schnell aus in Richtung Columbus Circle. Der Park schien in einer anderen Dimension zu liegen, Gefahren bannend, nach Pferdemist und dichter Feuchtigkeit duftend. *Die Wälder schweigen, tief und dunkel, und ich muß ein Versprechen halten.* Robert Frosts Zeilen kamen ihr in den Sinn, und sie schauderte.

Es war kalt, und sie hatte keinen Mantel. Sie sollte zu Hause sein und sich die Füße wärmen, von einem Bagel ganz zu schweigen. Ihr war fast schwindlig vor Hunger. Links stand Christoph Columbus auf seinem Obelisken, die Hand auf der Hüfte, grell angestrahlt, den Blick auf das Reich gerichtet, das er nicht entdeckt hatte. Vor dem ebenso hell beleuchteten Maine Monument am Eingang zum Central Park boten fünf oder sechs Dealer Crack und andere Glücksbringer an. Käufer und Neugierige standen um sie herum. Kein einziger Polizist in Sicht.

Wetzon überquerte den Platz zum Broadway und blieb vor dem Gulf and Western Building stehen. Sie klemmte die Aktentasche zwischen die Knöchel, zog einen ihrer Legwarmer heraus, wickelte ihn um den nackten Hals und steckte die Enden fest; sie fühlte sich sofort wohler. Bevor sie weiterging, kramte sie die Reste der Schokoladentafel heraus und vertilgte sie.

Der Verkehr staute sich auf dem Broadway rund um das Lincoln Center. Anscheinend hatten die Philharmonic Hall, die Metropolitan Opera, das State Theatre und das Vivian Beaumont und Mitzi Newhouse alle gleichzeitig geendet. Ein ohrenbetäubender Lärm von Hupen kam von den festsitzenden Autos, meist Taxis und Personenwagen.

Der Platz im Lincoln Center war taghell erleuchtet, ein blendendes Schauspiel von Lichtern und Menschen, viele in Abendkleidern. Limousinen parkten in Doppelreihen in den umliegenden Straßen und auf der Fahrspur um den Platz. Wie sollte sie jemals Tabitha Ann oder vielmehr Rona in diesem Chaos finden?

Um den Brunnen hatte sich eine Menschentraube gebildet, und von irgendwoher aus deren Mitte stieg Jazzmusik auf. Sie hörte Gelächter und mischte sich unter die bunt gekleideten Menschen, entdeckte einen kleinen freien Platz – sie brauchte nicht viel – und drängte sich dorthin vor.

Zwei junge Männer, nach der Kleidung und den

Schlapphüten zu urteilen möglicherweise Mitteleuropäer, ließen zwei Marionetten zur Jazzmusik tanzen. Die eine Puppe mit langem, schütterem Haar spielte ziemlich schräg auf einem Saxophon. Die zweite Puppe, die genauso »in« war, bearbeitete, nach vorn gebeugt, die Keyboards. Wetzon entdeckte einen dritten jungen Mann, der mit dem Recorder im Blick über einer dritten Puppe, dem Schlagzeuger, schwebte. Sie waren wunderbar begabt, und das Publikum zeigte seine Anerkennung, indem es Scheine in eine Wollmütze auf dem Boden fallen ließ.

Wetzon ließ den Blick prüfend über die Gesichter um sich herum wandern. Gegenüber lachte ein Teenager mit einem wilden, dunklen Haarschopf über die Puppen. Tabitha Ann? Wetzon hob die Hand. Aber nein, das Mädchen war mit seinen Eltern hier. Der Vater gab ihm einen Dollarschein, und das Mädchen ließ ihn in die Mütze fallen, während die Saxophon spielende Puppe das Bein des Mädchens mit ihrem Hinterteil streichelte. Alle lachten.

Immer noch kamen Nachzügler aus den Theatern. Rona müßte inzwischen hier sein. Und wo steckte Tabitha? Wetzon schlenderte zum State Theatre hinüber und hielt dabei Ausschau nach jemandem, der entweder Penny Ann oder der Erscheinung, die sie und Smith an der Tür zu Brians Wohnung getroffen hatten, entfernt ähnelte.

Die City Opera brachte Sondheims *A Little Night Music*, und Wetzon sah mit einem kleinen Schrecken, daß Daisy Robera die Rolle der Desiree Armfeldt spielte. Sie hatte Daisy seit Jahren nicht mehr gesehen, und jetzt kam sie ihr entgegen. Daisy hatte schon Solopartien getanzt, als Wetzon Anfängerin war. Sie hatten sich in *Chicago* angefreundet, Daisy, sie und Carlos. Daisy hatte Wetzon auch den Rücken gestärkt, als sie daran dachte, den Beruf zu wechseln.

»Hör jetzt auf, solange du noch jung bist«, hatte Daisy

gesagt. »Sieh mich an. Immer weniger Rollen, immer mehr Verletzungen. Immer mehr einmalige Gastspiele.«

»Sing out, Louise!« Wetzon rief die berühmte Zeile aus *Gypsy* und breitete die Arme aus.

»Leslie, Liebste«, schrie Daisy und flog ihr in die Arme, ein winziges Bündel blondgebleichten Flaums. »Hast du die Show heute abend gesehen?« Daisy sah mit dem langen Wickelrock und einem großen gewebten Umhängtuch wirklich nach Bohème aus. Ihr Haar fiel offen über den Rücken. »Wie wunderbar, dich zu sehen, Schatz.« Sie warf Wetzon einen Kuß zu und ging weiter. »Komm schon, Mort, ich sterbe vor Hunger.«

»Tag, Mort«, sagte Wetzon. Mort Hornberg, Regisseur anspruchsvoller Musicals, war hinter Daisy aufgetaucht. Als Wetzon ihn kennenlernte, war er ein Schützling von Hal Prince gewesen, und später hatte er seinen Meister an Ideen übertroffen. Carlos arbeitete mit Mort an einer neuen Show – streng geheim, versteht sich. Wetzon und Mort hatten immer eine ein wenig feindselige Beziehung gehabt, weil, wie er so gern sagte, »ich an deinem Gesicht ablesen kann, was du denkst«.

Sie hoffte, daß es nicht stimmte, weil sie gerade dachte, daß Mort sich einen kleinen Schmerbauch zugelegt hatte; zwar bedeckte ein Hut seinen Kopf, doch sie wußte von Carlos, daß er darunter blank wie ein Babypo war.

»Leslie.« Mort gab ihr einen flüchtigen Kuß auf die Wange, und sie roch Mundwasser und Misha. Er trug einen eng anliegenden Smoking mit einer breiten roten Seidenkrawatte. Er blieb nicht stehen.

»Wiedersehen, Mort.« Wetzon sah ihnen nach, wie sie in Richtung Broadway verschwanden. Als sie sich umdrehte, las sie, daß Mort Hornberg auf dem Transparent vor dem State Theatre als Regisseur der Produktion genannt war.

Sie seufzte fröstelnd. Wenn sie Bekannte aus ihrem

früheren Leben traf, hatte sie immer ein Gefühl, als ginge jemand über ihr Grab. Es war unheimlich.

Die Menge verlief sich zusehends. Vor der Metropolitan schaute sie zu den Chagalls und dem schimmernden Kristalleuchter hinauf, dann wieder in die Runde auf die Menschen. Tabby war nicht hier. Ein quälend nagender Hunger ließ sie innehalten. Sie konnte sich in ein Taxi setzen und nach Hause fahren. Vielleicht unterwegs etwas zu essen mitnehmen, wenn es nicht zu spät war. Sie war immer noch angeschlagen von dem Nickerchen im Schrank; vielleicht hatte sie den ganzen Anruf geträumt. Oder konnte das irgendein abgekartetes Spiel sein?

Der eigentliche Platz endete vor der Metropolitan Opera, dann weitete er sich nach rechts zum Beaumont und zum Newhouse Theatre und nach links zum Damrosch Park. Sie ging nach rechts. Am Beaumont schalteten sie gerade die Lichter aus. Eine Neonreklame zeigte blinkend eine Wiederaufnahme von John Guares *Six Degrees of Separation* an, das sie vor zwei Jahren gesehen hatte. Während sie noch hinschaute, erlosch sie.

Der Mond warf einen kühlen Schatten auf das spiegelnde Wasserbecken mit seiner Henry-Moore-Skulptur vor dem Beaumont. Die Bäume neigten sich kaum merklich in der leichten Brise. Die Nacht war still, und die Stille war greifbar. An der gegenüberliegenden Seite des Beckens führte die Treppe zur 65. Street hinunter. Stimmen wehten von der Straße unten herauf. Es war eine der wunderschönen, unverfälschten Herbstnächte in Manhattan.

Die Henry-Moore-Skulptur, die von einem Scheinwerfer an einem hohen Pfosten auf dem Platz angestrahlt wurde, schien auf der Oberfläche des spiegelnden Wasserbeckens zu treiben. Ein riesiger fliegender Fisch und ein kleineres Stück, das wie ein gigantischer Backenzahn aussah. Auf dem Grund des flachen Beckens schimmerten Münzen, von den Leuten hineingeworfen, schmelzend und verzerrt, zusammen mit Bonbon- und Kaugummipapierchen, Plastikbehältern, Programmen, Teilen von Zeitungen. Die Leute waren solche Schweine.

Nun ja. Einmal um das Becken und dann nach Hause, James, dachte sie. Ein ordentlicher junger Mann, einen weißen Seidenschal lässig-elegant um den Hals, saß auf einer Marmorbank und gab einem schwarzen Teenager Geld, während eine nervöse junge Frau in Leggings und rutschenden Socken etwas abseits stand. Was brachte sie auf den Gedanken, daß es Tänzer waren?

Wetzon legte ein wenig Tempo zu und bog um die Ecke nahe dem Eingang zum Beaumont. *Schau dich nicht um,* sagte sie sich kurz und bündig. Sie blickte statt dessen hinüber zum Wasserbecken. Ein Stück der Skulptur schien sich zu bewegen. Sie blinzelte. Um Gottes willen, es war abgebrochen und trieb auf sie zu.

Das kommt davon, wenn du Mahlzeiten überspringst und herumspazierst, weil du dich für einen verdammten Detektiv hältst. Sie trat vor bis zum Rand des Wasserbeckens. Nein, sie litt nicht unter Einbildungen. Es trieb eindeutig auf sie zu. Sie war nicht verrückt.

Sie beugte sich vor, um besser sehen zu können, und in diesem Augenblick fing sie an zu schreien.

Die rechteckigen Spiegelglasfenster des Vivian Beaumont blickten stumpf auf eine Szene, die dramatischer war als alles, was sich auf seiner Bühne abspielte. Wetzons schriller Schrei vertrieb den Unternehmer und seine Kunden in die Dunkelheit, mit oder ohne Kauf. Kein schneller Trip heute nacht, Kinder.

Beinahe so plötzlich, als wäre er vom Raumschiff *Enterprise* heruntergeschickt, tauchte ein lateinamerikanischer Sicherheitsmann mit einem Banditenschnurrbart auf und zog das durchnäßte Bündel aus dem blutigen Becken. Er stotterte in ein Walkie-talkie, verlangte einen Notarztwagen und die Polizei. Dann machte er Wiederbelebungsversuche, während Wetzon die Stablampe hielt. Leute – wo waren sie hergekommen? – standen herum, fasziniert von der Tragödie. Eine sehr junge, weiße Frau war in einem Wasserbecken ertrunken, das nicht tiefer als dreißig Zentimeter war und von allen, die aus den Theatern kamen, vollkommen überblickt werden konnte. Wie hatte das geschehen können?

Sirenen zerrissen die Nacht. Blau-weiße Streifenwagen rollten heran, Reifen knirschten auf den niedrigen, flachen Stufen und über den Platz; Scheinwerfer richteten ihre Strahlen auf das spiegelnde Becken. Wenige Minuten später traf ein weißer Notarztwagen ein. Der Sicherheitsmann, dessen Uniform feucht und voller Blut war, stand mühsam auf und überließ seinen Platz einem Sanitäter.

Die Sanitäter drehten das Mädchen auf den Rücken. Bläuliche Haut, glasige Augen, weit offen, überrascht. Tabitha Ann Boyd in schwarzen Leggings und einem fülligen gemusterten Pullover, der so vollgesogen war, daß man die Farbe nicht erkannte, das lange schwarze Haar verfilzt, naß und verheddert mit Abfall aus dem spiegelnden Becken, die Fäuste geballt. Ihr Hals war grotesk aufgebläht, so daß das kleine rote Loch in der Kehle fast nicht zu sehen war.

Würgend zerrte Wetzon an dem Legwarmer, der ihre eigene Kehle einschnürte, und riß ihn weg. Speichel rief einen Erstickungsanfall hervor. *Erbrich dich nicht* ... Sie preßte den Legwarmer vor den Mund, doch schmerzhafte trockene Würgebewegungen quälten sie. Sie taumelte zu einer Marmorbank und brach zusammen.

Ein weiterer Streifenwagen mit grellem Lichtstrahl fuhr vor und machte den Platz zu einer bizarren Nachtaufnahme in einer Filmszene. Stimmen von Einsatzleitern schwirrten unverständlich durcheinander, knackend durch atmosphärische Störungen. Noch mehr Autos, kreischende Bremsen, Türen, die geöffnet und zugeschlagen wurden. Der Platz wimmelte von Uniformierten und Detectives. Die Sanitäter hörten auf, sich um Tabitha zu bemühen. Sie warteten einige Minuten, als könnten sie etwas übersehen haben, dann packten sie alles zusammen und verschwanden. Die Polizei nahm ihre Stelle ein.

Wetzon saß zusammengekauert und fröstelnd auf der Marmorbank. Sie atmete unregelmäßig, füllte die Lungen mit einer Luft, die kühl und frisch wie eisgekühltes Bier war. Um sie herum die ätherische Oktobernacht; über ihr im samtigen Himmel Sterne, der Große Bär. Ein winziges Flugzeug kroch mit blinkenden Lichtern stumm über den Himmel. Sie war lebendig. So lebendig, daß sie ihr Blut durch die Venen und Arterien kreisen hörte, den erstaunlichen Hirnmechanismus, die gewundene Linie des Rückgrats verfolgen konnte. Sie atmete mit dem Herzen.

Die Leute von der Spurensicherung trafen ein und begannen die ermüdende Arbeit, das Gelände durchzukämmen, Zentimeter um Zentimeter. Höchstwahrscheinlich würden sie das spiegelnde Wasserbecken mit einem Netz absuchen müssen.

Wie lange saß sie schon da? Lang genug jedenfalls, daß der Marmor sie in Eis verwandelt hatte, bis sie taub war. Sie würde nie wieder aufstehen. Andererseits könnte sie einfach weggehen, wenn sie es schaffte aufzustehen ... Nein! Was dachte sie sich bloß? Sie war eine gute Staatsbürgerin. Sie ... Jemand schob sich zwischen sie und die Lichter.

»Sie sind Zeugin, Miss?« Der Mann, der sie ansprach, war groß und schwarz, sein Bauch hing über den Gürtel, und jedes Wort war von einem pfeifenden Ton begleitet. Er rieb sich die Nase und zog die Krawatte gerade, während er sie verwirrt ansah. »Sie, kenne ich Sie nicht?«

Wetzon blinzelte zu ihm hoch. Sie erkannte ihn ebenfalls. Der Detective vom Zwanzigsten Revier – war es vor vier Jahren gewesen? Als sie in die Ereignisse nach dem Mord an Barry Stark verwickelt wurde. Wie war sein Name?

»Walters.« Er beantwortete die unausgesprochene Frage. »Ich kenne Sie. Sie sind Silvestris Freundin, richtig?«

Sie starrte ihn einen Moment an. War sie das? Dann nickte sie. »Leslie Wetzon.«

»Ja. Ich vergesse ein Gesicht nie«, gratulierte sich Walters. Er zog rechtzeitig ein Taschentuch aus der Hosentasche, um ein gewaltiges »Hatschi!« aufzufangen. Er schneuzte die Nase. »Die verdammten Allergien hängen neuerdings das ganze Jahr in der Luft.« Er streckte die Hand in die Luft und brüllte: »Hierher, Conley«, ohne sich umzudrehen. Trotz der Kälte in der Luft standen Schweißperlen auf seinem Schädel und der Oberlippe.

Die fleißigen Ameisen von der Spurensicherung mühten sich weiter ab, und Tabitha Ann Boyd lag als nasses lebloses Bündel auf dem kalten Stein. Wetzon zitterte am ganzen Körper. Hinter sich sah sie die Neugierigen dicht gedrängt entlang einer Barrikade aus Holzböcken, von einigen Uniformierten auf Abstand gehalten. Wie, fragte sie sich, bekommen die das mit? War es irgendein geheimes Signal durch ein Modem oder ein dazu ausersehener Abhörer des Polizeifunks? »Du bist an der Reihe, dich heute nacht einzuschalten, und wenn es einen richtig deftigen Mord gibt, ruf mich an, und ich leiere die Kette an.« Lief es so ab?

Conley löste sich von den Männern und Frauen von New Yorks vornehmstem Revier um das spiegelnde Wasserbecken und kam auf sie zu, eine große, blasse Bohnenstange von Mann mit sehr feinem Babyhaar in rosig blonder Farbe. Zierliches Gesicht, schlaksig in Sachen, die für seine Figur zu groß waren. Er blieb stehen, um eine schicke Frau mit Schlapphut und schwarzem Ledermantel, die einen Ärztekoffer trug, zu begrüßen. Der amtliche Leichenbeschauer war eine Frau. *Ein Hoch auf unsere Seite,* dachte Wetzon.

Walters winkte ihr. »Möglichst schnell, Riccardi.«

»Erzählen Sie mir was Neues, Al«, erwiderte Riccardi.

»Entschuldigen Sie mich einen Moment.« Walters ließ Wetzon stehen und sprach kurz mit Riccardi und Conley. Sie sahen zu Wetzon herüber. Riccardi ging weiter, und Conley und Walters kamen zu Wetzon zurück.

»Ja.« Walters nickte. »Jetzt erinnere ich mich an Sie.«

»Sie frieren anscheinend«, stellte Conley fest.

»Und wie.« Wetzon schlug die Arme um sich, konnte aber nichts gegen das Zittern tun.

Walters zog seinen Tweedblazer aus und legte ihn um ihre Schultern. Er trug die gleiche Schulterhalfter wie Silvestri. Wetzon spürte die Wärme seiner Jacke. Als wäre Silvestri hier. Rochen Detectives alle gleich, nach Sommer und Rauch?

Walters gab einem Uniformierten, der wie ein verkleideter Schüler aussah, ein Zeichen. »Cohen, kannst du uns Kaffee besorgen? Am Broadway drüben ist ein Lokal, das durchgehend geöffnet hat.« Er sah auf Wetzon hinunter. »Rutschen Sie bitte rüber, Ms. ...«

»Wetzon. Bitte für mich koffeinfrei«, sagte sie zu Cohen.

»So.« Walters setzte sich neben sie und strahlte Wärme aus. »Sie haben gesehen, wie es passiert ist? Richtig?«

»Nein. Falsch. Ich fand sie.«

»Der Sicherheitsmann sagt, Sie kannten ihren Namen.«

»Ich glaube, es ist Tabitha Ann Boyd.«

Conley zog eine Pergamintüte aus der Tasche, in der sich eine glänzende, dicke Brieftasche befand. »Haargenau«, sagte er.

»Ich wollte sie hier treffen ... am Brunnen.« Wetzon deutete auf den Hauptplatz. Wo steckte Rona? Was war mit ihr passiert? »Aber sie erschien nicht. Ich dachte, ich gehe noch eine Runde um das Becken und dann nach Hause ...«

»Sie wußten also, wo Sie suchen sollten.« Walters runzelte die Stirn. Es war keine Frage.

»Reden Sie nicht so mit mir. Ich habe sie nicht getötet.«

»Okay. Also weiter.«

»Zuerst dachte ich, sie gehört zu der Skulptur.«

»Besitzen Sie eine Pistole, Ms. Wetzon?« Die Frage kam von Conley.

»Nein«, antwortete sie bestimmt. Es war nicht ihre Waffe.

»Woher kennen Sie sie?«

»Ich kenne sie eigentlich nicht. Ich bin ihr nie begegnet. Ich sah ein Foto von ihr. Ihre Mutter ... Sie hatten einen Streit, und Tabitha lief von zu Hause weg.«

Conley ließ die Tüte mit der Brieftasche vor ihr baumeln. »Redding ... Connecticut.«

»Ja. Aber sie trieb sich nicht herum. Sie hielt sich bei einem Mann namens Maglia und dessen Frau auf. Wenigstens glaube ich das.«

»Buchstabieren Sie.« Walters nickte Conley zu, der die Tüte mit der Brieftasche in seine Rocktasche fallen ließ und einen Notizblock herausholte.

»M-a-g-l-i-a. Er ist der Leiter des Bliss Norderman-Büros in der Stadtmitte.«

»Wieso wollten Sie sie treffen?«

»Das ist eine lange Geschichte.«

»Wir haben die ganze Nacht.« Walters hob den Kopf. »Gut. Los geht's.« Cohen brachte einen offenen Pappkarton voll mit Kaffeebechern.

»Das hier ist der koffeinfreie.« Er reichte ihn Wetzon. Conley und Walters nahmen jeder einen Becher, den Rest trug Cohen zu dem Trupp um das Wasserbecken. Systematisch spannten einige Männer das glänzende gelbe Band, mit dem sie die Treppe zur 65. Street absperrten. Holzböcke wurden zwischen der Philharmonie und dem Becken aufgestellt. Noch mehr Band wurde gespannt.

Die Ärztin im schwarzen Ledermantel kam mit ihrer Tasche auf sie zu. Sie gab zwei Helfern mit einer Bahre ein Zeichen.

»Also, was haben Sie, Doc?« fragte Walters, indem er aufstand und sich ein wenig entfernte.

»Eine Schußwunde in der Kehle. Traf eine Arterie.«

»Hat der Schuß sie sofort getötet?«

»Könnte sein, glaube ich aber nicht. Aus ihrem Aussehen schließe ich, daß die Kugel im Hals stecken blieb und sie wahrscheinlich durch Abdrückung der Ader starb. Genau weiß ich es erst, wenn ich sie aufgemacht habe. Jedenfalls ging es schnell.«

Wetzon wärmte die Hände am Kaffeebecher. Der Dampf stieg auf und verschmolz mit der Nacht. Ein Hund bellte. Reporter fragten die Polizisten an der Absperrung aus; die Schaulustigen gaben pausenlos ihre Kommentare ab. Die ganze Szene wurde durch das abgehackte Plärren des Einsatzleiters unterstrichen.

»Sonst noch was?«

»Das fand ich in ihrer Hand.« Die Ärztin hielt ihm eine Pergamintüte hin.

»Was ist das?« Walters schüttelte die Tüte, und der Inhalt tanzte. Er riß sie auf und schüttete den Inhalt auf seine Hand. »Was zum Henker ist das?«

»Pailletten«, sagte Wetzon.

Harlekins aus Pailletten tanzten in Wetzons Kopf. Pailletten auf Maskenkostümen. Pailletten auf Abendkleidern. Mit Pailletten besetzte Schals. Sie hatte selbst einmal eine mit Pailletten bestickte Glocke besessen, und irgendwo in einer Schachtel mit ihren Winterhüten lag eine ebenso verzierte fesche rote Baskenmütze. Und Carlos besaß eine Paillettenfliege. Smith hatte kürzlich ein umwerfendes kleines weißes Futteral gekauft, das mit Pailletten besetzt war, ein elastisches Nichts, das bis zum halben Oberschenkel reichte.

»Welche Seite, Miss?« fragte Officer Cohen.

»Drüben links, bitte.« Als sie sich auf der Sitzbank im Wagen vorbeugte, protestierte ihr Rücken so energisch, daß sie nach Luft schnappen mußte.

Als sie endlich in der Wohnung war, schloß sie zunächst die Jalousien, dann drehte sie die Heizung höher. Im Küchenschrank fand sich eine Dose Champignonsuppe, Gourmet Crème – was immer das sein mochte –, die sie öffnete, in einen Kochtopf goß und auf kleine Flamme stellte, während sie ihre Sachen auszog und in den Frotteebademantel schlüpfte. Bis auf die Knochen durchgefroren, mit zitternden Händen und weichen Knien, ließ sie sich langsam auf den Boden hinab, legte sich auf den Rücken und schlang die Arme um die angezogenen Knie. Tief durchatmend, begann sie zu zählen. Bei zwanzig öffnete sie die Arme und rollte, die Knie immer noch an der Brust, von einer Seite auf die andere, während der Rücken flach auf dem Boden blieb. Schon besser. Schließlich richtete sie sich auf den Knien auf, lehnte sich zurück und ließ den Körper flach auf den Boden hinab, streckte die Arme aus, dehnte sich und atmete tief, um die Verspannung im Kreuz zu lösen.

Obwohl sie fast steif war vor Erschöpfung, wußte sie, daß sie am nächsten Morgen nicht aus dem Bett kommen würde, wenn sie ihre Beschwerden nicht sofort behandelte. Der Suppentopf begann zu zischen. Sie richtete sich aus der Hocke auf und versuchte, vorsichtig aufzustehen. Es ging. Sie drehte die Flamme unter der Suppe aus, dann ging sie ins Bad und rieb das Gesicht ab. Sie ließ heißes Wasser in Carlos' tiefe Marmorwanne laufen und goß eine Kappe nach Himbeeren duftendes Schaumbad hinein, das neben dem Shampoo auf einem Acryltisch stand.

Ein Teller heiße Suppe, ungesüßte Kekse mit Butter, und der nagende Hunger war gestillt. Es war zu spät, um noch jemanden anzurufen. Es waren Nachrichten da, sie hatte den Apparat blinken sehen, aber sie wollte jetzt nichts davon wissen. Heute nacht nicht mehr. Sie wollte über alles nachdenken: Brians Ermordung, Rona, der Anruf – Wetzon hatte nicht verheimlichen können, daß Ronas Anruf sie zum Lincoln Center geführt hatte, aber sie hatte eine irreführende Erklärung darüber abgegeben, wo sie ihn erhalten hatte, so daß vorerst niemand wußte, daß sie in Dr. Jerrys Büro eingebrochen war. Sie seufzte. Penny Ann, die arme Tabitha, Dr. Jerry Gordon, Tony Maglia. Richard Hartmann, Alton Pinkus. Smith. Twoey. Silvestri. Ihr ganzes Leben. Es war so kompliziert.

Sie goß sich ein Glas Orangensaft auf Eis ein und spülte den leeren Suppenteller aus, bevor sie ihn in die Spülmaschine stellte. Die Kekse kamen wieder auf das Regal in einen Frischhaltebeutel. In einen Plastikbeutel wie die Pailletten.

Wieder dachte sie über die Pailletten nach, als sie genüßlich seufzend in den dampfenden, nach Himbeeren duftenden Schaum tauchte. Sie trank einen Schluck Orangensaft, stellte das Glas auf den Boden und machte es sich in dem Seifenschaum bequem, indem sie den Kopf auf den Rand legte und die Augen schloß. Schwebend. Alles war ein solches Durcheinander. Beziehungen waren etwas Vertracktes. Man betrachte nur Penny Ann und Tabitha. Rona und Brian. Smith und Twoey. Doch waren das nicht extreme Fälle?

Warum hatte nicht alles weitergehen können wie früher? Sie schüttelte entschieden den Kopf, wodurch sich eine Strähne aus dem Ballerinenknoten löste. Sie griff mit beiden Händen nach oben, zog alle Nadeln aus dem Haar und ließ sie auf den schwarzweiß gefliesten Marmorboden fallen. Das aschblonde Haar fiel aus dem Knoten herab und breitete sich wie ein nasser Vorhang auf dem Wasser aus.

Ich bin ein Meerweib, dachte sie. *Versteht das keiner?*

Das Telefon schrillte an der Wand direkt über ihrem Kopf, und sie fuhr so auf, daß sie Wasser auf den Boden spritzte. Du lieber Gott! Es war nach ein Uhr. Wer würde so spät noch anrufen? Sie legte sich wieder in die Wanne, lauschte auf das Schrillen, beobachtete das auf dem Kopf stehende Telefon. Dann langte sie hinter sich nach oben, verspritzte noch mehr Schaum und Wasser, nahm den Hörer von der Gabel und hielt ihn ans Ohr. »Ja?«

»Hab' ich dich geweckt?« Silvestris Stimme war kratzig und schroff, als sei er erkältet oder gerührt oder so. *Denk nicht dran.*

»Nein.« Das Wasser war abgekühlt. Sie drehte den Heißwasserhahn auf.

»Liegst du auf einem Wasserbett?«

»Ich bin in der Wanne. Carlos hat ein Telefon im Bad.«

Er räusperte sich. »Ich will nicht versuchen zu erklären ...«

»Gut.« Er kannte sie gut genug, um zu wissen, daß es höchst ungewöhnlich für sie war, so spät noch auf zu sein, und sie hatte nicht vor, es ihm leichter zu machen.

»Les.« Er räusperte sich noch einmal. »Ich kann das nicht gut.« Er öffnete ihr die Tür so weit, daß eine Tanztruppe hätte durchtanzen können, doch sie schwieg. Sie wollte, daß er weiterredete. Die Leute redeten immer, um eine Leere zu füllen. Und die bestand auf jeden Fall zwischen ihnen. »Hörst du noch?« fragte er.

»Ja.« Sie drehte das heiße Wasser ab und legte sich wieder bequem hin.

»Ich hasse solchen Scheiß. Hör zu, ich möchte mit dir zusammen sein.« Wieder ließ er die Tür für sie offen. Als sie darauf nicht reagierte, sagte er wütend: »Ich möchte dir in den Hintern treten, weil du ...«

»Aha, verstehe. Du möchtest, daß wir zusammen sind, und du möchtest mir in den Hintern treten.« Wäre ihr nicht so elend zumute gewesen, hätte sie gelacht. »Du *willst* mich wohl mißverstehen.« Sie hörte heraus, wie er zu kochen begann.

»Nein. Zusammensein bedeutet genau das.«

»Das ist mein *Beruf*.«

»Ich weiß. Ich habe auch einen Beruf, den ich liebe. Aber du gibst nie nach. Du bist dorthin gefahren, und plötzlich existiere ich nicht mehr. Glaubst du im Ernst, ich werde hier herumsitzen und auf dich warten?«

»Das ist nicht wahr.« Doch sie hörte an seiner Stimme, daß er sich in der Defensive fühlte, und er überging, was sie über das Warten auf ihn gesagt hatte.

»Ich weiß nicht mehr, wer du bist, Silvestri«, sagte sie, und dann konnte sie sich nicht mehr zusammennehmen. Sie begann zu weinen.

»Oh, Les, tu mir das nicht an.« Seine Stimme bebte vor Emotionen. »Komm schon. Wir schaffen das. Komm am Wochenende her ...«

»Ich möchte nicht dorthin kommen. Dort gehöre ich nicht hin. Es ist eine Polizistenwelt.«

»Polizistenwelt? Das ist *meine* Welt, Les.«

»Das ist keine Einbahnstraße, Silvestri. Ich möchte heute nacht nicht mehr reden. Ich bin zu müde.« Sie legte auf und stemmte sich vorsichtig aus der Wanne, dann zog sie den Stöpsel heraus. Sie rollte ihr Haar in ein Handtuch und hüllte sich in ein Badetuch.

»Ab ins Bett«, murmelte sie. Nichts mehr denken.

Sie schaltete die Lichter aus und kroch ins Bett. Diese Gefühle machten sie kaputt.

Ein Klirren – Metall auf Metall. Ein Klang, wie wenn ihre eisernen Gartenstühle gegeneinanderstießen. War es aus der Wohnung gekommen? War sie eingenickt und hatte es geträumt? Sie wollte nicht aufstehen, machte sich zur Kugel und zog die Decken über den Kopf. Es würde weggehen.

Es kam wieder. Zusammen mit einem Schrei. Dann Poltern, Klirren. Die Waffe. Sie schlug die Decken zurück, ließ die Handtücher zerknüllt liegen und zog das schwarze Lederetui unter ihrer Wäsche vor. Die Waffe lag vor ihr, eine kalte schwarze Form, und sie hielt sie in der Hand. Mit der anderen Hand wählte sie ruhig 911, gab Namen und Adresse an und bat um Hilfe.

Eine Frau schrie. Noch mehr Klirren. Ein Schlag außen an ihr Fenster. Das Quietschen von Metall. Schritte.

Es war jemand auf der Feuerleiter vor ihrem Schlafzimmerfenster.

Wieder hämmerte es gegen ihr Fenster. Jemand rief. Eine vertraute Stimme. Hämmern.

Wetzon zog den Frotteemantel an, nahm die Waffe in die andere Hand.

»Leslie! Lassen Sie mich rein! Ich bin's, Louie.«

Wetzon schob das Fenster hoch. Das Fliegenfenster war weggerissen. Ein Feueralarm zerriß die brüchige Stille der Nacht in Greenwich Village. »Um Gottes willen, Louie, haben Sie mich erschreckt. Was ist passiert?«

»Alles in Ordnung?« Louie, barfuß, in abgeschnittenen Jeans und einem abgetragenen Sweatshirt mit Farbflecken, schlüpfte durch das offene Fenster. »Würden Sie das bitte auf eine andere Stelle richten?«

Wetzon schaute auf ihre Hand. Sie hielt immer noch die Waffe. »Sie ist nicht geladen. Zumindest glaube ich es nicht.«

»Zeigen Sie mal.« Louie streckte die Hand aus, und Wetzon gab ihr die Waffe mit dem Griff voran. »Was Sie da haben ist ein Revolver.« Gekonnt schnippte Louie die Trommel zur Seite und hielt sie Wetzon hin. »Sehen Sie.« Die sechs Kammern waren leer. Sie ließ ihn zuschnappen und gab ihn Wetzon zurück. »Schönes Stück.«

»Sie machen das sehr gut.« Wetzon legte die Waffe wieder in das Lederetui und brachte sie zurück an ihren Platz in der Kommode. »Woher wissen Sie das alles?«

»Ich stamme von einer langen Reihe von Polizisten ab. Brach mit der Tradition.«

Wetzon knipste die Nachttischlampe an. »Möchten Sie mir nicht erzählen, was hier los ist?«

»Es war jemand auf der Feuerleiter. Ich stellte meinen Voranschlag für Sie zusammen, als ich einen Schatten an meinem Fenster vorbeihuschen sah, und dann stieß er einen meiner Blumentöpfe um. In dem Augenblick fing ich an, diesen Höllenlärm zu machen. Um ihm einen Schrecken einzujagen.«

»Das dürfte Ihnen gelungen sein. Danke. Ich kann nicht glauben, daß er in voller Sicht von der Straße her da hochkletterte.« Wetzon bekam plötzlich weiche Knie und setzte sich auf das zerwühlte Bett.

»Das sind die Fixer. Dunkle Wohnung. Eine Feuerleiter. Sie gehen das Risiko ein.«

Wetzon schauderte. »Ich habe immer was gegen Feuerleitern gehabt.«

Louie tätschelte Wetzons Kopf. Ihr Gesicht war blaß unter den Sommersprossen, und sie hatte einen blauen Farbfleck am Kinn. »Hören Sie, Kindchen, ich lebe seit fünfundzwanzig Jahren im Village. Acht Jahre hier. Hatte nie Probleme – fragen Sie Carlos. Aber jetzt ändert sich alles hier unten. Zu viele Fremde, Halbwüchsige, Schwulenticker, Süchtige. Die Obdachlosen ... und Gott weiß was.« Sie fuhr sich mit den Fingern durch das rote Haar und strich es aus dem Gesicht.

Wetzon streckte sich und ließ den Kopf hin und her rotieren. »Also gut, meinen schönen Nachtschlaf kann ich vergessen. Möchten Sie einen Kaffee?«

Die Haustürklingel erschreckte die zwei Frauen.

»Du lieber Gott.« Wetzon hielt die Hand vor den Mund. »Das habe ich vergessen. Ich habe die 911 angerufen.« Sie sah auf dem kleinen Videoschirm bei der Tür nach und sah zwei Streifenpolizisten. Sie öffnete ihnen mit dem Summer die Tür. Sie waren ziemlich schnell gekommen. Das zur Statistik über die Langsamkeit der New Yorker Polizei. Sie knüpfte den Gürtel um den Bademantel fester und schloß die Tür auf.

Der erste Officer, der aus dem Aufzug stieg, war ein Mann mit Knollennase, schwarzen Poren und tiefliegenden müden Augen. Begleitet wurde er von einem jungen, sehr kräftig gebauten Mann, dessen Haut gräulichbraun wie Korduanleder war.

»Officers Drucker und Heminway«, sagte der Mann mit der dicken Nase. »Ich bin Drucker.« Seine mürrischen Augen musterten sie, zwei Frauen, barfuß. »Sie haben einen Herumtreiber gemeldet?«

»Das war ich. Louie hat ihn gesehen.« Die Polizisten wechselten einen Blick. *Was zum Teufel hatte das zu bedeuten,* dachte Wetzon.

Louie trat vor. »Ich wohne unten. Ich hörte ihn, weil er einen meiner Blumentöpfe umstieß.«

»Sie schrie und machte einen Höllenlärm, um ihm einen Schrecken einzujagen.«

»Ich sehe mich mal um«, sagte Heminway. »Welches Fenster?«

Wetzon führte sie alle durch das Schlafzimmer zu dem Fenster, das von Louies Einstieg immer noch offenstand. Heminway zückte seine Taschenlampe und leuchtete die Feuerleiter ab, indem er den Strahl nach oben, seitwärts und nach unten richtete. »Lassen Sie lieber ein Gitter an dem Fenster anbringen.« Er schlüpfte durch das Fenster und stieg die Feuerleiter hinunter. Seine schweren Schritte klapperten auf den eisernen Stufen.

»Konnten Sie ihn genau sehen, Miss ... äh?« Druckers Stimme klang unendlich gelangweilt.

»Armstrong. Leider nein.«

Heminway stieg durch das Fenster wieder herein. »Nichts zu sehen.«

»Danke, daß Sie gekommen sind.« Wetzon ließ sie hinaus.

»Lassen Sie das Fenster besser verriegelt, bis Sie das Gitter bekommen.« Drucker musterte Louie kurz.

Wetzon schloß die Tür. »Was hatte das zu bedeuten? Ich kam mir vor, als entginge mir irgendwas.«

Louie seufzte. »Er hielt uns für ein Pärchen.«

»Wirklich?«

»Ich bin lesbisch.«

»Aha? Ich nicht. Möchten Sie Kaffee? Ich bin hellwach.«

Louie strahlte Wetzon an, und die Zurückhaltung, die Wetzon an ihr aufgefallen war, schwand. Die scharfen blauen Augen wurden weicher. »Ich habe eine bessere Idee. In meinem Kühlschrank habe ich einen Karton Häagen Dazs mit Schokosplittern, und der Kostenvoranschlag für Ihre Wohnung ist auch fertig. Warum kommen Sie nicht mit zu mir?«

»Abgemacht.« Wetzon zog das Fenster zu und verriegelte es, dann schlüpfte sie in die Keds, schnappte ihre Handtasche und folgte Louie.

Die Wohnung unter Carlos' war trotz gleicher Größe vollkommen anders. Das war der Vorteil solcher Speicherräume. Der winzige Vorraum war mit rostfarbenen unglasierten Kacheln ausgelegt, dann kamen eine Stufe tiefer Holzböden, die sehr hell gebleicht waren. Eine geräumige offene Küche auf der rechten Seite und geradeaus ein riesiges Wohnzimmer mit einer gemütlichen Zusammenstellung von Sofas und Sesseln in hellbraunem Leder. In der Ecke gegenüber, bei den Fenstern, stand ein Zeichentisch vor einer Wand mit Bücherregalen. Große lebendige Gemälde bedeckten jedes Stückchen freier Wandfläche mit außergewöhnlichen Farbflecken. Wetzon ertappte sich dabei, wie sie mit offenem Mund auf das direkt vor ihr hängende Bild starrte, eine ungestüme Mischung aus roten und schwarzen Pinselstrichen auf einem rein weißen Hintergrund. Sie fand es so beunruhigend, so fesselnd, daß sie zurückwich und dabei bemerkte, wie Louie sie beobachtete.

»Kompliziert, nicht wahr?« Louie wirkte verlegen, fast schüchtern.

Da dämmerte es Wetzon. »Es sind Ihre. Sie sind sehr schön.«

»Das brauchen Sie nicht zu sagen.«

»Ich weiß, aber ich meine es ernst. Sie geben mir das Gefühl ... ich weiß nicht ... als würde ich ... das ist verrückt ... fallen, die Kontrolle verlieren.«

Louie lächelte. »Danke.« Sie berührte Wetzons Arm und lenkte sie in die Küche.

Hier standen ein langer massiver Tisch aus hellem Holz mit eingelegten weißen Resopalquadraten und sechs stabile Stühle mit roten Batikkissen. Louie steuerte direkt auf den großen weißen Kühlschrank zu, öffnete das Tiefkühlfach und zog die Eiscreme heraus, die sie auf den Tisch stellte. Aus einer Schublade unter den Schränken mit Glastüren holte sie zwei langstielige Löffel – Cocktaillöffel – und aus einer anderen Schublade einen Packen Papierservietten.

»Hauen Sie rein«, sagte sie, indem sie den Deckel abnahm. »Ich hole den Voranschlag.«

Wetzon setzte sich hin und griff zu dem Behälter. »O Mann.« Sie schöpfte einen Löffel von der Eiscreme aus Bitterschokolade heraus. »Was für eine gute Idee.«

»He, lassen Sie noch was für mich übrig«, rief Louie.

»Dann sollten Sie sich lieber beeilen.«

Sie brachte den Voranschlag in einem Schnellhefter und reichte ihn Wetzon, dann nahm sie den Eisbehälter und löffelte direkt daraus in den Mund.

Alle Schätzungen waren säuberlich aufgeschlüsselt für Putz und Anstrich wie für neue Fußböden. Der Preis für neue Parkettfußböden war unverschämt, doch Wetzon tröstete sich damit, daß die Versicherung den größten Teil abdecken würde. Automatisch griff sie nach dem Eisbehälter.

»Lassen Sie sich nicht stören.« Louie stand auf, tappte durchs Zimmer und öffnete das Fenster zur Feuerleiter. »Ich möchte nachsehen, was er an meiner armen Aloe angerichtet hat.« Sie war im Nu zurück und drückte einen großen irdenen Topf an sich. »Nur am Rand abgeschlagen, aber ich muß mir Erde besorgen. Die Wurzeln liegen frei ...« Ihre Stimme verlor sich. »Das ist komisch.«

»Alles hier sieht so schön aus, Louie. Ihre Wohnung gefällt mir, also denke ich, Sie werden sich auch gut um meine kümmern. Wann besprechen wir die Farben?« Als Louie nicht antwortete, sah Wetzon auf. Louie hatte den Topf mit der Pflanze in die Spüle gestellt. »Was ist komisch?«

Louies Hände waren von der feuchten Erde schmutzig. »Sehen Sie sich das an. Was meinen Sie, wie das hierherkommt?«

Wetzon stand auf und ging zur Spüle hinüber. In Louies Hand lagen, glitzernd im Schmutz, drei goldene Pailletten.

»Du lieber Gott, du siehst gräßlich aus«, begrüßte Smith sie am nächsten Morgen. Sie hatte den Telefonhörer am Ohr. »Rose, bitte.«

»Herzlichen Dank. Das habe ich gebraucht.« Wetzon hängte den Burberry in den Schrank und schlug die Tür zu. »Hör zu, Tabitha ...«

»Oh, Schatz, soll es Regen geben?« Smith war unverschämt gut gelaunt.

»Woher soll ich das wissen? Smith, Tabitha ...«

»Tagchen, Rose, ist mein Kleid fertig? Ah, gut. Ich komme später vorbei.« Sie legte auf und starrte Wetzon an.

Wetzon warf sich auf ihren Stuhl, packte die Ordner, ›Fahndungsbogen‹, Notizblock und die *New York Times* aus der Aktentasche und stapelte alles rechts vom Telefon. Dann rief sie Rona an. Als sich der Anrufbeantworter meldete, legte sie auf.

»Du meine Güte, sind wir mies gelaunt. Möchtest du mir davon erzählen?«

Wetzon wählte eine andere Nummer. Ronas Verkaufsassistentin meldete sich und teilte Wetzon mit, daß Rona in einer Sitzung war.

»Sind Sie sicher?«

»Wie bitte?«

»Schon gut, ich rufe noch einmal an.« *Oh, Wetzon, warum läßt du es an der Assistentin aus?* fragte sie sich. *Bist du so tief gesunken?* Sie betrachtete den Stapel von rosa Nachrichtenzetteln auf dem Schreibtisch und legte ihren Kopf darauf. »Ich bin so müde.«

»Ich sprach gestern abend eine Nachricht auf deinen blöden Apparat. Ts, ts, wenn die Katze aus dem Haus ist ...«

Wetzon hob den Kopf und murmelte gereizt: »Und wo warst du gestern abend?«

»Hm, warte mal.« Smith sah so selbstzufrieden aus, daß es Wetzon in den Fingern juckte, sie zu erwürgen. »Meinst du vor dem Essen oder nach dem Essen?«

Wetzon breitete die Nachrichtenzettel auf dem Schreibtisch aus. Dr. Jerome Gordon hatte angerufen. *Du lieber Gott.* »Wie war Halleluja Hartmanns Darbietung?« Sie ging die Liste der Anrufe durch, die sie zu erledigen hatte.

»Brillant. In jeder Hinsicht.«

Etwas in Smith' Stimme veranlaßte Wetzon, den Federhalter hinzulegen und ihre Partnerin anzusehen. »Entgeht mir irgendwas?«

»Du hast mich gefragt, wie er war, oder nicht?«

»Du hast doch nicht ...«

»Was nicht?« Smith lächelte Wetzon treuherzig an.

»Mit Richard Hartmann. Er ist ein solcher Nichtstuer.«

»Also das würde ich nicht sagen, Zuckerstück.« Smith' Stimme hatte einen prickelnden Unterton.

Wetzon warf die Hände in die Luft. »Was ist mit Twoey, um Gottes willen?«

»Twoey ist natürlich ein lieber Junge, aber ...«

»Sag kein Wort mehr.« *Ich ertrage es nicht,* dachte sie zerstreut. *Heute nicht. Nie.*

B.B. klopfte an die Tür und öffnete auf Smith' gesäuseltes »Ja, bitte, B.B.?«.

»Mr. Hartmann für dich, Smith.«

»Ich muß mit dir reden«, sagte Wetzon, indem sie den Finger in der Luft kreisen ließ. »Mach es also kurz.«

Smith lächelte sie selbstgefällig an und griff zum Telefon.

Wetzon betrachtete wieder die Anrufliste. Sie mußte mit einigen Maklern Kontakt aufnehmen, deren Karteiblätter sie mit sich herumgeschleppt hatte, um sie abends anzurufen, doch ihre Abende waren ... nun ja ... Sie nahm sich den Packen Papiere vor, den sie aus der Aktentasche geholt hatte, und ließ die Zeitung unter den Tisch fallen. Als sie die Ordner und ›Fahndungsbogen‹ durchsortierte, zog sie ein Bündel unbekannter Papiere heraus, die von einem Gummiband zusammengehalten wurden. »Oh nein!« rief sie aus. Doch Smith sah nicht einmal auf.

Smith den Rücken zugewandt, streifte Wetzon das Gummiband ab und faltete die Handvoll Papiere auseinander, die sie aus der Hutschachtel in Dr. Jerrys Schrank erwischt hatte. Was sie vor sich hatte, waren Geschäftsberichte – die Abrechnungen eines Maklers bei Bliss Norderman. Für jemanden namens Mrs. Leonora Foley, Alcott Arms, 510 West 72. Street, New York, New York 10023. Der abrechnende Makler war Brian Middleton. Aha, wer sagt es denn. Die Abrechnungen betrafen Januar, Februar, März, April, Mai, Juni, Juli und August.

»Schön, Liebling, ruf mich an ...«

Verflixt. Smith beendete ihr Gespräch. Wetzon schlug schnell den Wirtschaftsteil der *New York Times* um die Abrechnungen und zog sich in die Ungestörtheit der Toilette zurück. Sie setzte sich auf den Deckel und begutachtete die Abrechnungen sorgfältiger.

Maklerabrechnungen waren am schwersten auf der

Welt zu lesen, wahrscheinlich mit Absicht. Es kam dabei anscheinend nicht auf die Firma an; keine war klar und exakt, und die Abkürzungen ließen sich unmöglich entziffern.

Entweder war diese Mrs. Foley Wertpapierhändlerin, oder Brian hatte ihr Konto manipuliert. Das lag auf der Hand. Herein und hinaus. Herein und hinaus. Manche Aktien wurden wenige Tage nach dem Kauf schon wieder verkauft. Kleine Geldbeträge wurden jeden Monat investiert. $ 7500 im Januar, $ 8750 im Februar, $ 8000 im März ...

»Wetzon!« Smith rüttelte an der Tür. »Du bist schon eine Ewigkeit da drin.«

»Ich komme sofort.« Wetzon schlug die Abrechnungen wieder in die Zeitung ein, betätigte die Toilettenspülung, wusch sich die Hände und öffnete die Tür mit der Zeitung unterm Arm.

Smith musterte sie argwöhnisch. »Du hast da Zeitung gelesen? Das tust du doch sonst nie.«

»›Das Neue dringt herein mit Macht.‹« Wetzon kam heraus und setzte sich an ihren Tisch.

»Hm«, sagte Smith. »Du bist wirklich nicht so komisch, wie du glaubst.« Sie ging in die Toilette und knallte die Tür zu, kam im Nu wieder heraus und stürzte zu ihrem Schreibtisch, gerade als B.B. meldete, daß Mr. Hartmann wieder am Telefon war. Sie nahm den Hörer ab und schnurrte: »Wo waren wir stehengeblieben?«

Wetzon steckte die mit Mrs. Leonora Foleys Maklerabrechnungen gefüllte Zeitung in die Aktentasche. Dies erforderte konzentriertes Nachdenken ... später.

Alles in allem fühlte sie sich ganz gut. Dieses neue Rätsel spornte sie an. Wo war sie? Sie betrachtete prüfend die ›Fahndungsbogen‹ vor sich und begann mit dem obersten, einem Makler bei Smith Barney, den sie seit Wochen zu erreichen versuchte.

Sie nahm das Telefon ab und tippte seine Nummer ein. Gary Friedman war ein ausgesprochen netter Kerl mit einem guten Umsatz. Wetzon stand seit gut drei Jahren mit ihm in Verbindung. Er war intelligent und einigermaßen belesen. Und er nahm seinen Beruf sehr ernst. Für ihn war er Berufung.

»Hallo, Wetzon. Was tut sich so?«

»Immer der gleiche Trott, Gary. Was tut sich bei Ihnen? Wie geht das Geschäft?«

»Hm, hmmm«, schnurrte Smith ins Telefon. Sie hörte sich an, als hätte sie einen Orgasmus.

»Das Geschäft ist gleichbleibend gut. Ich liege ungefähr dreißig Prozent über dem letzten Jahr.«

»Das ist phantastisch! Sie sind einer der wenigen, wissen Sie das?«

»Hmmm, *hmmmmm*«, sagte Smith.

»Haben Sie in letzter Zeit ein paar gute Bücher gelesen?« fragte Wetzon laut, um Smith zu übertönen.

Gary berichtete ihr, er habe gerade Martin Gottfrieds Buch über Bob Fosse ausgelesen, *All His Jazz*, und danach plauderten sie über den Zustand des Musical-Theaters und die gute alte Zeit, als Wetzon Tänzerin unter Bob Fosse gewesen war. Schließlich kamen sie zum Geschäftlichen.

»Hören Sie, Wetzon, ich weiß, ich sagte, Sie möchten mich gegen Ende Oktober anrufen, aber ich bin momentan einfach nicht motiviert, etwas zu tun. Ich habe Aussichten, in den Chairman's Club aufgenommen zu werden, und ich komme in den Vorstand, wenn ich die halbe Million erreiche, und das werde ich. Und ich heirate im Januar.«

»Hmmmm, hmmmm.« Wollte Smith überhaupt nicht mehr aufhören?

»Das ist super. Meine Glückwünsche.« Streiche Gary für

die nächsten sechs Monate. Es war für die meisten Menschen eine zu starke Belastung, gleichzeitig zwei enorme Veränderungen in ihrem Leben zu bewältigen.

»Aber hören Sie«, sagte er, »wir bleiben in Kontakt. Und schicken Sie mir noch eine Karte. Sie sind die einzige mit Verstand unter den Headhuntern, die mich anrufen.«

Wetzon legte auf und blitzte Smith drohend an.

Smith stöhnte ein letztes »hmmmm«, bedachte Wetzon mit einem Mona-Lisa-Lächeln und legte zart den Hörer auf. Sie machte den Mund auf, um etwas zu sagen, und Wetzon platzte heraus.

»Ich möchte es nicht wissen. Twoey ...«

Smith fiel ihr ins Wort. »Du hast doch vor kurzem selbst gesagt, daß Twoey zu sehr am Rockzipfel seiner Mutter hängt.«

»Ich liebe es, wie du umsortierst, was ich sage, um dein Verhalten nachträglich zu erklären.« Wetzon holte tief Luft. »Können wir über unseren Fall sprechen?«

»Selbstverständlich.« Smith schien enttäuscht. Sie wünschte offenbar, daß Wetzon mehr über Richard Hartmann aus ihr herauskitzeln würde.

»Hast du heute morgen eine Zeitung gesehen oder die Nachrichten gehört?«

Smith runzelte die Stirn. »Nein.«

»Tja, Tabitha ist letzte Nacht aufgetaucht ...«

»Oh, gut.« Es klang nicht sehr begeistert.

»Tot.«

»Tot?«

»Tot. Sie wurde ermordet, erschossen, vor dem Vivian Beaumont.«

»Du meine Güte. Und was hat das zu bedeuten?« Sie zupfte an einem losen Faden an ihrem Rocksaum.

»Es bedeutet, daß vermutlich derselbe, der Brian tötete,

auch Tabitha tötete und daß beide vielleicht etwas wußten, was sie nicht wissen sollten. War Dr. Jerry gestern abend mit dir und Hartmann zusammen?«

»Schätzchen, ein Dreier? Wie drollig.«

»Das meine ich nicht, und das weißt du genau.«

»Dr. Jerry ist genaugenommen nicht mein Typ. Außerdem ist Barbies Familie eine Art jüdischer Hochadel.«

»Jüdischer Hochadel? Was ist das?«

»Dickie nennt sie immer die Prinzessin Orlafsky.« Smith war völlig ernst.

Wetzon brach in so schallendes Gelächter aus, daß sie beinahe vom Stuhl gefallen wäre. »Davon erhole ich mich nie mehr«, japste sie.

Smith war beleidigt. »Ich verstehe dich wirklich nicht, Wetzon. Können wir weitermachen? Ich muß noch einige wichtige Anrufe erledigen.«

»Okay, okay. Also dann.« Sie unterdrückte ein Kichern.

»Kurz und bündig. Nach meinem Tanzkurs war ich in der Nähe des *Park Royale*, deshalb ging ich hinüber, weil ich dachte, ich würde dich vielleicht treffen.« *Lügnerin*, dachte sie. Sie erzählte Smith, wie sie den Schlüssel entwendet hatte und Stunden in dem Schrank war. »In dem der Prinzessin, nehme ich an.«

Mit funkelnden Augen rief Smith: »Herrlich!«

»Das gefällt dir wohl.«

»Ich bin dort im Wohnzimmer, und du versteckst dich im Kleiderschrank.« Sie klatschte übermütig in die Hände.

»Tja.« Jetzt gehörte ihr Smith' ungeteilte Aufmerksamkeit. »Barbara entfaltet übrigens bei ihrer Kleidung einen kitschigen Geschmack. Federboas, Glasperlen und ...« Sie brach abrupt ab.

»Und was?«

»Pailletten.«

»Pailetten? Die trägt heute doch jeder.«

»Dann war Dr. Jerry also gestern abend nicht mit dir und Hartmann zusammen?«

»Nein. Ich dachte, das hätte ich dir schon gesagt.« Smith war ärgerlich. »Warum muß ich mich wiederholen? Er ging weg, um mit dem Party-Service über das Barmissa zu sprechen.«

»Bar-Mizwa.«

»Egal. Es findet im *Palace* statt. Er lädt uns ein. Ich sagte ihm, wir kommen gern.«

»Ach, Scheiße. Ich kann solche Geschichten nicht ausstehen.«

»Jetzt fängst du schon wieder an. Wetzon, hör auf mich, wenn ich dir sage, es ist wichtig für uns, mit solchen Leuten zu verkehren. Sie haben Macht. Die Karten sagen mir ...«

»Deine Scheißkarten!«

»Ich überhöre das, weil du offenbar wegen persönlicher Probleme aus der Fassung bist. Dr. Jerry ist ein sehr netter, beinahe naiver Mensch, wenn man bedenkt, was für eine Berühmtheit er ist.«

Wetzon schürzte die Lippen. Eine Jury würde sie bestimmt freisprechen, wenn sie Smith auf der Stelle ermordete. »Berühmtheit?«

»Nun, abgesehen von seiner Talkshow hat er irgendein philosophisches Buch geschrieben.«

»Du kriegst die Tür nicht zu.«

»Nein, ich mache keine Witze. Er hat einen Riesenvorschuß von den Leuten bekommen, die sein Kindergartenbuch herausgebracht haben.«

»Ich bin mit meiner Geschichte noch nicht fertig, Smith, wenn es dir nichts ausmacht.«

»Um Himmels willen. Mach weiter.« Sie stöhnte und schüttelte ihre Locken auf. »Du brauchst mal wieder ewig.«

»Weil du mich ständig unterbrichst.« Wetzon knallte ihren Bleistift hin, der absprang und durchs Zimmer flog.

»Nimm dich zusammen«, tadelte Smith. Sie klimperte Wetzon mit den Wimpern zu.

Ich bringe sie um, dachte Wetzon. *Ganz langsam.* »Darf ich bitte zu Ende erzählen?«

»Bitte sehr.«

»Ich war im Schrank gefangen, während die Prinzessin sich umzog, und ich schlief ein.«

Smith verdrehte die Augen zum Himmel.

»Als ich dann aufwachte und aus dem Schrank kroch, war ich so benebelt, daß ich ans Telefon ging, als es läutete. Aber ich verstellte meine Stimme.«

»Aber sicher.«

»Halt den Mund, Smith. Hör zu, weil es wichtig ist. Es war Rona, und sie hielt mich für Penny Ann. Sie sagte, Tabitha habe sie verängstigt angerufen und gebeten, sie am Brunnen im Lincoln Center zu treffen.«

»Oh, nein!« heulte Smith auf. »Nicht Rona. Wir verlieren alles, was wir in sie investiert haben.«

»Auch sie ist Linkshänderin.«

»Entschuldigung«, sagte B.B. anklopfend.

Wetzon deutete mit dem Finger auf Smith. »Reg dich nicht auf.«

»Ja, B.B., bitte«, sagte Smith freundlich.

»Neil Munchen möchte eine von euch sprechen.«

»Ich gehe ran.« Smith griff schnell zum Hörer. »Hallo, hier ist Xenia Smith.«

Wetzon schlenderte ins Vorzimmer und schenkte sich eine Tasse Kaffee ein, während sie sich fragte, was der Leiter der Privatkundenabteilung bei Rosenkind, Luwisher wollte. B.B. war am Telefon in seinem Kämmerchen und machte es einem Makler schmackhaft, »eine andere Situation zu erkunden«. Sie lächelte und schaute auf Max' aufgeräumten Schreibtisch hinunter. Er würde später kommen. Sie wanderte durch die offene Tür zurück.

»Also wirklich.« Smith sah Wetzon und wölbte eine Braue. »Woher sollte ich das wissen, Neil?« Pause. »Natürlich ist das lächerlich. Danke, daß Sie es uns mitteilen.« Sie legte den Hörer auf. »Verdammt, jetzt ist mir ein Nagel abgebrochen.«

Das Gesicht, das sie Wetzon zuwandte, war dunkelrot gefleckt vor Zorn.

»Spuck's aus.«

»Setz dich lieber vorher.«

»Nein, ich nehme es im Stehen, vielen Dank.«

»Vor einer Stunde kam die Polizei dort ins Büro und nahm Rona fest.«

Wetzon war ratlos. Alles lief falsch. »Ich hätte ihnen nicht von dem Anruf berichten sollen.«

»*Du* hast es ihnen gesagt?« Smith fuhr sie wütend an. »Wie konntest du bloß? Du weißt, was das für uns bedeutet.«

»Tut mir leid. Ich tat, was ich für richtig hielt.« Was sie immer noch für richtig hielt.

»Tut dir leid, hm. Jetzt müssen wir alles stehen und liegen lassen und uns wirklich in die Untersuchung stürzen. Wir müssen sie von dem Verdacht befreien.«

»Moment, Smith, die Polizei verhaftet nicht einfach eine Person wie Rona aus heiterem Himmel, ohne irgendeinen soliden Beweis. Wenn sie es doch getan hat?«

»Wen schert das? Lies meine Lippen, Schätzchen – wir *holen* sie heraus, oder wir sehen keinen Dollar mehr von ihr.«

»Ich kann mir vorstellen, daß Rona Brian ermordet, schon möglich, aber nicht Tabitha. Niemals Tabitha. Nicht einmal, wenn Tabitha und Brian etwas miteinander gehabt hätten.«

»Das ist ungeheuerlich. Wir *können* ihnen natürlich eine andere Verdächtige liefern.«

»Ach ja?« Wetzon sah Smith mißtrauisch an. »Zum Beispiel wen?«

Smith sagte nichts, starrte sie nur an.

»Wenn du denkst, was ich glaube, Smith, dann kannst du es vergessen.«

»Du warst dort. Du hast kein Alibi für Brians Tod. Es wäre so leicht, Zuckerstück. Und es würde uns etwas Zeit verschaffen.«

»Nein!«

»Na, dann gut. Man kann sich darauf verlassen, daß du nicht mithilfst, wenn es hart auf hart geht.«

»Hör schon auf, Smith. *Du* würdest es nicht tun, wenn die Rollen umgekehrt wären.« Wetzon war gespannt, wie Smith den Kopf aus der Schlinge ziehen würde.

»Ich habe Spaß gemacht. Wo ist dein Sinn für Humor geblieben, Schatz? Ich rufe sofort Dickie an. Er muß Rona verteidigen.«

»Dickie? Meinst du Dick Hartmann?«

»Wen sonst.« Smith nahm das Telefon ab und tippte mit dem Radierende ihres Bleistifts die Nummer.

»Ich sehe, du kannst sie schon auswendig.«

»In mein Herz eingeschnitten, Zuckerstück«, sagte Smith schnoddrig.

»Was machst du mit Twoey, wenn ich fragen darf?«

»Du darfst, Schatz.« Smith lächelte ihr verführerisch schwüles Lächeln. »Man kann gleichzeitig in zwei Männer verliebt sein, mußt du wissen.«

Wetzon stöhnte laut. Trotz alledem waren Smith' letzte Worte beunruhigend. Färbte ihre Beziehung auf sie ab? Wurde Wetzon Smith allmählich ähnlicher? *Du meine Güte, nein,* dachte sie innerlich schaudernd. »Also wenn du nichts dagegen hast, mache ich mich wieder an die Arbeit. Wir haben hier auch etwas zu tun.« Auf ihrem Schreibtisch lag eine lange Liste von Leuten, die angerufen werden mußten, zuoberst Joan Boley, die sie nie zurückgerufen hatte. Sie zog Joans Karteibogen zu sich und rief ihren direkten Apparat an.

»Marley Straus.«

Eigenartig. Sie hatte die private Nummer gewählt und war bei der Zentrale gelandet. »Joan Boley bitte.«

»Haben Sie ein Konto bei uns?«

Wetzons Hand erstarrte am Hörer. Sie bewegte die Lippen, doch es kam nichts heraus. Schließlich schaffte sie es, ein »Nein, wieso?« herauszubringen.

»Weil Ms. Boley nicht mehr bei uns angestellt ...«

»Wissen Sie, wo ich sie erreichen kann?«

»Sind Sie eine Kundin?«

»Nein. Ich war mit Joan bei ...« sie sah schnell auf dem Bogen nach. »... Simmons und bin zum Einkaufen in der Stadt.«

»Es tut mir leid, ich kann Ihnen nicht helfen.«

Verdammt. Normalerweise funktionierte dieses Märchen. Wetzon legte auf und rief Fred an. Sie hielt den Hörer mit der Schulter am Ohr und versuchte, Smith auf sich aufmerksam zu machen, doch Smith führte ihre Kundenstimme vor, indem sie forsch in Telefon sprach.

»Büro Fred Benitos.«

»Tag, Elaine. Hier ist Wetzon. Ist Joan Boley zufällig da?«

»Nein, aber sie war neulich abends hier, und wir machten eine Kopie von ihrem Kundenbuch. Hat Fred Ihnen gesagt, daß sie alle Kopien mitgenommen hat?« Elaine hörte sich stocksauer an, weil sie wegen der Kopien Überstunden gemacht hatte, damit Joans Wechsel leichter wurde. Aber Joan hatte die Kopien nicht für Elaine dagelassen, damit diese die Übertragung der Konten von Makler zu Makler vorbereiten konnte, um sofort auf die Kunden zuzugehen, wenn Joan im Haus wäre.

»Bitten Sie Fred, mich anzurufen.«

Hinter sich spürte sie, daß Smith äußerst geladen war und jeden Moment explodieren konnte, was sie auch tat, als Wetzon den Hörer auflegte.

»Hör das erst einmal an. Rona hat ihn schon angerufen. Er ist zur Anhörung wegen der Kaution unterwegs.«

»Gut für Rona, aber du weißt, daß man sie bei Rosenkind, Luwisher nicht wieder nimmt, solange sie nicht entlastet ist.«

»Stimmt.«

»Und das kann sehr lange dauern, wenn es zum Prozeß kommt.«

»Es sei denn, wir reinigen sie von jedem Verdacht, und das werden wir.«

»Ach, Smith, das sind Luftschlösser.« Wetzon hatte sich damit abgefunden, das Honorar zu verlieren.

»Warum bist du plötzlich so negativ eingestellt? Das ist doch sonst nicht deine Art. Muß ich dich daran erinnern, daß es nicht vorbei ist, bevor es vorbei ist? Und selbst wenn ...«

»... es vorbei ist, ist es nicht vorbei«, beendete Wetzon halbherzig den Spruch. »Ich weiß, aber ich glaube, wir müssen bald noch einen Schlag verkraften. Joan Boley ist verschwunden.« Sie winkte Smith mit dem ›Fahndungsbogen‹ und stieß dabei mit dem Ellbogen an die Kaffeetasse. Aus dem Becher schwappte Kaffee auf ihre Papiere.

Smith stampfte mit dem Fuß auf. »Nein!«

Kaffeeflecken breiteten sich auf Karteiblättern aus. *Sehr schön, Wetzon,* sagte sie zu sich, während sie die Schweinerei mit einem Papiertaschentuch aufwischte. »Falls es stimmt, sorge ich persönlich dafür, daß in der Wall Street Blut fließt. Du lieber Gott.« Sie tippte sich mit dem Zeigefinger an die Stirn und sah Smith an.

Smith war vom Stuhl aufgestanden und saß halb auf dem

Schreibtisch, das eine Bein auf dem Boden, das andere hin und her schwingend. »Wovon redest du eigentlich?«

»Das hat das Medium gesagt.« Wetzon lachte bitter. »Wenn das bedeutete, daß ich einen Mord begehen werde, hatte sie recht.« Doch das Medium hatte auch von Trennung und Veränderungen gesprochen. Hatte die Frau die Probleme mit Silvestri und den Auftritt von Alton Pinkus vorausgesehen?

»Habe ich nicht gesagt, daß sie gut ist? Du nimmst das alles nicht ernst. Und was meinst du, wo Joan Boley ist?«

»Sie könnte zu SMQ gegangen sein.«

»Mit uns?«

»Leider nein.«

»Warum sollte sie zu SMQ gehen? Ich dachte, sie wollte ins Management einsteigen. Hat Fred ihr das nicht angeboten?«

»Doch.« Wetzon grinste.

»Entschuldige, daß ich gefragt habe. Ich müßte wissen, daß man Logik in der Wall Street vergeblich sucht. Und Makler wissen sowieso nie, was sie wollen.«

»Ich habe so ein komisches Gefühl, daß das eine besondere Einlage von Harold Alpert via Tom Keegen ist.«

Smith legte ihre Hand auf die linke Brust und lächelte. »Ich bin keine gewalttätige Person, aber ich werde Gewalt anwenden, wenn ich einen von beiden in die Finger bekomme.«

»Du mußt dich hinter mir anstellen.« Wetzon blätterte ihr Telefonverzeichnis nach der Nummer von SMQ durch und wählte sie. »Joan Boley bitte. Vielen Dank«, murmelte sie. Mit der Hand auf der Sprechmuschel sagte sie zu Smith: »Sie stellen mich durch. Hättest du das für möglich ...«

»Joan Boley.«

»Tja, Joan ...«

»Wetzon – du meine Güte – lassen Sie mich zurückrufen ...«

»Tun Sie das bitte.« Wetzon legte auf. »Fred wird toben.«

»Wenn sie zurückruft, mach ihr die Hölle heiß. Sag ihr, daß sie einen furchtbaren Fehler begangen hat, sag aber nichts Schlechtes über GTQ.«

»Du solltest mittlerweile wissen, daß ich Kunden nicht schlechtmache. Und ich werde sie nicht runterputzen. Du weißt genau, daß das nicht mein Stil ist. Sie ist schon dort, um Himmels willen.«

»Im Augenblick, Zuckerstück, ist dein Stil, uns nicht in die Tasche zu arbeiten.« Hin und her schwang ihr in Seide gehülltes Bein.

»Okay, *Zuckerstück,* würdest du gern das Gespräch mit Stuart Beck heute um Viertel nach vier für mich übernehmen?«

»Würde ich nicht.« Smith rümpfte die Nase. »Sei nur auf der Hut.« Sie hielt inne, als sie Wetzons Gesicht sah, und wechselte das Thema. »Hast du für heute abend etwas vor?«

»Ich bin verabredet.«

»Ach, wirklich?« Smith verdrehte die Augen zur Decke.

»Zum Essen verabredet. Warum?«

»Na ja, wir sollten uns alle zum Brainstorming zusammensetzen, sobald Rona auf Kaution frei ist. Je eher wir sie entlastet haben, desto schneller sehen wir unser Geld. Ich versuche, mit Neil auszuhandeln, daß die Uhr für unser Jahr nicht weiterläuft, solange sie nicht wieder da ist.«

Wie auf gegenseitige Absprache nahmen sie ihre Waffen auf und stürzten sich wieder in den Kampf, Smith, indem sie versuchte, für ihr Geschäft mit Rosenkind, Luwisher Zeit zu gewinnen, und Wetzon, indem sie versuchte, bei ihren Kandidaten wieder Erfolge zu verbuchen. Sie wußte sehr wohl, daß man bei zu vielen Niederlagen die Nerven verlor.

Als Fred Benitos zurückrief, teilte sie ihm die schlechte Nachricht über Joan Boley mit.

»Ich verstehe das nicht, Wetzon, ich gab ihr alles, was sie wollte – die Vorauszahlung, einen höheren Anteil, den Verkaufsassistenten, die Kundenwerber –, und ich wollte sie zur Verkaufsleiterin machen. Sie sagte mir, ›Fred, Sie können mit mir rechnen. Ich bin am siebenundzwanzigsten November da.‹ Ich muß wirklich ihre Moral anzweifeln. Mich nicht einmal anzurufen und mir noch eine Chance zu geben ... Was meinen Sie, was die ihr geboten haben?«

»Ich weiß es nicht, aber ich bekomme es heraus. Das tut mir wirklich sehr leid, Fred.« Sie stellte fest, daß sie sich in letzter Zeit immer häufiger entschuldigen mußte für schlechtes Benehmen, für Grobheit, für Gedankenlosigkeit. Doch es war eine Branche, in der man nie die Brücken hinter sich abbrach. Bei den Fusionen, Aufkäufen und Konkursen konnte man nie wissen, wo Leute, denen man auf den Fuß getreten hatte, am Ende stehen würden. Nachdem sie aufgelegt hatte, saß sie da und starrte auf ihre Unterlagen, ohne etwas zu sehen.

Nach ihrem Gespräch mit Neil Munchen war Smith obenauf. »In Ordnung! Jetzt reden wir! Neil hat zugestimmt, uns drei Monate zu geben. Wenn Rona bis dahin nicht zurück ist, können wir es abschreiben.« Sie stand auf und sah auf die Uhr. »Ich muß zu *Saks* rüberlaufen und ein paar Kleinigkeiten besorgen. Wie sieht es mit dem Mittagessen aus?«

»Ich lasse was kommen. Ich muß mein Treffen bestätigen und mit Leuten reden. Seymour Wells zum Beispiel.« Sie suchte seine Nummer heraus. Wells war der Produktmanager bei White, Mooney, und Wetzon kannte ihn noch aus der Zeit, als er ein blutiger Anfänger war. Es fiel ihr schwer zu glauben, daß er jetzt Manager war.

»Du meinst Stinktier Wells, oder?« Smith zog ihre Kostümjacke an.

»Guten Morgen, danke für Ihren Anruf bei White, Mooney«, verkündete eine Telefonistin mit federnder Stimme.

»Sti – ich meine, *Seymour* Wells bitte.« Sie hielt die Sprechmuschel zu, damit man Smith' freches Lachen nicht hörte, und zischte: »Verschwinde, bevor ich dir das an den Kopf werfe.« Sie zeigte auf das Telefon.

»Du könntest einen von deinen Polizeikontakten anrufen und dich erkundigen, was gegen Rona vorliegt.«

Wetzon gab zischende Laute in Richtung Smith von sich.

»Seymour Wells.«

Wetzon warf ihren strengsten Blick auf Smith, dann lächelte sie ins Telefon und sagte: »Seymour, wie geht es Ihnen? Hier ist Wetzon. Ich möchte nur mal anrufen, um zu sehen, wie weit wir ...«

»Wetzon, machen Sie's kurz. Ich habe einen richtigen Headhunter in der anderen Leitung.«

»Wie bitte?«

»Ich werde mit einem richtigen Headhunter sprechen. Wissen Sie, mit einem, der nicht wie eine Donna-Mills-Puppe aussieht.«

»Donna Mills? Seymour, wovon reden Sie?« Sie stotterte beinahe vor Wut.

»Nehmen Sie's leicht, Puppe«, sagte Seymour. »Wir unterhalten uns später.«

Wetzon hörte das Freizeichen und knallte den Hörer auf. »Nehmen Sie's leicht!«

Smith, die mit einem Bein schon draußen war, blieb in der halb offenen Tür stehen. »Was war denn das?«

»Männer! In der Wall Street werden sie uns nie ernst nehmen. Ich weiß nicht, warum wir uns abmühen. Ich rede mit ihm geschäftsmäßig, und er kommt mir mit diesem Scheiß, ich sei eine Vermittlerpuppe – Donna Mills, um genau zu sein –, und er habe einen *richtigen* Vermittler in der anderen Leitung, und als ich protestiere, sagt er, ich soll es *leicht nehmen.*«

Smith' Augen leuchteten. »Donna Mills sieht aus wie ein ...«

»Genau. Wie ein Sexualobjekt.«

»Das sage ich doch immer, und du hörst nie zu. Die männlichen Ratten überqueren das elektronische Gitter eher zum Sex als zur Nahrungssuche.« Smith schloß die Tür hinter sich. Woran sie gut tat, weil Wetzon ihr Ringbuch warf und die Tür mit einem lauten Schlag traf.

Wetzon war fix und fertig. Überall sah sie nur Fragen, aber keine Antworten. Ihre Arbeit, ihr Leben, dieser Fall. Und nichts wurde erledigt. Alles wurde nur noch komplizierter. Und sie mußte etwas unter Dach und Fach bekommen.

Smith hatte recht. Wenn sie herausfinden könnten, was die Polizei gegen Rona hatte – aber könnte *Dickie* das nicht für sie in Erfahrung bringen? Wetzon griff zum Telefon. Ferrante würde ihr nichts sagen, das war sicher. Walters? Nein. Sie wählte die Nummer des Siebzehnten Reviers und verlangte Artie Metzger, Silvestris Partner.

»Metzger.« Metzgers Stimme klang todtraurig und paßte zu seinem Basset-Gesicht.

»Tag, Artie, hier ist Leslie.«

»Leslie! Wie geht es dir?« Sie hörte Telefone läuten und den wohlbekannten allgemeinen Lärm eines Reviers.

»Ich weiß nicht recht, Artie. Können wir zusammenkommen und reden? Hast du Zeit für mich?«

»Immer. Sag mir, wann.«

»Ich brauche eine Auskunft. Ein Makler wurde im Conservatory Garden ermordet und dann gestern beim Lincoln Center ein Mädchen, das als Assistentin bei ihm arbeitete. Weißt du, wovon ich spreche?«

»Ja. So in etwa.«

»Gut, eine Maklerin – seine Exfrau – ist wegen der Morde festgenommen worden. Ich muß soviel wie möglich darüber wissen, was du mir von Rechts wegen sagen darfst.«

»Hm, weißt du ...«

»Ich möchte dich nicht in Verlegenheit bringen, Artie, aber falls du ...« Sie ließ es in der Schwebe.

»Ich sehe zu, was ich herauskriegen kann, aber ich verspreche nichts.«

Sie verabredeten sich für den nächsten Tag zum Mittagessen bei *Rusty Staub*, und keiner von beiden erwähnte Silvestri, obwohl Silvestri oder besser Silvestris Abwesenheit sehr greifbar zwischen ihnen im Raum stand.

Sie öffnete die Hintertür und trat in den Garten hinaus. Der Himmel war von grauen Wolken verhangen. Wetzon seufzte und ging wieder zu ihrem Schreibtisch. Sie bestellte bei *What's Cooking* ihr Leibgericht, Thunfisch auf Pitabrot und koffeinfreien Kaffee. Das war schon viel besser. Wenigstens tat sie etwas Konstruktives. Das einzig wirklich Wichtige, was noch zu tun blieb, war die Bestätigung des heutigen Gesprächstermins. Stu Becks Büronummer stand in ihrem Terminkalender neben seinem Namen bei Viertel nach vier. Ihr Kopf war so zum Überlaufen voll, daß sie nicht überlegt hatte, wo er arbeitete.

Stu Beck arbeitete bei Bliss Norderman. Er war einer von Tony Maglias Maklern.

Wetzon betrachtete sich kritisch in dem Ganzfigurspiegel. Ihr Rock endete fünf Zentimeter über den Knien, doch es waren schöne Knie. »Smith, meinst du, mein Rock ist zu kurz?«
Smith war gerade mit einem dicken Beutel von *Saks* zur Tür hereingekommen. Sie legte den Kopf schräg und musterte Wetzon. »Nein, aber ich meine, es wäre an der Zeit, daß du aufhörst, Schwarz zu tragen.«

»Schwarz? Ach, trage ich Schwarz?« Wetzon drehte sich wieder zum Spiegel um. Sie trug ein schwarzes Kostüm mit langer Jacke, schwarze Strumpfhose, schwarze Schuhe mit kleinem Absatz. »Wenn ich aufhöre, Schwarz zu tragen, muß ich meine halbe Garderobe ausmisten.«

»Frauen eines gewissen Alters und so weiter.«

»Ach, hör schon auf, Smith!«

»Sieh dich an, es ist entschieden zu streng. Schwarzes Kostüm, weiße Bluse. Keine Farbe. Du bist bleich wie ein Geist. Und wir müssen etwas gegen die schwarzen Ringe unter deinen Augen tun.«

»Könntest du nicht einfach so tun, als sähe ich wunderbar aus? Ich müßte nur wieder einmal eine einzige Nacht durchschlafen können.«

»Na, dann hättest du dich nicht zum Abendessen verabreden dürfen.« Wie Smith es sagte, klang es, als befände sich Wetzon mitten in einer mit dreifachem Jugendverbot belegten Affäre.

»Ach, sei still, Smith.«

»Auf der anderen Seite«, fuhr Smith im selben Ton fort, »wenn es mit dem ist, den ich vermute, wirst du vermutlich gut schlafen. Diese alten Männer ...«

Wetzon hielt Smith die erhobene Hand hin. »Das reicht. Ich gehe jetzt. Ich spreche mit Stu Beck im *Four Seasons*, falls du mich aus irgendeinem Grund brauchst.«

»Und wo wirst du später sein, Schatz?« Smith lachte sie aus.

»Zu Hause«, antwortete sie entschlossen. Sie begann, ›Fahndungsbogen‹ in die Aktentasche zu packen.

»Moment! Ich habe etwas für dich. Das wird dein Vampirkostüm aufmöbeln.« Smith zog in Papier gewickelte Sachen aus dem Einkaufsbeutel, sah hinein und legte sie beiseite. »Ein kleines Mitbringsel. Aha, da ist es.« Sie zog einen langen Seidenschal mit einem abstrakten Muster in leuchtendem Blau, Hochrot und Schwarz aus einer Tüte und schnitt mit der Nagelschere das Preisschild ab. »Halte still.« Sie zog ihn unter dem Kragen von Wetzons Seidenbluse durch und knotete ihn vorne locker. »So, schau dich an. Das gibt dir ein wenig Farbe ... Und geh hier bitte nicht ohne Lippenstift weg.«

Smith hatte recht, dachte Wetzon. Der Schal machte ungeheuer viel aus. »Danke.« Sie trug Lippenstift auf. »Wo warst du so lange? Ich dachte, wir verpassen uns.«

»Da war ein Ausverkauf von Schuhen ... und ich wollte mit Dickie sprechen. Sein Büro ist im Rockefeller Center.«

»Ach ja? Hast du etwas Neues gehört?«

»Sie stellen eine Kaution für Rona. Hundert Riesen.« Sie packte ihre Einkäufe wieder in die Tasche.

»Donnerwetter!« Wetzon öffnete die Tür zum Vorzimmer. Max war in ein sehr gründliches Gespräch mit einem Makler vertieft.

Smith zuckte die Achseln. »Immerhin hat sie zwei Menschen umgebracht.«

Wetzon holte den Burberry aus dem Schrank, ging ins Büro zurück und schloß die Tür.

»Paß auf, was du sagst, Smith.«

Smith winkte ab. »Um Himmels willen. Ach ja, mach bitte keine Pläne für morgen abend. Wir haben eine Besprechung. Ich weiß noch nicht, wo, wahrscheinlich in Dickies Büro.«

»Okay. Bis morgen.« Wetzon schloß die Tür und blieb einen Augenblick vor Max' Schreibtisch stehen.

»Wären Sie bereit, einen Anruf von einer unserer Chefinnen, Leslie Wetzon, anzunehmen?« Pause. »Welche Tageszeit ist Ihnen angenehm?« Pause. »Okay. Erwarten Sie einen Anruf ...« Er sah Wetzon an, die mit den Lippen *morgen* formte. »Morgen«, sagte Max. »Es war mir ein Vergnügen, mit Ihnen zu sprechen.« Er legte auf und nickte Wetzon zu. Den Karteibogen legte er auf einen anwachsenden Stapel für Wetzons fällige Anrufe.

»Gute Arbeit, Max.«Wetzon zeigte ihm mit erhobenem Daumen ihre Anerkennung. »Ich treffe Stu Beck im *Four Seasons,* für den Fall, daß er vergessen hat, wo er um Viertel nach vier sein soll.«

Als Wetzon auf den gefliesten Vorplatz trat, wäre sie um ein Haar mit einer Frau zusammengestoßen, die gerade die Treppe zu ihrer Tür hinunterkam. »Oh, Entschuldigung. Kann ich etwas für Sie tun?«

Die Frau hatte schulterlanges braunes Haar und war etwa in Wetzons Alter, plus/minus zwei Jahre. Sie trug ein Staßenkostüm unter einem grauen Regenmantel. »Ich bin Marissa Peiser von der Staatsanwaltschaft. Sie sind ...?« Sie kramte eine geknickte Karte zwischen einer Sammlung zerknüllter Taschentücher aus der Manteltasche heraus.

»Leslie Wetzon.«

»Gut.« Peiser reichte Wetzon die Karte und steckte die Taschentücher wieder ein. »Ich muß Ihnen einige Fragen stellen. Über Rona Middleton.«

»Ich bin gerade auf dem Weg zu einem Termin. Wenn Sie möchten, können Sie mit mir bis zum *Four Seasons* gehen, und ich beantworte Ihre Fragen. Aber ich muß Ihnen gleich sagen, daß ich Rona nicht für Tabithas Mörderin halte.«

Ohne weitere Vorreden gingen sie los.

»Warum nicht?« Marissa Peiser hatte ein freundliches, offenes Gesicht, ein Gesicht, das nicht verurteilte. Wahrscheinlich tauten die Leute bei ihr auf.

»Weil Rona das Mädchen gern hatte. Es war ihr Patenkind.« Sie überquerten die Second Avenue und gingen auf der 49. Street nach Westen. Die Luft war feucht und kühl, der Himmel bedeckt. Es würde später regnen.

»Wie steht es mit ihrem Mann, Brian Middleton?«

»Brian war ein Arschloch – zu jedem. Bestimmt wissen Sie von Ferrante, wie Rona an dem Tag, an dem Brians Leiche gefunden wurde, im Büro der Leichenbeschauerin reagierte. Das brauchen Sie nicht von mir zu hören. Brian hat alle übers Ohr gehauen, seinen alten Chef, Tony Maglia, seine Kunden, zum Beispiel Penny Ann Boyd, und seinen neuen Chef, Simon Loveman. Von mir und meiner Partnerin ganz zu schweigen. Er war ein richtiges – entschuldigen Sie den Ausdruck – Stück Scheiße.«

»Beide wurden mit derselben Waffe getötet.«

»Dann ist Rona bestimmt nicht schuldig. Haben Sie die Waffe?«

Peiser zog die Schultern hoch. Wetzon sah sie argwöhnisch an. Wahrscheinlich bedeutete das, daß sie die Tatwaffe nicht hatten.

Die Frauen bogen nach rechts in die Lexington ein und gingen sie bis zur 52. Street hoch, wo die stellvertretende Staatsanwältin stehenblieb und sich die Namen von Tony Maglia und Simon Loveman buchstabieren ließ, um sie in ein zerfetztes Notizbuch aus ihrer Umhängetasche zu schreiben.

»Ich lasse Sie jetzt allein, wenn Sie nichts dagegen haben«, sagte Wetzon, als Marissa mit Schreiben fertig war.

»Gut. Ich würde unser Gespräch gern später fortsetzen.«

»Ich kann nicht.«

»Morgen?«

»Paßt es um diese Zeit? Rufen Sie mich im Büro an.« Wetzon suchte in der Aktentasche nach ihrem Kartenetui, dann durchsuchte sie die Handtasche, fand es und gab Peiser ihre Karte. »Mein Terminkalender ist in den nächsten zwei Tagen ziemlich vollgestopft.« Das war keine Lüge, doch Wetzon wollte auch noch Arthur Margolies anrufen und um seinen juristischen Rat bitten, bevor sie weiter mit jemandem sprach. Sie – Wetzon – war es, die Rona mit dem Lincoln Center und Tabithas Tod in Verbindung brachte, und sie war Walters ausgewichen, hatte dem Detective nicht gesagt, daß sie in Dr. Jerrys Wohnung eingebrochen war. Sie hatte es niemandem außer Smith erzählt.

»Ihre Teilhaberin, Xenia Smith, ist sie noch im Büro? Ich möchte gern mit ihr sprechen.«

Wetzon grinste. Sie konnte es nicht unterdrücken. »Gehen Sie gleich zurück. Dann erwischen Sie sie bestimmt noch. Ich bin sicher, daß sie Ihnen gern hilft. Sie *liebt* Juristen.«

Mit dem Kartenetui noch in der Hand blieb Wetzon unter der Markise des *Four Seasons* stehen. Sie glaubte nicht an das Übernatürliche oder an Tarockkarten oder Medien, doch ... irgend etwas ... eine Nachricht ... nein, ein Gedanke drängte sich vor und verlangte Raum in ihrem Kopf. Das Kartenetui schien ihr in der Hand zu brennen. Sie streckte es vor sich aus und betrachtete es eingehend.

Dann lief die Szene in Dr. Jerrys Sprechzimmer noch einmal in ihrem Kopf ab, *ratta-tat-tat.* Dr. J., Hartmann, Smith und Penny Ann gingen endlich. Sie sah sich, wie sie aus dem Schrank kam und den Inhalt der Aktentasche auskippte, alles hineinstopfte, dann jemanden an der Tür hörte und sich wieder im Schrank versteckte. Sie sah sich aus dem Schrank kriechen, hörte das Telefon läuten. Sah sich den Hörer abheben. Sie saß auf dem Schreibtisch, redete mit Rona am Telefon, gab sich als Penny Ann aus. Vor ihrem inneren Auge sah sie, wie sie das Kartenetui aufhob und in ihre Handtasche steckte. Sie hatte sich nicht gefragt, was es auf dem Schreibtisch zu suchen hatte. Sie hatte geglaubt, alles aufgelesen zu haben, aber sie mußte das Etui übersehen haben. Und sie war dummerweise zu erschöpft gewesen, um es zu bemerken.

Konnte also jemand gewußt haben, daß sie da war? Verärgert erinnerte sie sich, daß die Pendeltüren zur Küche offen gewesen waren, als sie ankam, und geschlossen, als sie ging.

Jemand war in der Wohnung gewesen und hatte Ronas Anruf mitgehört.

Weil es erst halb fünf war und noch keine Hektik an der Bar im *Four Seasons* herrschte, entschied Wetzon sich für eine der Bänke entlang der westlichen Wand und bestellte beim Barkeeper ein Mineralwasser mit Limone. Erst nach fünf begannen die Kellner, in dem Bereich um die Bar zu servieren.

Stu Beck war eine vertrauliche Empfehlung von einem anderen Makler, und Wetzon hatte in den letzten sieben oder acht Monaten jeden zweiten Monat mit ihm gesprochen. Beim ersten Mal hatte sie aufs Geratewohl angerufen und ihm gesagt, sie habe gehört, was für eine Kanone er sei, und habe schon immer mit ihm sprechen wollen. Honig um den Bart, aber auch wahr.

Der Barkeeper knallte das Glas Mineralwasser für Wetzon auf die Theke und bediente dann einen großen Mann mit silbrigem Haar, der einen sehr schön gearbeiteten dunkelblauen Anzug trug. Irgend etwas sagte ihr, daß er kein einsamer Trinker war, sondern auf jemanden wartete.

Sie stand auf, um das Wasser zu holen, und setzte sich wieder auf die gepolsterte Bank. Das *Four Seasons* war um diese Tageszeit ruhig, was dem Nachdenken förderlich war. Sie ließ ihren Gedanken freien Lauf. Wer auch immer sich in Dr. Jerrys Praxis aufgehalten hatte, war zum Lincoln Center geeilt und hatte Tabitha getötet. Rona konnte es nicht gewesen sein.

Wetzon stocherte in dem Schälchen mit gesalzenen Nüssen herum, fand eine edle Paranuß und steckte sie in den Mund.

Stu Beck war ziemlich leicht zu entdecken, als er die Treppe heraufkam. Er war klein und dicklich, sein Anzug nicht ganz gedeckt, der Knoten der Krawatte nicht ganz korrekt, der Kragen des weißen Hemdes ein wenig zu weit. Auch war sein Haar ein bißchen zu lang und zu lockig. Er war einfach überall ein bißchen daneben. Und er war rund. Als er in ihre Richtung blickte, winkte sie ihm, und er schlängelte sich zwischen drei Frauen und zwei Männern durch, die an der Bar standen und so laut redeten, daß Wetzon die Firma mitbekam, in der sie arbeiteten: First B–O.

Stu stellte seine übervolle Aktentasche auf das Ende der Bank und grinste Wetzon an. Der dicke braune Schnurrbart wackelte, sah nicht echt aus. Sie fragte sich, ob er mit Gummi arabicum angeklebt war. Er winkte einem großen Mann auf der Treppe mit sandfarbenem Haar und einem dunkelgrauen Nadelstreifenanzug.

»So, Wetzon, endlich lernen wir uns kennen.« Er suchte den Blick des Barkeepers, rief laut: »Bringen Sie zwei Becks« und grinste sie wieder an. »Muß das Geld in der Familie halten.«

»Sehr lustig, Stu.« Sie wußte, daß da keine Beziehung bestand.

Der Mann im dunkelgrauen Nadelstreifen setzte sich plötzlich auf den Sessel gegenüber der Bank. Aus der Nähe war er jünger, vielleicht Ende Zwanzig, Anfang Dreißig, und sah nett und harmlos aus. Jünger als Stu. »Ich bin

Larry Sellica«, stellte er sich vor, indem er Wetzon die Hand gab. »Sie sehen mich so überrascht an. Hat Stu nicht gesagt, daß ich mitkomme?«

»Nein, aber das ist in Ordnung. Sind Sie Partner?« Zwei! Sie roch ein sehr hübsches Honorar.

»Wir machen unserc eigenen Geschäfte und teilen uns manche Konten, wenn wir sie gemeinsam an Land ziehen. Wir bemühen uns um die großen Pensionsfonds«, erklärte Larry, während er eines der zwei Bier nahm, die Stu auf das Cocktailtischchen gestellt hatte.

»Ja, Larry ist ein prima Sammler von Anlageobjekten und kein schlechter Aktienhändler, und ich bin der Experte für festes Einkommen.«

»Also möchten Sie zusammen wechseln?« Larry war äußerlich das genaue Gegenteil von Stu. Er wirkte fast wie ein Dressman, perfekter Haarschnitt, tadellos rasiert, polierte und gerade geschnittene Nägel an schönen Händen mit langen schmalen Fingern. Genau die richtige Breite weißer Umschlagmanschetten sichtbar, die klassischen goldenen Manschettenknöpfe von *Tiffany's.* »Wenn ich Sie beide nehme, wird Maglia versuchen, etwas gegen mich zu unternehmen.«

Stu schnaubte verächtlich. »Wir möchten den größten Abschluß in der Wall Street. Zusammen kommen wir leicht über eine Million ...«

»Mehr«, übertrumpfte ihn Larry, wie New Yorker sich häufig übertrumpfen, wenn sie gemeinsam reden. »Ich habe gerade zwei Konten von Dov Berkowitz ergattert.«

Wetzon wußte, daß Berkowitz ein Neuling war, ganz groß im Konteneröffnen. Er brannte darauf, in eine Position als Kundenwerber zu kommen. Sie hatte ihm geraten, sich nicht vom Fleck zu rühren, bis er ein volles Jahr Leistung vorweisen könnte. Hatte er plötzlich gewechselt, ohne sie?

Sie fragte: »Was ist aus Dov geworden? Ist er abgesprungen?«

»Ja, und gleich ganz aus der Branche.« Stu kratzte sich am Schnurrbart und wischte den Bierschaum ab, der da hängengeblieben war. »Er hat die Kurve nicht gekriegt.«

»Das ist richtig«, stimmte Larry zu. Er hatte den klaren, festen Blick, der für Ehrlichkeit sprach, und er sah einem genau in die Augen, wenn er mit einem redete. »Sehen Sie, ich denke über einen längeren Zeitraum, und wenn Sie einen Kunden abstoßen, dann tun Sie es eben. Sie verlieren ihn. Sie finden einen anderen Kunden. So läuft das Geschäft nun mal. Dovs Problem war, daß er keinen Kunden abschreiben konnte. Er eröffnete Konten mit guten Kunden, und dann konnte er die Risiken nicht eingehen, die man auf sich nehmen muß, um in dieser Branche zu bestehen.«

Die harten Worte paßten nicht zu so einer anständigen Person. *Also was gibt es sonst noch Neues, Wetzon,* fragte sie sich. »Okay, Jungs, warum möchten Sie bei Bliss Norderman weg? Das wird man Sie fragen. Haben Sie eine gute Antwort? Kein Geschäftsführer möchte denken, Sie kommen nur wegen des Geldes in seine Firma, selbst wenn sie insgeheim genau wissen, daß dies der Grund ist.«

»Dann sind sie verlogen. Wenn man in dieser Branche bei einem Wechsel nicht hinter dem großen Geld her ist, stimmt hier oben was nicht«, bemerkte Stu. »Außerdem ist es durchaus möglich, daß Bliss den Bach hinunter geht.«

Auch sie hatte selbstverständlich die Gerüchte gehört, Gerüchte, nach denen die Versicherungsgesellschaft, die Mutter von Bliss Norderman, über die Verluste der Maklerfirma entrüstet war. »Ich kann mir nicht vorstellen, daß Jefferson Mutual das zulassen wird.«

»Denken Sie noch mal drüber nach, Wetzon«, sagte Larry. »Mist, jeder weiß, daß wir zum Verkauf anstehen.

Die Verluste im Immobiliengeschäft werden immer größer. Jeder Käufer wird einen satten Schmiergelderfonds in den Vertrag aufnehmen müssen.«

»Also, Wetzon«, sagte Stu ungeduldig, »sagen Sie uns, was für Abschlüsse bei Ihnen gemacht werden.« Er bestelltc noch zwei Bier, ohne einen Gedanken darauf zu verschwenden, was Wetzon trank.

»Für Leute wie Sie sind sie phantastisch. Dreißig bis fünfunddreißig Prozent auf die Hand bei den großen Maklerfirmen.«

»Wie funktioniert das? Ist es ein Darlehen oder was?«

»Sie bekommen, sowie Sie anfangen, einen Scheck über das Ganze, und es nennt sich Darlehen, von dem pro Jahr ein Drittel erlassen wird. Sie müssen einen Vertrag für drei Jahre unterschreiben.«

»Wo ist der Pferdefuß?«

»Sie halten Ihre Bruttoproduktion auf mindestens siebzig Prozent dessen, was Sie zum Zeitpunkt der Einstellung gemacht haben. Das dürfte leicht sein. Wenn Sie bei der Einstellung fünfhunderttausend gemacht haben, müssen Sie im nächsten mindestens dreifünfzig machen, um das Limit zu erfüllen und Ihren Einstand nicht zu verlieren. Das schaffen Sie.«

Sie sahen einander an und nickten. »Aber wenn es wieder zu einem Crash kommt oder einer von uns einen Unfall hat und im Bett liegt?« fragte Larry.

»Sie sind immerhin zu zweit. Wenn es zu einem Crash kommen sollte, wird keine Firma das Limit aufrechterhalten. 1987 haben sie es auch nicht getan.«

Stu griff sich eine Handvoll gesalzene Nüsse und verschlang sie, ohne den Mund zuzumachen, so daß Nußstückchen im Bart hängenblieben.

Larry sah auf die Uhr. Der allgegenwärtige Zeitmesser der Wall Street, die goldene Rolex. »Wie wäre es mit Rosenkind, Luwisher? Wir haben gehört, daß sie solche Geschäfte machen.«

»Eigentlich nicht. Eine anständige Garantie und eine hohe Beteiligung für ein Jahr.«

»Na ja«, sagte Stu, »sie haben Rona Middleton so einen Vertrag gegeben, und sie hatte nicht einmal einen Kundenstamm. Jetzt haben sie gar nichts.« Er sah Larry an, und beide lachten.

Es hatte sich also in der Wall Street innerhalb weniger Stunden nach Ronas Verhaftung herumgesprochen. Wall Street war ein Labyrinth von Beziehungen, die alle darauf eingestimmt waren, Klatsch zu verbreiten. »Sie haben das mit Rona gehört?«

»Ja.« Stu machte einen schadenfrohen Eindruck. »Ich habe eben die letzten zwei Stunden damit verbracht, ihre und Brians Kunden anzurufen.«

Mein Gott, dachte Wetzon. »Sie warten nicht einmal, bis die Leiche kalt ist, Stu?«

»Ach, hören Sie auf, Wetzon, ich verdiene diese Konten. Rona hat sie auf leichte Art bekommen – in Rückenlage.« Er brach in lautes obszönes Lachen aus, und Larry schloß sich an.

»Was soll das heißen?« Warum setzten die Männer der Wall Street immer voraus, daß eine erfolgreiche Frau es im Liegen an die Spitze geschafft hatte? War es zu bedrohlich zu glauben, sie habe es geschafft, weil sie geschäftstüchtig war? Vielleicht geschäftstüchtiger als sie?

»Wachen Sie auf, Wetzon. Rona und Tony haben sich gegenseitig die Temperatur gemessen, seit sie in der Firma war.«

»Sie nehmen mich auf den Arm.« Sie merkte, wie ihre Kinnlade herunterfiel, und sie gab sich den stummen Befehl, *Mach deinen Mund zu, Wetzon.* »Ich Dummkopf dachte immer, die zwei haßten sich.«

»Ehrenwort.« Stu legte die Hand aufs Herz. »Man müßte blind *und* tot sein, um es nicht zu merken.«

Larry sagte: »Sie machen einfach so weiter. Alle wissen Bescheid.«

»Ach, hören Sie auf.« Die Vorstellung war absurd. Die beiden wollten ihr einen Bären aufbinden. Tony war halb so groß wie Rona. Sie haßten sich. »Das ist doch ein Scherz.«

Die zwei grinsten sich an, und Stu nickte wissend. »Sie haben da eine Wohnung, wie nennt man das, ein Liebesnest?« Er wieherte. »In diesem japanischen Hotel. Sie wissen schon, das *Park Royale.*«

Nachdem Stu und Larry gegangen waren, bestellte Wetzon ein Amstel Light und blieb auf der Bank sitzen, um sich Notizen über jeden Makler, seine Produktion, Art der Geschäfte, Auswahl der Firmen und Verfügbarkeit für Verabredungen aufzuschreiben. Aber sie konnte nicht verhindern, daß sich das, was sie ihr über Rona und Tony Maglia erzählt hatten, nach vorn drängte. Hatte Brian Bescheid gewußt? Hatte er sich deshalb geweigert, Megan als sein Kind anzuerkennen?

Was für seltsame Bündnisse sich daraus ergaben. Brian und Tony gegen Rona, nachdem sie zu Rosenkind, Luwisher gewechselt hatte. Brian und Tony gegen Penny Ann Boyd, Brians Kundin. Und Tabitha Ann Boyd, Tony und Brian gegen Penny Ann. Waren Rona und Tony immer noch liiert? Und was war mit Tonys Frau? Wie paßte sie in die ganze Geschichte?

Wetzon spielte mit dem Bierglas, drehte es im Kreis, malte Männchen auf das beschlagene Glas, trank ein wenig und beobachtete die Gruppe, die sich um die Bar drängte. Der silberhaarige Mann hatte Gesellschaft von einer jungen Frau bekommen, die nicht seine Tochter war. Töchter streicheln nicht den Schoß ihres Vaters, und Väter liebkosen nicht den Hals ihrer Tochter. Wenigstens nicht in dieser Weise. *Nun denn, hm, ja, nimm es locker, Wetzon.*

Sie erinnerte sich, wie sie einmal, als sie noch auf dem College war, einen Tag mit einem Freund in Manhattan verbracht hatte. Sie hatte Alan am Rutgers kennengelernt, und er hatte dann an der Cornell Jura studiert. Sie waren in eine Bar im Village gegangen und hatten ein anderes Paar getroffen: Howard, einen Kommilitonen Alans, und einen anderen Mann, der Howards Freund war, ein Lehrer, und dessen Verlobte, eine Sozialpädogogin. Man sah sofort, daß alle außer Wetzon und der Verlobten Howard unheimlich toll fanden. Er beherrschte die Unterhaltung, stellte sich in den Mittelpunkt. Die Verlobte und Howard stritten über alles. Es war ein Zusammenprall zweier willensstarker Personen, und alle bis auf Wetzon schienen es zu genießen.

Auf der Heimfahrt hatte Alan gefragt, ob Wetzon Howard nicht für wunderbar hielt. Wetzon antwortete, Howard sei laut, ungehobelt, egozentrisch und grob. Alles Dinge, dachte sie jetzt, die vermutlich einen Strafrechtler ausmachten.

»Die Frauen lieben ihn«, hatte Alan dagegengehalten, als ob ihn das zu einer Gottheit machte.

»Nicht *diese* Frau. Und bestimmt nicht die Verlobte seines Freundes.«

»So sieht es für dich aus. Howard treibt es mit ihr.«

Nach so vielen Jahren erlebte sie die gleiche Reaktion in bezug auf Rona und Tony, und sie fragte sich mit einer gewissen Verwunderung, ob sie in einer anderen Dimension wie alle andern lebte. Smith wäre nicht schockiert gewesen und Carlos auch nicht. Und Silvestri ganz bestimmt nicht.

Carlos zog sie immer mit dem Spruch auf: »Man kann

das Mädchen aus dem Bauernhof holen, aber man kann den Bauernhof nicht aus dem Mädchen holen.« Es mußte etwas daran sein, denn ihre Kindheit auf dem Bauernhof hatte ihr Leben geprägt, und sie stellte fest, daß sie von Täuschung, Habgier und grundloser Bosheit immer noch schockiert war.

Sie zahlte die Rechnung und ging nach unten, um ihren Mantel an der Garderobe abzuholen. Sie zog den Mantel an, legte ein Trinkgeld auf den Teller und war bereit, Alton Pinkus im Mt. Sinai zu treffen. Die Telefone – es gab zwei – befanden sich in einem abgeschlossenen kleinen Raum, jedes in seinem separaten Mahagonihäuschen. Als erstes wollte sie Smith anrufen und die letzte Neuigkeit über Rona und Tony berichten, doch dann kam ihr Barry Stark in den Sinn, wie er vor vier Jahren aus einer der Zellen gerutscht war, tot.

Nun mach schon, du bist jetzt ein großes Mädchen, sagte sie zu sich und ging entschlossen in den kleinen Raum. Barrys Zelle war besetzt; erleichtert schlüpfte sie in die andere und rief Smith an. Das Telefon läutete fünfzehnmal, und Wetzon legte auf, wobei ihr durch den Kopf ging, daß Smith sich ganz bewußt keinen Anrufbeantworter zulegte. Man mußte sie immer wieder anrufen, und das bedeutete, daß man ihr Zeit und Konzentration opferte.

Sie stand auf und trat aus der Zelle, blieb einen Moment stehen und spürte wieder eine Kälte, als sei jemand über ihr Grab gelaufen. Sie schüttelte das Gefühl ab und eilte aus dem *Four Seasons* auf die 52. Street. Sie erwischte ein Taxi, das gerade ein englisches Paar absetzte, das den Portier beim Vornamen anredete, als seien sie häufige Gäste.

Im Taxi dachte sie an Silvestri. Sie hatte ihn an dem Tag kennengelernt, als Barry ermordet wurde.

Der Taxifahrer, ein ziemlich junger Mann mit starkem russischen Akzent war nicht gesprächig. Sein Radio spielte einen Tribut des Senders an Sinatra. Wetzon machte es sich auf dem Sitz bequem und schloß die Augen.

»He!«

Sie wachte erschrocken auf. Der Taxifahrer klopfte an die Trennscheibe. »Entschuldigung.« Sie kramte in der Tasche und gab ihm einen Zehner. »Geben Sie mir bitte zwei Dollar zurück.«

Es war wieder warm und freundlich geworden. Die Sonne begann im Westen zu sinken. Wetzon war wirklich erschöpft, hatte keinen Grund, die Verabredung einzuhalten. Rendezvous. War es ein Rendezvous? *Sei ehrlich, Wetzon.* Warum hatte sie nicht einfach abgesagt und war nach Hause und ins Bett gegangen? Sie konnte es immer noch tun, anrufen, sich aus der Affäre ziehen. Doch sie stieg aus dem Taxi und ging am Münztelefon vorbei.

Es gab an der Madison Avenue zwischen der 99. und 100. Street mehrere Eingänge zu dem riesigen Krankenhauskomplex, doch Alton hatte es sehr genau erklärt. Er hatte sogar ihren Namen bei dem Sicherheitsbeamten gelassen. Der mit Besuchern und Klinikpersonal vollgestopfte Aufzug kroch langsam, und die Gerüche und Aktivitäten des Krankenhauses waren bedrückend.

Sie fand die Verwaltungsbüros schließlich, nachdem sie durch den falschen Flur geirrt war und von einem Krankenpfleger, der eine leere Trage rollte, den Weg gezeigt bekommen hatte.

Eine kleine Frau, blonde Streifen im grauen Haar, die Kopfhörer trug, tippte nach einem Diktaphon auf einem Computer. Sie hielt inne, als sie Wetzon sah und schob den Kopfhörer von einem Ohr weg. Das Schild auf dem Schreibtisch lautete auf »June«, und da es Oktober war, mußte June ihr Name sein.

»Ich soll Mr. Pinkus hier treffen.«

»Ah ja, Ms. Wetzon, richtig? Seine Konferenz verzögert

sich. Er wird noch eine halbe Stunde brauchen. Sie können hier warten.«

Wetzon sah sich in dem Raum um. Er war fensterlos, karg, ein wenig schmuddelig und viel zu heiß. Die Medizin drang herein, durchtränkte alles hier. »Ich glaube, ich gehe solange spazieren. Es ist draußen schön geworden.«

»Ich würde nicht zu weit gehen. Die Gegend kann gefährlich werden, besonders nach Sonnenuntergang.«

»Aber die Fifth Avenue? Dort sind doch Museen.« *Moment mal,* dachte sie. Sie wußte genau, wie sie sich die nächste halbe Stunde vertreiben würde.

»Na ja«, sagte die Frau zweifelnd, »ich nehme an ...«

»Ich bin gleich wieder da.« Sie war schon unterwegs, mit schnellen Schritten, da sie ihr Ziel kannte. Wie ein Hühnerhund mit einem einzigen Gedanken im Kopf fand Wetzon den Weg durch Ärzte, Krankenhauspersonal und Besucher.

Sobald sie auf der Straße war, ging sie hinüber zur Fifth Avenue und überquerte sie zum Park. Der Tag schien plötzlich seine letzte Stunde Helligkeit für sie auszudehnen.

Sie ging schneller, bis sie zu einer hohen viktorianischen Pforte kam. Der Conservatory Garden.

Der Conservatory Garden war ein gesonderter Teil des Central Park, ein überdimensionaler gepflegter Garten, der in zwei deutlich unterschiedenen Stilen angelegt war. Nördlich vom Vanderbilt Gate war er französisch, Parterres aus graublättriger Santolina und Tausenden von Chrysanthemen um eine Springbrunnenskulptur tanzender Mädchen. Der südliche Teil war ein englischer Garten mit Blumenbeeten, Eibenhecken und Formsträuchern. Durch beide Teile schlängelten sich Plattenwege zwischen von Efeu überwucherten Eiben. Astern, Löwenmäulchen und Ziergräser standen in Gruppen; Büschel von Tausendschön auf hohen, dünnen Stengeln kämpften um einen Platz zwischen zarten Blautönen auf steifen Stengeln, die wie Schleierkraut aussahen. Sie war hier einmal zu einer Hochzeit eingeladen gewesen, hatte jedoch wegen einer Sonntagnachmittagsvorstellung mit Bedauern absagen müssen. Bedauern. Rosmarin bedeutete Erinnerung. Was stand für Bedauern?

Obwohl es nicht regnete, schlenderte eine einsame Frau mit aufgespanntem Regenschirm auf dem Pfad, der um den Garten herum verlief, und Wetzon folgte ihr. In den

Hügeln jenseits des Gartens sah der Central Park wie unbewohnte Wildnis aus. *Würde man, wenn man angestrengt lauschte, einen Wolf heulen hören?* überlegte sie.

Doch hier an diesem friedlichen Ort, wo die Stille nur durch die verschwenderischen Darbietungen von Singvögeln gebrochen wurde, wies nichts darauf hin, daß ein Mord begangen worden war.

Im französischen Garten stieß Wetzon auf einen breiten Fußweg, der von Gartenbänken aus Eisen und Holz in einem altertümlichen Stil gesäumt war. Sie erinnerte sich, irgendwo gelesen zu haben, daß die Bänke für die Weltausstellung von 1939 entworfen worden waren. Alte Holzapfelbäume streckten ihre Äste von beiden Seiten über den Plattenweg, so daß ihr rötliches Laub ein Zelt darüber bildete.

Zwei Frauen in weißen Hosen saßen dort, unterhielten sich leise und tranken Kaffee aus Pappbechern. Die eine strickte etwas Rotes, Fülliges, während ihr Kaffee auf den Platten zu ihren Füßen abkühlte. Drei Teenager, deren Jeans genau an den richtigen Stellen durchgescheuert waren und die nackten Knie zeigten, starrten auf eine der Bänke, und Wetzon gesellte sich zu ihnen. Die Bank war auffällig mit gelbem Polizeiband abgesperrt.

»Da hat es den Macker erwischt«, sagte einer. So zerlumpt sie aussahen, war es eine gekünstelte Armut. Zwei waren weiß, einer schwarz, und bei allen dreien war es unvorstellbar, daß es Straßenkinder waren.

Als der eine magere Junge Wetzon entdeckte, stieß er die anderen mit den Ellbogen an. »Haltet den Mund.« Sie wurden aufgekratzt, boxten und schubsten einander, hüpften und zappelten umeinander, bis sie aus Wetzons Sicht verschwanden und sie allein am Ort von Brians Tod ließen.

Sie setzte sich auf der anderen Seite des gepflasterten

Pfades hin und betrachtete die Bank. Offensichtlich war es ein heimliches Stelldichein, ein geplantes Treffen. Der Ort lag zu weit von Brians Weg ab, um etwas anderes zu sein. Die Bank war gerade groß genug für zwei ... War es möglich, daß er dagesessen und mit einer Person, der er vertraute, geredet hatte, wie die beiden Frauen dort drüben? Sie wandte sich um und sah, daß sie gegangen waren. Wer war es also? Es gab jede Menge Motive in Brians Umkreis. Falls es Penny Ann war, vielleicht Rache? Falls es Tabitha war, eine schiefgegangene Affäre? Doch wer hatte dann Tabitha getötet? Es mußte da eine Verbindung geben. Brian hatte einen Vorschuß von Simon Loveman bekommen, die zwanzigtausend, um den Vergleich mit Penny Ann zu erfüllen. Was war aus dieser Summer geworden? Und Maglia? Maglia konnte sagen, was er wollte – sie war davon überzeugt, daß Brian zu Loeb Dawkins gegangen wäre. Er war ein Scheißkerl, aber er hätte niemals das Geld von Loveman genommen, wenn er nicht vorgehabt hätte zu wechseln. Er wollte Maglia übers Ohr hauen. Was wieder direkt zu Rona zurückführte.

Eine kleine blonde Frau mit einem hellbraunen Regenmantel über einer Dienstmädchenuniform führte zwei Schnauzer aus. Die Hunde schnupperten an Wetzons Füßen und wackelten mit gestutzten Schwänzen. Sie streckte die Hand nach ihnen aus und kraulte jeden feierlich am Kopf, während sie die Frau anlächelte, die an den Leinen zerrte und sagte: »Kommt, Milli, Vanilli.«

Entweder Milli oder Vanilli blickte zu Wetzon hoch, ironisch, wie ihr schien; dann ließen sich beide von der Frau wegführen.

Die Atmosphäre war plötzlich schwer vor Feuchtigkeit. Die Dämmerung brach schnell herein. Wetzon sah auf die Uhr und stand auf. Eine halbe Stunde war vergangen. Der Garten würde bald schließen, und es war Zeit, zum Mt.

Sinai zurückzugehen. Sie blieb einen Augenblick vor der abgesperrten Bank stehen, als hoffte sie auf eine Erscheinung, dann hob sie aus einer Laune heraus das Band an und schlüpfte auf die Stelle der Bank, wo Brian gestorben war, während sie ihre ganze Willenskraft aufbot, um ihn zu zwingen, eine Botschaft zu senden. Sie saß unentschlossen da, meditierte einige Minuten, doch nichts kam außer dem weithergeholten Gedanken an Barbara Gordon und den ganzen Putz in ihrem Kleiderschrank. Soviel zu Zeichen. Mit Smith' Tarockkarten wäre sie besser dran. Ein Parkangestellter wartete an der Eingangspforte, und Wetzon ging hinaus zur Fifth Avenue. Straßenlampen brannten, Autos hatten die Scheinwerfer eingeschaltet. Sie eilte am Museum der Stadt New York vorbei. Das Krankenhaus war beleuchtet wie ein riesiger Passagierdampfer.

Als die Ampel auf Grün umsprang, überquerte Wetzon die Fifth. Der Gedanke kam ihr auf halbem Weg, und sie blieb stehen. *Rona mußte einen Schlüssel zu Dr. Jerrys Praxis haben.* Die Ampel schaltete wieder um, ein Auto hupte, und sie fuhr zusammen und sprang zum Bürgersteig gegenüber. Wenn sie nicht besser aufpaßte, würde sie noch als Patientin im Mt. Sinai landen oder, schlimmer noch, als Klientin von Dr. Jennie Vose im Leichenschauhaus.

Falls Rona und Tony ihre Schäferstündchen im *Park Royale* hielten, wie Stu Beck und Larry Sellica behaupteten, konnte man darauf wetten, daß sie nichts für ein Zimmer springen ließen, wenn sie eines umsonst haben konnten. Konnte Rona in Dr. Jerrys Sprechzimmer gewesen sein, Wetzons Kartenetui gefunden und vermutet haben, daß Wetzon noch da war? Konnte sie so getan haben, als verließe sie die Wohnung, um dann von einem Telefon in der Küche aus anzurufen? Nein. *Sachte, sachte, Wetzon, was für verschrobene Sachen denkst du dir noch aus?* Dazu müßte es einen zweiten selbständigen Anschluß geben. Und wie hätte Rona so schnell zum Lincoln Center kommen sollen? Dennoch war es so, wie Walter Scott gedichtet hatte. Man verstrickte sich immer stärker, wenn man einmal begonnen hat zu täuschen.

Sie zwängte sich in einen überladenen Aufzug, weil sie wußte, daß sie sonst mindestens noch einmal zehn Minuten auf den nächsten warten müßte. Warum waren Aufzüge in Krankenhäusern und städtischen Gebäuden immer langsamer und voller als in Geschäftsgebäuden? Es verwirrte sie.

Wußte die Polizei bereits über die Affäre Bescheid? Sie verstärkte die Motive für Tony wie für Rona. Und beide waren Linkshänder.

Als sie zum Büro im Mt. Sinai zurückkam, war June dabei, die Kopfhörer wegzupacken und den Schreibtisch aufzuräumen. Die Sitzung hatte sich gerade vertagt. Eine Gruppe gutgekleideter Männer und Frauen, alle in den Vierzigern und darüber, schüttelten Hände und verabschiedeten sich. Ehe sie sich versah, hatte Alton sie in die Runde gezogen, um sie vorzustellen, und bald begrüßte sie den Direktor einer großen Kosmetikfirma, einen legendären Modeschöpfer und mehrere Starchirurgen, deren Namen ihr bekannt vorkamen.

Altons sichtliches Entzücken über ihren Anblick irritierte sie. Wetzon kam sich wie eine Art Trophäe vor. Was früher so schmeichelhaft gewesen und immer noch war, schien ihr irgendwie bedrohlich. Nein, schien nicht, sondern war. Bedrohlich für ihre Lebensweise, ihre Beziehung zu Silvestri. *Was für eine Beziehung?* fragte sie sich ärgerlich.

Es regnete, als sie auf die Straße kamen, und Alton lehnte ihr Angebot ab, mit unter ihren Schirm zu kommen, sondern rannte zu einer Tiefgarage nebenan, reichte dem Parkwächter den Parkschein und wartete, bis sie zu ihm kam. Er bewegte sich wie ein viel jüngerer Mann.

Was fuhr er, überlegte sie – einen Mercedes? Einen Jaguar? Etwas Japanisches, wie Silvestris Toyota? Falsch in jeder Hinsicht. Er fuhr ein amerikanisches Auto. Einen Mercury Cougar, um genau zu sein. Und als sie laut überlegte, sagte er: »Ich kaufe immer einheimische Produkte.«

Sie rückte unter dem Sicherheitsgurt zurecht und merkte, daß es die gleiche Bewegung war, wie wenn man sich unter einem Polizeiband hindurch auf eine Parkbank setzte. »Das hätte ich mir denken können.«

Alton sah sie an und lachte.

Sie fuhren auf der Fifth durch solche Sturzbäche, daß die Scheibenwischer es nicht schafften und die Fenster sich beschlugen. An der 85. Street fuhren sie langsam über die Verbindungsstraße von der East Side zur West Side. Der Verkehr kroch, und überall bildeten sich große Pfützen, Miniteiche. Sie redeten nicht. Die Scheibenwischer gingen *tschung-tschung, tschung-tschung.*

»Ich dachte, ich spiele heute abend den Koch«, sagte er. »Und außerdem ist es ein lausiger Abend zum Ausgehen.« Er warf einen Blick auf sie. »Was ist los?«

Was los war? Alles. Sie bekam es plötzlich mit der Angst zu tun. Er wollte mit ihr zu Abend essen, jedoch in seiner Wohnung. Sie erinnerte sich daran, was passiert war, als Chris Gorham sie letztes Jahr gebeten hatte, in seiner Wohnung zu warten ...

Als sie durch den Park waren, fuhr er an einer Bushaltestelle an der Central Park West an die Seite, hielt und sah sie an.

Sie sagte: »Es tut mir leid. Ich hatte letztes Jahr ein unerfreuliches Erlebnis, und als Sie sagten, wir essen in Ihrer Wohnung, geriet ich in Panik.«

»Leslie«, sagte Alton leise. Er nahm ihre zu Fäusten geballten Hände und öffnete sie mit sanfter Gewalt. »Sie brauchen vor mir keine Angst zu haben. Ich behaupte nicht, ich sei ein Heiliger. Ich bin ein Mann, und ich möchte gern zärtlich sein. Aber das ist etwas, das gegenseitig sein muß. Lassen wir es auf uns zukommen, einverstanden?«

»Einverstanden.« *Werde erwachsen, Wetzon. Es passierte einmal. Es wird kein zweites Mal passieren. Dennoch ...*

»Und ich bringe Sie zu einer anständigen Zeit, für mich wie für Sie, nach Hause. Ich sitze morgen früh in einem Schlichtungsgremium.«

Wetzon hockte in Strümpfen und mit verschlungenen Beinen auf einem hohen Hocker und sah Alton zu, der mit aufgekrempelten Ärmeln und ohne Krawatte die Salatsoße bereitete. Er wandte sich dem Herd zu, rührte den Risotto noch einmal mit der Gabel durch und trank einen Schluck Wein. Ihre Schuhe waren von dem kurzen Weg vom Auto bis zur Markise vor Altons Haus durchgeweicht, und sie hatte sie mit Küchenpapier ausgestopft und mit ihrer Handtasche auf den roten Kunstfliesenboden neben ihre Füße gestellt.

Alton bewegte sich auch in der Küche selbstsicher. Er hatte den Kragenknopf geöffnet, und sein Gesicht war von der Hitze am Herd gerötet. Seine Bewegungen waren ruhig und harmonisch, und sie fragte sich, ob er so auch im Bett war.

Beunruhigt von ihren Gedanken, spielte Wetzon mit dem Stiel ihres Glases.

»Können Sie gut Salat mischen?«

»Klar.« Sie verrührte die Soße energisch und goß sie über den Salat, eine bunte Mischung aus Grün- und Rottönen, dann mischte sie ihn mit zwei gewaltigen Plastikgabeln. Sie fühlte sich matt.

Alton drehte sich um, die Kasserolle in der Hand, um den Risotto zu servieren, und ertappte sie. »Müde?«

»Ja. Ich habe nur eine einzige Nacht anständig schlafen können, seit meine Wohnung letzten Freitag unter Wasser gesetzt wurde ... Du meine Güte, das ist fast eine Woche her.« Innerhalb von sechs Tagen hatte ihr ganzes Leben eine komplette Kehrtwendung gemacht. Es war erstaunlich. Sie grinste Alton an. »Aber ich bin auch am Verhungern.«

Er verteilte den Risotto mit Champignons auf zwei Teller. »Wir können hier oder am Eßtisch sitzen.«

»Bleiben wir hier sitzen. Ich mag Küchen.«

»Ich auch.« Er setzte sich auf den Hocker neben ihr, und sie berührten sich an den Ellbogen.

Der Risotto hatte genau den richtigen festen Biß. »Er schmeckt köstlich«, sagte sie, doch sie dachte, wie schön es war, daß beide, er und Silvestri, gern kochten. Der Wein war herb und säuerlich auf ihrer Zunge, und sie seufzte.

»Woran denken Sie?« fragte er, während er sich zum zweitenmal vom Salat nahm.

»Langweilige Dinge.« Sie aß ihren Teller leer.

»Quälen Sie mich damit.« Er verteilte den Rest Wein gleichmäßig auf beide Gläser.

»Das Durcheinander in meiner Wohnung, das Geschäft, das im Moment nicht so gut geht, weil einer meiner Makler einen geplanten Wechsel nicht gemacht hat – und ein kompliziertes, verworrenes Beratungsproblem.« Es bestand kein Grund, Mord zu erwähnen.

»Kennen Sie diesen Middleton, der letzte Woche ermordet wurde?« Er rutschte von seinem Hocker, nahm ein Päckchen Kaffee aus dem Kühlschrank und hielt es hoch. »Koffeinfreien Espresso?«

»Sehr gern. Ja, ich kenne ihn – kannte ihn. Machen Sie kein so überraschtes Gesicht. Es gibt in New York sehr wenige Börsenmakler, die ich nicht kenne. Brian war allerdings der Makler, der den Wechsel nicht gemacht hat, den ich für ihn geplant hatte.« Sie lächelte kläglich.

Er begann, den Kaffee in einen Krupsautomat zu füllen, und zunächst reagierte er nicht darauf. Sie dachte, er habe nicht richtig zugehört. Sie nahm die Teller und Bestecke und stellte sie in die Spüle, dann sah sie ihm zu, wie er Streifen von einer Zitronenschale schnitt und auf einen kleinen Teller legte. Die Kaffeemaschine zischte und zischte. Lächelnd berührte Alton ihr Gesicht, und sie atmete den Zitronenduft an seinen Händen ein.

»Tragen Sie das Haar nie offen?« Er nahm sie in die Arme.

»Nie«, sagte sie. Es war ein schönes Gefühl, gehalten zu werden, wie wenn man gemütlich unter einer Decke lag, doch dazu war sie noch nicht bereit. Die Kaffeemaschine stotterte und spuckte, es war vorbei, und sie machte sich von ihm los. »Wo ist das Bad?«

Sein Bad befand sich am Ende des kleinen Flurs, nach seinem Schlafzimmer. Sie warf einen schnellen verstohlenen Blick hinein. Hellbrauner Teppichboden, ziegelrote Wände, zwei Ohrensessel vor einem Kamin, Bücherregale, ein großes Bett. Nicht stehenbleiben, Wetzon.

Im Bad löste sie ihr Haar und rollte es fest wieder auf, zog den Lippenstift nach, lächelte sich an, um sicher zu sein, daß keine Essensreste zwischen den Zähnen waren. Ihre Lider waren schwer und dunkel, dunkler als der Lidschatten, den sie normalerweise benutzte.

Es war ein gutes Gefühl, erwünscht zu sein, von jemandem wie Alton Pinkus begehrt zu werden. Wenn sie nur nicht so müde wäre.

Als sie durch den Flur zurückging, rief er: »Hier herein«, und sie ging seiner Stimme nach ins Wohnzimmer. Er hatte ein Feuer im Kamin angezündet, und über die

Stereoanlage kam der Verführer Mozart. Auf dem Couchtisch standen Kaffeetassen auf einem silbernen Tablett mit einer Glaskanne Kaffee neben einer Flasche Likör und zwei kleinen Gläsern.

Die Einrichtung war konventionell, jedoch modern angehaucht, den Boden bedeckte ein großer Orientteppich in satten Rost- und Erdtönen. Sie setzte sich auf das sandfarbene Sofa und zog die Füße hoch, während sie zuschaute, wie Alton Kaffee einschenkte und die Zitronenschale in jede Tasse drehte.

»Sambuca?«

»*Un poco.*« Sie zeigte es mit dem Daumen und Zeigefinger und nahm das Glas, nachdem er es gefüllt hatte. Sie dachte in Smith' Stimme: *Du gehst vor die Hunde, Zuckerstück.* Der Sambuca schmeckte ihr wie Lakritze auf der Zunge.

Alton reichte ihr eine Tasse Kaffee und setzte sich ihr gegenüber auf einen Klubsessel.

»Wie läuft so ein Schlichtungsverfahren eigentlich ab?« fragte sie, während sie Kaffee nippte. »Ich meine, wenn es sich um einen Kunden gegen Makler und Maklerfirma handelt?«

Er beugte sich vor und stellte die Tasse auf den Tisch. »Der Kunde reicht eine Beschwerde gegen seinen Makler und die Firma ein.«

Es fiel ihr schwer, die Augen offen zu halten.

»Es wird bei Streitigkeiten zwischen Firmen, zwischen Angestellten und Firmen und Kunden angewendet. Ihnen ist sicher bekannt, daß Kunden eine obligatorische Schiedsklausel unterschreiben, wenn sie ein Konto bei irgendeiner Firma eröffnen.«

Sie nickte und hielt die Hand vor den Mund, weil sie gähnen mußte.

»Im Juni '87, wahrscheinlich auf nachhaltiges Drängen

von Shearson hin, verfügte der Oberste Gerichtshof, daß Kunden auch mutmaßliche Verletzungen des Aktienrechts durch Schiedsspruch regeln lassen müssen, anstatt vor Gericht zu gehen. Die Schlichter werden aus einer von den Maklerfirmen aufgestellten Kandidatenliste ausgewählt.«

»Klingt mir ein bißchen einseitig. Wie viele Schlichter bilden ein Gremium?«

»Drei. Einer aus der Wertpapierbranche, zwei aus dem öffentlichen Leben.«

»In welche Kategorie gehören Sie?« Ihre Hand zitterte, und sie stellte die Kaffeetasse ab.

»Ich bin nicht mehr im Vorstand von Rosenkind, Luwisher, seit Luwisher Brothers mit L.L. Rosenkind fusionierte, und ich habe keine richtige Verbindung mit der Branche.«

»Und Sie stehen im Ruf, gerecht zu sein und ...« Sie suchte nach dem richtigen Wort. Ihr Gehirn funktionierte nicht. »Sauber.«

»Sauber?« Er lächelte sie an. »Das nehme ich an. Schlichter werden von der New Yorker Aktienbörse und dem Nationalen Verband der Wertpapierhändler ausgewählt, also könnte das Verfahren als einseitig bezeichnet werden, aber wenn ich für mich spreche, ist es das nicht. Und jetzt, wo unsere Schiedssprüche nicht mehr geheim sind und das Verfahren selbst kein geheimnisvoller Vorgang mehr ist, meine ich, daß wir auf dem richtigen Weg sind.« Er hielt inne. »Und dann ging ich los und raubte eine Bank aus.«

Was hatte er gesagt? »Raubten eine Bank aus?« Sie bekam kaum die Augen auf.

Er schüttelte den Kopf und lachte sie aus. »War nur ein Test. Ich saß einmal in einem Schiedsverfahren zwischen Middleton und einer Kundin.«

Sie riß die Augen auf. Er hatte sich umgesetzt. Er saß neben ihr auf dem Sofa. Hatte sie geschlafen? Was hatte er von Middleton gesagt?

»Sie haben nicht zugehört«, beschuldigte er sie. Er lachte sie aus.

»Doch«, protestierte sie schwach. Sie war so müde, und das Feuer machte das Zimmer so gemütlich. »Sie haben gesagt ...« Sie blinzelte.

Er legte einen Arm um sie, und sie lehnte den Kopf an seine Schulter, damit er nicht nach vorn fiel. »Ich sagte, daß ich einmal in einem Schiedsverfahren zwischen Middleton und Bliss Norderman einerseits und einer Kundin andrerseits saß, und das ganze war ein Gedicht.«

»Hm.« Sie hob den Kopf und rückte von ihm ab. »Ich habe gehört, daß die Tochter der Kundin gegen ihre Mutter aussagte ...«

»Wo haben Sie das gehört?« Seine Stimme war kühl. »Kommen Sie, ich bringe Sie jetzt lieber nach Hause.« Aber er sah sie mit strengem Blick an und erwartete eine Antwort auf seine Frage.

»Ach, im Vorbeigehen.« Sie stand auf und holte ihre Schuhe, warf die Küchentücher in den Mülleimer und steckte die Füße in das feuchte Leder. Igitt.

»Wo im Vorbeigehen?«

Hör auf zu drängen, dachte sie, wütend auf sich, auf ihn. »Tony Maglia sagte es mir. Erinnern Sie sich an ihn? Er war Brians Geschäftsführer. Es stimmt doch, nicht?«

Alton starrte sie wie von ferne an, und sie sah seinen Mund hart werden. Es kam ihr länger vor, aber wahrscheinlich vergingen nur Sekunden, bis er sagte: »Dazu werde ich mich nicht äußern, Leslie.«

Der Regen war in ein leichtes Nieseln übergegangen. Alton hielt vor einem Hydranten gegenüber von Wetzons vorläufigem Zuhause in der 10. Street und ließ den Motor laufen. Es gab keine offiziellen Parkplätze in der Straße, wofür sie dankbar war. Sie hatten sehr wenig gesprochen, seit sie seine Wohnung verlassen hatten. Jetzt sagte sie: »Alton, es tut mir leid, wenn Sie meinen, ich hätte Informationen aus Ihnen herausholen wollen ...«

»Das Verfahren soll vertraulich sein.« Er schaltete den Motor aus, legte seinen Arm über die Rücklehne und betrachtete Wetzon prüfend.

»Sie sagten mir, Sie seien im Schiedsverfahren. Sie öffneten die Tür. Es ist meine Art, durch offene Türen zu gehen.« *So bin ich,* dachte sie. *Stellen wir das lieber klar.*

»Das habe ich getan, ja, und es war falsch.« Er lächelte beinahe, aber nicht ganz.

»Und ich *habe* Informationen aus Ihnen herausgeholt.«

Das Beinahe-Lächeln verschwand. »Warum?«

»Weil ich versuche, Brians unter Mordverdacht stehende Exfrau vor dem Gefängnis zu bewahren.«

Er runzelte die Stirn. »Was hat das mit Ihnen zu tun?«

»Ich habe eine Nebenbeschäftigung, mein lieber Alton«, sagte sie mit britischem Akzent, »den eines beratenden Detektivs.«

Da lachte er und nahm ihr Gesicht in beide Hände. »Leslie, ich ...« Doch sie rutschte von ihm weg und machte die Tür auf.

»Ich habe mich heute abend nicht mit Ihnen getroffen, weil ich von Ihrer Rolle im Schiedsverfahren wußte.« Sie stieg aus dem Auto und schloß die Tür. Als sie auf seine Seite herumkam, stand er halb auf der Straße.

»Das weiß ich.«

Ein viel zu schnell fahrendes Auto schoß an ihnen vorbei, fing sie dabei mit den Scheinwerfern ein, und sie drückte sich erschrocken an ihn. Obwohl die Gefahr vorbei war, gab er sie nicht frei, und sie hielt einen Moment still in seinen Armen, spürte, wie ihr Körper auf ihn reagierte. Sie riß sich mit mehr Kraft als nötig von ihm los und gab ihm förmlich die Hand. »Gute Nacht. Vielen Dank fürs Abendessen.«

Zum erstenmal entdeckte sie Verwirrung in seinen Augen, und sie empfand eine alberne Freude. Er nahm ihre Hand. »Ich bringe Sie bis zur Tür.«

Sie schüttelte den Kopf, dann zeigte sie mit der freien Hand zu dem ehemaligen Lagerhaus. »Sehen Sie die dunklen Fenster im obersten Stock? Das bin ich. Wenn Sie vielleicht hier warten könnten, bis Sie oben das Licht angehen sehen ...«

Er nickte. »Ich rufe Sie an.« Er hob ihre Hand an die Lippen und küßte ihre Finger, dann setzte er sich wieder ins Auto und kurbelte das Fenster herunter. »Wer ist der Anwalt der Frau?« rief er.

»Richard Hartmann.«

Alton pfiff. »Ich kenne Dick Hartmann. Er ist gut.«

»Zwei Personen, die mit Ihrer feinen Schlichtung zu tun

hatten, sind tot, Alton. Wer weiß, wer der nächste sein wird.« Sie ging über die Straße.

Er rief ihr etwas nach, doch sie verstand es nicht, sah sich nicht um. Oben schaltete sie alle Lampen an und schaute auf die nasse, das Licht spiegelnde Straße hinunter. Die Scheinwerfer gingen an, dann aus, dann wieder an. Das Auto scherte auf die Straße aus und fuhr weg.

Alton hatte sich da unten ganz kurz wie Silvestri angehört, und sie war sofort in den spitzen Ton verfallen, den sie oft gegenüber Silvestri anschlug. Du lieber Gott, Beziehungen zu Männern waren schwierig. Warum sich damit abgeben? Je näher sie einem kamen, desto vertrackter wurde es. Sie stopfte die Schuhe wieder mit Küchenpapier aus, hängte ihre Kleider auf, wusch sich, bürstete die Haare und flocht sie zu einem lockeren Zopf. Dann ging sie zu Bett.

Sie zog das Telefon zu sich her, rief Arthur Margolies an und ließ ihn alle möglichen langweiligen Fragen nach ihrer Versicherung, der Haftung des Gebäudes, der Verantwortung des Anteilseigners stellen. Er fand kein Ende, bis sie fast einnickte.

»Ich besorge dir eine Kopie meines Beteiligungsvertrages. Ist Carlos schon zurück?«

»Er kommt dieses Wochenende zurück. Ist alles in Ordnung dort unten?«

»Ja. Es ist wohl ein bißchen zu spät zu fragen, weil ich bereits mit ihr gesprochen habe, aber ich brauche einen Rat, Arthur, wenn du noch einen Moment Zeit hast.« Sie berichtete ihm von dem Besuch der stellvertretenden Staatsanwältin. »Ist es in Ordnung, mit ihr zu reden?«

»Hast du etwas zu verbergen?«

»Arthur! Um Himmels willen!«

»Leslie, du sprichst mit Arthur.«

»Entschuldige, Arthur, ich bin wohl etwas nervös. Gestern nacht versuchte jemand, hier über die Feuerleiter einzubrechen.«

»Hast du nicht gesagt, es sei alles in Ordnung?«

»Arthur! Mach mir nicht das Leben schwer. Du hörst dich an wie Silvestri.« Wenn sie es sich recht überlegte, hörten sich alle Männer wie Männer an, wenn es um Grundsätzliches ging. Man konnte ihre Reaktionen auf bestimmte Situationen voraussehen.

»Möchtest du mich dabeihaben, wenn du mit der Staatsanwältin sprichst? Wir könnten uns morgen nachmittag in meinem Büro treffen.«

»Nein, danke. Ich bin keine Verdächtige. Ich berichte ihr einfach, was ich weiß.« Wetzon legte mit dem Gefühl auf, sehr selbständig zu sein.

Sie spielte ihre Nachrichten ab. Die erste war für Carlos' früheren Mieter, ein Mann von einer Boutique wegen einer unbezahlten Rechnung. Dann war zweimal aufgelegt worden. Die nächste war von Twoey, der aus Boston wegen der Überraschungsparty zu Smith' Geburtstag anrief. Deshalb also hatte Smith mehr Zeit als sonst. Er gab die neue Zusammenstellung für das kalte Büfett durch, die dritte in ebenso vielen Tagen. Es war nur gut, daß er nicht ebenso unentschlossen war, wenn er mit Aktien handelte.

Piep. Smith' einschmeichelnde Töne: *Morgen, fünf Uhr dreißig in Dickies Büro im Rockefeller Center. Rona ist auf Kaution draußen. Ich hoffe, du hast eine köstliche Nacht.* Das letzte in schlüpfrigem Ton.

Sie tippte Smith' Nummer, und als Smith sich mit einem »Hallo« in ihrem verführerischsten Ton meldete, sagte Wetzon in ihrem verführerischsten Ton: »Ich wollte dich nur wissen lassen, daß ich zu Hause und im Bett bin – allein.«

»Hm«, murmelte Smith. »Ich auch, aber nicht allein.«

»Da wäre es hilfreich, wenn du einen Anrufbeantworter hättest.«

Smith ging nicht darauf ein. »Ruf Joan Boley zu Hause an. Hier ist ihre Nummer.«

»Moment«, sagte Wetzon, die den Stift suchte. »Okay, diktiere.« Sie schrieb die Nummer auf. »Sie reagiert nur auf meinen Anruf. Schlechtes Gewissen.«

»Falsche Kirche, falsche Bank.«

»Verzeih mir, sie ist Maklerin. Wie konnte ich das vergessen? Entschuldige die Unterbrechung. Ich hatte allerdings etwas Interessantes zu berichten, aber das kann warten.« Sie wollte auflegen.

Smith schrie auf: »Warte! Erzähle es jetzt!«

Wetzon grinste. »Ich habe herausbekommen, daß Rona ein seit langem bestehendes – hoppla, *liegendes* Verhältnis mit Tony Maglia hat.«

»Wie ekelhaft!« Smith schwieg eine Weile. »Er ist einen Kopf kleiner als sie.« Sie lachte. Wetzon hörte eine andere, tiefere Stimme und Smith' Flüstern.

»Genau mein Gedanke.« Jetzt würde Smith sagen, im Liegen spiele es keine Rolle.

»Na ja, im Liegen spielt es eigentlich keine Rolle.« Smith ließ sie nie im Stich.

»Wieso wußte ich, daß du das sagen würdest? Das war's für heute nacht. Ende.« Sie legte auf und versuchte es bei Joans Nummer. »Tag, Joan.«

»Wetzon! Ich bin so froh, daß Sie anrufen. Ich kann allerdings im Augenblick nicht sprechen. Können wir morgen zusammen frühstücken – zeitig?«

»Wann dachten Sie? Wo?« Wetzon unterdrückte einen Laut des Unmuts. Konnte die Frau nicht einfach am Telefon sagen, es tue ihr leid?

Sie verabredeten sich für halb acht im *Hyatt.* Warum mußte sie auch noch ein Frühstück für Joan spendieren, während sie sich entschuldigte? Verdammt. *Weil*, sagte sie sich, *man nie wissen kann*.

Als sie diesmal auflegte, läutete das Telefon. Wahrscheinlich Smith, die wegen irgendwelcher Anwaltsfragen zurückrief. »Hallo!«

»Wetzon, ich bin's, Louie. Ich hörte Sie hereinkommen. Ich habe heute nachmittag eine Sendung für Sie angenommen.«

»Eine Sendung?«

»Ja. Gehen Sie zum Aufzug, und ich schicke es hoch.«

»Es?« Aber Louie war schon weg.

Sie zog den Bademantel über und machte die Tür auf. Die Aufzugstür öffnete sich geräuschvoll auf der Etage unter ihr, dann schloß sie sich, und der Aufzug setzte sich in Bewegung. Als die Tür aufging, lag eine gefütterte Versandtasche auf dem Boden. Sie schnappte sie, als die Tür sich schließen wollte. »Ich hab's, danke«, rief sie in den Schacht hinunter.

In der Wohnung betrachtete sie das Päckchen. Sie kannte die Schrift nicht. Wer schickte ihr ein Buch? Sie drückte es. Es fühlte sich wie ein Buch an, nicht wie eine Bombe. *Na, du Dummkopf, wie fühlt sich eine Bombe an?* Kein Absender. Sie drückte die Klammern mit einem Küchenmesser auf und öffnete die Klappe.

»Lieber Gott!« Beinahe hätte sie das Päckchen fallen lassen. Sie öffnete es, sah noch einmal nach, dann griff sie hinein und zog Tabithas verschwundenes Tagebuch heraus.

Joan Boley, Börsenmaklerin, starke Raucherin, nachlassende Sonnenbräune, lederartige Haut, dickes blondes Haar, das toupiert und gesprayt war, sah wie eine alternde Sandra Dee aus. Sie war mittelgroß, zehn Pfund zu schwer, geschieden und wiederverheiratet und hatte einen Sohn, der an der Uni Colorado Tiermedizin studierte.

Sie wandte sich an Wetzon. »Ich versprach Morty, mit Rauchen aufzuhören, und ich schaffte es nicht.« Sie steckte eine Zigarette zwischen die Lippen; ihre Fingernägel waren lang, oval und gepflegt.

»Wir sind in einem Nichtraucherlokal«, sagte Wetzon. Sie verrührte das Joghurt mit Obst und Granola.

Joan schien sich in ihrer Haut nicht wohlzufühlen. »Scheiße!« Sie steckte die Zigarette in das Päckchen und das Päckchen in die Handtasche.

»Trinken Sie einen Kaffee.« Das *Crystal Fountain* im *Hyatt* bot ein nettes, ruhiges Frühstück, doch Joan würdigte es nicht. Sie hatte das getoastete Bagel in kleine Brocken geteilt und Rahmkäse daraufgehäuft.

»Wetzon, ich glaube, ich habe einen schrecklichen Fehler gemacht.«

Wetzon legte den Löffel hin. Dies verlangte ihre ungeteilte Aufmerksamkeit. »Erzählen Sie.« *Das rettet meinen Tag,* dachte sie.

»Nun, Sie wissen ja, daß es bei SMQ nur sehr wenige Frauen gibt. Ich bemerkte das sofort, doch man versicherte mir, es sei keine chauvinistische Firma.«

»Das ist, als wenn man sagte, die Frauen in Saudi-Arabien seien gleichberechtigt.«

»Wetzon, wir beide wissen, daß Wall Street eine männliche Enklave ist, aber diese Typen können Sie sich trotzdem nicht vorstellen. Ich war gestern zu einem Mittagessen auf höchster Ebene eingeladen; die Geschäftsführung, die Topleute der Firma waren alle da. Ich wurde als ihre neueste Erwerbung vorgestellt, und dann ging es gleich los mit Witzen und Geschichten, die Frauen erniedrigen. Am schlimmsten war, daß ihnen das nicht einmal bewußt war.«

»Doch, ich kann sie mir vorstellen. Was möchten Sie gern tun?« *Klasse, Wetzon,* gratulierte sie sich.

»Meinen Sie, Fred würde sein Angebot noch einmal auf den Tisch legen?« Joan kaute nervös auf einem Stück Bagel herum. Ein Bröckchen Rahmkäse hing an ihrer Unterlippe.

»Wenn Sie es ernst meinen. Ich möchte ihm nicht gern Hoffnung machen, und dann versetzen Sie ihn noch einmal.«

»Meine Kunden werden mich für verrückt halten. Die Konten kommen jetzt nach und nach rüber, und nun werden sie wieder neue Übertragungsformulare bekommen ...«

»Sprechen Sie mit ihnen, erklären Sie es. Aber erst einmal müssen Sie es gründlich durchdenken.« Wetzon winkte nach der Rechnung. »In der Zwischenzeit spreche ich mit Fred, aber nur, um auf den Busch zu klopfen. Ich sage Ihnen Bescheid, und dann können wir weitersehen oder nicht.« Sie ließ ihre Gold Card auf die Rechnung fallen, die gerade gebracht worden war.

»Können Sie mir etwas geben, um das hineinzutun?« fragte Joan den Kellner. Sie deutete auf die Reste des Bagels.

Als der Kellner mit einem Stück Folie zurückkam, wickelte Joan die Stücke sorgfältig ein und verstaute das Päckchen in ihrer Aktentasche.

Die Kreuzung 42. Street und Lexington Avenue war ein Nadelöhr für den morgendlichen Verkehr. Personenautos und Lastwagen mogelten sich über die Zebrastreifen, wenn die Ampeln erst auf Gelb waren. Fußgänger schlängelten sich durch den stockenden Verkehr, wo nicht Stoßstange an Stoßstange stieß. Pendlerbusse, Taxis und Stadtbusse kämpften um jedes Stück der Straße.

»Es ist nicht vorbei, bis es vorbei ist«, erklärte Wetzon dem Greybar Building. »Und selbst wenn es vorbei ist, ist es nicht vorbei.« Sie tänzelte beschwingt die Lexington hoch und bog dann rechts ab in die 49. Street zum Büro. Und ganz besonders erfreulich war das Wissen, daß Tom Keegen, der Joan mit Sicherheit bei SMQ untergebracht hatte, eine saftige Provision verlieren würde, von der er bereits den Vorgeschmack gehabt hatte.

Vor Sondheims Haus parkte ein entschlossener junger Mann in einem weißen T-Shirt einen Rolls Royce mit offenem Verdeck ein, indem er ihn endlos hin und her bewegte. Er manövrierte ihn in eine Parklücke, die hinten und vorn nur einen fingerbreiten Abstand ließ. Wie zum Teufel wollte er da wieder herauskommen, ohne einen von diesen prachtvollen Kotflügeln anzukratzen?

Sie überquerte die Second Avenue, sog den Duft der besten Ledersitze der Welt ein und bedauerte den Rolls in dem viel zu engen Platz.

Als Smith im Büro eintraf, hatte Wetzon schon mit Fred

Benitos und Joan Boley gesprochen. »Der Boley-Zug rollt wieder für uns«, verkündete sie Smith.

»Na, wenn das kein Grund zur Freude ist. Und wie Keegen toben wird.« Smith warf einen Packen Zeitungen auf ihren Schreibtisch. »Ich würde sagen, wir haben es verdient.« Sie nahm eine Zeitung und hielt sie hoch. »Sieh dir das an!« Die Schlagzeile der *Post*:

DOPPELMORD SCHOCKT FINANZWELT

Ein unscharfes Kopfbild von Rona und ein Schnappschuß von Brian mit einer sexy Tabitha auf dem Schoß waren abgebildet.

»Du meine Güte, Smith, Rona sieht aus wie Ma Baker. Wo bekommen die so ein Bild her?«

»Wahrscheinlich aus ihrem Führerschein.« Sie mußten beide lachen.

»Kannst du dir Brian vorstellen? Das ist wirklich makaber.«

»Kleines, so was passiert ständig. Du tänzelst bloß mit Scheuklappen durchs Leben.« Sie warf die Zeitung hin und sah Wetzon prüfend an. »Was ist los? Sag bloß nicht, du hast letzte Nacht nicht geschlafen.«

»Unruhig, wenn überhaupt. Ich bekam Tabithas Tagebuch gestern mit der Post zurück, also blieb ich auf und las den größten Teil. Die letzten zwei Seiten hat jemand herausgerissen.« Sie zog die Versandtasche aus der Aktentasche, um sie Smith zu zeigen, die jedoch den Kopf hinter einer anderen Zeitung versteckt hatte.

Smith senkte die Zeitung. »Hast du gesagt, *Tabithas* Tagebuch?«

»Allerdings.«

»Wo kommt es her?«

»Leider kein Absender.«

»Hast du etwas herausbekommen, was du noch nicht wußtest?«

»Ja. Tabitha hatte eine Abtreibung.«

»Hm.« Sie legte die Zeitung hin. »Von wem war sie schwanger? Brian?«

»Vermutlich. Dr. Jerry hat die Sache geregelt. Was meinst du, was er von dem ganzen hat?«

»Es gibt Menschen, die sind schon high, wenn sie nur das ein und alles für ihre Patienten, ihre Bekannten, ihre Familie sind. Wahrscheinlich gehört er zu der Sorte. Ich kann ihn ganz gut leiden. Er ist harmlos.«

Wetzon dachte plötzlich etwas, dann sprach sie es laut aus: »Barbara trägt Pailletten ...«

»Und was hat das zu bedeuten?«

»Jemand mit Pailletten versuchte, in meine Wohnung einzubrechen, und Tabitha hatte eine Hand voll davon, als sie starb.«

»Ich glaube, das haben wir schon durchgesprochen. Die ganze Welt trägt Pailletten.« Sie grinste plötzlich. »Und wir haben Barbie nur in schwarzem Leder gesehen.«

»Kommen sie heute auch zu der Besprechung?«

»Ich nehme es an.«

»Und Penny Ann?«

»Ich glaube kaum. Ist das das Päckchen mit dem Tagebuch?«

»Ich habe schon überlegt, wann du fragen würdest.« Sie reichte Smith den gefütterten Umschlag.

Das Telefon läutete, hörte auf. B.B. hatte abgehoben.

»Das verrät uns gar nichts.«

»Es wurde am Tag davor abgegeben. Kein Absender. Und wie ich gesagt habe, ohne die zwei letzten Seiten.«

Sie stand auf und stellte sich hinter Smith. »Erkennst du die Schrift?« Die Frauen starrten auf Wetzons Namen und Carlos' Adresse in Blockschrift. Mit einem unheimlichen Gefühl dämmerte es Wetzon, daß diese Person wußte, unter welcher Adresse sie zur Zeit wohnte.

Smith schüttelte den Kopf. »Es ist die Polizei. Sie versuchen, dich reinzulegen. Weißt du, daß gestern eine total schlampige stellvertretende Staatsanwältin da war und alle möglichen Fragen über Brian und Rona gestellt hat?«

»Ich weiß. Sie hat mich auch erwischt, aber ich konnte nicht mit ihr sprechen, weil ich mit Stu Beck verabredet war. Sie will es heute noch einmal versuchen.«

»Sag ihr nichts.«

»Warum nicht?« Wetzon setzte sich an ihren Schreibtisch.

»Die sollen ihre Arbeit selbst tun. Und du könntest Rona belasten.«

»Rona ist schon belastet.«

»Um Himmels willen.«

»Stu Beck brachte übrigens einen Partner mit. Sehr hübsche Produktionszahlen. Sie glauben, daß Bliss Norderman eingeht.«

»Gut. Dann holen wir eine Menge Leute dort weg. Vielleicht gebe ich sogar Maglia eine Chance und versuche, *ihn* zu vermitteln.« Sie lachte gehässig. »Wenn wir ihn nicht für Rona einspringen lassen. Meinst du nicht, er ist unser neues bestes Pferd?«

»Ich würde gern hören, was Rona zu dieser Affäre zu sagen hat.«

»Tja, ich auch.«

B.B. klopfte an die Tür, und Wetzon stand auf und öffnete sie. Sie brauchte einen Kaffee.

»Twoey auf eins, Smith. Und Dr. Gordon für dich, Wetzon.«

»Liebling! Du fehlst mir so sehr«, alberte Smith ins Telefon. »Wann kommst du heim?«

Nicht zu fassen, dachte Wetzon. Sie nahm Max' Telefon ab. »Ich spreche hier, B.B. Hallo?«

»Wetzon, hier ist Jerry Gordon. Können Sie frei sprechen?«

»Ja.«

»Ich muß Ihnen etwas gestehen.«

»Mir?« Wetzon steckte den Kopf durch die Tür zu ihrem Büro, um Smith auf sich aufmerksam zu machen. »Mir?« *Nimm ab*, bedeutete sie Smith mit den Lippen und mimte die Bewegung. Smith beendete ihr Gespräch mit Twoey mit vielen Kußgeräuschen ins Telefon.

»Das heißt, Ihnen und Ihrer Partnerin. Sie kommen doch heute nachmittag zu der Besprechung in Richards Büro?«

»Das werde ich mir nicht entgehen lassen.« Sie verdrehte die Augen nach Smith, der es gelungen war, ohne ein Geräusch in die Leitung zu kommen.

»Nun, es wird zur Sprache kommen, deshalb dachte ich, ich gestehe es lieber und mache reinen Tisch. Sind Sie noch dran?«

»Ja.« Sie machte ausholende *Machen Sie schon*-Bewegungen mit ihrer freien Hand.

»Barbie und ich hatten von Ihnen und Ihrer Partnerin sowohl von Brian als auch von Rona gehört, und natürlich lasen wir letztes Jahr alles über Sie, als Goldman Barnes starb. Als dann Tabitha ausriß und Brian ermordet wurde, hielt ich es für das beste, wenn man unter diesen Umständen die Polizei heraushielt. Tabitha konnte nicht weit sein, und die Gruppe meinte, Penny Ann sollte glauben, daß jemand nach Tabitha suchte, also ...«

Augenblicklich wurde Wetzon wütend. »Also war alles sinnlos. Und wenn man die Polizei früher hinzugezogen hätte, wäre Tabitha vielleicht noch am Leben.«

»Wir dürfen uns nicht selbst oder gegenseitig die Schuld geben. Schuld erzeugt ein negatives Kraftfeld ...«

»Entschuldigen Sie, Jerry ...«

Smith steckte einen Finger in den Mund, um anzudeuten, daß ihr übel wurde. Wetzon wandte Smith den Rücken zu.

»Hören Sie, Jerry, ich habe Anrufe auf zwei anderen Leitungen, und ich komme zu spät zu einem Termin. Können wir später darüber reden?« Sie gab ihm keine Gelegenheit zu antworten. Als sie aufgelegt hatte, sah sie Smith an, die vor Lachen platzte. »Glaubst du ihm? Was meinst du, leitet er parapsychische Gruppen oder so was?«

»Klingt mehr nach *Forum* oder *Life Spring.*«

»Ich weiß nicht«, meinte Wetzon ernst, »vielleicht ist er ein fortgeschnittener Deuter von Tarockkarten.«

»Ketzerin«, zischte Smith. Sie hielt einen Stapel »Fahndungsbogen« hoch. »Ich schicke diese Gruppe zum Vorstellen bei Ameribank.«

»Ich muß Termine für Stu Beck und seinen Freund Larry ausmachen, dann habe ich eine Verabredung zum Mittagessen ...«

Doch Smith hörte schon nicht mehr zu. Wetzon ging zum Schreibtisch zurück und sah auf ihrem Kalender nach. Einer von B. B. s Maklern fing heute an. Kleines Honorar, aber es wurde zu seinem Gehalt geschlagen. Sie ging an die Tür. »B. B.?«

»Ja?«

»Hat Steve Weissman angefangen?«

»Noch nicht. Er findet keinen, bei dem er kündigen kann. Sein Chef ist bis Montag fort, und der Vertreter ist krank. Er schafft es vielleicht heute nicht mehr.«

»Das ist lächerlich. Sag ihm, er soll sofort beim Personalleiter kündigen oder seinem Chef eine schriftliche Kündigung mit dem heutigen Datum auf den Schreibtisch legen. Er findet den Brief vor, wenn er am Montag kommt. Wenn Steve sich jetzt hinsetzt, bekommt er wahrscheinlich vor dem Ende des Tages noch seine Genehmigung, und dann kann er das Wochenende damit verbringen, die Übertragungen unterschreiben zu lassen. Laß nie zu, daß sie es hinausschieben, B. B. Dann läßt der Schwung zu wechseln nach oder wird ganz abgewürgt. Der Makler hat Gelegenheit nachzudenken – und kalte Füße zu bekommen. Du könntest ihn verlieren.«

»Aber es ist so eine gute Stelle für ihn ...«

»Verschon mich, B. B.« Er dachte immer noch wie der brave Junge, der er war.

Das Telefon läutete, und B. B. sprang hin. »Smith und Wetzon, guten Morgen. Bleiben Sie bitte am Apparat.«

»Wer?«

»Mr. Pinkus.«

Sie setzte sich an Max' aufgeräumten Schreibtisch und schob seine Ordner hin und her. Ihr Herz begann zu flattern, und sie befahl ihm, Ruhe zu geben, doch es gehorchte nicht. »Tag.«

»Leslie, es tut mir leid wegen gestern abend.«

»Mir auch.«

»Können wir es nicht noch einmal versuchen?«

»Ich weiß nicht.« Ihre Hand zitterte, und das Telefon pochte in ihrem Ohr. Verdammt noch mal.

»Montag?«

»Nicht mehr an einem Werktag. Ich funktioniere nicht

gut ohne Schlaf ... Ich meine ...« Sie spürte, wie sie rot wurde.

»Ich weiß, was Sie meinen.«

»Twoey gibt heute in einer Woche eine Überraschungsparty zum Geburtstag meiner Teilhaberin. Möchten Sie mitkommen?«

»Dazu hätte ich Lust. Ich fahre über das Wochenende nach Chicago. Ich rufe Sie an, wenn ich zurück bin.«

Nachdem sie B. B. über ihre Verabredung zum Mittagessen informiert hatte, zog sie den Regenmantel an, machte den Gürtel zu und ging hinaus auf die Straße. Es war naßkalt, der Winter rückte näher. Sie fröstelte und schlug den Kragen hoch.

Ob sie Weihnachten in den eigenen vier Wänden sein würde? Louie hatte nichts versprochen, doch Wetzons Hausverwaltung hatte die Renovierung gebilligt, und Louie und ihre Mannschaft wollten Montag anfangen. Sie hoffte, Louie würde daran denken, ihre Post mitzubringen.

Metzger, groß, hager, mit traurigen Bassetaugen, stand vor *Rusty Staub's* und beobachtete die vorbeigehenden Passanten. Sie hatte ihn seit Monaten nicht mehr gesehen. Er war ihr in der Zeit, die sie jetzt mit Silvestri zusammen war, sehr lieb geworden.

»Artie«, rief sie winkend. Er wandte sich um, entdeckte sie, und die Feierlichkeit wich einem Lächeln. Sie umarmte ihn herzlich, und er küßte sie auf die Wange.

Man merkte, daß Metzger hier bekannt war, denn sie wurden ohne Wartezeit an einen etwas abgesonderten Tisch geführt. Nachdem sie Hamburger und Bier bestellt hatten, blickte er sie einladend an. »Was hast du vor?«

»Du hörst dich wie Silvestri an.«

»Ich springe für ihn ein.« Die Art, wie er das sagte, verriet ihr, daß er mit beider Situation vertraut war.

»Ach, Scheiße, Artie, es läuft nicht gut zwischen uns.« Ihre Stimme überschlug sich, versagte.

»Hör zu, Kleines.« Er blickte auf seinen Teller und sagte schnell, als machten ihn die eigenen Worte verlegen: »Das kommt schon wieder in Ordnung. Ihr liebt euch doch. Das sind nur Stolpersteine auf dem Weg. Carol und ich sind seit acht Jahren verheiratet. Ich muß es wissen. Und getrennt zu sein hilft nicht weiter. Du solltest mal runterfahren.«

Sie schüttelte den Kopf. »Das habe ich versucht. Er könnte genausogut an einem oder an zwei Wochenenden im Monat heraufkommen.« Sie spürte zornige Tränen, zog ein Taschentuch heraus und trocknete das Gesicht ab und schneuzte sich. »Sprechen wir jetzt nicht davon, okay?«

Das Bier und die Hamburger wurden gebracht.

»Also möchtest du mir erzählen, in was du hineingeraten bist?« Metzger schob ein Bündel Pommes frites zwischen die Frikadelle und das Brötchen und deckte sie mit Ketchup zu.

Wetzon legte das Brötchen auf die Seite und aß die Frikadelle mit Messer und Gabel. Sie berichtete ihm von Brian, wie sie angeheuert wurde, Tabitha zu finden – er stöhnte auf –, und sie ließ nichts aus, nicht einmal, daß sie sich in Jerry Gordons Schrank versteckt hatte. Metzger schüttelte immer wieder den Kopf, aber er schimpfte sie nicht aus, wie Silvestri es mit Sicherheit getan hätte.

Schließlich nahm er einen kräftigen Schluck Bier und sagte: »Was sollen wir mit dir bloß machen?«

Sie grinste ihn an. »Laß mir meinen Willen.«

»Was möchtest du wissen?«

»Was kam bei der Autopsie heraus?«

»Die Kleine war tot, bevor sie ins Wasser geworfen wurde. Sie wurde aus nächster Nähe mit derselben Waffe wie Middleton erschossen, einer .32er.«

»Wurde die Waffe gefunden?«

»Nein. Ißt du die?« Als sie den Kopf schüttelte, bediente er sich an ihren Pommes frites.

»Irgendwelche Überraschungen bei der Autopsie?«

»Etliche. Sie war im dritten Monat schwanger.«

»Mein Gott! Und die anderen?«

»Da waren zu viele gebrochene und verheilte Knochen, Verbrennungen, Narben. Sieht aus, als wäre sie eines von jenen armen mißbrauchten Kindern aus feinen Familien gewesen, die durch die Ritzen fallen. Es ist erstaunlich, daß die lebend durchkam.«

Wetzon starrte ihn an. »Aber sie kam ja nicht durch.«

»Sei so gut«, sagte Metzger. »Laß ihm die lange Leine.«

»Sei so gut?« entrüstete sich Wetzon.

»Jetzt sei nicht sauer auf mich.«

»Ha!«

»Soll ich dich ein Stück mitnehmen?« Er hatte die Hand an der Autotür.

»Nein, danke. Okay, Artie, er möchte die lange Leine. Er kann sie haben, aber dann muß es von jetzt an auf Gegenseitigkeit beruhen.«

Sie war sauer auf Metzger, sauer auf Silvestri, überhaupt stocksauer. Auf der Fifth Avenue zwischen 47. und 49. verkauften drei verschiedene Gruppen senegalesischer Händler aus Diplomatenkoffern imitierte Uhren, vor allem Rolex und Cartier. Für fünf Dollar schöne Zifferblätter und leere Gehäuse. Touristen begutachteten die Ware. Diese nicht zugelassenen Unternehmer verdienen an einem Tag mehr als die meisten Börsenmakler, zahlten keine Steuern und waren der Polizei immer einen Schritt voraus. Sie hatten welche, die Schmiere standen, und schienen zu wissen, wann sie den Deckel zuschlagen und verduften mußten, bevor ihr Plunder konfisziert werden konnte.

Metzgers Auskunft, daß Tabitha mißhandelt worden war, paßte zu dem, was dieses Ekel Maglia ihr gesagt hatte. Rona war Tabithas Patin. Warum hatte sie nichts dagegen unternommen? Doch vielleicht hatte sie ja etwas getan. Vielleicht war Tabitha aus diesem Grund bei den Maglias geblieben.

Wetzon betrat *Saks* und machte die Runde im Erdgeschoß, betrachtete die ausgestellten Handtaschen, probierte Lederhandschuhe an. Ein rauchblauer Seidenschal mit winzigen eingewobenen roten Blümchen lag auf einer Theke. Sie hielt ihn an den Hals. Die Wirkung war verblüffend, machte ihre grauen Augen lebendig. Sie kaufte ihn kurz entschlossen, dann fuhr sie mit dem Aufzug in die Wäscheabteilung. *Laß ihm die lange Leine, klar.*

Um diese Tageszeit gab es nicht viele Käufer. Sie ging die Regale durch und zog einen sexy schwarzen Body mit Spitzen am Brustteil heraus. Ihre Größe. Sie hielt ihn sich vor dem Spiegel an und dachte, *Gewagt, Wetzon.* Sie klemmte ihn unter den Arm und ging zum Regal zurück. Der Body war auch in Pfirsich da.

»Kann ich Ihnen helfen?« Eine schlanke Schwarze, das Haar in Furchen fest am Schädel angeflochten, stand neben ihr.

»Ja, ich nehme beide.« Sie warf die zwei Bodys der Frau praktisch hin, bevor sie kalte Füße bekam.

»Möchten Sie sie anprobieren? Sie können nicht umgetauscht werden.«

»Ist schon in Ordnung.« Sie gab ihr ihre Kundenkarte und schlenderte zu einem kreisrunden Ständer mit Nachthemden.

Eine Frau auf der anderen Seite wühlte sich wütend durch die Nachthemden, gab dabei grunzende Laute von sich und führte eine flüsternde Unterhaltung mit feindseligen Untertönen. Als sie sich bis auf Wetzons Seite durchgearbeitet hatte, entpuppte sie sich als Barbara Gordon oder eine Frau, die ihr sehr ähnlich sah. Und es war niemand bei ihr.

»Barbara?«

Barbara riß den Blick von dem Ständer los. Ihr Gesicht wirkte ausgeprägt psychotisch, und sie hatte ihre roten Locken dicht am Schädel zu einem kurzen punkartigen Bürstenschnitt abgeschnitten. »Wetzon.« Ihre Hände wühlten weiter durch die zarten Kleidungsstücke. Sie trug einen goldenen Regenmantel über engen schwarzen Lederhosen und schwarzen ledernen Reitstiefeln. Ihr fehlte nur noch eine Peitsche ... Ihre eigenartigen Augen huschten hierhin und dorthin. Sie drückte sich an Wetzon. »Ihre Frisur gefällt mir. Zeigen Sie mir, wie Sie es machen?«

»Selbstverständlich«, sagte Wetzon vorsichtig. »Wenn Ihr Haar nachgewachsen ist.«

Barbaras krallenartige Hände flogen zu den kurzen Stoppeln auf ihrem Kopf. »Oh ... ich ... äh ...« Ihre Augen bekamen einen irren Glanz, der sofort wieder verschwand, um schnell von Mißtrauen, dann Furcht ersetzt zu werden. »Ich habe mir das Haar abgeschnitten«, sagte sie, als habe sie es eben erst bemerkt. »Jerry wird mich umbringen.«

»Ach, nur langsam, Barbara. Jerry regt sich vielleicht darüber auf, aber Umbringen ist eine ganz andere Sache. Und es wächst ja nach.«

»Ihr Päckchen, Ms. Wetzon, und Ihre Karte. Möchten Sie bitte hier unterschreiben?«

Sie ist verrückt, dachte sie. Traurig. Konnte Barbara Brian und Tabitha ermordet haben? Hatte sie psychotische Momente, in denen sie Dinge tat, an die sie sich nicht erinnerte? Zum Beispiel das Haar abschneiden? Oder töten?

Die Sonne hatte es nicht geschafft, durch die Wolkendecke zu brechen, und hatte es offenbar aufgegeben. Wetzon ging langsam zum Büro zurück, nachdenklich, irgendwie deprimiert. Es war kurz nach drei, als sie ihren Mantel in den Schrank hängte. Vielleicht könnte sie noch einige Anrufe zwischen das Treffen mit der stellvertretenden Staatsanwältin und die Besprechung in Richard Hartmanns Büro einschieben. Sie nahm den Stapel aus rosa Nachrichtenzetteln, den B. B. ihr in ihr Allerheiligstes brachte.

»Ach, wirklich? Wie freundlich von Ihnen, aber wir tun es nicht gratis.« Smith' Stimme war Eis auf kaltem Stahl. »Da gibt es nichts zu überlegen.« Sie legte auf und sah Wetzon an. »Dieser Quatschkopf Cafferty, du glaubst es nicht. Er sagt, wir können seine Gunst wiedergewinnen, wenn wir ihm jemanden gratis vermitteln, einen, der einsfünfzig oder mehr produziert.«

»Der kann mich mal«, sagte Wetzon die Grausame. »Sowie er uns bezahlt hat, war er für Evans schuldet, brechen wir die Beziehung ab.«

»Endlich ein Machtwort von dir!« Smith schien begeistert über Wetzons blutrünstige Reaktion. Als sie die *Saks*-Tasche entdeckte, stürzte sie sich darauf. »Was hast du gekauft?«

»Hm, nur ein bißchen Krimskrams.« Wetzon spürte, daß sie bis zu den Ohren rot wurde.

Smith musterte sie kritisch mit ihrem Röntgenblick. »Zeig her.«

Wetzon zog den Schal aus der Tasche. »Hier, nur ein Schal, den ich wahrscheinlich nie tragen werde.«

»Sehr hübsch.« Smith tat den Schal ab. »Was ist in dem anderen Päckchen?« Als sie Wetzon zögern sah, schmeichelte sie: »Zeig schon her, Zuckerstück.«

Widerwillig zog Wetzon den schwarzen Body aus der Tasche und hielt ihn hoch. »Mach bitte keinen Aufstand.« Sie hatte nicht vor, Smith den pfirsichfarbenen zu zeigen. Dann würde sie überhaupt kein Ende mehr finden.

»Nanu!« Smith legte einen Finger an die Wange und grinste. Sie hob den Kaffeebecher hoch. »Ich grüße den Pokalkönig.«

»Komm mir nicht damit.« Wetzon knüllte den Body zusammen und stopfte ihn in die Tasche.

»Er erscheint jedesmal, wenn ich die Karten für dich lege. Und gestern abend war er die Lösung. Das ist ernst.«

»Was zum Teufel bedeutet das?«

»Es bedeutet, daß er im Augenblick der Mittelpunkt deines Lebens ist.«

»O Gott, Smith, hör auf.« Dann fragte sie, weil sie sich nicht zu helfen wußte: »Wo war Silvestri?«

»Der Schwertkönig gehört in deine Vergangenheit«, sprach Smith bedeutungsschwer.

Die Worte waren wie Peitschenschläge. Ihre Lippen bebten, und es flossen Tränen. »Was für ein Idiot ich bin.« Sie kämpfte gegen die Tränen an. Im Nu war Smith bei ihr, linderte ihr Schluchzen, drückte sie an sich.

»Zuckerstück, weißt du, was dein Problem ist? Du behältst deine Affären nicht unter Kontrolle. Du mußt dich von ihnen mehr lieben lassen, als du selbst sie liebst. Auf diese Weise klappt es immer besser. Und Alton ist dafür bestens geeignet. Du hast dich ganz Dick Tracy geschenkt, und jetzt siehst du, wohin dich das gebracht hat. Glaub mir, du wirst eine wunderbare Affäre mit Alton ...«

B. B. klopfte und unterbrach Smith' Monolog. Stirnrunzelnd tätschelte sie Wetzons Schulter und öffnete die Tür. »Mr. Bahash von Ameribank für dich, Smith.«

Wetzon ging in die Toilette und wusch sich das Gesicht, dann frischte sie ihr Make-up auf. Sie betrachtete sich im Spiegel. Die Zeit schritt fort. Die Lachfältchen um die Augen waren ausgeprägter, doch ihr Hals war glatt und der Rücken gerade. Sie überlegte, ob sie es ebenso schlecht wie Smith verkraften würde, wenn sie die Vierzig erreichte. Das Altern hatte für sie nur eine Rolle gespielt, als sie noch Tänzerin war und wußte, daß die Zeit gegen ihre Gelenke und Sehnen arbeitete.

Sie lächelte sich an und steckte eine Strähne im Knoten fest. »Du kannst noch für dreißig durchgehen«, sagte sie zu ihrem Spiegelbild.

Smith hatte gewiß mehr Erfahrung mit Männern als Wetzon. Vielleicht hatte sie recht. Carlos würde durchdrehen, wenn er das hörte. Er konnte nie verstehen, warum Wetzon sich mit Smith abgab. Sie hatte es immer wieder erklärt, und vielleicht war es eine weibliche Eigenart, aber es gab Menschen, die zu einem bestimmten Zeitpunkt, als irgendein gegenseitiges Bedürfnis bestand, in das eigene Leben getreten waren. Und sie bleiben da, weil sie Teil der eigenen Geschichte sind, aber man mußte seinen Freunden immerzu erklären, warum. So war es mit Smith. Und ihre geschäftliche Partnerschaft funktionierte, besser, als beide sich erträumt hatten.

Smith legte auf, als Wetzon aus der Toilette kam. *Wo nur die Staatsanwältin blieb?* fragte sie sich.

»Fühlst du dich besser?«

Wetzon nickte. »Barbara Gordon lief mir bei *Saks* über den Weg. Sie hat ihr Haar abgeschnitten, radikal. Sie sah aus wie ein rosahaariger Marineinfanterist.«

»Verrückt.«

»Genau. Sie sah psychotisch aus und hörte sich so an – rotes Gesicht, führte Selbstgespräche.«

Smith schien es zu bezweifeln. »Wahrscheinlich ist sie nur wegen Tabitha und Rona durcheinander.«

»Ich weiß nicht, Smith. Es ging mir durch den Sinn, daß sie verrückt genug sein könnte, jemanden zu töten.«

Das Telefon läutete einmal, zweimal, dreimal. Wetzon

sah B. B. an dem anderen Apparat sprechen. Sie seufzte und nahm ab. »Smith und Wetzon.«

»Ms. Wetzon bitte.« Die Stimme kam ihr bekannt vor.

»Am Apparat.«

»Hier ist Marissa Peiser, von der Staatsanwaltschaft. Könnten wir unser Treffen auf heute abend verschieben? Es hat sich etwas sehr Dringendes ergeben.«

Die Promenade, Channel Gardens genannt, weil sich auf der einen Seite die britische Buchhandlung und auf der anderen die französische befand, war eine Wiese aus Chrysanthemen. Wetzon und Smith waren früh am Rockefeller Center eingetroffen und gingen nun schweigend den abschüssigen Weg zur Eisenbahn hinunter. Sie stellten sich zu den wenigen Zuschauern, während sich die Eisläufer zu den Orgelklängen aus der *Lustigen Witwe* um die Bahn drehten.

Wo waren ihre Schlittschuhe? Auf welches Regal hatte sie sie gelegt? Hatten sie die Überschwemmung überlebt? Seit Jahren hatte sie nicht mehr auf Schlittschuhen gestanden. Wetzon schloß die Augen und beschwor die Erinnerung an ein jüngeres Selbst und Carlos herauf, wie sie ihre Runden auf dem Wollman Rink drehten, Tänzer auf Eis.

Sie wandte sich Smith zu, mit großen Augen, aufgeregt. »Komm, wir leihen uns Schlittschuhe und drehen ein paar Runden.«

Smith schaute sie an, als habe sie vorgeschlagen, splitternackt durch die New Yorker Aktienbörse zu laufen. »Das meinst du nicht ernst. Wir gehen zu einer wichtigen Beratung. Wir sind in Geschäftskleidung.«

»Ach, war nur so ein Gedanke.«

»Schlag dir solche Gedanken aus dem Kopf.«

Wetzon zuckte die Achseln. Die Luft roch scharf nach Tannenreisig und gerösteten Kastanien. Ihre Füße in den schwarzen Pumps wollten mit ihr davontanzen, und sie blieb hinter einer entschlossenen Smith zurück, als sie an den Channel Gardens vorbei wieder zur Fifth Avenue gingen. Der Verkäufer der gerösteten Kastanien stand an der Ecke, und erstickender Rauch stieg von seinem Röster auf. Soviel zu dem anheimelnden Brauch; Kastanienröster waren Luftverschmutzer.

Sie überquerten die Fifth zur Nummer 630, zum Gebäude des Atlas. Um Viertel nach fünf strömten die Angestellten, besonders diejenigen, die außerhalb Manhattans wohnten, aus den Büros, um Züge und Busse zu erreichen. Es war Freitag, und so wollten sogar die leitenden Angestellten möglichst schnell ihr Wochenende beginnen.

Wetzon eilte Smith durch die Drehtür nach, an der Rolltreppe vorbei, die zu der unterirdischen Welt aus Läden und Restaurants führte und zu den verzweigten Gängen, die alle Gebäude des Rockefeller Center miteinander verbanden.

»Hallo, Tag, sieh mal einer an.« Smith Stimme war heiser und voller Neugier.

Wetzon sah um ihre Partnerin herum und entdeckte Neil Munchen, der von einer der Aufzugsreihen auf sie zukam.

»Smith, Wetzon, wie schön, daß man sich mal über den Weg läuft.« Sein gestelzter Ton strafte seine Worte Lügen. Der Leiter der Privatkundenabteilung von Rosenkind, Luwisher machte einen äußerst verlegenen Eindruck.

Sie gaben sich reihum die Hand, dann brachte er schnell Entschuldigungen vor und verschwand.

»Was meinst du, was Neil vorhat? Er hat sich verhalten, als hätten wir ihn bei etwas erwischt.« Smith schürzte die Lippen und runzelte die Stirn.

»Warum muß er etwas im Sinn haben? Er ist Ronas Chef. Vielleicht sprach er mit Hartmann ...«

»Ist dir nicht aufgefallen, wie schuldbewußt er aussah?« Sie starrte Neil nachdenklich nach. »Und er hat auch nicht Dickie besucht. Er kam aus der falschen Aufzugsreihe.«

Smith konnte durchaus recht haben. Bernard Freres, die internationale Investmentbank, hatte Büros in dem Gebäude. Dachte Neil über einen Wechsel nach?

In diesem Augenblick kamen Barbara und Jerry Gordon durch die Drehtür; Barbie entdeckte sie und winkte. Sie trug denselben schwarzen Lederanzug und goldenen Regenmantel, aber das gestutzte Haar war von einer riesigen schwarzen, mit Pailletten besetzten Baskenmütze bedeckt. Ihre Augen versteckte sie hinter einer dunklen Brille mit kleinen runden Gläsern. In dem künstlichen Licht war ihr Gesicht ein Totenschädel mit straffer rosa Haut.

Smith und Barbara begrüßten sich, indem sie kaum die Wangen berührten und die Luft küßten. »Sie sehen so schick aus, Schatz«, schwärmte Smith.

Verschone mich, dachte Wetzon, die nach Dr. Jerry Ausschau hielt. Er war verschwunden. Sie schlenderte zum Zeitungskiosk hinüber und sah ihn im Treppenhaus in der Nähe einer Reihe von Telefonen. Er sprach mit Neil Munchen, als wären sie alte Freunde.

Wetzon kehrte ihnen den Rücken und kaufte eine Nummer der *Business Week,* dann kehrte sie zu den Frauen zurück. Jerry Gordon tauchte von der anderen Seite der Aufzugsreihe auf.

»Ich dachte, du wärst direkt hinter mir.« Barbara klang weinerlich, wirkte jedoch nicht mehr so gestört wie bei *Saks.*

»Ich war hinter dir, Liebling.« Dr. Jerry trug eine aufgeblähte Aktentasche. Er holte ein Päckchen Kaugummi aus der Tasche. »Ich blieb zurück, um Kaugummi zu kaufen.« Sein grauer Anzug spannte sich über den Schultern und Armen und war über dem Bauch und den Oberschenkeln zerknittert. Er hätte dringend gebügelt werden müssen. Auf seiner Krawatte war ein öliger Fleck.

»Sie haben Glück, so einen reizenden Mann zu haben«, plapperte Smith. Smith und Wetzon stiegen in einen leeren Expreßaufzug, und die Gordons folgten. Jerry drückte auf 41.

»Sie können ihn haben, wenn Sie mögen.«

Jerry lachte peinlich berührt. »Du mußt immer sticheln, Barbie.«

Smith verdrehte die Augen nach Wetzon. Wetzon streifte Smith' Ellenbogen, um Smith' Blick auf Barbies Kopf zu lenken. Obwohl sie noch nahe beieinander standen, konnte Wetzon wegen der riesigen Baskenmütze nichts von Barbies Bürstenschnitt sehen.

Der Eingang zu Hartmann, Veeder und Kalin, P. C., lag links von den Aufzügen. Zwei Sekretärinnen in dynamisch wirkenden Kostümen wollten gerade gehen, und die eine hinter dem Glasgehäuse des Empfangs stellte das Telefonsystem auf nächtliche Anrufe ein. In dem kleinen Wartezimmer beanspruchte eine große menschenfressende Pflanze den ganzen Platz auf einem Beistelltisch, neben dem eine Polsterbank stand. Die gleiche Anordnung, nur ohne Pflanze, wiederholte sich an der gegenüberliegenden Wand. Auf diesem Tisch waren die letzten Nummern von *Fortune, Forbes* und *The American Lawyer* – Hartmann auf dem Titelblatt, die Geschichte auf Seite vier – und vor allem *Spy* ordentlich ausgelegt.

Dr. Jerry klopfte an das Glas, und sie wurden mittels Summer durch eine helle Nußbaumtür, die in Glasbausteine eingesetzt war, eingelassen. Die Sekretärin führte sie in ein Konferenzzimmer, das trotz leerer Aschenbecher nach Zigaretten stank. Teile des *Wall Street Journal* lagen in flagranti bei der *Post*, die Rona Middleton als Ma Baker groß herausbrachte. Im *Journal* las sich Ronas Fall so: BÖRSENMAKLERIN LEUGNET DOPPELMORD.

Wetzon warf ihren Mantel auf einen Stuhl und setzte sich. Sie konnte sich jede Menge Orte vorstellen, an denen sie jetzt lieber gewesen wäre als hier. Sie schloß die Augen und hörte Dr. Jerry zu, der Smith Dinge von seinen Gruppentherapie-Patienten erzählte, die Wetzon ausgesprochen unpassend erschienen. Smith fragte nach seiner Ausbildung, und Jerry begann eine längere, wichtigtuerische Rede über seine Studienjahre an der Columbia, die von einer zweijährigen Militärzeit unterbrochen waren. Nachrichtendienst selbstverständlich. Machte das nicht jeder? Wetzon schlug die Augen auf. Sie saßen ihr direkt gegenüber. Smith' Hand auf Jerrys Arm ruhend.

Auf dem Konferenztisch lagen ein Stapel gelber Notizblöcke und frisch gespitzte Bleistifte. Auf einer Anrichte fanden eine Telefonanlage und ein Fernseher Platz. An den Wänden ringsum standen Bücherregale, die mit juristischen Büchern vollgestopft waren.

Barbie, die zur Toilette gegangen war, kam mit einer Dose Pepsi Light zurück. »Es ist noch mehr da, falls jemand möchte.« Als niemand reagierte, sagte sie laut: »Ich spreche mit dir, Dicker.«

Smith blickte richtig erschrocken auf.

Jerry Gordon erhob sich, legte einen Arm um seine Frau und führte sie zu einem Stuhl neben Wetzon. »Hast du deine Tabletten genommen?« flüsterte er. »Nimm sie jetzt.«

Barbie sank auf den Stuhl, einen entsetzten Ausdruck im Gesicht, doch sie griff in den Lederbeutel um ihre Taille, nahm ein Röhrchen mit Tabletten heraus, schüttelte eine auf die Hand und warf sie in den Mund. Sie steckte das Röhrchen wieder in den Beutel, bevor Wetzon das Etikett lesen konnte. Dr. Jerry tätschelte die paillettenbesetzte Baskenmütze und kehrte zu seinem Platz neben Smith zurück, um den Faden ihres Gesprächs wieder aufzunehmen. Wetzon bekam eine Gänsehaut.

Eine Tür am anderen Ende des Raumes ging auf, und Rona erschien mit Dick Hartmann. Rona war bleich und nervös. Dunkle Wurzeln machten das blonde Haar streifig. Sie trug ein schwarzes Kostüm aus Wollkrepp, das ihre Haut noch ausgelaugter erscheinen ließ.

»Wie geht es Ihnen?« fragte Wetzon, weil keiner sonst etwas sagte.

»Wie durch den Wolf gedreht.« Rona setzte sich auf Wetzons andere Seite und drückte ihr die Hand.

Eine junge Asiatin im grauen Kostüm kam ins Zimmer und schloß die Tür. Ihr schwarzes Haar war im Nacken abgeschnitten.

»Meine Mitarbeiterin, Robin Huang«, sagte Dick Hartmann. Er stellte jeden namentlich vor.

Hartmann setzte sich an das Kopfende des Tisches und bot Robin den Stuhl rechts neben seinem an. Er trug einen offensichtlich teuren Maßanzug und fühlte sich eindeutig in seinem Element.

»Fürs Protokoll«, sagte Rona, indem sie sie langsam der Reihe nach ansah. »Ich habe weder Brian noch Tabitha getötet.«

»Selbstverständlich, Liebe«, sagte Smith.

»Das wissen wir«, schloß sich Wetzon an.

»Dicker«, sagte Barbie Gordon.

»Das steht für uns außer Frage«, tönte Dr. Jerry.

Hartmann bedachte Barbie mit einem unergründlichen Blick. »Die Beweise, die sie haben, sind ausschließlich Indizien.« Er nahm einen Block von dem Stapel auf dem

Tisch und einen Mont Blanc-Federhalter aus der Innentasche. »Rona hat ein Alibi, also können wir vielleicht erreichen, daß es gar nicht zur Anklage kommt.«

Gut, dachte Wetzon. *Kann ich jetzt nach Hause gehen?*

»Aber er lehnt es ab, sich zu melden«, fuhr Hartmann fort. Wetzon ging ein Licht auf. Maglia.

»Tony Maglia«, sagte Rona mit einem trotzigen Blick auf Wetzon. »Wir haben seit Jahren ein Verhältnis. Schon aus der Zeit vor Brian. Ich war bei Tony, als Brian ermordet wurde.«

»Das verschafft ihm ebenfalls ein Alibi«, bemerkt Wetzon.

»Das denke ich auch.«

»Und was ist mir Tabitha?« fragte Smith.

»Ich wartete eine halbe Stunde am Brunnen, und dann dachte ich, sie würde nicht mehr kommen. Ich habe noch nie eine Waffe in der Hand gehabt. Das ist alles lächerlich.«

Wetzon tätschelte Ronas Hand. »Hielt Tabitha sich bei den Maglias auf?«

Rona nickte.

»Wenn es nicht anders geht, kriege ich ihn mit einer Vorladung«, erklärte Hartmann.

»Was können *wir* tun?« fragte Smith.

»Sie können die weißen Flecken für uns ausfüllen. Ich möchte jeden überprüfen, der etwas gegen Brian hatte.«

»Dann stellen Sie sich an«, sagte Rona.

»Das reicht, Rona.« Hartmanns Ton war scharf und endgültig.

»Und nun zu Penny Ann Boyd«, sagte Smith.

Beinahe wie aus einem Mund sagten Rona, Hartmann und die Gordons: »Lassen Sie sie draußen.«

»Na, gut.« Wetzon tauschte Blicke mit Smith. Doch es war nicht gut. »Simon Loveman, der Manager bei Loeb

Dawkins, gab Brian zwanzigtausend Dollar, um Brians Schulden bei Bliss Norderman zu begleichen. Ich bin sicher, daß Brian kündigte, obwohl dieser Schleimer Maglia es abstreitet.« Sie warf einen Blick auf Rona. »Entschuldigung.« Rona machte eine wegwerfende Geste, und Wetzon fuhr fort. »Brian muß die zwanzigtausend zurückgezahlt haben. Können Sie nachprüfen, ob er es getan hat? Wenn ja, hat er nämlich bestimmt gekündigt.« Robin Huang machte ausführliche Notizen. »Wenn nicht, könnte Simon ein Motiv haben. Falls Simon die zwanzigtausend nicht ersetzt, kann er seine Stelle verlieren.«

»Was ist mit Penny Ann?« hakte Smith nach.

Ja, was ist mit Penny Ann? dachte Wetzon. Penny Ann war kaum unschuldig, besonders nicht, wen man an Tabitha dachte. Entweder hatte sie ihre Tochter mißhandelt oder aber schweigend dabeigestanden, während ihr verstorbener Mann es getan hatte.

»Was ist mit dem verschwundenen Korrespondenz-Ordner? Brians Ordner.« Wetzon achtete auf Barbies Reaktion. Fehlanzeige. »Ob diese Papiere uns ein Motiv für den Mord an Brian und Tabitha liefern würden?«

Barbara wandte langsam den Kopf und starrte Wetzon mit ihren abgeschirmten Augen an. Wußte Barbie, daß Wetzon die Papiere in der Hutschachtel gesehen hatte? Die Frau war geradezu unheimlich.

»Oh, die werden bestimmt auftauchen«, meinte Rona. »Das Ablagesystem in Tonys Büro ist eine Katastrophe.«

Wetzon sagte eindringlich: »Die Tatsache, daß sie fehlten, hat Penny Ann den Fall gekostet. Obwohl sich Brian wahnsinnig ärgerte, waren die zwanzigtausend für die Jahresrenten doch nichts als ein Furz.«

Alle im Zimmer starrten Wetzon an, und Barbie begann zu lachen, zu schlucken, zu husten und konnte nicht aufhören. Jerry betrachtete seine Frau besorgt, und sie keuchte: »Gott, tut mir leid. Es ist so lustig.« Sie fing wieder an zu lachen. Tränen kullerten ihr über die Wangen. Er reichte ihr ein Taschentuch über den Tisch, und sie trocknete die Augen, ohne die Brille abzusetzen. »O Gott, ist es heiß hier drinnen«, sagte sie. Sie riß die Pailletten-mütze vom Kopf, und jetzt war es an Wetzon, nach Luft zu schnappen.

Rote Locken quollen unter Barbies Baskenmütze hervor und fielen auf die Schultern.

»Nun, wenigstens war sie so vernünftig, eine Perücke zu besorgen«, sagte Smith. »Oder vielleicht haben wir gerade ihre böse Zwillingsschwester getroffen.«

»Penny Ann«, sagte Wetzon nachdenklich. Sie und Smith standen allein im Aufzug, der nach unten in die Halle des Gebäudes sauste.

»Genau mein Gedanke. Das machen wir. Du fährst heute abend mit mir aufs Land, und morgen reden wir mit Penny Ann.«

Wetzon schüttelte den Kopf. Sie stiegen aus dem Aufzug und gingen langsam zur Eisbahn zurück. Sie spürte einen kleinen pulsierenden Schmerz über dem rechten Auge und ein brennendes Gefühl hinter der Stirn. »Ich möchte nach Hause gehen, mich ins Bett legen und zehn oder zwölf herrliche, ungestörte Stunden schlafen. Wenn ich heute abend mit dir hinfahre, wird daraus eine Pyjamaparty. Wir werden kein Ende finden, und ich bin danach zu nichts zu gebrauchen. Warum soll ich nicht morgen hochfahren?« Sie stützten sich mit den Ellbogen auf die niedrige Marmormauer und sahen den Schlittschuhläufern zu. Ein Vater band einem etwa vierjährigen Kind die rote Mütze fest; beide schienen vollkommen sicher auf den Kufen zu stehen, bis das Kind taumelte, auf seinen vom Schneeanzug gepolsterten Hintern fiel und den Vater mit zu Fall brachte.

Smith schlug die Arme um sich. Es wurde zu kalt, um ohne Mantel herumzulaufen. »Mark kommt über Nacht mit einem Freund. Sie fahren morgen früh mit einer Gruppe nach Killington hoch. Er wird es bedauern, wenn er dich nicht trifft.« Ihre Augen wurden glänzend. »Mein Baby wird so schnell groß ...«

Wetzon legte einen Arm um ihre Partnerin. »Er ist sechzehn, bald siebzehn, Smith. Er ist kein Baby mehr.«

»Ich weiß.« Smith schniefte und kramte in der Tasche nach einem Kleenex. »Aber ich ertrage es nicht. Es bedeutet, daß ich auch älter werde. Deshalb werde ich meinen Geburtstag auch einfach übergehen.« Sie sah Wetzon mißtrauisch an. »Du hast es doch niemandem verraten?«

Wetzon verspürte Gewissensbisse. »Wer, ich? Nein, natürlich nicht, aber ich bin sicher, daß Twoey es weiß.«

»Wie kommst du darauf?«

»Ach, komm schon. Du gehst mit ihm seit über einem Jahr. Du kennst seinen doch auch.«

»Hm. Wenn du den neun Uhr sieben nimmst, kommst du so um zehn rum an, und ich hole dich ab.«

»Wann geht der nächste?«

»Zehn Uhr sieben.«

»Den nehme ich.«

Smith fröstelte. »Es ist zu kalt, um hier herumzustehen. Ich suche ein Taxi.«

»Ich möchte einfach noch ein bißchen zusehen.« Wetzon wedelte Smith mit der Hand zu. »Bis morgen. Gib Mark einen Kuß von mir.« Sie drückten sich lange die Hand, dann umarmten sie sich impulsiv. Wetzon zog den Kragen ihres Trenchcoats um den Hals hoch und sah Smith nach, die auf die Treppe zur 50. Street zuging, bis sie außer Sichtweite war.

Ein Mädchen in einem flauschigen weißen Häschenkostüm drehte zu *Putting on the Ritz* seine Kreise auf dem Eis. Judy Garlands bebende Stimme auf der Aufnahme löste nostalgische Gefühle bei Wetzon aus, machte sie traurig, sehnsüchtig nach dem Bohèmeleben, das sie geführt hatte, bevor sie Headhunterin geworden war, obwohl sie sehr wohl wußte, daß das irreal und unrealistisch war.

Schluß mit diesem rührseligen, selbstbedauernden Scheiß. Sie hatte ihre Gedanken von dem vorliegenden Fall abschweifen lassen.

Auf irgendeine Weise war Penny Ann der Schlüssel zu allem. War sie dann in Gefahr? Würde sie die nächste sein? Oder hatte sie beide Morde begangen? Es war eine furchtbare Tatsache, daß Eltern ihre Kinder mißhandelten und töteten. Aber mit einer Pistole?

Ihr Hände waren kalt. Sie klemmte die Aktentasche unter den Arm und steckte die Hände in die Taschen. Die Fahnen der Vereinten Nationen um die Schlittschuhbahn schlugen steif im Wind. Prometheus, in Gold gegossen, beobachtete alles unter den himmelstürmenden Türmen des Rockefeller Centers. Als Perry Como *Your're the Only One I'll Ever Love* zu singen begann, wurde Wetzon vollends weich. Sie verließ die Schlittschuhläufer und ging in westlicher Richtung auf die U-Bahnstation zu. *Wie albern und sentimental von dir, Wetzon.*

Ein Zug der Linie D fuhr gerade in die Station Rockefeller Center ein; es war sieben Uhr, und auf dem Bahnsteig drängten sich die Leute nicht mehr. Sie fand einen Sitzplatz und holte die *Business Week* heraus. Aber ihre Gedanken waren nicht bei der Lektüre. Sie sah immerzu Tabithas geschwollenen Hals und das aufgedunsene Gesicht auf der Seite. Schließlich legte sie die Zeitschrift weg. Sie war müde. Die anderen Fahrgäste sahen ebenfalls müde aus. Die meisten fuhren nach Hause, aber es waren einige Jugendliche darunter, berstend vor Energie, in künstlich zerrissenen Jeans, die zweifellos ins Village fuhren. Und tatsächlich drängelten sie sich an der 8. Street fröhlich lärmend vor Wetzon hinaus.

Sie machte bei *Balducci's* halt, der erstaunlichen Antwort des Villages auf *Zabar's*, und kaufte einen Behälter Minestrone und ein halbes Pfund Nudelsalat mit Gemüse und reifen Tomaten, eine lange Sauerteigbaguette, ein Stückchen Roquefort und einen Becher eingelegte Oliven. Als letztes wählte sie einen großen weichen Schokoladenkuchen. Nach diesem Einkauf fühlte sie sich gut.

Im Kaffeehaus *Schapira* lagen Kaffeesäcke herum, und Blickfang war ein gewaltiger Röster; es war ein himmlischer Ort, ausschließlich den unzähligen Sorten von Kaffee und Tee gewidmet. Sie kaufte ein Pfund von wasserbehandeltem Koffeinfreien, dann ging es heimwärts auf der 10. Street mit anderen Villagebewohnern, die alle Lebensmittel schleppten. Sie ging direkt an der Buchhandlung *Three Lives* vorbei, blieb stehen und ging zurück. Die Tür stand offen, und es waren freundliche Gesichter hinter dem Ladentisch. Sie betrat den kleinen gemütlichen Raum, der mit Büchern in Holzregalen vollgepackt war. Genau so einen Laden würde sie sich wünschen, wenn sie eine Buchhandlung hätte.

Sie kaufte John le Carrés *Der heimliche Gefährte*, das gerade als Taschenbuch erschienen war, um es am nächsten Tag im Zug zu lesen, und war wieder auf dem Weg.

Im Village herrschte Leben. Die Restaurants füllten sich; die engen Straßen und Bürgersteige waren voller Menschen, aber Wetzon schien alles fremd. Sie vermißte ihre Upper West Side. Als sie weiter nach Westen kam, wurde es ruhiger, ein paar Leute, die ihre Hunde ausführten, einige Anwälte und Investmentbanker, die eben nach Hause gingen, und Leslie Wetzon.

Über Carlos' Klingel war ein Zettel mit Tesa angeklebt: »Leslie, ich habe Ihre Post. Läuten Sie bitte. Louise.« Sie drückte auf Louies Klingel.

»Ja?«

»Tag, hier ist Leslie. Ich bin unten.«

»Ich habe eine Einkaufstasche voll Sachen für Sie.«

Spontan sagte Wetzon: »Kommen Sie hoch und essen Sie mit mir zu Abend.«

»Ich lebe vegetarisch. Ich habe mir gerade einen großen Obstsalat bereitet.«

»Der ist Ihr Beitrag. Wenn kein Fleisch in meiner Minestrone ist, dann ist alles in Ordnung.«

Ihre Stimmung hob sich. Plötzlich wurde ihr klar, daß sie nicht allein sein wollte. Sie zog sich um, Leggings und ein altes weißes Frackhemd, das sie sich von Silvestri angeeignet hatte, und goß die Suppe in einen Topf, um sie aufzuwärmen. Als Louie kam, bauten sie das kalte Büfett auf dem Zeichentisch auf und arbeiteten sich durch.

»Haben Sie heute etwas in der Wohnung gemacht?« Wetzon maß Kaffee in den Filter, goß das Wasser hinein und schaltete die Maschine an.

»Nein. Ich habe nur meine Mannschaft zur Besichtigung hingebracht.« Louie trug Jeans, die an den Knien abgeschnitten waren, und einen blauen Pullover mit V-Ausschnitt und aufgekrempelten Ärmeln. »Wollen Sie nicht Ihre Post durchsehen?«

»Ach ja, klar.« Sie zog die *Bloomingdale's*-Tasche zu sich. »Wahrscheinlich Rechnungen und ansonsten Mist.« Sie schob die Teller und Kartons beiseite, nahm alles aus der Einkaufstasche heraus und legte die Post auf den Tisch. Vom Abendessen waren nur noch etwas von Louies Obstsalat, der Roquefort und der Schokoladenkuchen, den Wetzon in zwei gleichgroße Stücke geteilt hatte, übrig.

Während Louie den Kaffee einschenkte, begann Wetzon, Umschläge zu öffnen und Sachen in die Tasche wegzuwerfen. »Sehen Sie, was ich meine?« Da waren Rechnungen von der Telefongesellschaft, von den Stadtwerken und von American Express und ihre monatliche Maklergebührenaufstellung von Oppenheimer. Die Nebenkostenrechnung der Wohnung, in der sie nicht wohnte. Die Zeitschriften *New York, Forbes* und unter allem ein dicker, steifer Umschlag, in Washington, D. C., abgestempelt und in Silvestris krakeliger Handschrift adressiert. Sie brachte ihn ins Schlafzimmer und ließ ihn aufs Bett fallen. Nicht jetzt, dachte sie. Langsam tranken sie den Kaffee, redeten nicht viel und aßen sich durch die Reste auf dem Tisch durch. Dann sahen sie sich über die letzten Krümel hinweg an und mußten lachen.

»Wir waren wohl hungrig«, sagte Louie.

»Irgendwie. Ich hatte einen Schmerz genau hier.« Wetzon legte ihre Hand unter die Brust. »Komisch, wie bestimmte eßbare Sachen einen aufrichten können.« Sie lächelte Louie an.

»Sie sind heute abend anscheinend traurig«, sagte Louie.

»Stimmt, ein bißchen. Ich bin froh, daß Sie da waren.«

»Ich auch.« Louie stand auf und begann aufzuräumen.

Wetzon sah ihr eine Weile zu. »Louie, darf ich Sie etwas Persönliches fragen?«

Louie, die gerade einen Teller abkratzte, hielt inne. »Nur zu.«

»Ist es leichter, Frauen zu lieben als Männer?« Sie machte eine Pause. »Du meine Güte, ich hoffe, ich trete Ihnen nicht zu nahe.«

Louie lächelte. »Ich würde Ihnen keine unvoreingenommene Antwort geben. Und nein, Sie sind mir nicht zu nahe getreten.« Sie band den Plastiksack zu. »Ich nehme das mit runter. Es muß heute nacht auf die Straße, damit es morgen abgeholt wird.«

Nachdem Louie gegangen war, duschte Wetzon und zog wieder das weiße Hemd an, während sie ihr Haar fönte. Das Päckchen von Silvestri wartete auf ihrem Bett. Sie seufzte, setzte sich mit gekreuzten Beinen hin und öffnete es. Es war eine neue CD. Harry Connick, Jr. Sie hatten ihn ›I've Gor You Under My Skin‹ singen hören, und sie hatte davon eine Gänsehaut bekommen. Dieser junge Mann, der wie Sinatra klang, hatte eine Stimme so voller Zärtlichkeit, daß man weinen mußte.

Keine Nachricht dabei. Hol ihn der Teufel. Er manipulierte sie. Sie warf die CD aufs Bett. Sie würde sie nicht abspielen. Doch Carlos hatte eine wirklich gute Stereoanlage, die auch über einen CD-Player verfügte.

Sie schob die CD in den Schlitz und fummelte an den Knöpfen herum. »Laßt Musik erklingen«, murmelte sie. Und sie erklang. Sie schloß die Jalousien und tanzte träumerisch durch das Zimmer. Er sang zu ihr, und das war es, was Silvestri wollte. Ein Ersatzmann. Als Connick zu »I've Got You Under My Skin« kam, konnte sie nicht mehr, ließ sich auf den Boden fallen. Hol ihn der Teufel. Sie schlug den Teppich mit der Faust. Nein, so ging es nicht. Das war eine Art psychologischer Gehirnwäsche, die Silvestri in Quantico lernte.

Die Haustürklingel läutete. Wer konnte das sein? Louie?

Sie stand auf, schniefte in ein Kleenex und ging zu dem Monitor hinüber. Zwei Leute drängten sich auf dem winzigen Vorplatz unten. Die Klingel schrillte noch einmal.

Wetzon seufzte und ließ sie ein.

Es war die stellvertretende Staatswanwältin, Marissa Peiser, und sie war in Begleitung von Detective Ferrante.

Marissa Peiser trug ein graues Kostüm mit einem roten Rollkragenpullover unter dem ewigen schmuddeligen grauen Trenchcoat. Kleine Tränensäcke unter den Augen ließen sie älter erscheinen, als sie vermutlich war, doch ihr glattes braunes Haar hatte einen hübschen Glanz, und ihre Lippen waren angemalt. Auf die Wangen hatte sie Rouge aufgetragen. Die Hand, die sie Wetzon reichte, war kalt und fest wie eine Schraubenfeder. »Tut mir leid, daß es so spät ist«, sagte sie, doch dem Ton nach war es nur ein Lippenbekenntnis. »Sie kennen Detective Ferrante?«

Ferrante folgte ihr auf dem Fuß und schloß die Tür.

»Wie schön, Sie wiederzusehen, Detective Ferrante.« Ferrantes Schnäuzer zuckte. Er sah sie scharf an, überlegte, ob sie ihn verspottete, doch Wetzons Gesicht blieb ausdruckslos.

»Setzen Sie sich doch. Möchten Sie einen Kaffee?«

Sie nahmen das Angebot an.

»Schöne Wohnung«, bemerkte Peiser. Sie wanderte durch das Wohnzimmer, blieb stehen, spähte ins Schlafzimmer. In ihrer schwarzen Strumpfhose war eine Laufmasche.

»Es ist sozusagen eine Leihwohnung. Was kann ich für Sie tun?«

Ferrante fuhr sich mit der Hand durch das lockige Haar, trat von einem Bein auf das andere und setzte sich schließlich an den Zeichentisch, groß und massig in einem braunen Tweedsakko und hellbraunen Hosen. Er schob mit dem Fuß einen Stuhl für Peiser vor, und sie verstand den Wink.

»Wir möchten mit Ihnen die zwei Morde durchsprechen. Möglicherweise haben Sie doch etwas zu berichten vergessen«, sagte Peiser, während sie den Mantel auszog und über die Stuhllehne fallen ließ. Sie setzte sich, schlug die Beine über, dann stellte sie sie gerade und lehnte sich an den Mantel. Kein Wunder, daß er so aussah.

»Hat sich etwas Neues ergeben?« erkundigte sich Wetzon.

»Warum fragen Sie?« Peiser kramte in der Tasche des Regenmantels und angelte ein kleines Notizbuch heraus.

»Weil Sie beide so nervös wirken und Sie mir sagten, daß etwas Dringendes passiert sei ... O Mann, reden wir nicht um die Sache herum. Ich weiß nichts über den Mord an Brian. Er hatte meine Karte. Stimmt's, Ferrante? So sind Sie auf mich gekommen.« Sie goß Kaffee in die drei Becher. »Sie müssen ihn schwarz trinken. Ich habe keine Milch im Haus. Wo ist Detective Martens heute nacht?«

Ferrante überging ihre Frage. Er nickte Peiser zu, und Peiser sagte: »Ihrer Teilhaberin Ms. Xenia Smith zufolge lernten Sie die Boyds und die Gordons in einer geselligen Runde durch Rona Middleton kennen.«

»Gesellige Runde?« Wetzon lächelte. Smith konnte wahrhaftig gut mit Worten umgehen. »Ich glaube eigentlich nicht, daß das der richtige Ausdruck ist. Wir trafen uns zwar am Sonntag nach Brians Tod mit Penny Ann Boyd, Barbara Gordon und Rona zu einem Drink, doch der

Zweck war, uns Barbara und Penny Ann vorzustellen. Rona veranlaßte das. Wir sollten ihnen helfen, Tabitha zu finden, die ausgerissen war – und nicht zum erstenmal.«

»Allmächtiger«, fluchte Ferrante vor sich hin.

»Wieso haben die geglaubt, Sie wären dazu in der Lage?«

Peiser sah Ferrante stirnrunzelnd an und hob den Becher an die Lippen.

»Offen gesagt, ich weiß es nicht.« Wetzon setzte sich zu ihnen an den Tisch. »Sie dachten anscheinend, daß Tabitha bei jemandem war, der mit Brian zusammengearbeitet hatte, vielleicht bei seinem Chef, Tony Maglia.« Sie hielt inne und sagte fast zu sich selbst: »Moment. Müßte Rona nicht gewußt haben, ob Tabitha bei Maglia war, wenn sie ein Verhältnis mit ihm hatte?« Dann sagte sie zu Peiser: »Das Verhältnis, wissen Sie davon?«

Peiser nickte. »Fahren Sie fort.« Sie machte Notizen in ihr Buch, und Wetzon erkannte die eleganten Schleifen der Greggschen Kurzschrift. Vor ihrem inneren Auge sah sie Peiser als Jurastudentin, die ihren Lebensunterhalt als Sekretärin verdiente, und fühlte sich zu ihr hingezogen.

»Nun, sie wollten, daß wir versuchten, ihnen einige diskrete Fragen zu stellen.«

Ferrante fuhr hoch, daß der Stuhl nach hinten kippte. Sein Gesicht lief dunkelrot an. »Wir sollten sie als Komplizin ...«

Peiser hob die Hand. »Sie sagen ›sie‹. Wer ist das?« Ferrante stellte den Stuhl auf, doch er kochte. Er setzte sich geräuschvoll wieder hin.

»Rona, Penny Ann und Barbara Gordon. Ich nehme an, auch ihr Mann, Dr. Jerry Gordon, obgleich er beim erstenmal nicht dabei war. Es war alles ein Vorwand. Ich stellte später fest, daß Dr. Jerry – er ist eine Art Therapeut – uns nur zugezogen hat, um Penny Ann daran zu hindern, zur Polizei zu gehen. Penny Ann fürchtete, Tabitha habe Brian getötet, weil sie an jenem Morgen mit ihm im Conservatory Garden verabredet war.«

»Zurückhalten von Beweisen«, knurrte Ferrante.

»Hören Sie, Ferrante, Sie haben mich nicht nach Tabitha und Brian gefragt, und damals hätte ich sowieso nichts gewußt.« Er machte sie wütend. Er machte sie immer wütend.

»Woher wissen Sie, daß Tabitha sich mit Brian Middleton im Conservatory Garden treffen wollte?« fragte Peiser.

Wetzon seufzte. Da Tabitha tot war, hatte es keinen Sinn mehr, das Tagebuch zu behalten. »Es stand in Tabithas Tagebuch. Warten Sie, ich hole es.« Sie ging ins Schlafzimmer, nahm es von dem Tisch neben dem Bett und brachte es Peiser, die es Ferrante hinschob. »Sie werden bemerken, daß am Ende zwei Seiten fehlen.«

Eine Ader pulsierte an seiner Stirn. »Wie sind Sie an das gekommen?« Er zog eine Plastiktüte aus der Innentasche, faßte das Tagebuch mit einem Taschentuch an, schob es in die Tüte und versiegelte sie.

»Ich glaube, das ist Zeitverschwendung«, sagte Wetzon.

Ferrante schüttelte die Tüte vor ihr. »Sie werden uns wohl erzählen, daß viele Leute das in der Hand hatten?«

Wetzon seufzte und langte nach ihrem Becher. »Penny Ann gab es uns, dann entwendete es jemand aus meiner Handtasche, bevor ich Gelegenheit hatte, darin zu lesen – Sie zum Beispiel –, und schickte es mir dann ohne die letzten Seiten mit der Post zurück. In Wirklichkeit schien Penny Ann mehr daran interessiert, irgendwelche verschwundenen Papiere zu finden, die mit der Schlichtung in ihrem Verfahren gegen Brian und Bliss Norderman zu tun haben, als ihre Tochter zu finden.« Das mußte es sein. Penny wußte, wo Tabitha war. Penny wollte diese Papiere. Aber warum deckte Rona Penny, und was war für die Gordons drin?

»Das ist das erste, was wir von verschwundenen Papieren hören. Was halten Sie noch vor uns zurück?«

»Ferrante, gehen Sie mir aus den Augen. Ich brauche mit Ihnen nicht zu sprechen. Ich bin eine unbescholtene Bürgerin.«

»Unbescholtene Bürgerin!«

»Immer mit der Ruhe, Bobby, ja?« Peiser saß auf der Stuhlkante und beugte sich über den Tisch vor. »Dieser Jerry Gordon, ist er Dr. med.?«

Bobby? dachte Wetzon, indem sie den Blick von Peiser zu Ferrante schweifen ließ. »Ich glaube nicht. Ich habe ihn nicht gebeten, mir seinen Lebenslauf zu zeigen. Er hält eine Funksprechstunde bei einem Sender in Connecticut, ›Fragen Sie Dr. Jerry‹. Eigentlich ist er, glaube ich, so eine Art Guru oder Gruppentherapeut. Sie waren alle bei ihm.«

»Alle?«

»Rona, Brian, Tabitha, Penny Ann, ihr verstorbener Mann Wilson und Gott weiß wer.«

Ferrante stand wieder auf und begann herumzustreichen, ins Wohnzimmer, zurück in die Küche, wieder ins Wohnzimmer.

Peiser nickte. Ihre Hand zitterte über dem Notizbuch. Nun, Ferrante machte jeden verrückt. »Was unternahmen Sie, um Tabitha zu finden?«

»Wir glaubten zu wissen, wo sie war. Brians Wohnung. Wir waren an jenem Freitag hingegangen, um herauszubekommen, warum er nicht bei Loeb Dawkins angefangen hatte – wir wußten nicht, daß er tot war –, und wir stießen auf eine, die wir damals für das Dienstmädchen hielten. Nachdem wir mit Rona usw. gesprochen hatten, wurde uns klar, daß es Tabitha gewesen sein mußte, aber als Smith in die Wohnung zurückging, war dort keine Spur von ihr.«

Von der Mitte des Wohnzimmers brüllte Ferrante: »Sie sprechen von der Wohnung in der West 79. Street?« Dann, ohne eine Antwort abzuwarten, schimpfte er weiter: »Sie haben sie ausgeräumt, ja? Was haben Sie mitgenommen? Haben Sie dort das Tagebuch gefunden? Herrgott, kein Wunder, das dort nichts zu finden war. Diese Weiber haben überall ihre Hände drin.«

»Wir haben nichts mitgenommen.«

»Wer's glaubt, wird selig.«

»Was weiter?« unterbrach Peiser, indem sie Ferrante einen flehenden Blick zuwarf.

»Dann legte Penny Ann ihr falsches Geständnis ab, wahrscheinlich um ihre Tochter zu decken.«

Peiser und Ferrante sahen sich für den Bruchteil einer Sekunde an.

»Es war nicht echt, oder?«

»Fahren Sie fort«, sagte Peiser.

»Ich wollte gerade die zwanzigtausend Dollar erwähnen.«

»Sehen Sie, was ich meine?« gestikulierte Ferrante vor Peisers Gesicht.

»Simon Loveman, Brians zukünftiger Manager, streckte Brian zwanzigtausend vor, um seine Schulden bei Bliss Norderman zu begleichen.«

»Okay«, sagte Peiser, während sie etwas aufschrieb. »Bleiben wir bei dem, was Sie uns erzählten über ...«

»Ihre Verschwörung zur Behinderung der Justiz.« Ferrante durchstreifte wieder das Wohnzimmer.

Wetzon kehrte ihm den Rücken. »Jerry Gordon lud zu einem Treffen in seiner Praxis im *Park Royale* ein, und Richard Hartmann kam mit Penny Ann an, die unmittelbar darauf zusammenbrach. Jerry legte sie auf das Sofa in seinem Sprechzimmer und ging Tee holen, während ich bei ihr blieb. Ich öffnete den Kleiderschrank, um nach einer Decke zu suchen, fand eine auf dem obersten Brett, warf aber aus Versehen eine Hutschachtel herunter. Als ich sie aufhob, um sie zurückzustellen, ging der Deckel auf, und ich sah eine Menge Briefe und Finanzberichte. Ich dachte, es könnte sich um die fehlenden Papiere handeln, doch dann hörte ich Jerry zurückkommen, also stellte ich die Schachtel wieder an ihren Platz.«

»Haben Sie es irgend jemandem gegenüber erwähnt?« Peiser biß sich auf die Lippen, rutschte unruhig auf dem Stuhl hin und her und warf immer wieder kurze Blicke auf Ferrante.

»Nur Smith gegenüber.«

»Mir ist nicht ganz klar, wie Sie den Anruf über das Treffen mit Tabitha beim Lincoln Center bekommen haben«, sagte Peiser. »Zu Detective Walters ...«

»Ich habe ihm nicht alles gesagt«, erklärte Wetzon. Ferrante stieß einen unverschämten Laut aus. »Die Papiere gingen mir nicht aus dem Kopf. Ich wußte, daß Smith und die Gordons, zumindest Jerry, Hartmann bei seinem Schlußplädoyer zusehen wollten. Ich beschloß, vorbeizuschauen und zu versuchen, in die Wohnung zu kommen.«

»Sie sind *eingebrochen*?« Ferrante sah aus, als sei er bereit, sie in Eisen zu legen. »Oder hat Dr. Gardon Ihnen einen Schlüssel gegeben?«

»Ich borgte einen bei der Hausverwaltung.« Sie sah Peiser an.

»Quatsch!« platzte Ferrante heraus. »Sie steckt bis zu den ...«

»Bekomme ich deswegen Ärger, Ms. Peiser?«

»Nicht wegen Einbruchs, aber vielleicht wegen Behinderung der Justiz.«

»Und vielleicht mehr.« Ferrante stand am Tisch.

»Nicht so schnell, Ferrante. Warum versuchen Sie ständig, mich schlechter dastehen zu lassen, als ich bin?« Wetzon stand auf. »Ich bin gleich wieder da.« Sie ging ins Schlafzimmer.

Das Kostüm, das sie an jenem Abend getragen hatte, lag auf dem Stuhl. Sie war nicht dazu gekommen, es in eine Reinigung zu bringen. In der Tasche war der Hauptschlüssel der Hausverwaltung. Sie brachte ihn Ferrante. »Vielleicht möchten Sie ihn für mich zurückgeben.«

Ferrante knurrte.

»Vergiß es, Bobby«, sagte Peiser. Da fing sie schon wieder mit Bobby an. Warum pfiff sie ihren Hund nicht einfach zurück? War das die ›Guter Bulle, böser Bulle‹-Masche? »Haben Sie die Papiere gesehen?«

Das bremste sie. Was jetzt? Sie hatte immer noch Mrs. Leonard Foleys Abrechnungen. Aber was hatten die mit den Morden zu tun? Wahrscheinlich nichts, entschied sie, also wich sie aus. »Ja und nein. Ich sah sie, aber dann kamen alle vom Gericht in die Wohnung zurück, und ich mußte die Hutschachtel wegstellen und mich im Schrank verstecken. Als sie gingen und ich die Schachtel suchte, war sie verschwunden.«

»Vielleicht ist sie nie dagewesen«, höhnte Ferrante. »Sie und Ihre Verbindungen! Ich habe alles über Sie gehört.«

»Ferrante, jetzt reicht's. Ich möchte, daß Sie gehen. Sofort.«

»Schluß jetzt«, sagte Peiser energisch. »Halten Sie sich zurück, Bobby.«

Wetzon bemerkte verspätet, daß hier außer Ferrantes Reaktion auf sie noch etwas anderes ablief. »Die Schachtel war vorher da. Jemand anderes kam dann in die Wohnung, Barbara Gordon, glaube ich, und ich sprang wieder in den Schrank. Dummerweise hatte ich vorher meine Aktentasche fallen gelassen und alles ausgekippt. Ich dachte, ich hätte alles, aber mein Kartenetui fehlte, was ich allerdings nicht gleich merkte.«

»Sie haben sie gesehen?« fragte Ferrante mit normaler Stimme.

Wetzon schüttelte den Kopf.

»Woher wissen Sie, daß es Barbara Gordon war?«

»Ihr Parfum. Und sie zog sich um, in Abendkleidung. Der Schrank war voll von Abendkleidern.« Wetzon verteilte den Rest Kaffee auf die Becher, schaltete die Maschine aus und setzte sich. »Sehen Sie, Ms. Peiser, ich habe es vermasselt. Es war so warm darin – im Schrank, meine ich –, und ich schlief ein. Ich hörte die Außentür zugehen, und ich wachte auf. Ich dachte, ich wäre allein, aber es kann jemand in der Küche gewesen sein. Sie hat Pendeltüren. Ich sah nicht nach. Ich war richtig benommen von meinem Nickerchen, so daß ich mich meldete, als das Telefon läutete. Es war Rona. Sie hielt mich für Penny Ann, weil Penny Ann eigentlich in der Stadt bleiben sollte und Jerry ihr die Praxis angeboten hatte.«

»Ist in der Küche ein Telefon?« fragte Ferrante.

»Wie kann ich das wissen?« sagte Wetzon gereizt. »Ist das nicht Ihre Aufgabe?«

»Es ist alles meine Aufgabe, und Sie haben Ihre Nase hineingesteckt.«

»Wir sind fast am Ende«, sagte Peiser, indem sie Ferrante scharf ansah. »Was wollte Rona?«

»Sie sagte, Tabitha wolle sie am Brunnen im Lincoln Center treffen. Sie habe etwas mitzuteilen.« Wetzon betrachtete ihre Hände um den Kaffeebecher. »Hören Sie, ich benutzte die Toilette, bevor ich ging. Jemand könnte alles an einem Nebenapparat in der Küche mitgehört haben und ins Lincoln Center geeilt und vor mir und Rona angekommen sein, zwar knapp, aber ...«

»Haben Sie Rona Middleton dort gesehen?« fragte Peiser.

»Ich glaube, und ich vermute, daß Rona das Ganze kommen sah, aber ich entdeckte sie nicht und Tabitha auch nicht. Ungefähr eine halbe Stunde hielt ich mich dort auf.

Ich spazierte herum und wollte eigentlich gerade gehen, als ich sie fand. Es war entsetzlich.« Sie stand auf und wusch die Kaffeekanne aus, um sich zu beschäftigen. Mit dem Rücken zu ihnen sagte sie: »Rona hat es nicht getan.«

»Hören Sie schon auf damit, das Kind hat mit ihrem Mann geschlafen«, rief Ferrante. »Hat die Ehe kaputtgemacht.«

Wetzon glühte. »Ms. Peiser ...«

»Nur noch ein paar Fragen, Ms. Wetzon.«

Wetzon wandte sich an Ferrante. »Was für eine Ehe? Ronas Verhältnis mit Maglia dauert schon seit der Zeit vor Brian an.« Sie sah Peiser an. »Rona hat ein Alibi für die Todeszeit von Brian. Sie haben keine Beweise.«

Peiser legte den Federhalter hin und rieb sich die Augen, wobei sie den Lidschatten verschmierte. »Bobby?«

Ferrante zuckte die Achseln. »Für das Mädchen hat sie keins.«

»Zufall, Ferrante. Ich habe auch keins. Und Sie haben die Waffe auch nicht gefunden ...«

Es trat eine lange Stille ein, während der sich alle anstarrten.

Schließlich sagte Peiser: »Die Pistole wurde gefunden.«

»Die Mordwaffe?«

»Ja.«

»Wo?«

»In Rona Middletons Haus.«

»Nein, das kann ich nicht glauben. Ist es ein Trick? Rona sagt, sie hat noch nie eine Waffe abgefeuert. Ich wette, daß Ronas Fingerabdrücke nicht darauf sind.«

»Es ist kein Trick«, sagte Peiser. Sie stand auf und nahm ihren Mantel.

»Es waren keine Fingerabdrücke darauf.« Ferrante hielt Peisers Mantel, so daß sie hineinschlüpfen konnte, dann hob er ihr Haar über den Kragen. Eine zu intime Geste für einen Polizisten und eine stellvertretende Staatsanwältin. »Sie war abgewischt«

»Dann könnte man sie ihr doch untergeschoben haben.«

Peiser ging auf die Tür zu, und Ferrante folgte.

Wetzon ließ nicht locker. »Das wäre doch möglich.«

Peiser sagte: »Sie ist auf den Namen von Wilson Boyd zugelassen.«

Wetzon ritt auf einem schönen weißen Pferd, während das Karussell sich auf dem Eis des Wollman Rink drehte und drehte; ihr Haar wehte wie ein Vorhang im Wind hinter ihr. Smith in hochroten Reithosen und mit hochrotem Helm ritt den Apfelschimmel vor ihr. Sie knallte mit der Reitpeitsche gegen die hölzernen Flanken und rief Wetzon über die Schulter zu: »Beeil dich, schau hinter dich.«

Wetzon blickte durch den Schleier ihrer Haare und sah ein Aufgebot von Börsenmaklern Boden gewinnen: Joan Boley auf einer Giraffe, Stu Beck und Larry Sellica auf Elefanten, Rona mit Safarihut. Alle trugen Waffen, alle schrien und schwenkten Karten. Alle trugen Sweatshirts mit dem Aufdruck: »Auf in den Bankrott.«

»Häschen, komm zurück zum Theater, wo du hingehörst«, rief Carlos. Er fuhr auf Schlittschuhen neben dem Karussell her und flehte sie an, bis die Holzpferde ihn hinter sich ließen.

Wetzon warf sich auf die geschnitzte Mähne des Ponys und hörte ein *Ping*, fühlte das Pony zittern.

Auf Schlittschuhen zogen die Filialleiter ihre Kreise um das Karussell: Neil Munchen, Simon Loveman, Tony Maglia, Fred Benitos, Jim Cafferty. Sie hatten sich zusammengetan, um Smith und Wetzon ordentlich unter Beschuß zu nehmen.

»Ihr habt uns beschädigte Ware verkauft«, brüllte Cafferty. »Probiert es woanders. Wir kommen ohne euch aus.«

»Nein, eben nicht, Dreckskerl!« schrie Smith. »Ohne uns geht ihr ein. Sag es ihnen, Wetzon. Sag ihnen, sie brauchen uns.«

Kugeln pfiffen ihnen um die Ohren, *ping, ping, bum.* Wetzon hielt den Kopf gesenkt und klammerte sich an das Pony.

»Ihr könnt nicht abschließen, um eure Haut zu retten!« schrie Smith der Managerbande zu. Das war zuviel. Es folgte ein Sperrfeuer aus den Gewehren, und Maglia hielt ein großes Schild mit der Aufschrift hoch: »40, zählt sie.«

»Jetzt siehst du, was du angerichtet hast«, kreischte Smith Wetzon an. »Du hast allen meinen Geburtstag verraten.«

Die Orgel spielte »I'm Looking Over a Four-Leaf Clover«.

Warmer Ahornsirup sickerte auf Wetzons Hände, rot wie Blut. Sie starrte entsetzt auf ihre Hände. »Mein Gott, mein Pony blutet. Gibt es einen Arzt im Haus?«

»Suchen Sie nicht lang. Ich bin Arzt.« Jerry Gordon erschien als Teddybär verkleidet und trug eine Hutschachtel. Der Deckel flog weg, und Aufstellungen über Maklergebühren flatterten in die Luft. Wetzon erwischte eine und betrachtete sie. Sie gehörte Mrs. Leonora Foley.

»Du bist kein Arzt«, sagte Barbara Gordon. »Du bist nichts als ein dicker Junge.« Sie war eine Walküre, ihre mit Pailletten verzierten Gewänder wehten im Wind, den das kreisende Karussell erzeugte. Sie taumelte direkt auf Ferrante zu, der auf einer Parkbank saß und mit der stellvertretenden Staatsanwältin Marissa Peiser gurrte und schmuste, seinen .38er Dienstrevolver zog und aus der Hüfte heraus Jerry Gordon ins Gesicht schoß.

Das Karussell hielt polternd an, und die Musik hörte auf. Wetzon rutschte von ihrem Pony auf etwas Weiches und Warmes, blieb mit geschlossenen Augen liegen und hielt den Atem an. Das Gegurre wurde lauter.

Wetzon schlug die Augen auf. Ein Tauber gurrte verliebt sein Weibchen an, während sie sich auf der Feuertreppe vor ihrem Schlafzimmerfenster ausruhten. Carlos' Wohnung. Sie rührte sich nicht. Der Traum lief in lebhaften Farben noch einmal vor ihr ab. Wenn man an Vorzeichen glaubte, dann war Jerry Gordons Leben in Gefahr.

Doch Wetzon glaubte nicht an Vorzeichen. Überhaupt nicht. Nein, Sir. Nein, Ma'am. Nichts zu machen. Dieser vernünftige Refrain begleitete sie in die Küche, wo sie die Orangensafttüte schüttelte und sich ein Glas einschenkte. Er ging ihr durch den Kopf, während sie den Kaffeeautomaten füllte. Sie trank einen Schluck und kleckerte Saftflecken auf Silvestris weißes Hemd. Sie hatte darin geschlafen. Wahrscheinlich hatte das die schlechten Träume verursacht. Sie seufzte und zog die Leggings an, dann genehmigte sie sich, begleitet von Harry Connick auf der Stereoanlage, ein langsames, gründliches Training an der Barre.

Heißes Wasser spülte fort, was von dem schlechten Traum noch geblieben war, und als sie aus der Dusche trat, fühlte sie sich phantastisch. Sie fönte ihr Haar kurz und flocht es nicht ganz trocken zu einem langen Zopf, den sie über den Rücken hängen ließ.

Nachdem sie eine etwas altbackene Bagelhälfte im Toaster wiederbelebt hatte, strich sie dünn Rahmkäse darauf, setzte sich mit einem Becher Kaffee hin und hörte den Tauben zu. Ihre Finger waren unruhig; sie vermißte die *New York Times* auf der Fußmatte. Nach der Überschwemmung hatte sie sie abbestellt, anstatt sie hierher schicken zu lassen, weil es in Carlos' Haus keinen Portier gab. Abgesehen von den dummen Tauben, die nicht wegfliegen wollten, war es in der 10. Street unter ihrem Fenster ruhig. Kurz vor neun an einem Samstagmorgen regte sich das Village kaum.

Der Traum kam zurück und quälte sie. Ihre Sorgen um das Geschäft, die Morde, die verrückte Zusammenstellung der Mitwirkenden. Dann waren da noch Leonora Foleys Abrechnungen von Januar bis August, die Wetzon für unwichtig gehalten hatte, die sie aber offensichtlich beunruhigten, da sie in dem Traum auftauchten. Was zum Teufel hatten sie in einer Hutschachtel im Schrank von Dr. Jerrys Praxis zu suchen?

Sie goß den Rest Kaffee in den Becher, ging dann ins Schlafzimmer, holte die Abrechnungen aus der Aktentasche und breitete sie auf dem Küchentisch aus. Vielleicht, nur vielleicht, fand sich irgendwo in all dem die Antwort darauf, warum Brian Middleton sterben mußte. Doch sie sah nicht mehr, als sie bereits gesehen hatte.

Verwirrt kramte Wetzon in der Post, die Louie abgegeben hatte, und fand ihre neueste Abrechnung – vom September – von Oppenheimer. Sie legte sie neben Leonora Foleys Augustabrechnung und verglich sie.

Auf ihrer Abrechnung sah sie die Notierung des Schecks, den sie Laura Lee geschickt hatte. Hinter dem Eintrag stand die Abkürzung »CHK«. Das bedeutete natürlich Scheck. Dann betrachtete sie Leonora Foleys Abrechnung, und da war es. Der Eintrag nach den $ 8 500 war »CSH«. Die Erkenntnis wirkte wie ein Schuß Koffein. Sie überflog Leonora Foleys übrige Abrechnungen. Alle erhaltenen Summen waren mit »CSH« bezeichnet. Bargeld.

»Mannomann«, sagte sie laut, »diese Mrs. Leonora Foley wäscht Geld.« Solange erhaltene Bargeldbeträge unter $ 10 000 blieben, mußten sie weder der Börse noch dem Finanzamt gemeldet werden. Sie schnalzte mit der Zunge und trank einen Schluck Kaffee. Wie sollte sie mit dieser Sache umgehen? Sie war widerrechtlich an die Abrechnungen gekommen. Das war recht und billig. Dr. Jerry hatte die Abrechnungen auch widerrechtlich gehabt. Oder nicht?

War Mrs. Foley auch eine von Dr. Jerrys Patientinnen? War er mehr als Mr. Freundlich? In ihrem Kopf arbeitete es. Warum nicht bei ihr anrufen und fragen? Wetzon kannte ihre Stärke. Sie konnte den Leuten Auskünfte aus der Nase ziehen ... Das New Yorker Telefonbuch. Sie hatte es auf dem Boden des Schlafzimmerschranks gesehen. Sie trug das dicke Buch zum Bett und blätterte es durch, fuhr mit dem Finger die F hinunter.

Auf ihrer Uhr war es genau neun. Sie mußte sich beeilen, um den Zug zu erreichen. Leonora Foley. Sie stand drin! Wunderbar. Wetzon tippte die Zahlen sorgfältig und hörte die Verbindung zustandekommen.

»Hier bei Mrs. Foley.« Es war die Stimme einer Frau mit jamaikanischem Tonfall.

»Hallo. Ich weiß, es ist sehr früh, aber hier spricht Mary in Dr. Gordons Praxis. Kann ich bitte mit Mrs. Foley wegen ihres Termins sprechen?«

»Sie müssen die falsche Mrs. Foley gewählt haben.«

»Mrs. Leonora Foley in der West 72. Street?«

»Ja, aber Mrs. Foley kann nicht sprechen.«

»Ich brauche nur eine Minute, um zu prüfen ...«

»Nein, Sie verstehen nicht. Mrs. Foley hatte einen Schlaganfall ...«

»Oh, das tut mir leid.« Sie war gegen eine Wand gerannt. »Ganz plötzlich?«

»Mrs. Foley, sie ist seit vier Jahren gelähmt. Hat sich nicht bewegt und kein Wort gesprochen, seit ich hier bin, drei Jahre jetzt. Sie haben bestimmt die falsche Nummer.«

»Ich weiß nicht, wie das passieren konnte ... Es tut mir wirklich sehr leid.« Wie konnte Mrs. Foley regelmäßige Bareinzahlungen auf ihr Maklergebührenkonto tätigen, wenn sie unzurechnungsfähig war? »Ja, dann danke ich ... Ist sonst jemand da, mit dem ich sprechen könnte? Mrs. Foleys Tochter vielleicht?«

»Vielleicht möchten Sie mit Mrs. Foleys Enkelsohn sprechen. Er kommt normalerweise sonntags nachmittags. Er erledigt alle geschäftlichen Dinge für sie.«

»Okay. Ich rufe am Sonntag noch einmal an und spreche mit Mr. Foley.«

»Nicht Foley, Hartmann.«

Du lieber Gott! »Hartmann? Mit Doppel-n?«

»Ja. Richard Hartmann.«

Zwanzig Minuten später war sie in dicken schwarzen Leggings, Stiefeln und einem langen roten Pullover über einem von Silvestris ärmellosen Unterhemden draußen auf der Sixth Avenue und hielt nach einem Taxi Ausschau. Ihre Reisetasche enthielt Unterwäsche zum Wechseln, John le Carré und die *Times* vom Kiosk an der Ecke. Die spröde Herbstsonne wärmte oberflächlich, aber nicht richtig. Westport war immer eine Spur kälter als Manhattan, deshalb hatte sie die gefütterte schwarze Lederjacke dabei, dazu den langen Seidenschal mit dem Leopardenmuster, den sie zweimal um den Hals schlingen konnte. Sie war sehr beunruhigt. Sie würde Smith warnen müssen, sich nicht zu sehr mit Hartmann einzulassen. Aber würde Smith zuhören? Höchstwahrscheinlich nicht.

Ein Taxi hielt neben ihr, und sie stieg ein. »Grand Central.«

Der Fahrer kam ihr bekannt vor, aber er trug das braune Haar lang und ungepflegt. Sie beugte sich vor, um seinen Namen zu sehen. »Perry Carlino«, sagte sie laut. Irgendwo klingelte es bei dem Namen.

Carlino hob herausfordernd den Kopf und betrachtete sie im Rückspiegel. »He! Haben Sie mal für Shearson gearbeitet?«

Treffer! Sie erinnerte sich. »Nein, aber Sie kennen mich. Ich bin Wetzon. Headhunterin. Wir haben uns vor langem kennengelernt, vor dem Crash.«

»Ha, klar, jetzt dämmert es mir. Das *Four Seasons*, ja?« Er fuhr mit dem rechten Arm auf der Rücklehne und drehte sich ab und zu um und redete mit ihr, wenn er halten mußte.

»Stimmt. Ich brachte Sie zu Marley Straus. Arbeiten Sie schwarz?«

Er war ein aggressiver Fahrer, kutschierte die Sixth Avenue hoch, schlängelte sich zwischen Lastwagen und Taxis durch, dann auf der 23. Street östlich bis zur Third. »Nee«, sagte er. »Ungefähr ein Jahr nach dem Crash verließ ich die Branche oder besser, sie verließ mich. Meine Kunden waren pleite und hatten eine Heidenangst, wieder einzusteigen.«

»Das tut mit leid.«

Er fuhr die Third Avenue bis zur 42. Street hoch und wartete, daß die Ampel umsprang. »Nicht nötig. Es geht ganz gut mit dem Taxi, und ich muß mir keine Klagen anhören, auf der einen Seite von meinen Kunden, daß ich ihr Kapital vergeude, und auf der anderen von meinem Chef, der mich antreibt, mehr Umsatz zu machen, meinen Kunden das Bargeld aus der Tasche zu ziehen. In der Situation war nichts zu gewinnen. Hören Sie, Wall Street lud die kleinen Anleger vor Jahren in die Dusche ein, ließ die Seife fallen und hat sie – entschuldigen Sie – seitdem in den Arsch getreten.« Er bog links ab und hielt vor der Grand Central Station, die prächtig und stahlend im Sonnenlicht stand. Wochenendreisende strömten hinein und heraus. Carlino drehte sich nach ihr um. »Doch das soll nicht heißen, ich würde nicht zurückkommen, wenn die Lage sich bessert. Ich warte nur auf den richtigen Zeitpunkt.«

Sie gab ihm zehn Dollar und sagte, er solle den Rest behalten. Vier Dollar Trinkgeld. War sie verrückt? Nein, nur ein schlechtes Gewissen. Sie ging in den Bahnhof und hinüber zu *Zaro's*, wo sie ein halbes Dutzend süße Brötchen kaufte, um sie zu Smith mitzunehmen. Wenn sie Carlino damals nicht von Shearson weggeholt hätte, überlegte sie, wäre er dann noch in der Branche tätig?

Sie sagte es anderthalb Stunden später in Westport zu Smith, als sie sich auf dem Beifahrersitz des Jaguars anschnallte.

»Wir haben ihm nicht die Pistole auf die Brust gesetzt, damit er wechselt.« Smith stieß mit dem Jaguar zurück und wendete. »Er ist für sich verantwortlich. Und er hatte nicht die Absicht, den hübschen Vorausscheck abzulehnen.«

»Ja, ich vermute ...«

»Vermute nichts. Wie war die Fahrt?«

»Nichts Besonderes. Aber letzte Nacht, *das* war interessant. Sag mir erst, wie es Mark geht.«

Smith' Gesicht wurde weich. »Sie waren so lieb. Du hättest sie sehen sollen. Sie sind um sieben heute morgen aufgebrochen, mit so großen Rucksäcken, daß sie kaum in den Bus kamen. Er ist so groß geworden. Und erwachsen. Sein Freund ist ein netter, ordentlicher Junge. Seine Mutter ist mit George Herzinger verheiratet.«

»Mensch, Smith, doch nicht der Zeitungskönig?« Wetzon klapperte mit den Augendeckeln, um Smith aufzuziehen.

Doch Smith nickte ernst. »Mhmm. Das sind gute Beziehungen für meinen Jungen.«

Und für seine Mutter, dachte Wetzon, aber sie sagte nichts darauf. Statt dessen berichtete sie Smith über den

Besuch von Peiser und Ferrante. »Sie haben die Waffe gefunden.«

Smith' Stimmung verdüsterte sich. »Diese Rona ist ein noch größerer Idiot, als ich dachte. Wie konnte sie die Waffe behalten ...« Sie bog scharf um eine Kurve.

»Smith, um Gottes willen, Rona ist nicht so dumm. Ich wette, jemand hat sie ihr untergeschoben. Und es waren überhaupt keine Fingerabdrücke darauf.« Sie schaute aus dem Fenster. Die Gegend kam ihr nicht bekannt vor. »Wohin fahren wir?«

»Hm. Sie tut alles, um dafür zu sorgen, daß wir nicht bezahlt werden.«

»Du verhältst dich, als würde sie dies alles absichtlich tun, um uns eins auszuwischen. Ich denke, es wäre besser, wenn sie entlastet wäre und wieder arbeiten würde. Es hat nichts damit zu tun, ob wir bezahlt werden oder nicht. Aber ich habe dir noch nicht alles über die Waffe erzählt.« Sie fuhren an einem Landschaftsschutzgebiet vorbei, einem wunderschönem Wildpark mit Bäumen und Unterholz.

»Was hast du mir noch nicht erzählt?«

»Die Waffe war auf den Namen von Wilson Boyd zugelassen.«

»Ha! Gut!«

»Gut?«

»Ja.« Sie fuhren durch ein malerisches kleines Dorf namens Weston, wenn man den Schildern an den wenigen Läden glauben durfte.

»Ah, das Dorf meiner Ahnen«, witzelte Wetzon.

»Was? Ach so, verstehe, einer deiner kleinen Späße.« Sie warf einen Blick auf Wetzon. »Ich bin froh, daß du Schwarz trägst.«

»Gib mir einen Tip, Smith. Wohin fahren wir?«

»Wir, meine liebe Wetzon, machen jetzt einen Beileidsbesuch.«

Die Landstraße war kurvenreich und bucklig, die Bäume trugen Herbstlaub. Sie fuhren im Kriechtempo, weil sie hinter einem mit jungen Fichten vollgepackten Lastwagen einer Baumschule hingen. Smith lehnte sich auf die Hupe. »Tempo!« schrie sie mit den entsprechenden Gesten.

Das Objekt ihres Zorns beachtete sie nicht, und Wetzon lehnte sich bequem zurück und genoß die Landschaft. Weitläufige Häuser, von der Straße zurückgesetzt, gepflegte Anlagen, renovierte Bauernhäuser. Connecticut hatte etwas Frisches und Protestantisches an sich, und das lag nicht nur am Klima. Die Menschen bewegten sich hier mit klarer neuenglischer Zielstrebigkeit und Energie; die Arbeitsmoral war hier spürbar und gut.

Eine Menge Leute von Theater und Film, Schriftsteller und Künstler lebten im Fairfield County, besonders in Lower Fairfield, das Dörfer wie Greenwich, Westport, Wilton, Weston, Redding und verschiedene andere kleine Orte umfaßte.

Smith konzentrierte sich auf die rechte Straßenseite. »Ah, da ist es.« Sie trat auf die Bremse, dann bog sie scharf nach rechts ab, in ein Gebüsch, wie es Wetzon schien, doch in Wirklichkeit auf eine andere schmale, gewundene Straße, die etwa hundert Meter durch ein dichtes Tannenwäldchen führte und bei einer weiten Rasenfläche und einem breiten einstöckigen Haus mit einer riesigen Veranda und vielen grünen Korbmöbeln endete.

»Siehst du, was ich sehe?« Wetzon legte eine Hand auf Smith' Arm.

Ohne Erwiderung fuhr Smith vor dem Seiteneingang vor und passierte langsam ein kastanienbraunes Polizeiauto mit Lichtern auf dem Dach. Sie hielt vor einer Doppelgarage neben einem weißen Ford Kombi. An Wetzon gewandt, die sich den Hals nach dem nicht besetzten Polizeiauto verrenkte, fragte sie: »Was ist in der Schachtel?«

»Süße Brötchen zum Frühstück morgen.«

»Nicht mehr.« Smith nahm die Schachtel an sich und stieg aus. »Los, komm.«

Sie hatten gerade die Treppe zur Haustür erreicht, als zwei Männer in dunkelgrauen Uniformen herauskamen, in der offenen Tür stehenblieben und mit jemandem drinnen redeten. Eine Englische Bulldogge schob ihr zerfurchtes Gesicht drohend zwischen den Männern durch und begann zu bellen.

»Rambo, hierher, sofort. Lassen Sie ihn nicht raus.« Penny Anns körperlose Stimme.

Der erste Officer, feistes Gesicht unter dem Hut, vierschrötig, der Bauch über der Gürtelschnalle hängend, schob Rambo mit der Spitze seines Cowboystiefels energisch zurück. Der andere Polizist war viel jünger, vielleicht Mitte Zwanzig und so dünn, daß er fast schwächlich wirkte. In seiner Uniform war genügend Platz für einen zweiten Polizisten seiner Statur. Er entdeckte Smith und Wetzon und gab seinem Partner einen übertriebenen Stoß.

»Wir kommen später noch einmal vorbei«, sagte der ältere zu der sich schließenden Tür. Er schaute zu Smith hinunter, die mit ihrem verführerischsten Lächeln zu ihm aufblickte. »Nanu, was haben wir denn da?« Er sah aus, als würde er gleich anbeißen.

»Wir machen einen Beileidsbesuch, Officer«, sagte Smith, indem sie viel Aufhebens von der Kuchenschachtel machte. »Ist bei der armen Penny Ann alles in Ordnung?« Sie nickte zum Polizeiauto hin.

Der Blick des älteren Polizisten ruhte auf Wetzon, dann huschte er zu Smith zurück. Sie nahm ihn richtig in die Mangel. »Wenn Sie Freundinnen von Ms. Boyd sind, raten Sie ihr, mit uns zusammenzuarbeiten. Dann ist alles in Butter.«

In Butter? In welchem Jahr leben wir, dachte Wetzon. »Was für Probleme gibt es, Officer?« Sie richtete die Frage an den älteren Mann.

»Polizeisache.« Er setzte eine Sonnenbrille mit spiegelnden Gläsern auf und stieg auf der Fahrerseite in den Wagen. Als der jüngere Mann zugestiegen war, fuhren sie los.

»Klopf an«, sagte Wetzon ungeduldig. Doch die Tür ging sofort auf, und Rambo warf sich ihnen in den Weg, überlaut schnaufend, sabbernd, zähnefletschend. Penny Ann kam direkt hinter ihm und zerrte an seinem Kettenhalsband. Sie war machtlos gegen ihn, bis sie ihm mit einer zusammengerollten Nummer von *Money* auf die Schnauze schlug. Sofort zog sich Rambo zurück und erlaubte ihnen ungnädig einzutreten.

»Penny Ann, Zuckerstück!« Smith drückte Penny Ann die Kuchenschachtel in die Hände. Penny Ann trug einen Jeansoverall über einem Trikot und Turnschuhe. Ihr Gesicht war fleckig. Das Haar hatte sie mit einem verschossenen blauen Kopftuch zurückgebunden. Sie blickte sie durch ihre Brille an. »Erinnern Sie sich? Ich besitze ein Haus in Westport«, erklärte Smith. Sie wanderte durch die

Küche, wobei sie sich auffällig bemühte, mit nichts in Berührung zu kommen. »Es tut uns so leid, was Ihnen passiert ist.«

»Ja.« Penny Anns Stimme war ausdruckslos. »Danke.« Sie stand hilflos mit der Schachtel in den Händen da und wußte anscheinend nicht, was sie tun oder sagen sollte.

Sie befanden sich in einer geräumigen ländlichen Küche mit Einbauschränken und den denkbar besten Haushaltsgeräten. Ein langer Arbeitstisch stand mitten im Raum. Auf diese Arbeitsplatte stellte Penny Ann schließlich die Schachtel.

Ein angeschnittener Laib Brot lag auf einer anderen Arbeitsfläche in der Nähe eines Toasters, daneben eine unappetitliche Schale mit Thunfisch in Mayonnaise. Auf dem Boden neben dem überquellenden Mülleimer stand eine leere Flasche Booth's Gin.

Wetzon hatte Hunger, doch es war noch auszuhalten. Etwas an Penny Ann fand sie ekelerregend. »Haben wir Sie beim Mittagessen gestört?« fragte Wetzon. Die Frau wirkte wie benommen. »Essen Sie doch weiter. Nur zu. Wir haben bereits gegessen«, fügte sie aus Angst, etwas angeboten zu bekommen, schnell hinzu. »Sie müssen essen, um bei Kräften zu bleiben.« Penny Ann hatte etwas an sich, das Wetzon veranlaßte, in Klischees zu reden.

Rambo postierte sich in der Tür zum Eßzimmer und knurrte. Dann furzte er laut.

»Mein Gott«, murmelte Smith. Sie hielt die Luft an. Ein wenig lebendiger nahm Penny Ann ein Glas Milch und tat einen Schritt auf die zusammengerollte Zeitschrift zu. Bevor sie sie jedoch aufgehoben hatte, wich Rambo zurück und trollte sich geräuschvoll in das nächste Zimmer, und Wetzon und Smith folgten Penny Ann in einen mit Teppichen ausgelegten, holzgetäfelten Raum mit hoher Balkendecke; in der Mitte stand ein runder Eßtisch mit

Stühlen. Auf dem einzelnen Platzdeckchen neben einer Papierserviette stand ein Teller mit einem Sandwich. Auf einem hohen eichenen Sideboard hatte ein Obstkorb, noch in gelber Cellophanverpackung, zu faulen begonnen, so daß sich die Verpackung von innen beschlug. Gerahmte Jagddrucke zierten die Wände, und ein Elchkopf mit Geweih starrte vom Sims über einem funktionierenden Kamin herunter.

»Mein Leben ist beschissen«, sagte Penny Ann plötzlich. »Erst Wilson, dann die verlorene Schlichtung, jetzt Tabitha.« Sie biß in das Sandwich.

Smith schlenderte durch einen Türbogen, war kurz verschwunden und kehrte rechtzeitig zu Rambos zweitem ätzenden Furz zurück. »Reizendes Zuhause, Liebe.« Sie verzog sich schnell auf die andere Seite des Zimmers und betrachtete den Druck mit den Jagdhunden an der gegenüberliegenden Wand.

»Ich habe es zum Verkauf angeboten. Ich kann hier nicht bleiben ...«

»Penny Ann.« Wetzon zog einen Stuhl vor und setzte sich. Er hatte ein rosa Öltuchkissen, das mit Bändern an der Rücklehne festgebunden war. Auf Penny Anns Oberlippe war der Rest eines Milchschnurrbarts. Der Geruch des Obstes, gepaart mit dem Hundegestank, trieb Wetzon Tränen in die Augen. Das Haus roch muffig, als sei es eine Weile unbewohnt gewesen. »Was wollte die Polizei hier?«

Smith kam herüber und stützte sich auf eine Stuhllehne.

»Wilsons Pistole. Sie sagten, Brian und Tabitha seien mit Wilsons Pistole getötet worden. Das kann nicht sein. Wilson ist seit mehr als einem Jahr tot.«

»Haben Sie die Pistole jemandem gegeben?« fragte Wetzon.

Penny Ann schüttelte nachdrücklich den Kopf, zu nachdrücklich. Konnte dieses Wrack von Frau ihr Kind geschlagen und mißhandelt haben? Hatte diese Frau auf dem Aktienmarkt mit der Versicherung ihres Mannes spekuliert?

»Wer hat Tabitha mißhandelt, Penny Ann?« fragte Smith plötzlich, indem sie Penny Ann voller Abscheu anstarrte. »Sie oder Ihr Mann? Oder haben Sie sich abgewechselt?«

Penny Ann brach in Tränen aus, die sich mit den Resten vom Thunfischsalat auf ihrem Gesicht mischten. Sie legte den Kopf auf das Platzdeckchen.

»Herrgott, Smith.« Linkisch tätschelte Wetzon Penny Ann auf den Rücken.

»*Wer*, Penny Ann?« Smith' Stimme war eisig.

»Wilson. Wilson war es«, schluchzte sie. »Er war so furchtbar jähzornig, und dann muß der Hirntumor gewachsen sein ...«

»Und Sie haben nichts dagegen unternommen?«

»Ich habe es anfangs versucht, aber er konnte so ... grausam sein, so boshaft, wenn er schlecht gelaunt war. Ich konnte nicht ...« Tränen liefen über ihre Wangen.

»O Gott, Frauen wie Sie werde ich niemals begreifen«, sagte Smith.

»Was war mit Brian, Penny Ann?«

Wetzons Frage verstärkte das Geschluchze noch. »Brian ... hat meine Kleine schwanger gemacht.« Nach Luft schnappend, das Gesicht mit den Händen abwischend, sagte Penny Ann: »Wir hatten eine schreckliche Auseinandersetzung. Ich wollte, daß sie ... eine Abtreibung ... aber sie sagte, Brian wolle sie heiraten. Ich hätte ihn umbringen können ...«

»Und die Pistole?« gab Wetzon das Stichwort.

Penny Ann stand auf. Sie winkte sie durch ein Wohnzimmer aus verblaßtem Chintz, an einem weiteren Kamin und noch mehr Tierköpfen und Jagddrucken vorbei, in einen anderen Raum, der als Arbeitszimmer eingerichtet war, ein Büro in Leder, mit einem Schreibtisch und Bücherregalen an einer langen Wand. Penny Ann ging direkt zu dem Bücherschrank und drückte auf einen Knopf an einem Regal, dann trat sie beiseite. Mit einem Klicken schwenkten drei Regalbretter auf. An der Wand hinter den Brettern hing ein ganzes Arsenal. Handfeuerwaffen, Gewehre, jeweils an dem dafür bestimmten Platz.

»Du meine Güte«, stieß Wetzon hervor. Aber da waren – Wetzon betrachtete die Wand sorgfältig – drei leere Stellen.

»Wer weiß darüber Bescheid?« fragte Smith. »Weiß es die Polizei?«

Penny Ann schüttelte den Kopf. »Sie kommen mit einem Durchsuchungsbefehl und einem Detective aus New York noch einmal her.«

Wetzon konnte sich von dem Waffenaufgebot nicht losreißen. »Penny Ann, wie viele Waffen fehlen?«

Penny Ann zuckte die Achseln. »Ein Gewehr, glaube ich. Die anderen zwei waren Pistolen.«

»Drei? Wer hat sie weggenommen? Sie müssen es uns sagen.«

»Ich ... ich weiß nicht.«

»Wann bemerkten Sie, daß sie verschwunden waren?«

Penny Ann fing wieder an zu weinen und laut zu schluchzen. Sie konnten ihre erstickten Worte kaum verstehen. »Nachdem ... Tabitha ... weggelaufen war.«

»Detektiv spielen macht heißhungrig.« Smith' Augen funkelten. Sie rieb sich ausgelassen die Hände und legte den Gurt an.

»Du bist hungrig, weil ein Uhr vorbei ist und wir nicht zu Mittag gegessen haben.« Wetzon war gereizt. Sie stellte die Schachtel mit den süßen Brötchen neben ihre Füße, nachdem Smith sie mit der Bemerkung: »Sie merkt es doch nicht, wenn sie weg ist«, auf dem Weg durch Penny Anns Küche wieder an sich genommen hatte.

»Ist das nicht die schwachsinnigste Frau, die du je kennengelernt hast? Kannst du dir ein Kind vorstellen, das mit drei *Kanonen* wegrennt?« fragte Smith.

Der Motor summte, und Smith fuhr über die schmale Zufahrt weg. Glänzende Blätter schwebten von den Bäumen auf ihren Weg. Wetzon fragte sich müßig, wie oft ein Auto zurückstoßen mußte, weil für zwei Autos nicht genügend Platz war.

»Dieses Kind war seit drei Monaten schwanger.«

»Woher willst *du* das wissen?« Smith ärgerte sich offensichtlich.

Wetzons Lächeln war unfroh. »Vertrau mir«, sagte sie.

Smith trat aufs Gaspedal, und sie schossen vorwärts.

Als sie auf die Lonetown Road stießen, fuhr Smith rechts ran und hielt. »Mal sehen, was im Briefkasten ist.«

Wetzon blickte über die Straße auf einen roten Briefkasten, auf dem in großen weißen Buchstaben »BOYD« stand. Sie zögerte. »Ich glaube, das ist gegen das Gesetz.« Ein Auto fuhr gerade schnell genug vorbei, um die dürren Blätter aufzuwirbeln.

Smith bedachte sie mit einem vernichtenden Blick. »Nur nachsehen. Wir werden nichts entwenden.«

Wetzon verdrehte die Augen und löste den Sicherheitsgurt. Sie wartete, bis ein Kombiwagen und ein Lastwagen vorbeigefahren waren, dann überquerte sie die Straße und öffnete den Briefkasten. Er quoll über von Zeitschriften, Rechnungen – jede Menge –, ein Bankauszug, Finanzberichte, eine Abrechnung von Bliss Norderman, mehrere Briefe, die nach Beileidsbekundungen aussahen. Ein verschmierter Umschlag ohne Absender. Sie betastete den Umschlag eine Weile, wobei sie jedesmal den Kopf einzog, wenn ein Auto vorbeifuhr. *Nein*, dachte sie, und schob alles wieder in den Briefkasten, schloß ihn und machte ihn ebenso schnell wieder auf, fand den Umschlag, nahm ihn heraus und wog ihn auf der Hand. Die Adresse war handgeschrieben, die Tinte verschmiert. Die Handschrift war ein zaghaftes, fast kindliches Gekritzel, und der Umschlag rief ihr laut zu, *Öffne mich.*

»Was tust du da?« rief Smith ärgerlich. »Mach schnell.«

Ach, sei still, dachte Wetzon. Sie steckte einen Fingernagel unter die Klappe, die sich ein wenig gelöst hatte, und machte sie vorsichtig ganz auf. Sie zog ein gelbes liniiertes Blatt heraus und las:

Ma,

ich habe Brian nicht getötet. Ich wollte ihn treffen, aber ich hatte zuviel Angst. Ich möchte mein Baby. Rona sagte, sie würde mir

helfen. Sei bitte nicht mehr böse auf mich. Ich habe alles bei Dr. J. gelassen.
Liebe Grüße,
Tabby.

Ein Mercedes brauste vorbei. Schottersteine flogen durch die Luft. Wetzon steckte den Brief in den Umschlag zurück und prüfte den Poststempel. Der Morgen nach dem Mord an Tabitha. Sie mußte ihn auf dem Weg zum Lincoln Center eingeworfen haben. Wetzon fröstelte. Sie leckte einen Finger an und klebte die Klappe mit den Resten des Klebstoffs wieder zu. Nachdem sie den Brief wieder in den Kasten gesteckt hatte, wartete sie ein Auto ab und überquerte die Straße.

»Na?« fragte Smith neugierig, während sie den Motor anließ. »Warum hast du so lang gebraucht? Du hast etwas gelesen.«

»Zeitschriften, Rechnungen. Und ein Brief von Tabitha. Nach dem Poststempel zu urteilen unmittelbar vor ihrem Tod abgeschickt.«

»Was stand darin?« Smith wartete auf eine Lücke, um sich in die Schlange der langsam auf der Lonetown Road fahrenden Autos einzureihen, und wurde von einer Frau in einem schwarzen BMW vorgelassen. Sie scherte gerade auf die Straße aus, als ein kastanienbraunes Polizeiauto aus der Gegenrichtung in Sicht kam. Als es an ihnen vorbeifuhr, erkannte Wetzon Ferrante auf dem Rücksitz. Sie beobachtete, daß das Auto am Briefkasten anhielt, während der magere Hilfssheriff hineinlangte und die Post herausholte. Eine Kurve der Straße brachte sie außer Sicht.

»Daß sie ihr Baby behalten möchte, daß sie Angst hatte, daß Rona ihr helfen würde, und daß Jerry im Besitz der Papiere ist. Was auch immer das alles bedeutet.«

In Weston parkte Smith den Wagen auf dem Parkplatz in der Nähe eines kleinen Lebensmittelgeschäfts. »Ich springe schnell rüber zu *Peter's Market* und kaufe Geflügelsalat und noch ein bißchen was. Twoey kommt zum Essen von Boston rüber und bringt Hummer mit. Ich besorge Kartoffeln zum Backen ... Möchtest du nicht mitkommen?«

Wetzon schüttelte den Kopf. »Nein, danke. Supermärkte machen mir keinen Spaß. Bring einfach was zu essen mit und schnell.« Sie wollte über den Brief und die verschwundenen Waffen nachdenken. Als Smith fort war, stieg sie aus dem Auto aus. Die Sonne schien ihr warm ins Gesicht. Sie schützte die Augen mit der Hand vor dem hellen Licht und sah sich um. Im örtlichen Supermarkt war ein ständiges Kommen und Gehen von Kunden, und diejenigen, die beladen mit Einkaufstüten herauskamen, steuerten alle Mercedes, Jaguars oder BMWs an.

Warum sollte Tabitha drei Waffen mitnehmen? Wenn sie jemandem einen Schrecken einjagen oder ihn sogar erschießen wollte, brauchte sie nicht mehr als eine. Was hatte sie Jerry gegeben? Alle drei Waffen? Die Papiere in der Hutschachtel?

Maglia war die Schlüsselfigur. Er war Ronas Alibi, Tabithas Zuflucht, ganz davon zu schweigen, daß er Brians Freund und Mentor war, falls man ihm Glauben schenken durfte. Er wußte mehr, als er verriet. Sie mußte sich etwas einfallen lassen, um an ihn heranzukommen. Ein kräftiger Windstoß wirbelte dürre Blätter und Schmutz auf, schüttelte Bäume und riß einem älteren Mann den braunen Filzhut vom Kopf. Mehrere Personen balgten sich, um ihn einzufangen, und als der Filzhut wieder auf dem Kopf saß, mußte Wetzon lächeln. Wenn man das Pech hatte, in New York einen Hut zu verlieren, wurde er sofort von einem Stadtbus überrollt oder von Leuten, die ihren Zielen zustrebten, zertrampelt.

Sie stieg in das Auto und stellte das Radio an, dann lehnte sie sich müde zurück und schloß die Augen. Schnell ein kleines Nickerchen und dabei die rechte Seite des Gehirns arbeiten lassen.

»*... bedenkt, daß Ihr Verhalten ihn vielleicht erst dazu bringt. Was passiert, bevor er ...?*« Bekannte Stimme. Sie hörte noch eine Weile hin. Dr. Jerry.

»*Sie meinen, in die Luft geht?*« Die Sprecherin war jung.

»*Gut, Evie. Das ist ein guter Ausdruck. Was löst es aus? Denken Sie nach. Was war es letztes Mal?*«

»*Also wenn ich sage, wir fahren zu Thanksgiving zu meiner Mutter, aber es ist okay für ihn. Dann stelle ich den Hackbraten auf den Tisch, und er springt auf und boxt mich ins Gesicht, ich fange an zu schreien, und er verdrischt mich, und jemand ruft die Polizei. Es ist immer dasselbe.*«

»*Wo wohnen Sie jetzt?*«

»*Hier. Wo könnte ich sonst hingehen?*« Evie schien erstaunt, daß er fragte.

»*Bleiben Sie dran, Evie. Wir machen eine kurze Werbepause. Hier ist Dr. Jerry. Wenn wir zurückkommen, spreche ich weiter mit Evie, danach nehme ich weitere Anrufe an. Ich sehe, wir haben drei Anrufer warten. Wayne, Didi und Mona. Lassen Sie ›Fragen Sie Dr. Jerry‹ bis drei Uhr eingeschaltet, und vergessen Sie nicht, daß wir heute abend von zehn bis Mitternacht wieder da sind, um Ihre Probleme zu lösen. Und ich darf Sie daran erinnern, daß in den frühen Morgenstunden die Sommerzeit endet, stellen Sie also vor dem Schlafengehen heute abend Ihre Uhren eine Stunde zurück.*«

Wetzon schaltete aus. Sie konnte Hörersprechstunden nicht leiden, gleich zu welchem Thema. Sie erregten Voyeure und zogen Verrückte an, und sie bezweifelte, daß sie irgendeinen Nutzen hatten, außer die Leute aufzuregen. Dennoch waren sie äußerst beliebt und verkauften sehr viel Werbezeit. Sie schaute zum Eingang des Supermarktes hinüber. Was hielt Smith so lange auf? Das bißchen Geflügelsalat und die Kartoffeln zum Backen? Sie versuchte, Smith durch Willenskraft zu zwingen, aus dem Markt zu kommen. Und da kam sie auch schon mit einer Lebensmitteltüte durch die Tür, begleitet von einer schlanken, langbeinigen Frau in schwarzen Strumpfhosen, Stiefeln und einem langen grünen Wildlederhemd, die einen mit braunen Tüten beladenen Einkaufswagen schob.

Barbara Gordon redete lebhaft. Wetzon stieg aus dem Auto, und Smith winkte sie herüber. Die zwei Frauen gingen auf einen schwarzen Mercedes mit New Yorker Nummernschild zu. Wetzon folgte ihnen.

Sie holte sie ein, als Smith sagte: »Meine Adresse ist Campo Beach, am Blue Water Hill.«

Barbara schloß das Auto auf und öffnete den Kofferraum. »Wir wohnen zur Miete in Wilton, am Clover Drive, um auszuprobieren, ob es uns gefällt. Jerrys Praxis bleibt natürlich in der Stadt, aber wir sind jeden Samstag hier oben. Und im Winter, na ja, da ist es, ach, ich plappere so dahin.« Sie trug eine grüne Baskenmütze aus Wildleder, die sie über die Ohren gezogen hatte, so daß keine rote Strähne zu sehen war, und dicke nch Chanel aussehende goldene Ohrringe mit gigantischen Perlen.

»Wetzon, was meinst du! Barbie und Jerry wohnen hier ganz in der Nähe. Ist das nicht toll?«

»Toll«, stimmte Wetzon zu. »Von wo aus macht Jerry seine Sendung?«

Barbie runzelte die Stirn. »Ein Sender in Norwalk.« Sie lud hastig die Einkäufe in den Kofferraum.

»Und weißt du was?« Smith redete so laut, als wären sie alle taub. »Rona ist mit Megan über das Wochenende hier. Dickie erwirkte eine Sondergenehmigung für sie, das Wochenende außerhalb des Staates zu verbringen.«

»Wie schön«, sagte Wetzon. »Und vermutlich kommt Tony Maglia zum Abendessen zu Ihnen?«

Barbies unheimliche Augen, die jetzt dunkel vor Mißtrauen waren, starrten Wetzon an.

»Das ist aber ein interessanter Gedanke«, hakte Smith ein. »Kommt er, Barbie?«

Barbies Hand erstarrte an dem offenen Kofferraum, und ihr Blick wurde argwöhnisch. »Sie sind mir gefolgt, nicht wahr?«

»Um Himmels willen«, stöhnte Smith.

Wetzon ging um das Auto herum zu Smith und Barbie. Sieben Lebensmitteltüten waren im Kofferraum verstaut, daneben zwei Koffer, Mäntel und ... Sie schaute weg.

»Oh, verdammt, ich habe die Erdnußbutter vergessen.« Das Gesicht der Frau verzerrte sich zu einer häßlichen Grimasse. »Er ist verrückt danach.«

»Barbie«, sagte Wetzon, »wenn Sie zurücklaufen und die Erdnußbutter kaufen wollen, passen wir für Sie auf das Auto auf.«

»Das wollen Sie tun?« Die Augen hatten einen unsicheren Ausdruck. Sie begann, den Kofferraum zu schließen, hielt inne, sah sie an. Der Kofferraumdeckel ging von selbst zu, rastete jedoch nicht ein.

Smith gab Barbie eine Klaps auf die Schulter. »Selbstverständlich, Zuckerstück. Laufen Sie nur los.«

Barbie zögerte nur kurz, dann eilte sie in den Markt. Als sie außer Sicht war, ging Wetzon zum Kofferraum des Wagens und machte ihn auf. »Ich sehe was, das du nicht siehst.«

»Was?« Smith' Blick folgte Wetzons ausgestrecktem Finger. Im Kofferraum lag die vermißte Hutschachtel.

Sie fuhren unter lautem Jubel davon.

»Nancy Drew lebt!« rief Wetzon übermütig.

»Das war sehr schlau von uns.« Smith grinste. Sie fuhr wie eine Verrückte, weit über dem Tempolimit.

Wetzon hatte die Hutschachtel an sich genommen, an Smith weitergegeben, die um einen roten Chevrolet gesprintet war und sie in den Kofferraum des Jaguars gepackt hatte. Sie hatten gewartet, bis Barbie mit der Erdnußbutter kam, und ihr nachgewinkt, als sie wegfuhr.

»Halten wir an und sehen nach, was darin ist«, schlug Wetzon vor.

»Nein, wir sind fast zu Hause. Hier fällt es zu sehr auf. Ich könnte jemanden sehen, den ich kenne.«

»Wir haben Glück, wenn wir keinen Polizisten sehen. Wirst du wohl langsamer fahren?«

Als sie zum Blue Water Hill einbogen, ließ Wetzons Aufregung nach. Bald würden sie herausbekommen, was es mit den verschwundenen Papieren auf sich hatte – und dann?

Smith' supermodernes Haus bestand aus drei gegeneinander versetzten Ebenen. Zu ebener Erde lagen Garagen, eine Waschküche und ein großer Freizeitraum, den Smith in eine Dunkelkammer und ein Studio unterteilt hatte, als Mark sich vor zwei Jahren für das Fotografieren zu interessieren begann. Auf der offenen zweiten Ebene, vier Stufen höher, befanden sich Küche, Eßecke und Wohnzimmer mit hoher spitzer Decke und einem riesigen Oberlicht. Von der großen Terrasse im Anschluß an das Wohnzimmer hatte man einen herrlichen Blick auf den Long Island Sound. Die Schlafzimmer lagen auf der dritten Ebene, jedes mit einem eigenen Oberlicht.

Smith balancierte die Lebensmittel auf der Hutschachtel und überließ Wetzon die süßen Brötchen. »Du schläfst in Marks Zimmer«, rief sie über die Schulter. Sie hielt die Hutschachtel schräg und ließ die Lebensmittel auf den Küchentisch rutschen.

Smith' Küche war weiß in weiß. Die einzigen Farbkleckse waren magnetische grüne Frösche, die Zettel mit Telefonnummern am Kühlschrank hielten. Sogar die Geschirrtücher waren weiß, jedoch mit grüner Stickerei am Rand.

»Okay, bist du bereit?« Smith stellte die Hutschachtel auf die Glasplatte des rechteckigen Couchtisches im Wohnzimmer. Ihr Gesicht glühte vor Aufgeregtheit.

Wetzon ließ Jacke und Schal auf das Sofa fallen. »Los.«

Smith lüpfte den Deckel der Hutschachtel. »Verdammt!« Sie schleuderte den Deckel wie eine Frisbee-Scheibe gegen die Terrassentüren.

Wetzon starrte in die runde Schachtel. Sie war mit Seidenpapier ausgestopft und enthielt einen Styroporkopf, auf den eine lockige, langhaarige rote Perücke gesteckt war. Sie lachte los. »Nicht zu fassen! Geschieht uns recht.« Sie tastete das Seidenpapier um den Kopf herum ab. Nichts. Keine Papiere. Die Enttäuschung nahm ihnen den Wind aus den Segeln, und sie sanken aufs Sofa.

»O Mann«, murmelte Smith. »Was fängt sie ohne ihr Haar an?«

Wetzon kicherte. »Das ist schrecklich. Wir müssen eine Möglichkeit finden, es ihr zurückzubringen ...«

»Das geht nicht. Sie wird sich alles zusammenreimen. Ich schaffe die Schachtel fort. Ich werfe sie mit dem Müll weg.«

»Nein, Smith, das ist grausam. Besser nehme ich sie mit und gebe sie im Hotel ab. Es ist wichtig für sie.«

»Ohne mich.« Smith reckte die Arme zur Decke.

»Wir müssen sowieso verrückt sein. Anderer Leute Post zu lesen. Sachen aus dem Kofferraum ihrer Autos zu stehlen. Die Papiere wurden sicher vernichtet.« Sie stand auf. »Können wir jetzt was essen, bevor ich umfalle?«

Sie bereiteten Sandwiches und aßen sie auf der Terrasse.

»Das ist ein fabelhafter Geflügelsalat.«

»Das bestgehütete Geheimnis von Connecticut.«

Ein Himmelsschreiber schrieb »Herzlichen Glückwunsch, Linda Silverman« über den azurblauen Himmel.

»Wer ist Linda Silverman?« fragte Wetzon. Sie verschlang das Sandwich und war schon bei ihrem zweiten Bier. Sie fühlte sich ein wenig angeheitert.

»Keine Ahnung«, sagte Smith. »Aber eine, die ihren Namen auf diese Weise über den Himmel schreiben läßt, kann nur Jüdin sein.«

»Entschuldige. Silverman? Ich würde sagen, es ist ein puertorikanischer Name. Verdammt, Smith, wie kommst du nur darauf, wenn ich fragen darf?« Smith' Intoleranz brachte Wetzon zur Weißglut. Sie durchbohrte Smith mit Blicken. »Nein, wenn ich es mir recht überlege, antworte nicht darauf, weil du etwas sagen wirst, das mich wahnsinnig macht.«

Smith zuckte die Achseln. »Wenn schon.« Sie streckte die langen Beine auf dem Liegestuhl aus. Töpfe mit gelben und dunkelroten Chrysanthemen malten Farbtupfer auf die Terrasse. »Streiten wir nicht. Ich fühle mich so wohl. Dickie Hartmann ist ein echter Schatz.«

Wetzon stand auf und begann, nervös auf und ab zu gehen. Man konnte sich darauf verlassen, daß Smith auf die eine oder andere Art ihren Frieden stören würde. Und sie war im Begriff, das gleiche mit Smith zu machen.

»Hör mal zu, Smith, ich weiß nicht, wie ich es sagen soll, aber du solltest etwas Abstand zu Hartmann halten.«

»Was redest du da, Kleines? Er ist das Beste, was mir jemals widerfahren ist.«

»Das ist Mark.«

»Um Gottes willen, das weiß ich. Ich meine, nach Mark.«

»Ich dachte, Twoey ist ...«

»Twoey, Twoey – das ist alles, was ich ständig von dir höre. Wenn du ihn so toll findest, kannst du ihn haben.«

»Du bist wirklich eine unmögliche Person. Ich weiß nicht, warum ich mich damit abgebe, aber ich möchte, daß du mir versprichst, niemandem weiterzusagen, was ich dir jetzt sage. Versprichst du es?«

Smith stöhnte. »Du dramatisierst immer so.«

»Versprich es.«

Noch ein Stöhnen. Dann: »Also gut!«

»Das ist wichtig, Smith. Es hat mit den zwei Morden zu tun. Ich möchte nicht der dritte sein.«

»In Ordnung! Ich sage, ich verspreche es.«

»Ich glaube, Hartmann und Brian waren in einen Geldwaschbetrug verwickelt.«

Smith setzte sich auf und stellte mit einem lauten Schlag die Füße auf die Terrasse. »Das glaube ich nicht. Dickie nicht. Er ist Anwalt ...«

»Muß ich dich daran erinnern, daß nicht alle Anwälte ehrlich sind?«

»Das meine ich nicht.« Smith lächelte. »Dickie ist zu raffiniert, um in einen Betrug verwickelt zu sein, den du durchschaust.« Sie machte es sich wieder auf der Liege bequem.

»Ich gebe es auf!« Wetzon begann wieder, nervös hin und her zu laufen.

»Wenn du so weitermachst, kannst du auch die Gießkanne nehmen und meine Pflanzen gießen. Sie steht unten neben der Waschmaschine.« Smith mischte die Tarockkarten.

Wetzon goß die Blumen und stellte die Kanne auf die Terrasse. Smith hatte die Tarockkarten als keltisches Kreuz ausgelegt und murmelte: »Frau. Mächtige Frau.« Sie hob den Kopf. »Jemand wird zu Schaden kommen.«

»Jemand ist bereits zu Schaden gekommen.«

»Der Mörder ist eine mächtige Frau.«

»Wie du zufällig?«

»Verschone mich.« Smith schob die Karten zusammen und packte sie in die Seidentasche. Sie betrachtete Wetzon mit schmalen Augen. »Was spielt sich zwischen dir und Alton ab?«

»Nichts.« Wetzon ging zum Geländer hinüber und blickte auf den Sund hinaus. Segelboote mit vom Wind geblähten Segeln trieben im Wasser. Sie seufzte.

»Du hast nicht mit ihm geschlafen.« Es war mehr ein Vorwurf als eine Frage.

»Nein. Müssen wir darüber reden?«

»Ja. Du verehrst doch nicht immer noch den ...«

Wetzon brauste auf. »Und wenn es so wäre?«

Smith lächelte sie herzlich und unbeeindruckt an. »Mein Rat ist, versuche es mit Alton. Wenn es gut geht, wird es die Erinnerung an Dick Tracy auslöschen, und du wirst dich an ihn binden. Verlaß dich auf mich.«

Sie sah so selbstgefällig aus, wie sie da saß, daß Wetzon sie am liebsten umgebracht hätte. »Ich lasse es mir durch den Kopf gehen.« Sie trank den Rest Bier aus.

»Hm.«

»Ich hörte ein Stück ›Fragen Sie Dr. Jerry‹ im Radio, während du im Supermarkt warst. Er macht seine Sache ziemlich gut.«

»Mehr als das. Ich habe gehört, daß sie an Werbung interessierte Firmen ablehnen müssen, und vermutlich wird er von anderen Sendern übernommen, sobald sein Buch herauskommt.«

»Das ist beeindruckend. Und traurig.«

»Traurig?«

»Seine Frau ist verrückt, vielleicht schlimmer.«

»Jemand zu Hause?« Twoey war angekommen.

Sie räumten die leeren Teller, Flaschen und Dosen ab und fanden Twoey in der Küche, wo er lebende Hummer aus einem Sack in die Spüle schüttelte.

»Schatz! Du hast mir gefehlt.« Smith und Twoey küßten sich ausführlich, dann zwinkerte Twoey Wetzon zu. »Was heckt ihr beiden Hübschen zur Zeit aus?« Er durchstöberte den Kühlschrank. »Ich brauche ein Bier.«

Smith legte die Kartoffeln auf ein Stück Folie und stellte den Backofen an. »Woher weißt du, daß wir etwas aushecken? Wetzon hat das letzte Bier getrunken.«

Er richtete sich auf. »Kein Problem. Ich habe unterwegs einen Kasten mitgenommen. Ich hole ihn.«

Jedesmal wenn Twoey ein Bier für sich öffnete, öffnete er auch eines für Wetzon. Wetzon merkte, daß sie betrunken war; sie hatte nach dem vierten aufgehört mitzuzählen. Sie döste auf dem Sofa, während Twoey die Hummer sott und Smith die Zitronenbuttersoße bereitete.

Twoey hatte einen weißen Stag's Leap zum Essen mitgebracht, und Wetzon wechselte von Bier zu Wein.

»Jetzt erzählt mir, was ihr angestellt habt«, sagte Twoey. »Habt ihr Rona inzwischen entlastet? Mit jedem Tag, den sie nicht im Büro ist, verlieren wir Geld.«

»Übernimmt niemand ihre Kunden?« fragte Smith.

»Noch nicht. Und sie hat den Vorschuß, den wir ihr gaben, irgendwo liegen, wo er für sie arbeitet.«

»Wir ermitteln sorgfältig.« Smith trug die Teller ab und warf die Schalen in einen Plastikmüllsack.

»Möchtest du noch etwas, Wetzon?« Twoey grinste sie mit seinem von roten Sommersprossen übersäten Gesicht an. Warum grinste er sie an? »Noch ein Bier?«

»Okay.« Wetzon saß auf der langen Bank, die Smith auf die eine Seite des Tisches gestellt hatte. Sie schwankte.

»Twoey, laß sie in Ruhe. Sie hatte schon zuviel.« Smith blickte ihn finster an.

»Ich finde sie goldig. Alton denkt das auch.«

»Du bist ungezogen, Twoey.« Wetzon drohte ihm mit dem Finger, spürte einen Rülpser aufsteigen und schlug sich mit der Hand auf den Mund. Sie hörte, wie Smith das Geschirr in die Spülmaschine knallte und Schranktüren zuschlug.

»Komm, Wetzon«, sagte Twoey. Sie hatte leichte Schlagseite. Sie merkte es selbst. Er nahm ihre Hand. »Wetzon zeigt mir jetzt, wie man auf Socken steppt, ja Wetzon?« Er half ihr auf.

Sie wankte unsicher auf den Beinen. Er reichte ihr den Arm. »Okay, Twoey, schau gut zu.« Sie summte ›Singing in the Rain‹. »Los, sing mit. Zuerst mußt du den Grundschritt lernen. Siehst du – vorwärts, rückwärts, seitwärts.« Sie kicherte, doch sie kam zurecht. Sie kam immer zurecht.

Twoey mit seinen einsachtzig und schlaksigen Armen und Beinen versuchte es, kam nicht mit, zog die Schuhe aus, kapierte endlich, und dabei stützte er Wetzon die ganze Zeit und stärkte sich mit einer Flasche Bier. Schließlich warf er sich lachend auf die Couch.

Wetzon ließ sich sehr vorsichtig auf die Bank nieder

und legte sich auf den Rücken, streckte nach jeder Seite ein Bein auf den Boden und legte einen Arm über die Augen.

»Ihr seid beide ekelhaft betrunken«, schäumte Smith. »Das ist nicht auszustehen. Ich gehe ins Bett.« Sie stampfte davon.

»Hoppla«, sagte Wetzon. Ihr Kopf lag träge auf der Bank. Das Oberlicht drehte sich über ihr. Sie mußte lachen.

»Ich bin wohl in Ungnade gefallen«, sagte Twoey. Er grinste wieder und machte zwei neue Flaschen auf, von denen er ihr eine reichte.

»Sind wir beide.« Die harte Bank tat ihrem Rücken gut. Sie reckte einen Arm hoch und prostete ihm mit der Flasche zu.

»Ich bin so weggetreten«, sagte er. »Ich wollte über Xenias Geburtstagsparty sprechen.«

Sie rollte den Kopf in die Richtung seiner Stimme. Er saß wieder auf der Couch. »Twoey ...« Sie hörte ihn etwas von gegrilltem Lachs erzählen und etwas später von Schokoladetrüffeln. »Twoey ...« sagte er *dreißig* Personen? »Twoey, hör mal her.« Er unterbrach sie diesmal nicht, und sie sprudelte hervor: »Erwähne nie die Vierzig, was auch immer du tust. Sie verkraftet es nicht gut.«

»Xenia? Du irrst dich, Wetzon, aber meinetwegen.«

Durch einen blauen Nebel sah Wetzon ihn den Kopf in den Nacken legen und das Bier leeren. Er stand auf, stolperte ein wenig und suchte sein Jackett. Wetzon verlor ihn aus den Augen, bis er als großer Schatten über ihr stand. Das Licht blitzte auf seiner goldenen Brille. Sie konnte seine Augen nicht sehen. »Sieh mal«, sagte er. Was zeigte er ihr?

»Ich kann mich nicht rühren«, sagte sie. »Was ist das?« Sie zwang ihre Augen, geradeaus zu schauen. Du lieber

Gott, er ließ eine Diamantentraube vor ihrem Gesicht baumeln. »Mann, Twoey, sind die wunderbar.«

»Ja, nicht wahr?« Sie dachte, er sehe zufrieden aus, hätte es aber nicht beschwören wollen. »Du bist ein nettes Mädchen, Wetzon.«

»Du bist ein netter Junge, Twoey.«

Er beugte sich und küßte sie auf die Stirn. »Alton ist ein guter Mann.« Er stand da und schaute auf sie herab, als erwarte er eine Bemerkung von ihr.

Sie sagte: »Ich weiß. Er kommt mit mir auf die Party.«

»Er hat es mir gesagt.«

»Mhmm.«

»Also dann. Brauchst du Hilfe, um die Treppe hinaufzukommen?«

»Nein. Ich bleibe noch eine Weile hier.«

Er sagte gute Nacht, und sie blieb liegen, bis ihr Kopf aufhörte, sich zu drehen, dann stand sie langsam auf und taumelte zur Toilette. Als sie herauskam, sah sie auf die Uhr. Es dauerte eine Weile, bis sie es erfaßte. Elf Uhr. Morgen um diese Zeit würde es erst zehn Uhr sein. Sie mußte daran denken, die Uhr zurückzustellen, bevor sie zu Bett ging.

Sie zog die Jacke an und wickelte den Schal um den Hals, öffnete die Tür zur Terrasse und trat hinaus.

Die Nähe des Sunds verlieh der Nacht besonderen Reiz und eine eigenartige Einsamkeit, die nicht Verlassenheit bedeutete. Sie betrachtete das Mondlicht, das auf dem Wasser glitzerte, lauschte auf die nächtlichen Geräusche. Rockmusik. Lachen. Ein weinendes Kind. Ein Hund bellte schrill, wahrscheinlich ein Pudel. Die Elfuhrnachrichten im Fernsehen. Wetzon seufzte. Ihre Ohren kribbelten, und ihre Nasenspitze war kalt.

Unter ihr, in dem Gebüsch zwischen den Häusern, hörte sie die kleinen Nachttiere, die Eßbares suchten, Waschbären, Eichhörnchen. Sie spähte in die Dunkelheit und sah Lichter auf dem Wasser, den Widerschein der Häuser der Umgebung.

Sie mochte das Land nicht. Die dichte Dunkelheit hatte sie schon immer mit Angst, mit einem Gefühl der Verwundbarkeit erfüllt. Sie erinnerte sich an die Abgeschiedenheit des Bauernhofes, wo sie aufgewachsen war, die schwere Arbeit, den Hühnerdreck an ihren Turnschuhen, den Staub in der Nase, den mangelhaften Wasserdruck, die Jauchegrube, die Orkane, die für Tage die Stromleitungen stillegten. Die Insekten, die im Sommer regierten, Nachtfalter und Stechmücken, Ameisen, Japankäfer. Grüner Rasen erinnerte sie an Blasen. Sollte sie jemals ein Haus auf dem Land besitzen, was höchst unwahrscheinlich war, würde sie die Rasenfläche zementieren und grün anstreichen.

Hör auf. Tränen liefen ihr über die Wangen. Die Sterne hingen so tief, daß sie sie fast berühren konnte. Sie wünschte sich Silvestri und ihr gemeinsames Leben zurück.

Sie ließ sich auf die Liege fallen und hörte die Fehlzündung eines Autos. Etwas Warmes flog an ihrem Kopf vorbei und landete mit einem *Wumm* an den Holzschindeln hinter ihr.

Wumm. Wumm. Wumm wumm wumm wumm. Sie saß reglos auf der Liege, lauschte dem Klang nach, der durch ihr Bewußtsein hallte. Die Stille der Nacht lag wie eine feuchte Decke über ihr. Schließlich rollte sie sich auf die Veranda und kroch zu der Schiebetür.

Sie zerrte daran. Die Tür wollte nicht aufgehen. Sie war abgeschlossen. Nein, das war nicht möglich. Sie konnte von hier unten nur nicht genügend Kraft ansetzen. Jetzt war sie in einen Kampf mit der verdammten Tür, die sie nicht einlassen wollte, verstrickt.

Mein Gott, Wetzon. Paranoia und Personifizierung einer Tür. Sie biß die Zähne zusammen, sprang hoch, zerrte die Tür auf und warf sich auf den Boden von Smith' Wohnzimmer. Sie stand auf, um die Tür zuzuschieben, und fiel wieder auf den Boden, matt und schwindelig. Sie wagte nicht, das Licht anzuschalten und sich erst recht zum Ziel zu machen, falls sie das war.

Wumm. Ihr Kopf drehte sich. Kalter Schweiß netzte ihre Stirn, die Oberlippe, lief die Unterarme hinunter. Jemand versuchte, sie umzubringen. Der unverdaute Hummer, der Wein, das viele Bier begannen sich in ihrem Magen zu drehen wie in einer Waschmaschinentrommel. Sie rappelte sich auf und stürzte zur Toilette direkt vor Marks Zimmer, wo sie alles in einem einzigen langen, schmerzhaften Krampf von sich gab. Auf dem gefliesten Boden kniend umarmte sie die Toilettenschüssel, heftig zitternd, während Tränen aus ihren Augen quollen.

Ihr war so elend, daß sie sich tot wünschte. Nein. Nein, das nicht. Mit weichen Knien kam sie auf die Beine, spülte die Toilette, wischte auf, spülte den Mund aus und wusch sich das Gesicht. Sie hatte zuviel getrunken. Wo war ihr Verstand geblieben? Im Bier untergegangen.

Wumm wumm wumm ... unaufhörlich. Verschwinde aus meinem Kopf, verschwinde aus meinem Kopf.

Zu verängstigt, um das Licht in Marks Zimmer anzumachen, tastete sie sich zum Bett, ließ die Kleider auf den Boden fallen und versuchte, sich unsichtbar zu machen.

Während der Nacht endete die Sommerzeit, und Wetzon hätte mit der zusätzlichen Stunde Schlaf ausgeruht aufwachen können. Doch sie fiel nur in ein oberflächliches Dösen, aus dem sie immer wieder aufschreckte, und wenn sie dann auf Marks digitalen Radiowecker sah, waren nur fünfzehn oder zwanzig Minuten verstrichen, seit sie zum letztenmal nachgesehen hatte. Sie lauschte auf die knarrenden Geräusche des sich setzenden Hauses und versuchte, die Geräusche, die nicht dazu gehörten, herauszuhören. Die Decken erstickten sie. Ihr war eiskalt, dann heiß, so daß sie die Decke wegwarf. Und die ganze Zeit hallte das dumpf schlagende Geräusch nach und ließ sie durch und durch erschauern.

Alle möglichen schrecklichen Insekten schwirrten im Schutz der Dunkelheit durch die Luft. Sie sagte sich vernünftig, daß es vermutlich ein fliegender Käfer war ... oder ein großer dicker Nachtfalter.

Um halb sechs gab sie es auf, zog Leggings und Pullover

an und ging nach unten in die Küche. Sie brauchte dringend einen Kaffee. Kleine Männchen legten einen Teppich über ihr Gesicht, indem sie überall und hinter den Augen ihre scharfen kleinen Nägel einschlugen. Ihr leerer Magen sandte empfindliche Signale. Gott, fühlte sie sich schwach. O Mann, völlig am Boden. Seit Jahren hatte sie das nicht mehr erlebt, und sie schwor sich inbrünstig, daß Jahre vergehen würden, ehe sie das wieder probieren würde.

Der Kaffee war vermutlich voller Koffein, aber in diesem Augenblick war es ihr egal. In Smith' Schrank fand sie einen weißen Porzellanbecher und füllte ihn mit flüssiger Dunkelheit. Flüssige Dunkelheit, das war es, was sie in der Nacht auf der Terrasse empfunden hatte.

Nun in der Dämmerung erschien ihr alles albern, das Produkt einer alkoholisierten Phantasie. Mit jedem Schluck ein wenig standfester, schob Wetzon die Tür auf, gegen die sie gekämpft hatte, und trat auf die Terrasse hinaus. Die Temperatur war in der Nacht stark gefallen, und es war immer noch ziemlich kalt, doch die Dämmerung färbte den Himmel über dem Sund mit rosa und gelben Pastelltönen, und eine Schar Vögel in V-Formation stürzte krächzend und schnatternd auf das Wasser.

Sie zögerte hinaus, was sie tun mußte. Schließlich zwang sie sich, nach der Liege zu schauen, auf der sie in der vergangenen Nacht gesessen hatte. Eine feine hauchdünne Tauschicht gab dem gummierten Stoff Glanz. Was sie gehofft hatte, nicht zu sehen, fiel hinter der Liege sehr deutlich ins Auge. Eine gesplitterte Schindel mit einem Loch. Sie berührte sie, dann zog sie die Hand weg.

Es konnte selbstverständlich ein Unfall sein. Jäger. Halbwüchsige, betrunken in einer Samstagnacht. Wem machte sie etwas vor? Beklommen sagte sie sich, daß es anders war. Aus irgendeinem Grund war Brians Mörder, Tabithas Mörder hinter ihr her. Er – oder sie – hatte die Pistole nicht mehr. Doch es fehlte noch eine Pistole – und das Gewehr. Sie ging schnell ins Haus und trank den Kaffeebecher aus, fand den le Carré und ging wieder zu Bett. Irgendwann zwischen halb sechs und neun schlief sie tief und wachte erst durch das Geräusch der Dusche und von Stimmen auf. Sie rollte auf den Rücken.

Marks Zimmer war von Pokalen und Urkunden überfüllt, von Tennis- und Laufwettbewerben. Ein Groton-Wimpel war an die Wand über dem Bett geheftet. Über dem Schreibtisch hing ein großes körniges Schwarzweißfoto von Smith in einem gemusterten Rollkragenpullover, die gerade einen Streich ausheckte – nach dem Blick in ihren Augen, den Mark hervorragend eingefangen hatte. An den Wänden befanden sich weitere Schnappschüsse von Mark und seinen Freunden. Mark war ein großer, schlanker, gut aussehender junger Mann geworden. Tennisschläger und Balldosen stapelten sich in einer Ecke des Zimmers, und die Bücherregale enthielten Schulbücher und, zu Wetzons Überraschung, Dramen und Theaterbücher.

Wetzon wußte, daß Mark sich jetzt um Aufnahme in einem College bemühte. Es fiel ihr schwer zu glauben, daß es derselbe weiche, empfindsame Junge war, der seiner Mutter vor fünf Jahren täglich das Frühstück bereitet hatte. Es war Jake Donahue gewesen, einer der widerwärtigsten Ex-Freunde von Smith, der darauf bestand, Mark auf eine Schule weg von zu Hause zu schicken, und möglicherweise war dies das einzige Anständige, was Donahue jemals getan hatte. Und es war gewiß nicht seine Absicht gewesen. Jake hatte Mark einfach loswerden wollen, um Smith' ungeteilte Aufmerksamkeit zu haben. Und das war ihm bis zum letzten Jahr gelungen, bis Smith Twoey kennenlernte.

Twoey war ein Schatz, dachte Wetzon. Zu schade. Seine

Tage waren wahrscheinlich gezählt. Sie duschte in Marks Bad und packte die Unterwäsche von gestern zusammen mit dem Buch in ihre Reisetasche. Aus der Küche wehte der Duft von gebackenen Eiern und Butter herauf; sie fühlte sich jetzt besser und folgte ihrer Nase.

Smith legte gerade süße Brötchen in den Mikrowellenherd, als sie aufschaute und Wetzon mit einem gekrümmten Finger auf sie zeigen sah. Wetzon hielt den Finger an die Lippen und krümmte ihn wieder.

Smith schloß die Herdtür und folgte Wetzon auf die Terrasse. »Was ist ...«

»Sag nichts, schau es dir nur an.« Wetzon deutete auf die beschädigte Schindel. Ihr Herz klopfte so schnell, daß es sie zu ersticken drohte.

»Hast du das mit Twoey gestern abend in betrunkenem Zustand getan?« schnaubte Smith böse.

»Nein, wir waren es nicht. Wirst du freundlicherweise still sein und es aus der Nähe betrachten?« Smith bedachte sie mit einem wütenden Blick und beugte sich dichter darüber, während sie mit den Fingern über die gesplitterte Öffnung rieb. »Ich war gestern abend so um elf Uhr hier draußen, und jemand hat einen hinterhältigen Schuß auf mich abgefeuert. Wenigstens glaube ich ...«

»Da drin steckt eine Kugel?« fragte Smith ungläubig.

»Darauf könnte ein Ballistiker antworten, nehme ich an. Man wird sie ausgraben müssen.«

»Ausgraben? Und mein Haus?« Wetzon sah Smith an, daß sie die Kosten für eine neue Schindel überschlug. »Ich meine, was es auch sein mag, es ist jetzt ein bleibender Teil des Hauses.«

»Smith, ich meine, du solltest lieber deinen örtlichen Polizisten oder die Staatspolizei alarmieren. Das hier ist ernst. Jemand versucht, mich umzubringen. Ich rufe Marissa Peiser an, sobald ich wieder in der Stadt bin.«

»Quatsch. Du überdramatisierst mal wieder, wie gehabt. Selbst wenn es eine Kugel war, kann es sich um eine verirrte handeln. Jäger.«

»Die was jagen? Fische? Ich würde es gern glauben, doch Penny Ann und Barbie wußten beide, daß wir hier sind. Das heißt, auch Rona und Dr. Jerry wissen es. Soviel wir wissen, könnte auch Maglia gestern abend hier oben gewesen sein, um Rona zu besuchen. Du hast darauf keine Antwort von Barbie bekommen, wenn du dich erinnerst.« Und Richard Hartmann muß es mit Sicherheit gewußt haben.

Smith stöhnte auf. »Du hättest uns nie in diesen Schlamassel ziehen sollen.«

»Ich habe uns nicht hineingezogen, du warst es. Ich dagegen schlug vor, sie sollten sich wegen Tabitha an die Polizei wenden.«

»Ach, was soll's!«

»Frühstück!«

Twoeys fröhlicher Ruf schnitt Wetzons Erwiderung ab, doch Smith konnte ihr noch zuzischen:»Kein Wort davon zu Twoey.«

Sie setzten sich zu Zwiebeln, Speck, Kartoffelomeletts und den süßen Brötchen, die Wetzon aus der Stadt mitgebracht hatte, an den Tisch. Smith stellte eine Karaffe mit frischem Kaffee und eine weitere mit Orangensaft auf den Tisch und setzte sich. Wetzon sah mit Genugtuung, daß Smith aus der Fassung gebracht war. Twoey sah von einem versteinerten Gesicht ins andere und zuckte die Achseln. »Macht schon, Mädchen. Vergeßt es. Greift tüchtig zu. Das Frühstück wird kalt.«

»Ich möchte mit einem frühen Zug zurückfahren«, sagte Wetzon.

»Was?« Smith sah bestürzt auf.

»Ich möchte mit einem frühen Zug zurückfahren.«

Smith lächelte träge. »Nimm den Jaguar. Ich fahre mit Twoey zurück.«

»Gute Idee.« Twoey, strotzend vor Gesundheit, hätte sich für eine Milchwerbung fotografieren lassen können; er sah nie verkatert aus. Es gab keinen Hinweis auf die Alkoholmenge, die er gestern weggeputzt hatte.

Wetzon dagegen wußte, daß ihr das Besäufnis ins Gesicht geschrieben stand, besonders um die Augen. Frauen eines gewissen Alters sollten nicht trinken, dachte sie voller Reue. Sie betrachtete die beiden. Sie würden vermutlich wieder ins Bett gehen, sowie sie weg war.

So kam es, daß Wetzon eine Stunde später auf der I-95 dahinbrauste, die zeitweilige Herrin ihres Universums auf unverschämt teuren importierten Rädern.

Warum wußte sie, daß Smith wegen der Kugel in der Schindel nichts unternehmen würde? Weil das zum Beispiel nicht die Art lokaler Berühmtheit war, die sie wünschte.

Der Verkehr in Richtung Stadt war spärlich; weit mehr fuhren hinaus, um die herbstliche Farbenpracht zu bewundern oder einen der letzten Herbsttage auf dem Land zu verbringen, Freunde mit offenen Kaminen und Bäumen zu besuchen. Und mit Pistolen.

Sie schaltete das Radio ein, fand einen Sender für klassische Musik und hörte Glenn Gould zu, der eines von Bachs Brandenburgischen Konzerten spielte.

Jeder konnte es letzte Nacht gewesen sein, auch Maglia. Es konnte sogar ein Unfall gewesen sein. Ja, durchaus möglich. Barbie war ein Fall für die Klapsmühle; Penny Ann war eigentlich auch nicht richtig beieinander. Rona? Dr. Jerry? Er war einfach zu perfekt, um echt zu sein. Aber was für ein Motiv könnte er haben? Sie dachte, dieselbe Person müsse beide getötet haben. War Hartmann Linkshänder? Warum hatte sie nicht daran gedacht, Smith zu fragen?

Der Verkehr verdichtete sich auf dem Cross Bronx Expressway, wo ständig Bauarbeiten im Gang waren, und sie kam nur noch im Kriechtempo voran. An diesem Punkt wurde ihr klar, daß Dr. Jerry es nicht gewesen sein konnte. Von zehn bis Mitternacht machte er seine zweite Sendung.

Sie fuhr den Jaguar in Smith' Garage und ging mit Barbara Gordons Hutschachtel in der Hand die Third Avenue hinunter. Bei *Ecce Panis*, einem kleinen italienischen Kuchenladen, der zu den Gastronomiebetrieben *Sign of the Dove* gehörte, machte sie halt und kaufte einen Olivenfocaccio und ein Schokoladenbrot, dazu eine Scheibe Kirschfocaccio, weil sie hungrig war. Sie hatte nur halbherzig an dem Omelett herumgepickt, und Twoey hatte sowohl ihres als auch das von Smith aufgegessen.

In der Stadt war es warm und sonnig, und alle waren draußen und gingen spazieren. Um die Mittagszeit an einem Sonntag machten die Restaurants ihr großes Brunchgeschäft, und viele Leute strömten zu *Bloomingdale's.*

Aber ich nicht, dachte Wetzon. Sie biß ein großes Stück aus dem Kuchen; die Kirschen hatten einen etwas bitteren Geschmack, der das Aroma des Hefeteigs verstärkte.

An der 59. Street ging sie in westlicher Richtung auf den Central Park und das *Park Royale* zu. Ein Pferd und eine Kutsche standen vor dem Hotel, beide hochzeitlich herausgeputzt – weiße Bänder, Girlanden und Blumen. Eine

Braut in langem Satinkleid mit wehender Schleppe wurde vom Bräutigam im schwarzen Cut hochgehoben. Sie warf den Blumenstrauß in die Luft, gerade als Wetzon sich einen Weg durch die Menge bahnte. Der Strauß schwebte einen Moment, als suche er einen Platz zum Landen, dann taumelte er mit flatternden rosa Bändern auf Wetzon und machte sie einen Augenblick blind. Beifall brandete auf.

»O nein«, rief sie verlegen, »das ist ein Irrtum.« Sie versuchte, der Braut das Vergißmeinnichtsträußchen zurückzugeben, doch Braut und Bräutigam bestiegen schon die Kutsche. »Auch das noch.«

»Es gehört Ihnen, Schatz. Offen und ehrlich«, sagte eine Frau im rosa Kostüm. »Freuen Sie sich daran.«

So was Dummes ist mir auch noch nicht passiert, dachte sie, indem sie den Strauß schwenkte. Sie marschierte ins Hotel, direkt zum Empfang und übergab dem Empfangschef die Hutschachtel. »Sie gehört Dr. Jerry Gordon. Können Sie bitte dafür sorgen, daß er sie bekommt?«

Der Empfangschef starrte sie gespannt an. Versuchte er sich einzuprägen, wie sie aussah, damit er es Dr. Jerry berichten könnte? Sie zog den Kopf ein. »Haben wir den Brautstrauß gefangen?« sagte der Mann mit einer gehörigen Portion abgestumpften Zynismus. »Na, ich gratuliere.« Er hatte den Strauß betrachtet. Gut. Daran würde er sich erinnern.

Immer noch mit dem lächerlichen Blumenstrauß in der Hand fuhr Wetzon mit der U-Bahn unter der Sixth Avenue bis zur West 4. Street und ging zum Ausgang zur 8. Street hinaus. Wenn die Stadt an der Upper East Side lebendig war, so war sie im Village geradezu hektisch. Straßenhändler verstopften die Bürgersteige, während die Menge aus den Vorstädten gaffend durch die Straßen bummelte. Ein Sikhkünstler mit weißem Turban zeichnete Porträts in Kohle, und es hatte sich eine Schlange bei ihm gebildet. Sie blieb nirgendwo stehen, außer am Zeitungskiosk an der Seventh Avenue, um die Sonntagsausgabe der *Times* zu kaufen. Sie wollte nur noch nach Hause.

Es war beinahe zwei Uhr, bis sie in der Wohnung war. Mit dem Ausruf »Adieu, Welt« schloß sie die Tür zweifach ab. Sie ließ ihre Beute von *Ecce Panis* auf den Tisch fallen, stellte den Blumenstrauß in ein Glas Wasser und setzte eine große Kanne Kaffee an. Dann ließ sie ihre Nachrichten abspielen.

Marissa Peiser.

Einer, zwei, drei, vier hatten aufgelegt. Vielen Dank.

Ferrante.

Marissa Peiser.

Louie.

Alton Pinkus. Rief er aus Chicago an? Er hinterließ keine Nummer.

Marissa Peiser noch einmal.

Die letzte Nachricht. Carlos. Carlos! Er war zurück. Sie hielt den Apparat an. Gott sei Dank, daß er wieder da war. Ihr Hirn mußte einmal gründlich durchlüftet werden. Sie mußte Carlos unbedingt ihr Herz ausschütten. Sie drückte die Abspieltaste, und da war Carlos' Stimme; er schrie sie an.

Wo bist du, Häschen? Weißt du nicht, daß wir uns Sorgen um dich machen? Ich hörte von Arthur, daß jemand versucht hat einzubrechen, und ich kann nicht glauben, daß du so unbekümmert bist, uns nicht einmal wissen zu lassen, wo du steckst.

Wumm. Das Echo in ihrer Erinnerung machte sie unruhig. Sie war bestürzt. War sie unbekümmert? Sie war nur vierundzwanzig Stunden fort gewesen. Ach, verdammt, was wollten sie alle von ihr? Sie war erwachsen. Und jemand versuchte, sie zu töten.

Sie streifte die Stiefel ab und stellte das Radio an, noch mehr klassische Musik, um den Klang von der Kugel, die auf die Schindel traf, zu überdecken. Flach auf dem Bett liegend atmete sie tief, bis die Spannung aus ihrem Körper wich, dann stellte sie das Telefon auf ihren Bauch, hielt den Hörer ans Ohr und wählte Carlos' Nummer.

»Hallo.«

»Ihr ungeratener Schützling meldet sich zurück, Sir.«

»Mensch, Arthur, sie ist es. Ob du es glaubst oder nicht. Als wäre überhaupt nichts passiert. Häschen, ich schwöre dir, du hast uns ganz schön erschreckt. Wo warst du?«

»Wo meinst du, wo ich war? Bei dir zu Hause.« Die vertrauten Verse aus der Arie des Papageno und der Papagena klangen ihr im Ohr. *Die Zauberflöte,* ihre Lieblingsoper. Balsam für verwirrte Nerven.

»Häschen, leg dich nicht mit mir an. Du sprichst mit Carlos. Erinnerst du dich? Carlos. Nachdem ich es die ganze Nacht versucht hatte, ohne dich zu erreichen, waren wir im Morgengrauen unten. Ich fürchtete, ich würde dich tot auf dem Boden finden, doch du hattest nicht einmal in deinem Bett geschlafen.«

»Carlos, Liebling.« Sie sagte es liebevoll, denn sie wollte nicht mit ihrem besten Freund streiten. Und wem auf der Welt lag sie sonst noch so sehr am Herzen? »Carlos, Liebling, du weißt, ich habe mein eigenes Leben. Und es mag für dich schockierend sein, aber ich schlafe nicht immer in meinem Bett.«

»Arthur! Ich möchte, daß du das hörst. Sie sagt, sie schläft nicht immer in ihrem Bett. Herzblatt, was mich betrifft, so ist es mir völlig piepe, mit wem du es treibst, solange du aufpaßt. Aber laß einen Menschen wissen ...«

»Himmel, ich habe eine Mutter.«

»Du solltest lieber glauben, daß du eine Mutter hast. Wir sind uns gegenseitig Familie. Ich dachte, du wüßtest, daß wir füreinander verantwortlich sind. Häschen? Hörst du zu? Ich meine es ernst.«

»Ich höre zu. Du deprimierst mich.«

»Arthur, glaubst du ihr das? Jetzt behauptet sie, ich deprimiere sie.«

Sie hörte Arthurs Stimme im Hintergrund poltern. »Arthur ist bestimmt meiner Meinung.«

»Arthur sagt, du bist ein erwachsender Mensch. Aber du weißt so gut wie ich, daß ein Zigeuner nie erwachsen wird.«

»Danke vielmals.«

»Du brauchst mir nicht zu sagen, wo du warst.«

»Gut.«

»Wo warst du?«

»Ich dachte, ich brauche es dir nicht zu sagen.«

»Ich habe gelogen.«

»Also gut. Ich fuhr nach Westport hoch und blieb dort über Nacht.«

»Dann mußt du wirklich verzweifelt sein. Du hast die Nacht mit dem Barrakuda verbracht?«

»Carlos ...« Es war ihr gewohntes Spielchen: Carlos griff Smith an, und Wetzon verteidigte sie.

»Geht es dir gut, Häschen?« Seine Stimme wurde nüchtern. »Ich meine, der Einbrecher ...«

»Louie hat ihn verscheucht. Er war auf der Feuerleiter.« Er? Warum nicht sie? »Louie ist prima, ganz nebenbei.«

»Diese blöde Feuerleiter. Ich lasse ein Tor anbringen. Ich freue mich, daß du Louie magst.«

»Gut. Sind wir fertig?«

»Nein, sind wir nicht, Schatz. Carlos möchte, daß du ihm etwas sehr Persönliches sagst.«

Wetzon stöhnte. »Zum Beispiel?«

»Zum Beispiel, wie es mit dir und dem Bullen geht.«

»Nichts. Nichts geht. Aus und vorbei.« Ihr Zorn und Schmerz brachen aus ihr heraus.

»He, Moment ...« Carlos hörte sich schockiert an.

»Er ist in D.C. und meint, er könnte ein Mädchen in beiden Häfen haben. Es reicht mir, Carlos.«

»Häschen, das tut mit leid.«

»Ich habe jemand kennengelernt, der mich toll findet. Jemand, der Erfolg hat in der richtigen Welt ...«

»Herzblatt, warum muß ich, wenn du das sagst, denken, du meinst die Welt des Barrakuda? Die Frage ist, wen du liebst, Häschen. Ich meine, außer mir.«

Sie spürte, wie sich ihre Kehle zusammenzog und ihre Augen feucht wurden. Wen würde es kümmern, wenn jemand sie tötete? Laura Lee, ja. Smith, vielleicht, aber sie würde schnell darüber wegkommen. Alton? Sie kannten sich nicht so gut, daß es ihm viel ausmachen würde. Bestimmt nicht Silvestri. Er hatte sie bereits vergessen. Nur Carlos würde es wirklich etwas ausmachen. Das wußte sie. »Ich liebe dich, Carlos. Ich mache eine schwere Zeit durch. Ich fühle mich, als wäre jemand, den ich liebte, gestorben.«

»Häschen, ich ...« Plötzlich schien er um Worte verlegen. »Ich ... äh ... ich weiß nicht, wie ich es sagen soll. Ich war nicht allein, als ich heute früh dort war.«

»Was meinst du? Du und Arthur?«

»Nein. Silvestri rief mich gestern abend an. Er konnte dich nicht erreichen. Er war in deiner Wohnung, weil er etwas suchte, das er dort gelassen hatte, und sah das Chaos ... Er war ganz schön durcheinander.«

»Ha, kann ich mir denken.«

»Hör mir zu, Häschen. Er war wirklich total geschockt wegen der Wohnung, und er machte sich deinetwegen Sorgen.«

»Ich habe es ihm erzählt.«

»Weil es noch schlimmer war.«

»Zu dumm. Damit ich das jetzt richtig verstehe: Er war heute morgen mit dir hier und sah, daß ich nicht in dem Bett ...«

»Du hast es begriffen.«

»Na gut. War er verstimmt?«

»Allerdings.«

»Ts,ts.«

»Ich verstehe, was los ist. Wer ist der neue Mann – falls es ihn wirklich gibt?«

»Es gibt ihn, Mutter. Vielleicht können wir irgendwann zu viert ausgehen.«

»Das reicht.« Er wurde wieder ernst. »Aber es geht dir gut?«

»Vergisses.« Sie legte auf und lief zur Kommode, öffnete die Schublade. Tastete unter der Unterwäsche. Das schwarze Etui war verschwunden.

»Verdammt!« Wie konnte er es wagen, ihre Schubladen zu durchsuchen. Sie stapfte zum Bett zurück und langte zum Radio, um es abzuschalten. Es war gerade vom wunderbaren Mozart zu irgendeiner langweiligen deutschen Fuge übergegangen. Ein Ansager sagte gerade: »Dieses Programm wurde früher am Tag aufgenommen ...«

Wetzon war gehörig durcheinander. Sie hatte zur Musik von *Pippin* seit zwanzig Minuten an der Barre gearbeitet, doch ihre Konzentration riß immer wieder. Sie hörte auf und fing erneut an, immerzu, ohne richtig ins Schwitzen zu geraten.

Sie sah ein, daß es keinen Sinn hatte. Sie hatte Angst. Vielleicht verliert man mit zunehmendem Alter leichter die Nerven, klammert sich stärker an jede Minute, die man hat. Das beste wäre, Marissa Peiser anzurufen und ihr alles zu erzählen. Soll *sie* doch Dr. Jerrys Ratgebersendung überprüfen, soll *sie* sich mit der Kugel in Smith' Schindel befassen. Jetzt schwitzte sie.

Sie erreichte Peisers Anrufbeantworter – es mußte ihr privater sein – und sprach auf das Band, sie sei in ihrer Wohnung. Vielleicht war Peiser im Büro. Wo hatte sie die Karte? Sie durchsuchte jede Kostümtasche und fand sie schließlich im Trenchcoat.

Peiser war nicht im Büro, doch jemand nahm die Nachricht entgegen.

Sämtliche Vorhaben wurden durchkreuzt. Vor sich hin murmelnd machte sie an der Barre einen grimmigen schnellen Durchgang durch alle Positionen, verließ die

Barre und probierte einige Fosse-Kombinationen aus, an die sich ihr Körper noch erinnerte. Nun, ihr Kopf erinnerte sich, doch sie war verspannt und, schlimmer noch, hatte keinen Spaß dabei.

In welchem Ort, hatte Barbie gesagt, war der Sender? Was war mit ihrem Kopf nicht in Ordnung, daß sie sich nicht erinnerte? Stamford? Nein. Nicht Westport, nicht Wetzon, nicht Weston. *Sehr komisch, Hirn,* dachte sie. Norwalk! Das Hirn mußte erst einen Spaß machen, bevor es ihr verriet, was sie suchte. Okay. Sie rief die Auskunft für Connecticut an.

»Welche Stadt?«

»Norwalk. Ich suche die Nummer des Rundfunksenders.«

»Ich habe keine Einträge nach Institutionen. Haben Sie den Namen?« Wunder über Wunder, die Vermittlung sprach wie ein richtiger Mensch.

»Ich weiß ihn nicht.«

»Ich gebe ›Rundfunk‹ ein, mal sehen, was herauskommt.« Und entgegenkommend dazu.

»Aha, da ist ein Eintrag in Norwalk unter Rundfunk – AM 1260, aber es ist eine Adresse in Westport.«

Sie schrieb die Zahlen auf und tippte sie dann ein.

»WMMM.«

»WMMM?« Sie gab sich unbefangen. »Tag, ich suche den lokalen Sender, in dem ›Fragen Sie Dr. Jerry‹ kommt. Bin ich zufällig bei Ihnen richtig?«

»Hm?« Die Stimme gehörte einem heranwachsenden Jungen – oder vielleicht einem heranwachsenden Mädchen.

»›Fragen Sie Dr. Jerry‹, die Ratgebersendung.« Sie sprach langsam, zwang sich zu lächeln, um keine Ungeduld zu zeigen.

»Hm?«

»Hören Sie, wissen Sie, wovon ich rede? Eine lokale Rundfunksendung namens ›Fragen Sie Dr. Jerry.‹«

Die Stimme klang plötzlich eingeschnappt. »Ich bin im Augenblick allein hier. Können Sie später noch mal anrufen?«

»Können Sie nicht einfach meine Frage beantworten?«

»Rufen Sie später an.« Er legte auf.

Wetzon hielt den Hörer noch einen Moment, dann legte sie ihn auf. Sonntag. Jemand setzte vermutlich sein Kind ans Telefon und gab vor zu wissen, was er tat. Na ja, was soll's, jeder gab vor, etwas anderes zu sein. Sie und Smith gaben sogar vor, Detektive zu sein. Sie müßte schon Glück haben, wenn ... Das winzige Fünkchen einer Idee begann sich aus ihrem Unterbewußtsein nach oben zu drängen.

Gab vor ...

Die Frau, der die Wohnung neben Wetzon in der West 86. Street gehörte, hatte an der Columbia irgend etwas mit Computern zu tun. Sheila Reitman, eine verschrobene Australierin, die in den fünfziger Jahren mit ihrem Mann, Pappy Reitman, dem Reiseschriftsteller, in die USA gekommen und in New York geblieben war, als er nach L.A. umzog. Sie hatten sich nie die Mühe gemacht, die Scheidung zu beantragen, und hin und wieder tauchte er auf, ein aufgeblasener dicker kleiner Mann mit seiner abgewetzten Umhängtasche von *Hunter's World*, Kameras und Laptop. Dann drang der Zigarettenqualm wie auf einer Karikatur aus den Türritzen in den gemeinsamen Korridor. Daran merkte Wetzon, daß er da war. Dann das Geschrei und Gebrüll, und einige Tage später herrschte absolute Stille. Er war wieder fort. Eine sehr sonderbare Beziehung. Sheila besaß eine riesige weiße Perserkatze namens Sean, die aus Protest hinausschlich und auf der Fußmatte saß, wenn der Schornstein in der Wohnung war.

Wetzon schlug ihr Adreßbuch bei R auf und wählte Sheilas Nummer. Sheila meldete sich sofort mit ihrer atemlosen Stimme.

»Rufe ich zu einer schlechten Zeit an?«

»Ich bin auf dem Weg zu einer Probe.« Sheila spielte aus Liebhaberei Flöte und war Mitglied einer Musikgruppe. »Ich habe das Durcheinander gesehen. Sie haben mein volles Mitgefühl, Leslie.«

»Danke, Sheila. Ich wollte Ihnen nur mitteilen, daß meine Bauunternehmerin eine Frau namens Louise Armstrong ist und sie und ihre Mannschaft morgen anfangen. Ich hoffe, es wird Sie nicht stören.«

»Mich? Das geht bestimmt klar, aber vielen Dank, daß Sie mir Bescheid sagen.«

»Ach, Sheila. Ich habe noch etwas auf dem Herzen. Ich weiß, Sie sind in Eile, ich mache es also ganz kurz.«

»Ein paar Minuten habe ich noch. Worum geht es?«

Wetzon holte schnell Luft und verzieh sich. Sie war im Begriff zu lügen. »Also Sie wissen, daß ich Headhunterin bin ...«

Sheila unterbrach sie nicht. »... und ich möchte die Zeugnisse einer Person von der Columbia nachprüfen, möchte jedoch nicht die offiziellen Kanäle benutzen.«

»Und Sie möchten, daß ich Noten und Bewertungen herausbekomme?«

»Nein, nichts so Kompliziertes. Ich will nur wissen, ob seine akademischen Grade einwandfrei sind. Man hat mir gesagt, daran sei etwas faul. Doch ich möchte ihn nicht warnen ...«

»Kann ich machen. Ich muß nur in die Datei kommen. Falls ich früh genug nach Hause komme, benutze ich den Modem; andernfalls erledige ich es morgen und rufe Sie an.«

»Wenn Sie heute abend etwas herausbekommen, rufen Sie mich einfach unter meiner regulären Nummer an.«

Sie gab sie Sheila. »Der Anruf wird nach hier umgeschaltet – ich wohne im Village in der Wohnung eines Freundes. Morgen können Sie mich im Büro erreichen.« Sie gab ihr auch diese Nummer.

»Okay. Wie ist der Name und wonach suche ich?«

»Der Name ist Jerome Gordon oder Jerry Gordon, es könnte auch J. Gordon sein. Er ist Psychologe, Dr. phil., und es müßte in den Siebzigern oder frühen Achtzigern gewesen sein, glaube ich.«

Als sie auflegte, dachte sie, *Das war mal wieder vergebliche Mühe.* Wäre es nicht dumm von ihm, gefälschte Zeugnisse zu haben, wo er allmählich berühmt wurde?

Das Telefon unterbrach ihren Gedankengang mit seinem schrillen Läuten und schreckte sie auf. »Hallo?« Sie sprach vorsichtig, ganz leise.

»Ms. Wetzon? Marissa Peiser hier. Ich versuche seit zwei Tagen, Sie zu erreichen.« Es klang nicht nach Vorwurf, sondern war nur eine Feststellung.

»Ja, ich weiß. Ich war im Haus meiner Geschäftspartnerin in Connecticut.«

»Ich habe ein paar Dinge, die ich gern mit Ihnen durchsprechen möchte.«

»Ich habe auch ein paar Dinge, die ich gern mit Ihnen durchsprechen möchte.«

»Gut. Ich bin im Büro. Ich kann in etwa einer Dreiviertelstunde bei Ihnen sein, vielleicht eher.«

»Ich wollte ausgehen und irgendwo essen.«

»Wenn es Ihnen nichts ausmacht, auf mich zu warten, können wir zusammen gehen.«

»Nur Sie und ich, ja?«

»Genau.«

»Überraschen Sie mich nicht mit Ferrante, okay?«

Pause. Dann: »Okay.«

Wetzon öffnete alle Fenster. Eine fast sommerliche Brise

rüttelte an den Jalousien. Freundliche Sonntagsstimmen schwebten von der 10. Street herauf. Sie stopfte ihre Wäsche in die Waschmaschine und zog ein sauberes Paar weiße Leggings, schlottrige weiße Socken, einen schwarzweißen Baumwollpullover, der bis auf die halben Oberschenkel reichte, und ihre rosa Reeboks an. Positiv gekleidet, immerhin. Sie hatte gerade alles in den Wäschetrockner umgefüllt, als sie die Gegensprechanlage unten hörte.

Sie ließ Marissa Peiser ins Haus, öffnete die Tür, hörte den Aufzug sich in Bewegung setzen und wartete.

Peiser sah müde aus. Sie trug stone-washed Jeans und ein gestreiftes Baumwollhemd. Die senffarbene Wildlederjacke hatte die falsche Farbe für ihren Teint und biß sich mit dem roten Haarband, denn sie trug kein Makeup. Wenigstens hatte sie den schmuddeligen Trenchcoat zu Hause gelassen. Sie ging schief unter der Last einer schwarzen Umhängetasche, die so groß wic ein Hafersack war und einen ausgefransten Riemen hatte.

»Sie sehen müde aus.« Wetzon warf ihre Lederjacke über die Schulter und nahm die Handtsche. »Müssen Sie auch an Wochenenden arbeiten?«

»Häufig. Nie genügend Schlaf zu bekommen, das bringt der Beruf so mit sich.«

»Sind Sie mit Hamburgern einverstanden?«

Peiser nickte.

Sie gingen die Eighth Avenue zum *Corner Bistro* an der Ecke West 4. und Jane hoch. »Es macht nicht viel her«, erklärte Wetzon, »aber die Hamburger und Beilagen schmecken prima, und die Preise stimmen.«

Das *Corner Bistro* war eher noch schmuddeliger als sonst. Man hatte das Gefühl, eine Höhle zu betreten. Eine Höhle, in der sich die Gerüche von Bier, Whiskey und Zigarren in der alten hölzernen Bar mit dem Messinglauf, in den zerkratzten Holztischen und Bänken eingenistet hatten. Trotzdem waren beinahe alle Tische besetzt. Sie gingen an der Bar vorbei, wo sich die Stammgäste – Leute aus dem Viertel von sechzig an aufwärts – aufgebaut hatten, in den hinteren Raum, setzten sich in die letzte freie Nische und bestellten Hamburger, halb durch, und Pommes frites, Mineralwasser für Wetzon und Cola Light für Peiser.

»Wie lange sind Sie schon bei der Staatsanwaltschaft?«

»Zehn Jahre.«

»Dann gefällt es Ihnen wohl.«

»Sehr.«

»Sie arbeiten gern draußen mit den Polizisten zusammen?«

Peiser starrte Wetzon eine ganze Weile an. »Ja.«

»Würde mir auch gefallen.«

Sie schauten einander offen in die Augen, jede etwas von der anderen wissend, das sie miteinander verband. Peiser nickte bedächtig, und der Augenblick war vorüber.

Ihre Bestellung kam auf Papptellern mit Papierservietten, Ketchup und Senf in ihren Markenflaschen.

»Sie waren gestern in Connecticut, sagten Sie?«

»Smith und ich statteten Penny Ann Boyd einen Beileidsbesuch ab.« Sie wartete, ob Peiser etwas dazu sagen würde, doch die schien voll davon in Anspruch genommen, den Hamburger und die Pommes frites in Ketchup zu ertränken. »Wissen Sie, daß Wilson Boyd eine Waffensammlung besaß?«

»Inzwischen wissen wir es.«

»Und daß drei fehlen?«

»Zwei. Ein Gewehr und eine alte silberne Derringer.«

»Ich habe nicht daran gedacht. Sie haben ja die eine, die Brian und Tabitha tötete.« Sie legte den Hamburger auf den Teller. »Sehen Sie, Marissa, Ms. Peiser ...«

»Marissa ist in Ordnung.«

»Es mag sich verrückt anhören, aber ich glaube, letzte Nacht schoß jemand mit einer von beiden auf mich – mit dem Gewehr, vermute ich.« Sie biß in den Hamburger, erstaunt über ihre Gelassenheit. Tatsächlich erschien ihr heute, hier im Village, alles unwirklich.

Peiser nahm es ernst. »Sie haben die Kugel?«

»Nein. Was auch immer es war, schlug in die Schindel hinter mir ein.« Sie schilderte Peiser die Ereignisse von ihrer Ankunft vor Penny Anns Haus über die Begegnung mit Barbie Gordon bis zu dem Schuß, während Peiser Notizen machte. »In der Schindel war ein gesplittertes Loch. Ich bin nicht sicher, ob Smith es der dortigen Polizei gemeldet hat, denn sie glaubte, ich würde überreagieren.«

»Ziehen wir keine Schlüsse, bis wir wissen, daß es eine Kugel ist. Ich kümmere mich darum.« Ihr Notizbuch war mit etwas beschmiert, daß wie Blut aussah, aber nur Ketchup war. Sie leckte die Finger ab.

»Zufällig wurden Rona und Megan über Nacht bei den Gordons erwartet, also kann es jeder getan haben, außer vielleicht Jerry Gordon, der samstags am Nachmittag und von zehn bis Mitternacht seine Ratgebersendung macht ... wenn sie nicht zusammen mit der Nachmittagssendung aufgezeichnet wird. Ich habe nicht herauskriegen können, wie es funktioniert. Und falls Maglia hochfuhr, um Rona zu treffen – ich weiß, das ist womöglich weit hergeholt –, aber er könnte es getan haben.« *Sachte, sachte,* dachte sie, *du plapperst wie eine Hysterikerin.* Sie biß in den Hamburger. »Ich glaube immer noch nicht, daß Rona es getan hat.«

Peiser nahm ein Kartoffelstäbchen mit den Fingern und kaute es nachdenklich. »Wir auch nicht.«

»Ich habe alles versucht, um ihn loszueisen, Seth.« Seth Doolittle war der New Yorker Manager von A. J. Wickers, einer Regionalfirma mit Sitz in Chicago und Kunde von Smith und Wetzon. Wetzon und Seth bemühten sich seit sechs Monaten um einen Makler bei Shearson. »Aus dem Jungen wird nichts. Fünf Jahre im Geschäft, und anstatt in den letzten zwei Jahren aufzusteigen, geht es mit ihm bergab. Er ist auf Mißerfolg abonniert. Wenn er sich diesem Wechsel widersetzt, vernagelt er sich selbst den Fluchtweg. Noch ein Jahr, und er ist draußen aus dem Geschäft. Das habe ich ihm erklärt. Ich weiß nicht, warum Sie ihn haben wollen.«

Seth knurrte. »Er rackert sich ungeheuer ab, aber er arbeitet nicht raffiniert. Ich denke, ich kann ihm auf die Sprünge helfen. Lassen Sie es mich noch mal bei ihm versuchen.«

»Meinetwegen gern.« Wetzon legte auf. Es war Zeitverschwendung. Der Junge war ein Verlierer und hatte in der Branche nichts zu suchen. Das konnte selbst sie sehen. Er hatte keine Frau, keine Kinder, die ihn von einem Risiko abhielten. Er sollte eigentlich den Ball nehmen und damit losrennen, aber er konnte sich nicht von der Verliererbahn absetzen. Sie seufzte. Sie wurde allmählich so hart wie Smith.

Das Telefon läutete, und sie sah B.B. auf dem anderen Apparat sprechen. Sie meldete sich:»Smith und Wetzon.«

»Leslie?« Ihr gefiel die Art, wie er ihren Namen sagte, indem er jede Silbe betonte.

»Tag, Alton. Sind Sie wieder da?«

»Ich bin am O'Hare und warte, daß ich an Bord gehen kann. Wie wäre es mit einem zeitigen Abendessen heute?«

»Alton ... ich ...«

»Ich weiß, Sie sagten, wochentags keine langen Abende, aber ich bringe Sie vor acht nach Hause.«

Warum nicht, dachte sie. *Hol's der Teufel, warum nicht?* »Okay.«

»Prima.« Er schien überglücklich. Es war so verrückt. Was sah er in ihr? »Wie wäre es um sechs im *Union Square Cafe*?«

Die Tür ging auf, und Smith rauschte herein, umwerfend in einem rot-weißen Schachbrettblazer und kurzen roten Stretchrock.

»Paßt gut. Dann sehen wir uns dort um sechs.« Sie legte auf und wartete. Smith würde wissen wollen, mit wem sie sich verabredet hatte.

Smith blätterte oberflächlich ihre Nachrichtenzettel durch. »Wen triffst du um sechs?«

»Alton. Heute abend zum Essen.«

»Wird das die Nacht?« fragte sie, indem sie spöttisch die Augenbraue hochzog.

Belustigt antwortete Wetzon knapp: »Nur zum Essen.«

»Du bist eine Riesen ...«

»Rona ist aus dem Schneider. Ist das nicht phantastisch?«

»*Wirklich?*« Smith' Aufmerksamkeit war wieder geweckt.

»Ja doch. Marissa Peiser, die stellvertetende Staatsanwältin, teilte es mir gestern abend mit. Anscheinend bestätigte Maglia ihr Alibi, und sie glauben, daß ihr jemand die Pistole untergeschoben hat.«

»Das hört sich schon besser an. Hat die Juristenschlampe gesagt, wen sie für den Täter halten?«

»Nein.«

Sie runzelte die Stirn und ließ ihre Nachrichtenzettel in den Papierkorb fallen. »Ich hätte auf Maglia getippt. Vielleicht geben sie sich gegenseitig Alibis. Natürlich sagt das Tarock, daß es eine starke Frau war ... und das Tarock lügt nie. Meinst du, sie arbeitet schon wieder?« Smith tippte ein paar Ziffern mit dem Radierende des Bleistifts ein und wartete. »Rona Middleton bitte.« Sie sah Wetzon mit einem zusammengekniffenen Auge an. »Ist sie da, Schatz?« Pause. »Dann sagen Sie ihr unbedingt, sie möchte Xenia Smith anrufen. Richtig.«

Sie legte auf. »Sie wird erwartet.«

Auf B.B.s Klopfen rief Wetzon: »Herein, B.B.«

B.B. öffnete die Tür. »Fred Benitos für Wetzon. Auf zwei.«

Wetzon nahm ab und drückte auf den Knopf. »Fred, wie geht es Ihnen?«

»Wetzon, Sie werden sich freuen zu hören, daß Joan Boley heute morgen bei uns angefangen hat.«

Wetzon zeigte Smith den erhobenen Daumen. »Also dann, Fred, meine Glückwünsche. Sie haben prima Arbeit geleistet.«

»Sie auch, Wetzon.«

Sie legte auf und sprang auf die Beine. »Schick Joan Boley einen goldenen Federhalter. Sie ist bei Marley Straus.«

»Mmmm. Ich liebe dieses Honorar.« Smith stand auf, und sie schlugen mitten im Zimmer die erhobenen Hände gegeneinander. »Habe ich nicht gesagt, es ist nicht vorbei, bis es vorbei ist?«

»Und, ich zitiere, auch wenn es vorbei ist, ist es nicht vorbei.«

»Aber jetzt ist es. Es geht entschieden bergauf. Da Rona wieder arbeitet ...«

Wieder klopfte es, und B.B. sagte: »Telefon für Wetzon. Rona Middleton.«

»Oh, *ich* möchte mit ihr sprechen.« Smith nahm ab. »Rona, Zuckerstück, wir freuen uns so schrecklich für Sie.« Sie winkte Wetzon. »Schatz, nimm ab. Es ist Rona.«

Wetzon brummte. Sie hatte etwas gegen Dreierschaltungen am Telefon, besonders wenn Smith die dritte Partei war. »Wenn du auflegst.«

Mit der Hand über der Sprechmuschel sagte Smith: »Herrgott, meinetwegen.« Und wieder ins Telefon: »Hier läuten sämtliche Telefone, Schatz, also jetzt kommt Wetzon.« Sie zog Wetzon ein Gesicht und legte auf.

»Rona? Ich bin so froh, daß Sie aus der Sache heraus sind.«

»Danke, Wetzon. Ich möchte etwas mit Ihnen besprechen ... Oh, Tag, Neil ...« Rona senkte die Stimme. »Jetzt geht es nicht gut. Ich spreche später mit Ihnen.«

Wetzon starrte den Hörer an, dann legte sie auf.

»Das ging schnell. Was wollte sie?«

»Keine Ahnung. Sie machte schnell Schluß, als Neil hereinkam.«

»Na ja, ich würde mir keine Gedanken machen. Hauptsache, sie ist wieder da und arbeitet für uns.«

»B.B. hat jemand vermittelt, der am Freitag angefangen hat.«

»Wie groß?«

»Nicht groß. Eins fünfundsiebzig. Deckt allerdings seine Auszahlung.«

»Er produziert sie nicht so am laufenden Band wie Harold.«

»Er ist auch nicht so hinterhältig wie Harold.«

Smith öffnete die Tür. »B.B.!« Sie ließ die Tür offen und ging wieder an ihren Schreibtisch.

»Ja?« B.B. stand mit einem ›Fahndungsbogen‹ in der Tür, wie immer ein wenig verunsichert, wenn Smith in der Nähe war.

»Ich höre, du hattest einen Erfolg am Freitag. Gut gemacht. Nur weiter so.«

Er strahlte. »Vielen Dank.«

»Was hast du da?«

Er schaute auf seine Hand. »Ach so. Ich wollte mit Wetzon über ihn sprechen. Er macht zwei Millionen, und ich komme nicht an seiner Verkaufsassistenz vorbei, die auch seine Frau ist.«

Wetzon nahm das Karteiblatt. »Paul Schlessinger. Ich glaube, ich habe von ihm gehört. Über ihn wurde letztes Jahr in *Registered Rep* ausführlich berichtet. Okay, ich will's versuchen.« Sie setzte sich hin und wählte seine Durchwahlnummer.

»Kann ich mithören?« fragte Smith.

Wetzon nickte.

»Büro Paul Schlessinger.«

»Guten Tag, hier ist Leslie Wetzon von der Firma Smith und Wetzon. Ist Paul zu sprechen.?«

»Hier ist Donna Schlessinger.« Eine sehr hochgestochene falsche Stimme. »Worum handelt es sich?«

»Nun, Donna, ich bin Vermittlerin für Führungskräfte, und Paul wurde mir empfohlen.«

»Vermittlerin? Sie meinen Headhunterin?«

»Ja.«

»Haben Sie eine Ahnung, wieviel er macht?« Die Stimme triefte vor Verachtung.

»Allerdings.«

»Wir sind nur an einer Million vorab interessiert.«

Wetzon antwortete mit ihrer eigenen hochgestochenen Stimme. »Ms. Schlessinger, Donna, meine Kunden sind alle Firmen erster Güte. Sie *kaufen* keine Makler. Sie wünschen Qualität. Sie sind nicht an Maklern mit Preisschildern interessiert. Warum notieren Sie nicht meine Nummer, und falls Paul unseren Kriterien entspricht, kann er mich anrufen.« Sie nannte ihre Telefonnummer, legte den Hörer auf und zuckte die Achseln. »Mal sehen, was sich tut.«

Das Telefon läutete. So schnell konnte er nicht zurückrufen.

»Smith und Wetzon.« B.B. meldete sich an Max' Schreibtisch. Max kam montags nicht ins Büro. »Wetzon, Sheila Reitman.«

»Wer ist Sheila Reitman?« Smith wählte gerade. »Ich will mich erkundigen, wie es unseren Kandidaten bei Ameribank geht.«

»Es geht um meine Wohnung.« Wetzon wußte, das würde Smith sofort das Interesse nehmen. Es klappte. »Sheila, hallo. Glück gehabt?«

»Nicht viel. Unsere Computer streiken alle. Hier ist, was ich bisher erreicht habe, aber ich konnte es nicht auf Fakultät oder akademischen Grad oder auch nur auf das Jahr einengen. Möchten Sie hören, was ich bis jetzt habe? Ich kann Sie anrufen und den Rest durchgeben, wenn sie wieder funktionieren.«

»Warum nicht.«

»Ich begann mit Gordon. Ich fand drei Gerald Gordons, einen Gerard Gordon, einen Gordon Jerome – ich liebe Leute mit zwei Vornamen –, sechs Jerry Gordons und vier Jerome Gordons.«

Eine Schwemme von Gordons, dachte Wetzon. Sie hatte

den falschen Ansatz gewählt, war in die falsche Richtung gegangen.

Sheilas Stimme drang durch Wetzons Benommenheit. »Vielleicht können wir sie auf fünf oder sechs einengen, sobald ich wieder ins System komme.«

»Schaaatz?«

Wetzon sah von ihrem Terminkalender auf, wo sie Karteibogen mischte und ihren Plan für den nächsten Tag aufschrieb. Es war Smith' schmeichelnder Ton, der sie alarmierte. Halb sitzend, halb am Schreibtisch lehnend, hielt Smith einen Handspiegel und puderte sich gekonnt mit einem Bürsten-Puder-Apparat die Nase.

»Schaatz?« wiederholte Smith im gleichen schmeichelnden Ton.

Wetzon legte den Briefbeschwerer in Form eines Marmorpfirsichs auf ihren Zeitplan und sah auf die Uhr. Sie hatten versprochen, Rona auf einen Drink zu treffen. »Wenn wir uns mit Rona treffen wollen, müßten wir jetzt aufbrechen.«

Smith ließ die Bürste in das Etui schnappen. »Ich möchte nicht in einer Bar herumsitzen und Ronas Selbstbeweihräucherung anhören. Sie ist so ichbezogen.«

Herrlich, dachte Wetzon. »Wir alle im Verkauf sind es, meinst du nicht?«

Smith machte große Augen. »Nun, sprich du für dich. Ich bin es gewiß nicht.«

Was für einen Sinn hatte es? Wetzon zuckte die Achseln. »Okay, du hast gewonnen, ich gehe allein.« Wahrscheinlich war es auch gut so. Rona hatte Wetzon angerufen und Smith gar nicht erwähnt.

»Ich möchte nicht, daß dieser Abschaum glaubt, ich würde nach seiner Pfeife tanzen. Die Art, wie die einen unterbuttern ...«

»Halt den Mund, solange du an der Spitze bist, Smith.« Sie war ziemlich wütend. Sie ging hinaus zum Garderobenschrank im Vorzimmer und holte ihren Burberry.

»Was quält dich? Ich sehe es dir immer an, wenn dich etwas quält.«

»Vermutlich hast du nichts wegen der Schindel unternommen.«

»Nicht schon wieder.« Smith stöhnte laut auf. »Ist das alles?«

»Du nimmst es ganz schön leicht, daß jemand versucht, mich zu töten. Sollte ich beunruhigt sein? Hast du eine Lebensversicherung für mich abgeschlossen, von der ich nichts weiß?«

Smith warf die Hände in die Luft. »So, nun geht das wieder los. Paranoia steht dir nicht. Wenn ich meinte, jemand versuche wirklich, dich zu töten, würde ich es bestimmt ernst nehmen, aber Schatz, sei realistisch. Warum ...«

»Vergiß es!« Wetzon kehrte ihr den Rücken und ging auf die Tür zu.

»Da dir soviel daran liegt, rufe ich die Polizei in Westport an und bitte sie, jemand hinzuschicken, damit er es sich ansieht.«

»Danke.« Wetzons Hand lag auf dem Türgriff.

»Dann hörst du vielleicht auf, das zu überdramatisieren ...«

»Auf Wiedersehen, Smith.« Sie war nahe daran, wütend

hinauszutrampeln. Und Trampeln stand ihr ganz gewiß nicht.

»Schatz, noch eine klitzekleine Sache.«

Als Wetzon sich umdrehte, winkte Smith sie mit dem gekrümmten Finger zu sich. Wetzon ging zögernd an die Tür. »Was ist?«

»Ich sage das Essen mit Twoey am Freitag ab. Ich werde ihm erzählen, daß du und ich übers Wochenende wegfahren.«

»Moment. Freitag ist dein Geburtstag.«

»Das weiß ich. Ich möchte ihn mit Dickie verbringen. Wir fahren zu einem Gasthaus hoch ...«

»Das kannst du nicht.«

»Was heißt das, ich kann nicht?« Smith' Augen wurden schmale Schlitze.

»Es würde Twoey schrecklich weh tun.«

»Oh, bitte. Er wird es überstehen.«

»Smith ...« Verdammt, sie würde es ihr sagen müssen. Sie wappnete sich gegen eine Explosion. »Er plant seit Wochen eine große Überraschungsparty für dich.«

Gefährlich war die einzige passende Beschreibung für den Ausdruck in Smith' Augen. »Und du hast es mir nicht verraten wollen? Was für eine Freundin bist du? Du weißt, daß ich Überraschungen nicht ausstehen kann.«

»Du darfst ihm nie sagen, daß ich es verraten habe. Versuche, freundlich zu sein – dieses eine Mal – und laß es über dich ergehen. Wenn du es ... Dickie sagst ... er wird vielleicht sogar meinen, daß du ein netter Mensch bist.«

»Du hältst dich bestimmt für sehr komisch.« Dann lächelte Smith plötzlich ihr Katzenlächeln. »Ich sage Twoey nicht, daß du es verraten hast, wenn du ihn überredest, Dickie einzuladen.«

»Mein Gott, Smith ...«

»Schenk dir das Mein-Gott-Smith. Tu's einfach.« Sie war

ungeheuer begeistert von ihrer Lösung und hätte sich die Pfoten geleckt, wenn das möglich gewesen wäre. Man konnte sie beinahe schnurren hören.

Wetzon verließ das Büro ohne ein weiteres Wort, schloß die Außentür und lehnte sich dagegen, um durchzuatmen und sich zu beruhigen. Manchmal dachte sie, drinnen sei die Luftverschmutzung stärker als draußen, und dies war so ein Tag.

Sie machte sich in nördlicher Richtung auf den Weg zum *Drake*, um Rona zu treffen, doch ihre Gedanken waren anderswo. Wie sollte sie einen Mörder finden, ehe er sie fand? Vielleicht sollte sie Alton heiraten und Smith und alles andere vergessen. Die kriegführenden Parteien in ihrem Kopf nahmen die Sache in die Hand. Heiraten? Heiraten? Wer hatte sie überhaupt gefragt? Und die größte Frage: Wollte sie es?

Der Barbereich des *Drake* war Teil der Halle, und Rona, abgespannt und hohläugig, das Gesicht von einem schwarzen Samtstirnband gerahmt, saß an einem kleinen Tisch und starrte in ein Glas tiefroten Weins. Ihr schwarzes Kostüm wirkte eine Nummer zu groß und war zu steif. Als Witwe, die ihren Mann gehaßt hatte, sah sie dennoch wie eine Hinterbliebene aus.

»Hallo.« Wetzon rutschte auf einen Sessel und schüttelte den Regenmantel ab. »Mineralwasser bitte«, sagte sie zum Kellner, der gerade vom Nebentisch wegging.

Rona spielte nervös an ihren blonden Locken herum. »Danke, daß Sie gekommen sind. Ich weiß, daß Sie um sechs Uhr unten in der Stadt sein müssen.« Jetzt spielten ihre Finger am Stiel des Glases herum; ihre manikürten Fingernägel waren blutrot.

»Das kommt hin mit der Zeit. Genaugenommen freue ich mich, daß Sie mich treffen wollten. Es gibt da einige Dinge, die ich gern wissen möchte.« Rona nickte, sagte jedoch nichts, so daß Wetzon schnell weitersprach. »Was ist eigentlich mit Barbara Gordon los?«

Rona betrachtete sie eine Weile, beinahe argwöhnisch. »Sie hat eine chemische Störung, die auf medikamentöse Behandlung anspricht. Lithium, glaube ich. Meistens geht es ihr gut, aber wenn sie vergißt, ihre Tabletten zu nehmen, ist sie ein Nervenbündel.«

Das Mineralwasser wurde gebracht, und Wetzon schob es auf die Seite. »Ist sie gefährlich?«

Seufzend starrte Rona auf ihre Fingernägel, als habe sie eben deren Farbe bemerkt. »Sie meinen, ob sie Brian und Tabitha getötet haben kann?« Sie zuckte die Achseln und trank einen Schluck Wein. »Ich weiß nicht. Sie hatte ein paar Auftritte, meist gegen Jerry gerichtet.«

»Auftritte? Welcher Art?«

»Sie kann ausfallend werden, aggressiv, aber wie ich sagte, ist es Jerry, der die Hauptlast trägt, der arme Kerl.«

»Wie lange kennen Sie Jerry schon?« Wetzon versuchte, in neutralem Ton zu sprechen.

»Ich weiß nicht. Ein paar Jahre. Brian und Jerry kennen sich schon lange.« Sie überlegte kurz. »Sie lernten sich in einem privaten Sanatorium für die Reichen kennen. Haus Seelenfrieden oder so ähnlich.«

»Wer? Brian und Jerry?«

Rona lächelte zum erstenmal. »Nein, Wetzon. Jerry und Barbara.«

Doktor heiratet Patientin. Reiche Patientin. Wetzon stocherte mit dem Rührstäbchen nach der Limonenscheibe. »Jerrys Doktorgrad ist in Psychologie?«

»Das muß wohl so sein. Das oder psychiatrische Sozialarbeit.«

»Wer kann die Pistole in Ihr Haus geschmuggelt haben?«

»Sie hören sich wie die Polizei an.«

»Ertragen Sie mich mit Geduld.«

»Beinahe jeder. Das Kindermädchen, Dickie, Penny Ann, Barbara, sogar Jerry. Tony. Graziella, meine Haushälterin. Ich weiß, daß sie an Wochenenden für Brian gearbeitet hat. Wirklich, Wetzon ...«

Wetzon hielt eine Hand hoch. »Okay. Ich gebe auf.«

Rona trank den Wein aus und straffte die hängenden Schultern. »Hören Sie, Wetzon, ich möchte nicht, daß Sie das persönlich nehmen. Jetzt gibt es nur noch Megan und mich. Der Kampf ist vorbei, und ich bin nicht mehr verbittert. Ich muß tun, was für uns das Richtige ist.«

Wetzon hörte der langen Vorrede zu und wartete auf das dicke Ende. »Aber« oder »also« würde als nächstes kommen. Es kam.

»Also«, sagte Rona, »als Tony mir gestern abend das unglaubliche Angebot gemacht hat, zu Bliss Norderman zurückzukommen, habe ich zugesagt.«

Die BMT-Station in der Nähe der Carnegie Hall war die nächste Gelegenheit, einen Zug zur Westseite des Union Square zu bekommen. Wetzon hatte einen mutigen Vorstoß unternommen, es jedoch nicht geschafft, Rona die Rückkehr in Maglias Büro auszureden. Abgesehen von der sexuellen Bindung, die stark war, bot Maglia ihr einen randvollen Teller mit Brians gesamtem Geschäft an, ohne Haken an der Sache. Oh, doch – mit einem einzigen Haken. Für Rona vielleicht ein geringfügiges Problem. Sie mußte zu Bliss Norderman zurückkehren. Und das sofort.

Smith und Wetzon würden keinen Penny mehr für Ronas Vermittlung sehen, und sie konnten nicht das geringste dagegen tun. Wetzon konnte kaum abwarten, es Smith mitzuteilen. Ach, zum Teufel, warum den Abend verderben? Smith mochte rachsüchtig sein und Rona illoyal, aber es war schließlich zum Teil eine geschäftliche Entscheidung. Wetzon konnte über diesen Teil nicht streiten, obgleich sie es versuchte, indem sie Rona daran erinnerte, wie abscheulich Tony sich verhalten hatte. Rona hatte erwidert, Geschäft sei Geschäft, und sie würde sich an seiner Stelle ebenso verhalten. Wie sollte man darüber disputieren?

Bei der emotionalen Entscheidung, dem anderen Teil, war Rona genauso unbeugsam. Maglias Frau saß im Rollstuhl, seit sie nach einem Skiunfall vor acht Jahren von der Brust abwärts gelähmt war. Rona hatte Brian geheiratet, um das Verhältnis zu beenden, doch es war nur noch intensiver geworden.

Die Uhr stand auf halb sieben, was ihr einen kleinen Schrecken einjagte, bis ihr einfiel, daß die Transportbetriebe bei der zweimal im Jahr notwendigen Umstellung der Bahnhofsuhren bekanntermaßen nachlässig waren. Gerade fuhr ein Zug aus, doch der ziemlich leere Bahnsteig begann sich sofort wieder zu füllen. Die reinen, beinahe ätherischen Klänge einer Bachschen Sarabande stiegen live aus einer kleinen Gruppe auf, die im Halbkreis um einen Geiger standen. Die Akustik des New Yorker U-Bahnnetzes war besser als in den meisten Konzertsälen. Auf dem Bahnsteig der Gegenrichtung, über vier oder mehr Gleise weg, lauschten die Leute, als sei die Zeit stehengeblieben und dies sei kein schmutziger Bahnsteig der U-Bahn während des Berufsverkehrs im Herzen New Yorks. Nachdem der junge Musiker die letzten Noten mit einer dramatischen Verzierung gespielt hatte, applaudierte das Publikum auf beiden Bahnsteigen. Alle lächelten sich an.

Wetzon fand vier Vierteldollar im Geldbeutel und ließ sie in seinen Geigenkasten fallen, als der N einfuhr.

Sofort brach bei der Menge das gewohnte Verhalten durch, und alle drängelten vor Wetzon in den Zug und rauften sich um die wenigen freien Plätze. Eine Riese von Mann mit einer roten Strickmütze, die er über die Stirn gezogen hatte, hielt ein Rennrad vor vier leeren Plätzen. Menschen drängten sich an ihm vorbei, doch keiner wagte vorzuschlagen, er möge sein Rad wegnehmen. Er hatte eine gefährliche Ausstrahlung, und jeder machte einen Bogen um ihn.

Wetzon schlängelte sich zum hinteren Ende des Wagens durch und fand eine Stelle an einer Stange, wo sie sich mit der Hand festhalten konnte.

Gefährliche Ausstrahlung. Sie sann darüber nach, als sie am Union Square aus der U-Bahn stieg und die Straße zum *Union Square Café* an der 16. Street überquerte. Es war noch hell, und die Luft war angenehm, fast ein wenig lind für Ende Oktober.

Gefährlich. Barbie Gordon roch gefährlich. Rona dagegen nicht. Maglia ja, Dr. Jerry Gordon nein. Smith ja, Wetzon nein. Richard Hartmann ja, Twoey nein. Und Penny Ann und ihr verstorbener Mann? Er vermutlich ja, sie mit Sicherheit nein.

Silvestri ja, Alton nein.

Verlangte eine erfolgreiche Beziehung zwischen zwei Menschen, daß einer von beiden gefährlich war? Und konnte ein weicher Mensch gefährlich werden, wenn er weit genug getrieben wurde? Wenn nun Brian ein Verhältnis mit Barbara gehabt hätte und Jerry dahintergekommen wäre? Möglicherweise. Und was war mit Tabitha? Wußte das Mädchen etwas, das es nicht wissen sollte? Wenn sie etwa aus Rache oder um Brian eine Freude zu machen bei dem Schiedsverfahren gegen ihre Mutter ausgesagt hatte und die Aussage zurücknehmen wollte? Das würde Maglia ganz schön in Schwierigkeiten bringen. Sie mußte lächeln. Sie würde Maglia gern in Schwierigkeiten sehen.

Wetzon öffnete die Tür und ging an den verräucherten Tischen an der Bar vorbei, dem einzigen Ort im Restaurant, wo Rauchen erlaubt war. Sie nannte dem Mann mit dem Reservierungsbuch ihren und Altons Namen, gab Mantel und Aktentasche ab, dann wurde sie über die

Treppe zu ihrer Linken an einen Vierertisch geführt. Die zwei überzähligen Gedecke wurden sofort weggeräumt.

Sie setzte sich mit dem Rücken zur Wand. Es war ihr Lieblingsraum von allen Restaurants in New York. Von einem warmen Licht erhellt, hatte es keine albernen Kerzen in albernen Gläsern. Die Böden waren aus Holz, die Tischdecken weiß, und ungefähr die Hälfte der Tische war besetzt, obwohl es noch früh war.

Hungrig langte sie in die Schale mit Oliven, die der Kellner hingestellt hatte, als er fragte, was sie trinken wollte. Nach Samstag nacht war Bier tabu, überhaupt Alkohol, bis die Erinnerung daran, wie elend sie sich gefühlt hatte, verschwinden würde.

Sie hörte das spannende Gespräch der vier Personen am Nebentisch mit, die diskutierten, was politisch korrekt sei, als Alton, vornehm im dunkelblauen Anzug, das graue Haar frisch geschnitten, das Lokal betrat. Man drehte sich nach ihm um, denn er war eine kleine Berühmtheit in der City, und viele erkannten ihn. Ein Mann im Straßenanzug hielt ihn auf und schüttelte ihm die Hand; eine rothaarige Frau warf ihm eine Kußhand zu.

Als er auf Wetzon zukam, spürte sie unerwartet einen angenehmen Kitzel. Sie freute sich wirklich, ihn zu sehen. Er beugte sich über sie und küßte sie überraschend auf die Stirn, und sie dachte, *Meine Stirn glänzt vermutlich vor Fett.* Warum hatte sie sich keine Mühe mit dem Make-up gemacht, ihr Gesicht mit Puder eingestäubt wie Smith?

»Sie machen mich sehr glücklich«, sagte er, während er ihr gegenüber Platz nahm. »Was ist eigentlich los? Was habe ich gesagt?«

Er erfaßte jede Nuance. Sie fühlte sich nackt. »Alton. *Sie* machen mich sehr nervös. Ich denke unaufhörlich, was will er, was tue ich?«

»Lassen Sie sich treiben, Leslie.« Er fing ihre flatternde

Hand ein und hielt sie fest. »Stellen Sie keine Fragen. Wir essen zu Abend. Und wir unterhalten uns.«

»Worüber wollen wir uns unterhalten?« Sie war unsicher wie eine Studentin im ersten Semester, die mit dem Superstar des Campus ausgeht. Es würde nicht funktionieren.

Er lächelte sie an. »Ich denke, wir finden etwas.«

Sie bestellten Risotto und Thunfisch.

»Wein?« Er betrachtete die Weinkarte.

Sie schüttelte den Kopf. »Ich trinke nicht.«

Er bestellte ein Glas kalifornischen Chardonnay, dann widmete er ihr seine Aufmerksamkeit, indem er sie nach ihrem Tag fragte. Sie tat es mit einem Wort ab. »Langweilig. Erzählen Sie mir von der Konferenz.«

Sie hörte von der University of Chicago, von den Gremien, den Diskussionsthemen, den Leuten, die er getroffen hatte. Als er ans Ende kam, waren sie beim Thunfisch angelangt. Er betrachtete sie eine Weile und sagte: »Sie sind an der Reihe.«

Ihr war der Appetit vergangen. Sie würde den Rest mit nach Hause nehmen. Sie hörte ihr Herz pochen. War es möglich, daß er es nicht hörte? Stockend begann sie, ihm von Brians und Tabithas Tod zu erzählen, wie das Leben aller Beteiligten irgendwie mit den Gordons verflochten war. »Es hat alles mit den Folgen des Schiedsurteils zu tun.«

Verwirrung kratzte an seiner Selbstsicherheit. »Und wenn es gar nichts mit dem Schiedsverfahren zu tun hat?«

Wetzon zuckte die Achseln. »Dann müssen wir nach anderen Motiven suchen.«

»Wir?«

»Wir«, wiederholte sie entschieden. »Ich möchte, daß Sie wissen, was ich außer der Suche nach Spitzenkräften noch tue. Und wenn es Sie stört, sollten wir hier einen Strich ziehen ... ehe wir beide uns zu nahe kommen.«

Er legte die Gabel hin und grinste sie an. »Es gefällt mir, wohin das führt.«

»Ich meine es ernst. Ich mag die Arbeit des Detektivs. Die Lösung von Rätseln.«

»Sie könnten zu Schaden kommen.«

»Ja. Ich versuche, vorsichtig zu sein, aber ich neige dazu, instinktiv zu arbeiten. Jemand sagte einmal, ich folge immer meinem Riecher.« *Halte dich hier heraus, Silvestri,* dachte sie. »Es hätte mir wohl Spaß gemacht, wenn ich etwas im Gesetzesvollzug geworden wäre. Angeblich habe ich ein überentwickeltes Gespür für Ungerechtigkeit.« Sie machte eine Pause, um ihn etwas sagen zu lassen. Als er schwieg, fragte sie: »Stört es Sie, daß ich mit Mord zu tun habe?«

»Leslie, ich müßte lügen, wenn ich sagte, es würde mich nicht stören. Lassen Sie mich versuchen, damit zurechtzukommen. Ich werde Ihnen nicht vorschreiben, was Sie tun sollen.«

Verblüffend, dachte sie. Sie hatte das Große Los gezogen. Ein Mann, der ihr nicht vorschreiben würde, was sie tun sollte.

»Alton, ich arbeite mit Menschen, die von Macht und Habgier angetrieben werden, Leidenschaften, die Menschen so weit bringen, daß sie töten.«

»Leidenschaften führen nicht immer zu Mord.«

»Ach, Alton.« Sie schob ihren Teller weg.

»Fertig?« fragte der Kellner.

»Packen Sie das bitte ein. Wir nehmen es mit. Möchten Sie Nachtisch?« Er schien nicht im geringsten beunruhigt, und er traf schnell Entscheidungen.

Sie schüttelte den Kopf. War sie krank? Keinen Nachtisch? Keine Schokolade? Was für eine Art Liebhaber würde er sein, dieser reizende Mann?

»Ich bin heute abend ohne Auto«, sagte er, als er ihre Hand in seine Armbeuge steckte.

»Gut.« Es war ein herrlicher Abend. Ein fast voller Mond schien durch einen Dunstschleier. Sie gingen die Fifth Avenue bis zur 10. Street hinunter, dann wandten sie sich nach Westen. Er trug ihre Aktentasche. Die Sirene eines Krankenwagens heulte in der Nähe, dann hörte sie mit einem Rülpser auf, als der Wagen das St. Vincent in der 12. Street erreichte. Ein Jogger überholte sie schwer atmend. Die 10. Street war still.

»Das ist nicht die Nacht, oder?«

»Nahe daran, aber nicht ganz.«

»Nahe daran genügt mir.«

In dem kleinen Vorraum stellte er ihre Aktentasche auf den Boden, nahm Wetzon in die Arme und hielt sie eine Weile fest. Dann küßte er sie, nach Wein schmeckend, und sie ging darauf ein. Seine Lippen berührten ihren Hals. Alles fiel von ihr ab. Ihre ganze Zurückhaltung. Ihre Beherrschung. Sie klammerte sich an ihn. »Mein Gott, Alton ...«

Er brach ab. »Ich mache mich besser möglichst schnell davon.«

»Freitag«, sagte sie. Sie hatte einen Entschluß gefaßt.

Er berührte ihre Wange. »Okay.«

Sie sah ihm nach, wie er auf die 10. Street hinausging und ein Taxi bekam. Dann stieg sie in den Aufzug und fuhr nach oben.

Gefährlich. Alton war gefährlich. Oder vielleicht Wetzon selbst. Sie stellte den Thunfisch in den Kühlschrank, hängte den Mantel auf, ging zum Anrufbeantworter und drückte die Abspieltaste.

Piep. *Häschen, du bist überhaupt nie mehr zu Hause. Nie. Arthur und ich gehen zu dem Umzug am Freitag, also keine Ausreden, du kommst mit, und dann gehen wir zum Essen aus.* Carlos redete von dem Umzug in phantastischen Kostümen, der jedes Jahr zu Halloween in Greenwich Village stattfand. Sie würde mitgehen, allerdings nicht zum Abendessen. Es war der Abend von Smith' Geburtstagsparty.

Piep. *Les, ich bin's.* O Gott, Silvestri. Barsch. Gefühlsbetont. *Wir müssen miteinander reden. Ich komme dieses Wochenende hoch, und ich möchte dich sehen. Lauf nicht weg. Es tut mir leid, das mit ... Bis bald.*

O Mann, dachte sie. Was passierte bloß mit ihr? Wie konnte sie so für zwei völlig verschiedene Männer empfinden?

Piep. *Leslie, hier ist Sheila. Ich glaube, ich habe gefunden, was Sie gesucht haben.*

Sheila war nicht zu Hause oder ging zumindest nicht ans Telefon.

Wahrscheinlich würde sie ihre Auskunft sowieso nicht weiterbringen. Sie hatte es nur für einen klugen Einfall gehalten, weil Dr. Jerry soviel Aufhebens darum machte. Normalerweise erwähnten die Leute ihre Universität nicht so plump, schon gar nicht, wenn es sich um eine der Eliteuniversitäten handelte. Gewiß, hin und wieder hatte sie jemanden kennengelernt, der so wenig selbstsicher war, daß er eine falsche Bemerkung über den Harvard Club oder Yale Club in ein Gespräch einfließen ließ.

Nachdem sie Sheila die Nachricht hinterlassen hatte, sie anzurufen, ging Wetzon zu Bett. Sie hatte eine wichtige Verabredung zum Frühstück um halb acht, und dann mußte sie hellwach sein. Schiff, McConnell, eine erstklassige kleine Firma mit einer hundertjährigen Geschichte an der Börse, eröffnete ein zweites Büro – der Hauptsitz war an der Wall Street – in der Stadtmitte, nur für Millionenproduzenten. Börsenmakler, deren Bruttoprovisionen jährlich auf über eine Million Dollar kamen, waren eine untergehende Rasse im Finanzbezirk. Wetzon – die nichts anbrennen ließ – hatte mit Hilfe von B.B. und Max eine Liste von solchen Maklern aus allen Firmen zusammengestellt. Den genialen Einfall hatte Eliot McConnell gehabt, und mit ihm war Wetzon zum Frühstück verabredet. Er würde eine große Schau abziehen und ihr einen klugen Vortrag halten. Es war sein Kind, und er würde es leiten.

Der Wecker klingelte um sechs, und sie schaltete auf Automatik, schluckte ihre Vitamine mit Orangensaft, duschte, machte ihre morgendlichen Streckübungen, fönte ihr Haar und rollte es zum Knoten. Sie mußte die Spitzen schneiden; die Enden spalteten sich. Das nahm sie sich für den Abend vor. In ihr konservativstes Nadelstreifenkostüm, ein hellgraues, gekleidet, war sie um Viertel vor sieben auf der Straße, wo noch die Lampen brannten, und ging zur U-Bahnstation am Sheridan Square. Der Himmel war mit Regenwolken verhangen, und ein feuchter Nebel hatte sich über die Stadt gesenkt. Die milde Luft war über Nacht wesentlich kälterer gewichen. Sie stellte die Aktentasche zwischen die Füße, knöpfte den Burberry zu, band den Gürtel um und zog den Schlapphut über den Knoten.

Die Hundeausführer tauchten gerade auf, die Besitzer mit verschlafenen Augen und fröstelnd, die Hunde aufgedreht nach einer Nacht im Haus.

Sheila hatte nicht zurückgerufen. Wetzon würde es vom Büro aus noch einmal versuchen müssen. Jetzt mußte sie sich innerlich darauf vorbereiten, auf Draht zu sein – *kein Problem für dich, Wetzonova* –, weil diese Aufgabe ein unverhoffter Glücksfall für Smith und Wetzon sein konnte. Obwohl Schiff, McConnell bereits Kunde war, wollte Wetzon die Beziehung untermauern. Eliot McConnell sollte lieber mit ihnen als mit jedem anderen Headhunter arbeiten.

Schiff, McConnell hatten für ihre Elitefiliale unglücklicherweise dasselbe Gebäude in der Sixth Avenue gewählt wie Bliss Norderman. Wetzon ertappte sich dabei, daß sie betete, sie möge nicht diesem Ekel Maglia und genaugenommen auch nicht Rona über den Weg laufen.

Das Gebäude hatte einen sehr schönen, weiten Platz, Bänke und einen Wasserfall. Doch als sie darauf zuging, sah sie eine Pennerin in einem abgewetzten Pelzmantel, mit grauem Haar, das unter einem schwarzen Samtzylinder heraushing. Die Frau hatte es sich auf einer der Bänke bequem gemacht, inmitten eines halben Dutzends vollgestopfter Plastikmülltüten, den Habseligkeiten eines Menschenlebens. An den Füßen trug sie rissige und durchgelaufene schwarze Steppschuhe aus Lackleder, deren Kappen noch intakt waren. Ihr Gesicht war für die Bühne geschminkt, bis zu den falschen Wimpern. Auf einem offenen Papiertuch auf dem Schoß lag ein angebissenes Mandelhörnchen. Sie hob es hoch und biß hinein, wobei sie Wetzon fixierte, als würde sie sie kennen.

Die Intensität des Blickes erschreckte Wetzon, doch es war keine Bekannte. Sie hatte befürchtet, es könnte eine alternde Broadwaytänzerin sein. War es der Alptraum jedes Tänzers oder nur ihr eigener, die Furcht, allein und kaputt auf der Straße zu landen, als Pennerin? Während sie ein Frösteln unterdrückte, mußte sie entscheiden, ob sie unmittelbar an der Frau vorbeigehen oder einen Umweg machen und das Gebäude von der anderen Seite betreten sollte. Die Frau musterte sie herausfordernd, wie es Wetzon schien. Das gab den Ausschlag. Auf keinen Fall würde sie sich einschüchtern lassen und einen anderen Eingang wählen. Der Blick der Frau begegnete ihrem. Du lieber Gott, sie würde sie ansprechen. Wetzon marschierte los.

»Sie sehen phantastisch aus«, sagte die Frau.

Wetzon ging an der Pennerin vorbei und lächelte sie

unsicher an. Wie geht man mit solchen Erlebnissen um? Sie hatte sich nie darauf einstellen können. Vielleicht mußte man in New York geboren sein, um so abgestumpft zu sein.

Im fünfundfünfzigsten Stock arrangierte eine schlanke dunkelhaarige Frau mit einem leichten französischen Akzent Lilien in einer hohen Glasvase und hielt inne, um sie zu begrüßen. Das war ein dickes Plus. Merke: Empfangsdame um halb acht im Büro. Beeindruckend.

Was das Büro selbst betraf, so war es gleichermaßen beeindruckend. Alles war in warmem Nußbaum getäfelt, der Empfangstisch einbegriffen, und roch nach Reichtum und Luxus. Üppige schwarze Ledersofas und -sessel standen auf einem maulwurfsgrauen Veloursteppich. Die Pflanzen waren dezent.

Eliot McConnell, ein kleines, drahtiges Bündel Enthusiasmus im blauen Nadelstreifen, sprach wie ein Maschinengewehr, was einen zwang, sich zu konzentrieren. Wetzon mußte die mit Höchstgeschwindigkeit heruntergerasselten Worte zur Übersetzung immerzu im Geist zurückspielen.

Doch das Büro war sehr schön, raffiniert beleuchtet, auf zurückhaltende Art Reichtum ausstrahlend. Es gab sechsunddreißig geräumige private Büros. »Ich habe achtzehn Büros, die nicht in Frage kommen, Wetzon, und weitere sechs, die ich für eine Gruppe reserviere, die von First O-B rüberkommt.« Er stieß eine Tür zu einem privaten Speisesaal auf, nur ein Fenster, runde Tische, weißes Leinen, Porzellan, Kristall und eine unglaubliche Aussicht auf die Stadt. Einige Tische waren von Tausenddollaranzügen besetzt. Alle Männer – Wetzon war die einzige Frau – schienen in den Vierzigern oder Fünfzigern zu sein und sahen mehr nach Firmenchefs als nach Börsenmaklern aus. Und in der Tat führten die meisten der großen Produzenten ihr Geschäft, als leiteten sie eine Firma. Wahrhaftig ein privater Männerclub.

»Wir möchten das auf Honorarbasis machen.« Eliot gab einem großen vornehmen Schwarzen im schwarzen Anzug ein Zeichen. Er winkte Wetzon an einen Tisch, abseits von den bereits besetzten. »Für mich wie immer, John, danke. Was möchten Sie, Wetzon?«

»Einen getoasteten Muffin und Koffeinfreien.« John versah seine Arbeit wortlos und ohne etwas aufzuschreiben. Wetzon wandte sich an Eliot. »Was meinen Sie mit Honorarbasis?« *Aufgepaßt, Wetzon,* befahl sie sich. *Jetzt sollst du übers Ohr gehauen werden.*

»Wir bieten Ihnen das Spitzenhonorar von fünfzigtausend pro Vermittlung.«

»Fünfzig? Eliot, lassen Sie uns hier ernst bleiben.« John kam vorbei, goß Kaffee in ihre Tassen und ging. »Fünfzig sind fünf Prozent für eine Million an Produktion, und wir rechnen damit, Ihnen einige Leute vorzuführen, die ein gutes Stück mehr als eine Million machen. Unsere Kunden zahlen uns mehr. Worin liegt der Anreiz, diese Männer zu Ihnen zu schicken?«

»Wetzon, sehen Sie sich um.« Er machte mit der Hand eine ausholende Geste. »Hat einer Ihrer Kunden so etwas zu bieten? Wir haben eine großartige Geschichte zu erzählen. Wir haben jede denkbare Leistung schon inbegriffen, einschließlich Fitneßclub, Mitgliedschaften, alles. Ich garantiere Ihnen, daß ich, wenn Sie mir die richtigen Leute schicken, mit ihnen abschließe.« Er redete auch weiter, als ihnen serviert wurde.

Leinenservietten. Vorzüglicher Kaffee. Perfekt getoasteter Muffin. »Ich muß das mit Smith besprechen. Ich meine, fünfzig ist unangemessen, wenn wir Ihnen einen Mann bringen, der zwei Millionen oder mehr produziert.«

Eliots Frühstück bestand aus einem weichgekochten Ei,

in einem weißen Porzellaneierbecher serviert, Vollkorntoast, gemischtem Obst und Kaffee. Er trug das hellbraune Haar zur Seite gekämmt, ein mißglückter Versuch, die Geheimratsecken zu verbergen. Fürchtete er, sie stempelten ihn als Versager ab? Er hielt inne, den Löffel über dem Ei schwebend, dann gestikulierte er mit dem Löffel. »Zwei Millionen, sechzigtausend. Drei oder mehr, fünfundsiebzig und damit hat sich's.« Er versenkte den Löffel im Ei.

»Ich gebe Ihnen Bescheid.«

»Warten Sie nicht zu lange. Ich würde Ihnen und Smith gern als ersten die Chance geben, aus alter Freundschaft.«

»Aus alter Freundschaft, Eliot, sollten Sie uns unser Honorar zahlen.« Sie dachte, *Alte Freundschaft? Nun halte mal die Luft an. Was für eine alte Freundschaft?* Sie wurden reingelegt.

»Wetzon, ich weiß, daß ihr Mädchen gute Arbeit macht, deshalb bin ich bereit, mit Ihnen zu arbeiten. Und zufällig können wir eine oder zwei Frauen brauchen, um uns die Gleichberechtigungsidioten vom Leib zu halten. Unsere freie Struktur ist eine Unternehmensentscheidung. Wenn Sie nicht teilhaben wollen, finden wir jemand anderes. Ich esse heute mit einigen Ihrer Konkurrenten zu Mittag, mit Tom Keegen und seinem Teilhaber, und sie haben sehr deutlich gesagt, daß sie zugänglich sind.«

Wetzon gab ihm die Hand und verabschiedete sich, ohne ihm zu sagen, daß er Eigelb am Kinn hatte. *Ha, das verrät ihn, Wetzon.*

Es war erst halb neun, und sie war schon eingewickelt worden. Sie würden ja sagen, sich einreden, es sei eine besondere Situation, und es tun. Eliot hatte recht. Fünfzig war besser als kein Honorar, und was Schiff, McConnell zu bieten hatte, war erste Güte. Die meisten Firmen nahmen ihre Millionen-Dollar-Produzenten als selbstverständlich, besonders wenn es sich um Frauen handelte, von denen sie annahmen, sie würden ihren Umsatz nicht durch einen Wechsel unterbrechen wollen. Wenn sie in dem System festen Fuß gefaßt hätten, mit ausgesetztem Wettbewerb, Aktien und Aktienoptionen, riesigen Auftragsbücher, würden sie dem Trägheitsgesetz gehorchen. Doch Wetzon wagte die Vermutung, daß diese Männer und die wenigen Frauen, die die Voraussetzung erfüllten, auf die Eleganz und die Verhätschelung ansprechen würden.

Sie machte am Kiosk in der Halle halt, um die *Times* und das *Journal* zu kaufen, und kramte in der Handtsche nach Kleingeld.

»Möchten Sie mir nicht gratulieren, Ms. Schäbig, Kleine-Leute-Hunter?« Maglia stand neben ihr mit einer Packung Marlboro, die er gerade bezahlt hatte.

»Hör auf, Tony.« Rona stand hinter ihm, und sie wirkte verlegen.

»Wozu?« Wetzon versuchte nicht einmal, ihren Ärger zurückzuhalten. Er war ein mieser Opportunist, aber das waren vielleicht alle. Sie war gerade vom ersten Mann bei Schiff, McConnell über den Tisch gezogen worden.

»Gehen wir, Tony«, sagte Rona, die Wetzon nicht in die Augen sehen konnte. Sie setzte sich in Richtung Aufzüge in Bewegung.

»Erst, wenn ich Wetzon gesagt habe, daß sie nicht mit den großen Tieren spielen und erwarten kann zu gewinnen. Vergessen Sie's, es ist gelaufen.« Er grinste sie höhnisch an. »Rona hat bekommen, was sie wollte. Und ich habe, was ich wollte.«

»Tony, Liebster, Sie sind große Klasse. Ist Ihnen das jemals gesagt worden?« Wetzon kehrte ihm den Rücken, gab dem Verkäufer einen Dollar und ließ das Wechselgeld in die Tasche fallen.

Sie spürte eine Hand auf ihrer Schulter. Sie schüttelte

sie ab und beeilte sich, hier wegzukommen. Maglias Stimme verfolgte sie und spie Gift. »Kommen Sie mir nicht mehr unter die Augen, und lassen Sie die Finger von meinen Maklern, Puppe, wenn Sie wissen, was gut für Sie ist.«

Sie war immer noch aufgebracht über Maglia, als sie ins Büro kam. Er hatte sie bedroht – und das in aller Öffentlichkeit. War er nur ein Großmaul?

Max, mit einer rotgetupften Fliege geschmückt, bereitete an seinem Schreibtisch im Vorzimmer methodisch seine ›Fahndungsbogen‹ für den Tag vor. Ein durchblättertes und wieder zusammengefaltetes *Wall Street Journal* lag an seinem Ellbogen. In der Kaffeemaschine stand eine volle Kanne, und sie hörte B.B. am Telefon, der gerade einen potentiellen Kandidaten aufgetan hatte.

Max blickte auf. »Guten Morgen, Wetzon. Gibt es was Neues in der Branche, worüber ich Bescheid wissen sollte?«

»Mal überlegen, Max.« Sie hängte ihren Mantel in den Schrank. »Wir suchen immer noch Leute für Ameribank. Hundertfünfzig bis zweihunderttausend brutto, absolut sauber, keine Probleme mit der Rechtsabteilung, bis zu fünf Jahren im Geschäft. Und falls Sie auf jemand stoßen, der über eine Million macht, geben Sie mir bitte die Unterlagen, ob er gesprächsbereit ist oder nicht.« Sie goß sich einen Becher Kaffee ein und zog sich in ihr Büro zurück.

Ihr Garten hinter dem Haus war eine Wildnis aus dürren Blättern. Im dichten Nebel machte er einen trostlosen Eindruck. Er sah aus, wie Wetzon sich fühlte.

»Du Esel«, sagte sie laut, indem sie ihrem Spiegelbild im Fenster zutrank. »Du hast deine Gesundheit, zwei Männer, die sich für dich interessieren – jeweils auf ihre besondere Weise –, gute Freunde und keine Geldprobleme. Kein Grund, sich trostlos zu fühlen.« Dennoch war ihr so zumute. Es schien, als sei seit ihrem Besuch bei dem Medium alles schiefgegangen.

Sie setzte sich an ihren Schreibtisch und rief Sheila an. Wahrscheinlich war sie schon zur Arbeit gegangen. Richtig. Wieder der Anrufbeantworter. Wie ärgerlich. Sie hinterließ eine Nachricht mit der Büronummer und legte auf, als Smith durch die Tür kam, gefolgt von einem bärtigen jungen Mann in Jeans. Er trug einen Jutesack und eine Kiste mit Gartengeräten.

»Guten Morgen, Zuckerstück.« Smith ging an Wetzon vorbei und riß die Tür zum Garten auf. Der junge Mann hatte das Haar zu einem Pferdeschwanz zurückgekämmt, der über den Kragen seines verwaschenen Flanellhemdes hing. »Bitte sehr. Wetzon, das ist Philip, er wird unseren Garten winterfest machen, nicht wahr?« Sie schloß die Tür hinter Philip, ohne eine Antwort abzuwarten, und rieb sich die Hände.

»Du mußt meine Gedanken gelesen haben.«

»Das klappt bei uns doch ganz gut, was? Und wie ist es heute morgen gegangen?« Sie warf ihren Burberry auf den Aktenschrank, als wolle sie bald wieder gehen.

»Bevor wir das besprechen, solltest du dich lieber setzen und mich fragen, was Rona zu sagen hatte.«

»Rona?« Smith drehte ihren Stuhl herum, setzte sich und schlug die langen Beine über. »Ach, die Schnapsdrossel. Lohnt es sich, davon zu sprechen?«

»Smith, Rona geht zu Bliss Norderman zurück. Genaugenommen sitzt sie schon dort, während wir uns unterhalten.«

Smith reagierte mit einem langsamen Stöhnen, das zu einem Aufschrei anschwoll. »Nach allem, was wir für sie getan haben. Hast du ihr nicht gesagt, daß sie einen riesengroßen Fehler macht?«

»Doch, aber es ist schwer, sich mit jemanden auseinanderzusetzen, der eine so lange sexuelle Bindung wie sie hat.«

»Du lieber Gott. Ursprünglich hat sie das nicht von einem Wechsel abgehalten.«

»Das war wegen Brian. Falls du dich erinnerst, wollten sie zusammen wechseln, dann änderte Brian seine Meinung. Glaubst du, er wußte von Maglia?« Sie erwartete im Grunde keine Erwiderung von Smith. Sie wußte plötzlich, daß es Brian mit dem Wechsel zu Loeb Dawkins ernst gewesen war, weil er herausbekommen hatte, was zwischen Maglia und Rona lief. Er mußte Maglia den Scheck gegeben haben, um sich freizukaufen.

»Alles für die Katz. Die ganze Mühe. Neil wird versuchen, uns zu bewegen, einen Teil des Geldes zurückzuzahlen.« Sie schwang sich herum und blätterte ihren Kalender durch.

»Die neunzig Tage sind vorbei. Versuchen wir festzubleiben.«

»Sie wird ihr blaues Wunder erleben. In dieser Branche wird es einem immer heimgezahlt, wenn man lange genug lebt.«

»Okay, vergessen wir den Scheiß. Eliot zieht eine phantastische Sache auf, aber er will uns nur glatte fünfzig zahlen.«

Smith war empört. »Das sind armselige fünf Prozent auf eine Million. Hast du ihm nicht gesagt, daß wir auf dieser Basis nicht arbeiten?«

»Ich habe es ihm klargemacht.«

»Ich *wußte*, ich hätte mitgehen sollen.«

Jetzt war es an Wetzon, empört zu sein. »Wie bitte? Glaubst du im Ernst, sein Angebot wäre anders gewesen, wenn du dabei gewesen wärst?«

»Jetzt reg dich nicht so auf, Schatz.«

»Ich sagte ihm, ich würde es mit dir besprechen, aber sein Angebot sei nicht angemessen. Wir einigten uns auf ein gestaffeltes Honorar bis fünfundsiebzigtausend, aber er wollte keinen Deut darüber hinausgehen.«

»Dann machen wir es nicht.«

»Ich möchte es machen. Er zieht dort etwas Besonderes auf, und das ist ihm klar. Ich glaube, die Großen der Branche werden beeindruckt sein. Außerdem ...«

»Außerdem?« Smith stand mit dem Rücken zu Wetzon und sah Philip bei der Arbeit zu.

»Außerdem hat er, falls wir nicht zustimmen, Tom Keegen und Harold, die sich schon als Ersatzspieler warmlaufen. Ich muß vor dem Mittagessen zurückrufen.«

Smith drehte sich wütend um und stampfte mit dem Fuß auf. »Ich habe die Nase gestrichen voll von beiden. Ruf Eliot an. Sag ihm, wir machen es, aber nur aus alter Freundschaft.«

»Komisch, das hat er auch gesagt. Hast du jemals etwas mit dem kleinen Eliot gehabt?«

Smith ging in die Toilette und knallte die Tür zu, Wetzon mußte lachen. Sie wußte nicht, was Smith mehr ärgerte, Tom Keegen und Harold, daß ihr Honorar begrenzt wurde oder daß Wetzon stichelte. Seufzend rief sie McConnell an und sagte ihm, daß sie eine Abmachung per Handschlag hätten. Als sei nichts passiert, tauchte Smith aus der Toilette auf, das Haar aufschüttelnd und vor sich hin summend, mit einem Gesichtsausdruck wie eine Katze, die den Kanarienvogel verspeist hat. Was mochte sie im Sinn haben? Am besten fragte man sie.

B.B.s Ankündigung, die Kurse seien in der ersten Stunde um fünfunddreißig Punkte gestiegen und eine hektische Tätigkeit habe begonnen, die nicht nur die begehrten Standardwerte erfaßte, sondern auch weniger solide Anlagewerte, nahm Wetzons Vorhaben die Spitze. Hundertachtzig Millionen Aktien hatten bereits den Besitzer gewechselt, und es war nicht einmal Mittag. Max stand neugierig hinter B.B. in der Tür.

»Wir werden heute nicht besonders viel erledigen können. Das sehe ich schon.« Wetzon nickte Smith zu, um ihr den Ball zuzuwerfen. »Wir können heute Nachlaufen spielen.«

»Ruft trotzdem ein paar Leute an«, sagte Smith. »Man kann nie wissen ...« Sie schloß ihre Tür. »Ist mit Joan Boley alles in Ordnung?«

»Ich nehme es an. Ich sollte sie anrufen.« Wetzon griff zum Telefon und tippte die Nummer ein.

»Hast du mit Twoey gesprochen?« erkundigte sich Smith.

»Kommt noch.« Sie hörte es läuten.

»Du hast es versprochen.«

»Ich tu es. Quengle nicht.«

»Hm.« Sie zog den Mantel vom Aktenschrank. »Ich gehe zur Maniküre. Was hältst du davon, wenn wir zusammen gehen? Du hast hier heute doch Leerlauf.«

»Ich muß zu meiner Wohnung hoch und mit der Bauunternehmerin sprechen. Joan Boley bitte.«

»Na, dann bis später.« Smith rauschte aus dem Büro, ohne abzuwarten, was mit Joan Boley war.

»Joan Boley.« Joan hörte sich gehetzt an.

»Joan, hier ist Wetzon. Rufe ich zu einer schlechten Zeit an?«

»Ich kann jetzt nicht sprechen, Wetzon. Alle Hunde bellen.«

»Dann will ich Sie nicht aufhalten. Ein andermal.«

Joans »Danke« war knapp, doch Wetzon war nicht beleidigt, weil sie wußte, daß Joan das nicht wollte. Bei einem solchen Marktgeschehen mußte man schnell sein, oder man verpaßte etwas.

Wetzon nahm ein Taxi zur West 86. Street und stieg neben fünf Müllcontainern aus, die vor ihrem Haus aufgestellt waren. Als sie in die Runde blickte, kam sie sich beinahe wie eine Touristin vor. Sie vermißte ihr Viertel und die Wohnung. Sie gehörte nicht ins Village; sie gehörte an die Upper West Side.

George, der Sohn des Hausmeisters, machte Vertretung an der Tür, um sein Taschengeld fürs College aufzubessern. Er ließ sie ein. »Ich habe da einiges für Sie.« Er ging zum Schrank an der Rückwand des Postraums und kam mit einem Packen zurück, der eher nach Katalogen als nach wichtiger Post aussah. Sie würde an diese Direktanbieter schreiben müssen, sie sollten sie von ihren Versandlisten streichen. Vielleicht könnte sie so während ihres Lebens einige Bäume retten.

Sie drückte auf den Aufzugknopf und wartete.

»Ach, das hätte ich fast vergessen.« George reichte ihr einen großen braunen Umschlag. »Ms. Reitman hat das für Sie dagelassen.«

»Tatsächlich?« Wetzon nahm den Umschlag und stieg in den Aufzug, als sich die Türen öffneten. Sie drückte auf 12, löste die Klammern, griff hinein und zog fünf Seiten Computerausdruck heraus. Eine auf dem PC geschriebene Nachricht war angefügt:

Liebe Leslie,

konnte Sie nicht erreichen, und ich fahre für ein paar Tage nach Vermont. Anbei das, was ich herausgefunden habe. Sehr interessantes Problem. Wenn man die letzten zwanzig Jahre betrachtet, läßt sich alles einengen auf einen Gerard Gordon, einen Jay Gordon, zwei Jeromes und keine Jerrys. Wenn Sie weiter suchen, sehen Sie, daß Gerald Chemiker ist, kein Examen. Der Jay studierte Wirtschaft, mit einem Abschluß in Management, letzte bekannte Adresse Chicago. Einer der Jeromes hat den Doktor in Philosophie und unterrichtet am Rutgers; der andere ist ein Mathefreak, der bei IBM arbeitet. Kein Hauptfachpsychologe darunter.

Dann drehte ich zum Spaß die Namen um. Gordon Jerome. Ein Scherz von mir, weil der Typ, den Sie überprüfen, zwei Vornamen hat. G. J. paßt in Ihren zeitlichen Rahmen, aber sein Fach ist Buchhaltung. Er ist amtlich zugelassener Wirtschaftsprüfer. Letzte bekannte Adresse ist Wakefield Farms, Massachusetts.

Hoffe, Sie können etwas damit anfangen.

Sheila.

Als Wetzon wieder ins Büro kam, blieben die Telefone still. B.B. war zum Mittagessen weggegangen, und Max knabberte Sonnenblumenkerne aus einem Stoffsäckchen und las den *Wall Street Letter*, als verstände er den ganzen Insiderjargon, für den das wöchentliche Mitteilungsblatt bekannt war. Sie hatte bei *Mangia* in der 48. Street ein Sandwich mit Mozzarella, Brunnenkresse und Freilandtomaten und einen großen Becher Koffeinfreien mitgenommen. Jetzt faltete sie eine Papierserviette auseinander und breitete ihr Mittagessen auf dem Schreibtisch aus.

Smith stand lebhaft gestikulierend im Garten und nervte Philip zweifellos mit Kommentaren über seine Arbeit. Anscheinend glaubte sie immer, besser über etwas Bescheid zu wissen als jeder andere. Wetzon klopfte ans Fenster und wurde mit einem kurzen, abweisenden Winken bedacht. *Hol dich der Teufel, Smith,* dachte sie. *Dabei wollte ich das mit dir teilen.* Sie setzte sich hin und aß ihr Sandwich, während sie in Gedanken bei ihrer Wohnung war.

Bis auf die Küche war sie im großen und ganzen ausgeräumt. Louies Mannschaft war noch dabei, beschädigten und schimmelnden Putz abzuklopfen. Wetzons Barre und Spiegel waren in eine Ecke des großen Wohnzimmers gepackt worden, ebenso der größte Teil der Möbel. Die Bücherregale – Gott sei Dank außer Gefahr – waren unter Plastikbahnen gesichert. Alles war mit starkem Papier und Schichten durchsichtiger Plastikfolie bedeckt. Ein großer Teil der Wohnzimmerdecke und die Wand von Wohn- und Eßzimmer waren stark beschädigt.

Der Schimmelgeruch war jedoch verschwunden, da alle Fenster weit geöffnet waren, und durch den reineren Geruch nach frischem Putz und Sägemehl verdrängt. Im begehbaren Rest ihres Eßzimmers wurde sie Jean vorgestellt, die graue Malerhosen trug, die Taschen mit Werkzeugen vollgestopft, und auf einer Stehleiter mit dem Bohrer arbeitete, dann Wendy, die Gips- und Schlackensteinbrocken in eine große Metalltonne legte. Sie waren Pillsburygespenster mit weißen Atemmasken, Duschhauben und Schutzbrillen.

Alle Bodendielen waren herausgerissen und mit Stücken von Furnierholz bedeckt, die wiederum mit braunem Papier und Plastikbahnen bedeckt waren, so daß der Boden unter den Füßen nachgab und knarrte. »Im Wohnzimmer können wir den Boden retten«, erklärte Louie, indem sie die Maske abnahm. »Er muß allerdings abgeschmirgelt und frisch gebeizt werden.« Sie trug einen Overall mit einer Schicht Gipsstaub, während sie Wetzon durch die Ruinen führte.

Wetzon staunte über die Geschäftigkeit, doch sie hatte wieder das Gefühl, einen lieben Freund verloren zu haben. Ihre Wohnung war gestorben, und es war schwierig, sich an etwas Neues wie dies hier zu gewöhnen. Von ihrem Nest war kaum etwas geblieben. Es war kaum etwas geblieben von ihrem Leben mit Silvestri. Falls man an Symbole glaubte, war dies nicht ein treffendes?

Sie zwang sich, ihre Gedanken wieder auf den Ausdruck

in dem braunen Umschlag, den sie fest unter den Arm geklemmt hatte, zu lenken.

»Ich weiß, daß es im Moment nach nichts aussieht«, meinte Louie.

»Im Gegenteil. Es sieht schon wesentlich besser aus.«

»Wollen Sie nicht mal erwägen, die Wand zwischen Wohn- und Eßzimmer herauszureißen? Wir können dadurch eine Menge Raum gewinnen.«

»Aber ich möchte Barre und Spiegel an der verbleibenden Wand. Sähe das nicht komisch aus, wenn alles offen wäre? Wenn ich zum Beispiel eine Party gebe ...?« Allerdings, wann hatte sie einmal eine Party gegeben?

»Na, denken Sie darüber nach. Sie können einen bemalten Wandschirm oder eine Spanische Wand verwenden.«

»Klar, Louie, geben Sie nur mein Geld aus.«

Louie grinste. »Kapseln Sie sich nicht ab. Sie haben hier eine phantastische Gelegenheit. Veränderung ist Nahrung für die Seele.«

»Okay, ich verspreche, daß ich darüber nachdenke.« Und so waren sie verblieben. Vielleicht sollte sie etwas anderes machen, den ganzen Raum öffnen, ihr Leben öffnen. Veränderung war Nahrung für die Seele, hm? Seelischen Auftrieb hatte sie nötig.

Nachdem sie das Sandwich bis auf den letzten Krümel gegessen hatte, saß sie da, drehte den Pappbecher mit dem Kaffee in der Hand, trank ab und zu, grübelte nach. Sie sollte lieber Twoey anrufen und dafür sorgen, daß »Dickie« Hartmann zur Party eingeladen wurde, ehe Smith ihr weiter zusetzte. Sie klemmte den Hörer zwischen Hals und Schulter und tippte Twoeys Privatnummer ein.

»Goldman Barnes.« Das war der andere Twoey, der Spekulant. Wetzon konnte die Hektik und Aufgeregtheit hören, und das Geschrei des Börsensaals, wo Twoey sein

Büro hatte, drang durch die Leitung an ihr Ohr. Und immer sprang der Funke auf Wetzon über.

»Twoey, Wetzon hier.«

»Hallo, Wetzon. Ich bin total zu. Ruf später an.«

»Twoey, ganz kurz. Ich möchte jemand auf die Gästeliste setzen.«

»Ruf Maribelle an.« Er war weg, bevor sie noch ein Wort sagen konnte.

Hol's der Teufel, dachte sie. *Macht es leichter. Keine weitschweifigen Erklärungen.* Sie rief Twoeys Assistentin Maribelle an, gab ihr Hartmanns Büronummer und bat sie, eine Einladung durchzugeben.

Nachdem das erledigt war, widmete sie ihre Aufmerksamkeit Sheila Reitmans Notiz und dem Ausdruck. War es möglich, daß jemand durch die Ritzen gefallen war? Überhaupt kein Dr.phil. in Psychologie? Jerry Gordon schien ein ziemlich gewöhnlicher Name zu sein. Dann war da noch diese letzte Sache in Sheilas Brief. Gordon Jerome. Wakefield Farms, Massachusetts.

Vor ihrem geistigen Auge sah sie ein kleines Dorf in Neuengland mit einer Anlage in der Mitte und dem Bürgerkriegsdenkmal, Bauernhöfe und Häuser, durch niedrige Steinmäuerchen abgeteilt. Warum klang ihr dann der Name des Dorfes so mißtönend im Ohr?

Sie griff zum Telefon, wählte die Nummer der Auskunft für Massachusetts und fragte nach dem Dorf Wakefield Farms.

»Wir haben keinen Eintrag für einen Ort namens Wakefield Farms in Massachusetts.«

Sie legte auf. »Wenn das nicht seltsam ist«, murmelte sie laut. »Eine falsche Adresse. Er ist jedoch amtlich zugelassener Wirtschaftsprüfer, und als solcher muß er registriert sein.« Ach, verdammt und zugenäht. Warum ließ sie sich durch so einen verrückten Umweg aufhalten? Sie hatte genug am Hals, auch ohne Fährten zu verfolgen, die nirgendwohin führten. Aber es ließ sie nicht los.

Ruth Abraham war Wirtschaftsprüferin. Ruth, die selbständig arbeitete, war schon in den Zeiten vor Smith und Wetzon Wetzons Steuerberaterin gewesen.

Als Wetzon sie ans Telefon bekam, sagte Ruth: »Gordon Jerome? Oje, das ist ein gängiger Name. Wenn er in New York registriert ist, kann ich ihn für Sie auftreiben. Lassen Sie mir ein paar Tage Zeit.«

Während Wetzon den Ausdruck studierte, sah sie, daß sie es vielleicht zu sehr eingeengt hatte. Vielleicht hatte er seinen Dr.phil. in den sechziger Jahren gemacht. Natürlich, das war's. In den späten Sechzigern konnte er Schule und Studium in einem Stück durchgezogen haben, um nicht nach Vietnam zu müssen. Dann wäre er jetzt immer noch in den Vierzigern. Bestimmt war Jerry nicht älter, vielleicht sogar jünger. Aber mußte ein Doktor der Psychologie nicht klinische Praxis haben? Konnte er wirklich in einem Zug zu seiner Promotion gekommen sein? Und hatte er Smith nicht erzählt, er habe zwei Jahre bei der Armee verbracht? Im Nachrichtendienst, nichts geringeres. Sie stopfte den Ausdruck und Sheilas Notiz in die Aktentasche. Wenn Sheila wieder zu Hause wäre, würde sie sie bitten, noch zehn Jahre davor zu überprüfen.

In der Zwischenzeit mußte sie herausfinden, warum Wakefield Farms ihr nicht aus dem Kopf ging. Marissa Peiser. Wetzon probierte es in ihrem Büro und erfuhr, daß Peiser nicht erreichbar war.

Das Telefon läutete fast im selben Augenblick, in dem sie auflegte, und Max klopfte an. »Paul Schlessinger für dich, Wetzon.«

»Wer?«

Max las den Namen, den er aufgeschrieben hatte, noch einmal vor.

Sie wiederholte den Namen, während sie sich zu erinnern versuchte. »Stimmt! Er ist B.B.s großer Produzent.« Sie griff zum Telefon. »Laß B.B. wissen, daß ich mit ihm spreche, ja, Max?« Sie drückte auf den leuchtenden Knopf. »Paul Schlessinger? Hier ist Leslie Wetzon ...« Seit heute morgen hatte sie etwas Einzigartiges, wofür sie ihn begeistern konnte. Selbstsicher begann sie mit ihrem Angebot.

Schlessinger hörte zu, ohne sie zu unterbrechen, dann sagte er: »Ich bin seit acht Jahren hier und habe nie gewechselt. Die vergessen hier langsam, was sie an einem haben, wenn man nicht die Trommel rührt. Ich ärgere mich zwar in Maßen von Zeit zu Zeit, aber genügend, um die Stelle zu wechseln? Ich glaube nicht. Ich bin lange genug im Geschäft, um zu wissen, daß es anderswo auch nicht anders ist.«

»Paul, sehen Sie sich an, wie die Branche während der vergangenen fünf Jahre ihr Gesicht verändert hat. Schiff, McConnell hat einzigartige Umstände zu bieten. Eine höchst ungewöhnliche Umgebung, zugeschnitten für die Topleute in Ihrem Beruf. Und die Vergünstigungen sind Ihrem Status angemessen.«

Sie war so in das Gespräch vertieft, daß sie nur am Rande mitbekam, wie Max in den Garten ging und Smith ans Telefon rief.

»Tja, das klingt alles sehr interessant«, bemerkte Schlessinger gerade. »Sie sind eine großartige Verkäuferin. Sie hätten Börsenmaklerin werden sollen.«

»Danke, Paul. Also was meinen Sie?«

»Am besten arrangieren Sie ein Treffen mit McConnell für mich, Leslie Wetzon, und dann sehen wir, wohin es führt.«

Als sie auflegte, war sie euphorisch, aufgepumpt, überlebensgroß, wie wenn man sich einmal auf der Bühne dreht und Beifallsstürme auslöst. Deshalb bemerkte sie

Smith nicht gleich, hatte sie nicht einmal hereinkommen sehen.

»Wetzon! Hörst du mir zu?«

Wetzon drehte sich um, ohne auch nur zu versuchen, ihre Freude zu verbergen. »Gratuliere mir! Ich habe gerade den größten Produzenten bei Dean Witter soweit bekommen, daß er sich mit Eliot McConnell treffen will.«

»Ich gratuliere. Ich hatte gerade einen Anruf von der Polizei in Westport. Sie haben vor einer Stunde eine Gewehrkugel aus meiner Schindel gekratzt.«

Die Schere war scharf genug. Wetzon saß mit gekreuzten Beinen auf dem Küchenboden, das *Journal* vor sich ausgebreitet, und führte die Schere langsam durch ihr Haar, das wie ein Vorhang vor ihr hing. Drei, vier Zentimeter sollten genügen. Aschblondes Haar häufte sich auf der Zeitung. Warum nicht alles abschneiden? Sie schnipselte in der Luft, dann ließ sie die Schere fallen, als habe sie sich daran verbrannt.

Auf der Küchentheke, neben den Resten einer kleinen Pizza von *John's*, blühte noch der Brautstrauß. Sie richtete sich auf die Knie auf und schüttelte ihr Haar über der Zeitung aus, die sie dann zu einem Ball zusammenknüllte, mit einem Hakenwurf wie beim Basketball nach dem Mülleimer warf und traf. Sie klopfte sich selbst auf die Schulter, als die Haustürklingel läutete.

Der kleine Monitor zeigte Marissa Peiser und, verdammt, Ferrante und Martens. Dahin der Abend. *Falsch! Nimm das zurück*, dachte sie. Sie waren auf ihrer Seite, und jemand versuchte, sie umzubringen. Sie ließ sie herein und öffnete ihre Tür.

Als die Aufzugtür aufglitt, sagte sie: »Willkommen« und winkte sie herein.

Peiser, geschminkt und ordentlich, machte ein komisches Gesicht. »Stimmt was nicht?«

»Ach, nichts weiter, außer daß jemand mit einem Gewehr auf mich schießt. Warum?«

»Sie sehen anders aus.«

»Klar tu ich das. Haben Sie mich im Kostüm erwartet? Das ist mein wahres Ich.« Sie sah an sich hinunter, barfuß, in weißen halblangen Leggings und einem von Silvestris grauen Sweatshirts mit abgeschnittenen Ärmeln, das Haar offen bis zur Taille hängend. »Ja, Alice im Wunderland.«

Martens und Ferrante kamen gleich herein und setzten sich an den Tisch, von ihrem Äußeren nicht beeindruckt, obgleich Ferrante sie mit einem verkniffenen Lächeln ansah, das anzüglich wirkte. Was sah Peiser, die intelligent zu sein schien, in ihm?

»Da ist noch Pizza übrig, falls jemand Hunger hat«, sagte Wetzon, als sie die Tür zumachte. Sie war entschlossen, freundlich zu bleiben, diese Begegnung durchzustehen, ohne in Wut zu geraten. »Ich koche einen Kaffee.«

Niemand reagierte. Peiser setzte sich.

»Ich habe von meiner Partnerin gehört, daß in der Schindel eine Kugel steckte. Können wir davon ausgehen, daß sie aus Wilson Boyds verschwundenem Gewehr stammt?« Wetzon füllte den Filter mit Kaffee, und als das Wasser im Kessel kochte, goß sie heißes Wasser in den Behälter und stellte die Maschine an.

»Wir können von gar nichts ausgehen«, knurrte Ferrante.

Reizend, dachte Wetzon.

»Sind Sie allein?« fragte Martens.

»Wonach sieht es aus?« Die Worte kamen kurz und schroff heraus. Sie hatte nichts gegen Martens. »Oh, verflixt, tut mir leid. Ich bin bloß ein bißchen nervös.« Sie stellte den Karton mit der kalten Pizza mitten auf den Tisch. Es waren noch zwei Keile übrig.

Doch Martens machte seinen Rundgang durch die Wohnung und hörte sie wahrscheinlich nicht. Ferrante dagegen hörte sie und zog arrogant die Braue hoch.

»Falls Sie daran interessiert sind, sie zu mieten, sage ich es dem Eigentümer.« Niemand reagierte auf ihre sarkastische Bemerkung.

»Mrs. Wetzon«, begann Peiser, dann hielt sie inne und wartete auf Martens.

Wetzon schenkte Kaffee in die Becher, stellte sie mit Löffeln, Zucker und Kondensmilch auf den Tisch, ließ den eigenen Becher auf der Theke stehen. Sie stemmte sich neben der Kaffeemaschine auf die Theke hoch und sah die drei an, wobei sie sich unvergleichlich besser fühlte. Jetzt blickten sie alle zu ihr auf.

»Konnten Sie die zwanzigtausend Dollar ausfindig machen?« fragte sie.

»Maglia hatte sie.« Peiser überging Ferrantes Stirnrunzeln. »Er hat den Scheck nicht eingelöst, weil er auf eine dritte Person lautete. Er hätte eine ganze Menge erklären müssen. Und er war immer noch davon überzeugt, er habe Middleton den Wechsel ausgeredet.«

»Da hört sich doch alles auf. Brian gab ihm den Scheck, also mußte er entschlossen gewesen sein zu gehen. Na ja, das ist immerhin etwas. Jetzt gerät Simon Loveman nicht in Schwierigkeiten. Ist Ihnen aufgefallen, daß das Verhalten aller Beteiligten moralisch fragwürdig ist?«

»Ihres eingeschlossen?« Ferrante schien sich gut zu finden.

»Scheiße, Ferrante«, sagte sie, und der Klang gefiel ihr.

Er lachte, und Martens grinste.

Peiser überging den Wortwechsel. »Sie müssen uns hier helfen. Wenn jemand versucht, Sie zu töten, müssen Sie wissen, warum. Haben Sie uns etwas mitzuteilen?« Peiser übernahm anscheinend die Führung im Verhör.

»Eigentlich nicht.« Sie schaukelte mit den Beinen gegen den Schrank, während sie den Becher mit beiden Händen hielt und Kaffee trank. »Ich habe mir den Kopf nach Möglichkeiten zerbrochen. Mir ist ein ziemlich abwegiger Gedanke gekommen, weil Dr. Jerry Gordon ständig seine Zeugnisse in Gespräche einfließen läßt. Das könnte Unsicherheit sein, aber denkbar ist auch etwas anderes.«

»Möchten Sie das noch einmal in verständlichen Worten ausdrücken?« Ferrante zückte sein Notizbuch und blätterte es durch. Er spielte an diesem Abend wirklich den Scheißbullen.

»Ich glaube, mit den beiden stimmt etwas nicht. Barbara und Jerry. Sie verhält sich wie eine Psychopathin, mit Stimmungsumschwüngen und Paranoia, und er ist für alle der liebe Papa. Ein großer, herzlicher, reizender Teddybär.«

»Also?« Ferrante suchte in der Tasche nach einem Kuli, fand ihn, zog ihn heraus und klickte die Spitze aus und ein und aus und ein.

»Ich hörte, daß Barbara gewalttätige Anwandlungen hat und ihn angreift, doch ich weiß nicht, was daran wahr ist.« Da sie weder Sheila noch sich Ärger machen wollte, erwähnte Wetzon die Computerauskunft nicht. Und sie erwähnte auch nicht Mrs. Leonora Foley und ihren Enkel, aus Gründen, die sie nicht hätte artikulieren können.

»Sonst noch Detektivsarbeit, von der Sie uns berichten wollen?« Ferrante steckte den Kuli weg und nahm einen Keil kalte Pizza, den er wie ein Päckchen faltete und in seinem Mund verschwinden ließ.

»Ist Rona aus der Sache draußen?«

Peiser zuckte die Achseln.

»Sie haben sie gehen lassen.« Wetzon sah sie einen

nach dem andern an. »Steht sie noch unter Verdacht? Wollen Sie sagen, sie habe sich die Pistole selbst untergeschoben?«

»Sie trafen sie gestern nachmittag im *Drake Hotel.*« Es war eine Erklärung von Peiser, keine Frage.

»Woher wissen Sie das?« Sie schlug mit der Faust auf die Theke, daß der Becher wackelte. »Beschatten Sie mich oder sie? Was soll das?«

»Warum fand das Treffen statt?« fragte Peiser.

»Sie hatte mir etwas mitzuteilen.«

»Was?«

»Daß sie zu Bliss Norderman und Maglia zurückgeht.«

»Warum Ihnen?« fragte Martens.

»Weil ich dabei das meiste zu verlieren hatte. Mein Honorar. Meine Firma hat sie zu Rosenkind, Luwisher vermittelt. Falls sie tot auftaucht, wissen Sie, daß ich es war oder meine Partnerin.« Sie starrten sie alle an. »Das sollte ein Scherz sein, falls Sie es nicht bemerkt haben. Genaugenommen war es sehr nett von ihr, es mir mitzuteilen. Die meisten Leute, mit denen ich arbeite, machen sich die Mühe nicht. Ich finde dann bloß durch Zufall heraus, daß der Makler abgesprungen ist.«

»Seltsamer Job«, bemerkte Martens.

»Sind Sie deshalb hier?«

»Wir haben alles von allen Seiten durchleuchtet, und wir wollten es einfach noch einmal durchgehen«, erklärte Peiser. »Nur für den Fall, daß wir etwas übersehen haben.«

Wetzon stöhnte und kaute noch einmal alles mit ihnen durch, wobei sie nur Artie Metzger und Sheila Reitman ausließ. Und Leonora Foley.

Ferrante steckte sein Notizbuch in die Innentasche und stand auf, langte über den Tisch und riß sich das letzte Pizzastück unter den Nagel.

»Haben Sie jemals von einem Ort in Massachusetts namens Wakefield Farms gehört?« Wetzon rutschte von der Theke und begleitete sie zur Tür.

Peiser runzelte die Stirn. »Kann sein. Kann es nicht unterbringen. Warum?«

»Es kam nur in einem Gespräch vor.«

»Mit wem?« wollte Ferrante wissen.

»Mit Rona.« Rona, dachte sie. Im Gespräch mit Rona war es nicht aufgetaucht. War es das, was sie störte?

»Ich prüfe es nach.« Peiser blieb an der Tür stehen. »Treffen Sie sich eine Weile nicht allein mit jemand.«

»Was soll das heißen?«

»Genau das.«

»Ich bin Headhunterin. Ich treffe ständig allein Leute, geheim, vertraulich. Sie machen mein Geschäft kaputt.«

»Ist es Ihr Leben wert?« fragte Peiser ungeduldig. »Halten Sie sich an öffentlichen Plätzen auf, wo viele Menschen sind.«

Sie betraten den Aufzug, und die Tür schloß sich. Wetzon blieb stehen und starrte den Aufzug an. Klänge von streitenden Stimmen drangen aus der Kabine herauf, während sie nach unten fuhr.

»Verdammte Zeitverschwendung.« Das war Ferrante.

Und dann Peisers Stimme: »Ich bin anderer Meinung. Mach es unauffällig, aber ich will, daß jemand auf sie aufpaßt.«

Falls wirklich jemand Wetzon beschattete, entdeckte sie ihn nie. Mittwoch und Donnerstag gingen in einem Nebel von Verabredungen und Gesprächen unter. Am Donnerstag erfuhr sie von Ruth Abramson, daß es im Staat New York keinen amtlich zugelassenen Wirtschaftsprüfer namens Gordon Jerome gab.

»Gab es jemals einen? Gibt es die Möglichkeit, das nachzuprüfen? Sagen Sie mir, wenn ich aufdringlich bin.«

»Wonach suchen Sie?«

»Wenn ich das wüßte, wäre es einfach.«

Der Halloween-Freitag brach an, schneidend kalt, klar wie die schönsten Herbsttage in New York. Die kleinen Gespenster und Hexen würden sich bald in großer Zahl auf den Straßen tummeln und sich, begleitet von Eltern, in der New Yorker Version des Geschenkeheischens versuchen.

Smith war miserabel gelaunt. Sie nahm Wetzons Glückwünsche zum Geburtstag ungnädig an und warf ihre Karte in den Papierkorb.

»Und ich hatte ein so hübsches Geschenk für dich, aber ich glaube, du möchtest es nicht.«

Smith warf sich auf den Stuhl und funkelte Wetzon zornig an, die einen Plastikteller hielt, auf dem ein Honigkleiemuffin mit einer kleinen brennenden Kerze prunkte. »Dieser Geburtstag ist mir verhaßt, und das weißt du. Warum quälst du mich?«

»Willst du mir eine Chance geben? Blase nur deine Kerze aus, und ich gebe dir dein verdammtes Geschenk.« Sie stellte den Muffin auf Smith' Schreibtisch.

»Ach, meinetwegen.« Smith setzte sich auf und blies die Kerze aus. »Bist du nun zufrieden?«

»Du siehst genauso aus wie vor fünf Jahren, sogar noch besser. Deshalb verstehe ich nicht, worüber du dich aufregst.«

Smith zerrte den Taschenspiegel heraus und starrte angestrengt hinein. Sie plusterte ihre Locken mit den Fingern auf, dann zeigte sie auf die fast unsichtbaren Linien um die Augen.»Sieh dir das an. Wie nennst du das? Falten!«

»Die hat jeder. Es sind Lachfältchen. *Lach*fältchen!«

»Dir macht das wohl richtig Spaß. Irgendwann werde ich es dir heimzahlen. Die Chance kommt immer. Warte nur.« Sie lächelte. »So, wo ist mein Geschenk?«

Wetzon warf eine *Bendel's*-Schachtel in Smith' gierige Hände.

»Ich liebe Geschenke.« Smith öffnete die Schachtel, zerriß das Seidenpapier und zog ein seidenes Schultertuch mit Streifen in Pink, Lavendel und Gelb und Fransen ringsum heraus. »Das ist einfach wunderschön, Schatz.«

»Ja, nicht? Meine Freundin Rita Morgan entwirft eine ganze Serie davon für *Bendel's*.«

»Sie hat wirklich Talent.«

»Ja, und wenn man bedenkt, daß sie einmal Börsenmaklerin war.«

»Nein!«

Wetzon grinste. Es machte ihr Spaß, Smith aufzuziehen. »Was trägst du heute abend?«

»Ein weißes, mit Pailletten besetztes Taschentuch.«

»Das läßt nicht viel Raum für Phantasie.«

»So ist es, Zuckerstück. Und ich vermute, du trägst dein kleines Schwarzes?«

»Mhm.«

»Du könntest dir mal etwas Neues gönnen.«

»Nee.«

»Du könntest es ein bißchen aufmöbeln. Es sieht aus wie ein Trikot mit Rock.«

»Was hälst du von seidener Unterwäsche?«

»Was hälst du von ein paar dicken, protzigen Perlenschnüren?«

»Um wieviel Uhr holt Twoey dich ab?«

»Um acht.«

»Also, sei nett und tu überrascht.«

Smith versprach es hoch und heilig. »Verlaß dich auf mich, Schatz«, sagte sie genüßlich.

»Das ist es, was mir Angst macht.«

Smith verließ das Büro am Mittag, um eine Massage und Gesichtsbehandlung zu nehmen, wobei sie schwor, es sei höchste Zeit für plastische Chirurgie. Und um drei Uhr schließlich legte Wetzon den Stift aus der Hand und ging. Es war Freitag. Der Markt war sehr fest. Starker Umsatz. Es war schwer, an die Leute heranzukommen. Die Makler beobachteten die Quotrons für ihre Kunden, bereit, bei einem Zuwachs von einem Achtel- oder Viertelpunkt die Gewinne mitzunehmen. Sie mußten mit Kunden, Händlern und Analysten in Kontakt bleiben; auf der Skala der Wichtigkeit stand an einem Tag wie heute der Headhunter ganz unten – wie die Ehefrau.

Wetzon ging zu Fuß zur Grand Central hinüber und nahm den Pendler zum Times Square, wo sie einen Einer nach Süden erwischte. Kinder kamen verkleidet und geschminkt von Schulfesten. Clowns waren in der Überzahl. Später würden die maskierten Monster ihren Auftritt haben.

Als sie die schmale Treppe am Sheridan Square hinaufstieg, mußte sie einem Bettler ausweichen, der sich vor dem Ausgang aufgebaut hatte und ihr einen schmutzigen Pappbecher hinstreckte. Auf der Seventh Avenue machte ein Mann in einem Auto Kußgeräusche in ihrer Richtung. »He,Puppe«, rief er ihr nach.

Sie spürte, wie sie sich verkrampfte, dann hatte sie das sonderbare Gefühl, von jemandem beobachtet zu werden, doch es war weder der Bettler noch der Mann im Auto. Sie sah sich beiläufig um, ließ sich nicht anmerken, daß sie sich umschaute, entdeckte jedoch nichts Ungewöhnliches. Es war beunruhigend.

»Danke vielmals«, sagte ein heruntergekommener Trunkenbold zu niemand Bestimmtem. »Schönen Tag noch.«

»Jason, dein Laken schleift auf dem Boden«, sagte eine Mutter zu einem kleinen Gespenst.

Warum sollte sie sich aufregen? Hatte Peiser Ferrante nicht gesagt, er solle sie im Auge behalten?

Dennoch war es eine Erleichterung, in Carlos' Wohnung zu kommen und die Tür abzuschließen. Der Brautstrauß in seinem Glas ließ die Köpfe hängen. Sie warf ihn in den Mülleimer und zog sich bis auf die Unterwäsche aus, dann machte sie einige langsame, meditative Übungen an der Barre, während sie die Gedanken nach innen kehrte. Wenn nicht irgend etwas passierte, das ihre Gefühle veränderte, würde Alton heute nacht mit ihr nach Hause kommen. Sie wollte verführt werden.

Und morgen? Sie beugte sich an der Barre nach vorn, den Kopf auf den Knien. Morgen würde sie sich mit Silvestri auseinandersetzen, zum Besseren oder zum Schlechteren. Sie hielt mitten in der Bewegung inne. Zum Besseren oder Schlechteren? Was für eine Freudsche Wortwahl.

Als Carlos und Arthur eintrafen, war Wetzon im kleinen Schwarzen. Smith zuliebe hatte sie zwei Chanelschnüre mit dicken Perlen hinzugefügt. Sie ließ die Tür angelehnt und ging ins Bad, um letzte Hand an ihr Make-up zu legen.

»Häschen!« rief Carlos. »Wo bist du?«

Sie kam, die Hände auf den Hüften, ins Wohnzimmer. Carlos hatte eine scheußliche Sweeney-Todd-Maske, und er und Arthur trugen schwarze Krawatten und weiße seidene Pilotenschals um den Hals. »Du bist ein Spinner.« Arthur, der einen Spazierstock mit silbernem Griff trug, sah wie ein bärtiger Fred Astaire aus. »Charmant, Arthur. Ganz recht.«

Arthur verneigte sich und sagte mit britischem Tonfall: »Sehr erfreut, meine liebe Wats ... Wetzon.«

»Schluß damit. Laß dich betrachten.« Carlos packte sie an den Schultern und hielt sie ein wenig von sich weg, mit glitzernden Augen unter der Maske. »Ich glaube, ich muß einen winzigen Bissen von deinem Hals haben.«

Sie verdrehte die Augen zu Arthur. »Was hast du ihm zu futtern gegeben?«

Arthur lachte. Carlos riß die Maske herunter. »Das Mädchen hat keinen Sinn für Humor.« Er drückte sie an sich. »Gott sei Dank, du siehst kein bißchen anders aus.«

»Es waren doch nur ein paar Wochen.«

»Na ja, wenigstens hast du dich nicht in einen Mord verwickeln lassen, dafür muß man also dankbar sein.« Er sah sie scharf an. »Stimmt doch?«

»Würde ich dich anlügen?« Sie wollte sich jetzt keinesfalls auf lange Erklärungen gegenüber Carlos einlassen, weil er bestimmt etwas auszusetzen hätte, und sie wollte es im Augenblick nicht hören.

»Selbstverständlich. Ganz bestimmt. Wenigstens hat dich Silvestri in Schach gehalten.«

»Das nehme ich dir übel. Ich bin kein dummes kleines Mädchen ...«

»Reg mich nicht auf. Bist du angezogen?« fragte Carlos, als er sich ins Wohnzimmer setzte.

»Sehe ich nicht so aus?«

»Na, dann komm und setz dich und erzähle Onkel Arthur und Onkel Carlos, was hier los war.« Er klopfte auf das Sofakissen. Arthur setzte sich in den Klubsessel und machte einen abgeklärten Eindruck.

»Onkel Carlos, Onkel Arthur, haddu Lutscher für mich?« Sie ließ sich neben Carlos plumpsen.

»Siehst du, Arthur, das schmutzige Geschäft, in dem sie arbeitet, hat ihren Verstand verwirrt.« Er küßte sie auf die Stirn. »Sag, wie sieht die Wohnung aus?»

»Es läuft prima, aber es wird mindestens noch zwei Monate dauern, bis ich dir für die Benutzung deiner fürstlichen Hallen danken kann.«

»Hört sich gut an.« Er zwinkerte ihr langsam zu. »Wer ist der neue Mann?«

»Alton Pinkus.«

»Alton Pinkus?« Auf Arthurs Gesicht spiegelte sich Überraschung. Schock?

»Arthur! Du kennst ihn?« Carlos haßte es, nicht alles zu wissen. »Wer ist er? Moment mal, doch nicht der Gewerkschaftsmensch?«

Arthur nickte. War er beeindruckt? Oder mißbilligte er es? Sie konnte es nicht sagen. Sie wünschte den Beifall ihrer Freunde.

Wetzon sah sie vorsichtig an. »Er ist ein wenig älter als ...« Sie stand auf. »Meint ihr, er ist zu alt für mich?«

Häschen, es spielt keine Rolle, was wir denken. Ist er gut zu dir?«

»Soweit.«

»Gut, also dann, Häschen. Wir werden ihn nicht verhexen, oder, Arthur?«

»Carlos, Leslie meint es ernst.«

»Arthur, Leslie mag es ernst meinen. Mein Häschen nicht. Komm wieder her und setz dich.« Er klopfte auf das Sofakissen.

»Du bist schlimm.« Wetzon drohte ihm mit dem Finger, und Carlos packte sie bei der Hand und zog sie auf seinen Schoß. »Hast du mit dem Polizisten alles ins reine gebracht?«

»Er ist Detective. Und nein, ich habe überhaupt nichts ins reine gebracht.« Sie wand sich. »Es ist furchtbar. Zwei Männer.«

»Ts, ts. Zwei Männer. Ist das nicht himmlisch?« Er spitzte die Lippen. »Das Mädchen ist ein kleines Luder, Arthur, meinst du nicht?« Im Aufstehen zog er sie mit hoch. »Es ist gleich sieben. Wir wollen doch nichts versäumen. Hol deinen Mantel, kleines Luder.« Er gab ihr einen kleinen Klaps aufs Hinterteil.

Wetzon drückte ihm einen Kuß auf die Nase. »Hör zu, du kluger Junge. Bist du auf all deinen Wanderschaften jemals an einem Ort in Massachusetts namens Wakefield Farms gewesen?«

»Kaum, Schatz. Aber das ist genau Arthurs Fall.«

Erstaunt sah sie Arthur an. »Du hast davon gehört?«

Arthur nickte. »Es ist ein Sanatorium, wo die Reichen ihre Alkohol- und Seelenprobleme parken.«

»**Wakefield Farms** ist einfach eine gehobene Klapsmühle, Häschen. Erinnerst du dich nicht? Connie Janeway hat sich dort immer zum Austrocknen eingemietet.«

Connie Janeway, die als Liebling der Tanzmusicals in Gwen Verdons Fußstapfen getreten war. Sie erinnerte sich an Connie Janeway, vollgepumpt mit Alkohol und Drogen, wie ein Zombie auf der Bühne gegen Ende ihres Vertrags. Dann ging sie weg und beruhigte sich in der Klinik in den Bergen von Massachusetts. Das also war Wakefield Farms.

Die Sixth Avenue, die Hauptroute des Halloweenumzugs im Village, war für den Verkehr gesperrt. Der Umzug begann traditionell an der Kreuzung Sixth Avenue und Spring Street, führte nach Norden zur 14. und dann auf der 14. nach Osten zum University Place und nach Süden zum Washington Square, dann wieder nach Norden, um sich an der 17. Street aufzulösen. Doch es gab immer ein extravagantes Finale – der Zuckerguß auf dem Kuchen –, und das war die Kostümparade auf der Christopher Street.

An der Sixth und 10. Street drängten sich schon die Massen der Gaffer. Auf der anderen Straßenseite entdeckte

Wetzon Dustin Hoffman und eine große Frau, die einfach so im Publikum standen.

Ein toller schwarzer Transvestit in einem gelben Lycra-Mini mit Tina-Turner-Haar saß auf der Motorhaube eines Buick und ließ lange, elegante Beine mit schwarzen Netzstrümpfen und goldenen Pfennigabsätzen baumeln.

Leute am Rand führten ihre eigenen Kostüme vor: bizarre Masken, an Ohrläppchen baumelnde Skelette, indianische Kriegsbemalung bei den Kindern. Fledermäuse tanzten an den Federn auf einem Haarband, das eine Frau in Jeans trug, die neben dem Fleckchen stand, das Wetzon und ihre Freunde sich am Rand des Bürgersteiges erobert hatten. Ein Vater trug sein Kind im Häschenanzug auf den Schultern. Manche Zuschauer warteten nicht einmal auf die ungezwungene Verrücktheit, sondern strömten auf die Straße und reihten sich in den Umzug ein. Eine marschierende Band von einer Highschool in Staten Island, die Mitglieder alle in Lone Rangers-Masken, zog vorbei und spielte dabei ein kaum erkennbares »Ghost of a Chance«.

Die uniformierte Polizei war sehr stark präsent. Alle drei Meter stand einer, doch sie waren nicht aufdringlich, sondern schienen den Umzug zu betrachten. Es war das herausragende Ereignis des Jahres in Greenwich Village. Das Thema dieses Jahres hieß Weltfrieden und Brüderlichkeit, aber den meisten Kostümen sah man das nicht an.

»Sieh dir das an.« Carlos deutete auf einen riesigen Pappmachéschädel, der würdevoll nickend und unter prasselndem Beifall vorbeitanzte. Unter seinem klaffenden Mund waren vier Füße in weißen Reeboks. Direkt hinter dem Schädel kam ein Festwagen mit einem König und einer Königin, elegant in Samtroben und mit goldenen Kronen, begleitet von einem Gefolge von Höflingen.

»Paß auf, Leslie!« überschrie Arthur den Lärm. Er und

Carlos packten sie und hielten sie fest, als die Menge vordrängte, um die Feiernden zu sehen, und sie den Halt zu verlieren drohte.

Auf den schwulen Männerchor folgte ein Festwagen mit behaarten Hulatänzern in Grasröckchen und Luftballonbrüsten, die aus knappen Bikinioberteilen quollen. Dann kamen chinesische Kulis, Indianer, die Sieben Zwerge und ein schönes Schneewittchen mit einem affektierten Prinzen und einer dicken, tuntenhaften Schwiegermutter, die Charles Ludlums Lächerlichem Theater entsprungen schienen.

Während sie da standen, war beinahe heimlich die Nacht hereingebrochen, und die Straßen waren von den Quecksilberdampflampen und dem Licht aus den überfüllten Lokalen beleuchtet. Harvey Keitel und seine Frau, Lorraine Bracca, reihten sich neben Arthur ein. Unter einem der Laternenpfähle lächelte ein als Marilyn Monroe Verkleideter albern für einen Amateurfotografen.

Nachdem ein Tisch mit einem Schild *Die speisenden Ladies* – mit vier Gedecken und vier Robotern mit Federboas und riesigen Blumenhüten – vorbeigezogen war, sah Wetzon auf die Uhr. Es war Viertel vor acht. Sie zwickte Carlos am Ohrläppchen. »Das war es für mich, Jungs. Ich möchte nicht zu spät kommen.« Sie würde zur Seventh Avenue hinübergehen und von dort ein Taxi zum Odeon nehmen, das am West Broadway in einem als TriBeCa bekannten Viertel lag.

»Wohin gehst du?« Arthur nahm ihre Hand, dann lachte er und deutete auf die Straße, wo ein Mann als Dusche gekleidet war, mitsamt fließendem Wasser, wenn er mit der Hand an einer Schnur zog. So ein Kostüm konnte es nur in New York geben.

»Zum Odeon runter. Twoey Barnes gibt für Smith eine Überraschungsparty zu ihrem vierzigsten Geburtstag.«

»Hätte man sich das nicht denken können, daß der Barrakuda ausgerechnet an Halloween Geburtstag hat? Ein böses Omen für Hexen.« Carlos legte einen Arm über ihre Schulter. »Komm, Häschen, wir setzen dich in ein Taxi.«

»Ihr verpaßt den Umzug«, protestierte Wetzon.

»Wir holen sie später in Christopher Street wieder ein.« Sie drängten sich aus der Menge, schoben sich an noch einem Marilyn-Imitator vorbei, dieser auf Rollschuhen, in einem langen roten, mit Pailletten besetzten hautengen Rock mit einem Schlitz an der Seite. Marilyn stieß direkt mit Wetzon zusammen, daß es sie umhaute.

»He, sachte, sachte, Marilyn«, rief Carlos.

Marilyn kicherte und gab Carlos einen unsanften Schubs, der ihn gegen Wetzon taumeln ließ. Dann entfernte sie sich auf ihren Rollschuhen. In den wenigen Sekunden, die sie zum Erholen brauchten, war sie weg.

»Ist das denn die Möglichkeit?« Arthur deutete auf die verschwindende Rollschuhfahrerin, während er mit einem Polizisten redete, der darauf in sein Walkie-talkie sprach.

»Vergiß es, Arthur. In jeder Menschenmenge gibt es so ein Arschloch.« Carlos hatte sich von dem Schrecken erholt. Die anderen auch.

Die Nacht war wirklich zum Tag gemacht im feiernden Village. Hupen lärmten. Musik stieg von den vorbeifahrenden Festwagen auf. Scheinwerfer malten unheimliche Schatten auf vertraute Gebäude. Die drei gingen auf der 10. Street zur Seventh Avenue zurück. Als Wetzon sich ein letztes Mal nach der Umzugsstrecke umschaute, ertappte sie jemanden, der sie ansah. Ein Penner mit einem über das Gesicht gezogenen Sombrero, in zerlumpten Jeans und gesteppter Weste. Als er sah, daß sie ihn entdeckt hatte, verdrückte er sich in die Menge. Fröstelnd zupfte sie am Kragen ihres Trenchcoats. Es war derselbe Trunkenbold, der sich vorher am Aufzug der U-Bahn herumgetrieben hatte. Bestimmt war er zu furchtsam, um der Polizist zu sein, der sie beobachtete.

»Beeil dich, Häschen.« Carlos war vorausgegangen und hatte ein Taxi gefunden, das mit offener Tür wartete.

Wetzon gab jedem einen Kuß. »Amüsiert euch gut heute nacht. Das *Odeon*, Ecke West Broadway und Thomas«, sagte sie beim Einsteigen. Der Fahrer drehte sich um. Ihr stockte das Herz, dann mußte sie lachen. Er trug eine Freddy-Krueger-Maske. »Sehr komisch, ah ...« Sie beugte sich vor, um seinen Ausweis zu lesen. »... Mohammed.«

»Melde dich bei uns«, rief Carlos, als das Taxi losfuhr. Sie spürte einen Stich des Bedauerns. Wenn sie mit Carlos und Arthur ginge, müßte sie sich nicht mit Alton befassen, nie erwachsen werden, nie eine Entscheidung treffen.

Das *Odeon* mit seinem großen roten Neonzeichen stand mitten in einem Geschäftsviertel des 19. Jahrhunderts, dessen Gebäude größtenteils in Wohnungen für Künstler umgewandelt worden waren. Feuerleitern zierten die Fassaden der verrußten Gebäude. Ein großer Teil von TriBeCa und dem nördlich angrenzenden Viertel SoHo stand unter Denkmalschutz.

Sie hatte irgendwo gelesen, daß das *Odeon* ein anderes Leben als Cafeteria gehabt hatte und daß einige der Art deco-Reize noch vorhanden waren, der Fliesenboden und die holzgetäfelten Wände. Eine lange Bar aus derselben Epoche befand sich vor der einen Wand, und die Tische waren so eng hineingezwängt, daß sie fast aneinanderstießen. An normalen Tagen zog es sowohl das Künstlervölkchen aus dem Viertel als auch, wegen der Nähe zum Finanzdistrikt, Geschäftsleute hierher.

Twoey hatte das ganze Restaurant für den Abend gemietet, was ihn ein Vermögen kosten mußte. Die Gästeliste hatte sich bei etwa vierzig Personen eingependelt.

Eine kleine Band aus einem Schlagzeuger und zwei Gitarristen hatte sich auf einem engen Platz bei der Bar eingerichtet, und sie spielte Rockmusik der Sechziger. An der Wand befand sich ein Relief, das ein altes New Yorker Viertel darstellte. Männer in Nadelstreifenanzügen und Frauen in allem von Carolyne Roehm bis DKNY drängten sich trinkend in kleinen Gruppen um die Bar. Die Männer redeten übers Geschäft, und das sah man von weitem.

Wetzon gab ihren Mantel ab und suchte den Saal nach Alton ab. Sie entdeckte ihn am anderen Ende der Bar im Gespräch mit Neil Munchen von Rosenkind, Luwisher, aber hin und wieder sah er auf und blickte sich im Saal um. Sie spürte einen süßen kleinen Stich, als sie beobachtete, wie er nach ihr Ausschau hielt. Abwartend blieb sie stehen. Als sein Blick auf sie fiel, zeigte er sein herzliches, offenes Lächeln und holte sie zu sich.

»Sie sehen toll aus, Wetzon«, sagte Neil Munchen und starrte auf ihre Beine. Er war bronzefarben wie ein Bademeister mit seiner ganzjährigen Sonnenbräune. Vermutlich besuchte er so ein blödes Bräunungsstudio. Als ihr die Begegnung im Rockefeller Center einfiel, überlegte sie, ob er ernsthaft daran dachte, Rosenkind, Luwisher den Rücken zu kehren.

Sie schenkte ihm ihr Debütantinnenlächeln. »Danke, Neil.« Vielleicht hätte sie das Kleid doch nicht so viel kürzer machen sollen.

»Sie *ist* toll«, sagte Alton, indem er einen Arm um sie legte, und auf Neils Gesicht erschien jener überraschte Ausdruck, der besagte, *Also daher weht der Wind.* Alton hatte seine Ansprüche nicht gerade feinsinnig angemeldet. Das setzte ihrem Hochgefühl sofort einen kleinen Dämpfer auf. Warum benahmen sich Männer so? Frauen kamen sich dann wie eine Art Trophäe vor.

»Was trinken Sie, Leslie?« Alton hatte ein fast leeres Glas Bourbon in der Hand. Sie konnte den sirupartigen Duft riechen.

»Ein Amstel«, sagte sie, um sich zu belohnen. Aber sie würde es bei einem bewenden lassen. »Wo ist Gail?«

Neil zeigte auf seine Frau, die sich mit Janet Barnes, Twoeys attraktiver rothaariger Mutter, unterhielt.

»Hallo, Wetzon, wie geht es Ihnen?« Dougie Culver, einer der leitenden Direktoren von Rosenkind, Luwisher, schlenderte herüber. Verdammt, jetzt würde er seine Fummeltour machen, was er auch sofort tat, indem er seine Hände auf und ab über ihren Rücken laufen ließ. Sie merkte, wie sein Gesicht Überraschung registrierte, als er keinen Büstenhalter fühlte. Ha! Sie trug den seidenen Body unter dem schwarzen Kleid.

Sie rückte von ihm weg. »Es geht mir ausgezeichnet, Dougie-Schatz. Wie geht es Ihnen?«

Er war so anständig zu lachen, als sie seinen südlichen Akzent nachahmte. »Bis später.«

»Was für ein Tag«, sagte Neil. Er sah müde aus. Er schwitzte, obwohl es im Lokal nicht warm war. Er hielt die Flasche Beck's schräg und nahm einen tüchtigen Schluck.

»Hat der Markt mit plus oder minus abgeschlossen?«

»Hundert minus.«

»Minus?«

Neil zuckte die Achseln. »Es ging fast den ganzen Tag kräftig nach oben.« Er wirkte nervös. Sah ihr nicht in die Augen. »Dann schalteten sich die Verkaufsprogramme zu, und die Händler nahmen Gewinne mit.«

»Jeder behauptet, wir stehen vor einer neuen Hausse.«

»Wetzon, wenn das jeder behauptet, ist es ein sicheres Zeichen, daß es vorbei ist. Ich an Ihrer Stelle würde verkaufen. Ich glaube, uns steht eine Krise auf den Märkten bevor. Wie kurz vor dem Crash von 87. Die Leute gehen bis hart an die Grenze, gehen Risiken ein. Wenn es diesmal zum großen Knall kommt, fließt Blut in der Wall Street.«

»Mann, das ist deprimierend, Neil.«

Er schnitt eine Grimasse. »Kann man nichts machen. Es wird zu weiteren Fusionen kommen und damit uns alle treffen.« Er nahm noch einen großen Schluck Bier. »Sie werden gehört haben, daß Rona zu Bliss zurückgegangen ist.«

»Ja. Es tut mir leid.«

»Wahrscheinlich war es ein guter Gedanke. Die Herren waren nicht glücklich über das öffentliche Aufsehen.«

»Aber sie ist entlastet«, erwiderte Wetzon.

»Man wird immer etwas Negatives mit ihr verbinden. Sie kann das nie vergessen machen.«

Alton schlängelte sich durch die Menge an der Bar auf sie zu, so daß ihr nur noch ein Moment blieb, um die Frage zu stellen. »Neil, woher kennen Sie ... äh ... Dr. Gordon?«

»Dr. Gordon? Ich kenne keinen Dr. Gordon.« Er sah sie verdutzt an.

»Doch. Sie kennen ihn. Jerry. Erinnern Sie sich an den Tag, als wir uns im Rockefeller Center begegneten? Ich sah Sie mit ihm reden, als wären Sie Bekannte.«

»Ach, Sie meinen Gordie?«

»So nennen Sie ihn?«

»Gordie. Klar. Gordie Jerome. Hatte ihn Jahre nicht gesehen. Warum nennen Sie ihn Doktor? Soll das ein Witz sein?«

»Nein. Er ist Doktor der Psychologie.«

»Nehmen Sie mich nicht auf den Arm, der und Doktor. Er ist Wirtschaftsprüfer oder war es zumindest. Er hatte Probleme mit Investitionen für Kunden. Fixe Finger und große Sprüche. Ich glaube nicht, daß er wirklich schlecht war, nur fahrlässig. Er wollte jedermanns Freund sein. Er hat ein paar Jahre gesessen. Schrieb mir von dort, und ich antwortete ihm. Irgendeine normale Haftanstalt. Clinton war es, glaube ich.«

» Überraschung!«

Smith schlug beide Hände vor die Brust und tat, als habe es ihr die Sprache verschlagen, die Heuchlerin. Wetzon lehnte sich an Alton und spürte seine Wärme und Solidität. Jemand Robustes und Zuverlässiges zum Anlehnen. Wenn man das wünschte.

Als die Verse von »Happy Birthday« ausklangen, rief Smith: »Oh, wie konntet ihr mir das alles verheimlichen?« Sie warf mit Kußhänden um sich wie ein Filmstar in ihrem weißen paillettenbesetzten Taschentuch, das ein Kleid sein sollte. Sie trug die Diamanttrauben an den Ohren, und um den nackten Hals hatte sie etwas, das Wetzon noch nie gesehen hatte: eine breite goldene Gliederkette mit einer großen, dicht mit Diamanten besetzten Spange. Wer mochte sie Smith geschenkt haben?

Twoey strahlte, der arme Kerl. Er winkte einem Kellner mit keilförmig geschnittenem Haar, der ein Tablett mit Champagnerkelchen hielt.

»Wie fühlt man sich denn mit vierzig?« rief jemand.

»Gebt ihm die rote Karte«, erwiderte Smith freundlich. Ihr Blick traf sich mit Wetzons. Wetzon fröstelte, und sie stellte ihr Bier auf die Bar.

»Was ist los?« Alton war auf Draht. Er legte einen Arm um sie.

»Nichts. Ein Zug, sonst nichts.« Smith hatte Mord im Blick. Jetzt war sie auf dem Weg herüber, verdammt.

»Alton, Schatz, wie reizend von Ihnen zu kommen.« Sie musterte sie. »Ihr zwei scheint euch sehr wohl zu fühlen.« Sie schüttelte Altons Hand. »Und du, Schatz ...«

Wetzon hob die Hand. »Sag es nicht. Du trägst eine Menge wunderschönen Schmuck.«

Smith faßte an die Diamantenspange, dann an die Ohrringe. »Twoey ist so ein Schatz.« Sie sah sich im Raum um, huldvoll lächelnd wie eine Königin. »Wir unterhalten uns später.« Sie hatte Hartmann entdeckt und ließ die zwei schnell allein.

Alton stellte sein Glas auf die Bar neben ihres und drehte sie herum. »Sagen Sie, worüber Sie nachdenken.«

Sie legte ihre Hand auf seine. »Ich mag keine Partys.« Sie dachte, daß Dr. Jerry Gordon, Rundfunkpsychologe, in Wirklichkeit Gordon Jerome war, ehemaliger Wirtschaftsprüfer, Verbrecher und Knacki. Konnte er tatsächlich die Chutzpe besessen haben, seine Identität zu ändern – und das auf eine so auffällige Weise–, in derselben Gegend zu bleiben und ungestraft davonzukommen? Aber ja, er war so dreist gewesen. Bis Brian Middleton. Brian mußte es herausbekommen haben. Oder vielleicht war er von Anfang an eingeweiht gewesen.

»Möchten Sie gehen?« Altons Atem an ihrer Wange erregte sie.

»Hätten Sie was dagegen? Keiner merkt es, wenn wir weg sind. Es sieht aus, als wären wir frische Luft schnappen gegangen.« Sie gab ihm die Garderobenmarke und ging nach unten zur Damentoilette, ein Traum in Purpur, wo es nach ihrer Erinnerung ein Telefon gab. In ihrer kleinen Umhängetasche war kein Platz für ein Adreßbuch oder Visitenkarten. Die Auskunft gab ihr die Nummer des Reviers Central Park, aber sie bekam das Besetztzeichen, als sie es versuchte. Dann das Büro des Staatsanwalts.

»Können Sie noch einmal anrufen, oder kann sie Sie irgendwo erreichen?« Peiser war kurz weggegangen.

»Ich bin unterwegs. Sagen Sie ihr, daß ich gerade das *Odeon* verlasse und mit einem Freund nach Hause gehe. Sagen Sie ihr ...« Wetzon senkte die Stimme zu einem Flüstern. »Sagen Sie ihr, daß Jerry Gordon in Wirklichkeit Gordon Jerome heißt und vorbestraft ist. Sie soll mich nicht heute nacht anrufen. Ich spreche morgen mit ihr.« Sie legte schnell auf. Gordon Jerome mußte Brian Geschäfte zugeschanzt haben, und Brian zahlte einen Anteil seines Gewinns als Provision zurück. So mußte es sein. Das hieße dann, daß Penny Ann Boyd wahrscheinlich sowohl von Dr. Jerry als auch von Brian manipuliert worden war.

Sie stieg die Treppe hinauf und bahnte sich einen Weg durch die Menge. Sie drückte Destry Bird, einem von Twoeys Teilhabern, und einer großen Schlanken mit leerem Gesichtsausdruck, Typ Model, die Hand. Destrys Begleiterin. Das war es, was sie mochten, Männer wie Destry. Pappkartonausschnitte aus *Elle*, keine Leidenschaft, kein Hirn. Janet Barnes stand allein an der Bar, bezaubernd schön, doch nicht sehr glücklich. Wetzon winkte ihr. Sie hätte am liebsten zu ihr gesagt: »Kopf hoch, Janet, Sie haben ihn bald wieder für sich allein.«

Als sie zum Eingang kam, war Alton nicht zu sehen. Wartete er draußen? Sie öffnete die Tür. Eine Hand wurde vertraulich auf ihren Rücken gelegt. Altons? Die Hand gab ihr einen kräftigen Schubs, und sie taumelte nach draußen. Der Bürgersteig raste ihr entgegen. Dann wurde sie genauso abrupt von starken Armen aufgefangen und festgehalten.

Ein Mann lachte. »Sie leben gefährlich, nicht wahr, Wetzon?«

Sie wehrte sich, doch er hielt sie fest. »Lassen Sie mich los. Sind Sie verrückt? Jemand wird uns sehen.« Sie legte den Kopf in den Nacken, um sein Gesicht zu sehen.

»Und wenn schon. Dann denken sie bloß, wir können die Finger nicht voneinander lassen. Xenia wird *sehr* böse auf Sie sein. Und Alton dürfte nicht sehr glücklich sein.« Seine Lippen streiften ihr Ohr, ihre Wange, ihren Hals.

Hinter sich auf der Straße konnte sie Leute lachend und plaudernd vorbeigehen hören, und die ganze Zeit drang der hämmernde Rhythmus der Rockmusik von der Party heraus.

In diesem Moment wurde Wetzon klar, daß Smith es ihm gesagt hatte.

»Angst?« Sie antwortete nicht, doch ihr Herz klopfte wie rasend .... »Gut«, flüsterte er ihr ins Ohr. »Haben Sie weiter Angst.« Er ließ sie los. Zitternd beobachtete sie, wie er seine Krawatte richtete. Er lächelte, und sein Blick war unruhig. »Ich bin froh, daß wir diese kleine Unterredung hatten.« Er öffnete die Tür. »Ach, eines noch. Ich würde Xenia nichts sagen, wenn ich an Ihrer Stelle wäre ...«. Dann kehrte er zur Party zurück.

Reg dich nicht auf, dachte Wetzon, *er hätte dich umbringen können, hat es aber nicht getan.* Vielleicht hatte er ihr jedesmal, wenn er sich angepirscht hatte, nur Angst einjagen wollen. Ihr Herz klopfte immer noch doppelt so schnell, doch die Knie zitterten nicht mehr. *Verdammte Smith. Sie verdient mich nicht. Ich möchte sie schützen, und sie stellt mich bloß. Und sich.*

»Ah, da sind Sie.« Alton kam mit ihrem Trenchcoat auf sie zu, den sie anzog, aber nicht zuknöpfte.

Moment mal, dachte sie, selbst wenn Smith Hartmann erzählt hatte, daß Wetzon seiner Geldwäscherei auf der

Spur war, konnte das nicht vor Sonntag geschehen sein. Sie schloß die Augen. War Hartmann Links- oder Rechtshänder?

»Stimmt was nicht, Leslie?«

»Wie gut kennen Sie Richard Hartmann?«

Alton betrachtete sie mit verwirrtem Gesicht. »Nicht gut. Warum?«

»Glauben Sie, er würde einen Mord begehen?«

»Hartmann einen Mord begehen? Er selbst? Ich glaube nicht. Wenn er jemand tot wünscht, kennt er genügend Leute, die es ihm abnehmen. Möchten Sie mir nicht sagen, worum es geht?«

»Ach nichts. Ehrlich.« Wetzon traf eine überlegte Entscheidung. Smith war heute nacht bei Twoey sicher. Wenn Hartmann noch einmal töten wollte, hätte er Wetzon heute nacht getötet. Morgen würde sie Peiser berichten, daß Hartmann sie bedroht hatte und warum.

»Sind Sie sicher?«

Wetzon nickte. »Gehen wir zu Fuß, okay? Wir können den West Broadway bis zur Bleecker gehen und dann nach Hause.« Sie hakte sich bei ihm unter, und ihr Magen wählte diesen Moment, um so laut zu knurren, daß man es in New Jersey hören mußte. Sie klopfte mit der freien Hand darauf. *Still*, befahl sie stumm.

»Ich glaube, Sie sind hungrig.«

Sie grinste. »Wahrscheinlich. Wir kommen direkt bei *John's* vorbei. Wir können zwei Calzoni mitnehmen und aufwärmen.«

Sie gingen durch SoHo, an den großen Fenstern der Kunstgalerien in ehemaligen Fabriken und Lagerhäusern mit ihren Eisenfassaden vorbei. Zwei Kinder in Hexenkostümen, unauffällig verfolgt von einer Mutter, kamen ihnen mit einem Golden Retriever an der Leine entgegen, der ein Clownskostüm samt einem Hut mit Pompons trug.

Die Restaurants am West Broadway nördlich der Houston Street waren voll von Gästen, die hereingekommen waren, um den Umzug zu sehen. Italienische, indische und chinesische Düfte vermischten sich. Knoblauchduft schwebte aus der offenen Tür von *Tutta Pasta.*

»Riecht gut, was?« Altons Stimme war heiser.

Sie schmiegte sich an ihn. Zwischen ihnen bestand die sexuelle Spannung des Unbekannten. Es war etwas Wundervolles, wenn man das Begehren wachsen ließ.

Sie unterbrachen bei *John's*, um die Calzoni zu kaufen, die Alton trug, und marschierten die Bleecker Street hoch auf die 10. Street zu, mitten durch Feiernde und Exhibitionisten. Als sie die Seventh Avenue überquerten, bemerkten sie den tosenden Lärm und sahen einander an. Und dann wurden sie unerwartet in eine Woge aus Menschen gesogen, die die Blecker hoch zur Christopher Street brandete. Sie hatte vergessen, daß die Verrückten sich erst beim Umzug auf der Christopher Street so richtig ausließen, dem protzigen Finale des Halloween-Umzugs.

Sie hielt sich immer noch an Alton fest und er an ihr, aber sie konnten den höllischen Lärm der Menge nicht überschreien, und das ständige Wogen zog sie von ihm weg. »Bitte«, schrie sie, doch sie geriet in eine sich windende Schlange von Congatänzern. Alton rief ihr etwas zu, aber sie konnte ihn nicht verstehen. Sie drängte zurück, kämpfte um Platz, und jetzt sah sie ihn nicht mehr, spürte nur seine Hand an ihrem Ärmel, und dann spürte sie auch die nicht mehr.

Über ihr, auf einer Feuerleiter, strahlte ein Scheinwerfer Cleopatra an, oder war es Elizabeth Taylor? Auf der Straße wurde sie fast erdrückt. Sie wagte keinen Schritt zu tun, um nicht zertrampelt zu werden. Gesichter verzerrten sich. Kein Spaß, kein Spaß. Hände begannen an ihr zu zerren, sie zu den Läden zu ziehen. »Alton!« Nach Luft schnappend, stieß sie noch einmal, bekam Hilfe und stürzte schließlich halb in den Eingang eines Ladens. *Li-Lac*, das Schokoladengeschäft. Sie befand sich in der Christopher Street. Jemand hielt sie fest, sehr fest. *Hartmann war ihr gefolgt.* Sie wandte den Kopf. Der Säufer mit dem Sombrero hielt sie fest. Sie wollte sich losreißen, doch er ließ sie nicht gehen. *Oh, Scheiße.* Er griff in seine Weste. »Nein!« Sie schrie, doch sie konnte sich selbst nicht hören. Sie kämpfte, um loszukommen, zurück zur Bleecker, nein, vielleicht durchdrängen zur Hudson Street, doch seine Hand umklammerte schmerzhaft ihren Oberarm. Sie schrie: »Helft mir, Hilfe.« Er würde sie töten. Er hatte eine Waffe.

Ihr Leben – so konnte es nicht geschehen – sie würde tot aufgefunden werden, zerquetscht, und niemand würde dann wissen, was geschehen war. Der Griff ließ plötzlich nach; jemand half ihr, zerrte sie von ihm weg. Und es ging so schnell, aber dabei ließ sie den Regenmantel in seiner Hand zurück. Sie war frei, die Hand fest in der ihrer Freundin, eines weiteren Ebenbilds von Marilyn Monroe. Das Gewühl war entsetzlich. Menschenmassen, die in alle Richtungen schoben. Und der Kostümumzug ging unter Jubel, Beifall und Gelächter weiter. Sie strampelte sich ab, um mit ihrer Retterin Schritt zu halten. Wohin gingen sie?

Plötzlich waren sie allein. Der Lärm hielt an, doch die Straße war dunkel. »Halt!« schrie Wetzon und kam rutschend zum Stehen. Irgendwo hatte sie ihre Handtasche verloren. »Wir brauchen nicht mehr zu rennen. Ich muß zurück. Mein Freund ...« Sie zitterte in dem kurzen Kleid.

Würde Alton zur Wohnung gehen? Was hatte das alles zu bedeuten? Wenn sie nach Symbolen suchte, hatte sie eines gefunden. Es sollte nicht geschehen. Wenigstens nicht heute nacht.

Was machte Marilyn? Sie war im Begriff, die Maske abzunehmen. »Hören Sie«, begann Wetzon, »vielen Dank, aber ich war mit jemandem ...« Sie starrte das Gesicht an. Die Maske fiel in den Rinnstein und blieb, das Gesicht nach oben, neben einer Bierdose und einem Kondom liegen.

Das Gesicht unter dem platinblonden Haar war dick geschminkt, die Wimpern waren falsch. Aber irgendwie vertraut. Blaue Augen. Der Körper war in ein rotes, mit Pailletten verziertes Kleid mit einem langen Schlitz an der Seite gezwängt. Die Beine in hauchdünnen Strumpfhosen, Schuhe mit Plateausohle und Riemchen um die Fesseln. Marilyn griff in ihre weiße Lederhandtasche und holte eine zierliche silberne Pistole heraus.

»Mein Gott!« Wetzon wich von ihr zurück. »Was haben Sie vor? Wer sind Sie?« Das Herz hämmerte ihr in den Ohren. Hinter ihr johlte die Menge.

»Schauen Sie näher hin, Wetzon.«

Es war Jerry Gordon.

»Sie wissen über mich Bescheid. Brian sagte es mir.«

»Tun Sie's nicht, Jerry.« Ihre Hand flog hoch. *Idiot, als ob das eine Kugel aufhalten könnte.* »Ich verrate nichts.«

»Es ist zu spät.«

Sie rührte sich, endlich, mit dem Adrenalinstoß, warf sich herum und duckte sich, eine bewegliche Zielscheibe, geschmeidig wie eine Gazelle. Der Blitz kam; sie spürte den Luftzug, den die Kugel verursachte, als sie vorbeiflog. *Muß die Hudson Street überqueren. Wo verstecken?* Es war zu offen.

Scheinwerfer näherten sich schnell. Eine schwarze Limousine, deren Auspufftopf knatterte, röhrte die Hudson herauf. Arme und Köpfe reckten sich aus den Autofenstern. Jerry zielte wieder, die kleine Pistole in seiner Hand verborgen, als käme der Tod allein aus der Hand. Die Scheinwerfer nagelten sie fest. Dann rannte Wetzon wieder los, quer über die Hudson.

Auf der Westseite der Straße war ein Spielplatz hinter einem hohen Eisenzaun. Nirgendwo war eine Öffnung. Panik stieg wie Eiseskälte in ihr auf. Sie rüttelte am Zaun.

Hinter ihr kreischten Bremsen, und jemand schrie:

»Scheiß Perverse«, und ein anderer schrie: »Stirb, Schwuchtel.« Skinheads lehnten sich aus Fenstern und schwenkten Baseballschläger. Dann ein explosionsartiger Knall, und das Auto war weg und überließ die Nacht den ausgelassenen Menschen, die sich in der Christopher Street drängten.

Als sie zurück auf die Hudson blickte, wo Jerry gestanden und auf sie gezielt hatte, sah sie nichts. Die Straße war leer. Jerry war weg, und die Feiernden hatten begonnen, nun auch die Hudson Street in Besitz zu nehmen. Sie oder die Skinheads hatten Jerry verscheucht. Langsam legte sich das Hämmern in ihrer Brust. Unter den vielen Menschen war sie sicher. Eine Gruppe, deren übergroße Masken sich unter den Straßenlampen wie Silhouetten abhoben, kam im Gänsemarsch auf sie zu.

Sie verschränkte die Arme vor der Brust gegen die Kälte, und ihr Atem ging rauh. Sie mußte nach Hause kommen. Zu einem Telefon. Weg von hier. Was war mit Alton passiert? Würde er bei der Wohnung auf sie warten? Sie ging hinüber, wo sich die Christopher Street jenseits der Kreuzung mit der Hudson fortsetzte. Was war das für ein düsterer, gefährlicher Durchgang? Wie ein schwarzes Loch. Der Eingang zum PATH-Zug. Die Strecke nach New Jersey. Er sah verlassen aus. Dunkelheit, steile Treppe nach unten. Sie hatte nicht gewußt, daß er hier war.

Ein Geräusch, ein leises Geräusch hinter ihr. Absätze auf Steinen knirschend, dann eine Hand fest auf ihrem Mund, so fest, daß sie nicht beißen konnte. Kaltes Metall an ihrer Stirn. Sie wurde in den bedrohlichen Bogen gezerrt, den Eingang zu den PATH-Zügen.

Es durfte nicht so enden. Nicht auf diese Weise. Sie würde nicht wie ein Feigling gehen. Sie würde sich mit Händen und Füßen bis zuletzt wehren. Mit jedem bißchen Kraft, das sie aufbringen konnte, sträubte sie sich, trat nach hinten, so daß ihre Absätze seine Schienbeine mit der vollen Wucht ihrer neunzig Pfund trafen.

»Hexe!« Aufheulend schleuderte er sie auf den Boden. Eine ohrenbetäubende Explosion, dann der nicht unangenehme Geruch von Pulver, der schnell von dem nach versengtem Haar verdrängt wurde. Zementbrocken stachen sie. Ihr Kopf brannte. Etwas Warmes und Nasses tropfte ihr in die Augen. Ihr Haar löste sich aus dem Knoten und fiel über ihr Gesicht. Sie zog die Strähne zurück, und da ging sie ab und blieb in ihrer Hand. Benommen versuchte sie aufzustehen. Sie hörte jemanden sagen: »Warum? Warum?« Die Stimme klang wie ihre eigene, von sehr weit weg.

Er stand über ihr, grotesk mit der blonden Marilyn-Perücke und dem Paillettenkleid. Große Füße auf Plateausohlen mit Fesselriemen. *Malte er die Zehennägel an?* fragte sie sich, während sie in Hysterie geriet. Doch er redete. Was sagte er? »Weil Brian mir alles wegnehmen wollte. Er sagte es Tabitha, und er sagte es Ihnen. Ich glaubte ihm nicht, Brian war so ein Lügner, aber ich mußte sichergehen. Wir hatten ein Abkommen. Ich schickte ihm Kunden, und er gab mir einen Anteil. Dann beschloß er, *ich* sollte ihn bezahlen, damit er stillhielt. Ich war auf dem Weg, reich und berühmt zu werden. Er hätte alles kaputtgemacht.«

»Und Tabitha?«

»Ich wollte es nicht tun, aber als ich ihr Tagebuch las, wußte ich, daß es sein mußte. Es war nur eine Frage der Zeit, bis sie es weitersagen würde.«

»Sie stahlen mir das Tagebuch und rissen diese Seiten heraus. Warum schickten Sie es mir zurück? Sie hatten, was Sie wollten.«

»Ich wollte Sie abschrecken.«

Sie stützte sich auf einen Ellbogen, spürte den kalten

Zement ihre Haut aufschürfen. Konnte sie es bis zur Treppe schaffen? Sie mußte ihn weiterreden lassen. »Sie meinen, Brian wollte mir sagen, daß Sie in Wirklichkeit Gordon Jerome sind, ehemaliger Wirtschaftsprüfer, überführter Verbrecher, falscher Psychologe, Transvestit ...«

Sein Gesicht verzerrte sich. Er strich mit den Händen über seine Hüften, indem er riskant die Pistole balancierte. »Sie haben hinter mir herspioniert. Ich verkleide mich gern. In manchen Gesellschaften gilt das nicht als sonderbar. Frauen tragen sowieso immer Männerkleidung.«

Er hatte natürlich recht, aber vergiß das jetzt. Er hatte zwei Menschen ermordet, und er versuchte, sie zu töten. Sie bewegte sich ganz langsam auf die Treppe zu. »Bei mir ist alles in Ordnung. Barbie mag es, wenn ich mich herausputze.« Er richtete wieder die Pistole auf sie, und sie warf sich über den Rand der ersten Stufe. Die Pistole klickte, schoß aber nicht. Er wurde rasend, klickte und klickte. Sie rollte zwei weitere Stufen hinunter. Er warf die Pistole weg, und sie klapperte, *taktaktak*, auf den Steinstufen, dann packte er Wetzon am Arm und zog sie wieder die Treppe hinauf.

Haarsträhnen hingen ihr ins Gesicht, blutverkrustet. Er würgte sie. Mit den Armen wild um sich schlagend, setzte sie sich zur Wehr. Sie würde eine Leiche auf der Bahre im Amt des ärztlichen Leichenbeschauers sein, genauso wie Brian und Tabitha. »Silvestri«, keuchte sie. Ein graublauer Film bedeckte ihre Augen. Gorillas schwebten im Halbdunkel um sie herum. Jerry war nicht mehr da. Sie schnappte rauh und keuchend nach Luft. Frauenbeine, einige in Netzstrümpfen, schlanke Fesseln, gedämpfte Stimmen. Da war Jerry. Er wich vor den Gorillas zurück. Paßt auf! Er trat zurück, über die Kante, und hing dort den Bruchteil einer Sekunde, dann kippte er rückwärts weg.

Ein gräßlicher Schrei hallte herauf, dann ein scheußlicher dumpfer Aufprall. Und Stille.

Gorillas beugten sich über sie. Sie konnte kaum die Augen offenhalten. Was für eine seltsame Zeit, schläfrig zu sein. Blut klebte an den Augenlidern. *Ich bin ein undichter Schlauch,* dachte sie. Sie streckte eine Hand nach oben, und einer der Gorillas nahm sie und drückte sie fest, als würden sie sich kennen. Es waren fünf. Frauen mit haarigen Gorillaköpfen. Sie trösteten sie jetzt, streichelten sie. Eine von ihnen stützte sie auf, während sie etwas murmelte, das wie »Leslie« durch das gräßliche Gesicht klang. Wetzon weinte. »Mein Haar, seht, mein Haar.«

»Polizei! Keine Bewegung!« Eine Männerstimme hallte in der Nische wider. Die Gorillafrauen richteten sich auf und wurden eins mit der Dunkelheit, so daß Wetzon den Sprecher klarer sehen konnte. Es war der Säufer mit dem Sombrero. Zwei Polizisten in Uniform rasten auf sie zu.

Wetzon versuchte zu stehen, konnte nicht, sank gegen den Bogen zurück. Sombrero sagte: »Hallo« und untersuchte sie flüchtig.

»Alles in Ordnung, glaube ich.«

»Wo ist er hin?« Er spähte die Treppe hinunter.

»Er liegt unten an der Treppe. Dort unten. Er ist gestürzt.« Sie begann zu lachen. »Sie können ihn nicht verfehlen. Sie erkennen ihn an seinem roten Kleid.« Es war so komisch, daß sie nicht mehr aufhören konnte. Smith' Tarockdeutung hatte nur ein kleines bißchen daneben gelegen. Es war keine sehr starke Frau. Es war ein Mann im Frauenkleid.

Einer der Polizisten leuchtete, mit der Taschenlampe kreisend, die Treppe ab, während Sombrero vorsichtig hinunterging, die Pistole in der Hand. Leute rannten schreiend jetzt überall um sie herum. Die Gorillamädchen waren verschwunden. Oder vielleicht waren sie nie dagewesen. Eine Sirene heulte in der Nähe, dann brach sie ab. Die Augenlider waren so schwer. Eine der Gorillafrauen war zurückgekommen und hielt ihre Hand.

Durch den Nebel drangen Schritte auf der Treppe, Stimmen. Sie wurde angespornt. »Laßt mich in Ruhe.« Sie säuberten ihr Gesicht mit einem Desinfektionsmittel, und es brannte.

»Steck das in die Tüte.«

Sie brachte mühsam die Augenlider auf. Sombrero ließ die kleine Pistole in einen Beutel für Beweisstücke fallen. »Ist sie okay?« Er ließ sich auf ein Knie nieder und blinzelte sie an.

Er hielt eine Katze. »Ist er tot?« Sie konnte kaum die eigene Stimme hören. Hände hoben sie hoch, hielten sie, als die Knie nachgaben. Sombrero wirbelte die Katze mit den Fingern herum. Doch es war keine Katze. Jetzt konnte sie es erkennen. Es war eine blonde Perücke. »Ist er tot?« fragte sie noch einmal.

»Er war nicht da.«

»Ms. Wetzon.« Etwas berührte Wetzons Arm. Der Lärm schwoll entsetzlich an. Jemand weinte. Sie hörte Stöhnen. Ihre Augen ließen sich lange Zeit, bis sie ihrem Befehl gehorchten, sich zu öffnen. Als sie es endlich taten, sah sie, daß sie sich in einem Krankenhaus befand. Es mußte das St. Vincent's sein. Es war das nächste. Sie saß, halb liegend, den Kopf an die Wand gelehnt.

»Hm?« Sie bewegte den Kopf, und er begann zu hämmern. Berührte einen Verband. Folgte ihm mit den Fingerspitzen bis unters Kinn und wieder hinauf auf den pochenden Kopf. Sie drehte den Kopf behutsam nach links. Marissa Peiser saß da. »Wie sind Sie so schnell hierhergekommen?«

»Detective Ferrante. Er berichtete mir, was passiert ist. Sagte, Sie weigerten sich, mit irgendwem außer mir zu sprechen.«

»Wirklich?« Ihr Mund war ausgetrocknet. »Hat man ihn gefunden?«

»Ein Mann in einem roten Kleid wurde im Bahnhof des PATH-Zugs in Jersey City aufgegriffen. Martens fuhr hin, um ihn zu überprüfen.«

Sie hatte Probleme mit dem Schlucken. »Können Sie mir etwas zu trinken besorgen? Schwarzen Kaffee?«

Peiser ließ sie allein, und Wetzon konzentrierte sich auf ihre Umgebung. In der Notaufnahme herrschte Hochbetrieb wegen der Nachwehen von Halloween – Unfälle, Kinder, denen schlecht war, einige Opfer von Überfällen, einer Messerstecherei. Es gab jede Menge blaue Uniformen, die meisten in einer Gruppe weiter unten auf dem Korridor, wo sie saß.

Zwei Männer, beide Lateinamerikaner in Krankenpflegerweiß, schoben ein Bett mit einem Patienten an ihr vorbei in einen Untersuchungsraum. Der Patient hing am Tropf.

Wetzon stand auf. Sie war in ein viel zu großes Krankenhaushemd gehüllt, und dann merkte sie, daß sie kein Kleid anhatte, keine unechten Chanelketten, keine Strumpfhose, nur den schwarzen Seidenbody und ihre Schuhe. Es war ein gutes Gefühl, auf den Füßen zu stehen. Sie streckte die Beine. Wo war die Toilette? Sie setzte sich noch etwas unsicher in Bewegung.

Die Sanitäter kamen aus dem Raum. Kopfschüttelnd sagte der eine: »Hast du diesen Mann gesehen? Du lieber Gott!«

»Ja. Zu wem ist er gekommen?«

»Doc Levy.«

Sie gingen an Wetzon vorbei, ohne sie zu beachten. Wetzon streckte sich und machte ein Plié. Ein wenig steif, aber nicht schlecht. Was war da auf dem Boden? Vor ihren Füßen lagen zwei rote Pailletten. Was zum Teufel hatte das zu bedeuten? Sie bückte sich und fiel auf die Knie.

»Sie sind wahrscheinlich zu schnell aufgestanden.« Peiser stand über ihr, in der Hand Orangensaft in einem Plastikglas. Sie hielt Wetzon die Hand hin, und Wetzon ließ die zwei Pailletten hineinfallen. »Was ist das?« Sie gab ihr den Orangensaft, und Wetzon trank ihn, immer noch mit den Knien auf dem polierten Vinylboden, in einem Zug aus.

»Er ist hier.« Wetzon stand auf.

»Wer?«

»Jerry Gordon. Er trug ein Kleid mit Pailletten.«

Peiser starrte auf die winzigen Plättchen in ihrer Hand. »Gehen Sie zurück und setzen Sie sich hin. Ich suche Ferrante.« Sie ging mit schnellen Schritten über den Korridor und verschwand zwischen den blauen Uniformen. Warum gab es keine Polizisten an diesem Ende des Korridors?

Zurückgehen und hinsetzen? Die Worte waren eine Herausforderung. Wetzon band den losen Gürtel des Krankenhaushemds fest und begann, in die Untersuchungszimmer zu schauen. Im ersten bemühten sich Ärzte und Schwestern, mit allen möglichen Geräten eine ältere Frau wiederzubeleben. Im zweiten legte ein Arzt einem Kind einen Augenverband an, während eine besorgte Frau in Straßenkleidung das Kind ruhig hielt. Wetzon kam sich unsichtbar vor. Keiner achtete auf sie.

Sie sah auf dem Korridor nach. Noch mehr Rollbahren und Krankenhauspersonal. Keine Peiser. Kein Ferrante. Keine Polizisten.

Als Wetzon aus dem dritten Raum kam, hörte sie einen der Sanitäter. »Der Arzt ist gleich da, Mann.« Er zog den Vorhang zu. Als er Wetzon bemerkte, fragte er: »Sie kennen ihn?« Neben dem Eingang zum Untersuchungszimmer lagen rote Pailletten auf dem Boden. Wetzon nickte. Er tätschelte mitfühlend ihre Hand. »Der Arzt kommt bald.«

Sie beobachtete den Sanitäter, bis er um die Ecke bog und sie ihn nicht mehr sehen konnte. Dann teilte sie den Vorhang und trat hinein. Auf Zehenspitzen schlich sie sich zu der Person auf der Rollbahre, die groß und schwer unter einer leichten Decke lag. Der Mann stöhnte entsetzlich. Wetzon trat näher und starrte in Jerry Gordons bläuliches und übel zugerichtetes Gesicht. Seine Augen öffneten sich, wilde blaue Zornesblitze, und seine Hand schoß vor und schnappte nach ihr. Sie stolperte, verlor das Gleichgewicht und fiel gegen die Bahre.

»Wollte keinem schaden, Wetzon«, murmelte er. »Die andern wollten mir schaden. Sie wollten mir schaden.« Jerry setzte sich auf, riß dabei die Infusionsnadel heraus, und Wetzon fing an zu schreien. Seine Hand streckte sich nach ihr, machte Greifbewegungen. Sie hatte das Gefühl nicht mehr wieder auf die Beine zu kommen.

Jemand in Weiß schrie: »Schafft sie hier weg!« Eilige Schritte, rufende Männer. Plötzlich war eine Spritze da, und Jerry sank langsam auf die Bahre zurück.

»Ich war auf dem Weg, ein Star zu werden«, sagte Jerry sehr deutlich.

Der Raum war voller Blauer, die um Wetzon herumliefen. Jemand sagte: »Steckt die verdammten Pistolen weg. Das ist ein Krankenhaus.«

»Kommen Sie.« Peiser half ihr. »Stützen Sie sich auf mich.« Draußen auf dem Gang legte Peiser einen Arm um Wetzon, führte sie wieder zu den Stühlen und setzte sie hin.

»Was ist aus meinen Sachen geworden?«

»Sie werden sie nicht mehr haben wollen.«

»Dieses schwarze Kleid hat mich durch Jahre langweiliger Partys begleitet. Ich werde es vermissen.«

»So eins habe ich auch.«

»Was geschieht mit Jerry Gordon? Oder Gordon Jerome? Oder Marilyn, oder wie auch immer er sich nennt?«

»Er wird zusammengeflickt, und dann bringen wir ihn wegen Mordes vor Gericht.«

»Warum hat er vorher gesessen?«

»Als Gordon Jerome war er ein Wirtschaftsprüfer, der gern das Geld seiner Kunden investierte. Aber er war dabei nicht gut. Er zahlte die Leute mit neu hereinkommendem Geld aus, aber er kam damit nicht nach. Er glaubte, eine sichere Sache zu sehen, und borgte von den Konten seiner Kunden. Er bekam vier Jahre, saß aber nur zwei ab. Nach seiner Entlassung aus Clinton hatte er einen Nervenzusammenbruch und meldete sich als Jerome Gordon in Wakefield Farms an.«

»Wo er Barbara kennenlernte. Also schuf er sich eine neue Identität als Jerome Gordon, um zu verheimlichen, daß er ein verurteilter Verbrecher war. Er muß geglaubt haben, etwas mitbekommen zu haben, als er sah, wie Therapeuten arbeiten. Er war tatsächlich auf dem besten Weg, berühmt zu werden. Von reich ganz zu schweigen. Glaubte er, wenn er Brian und Tabitha und mich ausschaltete, würde es sonst keiner herauskriegen? Viele Leute kannten Gordon Jerome, Wirtschaftsprüfer ... Er wird sich wohl auf Unzurechnungsfähigkeit berufen.«

Peiser zuckte die Achseln. »Er wird einen Anwalt haben.«

»Einen Anwalt? Richard Hartmann, würde ich wetten?«

Peisers Gesicht drückte Ekel aus. »Möchten Sie nach Hause?«

»Mann, möchte ich? Aber ich habe meinen Begleiter in dem Tollhaus auf der Christopher Street verloren, dann meine Tasche mit den Hausschlüsseln, meinen Mantel ...«

»Bei Ihrem Begleiter kann ich Ihnen nicht helfen, aber ...« Die stellvertretende Staatsanwältin klopfte auf den Sitz neben sich. »Ich glaube, das gehört Ihnen. Lenny hatte es.

»Lenny ist vermutlich der ulkige Wachhund, den Sie auf mich angesetzt haben?«

»Wie können ...«

»Stimmen tragen gut in offenen Aufzügen. Aber Sie hätten einen aussuchen können, der weniger unheimlich gewesen wäre.« Sie sah auf ihre Armbanduhr. Die Zeiger bewegten sich nicht. Sie war um halb elf stehengeblieben. »Wie spät ist es überhaupt?«

»Fünf Uhr.«

»Sie meinen Samstag morgen?«

Peiser nickte.

Wetzon schloß die Augen und lehnte sich an die rechte Wand. »Peiser, Sie werden es nicht glauben, aber fünf Frauen mit Gorillaköpfen haben mir das Leben gerettet.« Und plötzlich, während sie das sagte, war ihr klar, wer sie waren. Sie hatte über sie gelesen. Nicht Gorillafrauen, sondern die Guerrilla Girls, eine kleine, geheime Gruppe von Frauen aus der Kunstszene, die sich das Gewissen der Welt nannten. Sie schwärmten mitten in der Nacht mit großen haarigen Gorillaköpfen aus und klebten regelmäßig an Wände im unteren Manhattan auffallende Plakate, die Museen, Galerien, Kritiker und weiße männliche Künstler des Sexismus beschuldigten. Louie. Die eine, die ihren Namen gesagt hatte, mußte Louie gewesen sein.

»Noch ein schönes Halloween.« Peiser stand auf. »Ich hole einen Arzt, der Sie entläßt, und ich komme morgen mit Ferrante wegen einer Aussage vorbei, okay?«

»Okay.« Wetzon zog die Füße unter sich hoch und schloß die Augen. »Beeilen Sie sich«, murmelte sie. »Oder ich schlafe vorher ein.«

Du hast Peiser nichts von Hartmann gesagt, erinnerte sie sich.

Und sie antwortete sich selbst, *Ich weiß. Er ist nicht der Mörder.*

Okay, und was wird aus Mrs. Leonora Foley und dem Betrug mit der Geldwäscherei?

Wie könnte ich ihn verjagen, wo Smith sich bereits mit ihm eingelassen hat?

Wetzon, schalt ihr Gewissen sie, *tu das richtige.*

Geht weg. Laßt mich in Ruhe. Ich habe es satt, immer das richtige zu tun. Außerdem kann ich es Smith nicht antun. Er wird irgendwann straucheln, wartet nur ab ...

»Dort ist sie«, sagte jemand.

»Tag«. Der Arzt küßte ihre Handfläche, daß sie eine Gänsehaut bekam. Das gehörte sich nicht für Ärzte. Sie öffnete mit einiger Mühe die Augen. Dann sagte der Arzt: »Les.«

Silvestri setzte sich neben sie. Sie berührte seine Jeans, spürte, wie sich seine Muskeln spannten. Er war echt. »Du bist echt.« Er breitete die Arme aus, und sie kroch auf seinen Schoß und legte den Kopf an seine Brust. Er roch nach Kaffee und After-shave. »Sag bitte nichts.«

Er rieb ihren Nacken, drückte einen Kuß darauf. »Du siehst schlimm aus.«

»Ich bat dich, nichts zu sagen.«

»Konnte nichts dagegen machen.«

»Du solltest den anderen sehen. Woher wußtest du, wo ich bin?«

»Sei nicht böse. Ich habe mich von Ferrante auf dem laufenden halten lassen.«

»Verdammt, Silvestri!« Sie versuchte, ihn wegzustoßen. »Ich brauche dich nicht.« Ärger wallte in ihr auf, erzeugte Energie, ebbte wieder ab.

»Du brauchst mich vielleicht nicht«, flüsterte er in ihr Ohr, »aber ich brauche dich.«

Eine stattliche Schwarze im weißen Laborkittel, ein Stethoskop um den Hals, kam und schwenkte ein Bündel Formulare. Sie trug ein Namensschild: »Dr. med. Dolores Bullard.« »So, dann werfen wir noch einen letzten Blick auf Sie.« Wetzon wurde in ein winziges Untersuchungszimmer geführt. Kopf und Verband wurden geprüft. Der Blutdruck gemessen. Silvestri hielt sich fürsorglich in ihrer Nähe. Dr. Bullard verkündete: »Alles in Ordnung. Machen Sie, daß Sie wegkommen. Lassen Sie kein Wasser an den Kopf. Kommen Sie in fünf Tagen wieder, dann ziehen wir die Fäden.«

»Wird das Haar wieder wachsen?«

»Es wird die Narbe verdecken.«

Wetzon betrachtete Silvestri verstohlen. Er war dünner, und seine Augen zeigten das erstaunliche Türkis, das sie annahmen, wenn er sich Gefühle gestattete. Seine Wangen waren mit dunklen Stoppeln bedeckt, und er sah müde aus. Aber sie mußte sich eingestehen, daß er ihr immer noch Herzklopfen verursachte. Sie warf das Krankenhaushemd ab und zog den Trenchcoat an, den er ihr hielt.

Draußen gab Silvestri Ferrante und Martens die Hand und wurde Peiser vorgestellt, dann schob er sie schnell in seinen Toyota, den er im absoluten Halteverbot geparkt hatte. Die Dämmerung verlieh dem alten Gebäude einen rosigen Ton.

In der 10. Street gab es direkt vor dem Haus einen Parkplatz. Ein Mann im Anzug ging davor auf und ab. *Du lieber Gott,* dachte sie *Alton.* Er hielt inne, spähte in das Auto, sah sie verständnislos an, erkannte sie – alles eine Sache von Sekunden. Er eilte zum Auto und machte die Tür auf. »Leslie! Ich habe mir solche Sorgen gemacht.« Sein dichtes graues Haar stand ihm zu Berge, und die Furchen zu beiden Seiten des Munds waren tiefer als sonst. Er half ihr aus dem Auto, ohne Silvestri zu beachten.

Silvestri war stocksauer. Er kam um das Auto herum auf den Bürgersteig und sah Alton streng an. Sie waren ungefähr gleich groß, und sie musterten sich wie zwei Kampfhähne. Sie tastete in der Handtasche nach den Schlüsseln und ging ins Haus. Sie folgten ihr auf den Fersen. Keiner sagte etwas. Sie fuhren im Aufzug hoch, ohne daß ein Wort fiel, *Menschenskind,* dachte sie, *das hat gerade noch gefehlt.*

Sie schloß die Tür auf, ließ die Schlüssel und die Handtasche auf dem Zeichentisch, ging direkt ins Schlafzimmer. Sie schüttelte den Mantel ab und ließ ihn auf den Boden fallen. Beide Männer folgten ihr bis zur Tür und sahen ihr zu. Sie zerrte die Schuhe von den Füßen, kroch im Body ins Bett, zog die Decke hoch und schloß die Augen.

Die Männer blieben einen Moment stehen, dann hörte sie sie ins Wohnzimmer gehen.

»Wer zum Teufel sind Sie?« fragte Silvestri mit wütender Stimme.

»Alton Pinkus. Wer sind Sie?«

»Ich weiß, wer Sie sind, verdammt noch mal. Ich meine, wer sind Sie für sie?«

»Die gleiche Frage möchte ich Ihnen stellen.«

Die Tür wurde geschlossen.

Sie lag im Bett. Die Laken waren kühl und sinnlich. Sie konnte ihre Stimmen hören. Es war schrecklich. Zwei Männer stritten sich um sie. Das war ihr noch nie passiert.

Einige Augenblicke vergingen. Nein, dachte sie. Es war nicht schrecklich. Überhaupt nicht. Sie lächelte und zog die Decke bis über die Ohren hoch. Sie konnte damit leben. Sie befühlte die Seide des Bodys und kuschelte sich in die Decke.

In Wahrheit war es ganz einfach herrlich.